EUROPAVERLAG

CLAUDIA BOUVIER

CODENAME CORVUS

DIE ISKANDER-VERSCHWÖRUNG

EUROPAVERLAG

Dieser Roman ist ein fiktionales Werk, auch wenn er reale Gegebenheiten aufgreift. Die Personen und die Handlung sind frei erfunden, sodass etwaige Ähnlichkeiten mit lebenden oder verstorbenen Personen zufällig wären. Das gilt auch, wenn die Namen der fiktiven Personen und Institutionen den Namen realer Personen und Institutionen ähnlich sein oder mit diesen übereinstimmen sollten.

MIX
Papier aus verantwortungsvollen Quellen
FSC® C014889
FSC
www.fsc.org

Umschlaggestaltung: © Guter Punkt unter Verwendung von Motiven von Shutterstock (©faestock, © Olena Yakobchuk), istock (©ianyaberkut,©christophe cerisier) und gettyimages (©c1a1p1c1o1m1)
Redaktion: Silwen Randebrock
Layout & Satz: Danai Afrati & Robert Gigler
Druck und Bindung: Pustet, Regensburg
ISBN 978-3-95890-078-3

www.europa-verlag.com

»Und im Anbeginn waren diese beiden Geister, die Zwillinge, die nach ihrem eigenen Worte das Gute und das Böse im Denken, Reden und Tun heißen. Zwischen ihnen haben die Guthandelnden richtig gewählt.«

(Auszug aus dem *Buch der Könige – Schâhnâme* von Abû al-Qâsim Firdausî)

PROLOG

Afghanistan – Provinz Zabul

Mehrere Granaten flogen übers Tor und explodierten im Innenhof. Kleine Steine zischten wie Geschosse durch die Gegend, ohne dabei Schaden anzurichten, denn die rund zweieinhalb Meter hohen Lehmmauern waren fast einen Meter dick. Das Tor war die einzige Öffnung, die sie ernsthaft sichern mussten. Die Soldaten aus der Spezialeinheit hatten es mit zwei stabilen Leitern, einer Schubkarre und einer großen Holzbank verrammelt. Wie bei allen befestigten Bauernhöfen dieser Gegend gruppierten sich kleine Wirtschaftsgebäude, ein Stall und ein Wohnhaus mit einem Flachdach um einen Innenhof. Das Ganze hatte die Form eines U und war im Fall eines Angriffs einfach zu sichern. Der gestampfte Lehm hatte den Vorteil, nicht zu brennen.

Die Soldaten hatten die Bewohner natürlich sofort vom Grund vertrieben. Bei dem Ausbruch, bei dem es ihnen gelungen war, ihren Gegnern die Panzerfäuste und Granaten abzunehmen, hatten sie die Schafe und Rindviecher durchs Tor getrieben und scheu gemacht, um mit dem wilden Durcheinander in dem kleinen Dorf für Aufregung zu sorgen und die Russentruppe zu verwirren. Das war auch gelungen. Was die Russen nicht bemerkt hatten, war die schmale Pforte zwischen dem Ziegenstall und einem Pferch.

Der Agent hatte sie im Schutz der Nacht zufällig entdeckt. Dieser Durchlass war sinnvoll, denn hinter dem Anwesen erstreckten sich Obstgärten und Weideflächen, und niemand würde sich die Mühe machen, die Schafe und Ziegen um den ganzen Besitz herumzutreiben, damit sie grasen konnten.

Der Agent hoffte, dass er richtig kalkuliert hatte. Für die Überlebenden aus der Spezialeinheit war das enge stinkende Loch der einzige Ausweg aus ihrer Misere. Sie hatten kaum noch Munition. Drei Männer waren im Kampf gefallen. Die beiden Schwerverletzten hatten vielleicht noch eine kleine Chance zu überleben, falls der Rettungshubschrauber es schaffte, sie innerhalb der nächsten Stunde zu evakuieren. Peret war nur leicht am Bein verwundet. Er würde durchhalten.

Mit einer gereizten Handbewegung wischte der Agent sich Schweiß, Blut und Dreck von der Stirn. Er fühlte sich hilflos und er hasste sich dafür, obwohl er wusste, dass er alles Menschenmögliche getan hatte. Die Medical Task Force kannte die exakten Zielkoordinaten. Irgendwie hatten seine eigenen Leute zu Hause in Frankreich mitgehört und begriffen. Und irgendwer hatte umgehend dem ISAF-Hauptquartier in Kandahār die Hucke voll gelogen und den Flugauftrag für seinen MedEvac erbettelt. »Sie« hatte ohne viele Worte verstanden, dass es einen Grund gab, warum er keine CSAR von OEF haben wollte. Die bewaffneten Such- und Rettungsmissionen der Anti-Terror-Koalition *Operation Enduring Freedom* (OEF) wurden immer von amerikanischen Hubschraubern und amerikanischen Besatzungen geflogen.

Die ganze Situation war dem Agenten unheimlich. Die Erinnerung an ein anderes Desaster verdrängte für einen kurzen Augenblick das aktuelle Horrorszenario aus seinen Gedanken: der unglückliche Befreiungsversuch der Journalistin Florence Delmas und ihres Fotografen vor drei Jahren im Osten Afghanistans. Unweit des berüchtigten Höhlenlabyrinths von Tora-Bora waren es nicht die Taliban gewesen, die ihnen zum Verhängnis geworden waren, sondern genau die gleichen Männer, die heute im Hauptquartier der Special Operations Forces auf der Bagram-Airbase das Sagen hatten: Amerikaner! Angehörige einer Special Operation Group aus der Special Activities Division des US-Geheimdienstes CIA hatten damals einer mit ihnen verbündeten Truppe afghanischer Kämpfer befohlen, die lästige Mitarbeiterin des französischen Nachrichtensenders *France-Inter* und ihren genauso lästigen Pressefotografen, nachdem sie sie zuvor entführt hatten, umzubringen. Die amerikanischen Operators wollten um jeden Preis verhindern, dass ein Einsatzkommando französischer Special Forces ihre Landsleute befreiten und sie nach Hause zurückbrachten. Delmas und der Mann, der für die Fotoagentur *Sipa Press* arbeitete, waren Zeugen eines blutigen Zwischenfalls geworden, den die CIA verheimlichen wollte. Für den Agenten hatte diese Mission damals fast in einer Katastrophe geendet: Damit die Special Forces-Soldaten vom *Commandement des Opérations Spéciales* – COS – überhaupt eine Chance hatten, mit den beiden befreiten Journalisten die Landezone ihres Evakuierungshubschraubers zu erreichen, hatte er seine Gruppe tadschikischstämmiger Kämpfer opfern müssen und sich dabei selbst eine Kugel in der linken Schulter eingefangen: Mit den beiden überlebenden Tadschiken waren sie verletzt und geschwächt fünf Tage lang durch die Berge geflohen – das von den Amerikanern gesponserte paschtunische Killerkommando im Nacken – bis sie endlich die relative Sicherheit von Ahmed Shah Massouds ehemaliger Heimat, das Pandschschir-Tal, erreichten. Der Agent erinnerte sich an frühmittelalterliche Chirurgie in einem schlecht ausgestatteten Krankenhaus in der Provinzhauptstadt Bazarak, Riesenprobleme, in seinem angeschlagenen Zustand heimlich wieder aus Afghanistan zu verschwinden, einen absoluten Höllentrip durch die zentralasiatischen ehemaligen Sowjetrepubliken und einen dreimonatigen Rekonvaleszenz-Urlaub. Zurück geblieben waren eine hässliche Narbe an seiner linken Schulter und eine gigantische Allergie gegen die Amerikaner und ihre gedankenlose Hoppla-jetzt-komme-ich-Politik. Die Narbe an der Schulter zog gerade wieder einmal heftig. Er wusste natürlich, dass das nur Phantomschmerzen waren. Doch die kamen immer dann, wenn er fühlte, dass sich eine neue Katastrophe anbahnte.

Es kostete den Agenten Überwindung, seine schwarzen Gedanken zu verdrängen. Er musste sich auf das Hier und Jetzt konzentrieren, wenn sie alle überleben wollten. Der Landeplatz für den Helikopter war vorbereitet. Er hatte die Lasermarkierungen für die Piloten aktiviert. Seit seinem Notruf waren fünfundvierzig Minuten vergangen. Der MedEvac konnte nicht mehr weit sein. Er rechnete kurz im Kopf: Es waren vielleicht hundertsechzig Kilometer Luftlinie. Bei einer Geschwindigkeit von hundertfünfzig Knoten waren fünfzig bis sechzig Minuten Flugzeit realistisch. Die ganze Rettungsaktion war natürlich ein Spiel mit dem Feuer, doch ihre Gegner hatten nichts bemerkt. Sie waren zu sehr damit beschäftigt, die Satellitenverbindungen und Radiofrequenzen der Special Forces zu stören. Sie waren nicht auf die Idee gekommen, dass man Hilfe auch über zivile Systeme herbeirufen konnte. Eine der Bodenstationen stand in Toulouse und der CSAR-Code-Satz für seine Leute im Fort de Noisy im Hauptquartier der Division Action des französischen Auslandsnachrichtendienstes DGSE hatte funktioniert.

Der Agent schloss für einen kurzen Augenblick die Augen und schickte ein Stoßgebet gen Himmel: *»Saint Michel Archange, Lieutnant de la Sainte Mère Marie, protégez-nous dans çe combat!«* Die Notärzte aus der ISAF Medical Task Force Kandahār hatten einen ausgezeichneten Ruf. Vielleicht hatten die beiden Schwerverletzten aus der Spezialeinheit, LeGoff und Durand, doch noch eine Chance zu überleben. Wie als Antwort auf sein Stoßgebet knatterte plötzlich ein Maschinengewehr los. Der Agent hörte im gleichen Augenblick das typische Motorengeräusch. Es wurde immer lauter und deutlicher. Der Black-Hawk-Rettungshubschrauber war endlich da. Ein gellender Schmerzensschrei gefolgt von mehreren Wutschreien übertönte den Lärm. Peret, der unverletzte Special-Forces-Soldat hatte wenig Munition. Er schoss nur noch, wenn er sicher war zu treffen.

Der Agent huschte an der Mauer entlang zum Wohngebäude.

»Wenn wir dieses jämmerliche Drecksnest lebend verlassen sollten, dann werde ich herausfinden, welche miese, kleine Ratte mit den Kryptoschlüsseln meiner Männer, dem OPLAN und den Q-Comms hausieren gegangen ist«, fluchte er leise. In einem früheren Leben hatte er in einer der fünf Spezialeinheit der französischen Kriegsmarine gedient. Damit waren die Verletzten und die Toten der Spezialeinheit auch »seine« Kameraden. Er schwor sich, dass der Verräter bezahlen würde. Wer auch immer es gewesen war, er würde ihn töten.

TEIL 1

ERSTES KAPITEL

Afghanistan – südwestlich von Kandahār – Bergdorf Rustam Kalay

Der als MedEvac umgerüstete Black-Hawk-Hubschrauber war die Strecke von Kandahār in die Provinz Zabul in Rekordzeit geflogen. Erst während der letzten zehn Minuten hatten die Piloten Gas weggenommen und sie manövrierten im Tiefflug durch die bergige Landschaft.

Oberstabsarzt Carla Rossi spürte die Spannung im Inneren des Helikopters. De Ruijters, der holländische Militärarzt, hatte den MP3-Player weggelegt. Er starrte neben ihr gebannt durch die Seitentür. Die Bordschützen hingen vornübergebeugt in ihren Sicherungsgurten, die Maschinengewehre im Anschlag. Jason Higgins versteckte sich immer noch in der hintersten Ecke des Hubschraubers. Der kanadische Sanitäter war leichenblass. Als das rote Alarmlicht in der Kabine losging, übertönten die Abschüsse der *Flare Dispensers* den Lärm der Rotoren. Der MedEvac kippte zur Seite, beschleunigte und ging tiefer. Rossis rechte Hand umklammerte den Metallrahmen einer Pritsche. Sie kämpfte gegen den brutalen Druck der Gs, die sie in den Boden zu rammen drohten. Für einen kurzen Augenblick schloss die Bundeswehrärztin die Augen, als sie das unverkennbare Zischen eines MANPADS registrierte. Knapp neben dem Hubschrauber explodierte eine gegnerische Boden-Luft-Rakete. Rossi atmete auf und rappelte sich hoch.

Mechanisch überprüfte ihre linke Hand die Einsatzweste und den Sitz des Helms, während die rechte nach der Tasche mit der Notausrüstung griff. Dann streckte sie den Daumen in die Luft und bedeutete de Ruijters, dass sie bereit war. Der holländische Militärarzt schien zumindest äußerlich genauso gelassen, wie sie selbst. Er machte eine abfällige Handbewegung in Richtung des kanadischen Rettungssanitäters, der sich immer tiefer in seinem Versteck verkroch. Sie würden die Situation auch ohne den dritten Mann in den Griff bekommen. Plötzlich fluchte einer der beiden Bordschützen und hämmerte eine Salve nach unten. Im gleichen Augenblick zogen die beiden amerikanischen Piloten den Rettungshubschrauber noch einmal kurz hoch. Dann sank er in einer gigantischen Staubwolke zu Boden.

× × ×

Die beiden Bordschützen hatten in einer einzigen Bewegung ihre Sicherheitsgurte gelöst und waren, ihre Schnellfeuerwaffen im Anschlag, nach draußen gesprungen. Die Rotorblätter beruhigten sich. Durch die Staubwolke erkannte das Rettungsteam von der ISAF Medical Task Force Kandahār, dass der Kampf auf der anderen Seite der Mauer tobte. Obwohl die von Aprikosen- und Granatapfelbäumen gesäumte Landezone sicher schien, war es riskant, den Hubschrauber vollständig zum Stillstand zu bringen. Mehrere Granaten explodierten in kurzer Folge. Mit einem gewaltigen Krachen flog im Hintergrund etwas Großes in die Luft und knallte wieder zu Boden. Rossi versuchte, das aufgeregte Geschrei auszublenden und klare Sicht zu bekommen. Ihr holländischer Kollege war bereits aus der Seitentür gesprungen, bevor die Kufen des MedEvac Bodenkontakt hatten. Der durchtrainierte breitschultrige Endvierziger konnte mit vielen jüngeren Berufssoldaten problemlos mithalten. Rossi, ihre Ausrüstung in der Rechten und eine Stoffrolle mit fertig aufgezogenen Morphin-Spritzen in der Linken, wollte ihm nachfolgen. Doch de Ruijters, der einen deutlichen Vorsprung auf die Mauer hatte, schien etwas wahrzunehmen, das ihr noch entging. Mit einer knappen Handbewegung bedeutete er ihr, am Helikopter zu bleiben. Dann sah sie es auch: Jemand legte dem holländischen Militärarzt vor der Kulisse eines Infernos aus Feuer und Rauch etwas Dunkles und Schlaffes auf die Schulter. De Ruijters sprintete zum Helikopter zurück.

Die beiden Schwerstverletzten lagen nicht auf Tragebahren geschnallt zur Evakuierung bereit, sondern direkt neben einer kaum sichtbaren Pforte in der Mauer auf dem blanken Boden. Ein Kamerad, der offensichtlich auch verletzt, aber noch auf den Beinen war, hatte de Ruijters dabei geholfen, den ersten Mann aufzuladen. Jetzt hievte er sich mühsam den zweiten über die Schultern und folgte deutlich langsamer nach. Es schien ihn seine letzte Körperkraft und Willensstärke zu kosten. Er humpelte zum Erbarmen.

De Ruijters schmiss seine Last wie einen nassen Sack auf die erste Pritsche. Rossi bemerkte nicht, dass der Holländer noch einmal ausstieg, um dem humpelnden Soldaten seinen Kameraden abzunehmen. Als erfahrener Notfallmediziner handelte sie instinktiv, tat, was getan werden musste: Der Mann war bewusstlos, der Druckverband über seinem Brustkorb durchgeblutet, eine etwas tiefer liegende Thoraxverletzung war ordentlich mit einem *Bolin Seal* abgedichtet. Rossi fixierte eine Sauerstoffmaske über Mund und Nase des Verletzten. Seine Atmung besserte sich. Das dumpfe Rasseln hörte auf. Sie schnitt den Ärmel der Kampfjacke auf und suchte die Vene. Es dauerte nur Sekunden, bis das Plasma begann, den Blutverlust des Mannes auszugleichen. Neben ihr kümmerte sich de Ruijters um den anderen Verletzten. Higgins hatte sich aufgerappelt und ging ihm zur Hand. Der Holländer fluchte leise, zischte dem Kanadier zu. »Scheiße! Adrenalin! Schnell!« De Ruijters stach direkt ins Herz. Der Soldat fuhr kurz hoch, ein gurgelnder Laut entwich seiner Kehle. Der leichter verletzte dritte Soldat diskutierte noch mit den amerikanischen Piloten und den kanadischen Bordschützen. Rossi hatte das Gefühl, dass es sich bei den Geretteten nicht um gewöhnliche Soldaten handelte, sondern um Mitglieder einer obskuren Special-Forces-Einheit. Sie waren nicht einheitlich gekleidet, und ihre Uniformen hatten ein seltsames Tarnmuster. Es waren keine Hoheits- oder Rangabzeichen aufgenäht, und der schwerverletzte Soldat, den sie stabilisierte, trug keinen *Dog Tag* am Hals. Noch bevor Rossi sich die Frage stellen konnte, warum solche geheimnisvollen Typen ausgerechnet einen auffälligen MedEvac bei der ISAF Medical Task Force Kandahār bestellen, anstatt ihren eigenen, diskreten OEF-CSAR-Helikopter herbeizufunken, hatte auch schon einer der Bordschützen den Leichtverletzten mit der Beinwunde in den Helikopter bugsiert, und sie hoben in einer gewaltigen Staubwolke ab.

✖ ✖ ✖

Als der Agent sah, dass der MedEvac langsam anstieg, hob er die Panzerfaust auf die Schulter. Es war eine russische RPG-7, in sechsstelligen Stückzahlen produziert und auf der ganzen Welt verbreitet. Er hatte sich die beiden Brandstoff-Granaten bis zuletzt aufgehoben. Um dieses verdammte Drecksnest am Ende der Welt lebend zu verlassen, brauchen wir jetzt einen ganz gewaltigen Knall, ging es ihm durch den Kopf. Die beiden feindlichen Boden-Luft-Raketen vom Typ Stinger – steinalter und verlotterter Kriegsschrott aus den Tagen von US-Senator Charlie Wilsons Privatkrieg gegen die Sowjetunion – hatten den ISAF-Rettungshubschrauber im Landeanflug nur knapp verfehlt. Dank der geradezu unglaublichen Reaktion der Piloten waren alle heil dem Schlamassel entkommen, aber der MedEvac hatte dabei seinen gesamten Vorrat an Abwehrmaßnahmen verpulvert. Jetzt war er schutzlos, und die Russen, die sich hinter den Mauern der kleinen Moschee in der Dorfmitte verschanzt hatten, waren erfahren, knallhart, gut ausgebildet und sehr nervenstark. Profis, die genau wussten, was sie taten. Sie verfügten über eine exzellente Bewaffnung und spielten nicht nach den offiziellen Regeln. Es waren eindeutig SpezNaz. Der Auftrag der Russen war es, um jeden Preis zu verhindern, dass der Agent und die Soldaten aus der französischen Spezialeinheit das Dorf lebend verließen. Die, die sie achtundvierzig Stunden lang heimlich beobachtet hatten, bevor eine Ziege und ein Hirtenjunge ihnen zum Verhängnis wurden, würden Himmel und Hölle in Bewegung setzen, um das finstere Geheimnis zu wahren.

Nach dreitägigem Kampf ähnelte alles einer Ruinenlandschaft: Zwischen reglosen Körpern in afghanischer Landestracht und zerfetzten Nutztieren – Kollateralschäden – lagen Leichen in Uniform. Drei trugen einen Mix aus Hightech-Tarnanzügen und lokalen Kleidungsstücken, die anderen Camouflage-Uniformen mit dem BDU MARPAT Desert Pattern der Amerikaner. Ein paar streunende Hunde, die sich von dem Feuergefecht nicht stören ließen, steckten ihre Schnauzen bis zum Anschlag in die blutigen Wunden der toten Körper. Knapp fünfzig Meter vor dem Tor des Anwesens erkannte der Agent die brennenden Reste zweier Geländewagen. Seine Augen fanden, wonach sie gesucht hatten. Er zielte ruhig. Sekunden später explodierte die erste Brandgranate direkt im Eingang der Moschee. Er lud nach und feuerte die zweite Granate ab. Lebende Fackeln stürzten in kopfloser Panik aus dem Gotteshaus auf den Dorfplatz, wo sie inmitten der anderen Opfer des blutigen Kampfes zusammenbrachen. Er atmete tief ein, ließ die Panzerfaust fallen und sprintete bis zu einer Stelle, von der aus er auf das flache Dach des Wohngebäudes springen konnte. Der MedEvac dümpelte im Standflug. Die Piloten waren wirklich gut. Sie verstanden genau, was er vorhatte. Das Kabel der Winde baumelte in Griffhöhe. Er packte es, vollführte einen unmöglichen Klimmzug und schob einen Fuß in die Schlinge. Ein kurzer Ruck. Einer der Bordschützen hielt das Kabel mit der Hand auf Abstand, warf dann die Seilwinde an und zog den Agenten nach oben. Der Helikopter senkte die Nase und nahm Fahrt auf. Er drehte sich einmal um die eigene Achse und schoss auf die Berge zu.

× × ×

Commandant Gwénaël Kérmorvan knallte schmerzhaft mit der linken Schulter gegen die Kufe, anschließend mit der Hüfte. Noch ehe der Einsatzagent des Service Action der DGSE reagieren konnte, packten ihn zwei kräftige Hände und zerrten ihn in den Hubschrauber. Kérmorvan schnappte ein paar Sekunden nach Luft. Sein Herz hämmerte wild gegen die gepanzerte Bodenplatte. Schwarze und goldene Sterne flimmerten vor seinen Augen. Seine behandschuhte Rechte ertastete die Spitze eines Kampfstiefels, während die Linke in einer abrupten Bewegung die Maschinenpistole wegschob, die ihn in Brust und Magen drückte. Als Kérmorvan endlich wieder Luft bekam, rollte er sich auf den Rücken. Der leichtverletzte Special-Forces-Mann Peret hockte wie ein Untoter blutbefleckt und mit teilnahmslosen Augen neben einer Bahre. Seine Hand hielt eine andere blutige Hand umklammert, die unter einer grauen Decke hervorlugte. Es schien Durand. Er hing am Tropf und schlief. Gegenüber waren drei Gestalten um eine zweite Bahre versammelt und sprachen leise miteinander. Kérmorvan sah Schläuche herunterhängen. Am Boden lagen die beiden Thoraxpflaster und der Notverband, den er selbst kaum eineinhalb Stunden zuvor angelegt hatte, hoffend, dass der Soldat LeGoff nicht erstickte oder verblutete. Kérmorvan nickte dem kanadischen Bordschützen zu, der ihn in den Helikopter gezogen hatte. Dann verkroch er sich mit seiner Waffe in eine Ecke des Hubschraubers. Kérmorvan empfand nichts als Leere: keine Trauer um die drei toten Soldaten aus der Spezialeinheit, die er auf dem Dorfplatz zurücklassen musste, keine Erleichterung, dass wenigstens drei der Männer mit ihm zusammen das Drecknest im Distrikt Shinkay lebend verlassen hatten. Nicht einmal die dumpfen Schmerzen in seiner linken Schulter und Hüfte nahm er wahr.

Afghanistan – Provinz Zabul – Bergdorf Rustam Kalay – nordöstlich von Qalat

Tolja Zabelev verfolgte den Rettungshubschrauber mit seinem Fernglas, bis er hinter einem Hügel verschwand. Sie hatten versagt! Diese verdammten Kerle hatten es geschafft, sie auszutricksen. Mindestens drei der Männer waren entkommen. Einen hatte er gerade bei seiner spektakulären Flucht beobachtet. Er zögerte einen Augenblick, dann zog er das Funkgerät aus der Tasche. Die kleine Gruppe, die Matveev am Pass von Kashani zurückgelassen hatte, um den Eindringlingen den Rückzug abzuschneiden, würde den Helikopter vielleicht noch erwischen. Rowan und Erin hatten die französische Boden-Luft-Rakete dabei, die ihr Auftraggeber Mr. Jones einem serbischen Mittelsmann in Damaskus abgekauft hatte. Mistral war eine der besten Boden-Luft-Raketen der Welt. Sobald man sie auf ein Ziel abschoss, war die Sache gelaufen. *Fire and Forget!*

Tolja Zabelev bezweifelte natürlich, dass Matveevs Partner wirklich »Jones« hieß. Dafür hatte er zu viel Bares in der Tasche und zu viele Möglichkeiten, schnell und unproblematisch an Ausrüstung heranzukommen, von der normale Söldner nur träumen konnten. Nach dem Geiseldrama im Moskauer Dubrowka-Theater hatten sie alle die Schnauze vollgehabt: von den verdammten Tschetschenen, von Wladimir Putin und von ihrer eigenen, russischen Armee, die mit dem erbärmlichen Sold auch noch monatelang im Rückstand war. Ihr Vorgesetzter Major Arkadij Alexewitsch Matveev hatte sein gesamtes SpezNas-Team überredet, auszusteigen und sich zusammen freelance meistbietend zu verkaufen. Nach 9/11 war das Geschäft der privaten Kriegsdienstleistungen richtig angelaufen, denn der amerikanische Präsident hatte dem internationalen Terrorismus den Krieg erklärt. Die Welt wurde gefährlicher, und es gab überall gut bezahlte Contractor-Jobs, wo Männer wie er zwischen sechshundert und achthundert Dollar am Tag verdienen konnten. Man übernahm den bewaffneten Personenschutz für Wirtschaftsbosse oder bewachte Unternehmen im

Ausland. Unglücklicherweise hatte es ihre ganze Truppe am Ende genau dorthin verschlagen, wo keiner von ihnen jemals wieder hingewollt hatte: nach Afghanistan!

Tolja sprach kurz mit Richard O'Shaughnessy, dem Anführer der Gruppe am Pass. Abschließend gab er die Flughöhe und Flugrichtung des Helikopters an Rowan und Erin durch, die das Mistral bedienten. Daraufhin schmiss der Russe das Funkgerät auf den Boden und zertrümmerte es mit einem gezielten Tritt seines Kampfstiefels. Er hatte sich entschieden. Major Matveev konnte ihn nicht mehr davon abhalten, alles hinzuschmeißen. Den fraßen nämlich gerade die halbwilden afghanischen Straßenköter in der Dorfmitte von Rustam Kalay auf. Gegrilltes Frischfleisch war rar in dieser Gegend. Seine anderen Kameraden waren entweder bereits tot oder würden im Lauf der nächsten Stunden erbärmlich krepieren. Im Gegensatz zu ihren Gegnern, die es fertiggebracht hatten, trotz intensivster elektronischer Störmaßnahmen einen Rettungshubschrauber anzufordern, konnten sie niemanden zu Hilfe rufen, und er hatte nicht den Mut, ihnen den erlösenden Gnadenschuss zu geben. Tolja trat unbarmherzig nach einem Köter, der sich an den Eingeweiden eines Mannes labte, den er noch vor Kurzem seinen Freund genannt hatte. Das räudige Vieh quietschte, wich ein paar Meter zurück und legte sich auf den Boden. Mit hochgezogenen Lefzen und boshaft glänzenden bernsteingelben Augen beobachtete es den Russen aufmerksam.

Petja würde seine gefüllten Magazine, die taktische Weste mit Feldration, Wasser und Thermodecke und die Pistole nie wieder brauchen. Eines ihrer Fahrzeuge hatte das Wüten der nicht identifizierten Special-Forces-Einheit, mit der sie sich drei Tage herumgeprügelt hatten, verhältnismäßig unbeschadet überstanden. Nach Qalat waren es querfeldein nur etwa sechzig Kilometer. Das waren zwei Tage Fahrt, doch mit ein bisschen Glück konnte er sich von dort aus auf der Ring Road nach Kabul durchschlagen und dann irgendwie diskret aus Afghanistan verschwinden. Tolja hatte genug. Er pfiff auf das Geld, das Jones ihm noch schuldete. Er hatte genug.

Das Geschäft wurde einfach zu gefährlich. Dieser blutige Kampf war nicht ihre erste Begegnung mit Soldaten von der Operation Enduring Freedom gewesen. Doch all die anderen Male hatte man sie rechtzeitig gewarnt. Sie hatten im Hinterhalt gelegen, ihre Gegner überrascht und waren dabei immer ohne eigene Verluste davongekommen. Abgesehen von der widerlichen Drecksarbeit, hinterher die Leichen der Opfer mithilfe von Explosivstoffen endgültig aus der Welt zu schaffen, waren diese Einsätze ein absolutes Kinderspiel gewesen und hatten mit ehrlichem Kampf Mann gegen Mann nichts zu tun gehabt. Doch dieses eine Mal war alles ganz anders gelaufen … Er fluchte und zwang sich, den Geruch nach brennendem Fleisch zu verdrängen.

ZWEITES KAPITEL

Afghanistan – Provinz Zabul

Rossi und de Ruijters hatten es sich in den Kopf gesetzt, ihre Patienten um jeden Preis lebend nach Kandahār zu bringen. Der leichtverletzte Mann mit dem kaputten Bein hatte sie weggewinkt und dabei mit einer flehenden Geste und verzweifelten Augen auf seine beiden Kameraden gedeutet. Dann hatte er seine Wunde selbst notdürftig versorgt und sich mit dem Autoinjektor einen Schuss Morphium gesetzt. Der zweite Schwerverletzte war schnell stabilisiert. Nach der Adrenalinspritze ins Herz hing er am Tropf mit Schmerzmitteln und Plasma und hatte seinen relativ schmerzfreien Kameraden an seiner Seite, der ihm die Hand hielt und leise auf ihn einzureden schien. Obwohl der Helikopter sich im Tiefflug durch eine Gebirgsregion schlängelte, wollte Jaap bei dem dritten Verwundeten eine Not-Thorakotomie versuchen und dann den Durchschuss des rechten Vorhofes mit zwei Gore-Tex-Patches übernähen. Die Chancen ihres Patienten, Kandahār ohne diese gewagte Notoperation lebend zu erreichen, standen gleich null. Der Soldat war vor seiner Evakuierung außergewöhnlich gut versorgt worden. Dadurch war ihm der gefährliche Spannungspneumothorax erspart geblieben. Und der Nasopharyngealtubus hatte für ein gutes Atmungsmanagement des Angeschossenen gesorgt und so seine Aussichten zusätzlich verbessert. Rossis Blick kreuzte für einen kurzen Augenblick den des unverletzten Special-Forces-Soldaten. Er saß in seiner Ecke und beobachtete sie aufmerksam. Sie vermutete, dass er es gewesen war, der die beiden Kameraden unter Feuer notversorgt hatte. Vielleicht war er ein Kollege, ein sogenannter SOCM oder *Special Operations Combat Medic*, wie sie von den Special Forces der NATO-Mitgliedsstaaten und auch denen der Russen ausgebildet wurden, um den Soldaten bei ihren lebensgefährlichen Einsätzen hinter feindlichen Linien im Falle einer Verwundung zumindest eine minimale Überlebenschance zu gewähren. Durch seinen dichten, schwarzen Bart schenkte der Special-Forces-Operator ihr ein müdes, aber dankbares Lächeln. Als Rossi ihn zum ersten Mal bemerkt hatte, hockte er noch wie ein verstörtes, wildes Tier in einer Ecke und klammerte sich zitternd und schwer atmend an seiner Waffe fest, als ob sie sein letzter Halt im Leben war. Zwischenzeitlich schien er sich wieder gefangen zu haben und wirkte nicht mehr ganz so aggressiv wie unmittelbar nach seiner gewagten Flucht. Er verstand offenbar auch, was sie und de Ruijters planten. Dies, gepaart mit einem Hauch von Bewunderung, hatte sie in seinen dunklen Augen gelesen, während ihre Blicke sich gekreuzt hatten. Sie war insgeheim froh, dass sie neben zwei Schwerstverletzten bei diesem riskanten Einsatz unter feindlichem Feuer nicht auch noch eine unberechenbare und traumatisierte Raubkatze im Helikopter hatten.

Rossi schluckte. Silbern glänzten die Klammern in de Ruijters Händen. Er hob kurz die Augen von der Thoraxverletzung und fixierte sie.

»Es wird gut gehen«, formten seine Lippen auf Deutsch durch den Lärm der Rotorenblätter, »wir werden diesen Mann retten!«

Rossi nickte energisch und wiederholte laut die Worte ihres holländischen Kollegen, um sich Mut für den gewagten Eingriff zu machen.

»Wir schaffen das, Jaap!«, rief sie de Ruijters zu. »Du und ich, wir sind ein unschlagbares Team! Wir schaffen das …«

Dann führte sie ihre Sonde so vorsichtig wie möglich in den Schusskanal ein.

Afghanistan – Provinz Zabul – Kashani-Pass

Die Gruppe verfolgte fasziniert den Flug der Boden-Luft-Rakete. Das französische Mistral war eines der besten Fire-and-Forget-Flugabwehrsysteme der Welt. Obwohl sie nur das ältere Model Mistral 1 mit einer maximalen Bekämpfungshöhe von drei Kilometern und einer Geschwindigkeit von Mach 2,5 zur Verfügung hatten, war es doch beeindruckend: Erin, der Operator, konnte den Growl des Infrarotsuchkopfs in seinem Headset hören. Den Dauerton, als die Mistral sich wenig später wie ein bösartiger Pitbull in den Rettungshubschrauber verbiss, hörten sie alle.

Ein glücklicher Zufall hatte gewollt, dass sie das sündhaft teure Ding überhaupt mitgenommen hatten. Jones war unterwegs, um Geschäfte zu erledigen. Der Professor kümmerte sich nicht um die Sicherheit der Grabungsstätte. Es war Matveevs Job gewesen, die neugierigen Typen zu jagen, die versucht hatten, sich durch den Fluss und über den Pass ins Hochtal zu schleichen. Dadullahs ältester Sohn hatte sie zufällig entdeckt, als er versuchte, eine Ziege einzufangen, die seinem Großonkel ausgebüchst war.

Der Infrarotsuchkopf hatte endlich sein Ziel gefunden, nachdem er sich kurzfristig von einem Ausweichmanöver des MedEvac hatte ablenken lassen. Doch ein Rettungshubschrauber war kein Kampfhubschrauber, auch wenn er einen eindrucksvollen Namen trug … und ein Black-Hawk-MedEvac, der all seine Abwehrmaßnahmen verpulvert hatte, war so hilflos wie eine Tontaube.

»Bingo!« jubelte Erin.

Richard O'Shaughnessy schmunzelte, als der elegante Helikopter sich mit einem Mal in eine lahme Ente verwandelte. Er gab seinen Männern Zeichen, die übriggebliebene Rakete und die Abschussvorrichtung wieder einzupacken. Der überlebende Russki Zabelev hatte ihm mitgeteilt, dass sich mindestens drei der Männer, die sie jagten, an Bord des ISAF-Rettungshubschraubers befanden. Und es war immer möglich, dass jemand einen Absturz überlebte.

Für ihren Auftraggeber wäre es fatal, wenn ein Überlebender es zurück zu den NATO-Truppen schaffte. Niemand durften je erfahren, was in dem Bergdorf Rustam Kalay geschehen war.

Afghanistan – Provinz Zabul – unweit des Kashani-Passes

Kérmorvan rieb sich den Kopf. Der Einschlag war hart, plötzlich und unerwartet gekommen. Augenblicke zuvor hatte er noch die Bundeswehr-Ärztin beobachtet, wie sie ihre Sonde vorsichtig in den Einschusskanal unter dem rechten Rippenbogen von Durand einführte. Er wollte sich aufrappeln, doch der Helikopter schlingerte furchterregend. Schließlich gelang es ihm mit der Rechten, den fest im Boden verschraubten Metallfuß einer Pritsche zu fassen. Aus dem Augenwinkel sah er einen der beiden Bordschützen. Er hing in seinem Sicherheitsgurt über dem Rand der offenen Seitentür. Der Mann war tot. Aus seinem Rücken ragte ein zersplittertes Stück Holz. Kérmorvan drehte den Kopf. Der holländische Arzt und der kanadische Sanitäter lagen blutig und wie seltsame Marionetten verrenkt über LeGoff, der keinen Kopf mehr hatte. Die Außenwand des Helikopters beulte sich nach innen wie eine leere Cola-Dose. Peret lag über der Leiche von Durand. Der Aufprall hatte den Rahmen der oberen Pritsche aus ihrer Verankerung gerissen und musste dem Mann dabei das Genick gebrochen haben.

Kérmorvan versuchte, die Beine zu bewegen. Er spürte sie bis hinunter in die Zehen. Auch ansonsten war er im Großen und Ganzen unbeschädigt. Doch irgendetwas klemmte ihn ein. Er zwang sich zur Ruhe. Es war nicht sein erster Absturz mit einem Helikopter. Für einen Panikanfall war später noch Zeit: am besten zu Hause in Frankreich, wo es keinen störte, wenn er die Nerven verlor. Nach ein paar erfolglosen Versuchen gelang es ihm endlich, das rechte Knie hochzudrücken. Er hörte ein leises Wimmern. Mithilfe des Metallfußes zog er sich in eine aufrechtere Position. Er atmete auf.

Was ihn einklemmte, war kein Wrackteil, sondern nur die zierliche, kleine Bundeswehr-Ärztin. Sie lag bäuchlings auf ihm. Kérmorvan angelte vorsichtig nach dem Rückenträger ihrer Funktionsweste und erwischte ihn gerade noch mit zwei Fingern. Zum Glück war die Frau ein echtes Leichtgewicht. Er spürte instinktiv, dass er weder den Metallfuß loslassen noch irgendeine ruckartige Bewegung machen durfte. Langsam zog er sie zu sich hoch. Er lächelte, als er den kräftigen Schlag ihres Herzens fühlte. Sie lebte! Und sie schien bis auf eine blutige Schramme über dem Auge genauso unverletzt wie er selbst.

Eine seltsame Schwingung, wie von einem großen, flachen Stein, der ins Wasser geworfen absank, trieb ihm den kalten Schweiß auf die Stirn. Noch bevor er den panischen Schrei aus dem Cockpit des Helikopters hörte, wusste er ganz genau, was jetzt geschehen würde. Er schlang den linken Arm so fest wie möglich um den Oberkörper der Bundeswehr-Ärztin, schloss die Augen und betete inständig zu seinem Schutzpatron:

»Saint Michel Archange, rempli de la sâgesse de Dieu … – Heiliger Erzengel Michael, voll der Weisheit Gottes …«

Noch bevor Kérmorvan mit seinem Gebet zu Ende war, spürte er einen zweiten Schlag, um vieles härter als der erste und von einem rätschenden, kehligen Geräusch begleitet. Er atmete tief durch, und konzentrierte sich auf den Metallfuß. Egal wie, wenn sie leben wollten, dann musste er jetzt ihrer beider Gewicht halten!

Der Helikopter überschlug sich in der Luft und ihm wurde schwarz vor Augen. Es war, als ob jemand mit aller Gewalt seinen Arm aus dem Schultergelenk reißen wollte. Er biss die Zähne zusammen. Der Schmerz war fast unerträglich. Erleichtert hörte er das Krachen, als Metall endlich auf harten Felsen schlug. Er spürte kalte, frische Luft auf der Haut. Dann raubte ihm ein gnadenloser Schlag ins Kreuz den Atem. Zuerst wurde es ganz still und er hatte das Gefühl, neben seinem eigenen, geschundenen Körper zu stehen, bis plötzlich dröhnend eine rote Lanze aus Feuer an ihnen vorbeischoss, hinauf in den Himmel.

Als ihm durchdringender Kerosingeruch und der Gestank von brennendem Fleisch in die Nasenlöcher stieg, wusste Kérmorvan, dass er diesmal noch nicht vor seinen Schöpfer treten musste. Er dankte dem Erzengel Michael aus tiefstem Herzen, würgte den Ekel hinunter und zwang sich zur Ruhe. Eine Zeile aus der Apokalypse ging ihm durch den Kopf:

»*Et il se fit un silence dans le ciel lorsque l'Archange Michel combattait le dragon.* – Und es wurde still im Himmel, als der Erzengel Michael mit dem Drachen kämpfte.«

Kérmorvan öffnete die Rechte und ließ den nutzlosen Metallfuß fallen. Seine Schulter hatte durchgehalten. Sie tat zwar entsetzlich weh, aber war nicht ausgekugelt. Die kleine Bundeswehr-Ärztin war zum Glück noch immer bewusstlos und hielt still. Sie hatte nichts von dem ganzen Drama mitbekommen. Er atmete flach. Sein Rücken brannte wie flüssiges Feuer. Vorsichtig drehte er den Kopf zur Seite. Bei jedem Atemzug senkte und hob sich der Untergrund. Er hatte den Eindruck, dass sie wie zwei Fliegen in einem klebrigen Spinnennetz gefangen hingen. Allerdings zwei immer noch lebendige Fliegen!

Kérmorvan hob den rechten Arm und fing an vorsichtig zu tasten: stachelige dünne Äste, stachelige dickere Äste, glatte dicke Wurzeln, schließlich rauer griffiger Stein. Er fasste wieder Mut: Sie waren in ihrem Fall von einem dornigen Busch aufgehalten worden, der aus dem blanken Felsen wuchs. Und nach den Wurzeln zu urteilen, war das Ganze eine ziemlich stabile Sache. Wenn es ihm jetzt noch irgendwie gelang sich umzudrehen, ohne dabei abzustürzen, dann konnte er sich die Kleine auf den Rücken packen und klettern.

× × ×

Kérmorvan tauchte seine blutigen, aber wieder dornenfreien Hände ins kalte Wasser des Gebirgsflusses. Es war eine Wohltat! Am liebsten hätte er sich ausgezogen, um den ganzen Dreck der letzten

Tage abzuwaschen; den Schweiß, das Blut, den Staub und die Angst, versagt zu haben. Doch er wollte die Kleine nicht so lange in der Höhle allein lassen, die er als sicheren Unterschlupf für sie gefunden hatte. Sie hatte vermutlich eine leichte Gehirnerschütterung und würde ziemlich verwirrt sein, sobald sie aus ihrer Bewusstlosigkeit erwachte. Aber wenigstens hatte sie weder den Horror des zweiten Absturzes in die Schlucht noch die Explosion des Hubschraubers mitbekommen ... oder das brennende Fleisch. Er biss die Zähne zusammen, schloss die Augen und schluckte. Dann atmete er ein paar Mal tief durch. Sobald seine Schutzbefohlene und er in Sicherheit waren, würde er in aller Ruhe die Nerven verlieren.

Bevor er sich um seine eigenen Verletzungen gekümmert hatte, hatte er ihre Schnittwunde über dem Auge gesäubert und ordentlich geklammert. Er hoffte, dass er sie kompetent versorgt hatte und sie keine Narbe zurückbehalten würde. Dies war nicht ihr Krieg! Dann hatte er es ihr so angenehm wie möglich gemacht und sie warm in sämtliche Kleidungsstücke gehüllt, die er entbehren konnte, und mit einer federleichten Mikrofaser- und einer Rettungsdecke zugedeckt. Seine Pistole lag geladen unter ihrer rechten Hand, zusammen mit zwei vollen Magazinen und seinem Kampfmesser. Falls sie doch aufwachte, während er noch unterwegs war, würde sie sich wenigstens nicht schutzlos fühlen.

Kérmorvan hatte eine wage Idee, wo sie sich befanden. Das Kaff, in dem sie mit den russischen Söldnern gekämpft hatten, lag in Luftlinie etwa zwölf bis fünfzehn Kilometer östlich. Der Highway A01, der Kandahār mit Kabul verband, lag im Westen. Das waren ungefähr sechzig Kilometer Luftlinie. Dort befand sich bei Qalat ein Vorposten der OEF. Auf der *Forward Operating Base* FOB Lagman waren Amerikaner und ein paar Rumänen stationiert. Er zog es vor, den Amerikanern aus dem Weg zu gehen. Was er während der letzten Tage beobachtet und erlebt hatte, war ihm unheimlich. Er verstand es noch nicht, doch er hatte einen furchtbaren Verdacht. Und der Abschuss des MedEvac war das traurige Finale gewesen. Wenn er recht hatte, dann musste er auf Tauchstation gehen und diskret aus Afghanistan verschwinden. Und er musste verhindern, dass die Bundeswehr-Ärztin Kontakt zu Amerikanern bekam, bevor er mit seinen Vorgesetzten in Paris gesprochen hatte.

Damit blieb ihnen als sicherster Ausweg, sich irgendwie durch die Berge bis nach Spin Boldak und zum Grenzübergang von Chaman durchzuschlagen. Der Weg über die grüne Grenze und durch die Berge war schwierig und anstrengend. Nachts wurde es bereits empfindlich kalt. Er war hundemüde, abgekämpft, grauenhaft hungrig und jeder Knochen im Leib tat ihm weh. Es half nichts, er musste zum Wrack des Helikopters hinunterklettern. Während ihrer spektakulären Rutschpartie mit dem MedEvac durch die Felswand hatte er seine einzige sichere Kommunikationsmöglichkeit mit Madame le Juge und dem Hauptquartier in Romainville verloren. Es handelte sich dabei um ein speziell von Astrium für den französischen Geheimdienst DGSE entwickeltes Spielzeug, das wie ein aufgemotzter Blackberry funktionierte, dabei aber hundertprozentig stör-, abhör- und ortungssicher war und sogar filmen und Fotos schießen konnte. Das Ding war noch in der Experimentierphase, eine Kreuzung zwischen Telefon und Tablet-Computer. Es eignete sich im Gegensatz zu dem neuen zivilen Apple-Smartphone auch nicht besonders gut zum ganz banalen Telefonieren, aber man konnte schnell und sicher über die militärischen Satelliten des Syracuse-III-Programms der französischen Generaldirektion für Rüstung SMS-Textmitteilungen sowie E-Mails senden und empfangen und sogar ziemlich große Bild- und Tondateien anhängen.

Die Entwickler von Astrium hatten ihm den Prototypen erst vor ein paar Wochen anvertraut, weil sie unbedingt ausprobieren wollten, ob das Teil im wirklichen Leben eines Special-Forces-Soldaten auch so arbeitete, wie sie es sich vorgestellt hatten, und Kérmorvan hatte es begeistert mitgenommen. Er verstand auf Anhieb, wie nützlich dieses ganz spezielle Kommunikationsmittel als Teil einer künftigen Standardausrüstung sein konnte. Und das nicht nur für normale Special Forces, sondern auch für Männer in seinem Gewerbe. Außerdem war es für Madame le Juge und die IT-Equipe in

Romainville möglich, ihn so lange zu lokalisieren, wie sich Batterien im Gerät befanden, selbst wenn das seltsame kleine Spielzeug ausgeschaltet war. Falls er sein wasserdichtes Smartphone wiederfand, waren seine eigenen Probleme und die der kleinen Deutschen von der Bundeswehr gelöst. Er würde versuchen, zu Hause anzurufen, und wenn das nicht funktionierte, einfach eine SMS schicken, damit ein französischer Hubschrauber aus Jalalabad sie diskret abholte. Falls nicht, dann gab es vielleicht am Wrack des MedEvac ein paar andere brauchbare Dinge, die ihnen den Marsch aus der Gefahrenzone zurück in eine sicherere, freundlichere Gegend leichter machten.

Kérmorvan fluchte leise. Er hatte schon seit Tagen nicht mehr richtig geschlafen und kaum gegessen. Da er sich standhaft weigerte, die beliebten, aber ausgesprochen ungesunden Amphetamine zu schlucken, mit denen viele seiner Kollegen sich im Einsatz hochpuschten, waren seine Reflexe ziemlich bei null angekommen. Jedes verstörte Karnickel konnte ihn jetzt problemlos überraschen. Und in der Nähe trieben sich die unheimlichen Kerle herum, die den MedEvac abgeschossen hatten. Er hoffte, dass die Bundeswehr-Ärztin in der Lage war, zu laufen, denn er wusste nicht, ob er es schaffen würde, sie fünfzig oder sechzig Kilometer weit auf dem Rücken durch die Berge zu schleppen.

Afghanistan – Provinz Zabul – unweit der Absturzstelle des MedEvac

Während seine Männer rasteten, suchte Richard O'Shaughnessy mit dem Feldstecher die Schlucht und den Flusslauf ab. Als der MedEvac taumelte, war er knapp zwei Kilometer Luftlinie von ihrer Position entfernt gewesen. Er vermutete, dass der Helikopter gegen einen der Berghänge geprallt und erst dann abgestürzt war. Die Boden-Luft-Rakete hatte ihn sauber in den Heckrotor getroffen, genau dort, wo bei manchen dieser Hubschrauber eine verräterische

Blackbox saß. Im Verlauf der letzten Stunden war allerdings kein Suchhelikopter aufgetaucht. Alles war viel zu schnell gegangen, um einen Notruf abzugeben. Schließlich fanden O'Shaughnessys Augen, wonach er suchte: Es war absolut unmöglich, dieses Wrack zu bergen und höchstwahrscheinlich sogar unmöglich, es aus der Luft zu finden. Der ausgebrannte MedEvac lag zwischen Felsbrocken eingeklemmt wie ein gestrandeter Walfisch in einem Flussbett. Der Gebirgsfluss staute sich bereits. Noch ein paar Stunden, dann würde die Natur den Kampf gegen die Maschine gewinnen und das Wrack würde endgültig zerbrechen. Irgendwann würde die ISAF dann vielleicht irgendwo stromabwärts, drüben in der Provinz Kandahār im Argandab, ein paar Teile des Helikopters finden.

O'Shaughnessy wollte den Professor bitten, dem Taliban-Warlord Dadullah auszureden, diesen speziellen Abschuss für seine Publicity auszuschlachten. Ein unbestimmtes Gefühl sagte ihm, dass es für alle Beteiligten am besten war, wenn die ISAF und die NATO einen tragischen Unfall bei einem besonders schwierigen Rettungsflug vermuteten.

Die einsame, dunkle Gestalt, die sich mühsam aus dem Wrack quälte, faszinierte den Briten. Er hatte es für unmöglich gehalten, dass jemand diesen Absturz überleben konnte. Doch sehen hieß glauben. Der Typ hatte es sogar geschafft, zwei Leichen aus dem Wasser zu ziehen und irgendwelchen Krempel zu bergen. Unter den gegebenen Umständen gehörte ein unglaublicher Wille dazu, so etwas zu tun. Die Leichen lagen nebeneinander am Ufer. Der Verrückte hatte trotz seiner verzweifelten Situation den Anstand besessen, sich neben sie zu knien und ein kurzes Gebet zu sprechen. O'Shaughnessy hatte sich angesichts dieser pathetisch und mittelalterlich anmutenden Geste ein Grinsen nicht verkneifen können.

Ein bisschen Material hatte den Absturz überlebt: Ein Rucksack mit medizinischer Notausrüstung, Wasserflaschen, eine kleine, undefinierbare Metallkiste, Klamotten. Und die einsame Gestalt hatte noch etwas erbeutet: Es gefiel O'Shaughnessy gar nicht, mit anzusehen, wie der Überlebende eine kurze, handliche Schnellfeuerwaffe ans Ufer brachte, bevor er sich erneut entschlossen in die eiskalten Fluten stürzte, um noch einmal zu dem Wrack zurückzuschwimmen. Der Mann war sichtlich unverletzt und er schien eine Konstitution wie ein Ackergaul zu haben.

Er gab seinen Männern ein Zeichen, dass die Pause zu Ende war. Es war unmöglich zu sagen, ob es sich bei dem Beobachteten um einen Überlebenden der MedEvac-Besatzung oder um einen der Männer handelte, die sie gejagt hatten. Von seiner Uniform waren lediglich eine Flecktarnhose und ein khakifarbenes T-Shirt übrig. Egal, um wen es sich handelte, sie mussten den Kerl erwischen, bevor er sich mit der Waffe und der restlichen Beute aus dem Staub machte. Bis zum Highway A01 waren es rund sechzig Kilometer Luftlinie. Ein entschlossener und gut trainierter Mann mit Erfahrung legte diese Strecke in zwei, höchstens drei Tagen zurück. Ein Soldat ohne Erfahrung, der überleben wollte, würde vielleicht eine Woche brauchen, doch auch er würde es irgendwie schaffen. Und wenn das passierte, war es nur noch eine Frage von Stunden, bis Kampfhubschrauber der Antiterror-Koalition über ihrem Gebiet auftauchen und ihrem einträglichen Geschäft ein Ende machen würden.

DRITTES KAPITEL

Afghanistan – Provinz Zabul – Absturzstelle des MedEvac

Rossis Atem stockte und sie wich instinktiv zurück. Unten beim Hubschrauberwrack bewegte sich etwas. Sie erspähte eine kleine Gruppe von bis an die Zähne bewaffneten Männern in Tarnanzügen, die plötzlich wie aus dem Nichts aufgetaucht waren. Weder auf den ersten noch auf den zweiten Blick konnte sie diese seltsamen Tarnanzüge, die mit der Umgebung zu verschmelzen schienen, einem der in Afghanistan vertretenen Truppenkontingente zuordnen. Und es waren gewiss keine Afghanen, weder Taliban noch Mudschaheddin noch irgendeine Miliz, dazu waren sie viel zu gut und einheitlich ausgerüstet. Rossi überlegte ein bisschen. Die Kerle waren ganz eindeutig Europäer und die Mündungen ihrer Waffen richteten sich auf das Wrack, in dem sich der Special-Forces-Soldat befand. Der Flecktarn sah irgendwie aus wie der US-MARPAT oder der neue kanadische Flecktarn CADPAT. Glücklicherweise kam niemandem die Idee, nach oben zu blicken oder gar in die Felsen zu klettern, um nachzusehen, ob sich vielleicht noch andere Überlebende herumtrieben. Rossi entschied sich für US-MARPAT. Sie als Ärztin machte nie einen solchen Aufstand um Tarnkleidung, sondern lief in der klassischen, kochfesten deutschen Standardware herum. Sie wollte sich in ihrem Feldhospital ja auch nicht verstecken. Aber die Kerle in der modischen Tarnkluft hatten eine sehr präzise Idee von dem, was sie wollten.

Rossi war etwa eine halbe Stunde zuvor mit grauenhaften Kopfschmerzen aufgewacht. Zunächst hatte sie gar nichts verstanden, dann waren langsam ein paar Erinnerungen zurückgekehrt; der fürchterliche Schlag, das Blut in ihrem Gesicht, die Hand, die sie nach oben gezogen und festgehalten hatte, der unverletzte Soldat aus der obskuren Special-Forces-Einheit, ruhige dunkelbraune Augen, die sie angelächelt hatten, ein einlullender beruhigender Singsang in einer Sprache, die ihr wage bekannt vorkam.

Der Mann hatte sich trotz der schlimmen Lage, in der sie waren, rührend um sie gekümmert. Sie war in einem weichen warmen, wenn auch übelriechenden Nest aus verschwitzten Kleidungsstücken aufgewacht. An ihrem rechten Handgelenk, Zifferblatt nach unten, bemerkte sie an einem khakifarbenen Zulu-Strap eine robuste, etwas altertümlich wirkende Taucheruhr. Unter ihrer rechten Hand hatte sie eine geladene halbautomatische Glock 17, ein paar mit 9-mm-Parabellum gefüllte Ersatzmagazine und ein gefährlich wirkendes, schlankes Kampfmesser gefunden. Direkt vor ihren Augen standen eine Wasserflasche, ein Dreißigerpäckchen Ibuprofen 400 mg und ein komplettes RCIR, eine jener heiß begehrten französischen Kampfrationen, um die alle in Afghanistan stationierten Truppen sich stritten, und für die man auf dem schwarzen Markt der ISAF mindestens fünf amerikanische MREs oder drei deutsche EPAs hinlegen musste. Im Gegensatz zu allen anderen militärischen Einmann-Futterpackungen enthielt die französische auch einen Esbit-Kocher, auf dem man sich zu den selbstwärmenden Mahlzeiten noch diskret einen heißen Tee oder Kaffee kochen konnte.

Die seltsame kleine Inszenierung hatte Rossi berührt und gleichzeitig beruhigt: Sie befand sich zwar im Niemandsland in den Bergen zwischen den Provinzen Kandahār und Zabul, doch sie war nicht allein und ihre Lage war nicht aussichtslos. Der Special-Forces-Soldat hatte seine sieben Sinne offensichtlich beisammen und wusste, was er tat. Selbst der Schnitt über ihrem rechten Auge war professionell versorgt. Sie hatte sich noch gewundert, woher er an einem solchen Ort Klammerpflaster und Ibuprofen-Tabletten bekam, und was im Kopf eines Mannes vorging, der in ihrer üblen Situation Zeit darauf verschwendete, die Bildung einer Narbe an einer belanglosen Stelle zu verhindern.

Noch leicht benommen nahm sie die Tabletten, das Wasser und die Pistole und kroch aus ihrem Versteck. Dann setzte sie sich eine Weile in die Sonne und wartete, bis das Gefühl der Übelkeit verschwand. Nach ein paar Schlucken Wasser und zwei Ibuprofen hörte ihr Kopf schließlich auf zu dröhnen. Es war still. Außer dem Rauschen des Flusses und ein paar Vögeln hörte sie nichts. Lediglich der widerliche Gestank nach verbranntem Fleisch und Treibstoff störte das afghanische Bergidyll.

Als sie sich besser fühlte, wurde sie unternehmungslustiger und erkundete ihre direkte Umgebung. Es gab nicht viel zu sehen; die Höhle lag gut versteckt auf einer Anhöhe direkt neben einem kleinen Wasserfall, der sich über graue Felsen und verstreutes Geröll hinunter in eine tiefergelegene Schlucht stürzte. Unten in der Schlucht hatte sie sofort den zerstörten Hubschrauber entdeckt und ihren schwarzhaarigen, bärtigen Schutzengel.

Er war dabei, mühselig irgendwelche Dinge aus dem Wrack zu bergen. Sie setzte sich hin und beobachtete ihn. Einmal sah er zu ihr hoch, bemerkte sie, winkte ihr zu und bedeutete ihr durch eine Geste, zu bleiben, wo sie war. Helfen konnte sie ihm in ihrem leicht benommenen Zustand sowieso nicht, und obwohl sie sportlich und durchtrainiert war, wäre sie nie so unbefangen wie er in das eiskalte Wasser gesprungen, um gegen die wilde Strömung bis zu dem Wrack des Hubschraubers zu schwimmen. Ihre Welt waren die Berge.

Und dann, als der Special-Forces-Soldat gerade in das Wrack gekrochen war, hatte sie die anderen Männer bemerkt. Im ersten Reflex wollte Rossi aufstehen und ihm ihre Entdeckung zurufen. War es möglich, dass Rettung so unglaublich nahe sein konnte? Doch sie besann sich und hielt inne. Gleich darauf beglückwünschte sie sich zu diesem weisen Entschluss, als sie beobachtete, wie die sechs unbekannten Männer ihre Maschinengewehre auf ihren Retter richteten, als dieser mit frischer Beute in den Armen wieder aus dem Wrack herauskroch. Rossi stockte kurz der Atem während ihr Herzschlag sich beschleunigte. Wenn das keine Irregulären, sondern wirklich Amerikaner waren? Vielleicht stammten sie ja aus einer dieser berüchtigten *Special Operations Groups* der Special Activities Division des US-Geheimdienstes CIA, über die auf der Kandahār-Airbase immer wieder die haarsträubendsten Stories erzählt wurden.

Pakistan – Provinz Khyber Pakhtunkhwa – Peshāwar

Der Mann wusste, dass ein Hotel der Luxusklasse wie das Pearl Continental immer die beste Garantie für Anonymität war, selbst in einem Dreckloch wie Peshāwar. Er bezahlte sein Zimmer in bar und verließ das Hotel im Zentrum der Stadt. Ein großer, schwarzer Geländewagen mit getönten Scheiben erwartete ihn. Kurze Zeit später bog der gepanzerte Chevrolet in die Ringstraße ein. Der Verkehr war in Peshāwar wie überall in Pakistan eine wilde Mischung aus kompletter Anarchie und normalem Chaos. Rund zwanzig Minuten später hatten sie den Schlagbaum und die Polizeikontrolle am südlichen Stadtrand passiert und befanden sich auf dem Weg nach Kohat. Die kugelsichere Trennscheibe zwischen der Fahrerkabine und dem Passagier wurde heruntergelassen. Der Mann hatte den Beifahrer bereits am Pearl Continental bemerkt.

»Es tut mir leid, dass ich Sie nicht früher begrüßen konnte, Sir.«

Jones steckte sein Satellitentelefon weg und drehte sich um. Der Anruf von der anderen Seite der Grenze verdarb ihm die Laune, doch er ließ sich nichts anmerken. Sein Freund Arkadij Matveev war tot und die Truppe ehemaliger SpezNas bis zum letzten Mann ausgelöscht! Das Dorf Rustam Kalay ein Trümmerhaufen! Dazu erhebliche Verluste in der Zivilbevölkerung! Jones kochte. Die Situation war verfahren. Keiner wusste, wer die Angreifer gewesen waren. Und ihr Versuch, heimlich in die Grabungsstätte einzudringen, war durch eine wanderlustige Ziege und Dadullahs ältesten Sohn rein zufällig vereitelt worden. In Anbetracht der Tatsache, dass sie erhebliche Geldmittel in hochmoderne Technologien zur Sicherung der Grabungsstätte investiert hatten, war dies ein schwaches Bild. Es war natürlich nicht der erste Zwischenfall dieser Art, und es würde gewiss auch nicht der letzte sein, doch ohne jegliche Vorwarnung hatte es bislang noch niemand fertiggebracht in ihre Nähe zu kommen, nicht einmal Aufklärungsdrohnen. Zabul war ein Hexenkessel und eine Hochburg der Taliban. Und die Taliban in Zabul gehorchten Dadullah. Dadullah herrschte mit eiserner Faust über die Provinz. Daran änderten auch die fast übermenschlichen Anstrengungen der Anti-Terror-Koalition OEF nichts. Dank der Nähe zu Pakistan mangelte es dem Warlord nie an Kämpfern: Tausende arbeits- und perspektivloser junger Paschtunen in den Stammesgebieten standen bereit, die Ränge des berüchtigten Warlords aufzufüllen. Und Dutzende junge Verblendete, die von islamischen Emigranten in Europa abstammten und davon überzeugt waren, nur wegen ihres Glaubens von der ganzen Welt benachteiligt zu werden, gesellten sich zu ihnen, um an diesem fernen Ende der Welt einen völlig sinnlosen Tod zu sterben.

»Es hat vor Ort ein Problem gegeben!«, erklärte Jones knapp seinem Auftraggeber.

»Aber Sie haben es gelöst und alles ist wieder unter Kontrolle?«, erwiderte der Mann genau so kurz angebunden. Er blickte Jones prüfend an.

Der Söldner schüttelte den Kopf. Sie kannten sich schon viel zu lange, um einander noch zu belügen: Ihre Beziehung war zwar nicht freundschaftlich, doch sie beruhte auf gegenseitiger Wertschätzung, ehrlichem Respekt und absolutem Vertrauen. Seitdem ihre Wege sich 1982 zum ersten Mal gekreuzt hatten, arbeiteten sie ausgezeichnet zusammen.

»Ein Teil des Problems hat sich sozusagen in Luft aufgelöst, Boss«, bemerkte Jones lakonisch in Anspielung auf die Boden-Luft-

Rakete, die den MedEvac vom Himmel geholt hatte. »Was den Rest anbetrifft – wir werden sehen, sobald wir vor Ort sind. Im Augenblick kann ich Ihnen einfach nicht mehr sagen.«

Der Mann im Fond nickte. »Ich vertraue Ihnen, Jones. Sie wissen, was Sie tun müssen. Berichten Sie mir jetzt lieber von der Grabung.«

Jones atmete auf. Das unangenehme Thema war vorerst vom Tisch. Er wollte dem Boss auch nicht unqualifizierten Unfug erzählen, ohne genaue Kenntnis der Gesamtsituation zu haben. Sein sonnengebräuntes, kantiges Gesicht verzog sich zu einem breiten Grinsen. Aus der Brusttasche fingerte er eine Memory-Flash-Card, die er in sein Mobiltelefon schob. Der Professor hatte Jones vorsorglich ein paar ausgezeichnete Fotos mitgegeben. Sein Auftraggeber betrachtete die Bilder eingehend.

»Waren Sie auch unten?« In der Stimme des Manns schwang eine unverhohlene Neugier. Er bemühte sich nicht im Geringsten, seine Freude zu verbergen.

Jones schmunzelte. »Ich würde lügen, wenn ich behaupten würde, Ihr Interesse an dieser Sache zu teilen, Boss. Doch ja, ich war unten und ich war beeindruckt. Und der Professor ist euphorisch. Alles ist außergewöhnlich gut erhalten ... ganz so, als ob die Gewölbe erst vor ein paar Tagen verschlossen worden wären.«

Der Mann war genauso euphorisch wie seine beiden Freunde vor Ort. Sie hatten bereits über Skype lange darüber gesprochen. Die Freunde hatten ihm triumphierend eine der kleineren Steintafeln gezeigt. Er hatte die Inschrift problemlos lesen können.

Dreißig Jahre hatte es gedauert, aber am Ende hatten sie es doch geschafft. Trotz aller Probleme und Schwierigkeiten, trotz der Sowjets, trotz der beiden Kriege und des Bürgerkrieges. Nicht einmal 9/11, die Twin Towers und der amerikanische Krieg gegen den Terrorismus hatten sie entzweit oder ihre uralte Freundschaft auch nur ins Wanken gebracht. Keiner von ihnen hatte je aufgegeben oder gezweifelt. Und jetzt ging ihr gemeinsamer Traum endlich in Erfüllung. Sie hatten diesen spektakulären und in seinen Ausmaßen gewaltigen Fund gemacht, als sie noch Studenten gewesen waren, am Ende ihres zweiten Studienjahres. Es war wahrscheinlich der Fund ihres Lebens. Sie hatten es geschafft, eines der größten Rätsel der Geschichte der Antike zu lösen, auch wenn niemand das je erfahren würde.

Afghanistan – Provinz Zabul – Shinkay Distrikt – Absturzstelle des MedEvac

O'Shaughnessy beobachtete seinen Gefangenen nachdenklich. Der saß mit gefesselten Händen und Füssen gegen einen Felsbrocken gelehnt etwas abseits ihrer Gruppe. Er ähnelte einem dieser halbverhungerten Köter, die man überall in Afghanistan herumlungern sah: struppiges, schwarzes Haar, ein struppiger Bart, feindselige dunkle Augen, zäh, dünn und dreckig. Ein paar Fliegen krabbelten über das verkrustete Blut auf seinen Armen und Händen, doch er machte keine Anstalten, sich zu bewegen, um die Quälgeister zu verscheuchen. Allerdings hatte diese Reglosigkeit nichts mit Resignation zu tun. Angesichts ihrer durchgeladenen und entsicherten Waffen hatte der Mann sich ohne viel Aufhebens gefangen nehmen lassen. Er hatte wohl verstanden, dass seine einzige Alternative dazu ein Schicksal wie das seiner toten Kameraden aus dem Helikopter war. Außer ihrem Gefangenen und den beiden Leichen am Ufer hatten O'Shaughnessy und sein Trupp noch die beiden Piloten und die beiden Bordschützen gefunden, vier schwer verbrannte Leichen, die man unmöglich aus dem Wrack hätte bergen können.

O'Shaughnessy ging davon aus, dass Zabelevs Information richtig war. Es fehlten somit mindestens zwei, vielleicht sogar drei Personen, die sich im Augenblick des Abschusses in diesem Rettungshubschrauber befunden hatten. Er zog die Handvoll ID-Tags, die er dem Gefangenen abgenommen hatte, aus einer Tasche seiner Funktionsweste und ließ sie nachdenklich durch die Finger gleiten. Beide Piloten, die zwei Bordschützen und eine der Leichen am Ufer waren Kanadier, die andere Leiche hatte noch ihren holländischen ID-Tag um den Hals getragen. Ihr Gefangener behauptete steif und fest ebenfalls Kanadier zu sein und seine Erkennungsmarke bei dem Versuch verloren zu haben, die toten Kameraden aus dem Wrack zu bergen. Sie hatten ihm eine ordentliche Tracht Prügel verpasst, aber alles, was sie aus ihm herausbekommen hatten, waren Name, Vorname, Geburtsdatum, Dienstgrad und die Personenkennziffer. Er war stur wie ein Maultier und pochte gebetsmühlenartig auf den völkerrechtlichen Schutz von medizinischem Personal als Nichtkombattanten. Er sei Arzt!

Angesichts der Tatsache, dass ihr Gefangener sehr genau mitbekommen hatte, dass sie weder Taliban noch irgendeine afghanische Miliz waren, sondern eine Truppe, die zu hundert Prozent aus Angelsachsen bestand und sogar US-amerikanische Tarnkluft trug, war diese Sturheit vielleicht auch nicht verwunderlich. Der Typ unterstellte ihnen ganz offensichtlich, dass sie sich aus diesem Grund auch an die Spielregeln halten würden, vielleicht sogar Reguläre waren. Und da weder O'Shaughnessy noch einer seiner Männer auch nur ein Wort Französisch sprachen, konnten sie die Geschichte mit Kanada auch nicht überprüfen. Der Kerl selbst sprach exzellentes Englisch mit einem leichten Akzent, der nicht Amerikanisch war und selbst ihn als Briten nicht befremdete.

Trotzdem störte O'Shaughnessy etwas. Er konnte es nur noch nicht greifen oder in Worte fassen. Es war ein Bauchgefühl, eine innere Stimme. Dieser angebliche kanadische Militärarzt nahm seine verfahrene Situation viel zu gelassen hin. Er hatte vom ersten Augenblick an alles richtiggemacht: Als sie ihn – mit auf ihn gerichteten Waffen – gestellt hatten, hatte er keine Angst gezeigt. Er hatte einfach dagestanden, die Augen geschlossen, durchgeatmet und sie machen lassen. Damit hatte er verhindert, versehentlich zu sterben oder – schlimmer noch – versehentlich schwer verletzt zu werden, weil einer seiner Fänger durchdrehte und schoss. Gehorsam war er ihnen gefolgt und hatte sich widerstandslos hingekniet und fesseln lassen. Auch ihre rauen Befragungsmethoden hatten ihn nicht beeindruckt. Die Prügel hatte er weggesteckt wie jemand, dem man beigebracht hatte, ein Verhör durchzustehen. Jetzt saß er an einen Felsbrocken gelehnt; trotzig, dreckig, blutig und zerschlagen. Er hatte geschrien, gejammert und geklagt, doch er trug den Kopf erhoben, und er bat um nichts; nicht um Wasser, nicht um Essen oder darum, dass irgendeine mitfühlende Seele seine Fesseln lockerte, die ihm inzwischen schmerzhaft ins Fleisch schneiden mussten. Und dann waren da noch seine Augen; furchtlos und aufmerksam beobachteten sie seine Peiniger wie ein Raubtier die Beute. O'Shaughnessy beschloss, mit einem seiner Männer zu tauschen. Diskret entsicherte er seine Waffe.

× × ×

Die Nacht hatte sich schon vor Stunden langsam über ihr Felsenversteck und die Absturzstelle des Helikopters gesenkt. Trotzdem beobachtete Rossi angespannt weiter. Ihre Verwirrtheit und Schwäche vom frühen Nachmittag waren wie weggeblasen, genauso ihre Unsicherheit. Sie hatte die Typen in den seltsamen Tarnanzügen beobachtet, wie sie ihren Special-Forces-Soldaten zuerst gestellt und anschließend brutal verhört hatten. Sie erinnerte sich nicht daran, wie lange das abstoßende Schauspiel gedauert hatte. Zehn Minuten? Eine Stunde? Den ganzen Nachmittag? Der Mann hatte trotz der Schläge und Tritte geschwiegen. Nach einer halben Ewigkeit prügelten sie endlich ein paar zusammenhängende Worte in englischer Sprache aus ihm heraus. Im Gebirge trugen Stimmen, Rossi hatte alles mitangehört. Er besaß den Nerv, die Kerle auch noch nach Strich und Faden zu belügen. Dabei wanderte sein Blick kein einziges Mal in Richtung der Felsen und des Wasserfalls. Erst kurz vor Einbruch der Dämmerung, als die Typen mit Diskussionen abgelenkt waren, sah er einmal kurz zu ihr hoch. Einer – wohl ihr Anführer – verschwand mit seinem Satellitentelefon. Rossi begriff genau, was die Kopfbewegung des Soldaten bedeutete: Sie sollte verschwinden, solange die sonderbaren Kerle mit ihm beschäftigt waren, laufen, so schnell sie ihre Füße trugen, weg, irgendwohin. Nur nicht hierbleiben. Sie hatte warme Kleidung, seine Waffen und seine gesamte Ausrüstung. Sie hatte eine gute Chance durchzukommen. Doch eine innere Stimme flüsterte ihr zu, dass das falsch wäre. Er hatte ihr das Leben gerettet. Sie konnte sich jetzt nicht umdrehen und ihn einfach seinem Schicksal überlassen.

× × ×

Rossi war zur Höhle zurückgeschlichen, um Bestandsaufnahme zu machen. Sie selbst besaß nicht viel: Eine handliche, kleine Taschenlampe mit nagelneuen Batterien, ein Päckchen Kaugummi, das uralte Stethoskop, das sie seit Unizeiten immer als Glücksbringer mit sich herumschleppte, und einen Stadtplan von Kandahār. Ganz anders der Special-Forces-Soldat: Sie hatte systematisch sämtliche Taschen seiner zahlreichen zurückgelassenen Kleidungsstücke durchsucht. Ihre Funde ähnelten mehr einem Trödelmarkt als einem Combat-Outfit: ein kleiner Kompass, ein kleines Nachtsichtfernglas, ein Feuerzeug und eine Überlebensdecke. Dazu ein komplettes medizinisches Notfallset nach NATO-Standard. Der Mann hatte wirklich an alles gedacht. Nicht einmal die berüchtigten Go-Pills fehlten; das Päckchen mit den Amphetaminen war nagelneu.

Sie fand auch ein paar Dinge, die sie verwirrten: Ein kleines Lederetui, in dem sich Plastikröhrchen mit einer Auswahl homöopathischer Globuli befanden, alle in englischer Sprache von Hand beschriftet, 500-mg-Kapseln der nichtessentiellen Aminosäure L-Tyrosin, einer natürlichen Alternative zum chemischen Amphetamin, 500-mg-Magnesium-Kautabletten, ein Plastikdöschen mit deutschen Traumeel-Tabletten gegen Muskelschmerzen, ein Fläschchen Bachblüten »Emergency Rescue Remedy« für Schockzustände, Baldriankapseln und eine alkoholische Flüssigkeit, die sie vom Geruch her stark an traditionellen Franzbranntwein erinnerte. Der Soldat hatte offensichtlich kein allzu großes Vertrauen in die Schulmedizin. Aber er hatte auch ausreichend Munition in den Taschen, um den Dritten

Weltkrieg vom Zaun zu brechen und sogar zwei kleine Portionen C4-Plastiksprengstoff. Die Sprengschnur fand Rossi neben einer Drahtschlinge, die man sowohl als Säge als auch als Mordwerkzeug verwenden konnte. Dazu schleppte er einen spektakulären Vorrat an Bonbons mit sich herum, der bei jedem deutschen Zahnarzt einen akuten Herzinfarkt ausgelöst hätte.

Mit ihren Schätzen war sie am Ende wild entschlossen zum Felsenversteck zurückgekrochen. Sie hatte zwar noch keine Idee, was sie tun konnte, aber sie hatte immerhin, neben Hahnemanns vollständiger homöopathischer Haus- und Reiseapotheke eine Waffe, Munition, etwas Verpflegung und ein bisschen Sprengstoff. Und außer dem gefangenen Special-Forces-Soldaten wusste niemand, dass sie existierte. Mit den vielen Kleidungsschichten ähnelte Rossi dem Michelin-Männchen »Bibendum«, aber ihr war wenigstens nicht kalt. Sie knabberte am Nougatriegel aus der Kampfration und beobachtete weiter. Sie war bereit, umgehend aufzubrechen, sobald die Typen unten in der Schlucht sich in Bewegung setzten. Vielleicht ergab sich ja eine Gelegenheit, an ihren Retter heranzukommen oder wenigstens herauszufinden, was die sonderbaren Typen mit ihm vorhatten. Immerhin hatten sie ihn am Leben gelassen und nicht einfach über den Haufen geschossen.

× × ×

Kérmorvan beschloss, sich auszuruhen und zu schlafen. Er war im Augenblick einfach zu müde und zu zerschlagen, um Fluchtpläne zu schmieden. Außerdem hatten sie ihn mit dünnen Kabelbindern gefesselt, und selbst für einen Mann wie ihn, dem man sorgsam alle nur erdenklichen Tricks beigebracht hatte, sich aus den übelsten Situationen zu befreien, war es fast unmöglich, diese Dinger loszuwerden. Je mehr man sich wehrte, desto fester zogen sie sich zusammen. O'Shaughnessy, der Anführer der Truppe, traute ihm nicht über den Weg. Der Brite beobachtete ihn, die entsicherte Waffe im Anschlag, wie ein Kaninchen die Schlange. Er gab dem Mann sogar recht. Er würde sich selbst auch nicht über den Weg trauen. Nachdem er allerdings noch am Leben und relativ unbeschädigt war, vermutete Kérmorvan, dass der eigentliche Plan darin bestand, ihn am nächsten Morgen zu diesem geheimnisvollen Camp im Hochtal zu schaffen, um ihn dann dort nach allen Regeln der Kunst auszuquetschen. Diese Aussicht begeisterte ihn nicht. Er hatte seine kleinen Schwächen, aber masochistische Tendenzen zählten nicht dazu. Andererseits war das vielleicht eine einzigartige Gelegenheit, diesen sonderbaren Ort und seine unorthodoxe Bevölkerung einmal genauer in Augenschein nehmen zu können. Er musste herausfinden, was in dem Hochtal wirklich vor sich ging.

Sie waren vor ein paar Tagen bei ihrer Suche nach den verschwundenen Kampf-Drohnen und Soldaten zufällig über den Ort gestolpert, der auf seiner Karte nicht verzeichnet war. Was sie dort beobachtet hatten, war zutiefst verwirrend. Kérmorvan selbst hatte es im ersten Moment überhaupt nicht wahrgenommen, aber zwei seiner Männer hatten schnell begriffen und ihn sozusagen mit der Nase darauf gestoßen. Er wusste, dass er gelegentlich betriebsblind sein konnte. Ihm fehlte das, was man kreative Fantasie nannte.

»Das sieht aus, wie eine archäologische Ausgrabung, Patron!«, hatte Durand ihm zugeflüstert.

LeGoff hatte dann auf eine kleine Gruppe gedeutet, die mit Pinseln und Bürsten eine Stele säuberten.

»Sehen Sie mal, Chef – die haben etwas wirklich Außergewöhnliches gefunden!«

Anschließend hatte Kérmorvan bemerkt, dass weite Teile des Hochtals mit Richtschnüren sorgfältig in regelmäßige Quadrate aufgeteilt waren. Einige dieser Segmente schienen bereits ausgegraben und aufgegeben, andere waren wohl noch in Arbeit. Eine Stelle war mit Kunststoff-Paneelen auf Trägern abgedeckt. Die Leute, die sie dort beobachteten, trugen zwar ganz eindeutig lokale Kleidung und waren bärtig, doch sie hatten auch moderne Schutzhelme auf den Köpfen und brandneu wirkendes Gerät in Händen. Alle arbeiteten geschickt und sehr professionell.

Das war kein Verein von Amateuren, die eine kleine Raubgrabung veranstalteten, um in einer Kampfpause den schnellen Dollar zu machen! Das Ganze erweckte vielmehr den Anschein, in großem Stil durchdacht und konsequent aufgezogen zu sein. Das Gelände erinnerte Kérmorvan an die großen Ausgrabungen von Gisacum in der Nähe von Évreux, wenn in der sommerlichen Grabungssaison sämtliche Experten der Universitäten von Caen, Rouen und Paris gleichzeitig aufschlugen. Er selbst trieb sich natürlich nicht nur aus Jux und Tollerei in Évreux herum, auch wenn er leidenschaftlich gerne die allerneuesten Entdeckungen von Gisacum bewunderte. Die alte Stadt in der Haute-Normandie beherbergte neben einer gut erhaltenen gallo-römischen Tempelanlage vor allem die Airbase 105. Die dort stationierten Flugzeuge und Helikopter gehörten dem Service Action der DGSE.

Beim Gedanken an Évreux und die dortigen Funde aus der Zeit der Eburoviken verstand Kérmorvan dann mit einem Mal: Gisacum wurde auf vierhundert Hektar geschätzt; zu groß, um alles zu sichern und zu überwachen. Es war ein gewaltiges Problem, zu verhindern, dass sich Hinz und Kunz an archäologischen Funden aus dem zweiten Jahrhundert vor der Zeitrechnung bedienten. Viele Jahre hatte man auf den lokalen Flohmärkten verhältnismäßig wertvolle Stücke finden können – Münzen, Schmuck und kleinere Statuen aus Bronze. Und dabei war Frankreich ein gut organisiertes Land im Frieden, mit einer Gesetzgebung, die jede Form von Raubarchäologie unter Strafe stellte, und einer rund zweihundert Mann starken Spezialeinheit der Polizei, die auf den Schutz von Kulturgütern spezialisiert war. Sogar gesetzestreue Bürger wie er selbst hatten unbefangen und ohne sich irgendwelche Gedanken zu machen von der Unmöglichkeit der Überwachung profitiert. So hatte er auf einem Flohmarkt in Glos-la-Ferrière eine sehr gut erhaltene Statue der Reiter- und Pferdegottheit Epona gefunden, die inzwischen den Eingang zu den Pferdeställen auf dem Hof seiner Eltern zierte. Und wie ihm, ging es den anderen – die meisten dachten wohl gar nicht darüber nach, woher eine Antiquität stammte und ob sie legal oder illegal ausgegraben worden war. Er selbst hatte sich damals auch nicht gefragt, woher die hübsche Epona stammte, sondern sich einfach über den außergewöhnlichen Fund gefreut und dem Trödelhändler die Statue ohne groß zu verhandeln abgekauft. Die Leute sammelten munter drauf los. Das waren in der Regel keine echten, ernsthaften Sammler, sondern Geschichts-Freaks, Menschen, die von einer gewissen Ästhetik angesprochen wurden, oder auch solche, die einfach außergewöhnliche Dekorationsobjekte suchten – durchschnittliche Leute also. Und zu dieser unüberschaubaren Gruppe gesellten sich noch die Spezialisten, echte Sammler, Galeristen und Kuratoren von privat finanzierten und staatlichen Museumseinrichtungen weltweit! Der Markt war riesig, unübersichtlich und völlig unkontrollierbar. Und es ging um riesige Geldsummen.

Zuerst die ehemaligen russischen SpezNas in amerikanischer Hightech-Tarnkluft, dann ein Dutzend Amerikaner und ein Brite, genauso einheitlich uniformiert und ausgerüstet, die mit einem sündhaft teuren, französischen MANPADS einen MedEvac-Helikopter der ISAF abschießen. Diese zusammengewürfelte irreguläre Truppe operierte völlig ungestört mitten im Herzland der Hochburg eines der gewalttätigsten und skrupellosesten Kriegsherren der Taliban: Dadullah Khan. Hier musste etwas mehr auf dem Spiel stehen, als ein paar alte Tonscherben oder ein bisschen baktrischer Goldschmuck. Und was auf dem Spiel stand, war kein Rauschgift. Das war vielleicht die einzige echte Auffälligkeit dieser scheinbar völlig von den Taliban kontrollierten Gegend: Es gab hier keine Opiumfelder! Er hätte es eigentlich sofort selbst bemerken müssen. Keine Opiumfelder und relativer Wohlstand inmitten einer vom Krieg erschütterten Region! Das hätte ihnen zuvor längst auf den von den Drohnen übermittelten Aufnahmen auffallen müssen, aber niemand hatte es richtig wahrgenommen.

Betriebsblindheit, dachte Kérmorvan frustriert, das war echte Betriebsblindheit, und jetzt bekommst du die Rechnung präsentiert.

Er überlegte kurz, ob O'Shaughnessy und sein wilder Haufen ihm den ganzen Schwachsinn abgekauft hatten, den er ihnen da gerade aufgetischt hatte. Er konnte sich um Kopf und Kragen geredet haben, aber er wusste auch, dass er keine andere Wahl hatte. Die Sache musste nun durchgezogen werden. Kein Grund zur Panik. Das Gespräch mit seinen Häschern lief immer noch ganz gut!

Die kräftig gebauten Kerle, die ihn geschnappt hatten, waren natürlich alle muskulös und körperlich in Bestform. Wenn er sich mit seinen eigenen lausigen fünfundsechzig Kilo bei 1,85 Metern im Spiegel betrachtete, gruselte ihn regelmäßig. Irgendwie rekrutierten die Amerikaner und Angelsachsen andere Typen von Männern für ihre Spezialeinheiten als die Franzosen. Aber diese Schwachköpfe verhielten sich nicht besonders professionell. Es mangelte ihnen sichtbar an militärischer Disziplin und sie spielten sich auf wie andalusische Zwerghühner! Seine Eltern hielten die seltene Rasse seit ein paar Jahren zur Dekoration auf ihrem Bauernhof bei Dol in der Bretagne. Bildhübsche Tiere, aber schrecklich von sich eingenommen. Dabei legten sie höchstens drei mickrige Eier pro Woche.

Die Muskelmänner, die sich an Kérmorvan zu schaffen machten, redeten etwas viel. Er hatte im Verlauf der letzten Stunden mehr über den ganzen wilden Verein erfahren, als sie über ihn – und dabei war doch er es, der die Prügel bezogen hatte.

O'Shaughnessy war dem Akzent nach zu urteilen ein typischer Brite der Unterschicht aus irgendeinem schmuddeligen Housing Estate im Norden Englands. Alle anderen waren klassische Ausschussware der US-Streitkräfte aus dem *»poverty belt«* und dem *»farm belt«* im Mittleren Westen: waschechte *»rednecks«*, stereotypischer *»white trash«*, der ihm umgehend Dorothy Allisons Roman *Bastards Out of Carolina* in Erinnerung rief. Und passend zu ihren lächerlichen Macho-Allüren hatten sie auch noch die einschlägigen geschmacklosen Tätowierungen auf den Armen. Ehemalige Fallschirmjäger, Ranger, Marines: Kérmorvan kannte diesen Typ von Freelance-Kämpfern. Überall auf der Welt waren sie vom gleichen Schlag.

Mehrheitlich stammten sie aus dem angelsächsischen Kulturkreis. Sie quittierten den regulären Dienst, weil es ihnen dort entweder zu bürokratisch zuging oder weil sie nicht genug verdienten. Andere waren wegen irgendeiner Verfehlung an die frische Luft gesetzt worden. Wieder andere hatten am Ende ihrer Dienstzeit nicht verlängert und die reguläre Armee lediglich als Ausbildungscamp für eine lukrative und abwechslungsreiche Karriere in der boomenden, militärischen Privatwirtschaft betrachtet. Diese Söldnertypen kotzten ihn an, und wer sie ganz besonders gerne für miese Drecksarbeit benutzte, waren die staatlichen, amerikanischen Stellen: die unzähligen US-Geheimdienste oder das Pentagon.

Die Tatsache, dass sie sich seit dem zweiten Golfkrieg 1990-1991 hinter organisierten Strukturen verbargen, die man *Private Military Companies* oder PMCs nannte, änderte allerdings auch nichts daran, dass sie für Geld kämpften und sich ohne tiefe innere Überzeugung verkauften. Die absolute Mehrheit der PMCs waren traditionell Unternehmen aus den Vereinigten Staaten, Großbritannien und Südafrika. Die Gesetzgebung in diesen Ländern erlaubte es, Krieg ganz offen als Dienstleistung anzubieten. Diese Firmen waren lediglich an ihre Verträge gebunden und arbeiteten in einer Grauzone des Kriegsvölkerrechts, das für reguläre Truppen bindend war. Im Irak entwickelten sie sich zu einer Landplage fast schon biblischen Ausmaßes: Wie hungrige Heuschrecken fraßen sie sich an den lukrativen Aufträgen des US Department of Defense satt. Die Übergänge zwischen der Ausübung staatlicher Gewalt und wildwütiger Freibeuterei wurden dabei immer fließender. Afghanistan war diesbezüglich zu einem ebenso einträglichen Spielplatz geworden wie die Gegend zwischen Euphrat und Tigris.

Als er sich vor vierzehn Tagen unten in Spin Boldak diskret und unter der Hand sechs zuverlässige und kampferprobte Männer aus dem 1. Fallschirmjäger-Regiment der Marineinfanterie, dem 1er RPIMa, bei seinem alten Kumpel Major Thierry Sénéchal ausgeborgt hatte, um mit ihnen seine eigenen, geheimdienstlichen Zwecke zu verfolgen, ohne gleich die Aufmerksamkeit von NATO und

Amerikanern auf sich zu ziehen, hatte er natürlich mit jeder Menge Ärger gerechnet, aber nicht mit dieser bösen Überraschung. Die Jungs aus dem 1er RPIMa waren offiziell und auf dem Papier für das CENTCOM in Bagram lediglich auf einer gewöhnlichen Standard-Patrouille unterwegs gewesen. Natürlich heuerten etablierte, terroristische Organisationen immer wieder gerne unabhängige Dienstleister zur taktisch-operativen Beratung an. Das war nichts Neues. Schon seit den Tagen des Untergangs des Dritten Reiches kommerzialisierten Ehemalige der etablierten Geheimdienste, den Regeln der Marktwirtschaft folgend, ihre gesammelten Erfahrungen und Kompetenzen. Diskret und gegen harte Dollar oder Euro boten sie Know-how im Bereich operative Sicherheit an, bildeten im geheimdienstlichen Handwerk aus, oder leisteten technische und logistische Unterstützung bei vielerlei Operationen. Manche arbeiteten auch für Wirtschaftsunternehmen und nannten sich bescheiden »Sicherheitsberater«, andere für klassische kriminelle Organisationen und wieder andere verkauften ihre Dienstleistungen meistbietend den staatlichen Geheimdiensten selbst, sozusagen als Unterauftragnehmer. Auch sein eigener Dienst hatte vor ein paar Jahren mit der Firma Alyzée ein kommerzielles Outlet eingerichtet. Diese Equipe bot frankofonen Ländern und großen, europäischen Firmen, die in Krisengebieten arbeiteten, eine qualitativ hochwertige, kostenpflichtige Kriegsdienstleistung an. Damit entlasteten sie »Offizielle«, wie ihn selbst, damit diese sich aufs Wesentliche konzentrieren konnten. Allerdings machten sein Ex-Kollege Olivier Patrick und die Jungs von Alyzée keinen großen Unfug, sondern gingen brav dorthin, wo es den Auftraggebern im Élysée oder am Quai d'Orsay nützlich schien.

Was Kérmorvan hier vor sich sitzen sah, war jedoch eine Neuerung: eine unter marktwirtschaftlichen Gesichtspunkten geschmiedete Allianz zwischen einer Talibangruppe und einer Söldnertruppe, in der sich sowohl Russen als auch Angelsachsen befanden. Die Taliban kauften eigentlich kein externes Know-how ein, da sie seit vielen Jahre Gratisberatung und taktische Unterstützung vom pakistanischen Geheimdienst bekamen. Dessen Service war zwar nicht erstklassig, aber dafür billig und leicht verfügbar.

Natürlich arbeiteten Söldner und militärische Dienstleister nicht umsonst. Bei einem durchschnittlichen Tagessatz zwischen sechshundert und achthundert steuerfreien US-Dollar pro Mann war allein die Tracht Prügel, die Kérmorvan am Spätnachmittag bezogen hatte, knapp zehntausend US-Dollar wert – ein stolzer Preis für ein paar blaue Flecken! Er schloss die Augen und drehte den Kopf zur Seite. Er musste erst einmal ganz in Ruhe nachdenken, diese Geschichte verdauen und sich die Karten legen. Die Story, dass er Arzt war und zum Rettungsteam gehört hatte, würde er den Söldnern, die ihn geschnappt hatten, problemlos weitererzählen können.

Kérmorvans Mutter war Hebamme, und er hatte aufgrund dieser familiären Prädisposition schon bei den Spezialeinheiten der Marine und im Commando de Penfentenyo immer als Notfall-Sani herhalten müssen. Jeder Pierre, Paul und Jacques seiner Hierarchie war felsenfest davon überzeugt gewesen, dass er als Bauernsohn für diese unappetitliche Special-Forces-Combat-Medic-Ausbildung geschaffen war, nur, weil er bereits vor dem ersten Kurs gewusst hatte, wie man Fohlen und Kälber im Bauch der Mutter umdrehte, Katzen- oder Hundewelpen auf die Welt holte, Weideverletzungen bei Nutztieren versorgte und beschädigte Pferdebeine sauber bandagierte. Am Ende hatte er es nicht bereut. Es war gar nicht schlecht, wenn man sich in seinem Job etwas besser mit medizinischen Dingen auskannte. Abgesehen von einer Reihe Kameraden, die Kérmorvan ihr Leben oder ihre weiter bestehende Einsatzfähigkeit verdankten, hatte er sich selbst auch schon mehrfach zusammengeflickt.

Seine Story vom Militärarzt, die er den Contractors, die ihn verhörten, aufgetischt hatte, war also glaubhaft. Zum Glück war er trotz der robusten Behandlung, die ihm zuteilwurde, noch in guter körperlicher Verfassung. Seine Kampfmoral hatte nicht gelitten und er wollte irgendetwas Greifbares über diesen mysteriösen Ort in Erfahrung bringen, bevor er sich auf den Heimweg nach Frankreich machte.

Sowohl die verschwundenen Soldaten als auch die EADS-Drohnen, und schließlich seine Gruppe aus dem 1er RPIMa, sie alle waren wohl diesem abgeschirmten Ort hoch oben in den Großen-Suleiman-Bergen und seinem marktwirtschaftlichen Anreiz zu nahegekommen. Der »marktwirtschaftliche Anreiz«, der die Geschäftsgrundlage zwischen den Taliban der Gegend und diesen Söldnern darstellte, war außergewöhnlich attraktiv. Sie buddelten in dem Hochtal, das er mit den Männern aus dem 1er RPIMa zufällig entdeckt hatte, gemeinsam nach Antiquitäten für den grauen und schwarzen Markt.

Das Thema Blutantiquitäten war so alt wie der Krieg und die Kulturgüter selbst. Zwar gab es in der Mehrheit der Länder der Welt inzwischen Gesetze, die entsprechende Plünderungen und Raubzüge verhindern sollten, doch das Problem wurde damit nicht beseitigt. Genauso wenig, wie das Problem der Blutdiamanten oder das der Konfliktrohstoffe. Kérmorvan hatte irgendwo einmal gelesen, dass der Handel mit geraubten Altertümern aus Kriegsgebieten sich zu einem Milliardengeschäft entwickelte und nur noch vom Menschen- und Rauschgifthandel übertroffen wurde. Diverse Terrorgruppen finanzierten sich inzwischen zu einem großen Teil aus dem Verkauf antiker Artefakte. Sammler weltweit zahlten bereitwillig hohe Summen und finanzieren so den internationalen Terrorismus.

Diese Summen ließen sich kaum nachverfolgen, denn Verkäufe von gestohlenem Kulturerbe gingen auf verschlungenen Pfaden auch an seriöse Institutionen wie Museen oder Galerien. Damit wurde viel schwarzes Geld blütenweiß gewaschen. Für Terroristen auf allen Kontinenten waren Antiquitäten eine sichere Quelle für die Finanzierung ihrer Untaten geworden. Jeder neue Krieg, jeder neue Konflikt, die zahllosen *»Failed States«,* gescheiterten Staaten: In diesem Sumpf war es einfach für Terroristengruppen, das Business weiterzuentwickeln und auszubauen.

»Und für die verdammten Amerikaner!«, ging es Kérmorvan durch den Kopf. Jetzt, wo er konzentriert über das Thema nachdachte, kamen auch die Erinnerungen zurück. Er hatte bereits während früherer Einsätze solche Zwischenfälle beobachtet. An drei, die mit dieser Thematik der Blutantiquitäten im Zusammenhang standen, konnte er sich besonders gut erinnern.

Möglicherweise waren die mysteriösen Vorfälle, deren Zeuge und Opfer Kérmorvan in diesem Moment war, weitaus weniger mysteriös als er zuvor geglaubt hatte. Doch in den letzten Monaten waren hier viel zu viele Männer einfach spurlos verschwunden. Die unwegsame Gebirgsregion zwischen Qalat-i-Ghilzai und den westlichen Suleiman-Bergen im Distrikt Shinkay an der Grenze zu Pakistan und der afghanischen Provinz Kandahār ähnelte dem Bermuda-Dreieck. Allein seit Anfang des Jahres hatten sie in dieser Gegend acht französische Special-Forces-Soldaten aus Fernspähereinheiten verloren: vier vom 13. Régiment de Dragons Parachutistes – 13ème RDP – und vier weitere aus seiner ehemaligen Truppe, dem Commando de Penfentenyo. Allerdings waren es erst die beiden spurlos verschwundenen experimentellen Hunter-Killer-Drohnen von EADS gewesen, die die Aufmerksamkeit seiner Chefin Madame le Juge erweckt hatten.

Madame le Juge wurde für gewöhnlich nicht schnell nervös. Die acht Spezialeinsatzkräfte des Commandement des Opérations Spéciales, die verloren gegangen waren, hatte sie elegant damit wegargumentiert, dass dieses Grenzland der autonomen Stammesgebiete eben eine unglaublich gefährliche Gegend war, und Special Forces im Allgemeinen eben einem unglaublich gefährlichen Geschäft nachgingen. Sie hätte alles am liebsten Dadullah Khan, dem Ober-Taliban der Gegend, und seiner international anerkannten Lust am Köpfen und Massakrieren in die Schuhe geschoben, wenn da nicht die beiden Drohnen gewesen wären. Die Dinger hatten sich, genau wie die Special Forces aus dem COS, mit einem Streich in Luft aufgelöst. Gerade noch übermittelte der Hunter ihres allwetterfähigen Drohnen-Paares wunderbar klare und präzise, wenn auch nur beschränkt interessante Bilder aus einer diskreten Flughöhe, während ihn sein Killer-Freund treu begleitete, um im entsprechenden

Augenblick zu tun, was Killer-Drohnen eben tun. Und plötzlich – pouff! – war der Bildschirm schwarz, wobei nicht nur eine Drohne verschwand, sondern gleich beide! Radiofrequenz-Jamming im Breitband war allerdings keine Spezialität der Taliban, genauso wenig, wie das sogenannte *»signal spoofing«*. Damit konnte man Drohnen überzeugen, Dinge zu tun, die der fernsteuernde Pilot in seinem weit entfernten Kommandoposten nicht tun wollte. Aber das war genauso kompliziert wie das Jamming. Man brauchte nicht nur entsprechendes Equipment, sondern auch sehr gut ausgebildete Experten, die wussten, wie es funktionierte, und darüber hinaus Informationen, die man sich nicht einfach so im Internet herunterladen konnte. Die Taliban hatten es trotz pakistanischer Hilfe nicht einmal geschafft, erbeutete sowjetische Hubschrauber flugfähig zu machen.

Um Drohnen vom Himmel zu pusten, brauchte man auch ein bisschen mehr als eine uralte Panzerfaust aus sowjetischer Massenproduktion. Selbst mit der berüchtigten amerikanischen Stinger-Luftabwehrrakete klappte es nicht so einfach, zwei Luftfahrzeuge auf einen Streich zu erwischen. Dafür waren ihre Drohnen mit knapp fünftausend Metern auch fast schon zu hoch geflogen. Kérmorvan seufzte leise. Es musste sich hier um ein außergewöhnlich einträgliches Geschäft handeln, an dem viele Leute aus der Gegend mitverdienten? Sie alle waren daran interessiert, die OEF und die ISAF auf Abstand zu halten. Für Dadullah Khan war dieses einträgliche Geschäft wahrscheinlich gleichzeitig eine Art Lebensversicherung, denn sein Kopf war den Amerikanern bereist fünfhunderttausend US-Dollar wert. Das war hier in der Gegend eine Menge Geld und eine große Versuchung für potenzielle Verräter. Dank dem guten Geld, das er aus den Einkünften der Blutantiquitäten wahrscheinlich verteilte, war gefährlicher Verrat weniger attraktiv, als ungefährliches regelmäßiges Abkassieren.

Es musste sich gleichzeitig um ein streng geheimes Geschäft handeln, denn normalerweise hätte Dadullah die Gefangennahme von Mitgliedern westlicher Special Forces in den Medien ausgeschlachtet und mit der Veröffentlichung einer Reihe blutrünstiger Videos auf *YouTube* und *Dailymotion* gefeiert.

Natürlich war es möglich, dass eine geheime Ausgrabungsstätte in den Bergen wesentlich mehr einbrachte als das Kopfgeld für Dadullah – vor allem dann, wenn in diesem Hochtal nicht nur außergewöhnliche Stücke zu Tage gefördert wurden, sondern auch gute, kommerzielle Sachen, die unauffällig genug waren, um durch die Auktionshäuser der Welt zu gehen oder in den Vitrinen von Antiquitätenhändlern aufzutauchen. Eine Million Dollar oder Euro mit Antiquitäten – das war schnell erreicht.

Kérmorvan ging in seiner freien Zeit selbst gerne zu Versteigerungen. Vor allem die großen Themenauktionen im berühmten Pariser Hôtel Drouot im IX. Arrondissement waren oftmals interessanter und abwechslungsreicher als jeder klassische Museumsbesuch. Natürlich gestattete ihm sein Sold, obwohl der durch sein Dienstalter, diverse Gefahrenzulagen des Service Action sowie seine OPEX-Bezüge für Auslandseinsätze weit über dem Sold eines gewöhnlichen Fregattenkapitäns der französischen Kriegsmarine lag, nicht, einem solch exotischen Hobby zu frönen wie dem gezielten Sammeln wertvoller Antiquitäten. Aber das Thema interessierte ihn, und gelegentlich fand sich inmitten einer spektakulären Auktion eben auch eine interessante historische Reisebeschreibung aus dem Orient, alte Landkarten oder kleine Aquarelle von Orientalisten aus dem neunzehnten Jahrhundert, die weder die professionellen Einkäufer der Museen, noch die großen Privatsammlungen interessierten. Die Wochenzeitschrift *La Gazette Drouot* veröffentlichte die Preise, die im Rahmen der Auktionen erzielt wurden. Kérmorvan erinnerte sich, einmal gelesen zu haben, dass ein klassisches Isis-Amulett aus dem Ägypten der achtzehnten bis zwanzigsten Dynastie zwischen zehntausend und fünfzehntausend Euro einbrachte. Das war schon ein bisschen Geld, vor allem, wenn man sich vor Augen führte, wie einfach sich ein solch kleines und recht unscheinbares Amulett transportieren ließ. Und kein Flughafensicherheitssystem reagierte, kein gut ausgebildeter Polizeihund schlug lautstark an. Selbst der Zoll wusste meist nicht, ob ein Amulett echt war, oder nur eine billige Kopie für Touristen. Dazu brauchten die Zöllner meist erst einen Spezialisten, der von einer Uni oder aus einem Museum geholt werden musste und außerdem noch Geld für seine Dienstleistungen als Berater einforderte.

Kérmorvan konnte sich durchaus vorstellen, dass Dadullah in einem Geschäft mit illegalen Ausgrabungen und Antiquitäten etwas zu sehen vermochte, das vielen anderen Taliban aufgrund ihrer rückständigen Einstellung zum Leben entging. Im Gegensatz zu seinem weltfremden, scheuen und zurückhaltenden Chef Mullah Omar war der Warlord, der in der Provinz Zabul sein Unwesen trieb, ein echter Showman, der Auftritte vor laufender Kamera liebte. Dadullah akzeptierte sogar immer wieder Telefoninterviews mit Vertretern der westlichen Presse oder kontaktierte selbst Redakteure. Er war bereit gewesen, über mehrere Wochen mit einem bekannten pakistanisch-amerikanischen Sachbuchautor zusammenzuarbeiten, der ein Werk über die sowjetische Invasion Afghanistans schrieb, und hatte sich dabei als geopolitisch wohlinformiert erwiesen. Und im Gegensatz zu vielen anderen hochrangigen Taliban sprach der Mann ganz ausgezeichnetes Englisch. Sie wussten auch, dass er zu verschiedenen Grundsatzfragen, die das Gros seiner Gruppierung als obskurantistische Steinzeit-Islamisten erscheinen ließ, erstaunlicherweise sehr liberal eingestellt war. Sie wussten, dass er Anfang der Achtzigerjahre sogar mehrfach ins Ausland gereist war; unter anderem nach Großbritannien und in die USA. Während des sowjetischen Krieges in Afghanistan war er ihnen nie ins Auge gesprungen, was auch daran gelegen haben mochte, dass er damals zu keiner der radikal-islamischen Gruppierungen gehört hatte, sondern mit seinen Gefolgsleuten für Sibghatullah Mojaddedis Nationale Befreiungsfront, die Dschabha-yi Nidschāt, gekämpft hatte. Kérmorvan hatte es immer als sonderbar empfunden, dass ausgerechnet dieser weltoffene Mann, der gereist war und offensichtlich auch über eine gute Bildung verfügte, sich am Ende einer so reaktionären Gruppierung wie den Taliban angeschlossen hatte.

Genau aus diesem Grund war Kérmorvan jetzt auch wild entschlossen, herausfinden, was hier wirklich ablief und wer hinter den russischen und den angelsächsischen Söldnern steckte, die mit dem berüchtigten Taliban-Warlord gemeinsame Sache machten. Er wusste, dass er dabei sehr vorsichtig sein musste und nicht seiner üblichen Paranoia anheimfallen durfte, hinter jedem Baum und Strauch gleich die schmutzigen Hände der intriganten amerikanischen Geheimdienste zu sehen. Seine Chefin wollte wissen, was mit ihrem experimentellen Hunter-Killer-Drohnenpaar passiert war, und als Offizier und Ehrenmann schuldete er den Familien der sechs toten Special-Forces-Soldaten, die ihn begleitet hatten, die Wahrheit. Die Wahrheit um jeden Preis.

Kérmorvan hoffte, dass die niedliche Bundeswehrärztin seinen kurzen Wink verstanden und sich umgehend aus dem Staub gemacht hatte. Dies hier war weder ihr Kampf noch ihr Krieg. Seitdem er sie in dem Black-Hawk-MedEvac wahrgenommen hatte, fühlte sich ein Teil von ihm schuldig, weil er die Kleine und ihre Kollegen von der ISAF Medical Task Force Kandahār herbeigefunkt hatte, ohne den Ärzten ehrlich zu sagen, welche Gefahren sie vor Ort erwarteten.

VIERTES KAPITEL

Frankreich – Romainville – Fort de Noisy – Hauptquartier der Division Action des französischen Geheimdienstes DGSE

Christiane Près kippte den gallenbitteren, dick eingekochten Kaffee angewidert in die schwer geprüfte Topfpflanze neben dem Schreibtisch. Ihr Magen rebellierte, denn Madame le Juge hatte während der letzten zweiundsiebzig Stunden außer einer großen Dose Schokokekse nichts Vernünftiges gegessen. Und sie hatte nicht geschlafen. Mit einer ungeduldigen Handbewegung strich sich die Chefin der Division Action und der Spezialeinsatzkräfte des französischen Geheimdienstes eine Haarsträhne aus dem Gesicht, stand auf und massierte sich den Nacken. Dann öffnete sie das Fenster, um in tiefen Zügen die kühle, frische Morgenluft einzuatmen. Der Blick auf die Uhr ließ sie kurz zögern. Es war nicht nur erst sechs Uhr morgens, es war auch Sonntag. Trotzdem wählte sie die Nummer von Bertrand Morillon, dem General, der zur Zeit das Commandement des Opérations Spéciales befehligte.

× × ×

Das Hauptquartier des COS befand sich auf der anderen Seite von Paris, auf der Base Aerienne 921 in Taverny. Doch während der frühmorgendlichen Stunde war der Pariser Außenstadtring wie leergefegt gewesen, und sein Fahrer hatte nach dem Anruf von Madame le Juge nur knappe dreißig Minuten benötigt, um die Strecke nach Romainville zurückzulegen.

Der General seufzte leise, schob die Detailvergrößerungen der Aufnahmen des Helios 2A zurück über den Arbeitstisch und fragte sich insgeheim, welche anderen bösen Überraschungen die Chefin von Frankreichs geheimster Dienststelle an diesem Herbstmorgen noch für ihn bereithielt. Christiane Près war berüchtigt dafür, die Geheimniskrämerei zu einer wahren Kunst stilisiert zu haben.

Der Verlust von sechs weiteren Männern war für die in Afghanistan stationierten, französischen Spezialeinsatzkräfte und für das COS ein weiterer, harter Schlag. Zusammen mit den acht anderen Männern, von denen seit Wochen jede Spur fehlte, hatten sie in knapp sechs Monaten insgesamt fünf Prozent ihrer Gesamtstärke vor Ort eingebüßt. Dazu kamen noch die ganz normalen Verluste: ein tödlicher Unfall, zwei Tote durch IEDs – unkonventionelle Spreng- und Brandvorrichtungen – und ein Soldat, der seinen Schussverletzungen erlegen war, bevor man ihn aus der Kampfzone evakuieren konnte. Nicht etwa, dass das COS mit seinen Verlustlisten hausieren ging oder diese in der französischen Tagespresse wiedergekäut und beredet wurden wie die Verluste der ISAF. Aber er hatte eben nur insgesamt zweitausend Mann unter seinem Kommando und so viele Missionen an allen Ecken und Enden der Welt. Das COS pfiff aus dem letzten Loch, und er selbst war kurz davor, den Überblick zu verlieren. Am Schlimmsten waren diese Endlos-Missionen im Tschad und an der Elfenbeinküste: die Operationen »Épervier« und »Licorne« und natürlich die verflixte KFOR im Kosovo. Die versammelten UN-Operationen, deren sonderbare Akronyme er sich einfach nicht merken konnte, waren die nächste Dauerbelastung für seine Truppe. Dazu gesellten sich noch die Ausbildungsgruppen in Saudi-Arabien, in Jordanien und in Tunesien und jene Missionen und Operationen, die nur Frankreich selbst etwas angingen, und von denen die breite Weltöffentlichkeit genauso wenig erfuhr wie die eigenen Landsleute. Und wenn der Service

Action der DGSE irgendeine tiefschwarze Operation in den tiefsten Abgründen der Hölle plante, klauten die ihm auch noch Leute, ohne zu fragen, ob er das Personal entbehren konnte. Es war ein Trauerspiel, denn da war natürlich auch noch die Operation »Arès« in Afghanistan: »Arès« hatte den COS gleich zweihundert Mann auf einen Streich gekostet, nachdem Jacques Chirac sich im Juni 2003 im Rahmen des G-8-Gipfels in Evian in einem Anfall von Bündnistreue und transatlantischer Solidarität dazu verpflichtete gefühlt hatte, bei der US-amerikanischen Terroristenjagd Operation Enduring Freedom OEF mitzumachen. Und es ging das Gerücht um, dass der neue französische Präsident Louis Poniatowski gleich noch einen Schwung drauflegte und zum Jahresende zusätzliche Truppen, inklusive Spezialkräften, als Weihnachtspräsent für seinen amerikanischen Amtskollegen George W. Bush losschicken wollte.

»Was halten Sie von dieser ganzen Geschichte, Madame le Juge?«, fragte der General die Geheimdienstfrau frustriert. Der brandneue Spionagesatellit Helios, der mit einer Auflösung von unter dreißig Zentimetern und Sensoren im optischen und IR-Spektrum fotografierte, hatte ihnen außergewöhnliche Informationen übermittelt. Auf einer der Aufnahmen erkannte man neben dem Wrack des abgeschossenen Rettungshubschraubers zwei Tote und einen Überlebenden. Christiane Près deutete mit dem Finger auf ihn.

»Mein Agent ist noch im Rennen, Morillon«, sagte sie kämpferisch. Nachdem sie den General angerufen hatte, hatte sie sich eine Dusche gegönnt. Eine halbe Stunde Normalität, das heiße Wasser, der Luxus von Lavendelöl, handgefertigte Marseille-Seife, frische Kleider, ein Hauch von Make-up und der kleine Spritzer Eau de Parfum Hermès 24 Faubourg hatten sie wieder lebhaft und angriffslustig gemacht. Ihre Selbstzweifel und die Frustrationen der letzten Nacht waren wie weggeblasen, die Magenschmerzen, der verkochte Kaffee und die vermaledeiten Schokokekse nur noch Geschichte. Sie war wieder ruhig und aufgeräumt und konnte sich auf ihre eigentliche Aufgabe fokussieren.

Morillon betrachtete die Aufnahme und dann die Ausschnittvergrößerung, die ein bärtiges, abgekämpftes Gesicht und müde dunkle Augen zeigte.

»Ich wusste nicht einmal, dass sie einen Agenten ins Rennen geschickt haben, Madame le Juge?«

Er fühlte sich von Christiane Près überrumpelt. Das war zwar nicht neu, aber es machte ihm jedes Mal wieder bewusst, wo er und das COS in der Hackordnung der französischen Geheimpolitik wirklich standen – nämlich ganz unten: Sie durften die durchtriebenen Ideen und Einfälle ihrer Hochoberen ausführen, den Kopf hinhalten und schweigen.

Christiane lächelte den General entschuldigend aus smaragdgrünen Augen an und hob die schmalen Schultern in einer mädchenhaft anmutenden Geste. Unter normalen Umständen hätte sie sich wohl dazu durchgerungen, mit offenen Karten zu spielen. Üblicherweise sagte sie Bertrand Morillon sogar Bescheid, wenn sie für irgendeine ihrer obskuren Nacht-und-Nebel-Operationen ein paar seiner Leute ausborgte.

»Ich hatte keine Lust, ewig mit den Leuten auf der Bagram-Airbase herumzudiskutieren, General. Wir mussten uns erst einmal selbst Klarheit verschaffen«, erklärte sie. »Ihre acht verschwundenen Kommandosoldaten waren ebenfalls ein Problem. Mein Agent wollte sicher sein, dass sie nicht nur irgendeiner Taliban-Gruppe der Gegend in die Hände gefallen waren und festsaßen, um dann im geeigneten Augenblick als Faustpfand oder als Hauptdarsteller für ein grausiges Spektakel vor laufender Kamera hervorgeholt zu werden.«

Sie verschwieg bewusst die beiden Hunter-Killer-Drohnen der EADS, die ihr eigener Dienst in der Provinz Zabul diskret einem Test unter realen Einsatzbedingungen unterzogen hatte.

Nur wegen ein paar verschwundener Special Forces hätte sie Kérmorvan nicht losgeschickt. Die Geräte, französische Weiterentwicklungen der israelischen MALE-Drohne Heron TP, waren ihrer Dienststelle unter der Hand von der Entwicklungsabteilung der bekannten europäischen Rüstungsfirma anvertraut worden. Sie existierten offiziell noch gar nicht. Die deutschen Partner wollten zurzeit noch gar nicht über diese brandneuen Hightech-Spielzeuge Bescheid wissen, denn sie hatten beschlossen, erst einmal die Ergebnisse des französischen Feldversuches abzuwarten. Die Division Action der DGSE verfügte über Sondermodelle, die ein paar nette kleine Extras aufwiesen, die allerdings unter Gesichtspunkten des Völkerrechts zweifelhafter Natur waren. Diese erklären zu müssen, würde zu peinlichen diplomatischen Irritationen mit gewissen transatlantischen Bündnispartnern führen. Insbesondere die Frage, wie der Service Action verschiedene elektronische Komponenten beschafft hatte, wollte Christiane nicht unbedingt beantworten. Denn hierbei handelte es sich um eine ganz besondere Fachkompetenz ihrer Dienststelle. Und sicher wäre es auch für ihre guten Freunde in der Rüstungsindustrie unangenehm, wenn die Existenz dieses speziellen Drohnenpärchens publik würde.

Bertrand Morillon brauchte diese Details ebenfalls nicht zu kennen, auch wenn er als Chef des COS grundsätzlich Zugang zu Informationen der entsprechenden Sicherheitsebene hatte. Aber er war ein braver und ehrlicher Soldat und sollte es auch bleiben.

Es war auch nicht notwendig, dass der Chef der französischen Spezialeinsatzkräfte über ihren Mann vor Ort in Afghanistan erfuhr. Das würde wieder nur zu bösem Blut führen. Christiane schanghaite nämlich mit schöner Regelmäßigkeit die besten Männer der französischen Spezialeinheiten des COS und verpflichtete sie dann zum Dienst im Service Action ihrer Division Action. Die Spinner, die sich freiwillig meldeten oder sie mit pathetischen Bewerbungsschreiben bombardierten, konnte sie nicht gebrauchen. Die wirklich guten Männer meldeten sich niemals freiwillig. Kérmorvan war da keine Ausnahme gewesen. Man hatte ihr zugetragen, dass es einen Mann mit einem außergewöhnlichen und nützlichen Profil gab, der seine überragenden Fähigkeiten als Fernspäher in einer klassischen Kampfschwimmereinheit bei gewöhnlichen Kommandooperationen verschwendete. Nach sorgfältigem Studium seiner Personalakte, intensiver Zusatzüberprüfung und Durchleuchtung, ein paar sehr diskreten Gesprächen mit Vorgesetzten und Kameraden sowie ein paar Tagen persönlicher Beobachtung während des Trainings hatte sie sich ihn aus dem Commando de Penfentenyo geschnappt. Selbstverständlich ohne ihn zuvor höflich zu fragen, ob er auch Lust hätte, eine berufliche Karriere im französischen Auslandsgeheimdienst zu machen. Das war ihre übliche Verfahrensweise. Für gewöhnlich fügten sich ihre Opfer, sobald sie die Schlinge der Division Action um ihren Hals spürten, brav in ihr Schicksal. Nur ihr sturer Bretone nörgelte nach fast fünf Jahren im Service Action immer noch wie ein schlecht gelaunter Kater, sobald sie ihm die geringste Gelegenheit dazu gab.

»Und?«, fragte der General endlich neugierig.

»Ihre Kommandosoldaten sind tot, Morillon – alle!«, antwortete Christiane Près ohne den Hauch einer Gefühlsregung. »Allerdings haben die Taliban als solche ausnahmsweise einmal nichts mit der ganzen Sache zu tun.«

Sie bedeutete ihm, seine Aufmerksamkeit auf den großen Plasmabildschirm an der Wand ihres Büros zu richten.

»Sehen Sie selbst, und vor allem – hören Sie gut zu.«

Sie klickte die Enter-Taste ihres PCs.

× × ×

»Das ist ein Witz«, empörte sich der General eine knappe Stunde später. Er hatte das Gefühl, soeben einen Ausschnitt aus einem US-Action-Thriller gesehen zu haben. Das Szenario erinnerte ihn an eine Story von Tom Clancy. Christiane schüttelte den Kopf. Ihre erste Reaktion war ähnlich gewesen.

»Leider nicht, mein Freund.«

»Wer zum Teufel ist dort unten in diesem fast menschenleeren Grenzgebiet in der Lage, gezielt die Burst Transmissions der Satellitenkommunikation der Special Forces zu jammen? Wieso kennen diese verdammten Kerle die Frequenzen, auf denen die SOF funkt?

Wo haben die den OPLAN und die Q-Comms her? Und wo zum Teufel finden die unsere Mistral-Boden-Luft-Raketen und den Rest dieser Hightech-Ausrüstung?«

Morillon hatte die französische Boden-Luft-Rakete Mistral, die von der Rüstungsfirma Safran hergestellt wurde, natürlich sofort erkannt. Diese außergewöhnliche Waffe konnte man sich nicht einfach einmal schnell bei seinem bewährten Waffenschieber um die Ecke besorgen, auch nicht in der etwas älteren Variante, wie sie diese Gruppe unbekannter finsterer Gestalten selbstbewusst durch die afghanische Bergwelt trug.

Christiane hatte sich während der letzten achtundvierzig Stunden genau die gleichen Fragen gestellt. Das Mistral-MANPADS hatte sie dabei natürlich weitaus weniger schockiert als die Satellitenfrequenzen und die Tatsache, dass Kérmorvan zusammen mit seinem sonderbaren und unkonventionellen Notruf noch einen ganz speziellen CSAR-Code-Satz übermittelt hatte. Übersetzt lautete die Nachricht, dass die Situation unkontrollierbar geworden war und es möglicherweise irgendwo in ihren eigenen Reihen eine undichte Stelle gab.

Wer ausreichende finanzielle Mittel und die richtigen Kontakte hatte, der konnte sich die französische Boden-Luft-Rakete auf dem grauen und schwarzen Markt besorgen. Mitte der Neunzigerjahre, während der IFOR-Operation Joint Endeavour in Bosnien unweit von Mostar, waren ein Dutzend Mistrals der ersten Generation gestohlen worden. Damals war es dem französischen Journalisten Pierre Besson allerdings gelungen, Diebe und Diebesgut heimlich abzulichten. Pierre Besson war ein altbewährter *Honorable Correspondant* der DGSE, ein inoffizieller Mitarbeiter, der aus Patriotismus und Überzeugung handelte. Dank seiner Informationen hatten sie sich über die Jahre etwas mehr als zwei Drittel dieser Boden-Luft-Raketen wieder zurückholen können. Inzwischen hatte auch Pakistan aus einem legalen, zwischenstaatlichen Waffengeschäft unter der Hand die Mistrals heimlich an gewisse Kreise aus den Golfstaaten durchgereicht. Die Saudis wollten islamistische Terroristengruppen, die sie unterstützten, mit diesen Waffen ausrüsten.

Um allerdings Hand an den Annex Q-Comms und den OPLAN zu legen, reichte es nicht, ein paar bösartige und finanzstarke Freunde irgendwo auf der arabischen Halbinsel zu haben. Dazu brauchte man immer noch entweder einen korrupten und völlig skrupellosen Insider aus dem CENTCOM in Bagram, oder, besser noch, irgendeinen korrupten und völlig skrupellosen Schweinehund im amerikanischen Hauptquartier des US CENTCOM in Tampa, Florida. Nicht etwa, dass es bei den Amerikanern an skrupellosen Typen und hinterhältigen Schweinehunden fehlte – alleine in der Gruppe Offizieller aus der US-Geheimdienst-Community, mit denen sie regelmäßig zu tun hatte, konnte Christiane ohne Probleme ein Dutzend aufzählen, denen sie nicht einmal das Kleingeld für den Bäcker anvertrauen würde. Doch ohne eine direkte Verbindung zu Kérmorvan konnte sie in diesem Moment keine Antworten auf Morillons Fragen geben und nur spekulieren. »Ich verfüge leider nur über reine IMINT-Bildaufklärung«, erwiderte sie frustriert.

Die Gewinnung von Informationen aus abgehörten Funksignalen – COMINT – und die Erfassung anderer elektronischer Signale und deren Auswertung – ELINT – waren seit dem Ende des Zweiten Weltkrieges bei den zivilen und militärischen Geheimdiensten der Welt in Mode gekommen. Die allgemeine Unverfänglichkeit und Anonymität der technologischen Schnüffelei machte diese Form der Nachrichtengewinnung bei Politikern, und bei den Geheimdienstlern selbst, ausgesprochen beliebt und hatte über Jahrzehnte zu drastischen Einschnitten im Bereich der klassischen HUMINT-Spionagetätigkeit mithilfe menschlicher Quellen geführt. Dann waren am 9. September 2001 ein paar Passagierflugzeuge in die Towers des World Trade Centers und ins Pentagon geknallt, und plötzlich hatten sie – allen voran die Amerikaner – gemerkt, wie unzureichend all ihre Hightech doch war. Glücklicherweise hatte Frankreich nie über die geradezu unerschöpflichen Geldquellen der USA verfügt und sich immer mit bescheideneren

Mitteln zufrieden geben müssen. Aus diesem Grund favorisierten sie im Bereich der Nachrichtengewinnung die billigere menschliche Version.

Wenn man einmal davon absah, dass ihre preisgünstige menschliche Variante sich in diesem Augenblick am anderen Ende der Welt befand und ein gewaltiges Kommunikationsproblem hatte! Kérmorvans cleveres kleines Smartphone war natürlich zusammen mit dem MedEvac der ISAF abgesoffen. Murphy's Law! Was schiefgehen kann, geht schief! Die Leute in der Versuchsabteilung von Astrium würden nicht gerade begeistert sein. Sie hatten ihm den Prototypen eigentlich nur zum Ausprobieren anvertraut und erwarteten eigentlich, das Ding und seinen User-Kommentar zurückzubekommen.

»Diese Leute sind nicht nur in der Lage, Burst Transmissions zu detektieren und unsere Verschlüsselungen zu knacken. Sie haben darüber hinaus die notwendigen Informationen für gezieltes Uplink-Jamming der SATCOMs – die Frequenzen, die Modulation und weiß der Himmel was sonst noch.«

Christiane zischte erbost wie eine übel gelaunte Schlange. Ihre Smaragdaugen funkelten.

Morillon schmunzelte. Madame le Juge hatte zwar noch ihren »Mann« im Rennen, aber sie hatte keine Möglichkeit mehr, ihn zu kontaktieren. Oder er sie. Peinlich!

»Aus diesem Grund haben Sie auch die Experten von der Direction du Renseignement Militaire in Creil diskret gebeten, die Augen von Helios noch eine Weile auf die Gegend zu richten?«

Christiane nickte. Das war eine Notlösung gewesen, aber immerhin hatte diese Notlösung ihnen einige höchst interessante Informationen gebracht. Eigentlich war das Aufklärungssystem für diese Aufgabe nicht wirklich gerüstet.

»Der Rettungshubschrauber?«, fragte Morillon. Er hatte das dumpfe Gefühl, dass er an diesem Sonntagmorgen zu nachtschlafender Zeit nicht nach Romainville beordert worden war, um tief empfundenes Mitgefühl über den Verlust seiner sechs Männer ausgesprochen zu bekommen. Madame le Juge stand nicht gerade im Ruf, eine besonders mitfühlende Seele zu sein. Bevor sie fünf Jahre zuvor als erste Frau an die Spitze der Spezialeinsatzkräfte der DGSE berufen worden war, war Christiane einer der acht auf Terrorismus und Angriffe gegen den Staat spezialisierten Untersuchungsrichter in der Quatrième Section der Staatsanwaltschaft am Oberlandesgericht von Paris gewesen. Sie hatte sich bereits in den ersten Jahren ihrer Karriere als junge Staatsanwältin Mitte der Neunzigerjahre, während der blutigen Anschläge der algerischen Terrorgruppe GIA, einen Namen als Expertin für islamischen Fundamentalismus gemacht.

»Das mit dem Hubschrauber müssen wir vorerst auf sich beruhen lassen, Morillon. Die ISAF wird vermuten, dass der MedEvac entweder in einen Berg geknallt ist oder bei der Bergung der Verletzten Sand in die Turbinen bekommen hat. Selbst wenn sie intensiv suchen – dieses Wrack aufzuspüren, würde an ein Wunder grenzen.«

Christiane wusste nur, wo die Absturzstelle war, weil Kérmorvans experimenteller *»personal digital assistant«* zusammen mit dem Wrack im Wasser des wilden Gebirgsflusses lag. Doch das änderte nichts. Nur ein knappes Drittel aller Helikopterverluste wurde durch feindliches Feuer verursacht. Der Rest waren ganz banale technische Defekte, Materialverschleiß, menschliche Fehler, miserables Wetter oder einfach Sand im Getriebe. Sie bedauerte persönlich zutiefst, dass die unglückliche Besatzung von der ISAF Medical Task Force Kandahār in ihre seltsame Geschichte mit hineingezogen worden war, doch es half nichts: So, wie sie Kérmorvan kannte, würde der jetzt erst recht nicht aufgeben, sondern sich verbeißen.

Sie hatte beschlossen, ihm ein bisschen Zeit zu geben. Wenn sie im Verlauf der nächsten vierzehn Tage nichts von ihm hörte, dann würde sie eine glaubhafte Geschichte zusammenstricken, ein bisschen an den Satellitenaufnahmen herumbasteln und dann alles den Leuten in Kandahār zuspielen. Damit wäre wenigstens für die Angehörigen und die ISAF das Schicksal der Besatzungsmitglieder des unglücklichen Rettungshubschraubers aufgeklärt und zu einem Abschluss gebracht.

»Morillon«, sagte sie eindringlich, »niemand im Basislager von Spin Boldak wird im Augenblick Fragen stellen oder diese Männer vermissen. Die sind gerade einmal seit zehn Tagen auf Tour. Es gibt Gruppen, die zwei, drei Monate keinen Kontakt aufnehmen und kein Lebenszeichen geben, weil sie irgendeine heiße Spur verfolgen.«

Der General seufzte und nickte. Er hatte verstanden, was Christiane Près von ihm verlangte. Absolute Funkstille.

»Und die Familien meiner Männer?«

»... können auch nichts mehr daran ändern. Welchen Unterschied macht es, ob sie es heute oder in vierzehn Tagen erfahren?«

Christianes smaragdgrüne Augen blickten kalt. Sie konnte nichts ungeschehen machen. Sie konnte nur noch aussitzen, abwarten, abhören, beobachten und hoffen, dass wenigstens Kérmorvan lebend nach Hause zurückkehrte und irgendetwas mitbrachte, das diese Opfer wert gewesen war. Es gab Augenblicke, in denen sie ihren Job und sich selbst hasste.

»Geben Sie mir Zeit, Morillon«, flüsterte sie und senkte dabei den Kopf, um dem General nicht in die Augen sehen zu müssen. »Geben Sie meinem Mann eine Chance.«

»Werden Sie mir irgendwann einmal die ganze Geschichte erzählen, Madame le Juge?«, fragte der alte Haudegen zynisch. Christiane erhob sich graziös aus ihrem Sessel, strich die Falten ihrer dunkelgrauen Kaschmirhose glatt und überprüfte mit der Hand den Sitz ihrer Hochsteckfrisur.

»Kommen Sie, Morrillon«, sagte sie aufgeräumt, »ich lade Sie zu einem vernünftigen und gesunden Frühstück ein. Meine Kantine ist um Klassen besser, als Ihre Kebab-Bude in Taverny.«

Natürlich würde sie dem General niemals die ganze Wahrheit erzählen können. Die Testserie mit dem Hunter-Killer-Drohnensystem war alles andere als absichtslos gewesen. Sie hatten zuerst ein bisschen gewildert. Das Drohnenpärchen hatte in den pakistanischen Stammesgebieten erfolgreich zwei berüchtigte, französische Dschihadisten aus dem Verkehr gezogen – final – und ohne dabei so große Kollateralschäden zu verursachen wie das vergleichbare amerikanische System. Erst der anschließende Ausflug über die Grenze nach Afghanistan war der Testlauf gewesen, den der Service Action dem Rüstungsunternehmen versprochen hatte.

Pakistan – Provinz Khyber Pakhtunkhwa – Kohat – Pakistan Air Force (PAF) Base Kohat

Die in eleganten Grautönen lackierte Cessna 182 Skylane Turbo startete nur wenige Minuten nach einer brandneuen und knallbunten Cessna 172. Für die Zuschauer, die von der von Kletterpflanzen überrankten schattenspendenden Terrasse des Offiziersclubs der Kohat-Airbase das fliegerische Wochenendspektakel betrachteten, war die handliche, kleine, viersitzige Maschine nur eine unter vielen, mit denen sich Offiziere der pakistanischen Luftwaffe und privilegierte zivile Mitglieder des Kohat Flying Club amüsierten.

Jones hatte es sich zur Gewohnheit gemacht, seine geschäftlichen Verpflichtungen immer so zu legen, dass er von den Wochenendaktivitäten der zahlreichen Hobbypiloten der Gegend profitieren konnte, um unauffällig über die afghanische Grenze ein- und auszufliegen.

Die Cessna hatte sich als diskretes, schnelles und sicheres Transportmittel bewährt. Dank ihres leistungsstarken Motors konnte sie auf kürzesten Strecken starten und landen, und mit einer maximalen Flughöhe von etwas mehr als sechstausend Metern war sie bestens an die geografischen und klimatischen Bedingungen am Hindukusch angepasst. Wenn er allein flog, konnte sie darüber hinaus auch ein paar Hundert Kilo Fracht transportieren.

Von Kohat folgten sie im Sichtflug der Straße N 55, die Peshāwar mit Quetta verband. Die Strecke war sicher und unverfänglich. Jones vermied es weitgehend, längere Strecken auf der afghanischen

Seite der Grenze zu fliegen. Die Luftraumüberwachung durch die Amerikaner und die ISAF war zwar nicht der Rede wert, und die Chancen gering, dass eine kleine, tieffliegende Maschine auffallen würde, doch das Risiko, vom Boden beschossen zu werden, war hoch. Auch wenn die Taliban oder ihre arabischen Verbündeten von al-Qaida der NATO mangels entsprechender Waffensysteme nicht die Lufthoheit streitig machen konnten, so wie seinerzeit die von der CIA mit Stinger-Raketen ausgerüsteten Mudschaheddin der 40. Armee der Sowjetunion, reichten bei einer kleinen, leichten Maschine wie der Cessna bereits banale Schnellfeuergewehre aus, um einen Absturz zu verursachen. Trotz des Umwegs betrug die Flugzeit nur knappe drei Stunden. Jones setzte seine Cessna 182 geschickt auf der Sandpiste auf, die entlang des Ghar Sang von Korum Kalay nach Rustam Kalay führte.

Der große, von Lehmmauern umgebene Wehrhof von Dadullahs Cousin Borjahn war vor zwei Jahren um ein langgestrecktes Gebäude erweitert worden, in dem das Flugzeug diskret verborgen werden konnte. Noch bevor Jones den Motor abstellte, eilten schon mehrere kräftige, bärtige Männer in Landestracht herbei und schoben die Cessna in ihr Versteck.

× × ×

Rustam Kalay war sogar für den hartgesottenen Söldner Jones ein Schock gewesen. Das vormals friedliche und malerische Bauerndorf ähnelte Beirut während der schlimmsten Tage des Bürgerkriegs. Natürlich verstand er kaum ein Wort der heftigen Diskussion zwischen Dadullahs Cousin Borjahn, dem Dorfältesten, dem greisen Mullah des Kaffs und dem Boss. Die vier Männer debattierten im örtlichen Dialekt und viel zu schnell für seine eigenen Kenntnisse der Landessprache.

Der süße Duft der Aprikosen- und Orangenbäume, der üblicherweise das Dorf erfüllte, war vom Gestank nach Brand und Verwesung überlagert. Die meisten Häuser waren stark beschädigt, der

Marktplatz und die Moschee komplett zerstört. Zwei ausgebrannte Pick-ups rauchten noch vor sich hin. Es bedurfte allerdings keines Übersetzers, um zu verstehen, was der weißbärtige schmächtige Mullah, Dadullahs Cousin Borjahn und dem Boss mitzuteilen hatte. In seinem zerfurchten Gesicht spiegelten sich Abschcu und Zorn. Kaskaden von Verwünschungen entsprangen seinem Mund mit den schmalen, fast farblosen Lippen. Jones konnte dem Alten die Flüche nicht einmal übelnehmen, denn der Deal besagte, dass sie diese Leute hier beschützten.

Der Boss hatte anfänglich geschwiegen, zugehört und die Verwüstungen betrachtet. Nur ganz wenige Häuser waren verschont geblieben. Die Überlebenden hatten sich gemäß den Gesetzen des Islams umgehend um ihre Toten gekümmert. Die Leichen von Matveev, seinen SpezNas und drei Unbekannten lagen immer noch unberührt dort, wo sie vor kaum vierundzwanzig Stunden gefallen waren. Jones bekam mit, wie Borjahn und der alte Mullah sich heftig über den Bestattungsritus für die eigenen Toten stritten: Borjahn rief zu Ruhe und Besonnenheit auf. Er zitierte eine Passage aus dem Koran und versuchte, dem Alten begreiflich zu machen, dass seine Leute *shahid* – Märtyrer – waren und aus diesem Grund umgehend in ihren Kleidern und in ihrem Blut beigesetzt werden sollten. Der greise Mullah sah die Sache natürlich anders. Jones schüttelte den Kopf und überließ die vier Männer ihrer Debatte. Er wusste genau, wie es am Ende ausgehen würde: Dadullahs Cousin Borjahn würde den Dorfältesten und den Mullah entsprechend unter Druck setzen und sie an ihre Verpflichtungen Dadullah gegenüber erinnern. Der Boss würde ein saftiges Blutgeld bezahlen, und in drei Wochen sprach niemand mehr über den leidigen Vorfall. Er bedeutete den beiden Männern aus O'Shaughnessys Contractor-Gruppe, die ihn in Rustam Kalay erwartet hatten, die Leichen von Arkadij Matveev und den russischen Contractors auf den Pick-up zu laden und sie ein paar Kilometer vom Dorf entfernt diskret zu entsorgen. Die einfachste, schnellste und sauberste Lösung war Sprengstoff. Dann beugte er sich über den ersten der drei

Unbekannten. Er hatte natürlich nicht erwartet, einen ID-Tag oder irgendeinen anderen, greifbaren Hinweis auf die Identität des Mannes zu finden. Doch manchmal gab es kleine Details, spezielle Militäruhren, Tätowierungen oder besondere Kampfmessertypen, die zumindest Rückschlüsse auf Nationalität oder Regimentszugehörigkeit erlaubten.

Das Sturmgewehr neben dem Toten und die kompakte Pistole waren so gebräuchlich, dass sie keine Hilfe bei der Identifizierung darstellten. Am Handgelenk hatte er eine qualitativ hochwertige, aber sehr weit verbreitete Militäruhr. Allerdings sprang Jones das Muster der Tarnkleidung ins Auge. »Multicam« war eine Neuentwicklung der US-amerikanischen Firma Crye Precision. Multicam war entwickelt worden, um in verschiedenen Terrains, zu unterschiedlichen Jahreszeiten und Lichteinwirkungen sowie unter Infrarotsuchgeräten die Konturen des Soldaten zu verwischen. Nur eine Handvoll regulärer Einheiten trugen zurzeit diese Hightech-Tarnkleidung. Die meisten von ihnen gehörten zum US Special Operations Command, ein paar zur Special Activities Division der CIA. Doch ansonsten waren es hauptsächlich private Militär- und Sicherheitsfirmen, die – auf Prestige und Publicity bedacht – ihre Mitarbeiter mit dieser sündhaft teuren Tarnkleidung ausstatteten.

Das war natürlich eine mögliche Erklärung. Irgendwelche Freelance-Kämpfer, auf der Jagd nach einer der lukrativen US-Abschussprämien für die obere und mittlere Führungsriege der Taliban oder al-Qaida, hatten in Eigeninitiative in ihrem Gebiet marodiert, in der Hoffnung, den berüchtigten Terror-Banker Ahmad Jan, der immer noch als »Schatten-Gouverneur« der Provinz galt, zu schnappen oder vielleicht sogar Dadullah zu erwischen. Der war Washington zwar nicht die satte Million als Abschussprämie wert, die es für Ahmad Jan gab. Aber auch er war auf dem Weg in die Top 100 der internationalen Terroristenliste von George W. Bush. Es gab durchaus ein paar private Militärdienstleister, die sich darauf spezialisiert hatten, Kopfgelder zu jagen, wenn sie nicht gerade von der CIA in irgendwelchen tiefschwarzen Geheimoperationen beschäftigt wurden, so wie seine Truppe jetzt gerade im Augenblick. Fünfhunderttausend Dollar bar auf die Hand, das war für ehemalige Berufssoldaten aus egal welchem NATO-Mitgliedsstaat sehr viel Geld.

Jones betrachtete den zweiten Toten. Auch er trug das Multicam-Tarnmuster. Doch anstelle eines amerikanischen Schnellfeuergewehrs und einer italienischen Pistole Beretta hatte er eine deutsche Maschinenpistole vom Typ Heckler & Koch und eine SIG-Sauer-Pistole vom Typ 226 im Kaliber 9mm. Er überließ den Boss, Borjahn, den Dorfältesten und den greisen Mullah ihrer Streiterei und ging zu dem Wehrhof hinüber, in dem die Unbekannten sich drei Tage lang verschanzt hatten. Er war neugierig, was bei der Untersuchung ihres Marschgepäcks herauskommen würde. Jones hoffte, dass sie sich nicht versehentlich mit dem CIA-Outlet im FOB Sweeney in die Quere gekommen waren.

Rund fünf Stunden Fahrt von Qalat und kurz vor der Distriktgrenze nach Ghazni operierten seit 2003 Männer der Special Activities Division zusammen mit den Special Forces Operational Detachments Alpha 326 und Alpha 311. Sie jagten al-Qaida-Operatives und andere große Namen der Terrorliste in den von Pakistan verwalteten Stammesgebieten, und der sehr strategische Bergrücken in rund dreitausend Meter Höhe und in Sichtweite der Grenze war ihr sicheres Rückzugsgebiet.

× × ×

Der Boss atmete erleichtert auf, als er endlich wieder in dem gepanzerten Chevrolet saß. Zumindest das Problem mit den Leuten aus dem Dorf war geregelt. Für die Abwicklung würde Borjahn sorgen. Sie hatten zusammen mit Jones eine Reihe dringender Termine in Kohat und in Peshāwar, und er selbst musste spätestens Ende der Woche wieder in Karatschi sein. Die Jacht war schnell, die Überfahrt kurz und sein alter Freund Saif konnte nicht ewig auf ihn warten, ohne aufzufallen.

Die Tatsache, dass Matveev und seine Männer den Zusammenstoß mit den Unbekannten nicht überlebt hatten, war ein Vorteil. Weder der Malik noch der Mullah suchten Vergeltung. Das Blutgeld für die Opfer, sein persönliches Versprechen, für jedes getötete Nutztier den dreifachen Wert zu bezahlen und die Aussicht auf einen großen Dieselgenerator und eine nagelneue Moschee erledigten den Rest. *Paschtunwali,* dem Ehrenkodex der Paschtunen, war Genüge getan. Außerdem hatten alle in der Gegend eine Heidenangst vor Dadullah, die sie beschönigend lieber Respekt nannten. Dadullah galt als brutal und gnadenlos. Und vor zwei Jahren war er einmal so grausam gegen einen Stützpunkt der afghanischen Nationalarmee in der ostafghanischen Provinz Nuristan unweit von Kunar vorgegangen, dass Mullah Omar ihn vorübergehend seines Kommandos entheben musste. Seither hatten sich Dadullahs öffentliche Umgangsformen eher noch verschlechtert: Er hatte enormen Geschmack daran gefunden, reihenweise all jenen, die er für Verräter hielt, den Kopf abzuschlagen – selbstverständlich vor laufender Kamera. Gelegentlich nahm er sich auch irgendwelche »Ungläubige« vor und säbelte drauflos, um beim Sender *Al-Jazeera* in der Primetime zu landen und makabre Werbung zu machen. Sein Freund war ein begabter Showman. Der letzte Dadullah-Scoop hatte irgendeinem aus Südkorea stammenden Baptisten-Prediger das Leben gekostet, den Kämpfer aus Borjahns Truppe beim Missionieren in den Bergen erwischt hatten.

Natürlich hatte der Boss seinem Freund immer wieder geraten, sich etwas zu mäßigen, doch er konnte Dadullahs Argumente nicht ganz vom Tisch weisen: Innerhalb der Quetta Shura wurde mit harten Bandagen gekämpft, und es war klar, dass Dadullah im Rat Mullah Omars Parteigänger unterbuttern musste, wenn sie weiterhin ungestört ihre eigenen Pläne verfolgen wollten. Natürlich funktionierte das am besten, solange die Mehrheit der Mitglieder der Quetta Shura, Mullah Omar eingeschlossen, vor Dadullah, seiner Brutalität und seiner gefährlichen Unberechenbarkeit eine Heidenangst hatten und sich darum lieber nicht einmischten, wenn er irgendwelche eigenen Operationen unternahm.

»Wir können davon ausgehen, dass sowohl der Dorfälteste als auch der Mullah es vorziehen, ihre Köpfe vorläufig noch auf den Schultern zu behalten und auch weiterhin von den positiven Seiten unserer Anwesenheit zu profitieren«, sagte der Boss ruhig. Leiser Spott lag in seiner Stimme. Der Materialschaden ließ sich schnell beheben. Die Toten waren bedauerlich, doch in Afghanistan waren Menschenleben billig. Selbst die betroffenen Familien würden sich nicht übermäßig mit den Gedanken an die Opfer des Gemetzels aufhalten. Die meisten von ihnen hatten während der letzten Jahrzehnte so viele Familienangehörige verloren, dass sie emotional völlig abgestumpft waren.

Jones nickte. Der Boss hatte die Situation in kurze Worte gefasst. Gute Beziehungen zum Top-Kommandeur der Taliban der Gegend brachten Vorteile. Trotzdem störte der Zwischenfall den erfahrenen Kriegsdienstleister und ehemaligen Söldner. Wenn er mit seiner Einschätzung Recht hatte, dann war es möglich, dass sich diese unkontrollierbare Form der Bedrohung wiederholte, trotz der Informationen, über die sie verfügten. Sie hatten Zugriff auf sämtliche Quellen der amerikanischen Geheimdienst-Community und des US CENTCOM in Tampa, auf die Combined Joint Special Operations Task Force und über die NATO sogar auf die ISAF.

»Das ganze Desaster hätte verhindert werden können, wenn Arkadij sich nicht auf einen Häuserkampf mit diesen Unbekannten eingelassen hätte«, erwiderte Jones frustriert.

Er hatte nicht nur zwei Dutzend hochprofessioneller Männer verloren, sondern auch einen seiner besten Freunde. In seinem Geschäft waren echte Freunde ein seltenes Gut, das man hegte und pflegte. Natürlich musste der Mann, der sie alle besoldete und ihm seit 1982 gutbezahlte Vollbeschäftigung garantierte, dieses besondere Detail nicht erfahren. Sie schätzten einander, aber sie waren keine Freunde. Sie waren Geschäftspartner und er war der Junior, der höllisch aufpassen musste, nicht als Sündenbock benutzt zu werden und am Ende die Rechnung zu bezahlen.

Der Boss zuckte die Schultern. Der Russe Matveev hatte seine Fehler mit dem Leben bezahlt. Jones musste jetzt schnell und diskret zwei Dutzend neuer Männer von seiner unerschöpflichen Expertenliste anheuern – vielleicht dieses Mal lieber keine Russen. Die schienen zu temperamentvoll für den Job, den sie hier machen sollten. Eher emotionslose, kaltblütige Angelsachsen, die es gewohnt waren, keine Fragen zu stellen und taten, was man ihnen auftrug.

»Haben Sie herausgefunden, mit wem wir es zu tun hatten?«, fragte Dr. Marshall B. Kingsley den Mann, den er nur unter dem Namen Jones kannte, neugierig. Ihm war nicht entgangen, dass der zum Kriegsdienstleister mutierte Söldnerführer die unbekannten Toten genauer unter die Lupe genommen hatte.

»Diese Typen waren keine Spezialeinheit der OEF, Boss«, erwiderte Jones bedächtig, »denn sie trugen keine regulären Uniformen. Sie hatten keine *Dog Tags* am Hals und die Tarnanzüge waren sündhaft teurer Multicam von Crye. Die Überreste der Ausrüstung, die ich finden konnte, waren genauso bunt zusammengewürfelt wie das Outfit und von ausgezeichneter Qualität. Die hatten richtig investiert: amerikanische M-16, brandneue österreichische Glocks und deutsche HKs, erstklassige französische Feldrationen. Das waren sehr gut organisierte und hochtrainierte Freelancer – Ehemalige irgendwelcher Eliteeinheiten, die entweder von einer der spezialisierten PMCs losgeschickt worden waren oder als autonome Gruppe arbeiteten. Ich glaube, dass ihr eigentliches Ziel Ahmad Jan war, oder vielleicht sogar Dadullah. Die attraktiven amerikanischen Kopfgelder für Führungskader der afghanischen Taliban-Bewegung sind das Risiko durchaus wert.«

»Eine interessante These, Jones«, antwortete Dr. Marshall B. Kingsley dem Kriegsdienstleister. »Ich weiß, für Ahmad Jan gibt es eine runde Million Dollar und für meinen guten Freund Dadullah immerhin schon die Hälfte – und die sogar in bar, wenn man ihn im Stil des klassischen Western der Sechzigerjahre auf der nächsten FOB abliefert, auf dem sich amerikanische Militärs befinden. Ich möchte, dass Sie in nächster Zeit ganz besonders auf meinen alten

Freund achtgeben, wenn er sich hier in Zabul herumtreibt. Wenn es sein muss, schützen Sie ihn auch vor sich selbst. Ich möchte ihn nicht verlieren. Und jetzt erklären Sie mir noch, wie diese angeblichen Freelancer es fertiggebracht haben, einfach, schnell und unkompliziert einen ISAF-Rettungshubschrauber zu bestellen?«

Der Boss schmunzelte, nahm sich aber vor, dieses Rätsel zu lösen, sobald er wieder in Europa war.

Jones blies Luft wie ein alter Pottwal und verdrehte die Augen: Er hatte in seiner langen Karriere schon Pferde kotzen sehen. Es gab ein paar durchaus ehrbare westliche Nationen, die berüchtigt waren. Sie tendierten dazu, erst einmal eine Handvoll Söldner ohne Netz und doppelten Boden loszuschicken, bevor dann die offiziellen Spezialeinheiten in Uniform nachfolgten. Am Schlimmsten waren in dieser Beziehung die Briten und die Franzosen. Die Franzosen waren ein ganz besonderer Haufen. Bei ihnen konnte man sich nie sicher sein, für wen sie wirklich arbeiteten. Im Tschad hatte er 1983 miterlebt, wie ein Söldner sich plötzlich in einen Regulären verwandelte, die Helikopter rief und die Operation Manta auslöste. Der Typ hatte zum Service Action der DGSE gehört, der berüchtigten paramilitärischen Spezialeinheit des französischen Geheimdienstes. Männer mit einer echten Lizenz zum Töten.

Vielleicht wollten ja die intriganten »Schlapphüte« vom Pariser Boulevard Mortier unverbindlich ausloten, ob es möglich war, diskret und unerkannt bei den Amerikanern eine Million US-Dollar abzuzocken und dabei gleichzeitig einen aufstrebenden Führungskader der Taliban abzuschießen. Damit war allen gedient, und sie konnten sich Bargeld, von dem die Buchhalter der Republik nichts wussten, für irgendwelche tiefschwarzen Geheimoperationen zur Seite legen. Zuzutrauen war es den Frenchies. Jones hob die Hände in einer hilflosen Geste.

»Keine Ahnung, Boss. Aber O'Shaughnessy hat einen Überlebenden des Absturzes erwischt. Er bringt ihn gerade zur Grabungsstätte. Wir werden den Dreckskerl ausquetschen, bevor wir ihn umlegen.«

Afghanistan Provinz Zabul – unweit des Kashani-Passes

Bei Sonnenaufgang hatten die Männer sich auf einem kleinen Gaskocher Kaffee gebraut, in aller Seelenruhe gefrühstückt und dabei über belangloses Zeug geredet. Rossi hatte den frischen Kaffee bis hinauf in ihr Versteck gerochen und außer den Vornamen der meisten Anwesenden schnappte sie noch auf, dass die südafrikanische Nationalmannschaft am nächsten Abend im Rugby gegen die Fidschi-Inseln antreten würde. Es war eine Vorrunde im Weltcup. Zwei der Männer freuten sich bereits darauf, nach getaner Arbeit gemütlich das Spiel anzusehen und sich dabei ein paar kühle Bier zu gönnen.

Die Kaltblütigkeit der Kerle, die ja immerhin sieben Menschen auf dem Gewissen hatten, schockierte sie. Aber Rossi stellte sich vor allem die Frage, wo man hier am Ende der Welt im afghanischen Niemandsland und mitten in den Bergen Filtertüten, Bohnenkaffee, kühles Bier, eine Satellitenschüssel, Strom und ein Fernsehgerät auftreiben konnte, um den Südafrikanern und den Fidschis beim Rugby-Match zuzuschauen? Die einzige Antwort, die sie darauf fand, war: In einem gut organisierten, modern ausgestatteten Camp, das nicht allzu weit von der Absturzstelle ihres Helikopters entfernt liegen konnte!

Rossi war zutiefst erleichtert gewesen, dass der gefangene Special-Forces-Soldat die lange, eiskalte Nacht überstanden hatte. Natürlich hatten die Kerle ihm weder frisch gebrühten Bohnenkaffee noch ein leckeres Frühstück angeboten. Sie hatten sich nicht einmal dazu aufgerafft, ihm wenigstens ein bisschen Wasser zu geben. Er lehnte immer noch an Händen und Füßen gefesselt gegen seinen Felsbrocken. Sie beobachtete ihn eine Weile durch das kleine Fernglas, das sie bei seiner Ausrüstung gefunden hatte. Er schien bis auf die Knochen durchgefroren, aber er war nicht am Rande des Todes. Und er wirkte eher trotzig und verbissen, als resigniert oder niedergeschlagen.

Als die Lichtverhältnisse es zuließen, schoss der Anführer der Gruppe ein paar Fotos vom Hubschrauber-Wrack und von den

Leichen am Ufer. Dann brachen sie das Lager ab. Die geschwätzigen Rugbyfans Rowan und Erin luden sich die übriggebliebene Boden-Luft-Rakete auf. Unterdessen umstellten ihre drei Kumpel mit entsicherten Waffen den Gefangenen, während der Anführer ihn – die eigene Handfeuerwaffe im Anschlag – von seinen Fußfesseln befreite, an die Leine legte und durch einen kräftigen Tritt ins Kreuz zum Aufstehen bewegte. Die Typen schienen einen Heidenrespekt vor dem Gefangenen zu haben. Der war entweder steif oder immer noch unkooperativ, vielleicht auch beides, denn es dauerte eine Weile, bis er sich stolpernd und schwankend in Bewegung setzte.

Rossi schüttelte den Kopf. Der Mann tat ihr leid. Sie fühlte sich mitschuldig an seiner Misere. Als sie zur Medical Task Force nach Kandahār versetzt worden war, hatte sie ein sogenanntes SERE-Training bekommen. Alle Ärzte, die Rettungseinsätze flogen, erhielten solch einen Schnellkurs in Flucht und Überleben hinter feindlichen Linien. Das erste Kapitel war damals gewesen: »Abhauen! Nichts wie weg von der Absturzstelle. Da sucht der Feind immer zuerst.«

Wenn der Special-Forces-Soldat sie nicht gerettet und in Sicherheit gebracht und medizinisch versorgt hätte, dann wäre er bereits über alle Berge und vielleicht sogar schon mit Verstärkung auf dem Rückweg, um diesen Kerlen das Handwerk zu legen. Rossi gab der Gruppe Zeit, aus ihrem Blickfeld zu verschwinden. Sie verdrängte die Vorstellung, wie es ihr ergangen wäre, wenn Rowan, Erin, Mickie, Frankie, Jack und der Chef mit dem Satellitentelefon sie anstelle des Mannes in die Finger bekommen hätten. Vermutlich hätten die Schurken sich nicht damit zufriedengegeben, sie nur zu verprügeln …

Rossi hatte den Absturz und den heftigen Schlag auf den Kopf aufgrund der besonderen Umstände schnell weggesteckt. Sie fühlte sich trotz der durchwachten Nacht und der emotionalen Achterbahn zwischen Leben und Tod weder müde noch kalt oder hungrig. Sie schämte sich nur ein bisschen, weil sie zum Frühstück außer den süßen Keksen und dem Energiedrink aus der

Vierundzwanzig-Stunden-Kampfration des Special-Forces-Soldaten auch noch eine der Go-Pills eingeworfen hatte. Als Ärztin wusste sie natürlich, wie gefährlich diese Dinger waren. Trotzdem konnte sie sich nicht dazu durchringen, den homöopathischen Mittelchen Vertrauen zu schenken, auf die der Mann selbst zu setzen schien.

Zum Glück machte die Truppe mit ihrem widerspenstigen Gefangenen keine Anstalten, den Fluss zu überqueren, sondern sie begaben sich auf einen Maultierpfad. Rossi wartete, bis der letzte Rucksack hinter einem Felsen verschwunden war. Sie wollte unten am Fluss zuerst noch ihre Wasserreserven aufstocken. Unter den Gadgets, die der unglückliche Special-Forces-Soldat bei ihr zurückgelassen hatte, gab es ein sogenanntes »Camelbak«, einen in die Interventionsweste integrierten Trinkrucksack, der rund drei Liter Flüssigkeit fasste. Flüssigkeit war sowohl bei Hitze als auch bei Kälte überlebensnotwendig. Man konnte es lange aushalten, ohne zu essen, doch ohne Wasser …

Rossi wusste, dass sie eine außergewöhnlich robuste Konstitution hatte: In Schönau am Königssee, im Herzen der Berchtesgadener Alpen zur Welt gekommen, in den Bergen in einer Familie passionierter Skifahrer und Kletterer großgeworden, machte ihr der Abstieg keine Angst. Sie hatte Freeclimbing als Freizeitvergnügen betrieben. Zu Hause in ihrer Bergsteiger-Clique war es große Mode gewesen, die steilsten Strecken ohne Seil und nur mit Geschick und Körperkraft zu überwinden. Frauen hatten hier durch die Gelenkigkeit des Beckens und ihre Fähigkeit zu einem regelrechten Spagat im Felsen einen gewaltigen Vorteil, obwohl Männer für gewöhnlich über mehr Kraft in den Armen verfügten. Rossi hoffte nur, dass die sperrige und schwere taktische Weste mit Verpflegung, Medizin, der Munition, der Pistole und das ganze andere Equipment, das der Special-Forces-Soldat mit sich herumgeschleppt hatte, sie nicht bei der Kletterei behindern würde. Sie hatte sich einen Moment lang überlegt, Teile seiner Ausrüstung zurückzulassen. Besonders der altertümliche Alutrinkbecher mit einem halben Liter Kapazität und die Trinkflasche aus Alu schienen ihr neben dem praktischen Camelbak fast überflüssig. Dann hatte sie aber die Idee verworfen. Sie konnte in diesem Augenblick nicht abschätzen, ob sie das Zeug vielleicht doch brauchen würde … auch wenn sie eher bezweifelte, dass ein alter Alubecher oder Plastiksprengstoff bei ihrem Vorhaben eine Schlüsselrolle spielen würden.

FÜNFTES KAPITEL

Afghanistan – Provinz Zabul

Anatolij Zabelev war von den Ereignissen in Rustam Kalay immer noch bis ins Mark erschüttert. Nicht das blutige Gemetzel selbst hatte ihn umgehauen, sondern ein einziger, ganz spezieller Augenblick während dieser zweiundsiebzig Stunden in der Hölle. Eine Situation, die ihm eigentlich vertraut war, und die dennoch zum Schlüsselerlebnis seines Lebens werden sollte.

Die unbekannten Verrückten hatten sie von der Mauer des landwirtschaftlichen Anwesens aus mit ihren eigenen Panzerfäusten malträtiert, die sie ihnen zuvor in einem üblen Gerangel abgenommen hatten. Jedenfalls war plötzlich eine Granate hinter Zabelev eingeschlagen, und er fand sich bäuchlings auf dem Boden wieder. Dann sprang er auf und rannte, und gerade als er eine Deckung erreicht hatte, detonierte die nächste Granate. Dann folgten weitere, während er im Schutz einer dicken Lehmmauer kauerte. Die Wahrscheinlichkeit, getroffen zu werden, war nicht sehr hoch, dennoch war der Gedanke, im nächsten Moment womöglich nicht mehr am Leben zu sein, zutiefst real und allesbeherrschend gewesen. Das Warten auf den nächsten Einschlag wurde für Zabelev zu einer geradezu existenziellen Erfahrung. Und plötzlich war auf einmal alles ganz einfach. Mitten im Granatenhagel hatte er endlich begriffen: Das alles war nicht sein Problem. Die verdammte Ausgrabungsstätte und der alte Krempel dort waren nicht sein Problem. Er wollte nichts mehr damit zu tun haben. Er wollte nur weg, weg aus dem Drecknest Rustam Kalay, weg von Arkadij Matveevs verbrannter Leiche, weg von den anderen Toten, weg von Jones und vor allem weg aus diesem gottverdammten Leben als bezahlter Killer ohne Ehre und Mutterland. Das hieß: Er musste sich zuerst aus dem afghanischen Dreck erheben und bis zu den Pick-ups zurückrennen. Zehn Minuten später war dann alles vorbei: Zwei Brandgranaten hatten Matveev, die Moschee in der Dorfmitte und die überlebenden »Maltschiki« in ein Häufchen Asche verwandelt. Der letzte Verrückte war in dem Rettungshubschrauber verschwunden, und der Rettungshubschrauber verschwand aus seinem Blickfeld und wurde damit zu Richard O'Shaughnessys Problem.

Zabelev atmete zum ersten Mal seit Tagen tief durch. Er fühlte sich nicht frei, aber befreiter. Er hatte es mit dem leicht beschädigten Geländewagen bis nach Qalat geschafft und sich während der Nacht versteckt, um auszuruhen und über die Zukunft nachzudenken. Er wusste, dass er hier nicht bleiben konnte, wenn er die Grabung, das Söldnergeschäft, Jones und den gefährlichen Mann, der sie engagiert hatte, wirklich endgültig hinter sich lassen wollte. Natürlich hatten die Amerikaner den Highway A01, die zweitausendzweihundert Kilometer lange Ring Road, die Kabul, Ghazni, Kandahār, Farah, Herat und Mazar verband, bereits ab 2003 wieder in Schuss gebracht. Doch die Taliban und viele andere Gruppierungen, die mit der fremden Präsenz im Lande unzufrieden waren oder auch einfach nur wollten, dass alles beim Alten blieb, um sich an der kompletten Desorganisation des Landes zu bereichern, sorgten regelmäßig dafür, dass Brücken explodierten oder Autos oder Lkws in die Luft gejagt wurden. Immer wieder stoppten Bewaffnete – Reguläre, Milizen, als Polizisten verkleidete Gangster oder auch nur einfache Gelegenheitsdiebe – Busse und andere Fahrzeuge und kidnappten die Insassen, um dann von deren Familien oder Arbeitgebern Lösegeld zu erpressen. Kidnapping war nach dem Drogenhandel der zweitwichtigste Geschäftszweig der afghanischen Schattenwirtschaft. Und wer niemanden auftreiben konnte, der für ihn bezahlte, wurde zuerst bestialisch gefoltert und anschließend eiskalt um die Ecke gebracht.

Zabelev fluchte leise. Freiheit hatte einen Preis. Immerhin hatte er die Wahl: Er konnte seine Haut entweder Richtung Kabul oder Richtung Kandahār riskieren. Die vierhundertdreiundachtzig Kilometer Asphalt, die die beiden größten Städte des Landes miteinander verbanden, galten als die Straße zur Hölle. Doch um außer Landes zu kommen, brauchte er einen Flughafen und ein Flugzeug, das bereit war, ihn mitzunehmen. Sein Reisepass lag in seinem Zimmer in einem Wohncontainer auf der Grabungsstätte im Hochtal. Seine aquamarinblauen Augen wanderten langsam die Reihe der illegalen Sprithändler entlang. Sie boten ihre Ware in Benzinkanistern oder gleich in Fässern mit Handpumpen an. Der Toyota Hilux Pick-up, den er fuhr – allgemein als »TaliVan« bekannt – benötigte Diesel. Die Qualität des Sprits war eigentlich egal. Toyota-Geländefahrzeuge waren so robust, dass sie zur Not sogar mit gebrauchtem Frittieröl von McDonalds fahren konnten. Zabelev entschloss sich, mit einem Bürschchen ins Geschäft zu kommen, das aussah, als ob es sich morgens noch nicht einmal die Bartstoppeln aus dem Gesicht rasieren musste.

Kandahār war näher, aber Kabul bot wesentlich bessere Möglichkeiten, um unterzutauchen. Außerdem hatte er dort eine vertrauenswürdige Freundin, von der Jones nichts wusste, und es war einfach, sich via Western Union oder MoneyGram schnell Bares schicken zu lassen. In Afghanistan war der Dollar ein unschlagbares Argument, das umgehend die meisten Probleme aus dem Weg räumte. Und Tolja bezweifelte, dass Mr. Jones, der alte Söldnerführer, nach dem Tod seines guten Kumpels Matveev und dem gewaltigen Fuckup von Rustam Kalay einem anonymen, russischen Mitarbeiter, den er vermutlich nicht einmal namentlich kannte, nachtrauern würde, nur weil der sich ohne formelle Kündigung absetzte.

Tolja verhandelte nicht lange mit dem Jugendlichen, sondern kaufte ihm gleich alle vier Kanister ab – den Liter Diesel für fünf

Dollar, ein Wucherpreis. Er hatte gerade noch zweihundert Dollar Cash in der Tasche, als er auf den Highway A01 auffuhr. Zabelev schickte ein Stoßgebet zum Himmel, dass er mithilfe des Geldes und der beiden geladenen Waffen, die im Pick-up neben ihm lagen, heil Kabul erreichte. Dort konnte er im *Mustafas Hotel* absteigen, sich frisches Cash besorgen und anschließend weitersehen. Er besaß ein gut gefülltes Konto bei einer diskreten Bank auf den britischen Kanalinseln. Unterm Strich hatte sich die Zeit mit Matveev und den Maltschiki in Jones' Diensten für ihn gelohnt, auch wenn er heilfroh war, dass das alles nun endgültig und für immer vorbei war.

Russland … Zabelev dachte zum ersten Mal seit Langem wieder an Nizhny-Vartovsk. Er hatte die Reihenhaussiedlung, in der seine Eltern lebten, früher immer als trostlos und heruntergekommen empfunden. Doch in diesem Augenblick war es für ihn der schönste Ort der Welt. Dorthin wollte er zurückkehren und seine Eltern umarmen. Westsibirien! Er würde ihnen gutes Geld mitbringen und ihnen sagen, dass es ihm gut ging. Dann würde er versuchen, sein Leben auf die Reihe zu bringen und etwas Vernünftiges zu tun, einen Job, für den er sich nicht schämen mussten. Leise summte er die Melodie eines Kosakenliedes, während die karge, monotone Landschaft entlang des Highway A01 an ihm vorüberzog.

Afghanistan – Provinz Zabul – in den Bergen

Sie passierten kahle, glatte Granitwände, die zu beiden Seiten des Flusses in eintönigem Grau steil in den Himmel ragten. Dann wurde auf ihrer Seite des Flusses die Landschaft etwas weicher, weniger schroff. Grüne und braune Farbtupfer unterbrachen die Langeweile struppiger Büschel harten, borstigen Raygrases. Rossi hielt Abstand. Das Risiko, die Truppe zu verlieren, war gering. Es gab vermutlich sowieso nur diesen einen Weg aus der Schlucht. Und der Versuch, zu Fuß den Gebirgsfluss zu überqueren, wäre reiner

Selbstmord gewesen. Sie erinnerte sich an den Vortag und an die immensen Anstrengungen des Special-Forces-Soldaten, gegen die wilden Wassermassen anzuschwimmen.

Darum gab es auch, sollte einer der Männer über die Schulter blicken und sie zufällig erspähen, keine Fluchtmöglichkeit für sie. Es war still in den Bergen. Ungewöhnliche Geräusche in dieser einsamen Natur fielen auf. Sie aktivierten menschliche Urinstinkte. Rossi war zwar nur Ärztin, keine Kämpferin, und nicht wie diese Männer ausgebildet, aber sie kannte die Berge. Sie wusste in welchem Maß sich die Sinne schärften, je weiter man sich von den vertrauten Einflüssen der Zivilisation entfernte.

Ihre ersten Bergtouren mit dem Vater hatte sie unternommen, als sie gerade einmal allein laufen konnte. Im Alter von sechzehn Jahren hatte sie zusammen mit ihm und ihrem älteren Bruder Andreas schon sämtliche Wände der Ostalpen bestiegen. Nach dem Abitur waren sie und Andreas fast ohne Hilfsmittel auf der berühmten Route in drei Tagen durch die Eiger-Nordwand gestiegen, genauso, wie Anderl Heckmair und Ludwig Vörg im Juli 1938. Während ihres Medizinstudiums in München hatte sie sich dann intensiv dem Freeclimbing zugewandt und die Truppenpraktika der Offiziersanwärter im Sanitätsdienst der Bundeswehr bei den Gebirgsjägern absolviert. Und dann war ihr geliebter und vergötterter Vater bei einer schwierigen Bergrettung am 27. Dezember 2002 in der Watzmann-Ostwand in den Tod gestürzt. Rossi versuchte, den Gedanken an den schrecklichen Abend in der Wohnküche der Familie zu verdrängen, als die Kollegen des Vaters von der Bergwacht Berchtesgadener Land gekommen waren, um ihrer Mutter die Nachricht zu überbringen.

Rossi hatte die Weihnachtsferien zu Hause verbracht, auf dem Sprung zu einem speziellen Training in taktischer Verwundetenversorgung bei den US-Streitkräften in Texas. Ihr Bruder und ihre Schwägerin waren aus Zürich gekommen, wo Andreas gerade als Partner in eine große, auf Wirtschaftsrecht spezialisierte, internationale Anwaltskanzlei eingestiegen war. Sie war dabei gewesen, mit ihrer kleinen Schwester Kathrin den Tisch fürs Abendessen zu decken, während Heidi und Mama ihre elf Monate alte Nichte »Mini-Carla« davon abhielten, auf dem gleichaltrigen Berner Sennenhund der Familie, Flori, zu reiten. Andreas war draußen gewesen und hatte Holz für den Kamin gehackt.

Rossi lief es eiskalt den Rücken hinunter: Jetzt würden wohl in den nächsten Tagen Leute von der Bundeswehr in dem alten Familienbesitz auf dem Schönau-Plateau auftauchen, um eine ähnliche Nachricht zu überbringen. Sie starrte die Granitfelsen an, die sich zu beiden Seiten des Wegs in die Höhe streckten, dann den Boden vor ihren Füßen. Mit einem Mal fühlte sie sich zu Tode erschöpft. Ihre Knie waren butterweich und sie ließ sich auf einen flachen Stein am Wegrand sinken.

Oh Gott, Mama, dachte sie.

Drei Tag vor dem unheilvollen Rettungseinsatz hatte Rossi noch mit Zuhause geskypt, gescherzt und Pläne für ihre Rückkehr am Ende ihrer Sechsmonats-Tour gemacht. Die nächste Verabredung zum Skypen hatte sie dann verpasst, weil sie mit Jaap und dem Team im ISAF-Hubschrauber unterwegs zum Rettungsauftrag war. Ihr wurde mit einem Mal bewusst, auf was für einen Wahnsinn sie sich da gerade einließ: Mama war ganz allein in Schönau. Ihr Bruder Andreas und seine Frau Heidi trieben sich mit Kind und einem Campingwagen irgendwo in Neuseeland herum und machten Abenteuerurlaub. Kathrin, das Nesthäkchen der Familie, war in ihrem Auslandsjahr an der Uni in Florenz, und das Semester hatte gerade eben wieder angefangen. Und Mamas Freund Alois war, wie alle Jahre wieder, bei seiner Geologen-Konferenz an der University of Colorado in Boulder in den USA. Mama war ganz allein zu Hause.

Auch Rossi war allein. Niemand in Kandahār wusste, dass sie den Absturz überlebt hatte, und sie verfolgte sechs schwer bewaffnete, knallharte Typen, die am Vortag mit ungeheurer Kaltblütigkeit sieben Menschenleben ausradiert und einen Mann brutal gefoltert hatten. Sie fuhr sich mit der Hand über die Augen. Dann ließ sie den Kopf auf die Knie sinken. Sie konnte umdrehen, wieder zum Hubschrauberwrack zurückkehren, dort ausharren. Die ISAF hatte bestimmt schon Suchhubschrauber auf den Weg geschickt, obwohl der Abschuss und der Absturz so schnell gegangen waren, dass die Piloten wohl nicht einmal mehr die Zeit gehabt hatten, die letzten Koordinaten des Black Hawk oder ein Mayday in den Äther zu schicken. Vielleicht würden die Suchhubschrauber sie ja trotzdem finden. Das Wrack lag zwar an einer völlig uneinsehbaren Stelle in einem völlig unzugänglichen Gebiet, doch Glück, Zufall oder ein siebter Sinn führten manchmal auch zum Erfolg. Ihr Vater hatte das oft bewiesen. Bei der Bergwacht Berchtesgadener Land galt er als der Glückspilz mit dem siebten Sinn. Viele, die von seinen Kollegen bereits aufgegeben worden waren, verdankten Sepp Rossi das Leben.

Rossi konnte auch einfach die entgegengesetzte Richtung einschlagen. Sie hatte den Kompass des Special-Forces-Soldaten und sie hatte eine Idee, wo sich die Ring Road befand, der große Highway A01, der Kandahār mit der Hauptstadt Kabul verband. Dort gab es Posten der afghanischen Armee und vorgezogene Operationsposten amerikanischer Einheiten. In der Nähe von Qalat, der Provinzhauptstadt von Zabul, war die FOB Lagman, wo außer den Amerikanern noch Rumänen saßen. Sie hatte dort einen alten Kumpel, einen rumänischen Notfallchirurgen, den sie von einem US-Lehrgang kannte: Der würde ihr sicher helfen können, ohne dass man die Amis ins Vertrauen ziehen musste. Es war nur so ein Gefühl – vielleicht waren sie ja aus Versehen in eine wüste, amerikanische Black Ops hineingeraten, eine verdeckte Operation … eine Geschichte à la Tom Clancy oder Vince Flynn, in der irgendeiner der obskuren US-amerikanischen Geheimdienste eine üble Rolle spielte?

Wie weit mochte es wohl nach Qalat sein? Mindestens sechzig Kilometer Luftlinie. Natürlich war das hier höllisches Gelände und sie würde selbst unter Aufbietung all ihrer Kräfte fünf oder sechs Tage brauchen, um über Land die Provinzhauptstadt zu erreichen. Sie dachte an den Special-Forces-Soldaten, der ihr Leben gerettet hatte. Er hatte sie gestern Abend mit einer eindeutigen Kopfbewegung von ihrer Dankesschuld befreit. Er hatte ihr bedeutet, sie solle verschwinden und ihre Haut retten. Er wusste, dass sie Arzt war, hatte beobachtet, wie sie an Bord des Rettungshubschraubers zusammen mit ihren Kollegen um das Leben seiner Kameraden gekämpft hatte. Er verstand, dass sie nicht wie er war, nicht zum selben Stamm gehörte, nicht aus seiner Welt der geheimen Krieger stammte.

Von ihrem Versteck am Wasserfall hatte sie mitgehört, wie er genau dieses Argument den sechs eiskalten Söldnern um die Ohren gehauen hatte: den Sonderstatus von Sanitätspersonal. Sie waren Nicht-Kombattanten unter völkerrechtlichem Schutz. Deutlicher hätte der Mann es seinen Häschern nicht sagen können. Rossis Hand glitt in die Tasche seiner warmen Fleecejacke. Sie zog eines der Bonbons aus seinem Vorrat heraus und schob es in den Mund. Das Butterkaramell beruhigte sie. Es schmeckte nach Kindheit und Frieden. Ihr Vater hatte Anderl, Kathi und ihr immer heimlich Butterkaramellen mitgebracht, obwohl Mama schimpfte, dass das schlecht für die Zähne sei. Sie betrachtete das Zellophanpapier zwischen ihren Fingern und musste schmunzeln. Der Special-Forces-Mann war ein Spinner: Er hatte sich wirklich die Mühe gemacht, die Dinger auszupacken und anschließend in neutrales Papier einzuwickeln. Er hatte eine ganze Menge Energie darauf verwendet, seine wahre Identität geheim zu halten. Die Kleidungsstücke, die er zurückgelassen hatte, waren genauso neutralisiert worden. Ein bunter Mix; ganz so, als ob er sich ein Sonderangebot zusammengewürfelter, ausrangierter Militärklamotten im Second-Hand-Shop geholt und diese dann mit ein paar trendigen afghanischen Teilen im Ethno-Look aufgemotzt hätte. Selbst seine private Naturheilmittelsammlung war nicht identifizierbar, sondern in englischer Sprache beschriftet – handschriftlich mit neutralen, weißen Aufklebern. Und seine Taucheruhr, die sie jetzt am Handgelenk trug, hatte eine kyrillische Beschriftung, obwohl sie äußerlich in jeder Beziehung einer Rolex Submariner ähnelte. Sorgsam knüllte Rossi das kleine Zellophanpapierchen zusammen und steckte es in die Jackentasche. Es war besser, keine Spuren zu hinterlassen. Sie schüttelte den Kopf und stand von ihrem Sitzstein auf. Niemand in Kandahār oder anderswo in Afghanistan würde sich auf die Suche nach diesem Mann machen, der so bemüht schien, seine wahre Identität zu verheimlichen. Niemand würde je seiner Mutter sagen können, was am Ende wirklich mit ihrem Sohn geschehen war, wenn Rossi sich jetzt umdrehte und davonlief.

Sie dachte an ihren Vater: Sepp hatte sich nie einfach umgedreht, nur, weil es gefährlich wurde!

Ein paar Raubvögel, die an einem weiten, leeren, stahlblauen Himmel ihre Kreise zogen, leisteten ihr Gesellschaft. Eine grellbunte und höchstwahrscheinlich hochgiftige Schlange glitt zwischen den Kieseln in ein neues Versteck. Rossi schloss kurz die Augen, konzentrierte sich und lauschte. Stille. Nur das Rauschen des Wassers. Der Trupp hatte inzwischen wohl schon einen ordentlichen Vorsprung. Sie konnte sich also auch wieder auf den Weg machen.

SECHSTES KAPITEL

Afghanistan – Provinz Zabul – in den Bergen

Die sechs Söldner schwiegen eisern. Der Marsch war anstrengend gewesen und sie hatten alle noch eine eisige Nacht im Freien verbracht – die einen etwas komfortabler als die anderen. Sogar die beiden Rugbyfans, Rowan und Erin, hielten endlich den Mund. Kérmorvan atmete innerlich auf: Das dumme Geschwätz der Typen, die mit der Abschussvorrichtung und dem Mistral auf dem Rücken vor ihm hermarschierten, war nervtötend gewesen. O'Shaughnessys beste Chance, irgendetwas aus ihm herauszuquetschen, wäre möglicherweise, ihn zusammen mit Rowan und Erin ein paar Tage in einen Raum zu sperren. Wenn schon nicht das ständige Gerede über Rugby, dann würde ihn spätestens der penetrante Akzent aus dem mittleren Westen der USA in kürzester Zeit mürbe wie einen Weihnachtskeks machen.

Sie hatten inzwischen den Maultierpfad, der am Fluss entlangführte, verlassen und waren in einen kleinen Weg eingeschwenkt, der sich nur knapp fünfzig Zentimeter breit zwischen Felsen hindurch steil nach oben zwängte. Die Szenerie erinnerte Kérmorvan ein bisschen an Petra in Jordanien. Die antike Hauptstadt des Nabatäer-Reichs war nur über einen schmalen Gebirgspfad von Nordwesten oder von Osten her, durch eine enge und tiefe, knapp zwei Meter breite Felsenschlucht zugänglich. Eine solch geschützte Lage erklärte natürlich auch, wieso bislang niemand diesen Kerlen auf die Spur gekommen war. Selbst auf Satellitenbildern war es kaum möglich, Felsenstädte zu erkennen. Er hatte einmal welche von Petra gesehen. Die einzigen Hinweise, die ihm ins Auge gesprungen waren, waren die Parkplätze der Touristenhotels und deren Swimmingpools gewesen – am Eingang zum Canyon. Petra selbst erschien nur als einheitlich braune Fläche.

Nach ihrer Entdeckung war sein Team auf dem gleichen Weg geflohen, auf dem sie zuvor gekommen waren. Keiner von ihnen hatte es fertiggebracht, den Jungen zu töten, der sie gesehen hatte und daraufhin sofort, gewandt wie eine Kletterziege, laut schreiend hinunter in das Hochtal gerannt war, um Alarm zu schlagen. Da es die Söldnertruppe anschließend geschafft hatte, ihnen bei diesem Kaff Rustam Kalay mit Geländefahrzeugen den Weg abzuschneiden, gab es offensichtlich auch noch einen breiteren und besser ausgebauten Zugang im Stil von Petra.

Kérmorvan wurde aus seinen Überlegungen über mögliche Fluchtwege gerissen, als er hörte, wie man hinter ihm mit einem leisen Klicken eine Handfeuerwaffe entsicherte.

»No tricks«, zischte O'Shaughnessy, *»or I'll blow your sad ass to Kingdom Come, asshole!«*

Er blieb stehen, schloss für einen Moment die Augen und seufzte leise. O'Shaughnessy war ein hoffnungsloser Fall. Kein Wunder, dass er sich als Söldner verdingen musste! Es gab nicht viele wirkungsvolle Tricks, die in einem seitlich begrenzten Engpass, eingezwängt zwischen drei schwer bewaffneten Männern vorn und drei schwer bewaffneten Männern hinten, auch nur annähernd funktionierten. Kérmorvan war auch nicht lebensmüde oder darauf erpicht, für Frankreich einen völlig sinnlosen Tod zu sterben. Männer wie er waren ausgebildet, um zu überleben. Zu seiner größten Verwunderung spürte er, wie plötzlich der Druck auf seine Handgelenke verschwand. O'Shaughnessy hatte die Kabelbinder durchschnitten.

Kérmorvan wurde mit einem Mal schwarz vor Augen. Er schwankte, als das Blut schnell und schmerzhaft in seine Hände zurückströmte. Es war, als ob sich ein Heer roter Feuerameisen auf seine tauben und eiskalten Finger stürzte. Seine Handgelenke waren blutig gescheuert und brannten höllisch. Im Reflex versuchte er, sich gegen die Schwäche an den Felsen abzustützen. Doch seine Hände waren nach mehr als vierundzwanzigstündiger Tortur vollkommen gefühllos und gehorchten nicht. Er fiel auf die Knie. O'Shaughnessy versetzte ihm umgehend einen groben Tritt ins Kreuz. »*Get up, you fucking bastard and move.* Wenn du auch nur eine falsche Bewegung machst, war's das.«

Kérmorvan hustete trocken, biss die Zähne zusammen und rappelte sich hoch. Sie hatten seit gestern so viel auf ihm herumgeprügelt, dass er kaum noch etwas spürte. Mit einem Mal begriff er, warum O'Shaughnessy ihn von seinen Fesseln befreit hatte: Ihm stockte der Atem.

Als Kind, in Dahanah, hatte er genauso begeistert, wie seine afghanischen Spielkameraden bei Hadji Abdallah Wardagh gesessen und zugehört, wenn der alte Mann Märchen und Legenden erzählte, während er seine Körbe flocht. Eine ihrer Lieblingsgeschichten war damals eine gruselige Story um Iskander – Alexander den Großen – und den tapferen General Artabaxos gewesen, in deren Mittelpunkt die schöne Fee Barsine, Zauberer, Geister und eine Festung im Herzen eines Berges standen. Eine geheimnisvolle Pforte durch den Felsen führte in diese Festung, in der Artabaxos Barsine und unglaubliche Schätze versteckt hielt. Das geheimnisvolle Reich im Felsen war in einer längst vergangenen Zeit von grausamen Riesen geschaffen worden und wurde von unheimlichen Geistern bewacht.

Kérmorvan erinnerte sich gerne an den alten Hadji Abdullah, Dahanah und das andere, friedliche Afghanistan, in dem er auf die Welt gekommen und aufgewachsen war, bevor der Wahnsinn der Großmächte das kleine Land am Hindukusch in ein Schlachthaus verwandelte. Und offensichtlich hatte jede alte Legende einen wahren Kern!

Die Männer vor ihm nahmen ihre Lasten vom Rücken, dann zwängten sie sich, einer nach dem anderen, durch den engen Spalt im Stein. O'Shaughnessy bedeutete Kérmorvan, Rowan, Erin und

Frankie zu folgen. Sie befanden sich in einem Tunnel, in dem ein Mann bequem aufrecht stehen konnte. An den Wänden spendeten funzelige Glühbirnen in größeren Abständen ein trübes Licht. In den Stein gehauene unregelmäßige Treppen führten schnurgerade und steil nach oben. Ab dem zweiten Glas Wein war dieser Aufstieg wahrscheinlich eine echte Todesfalle. An den Wänden des Tunnels befanden sich dicke Seile zum Festhalten. Unglaublich – es gab also noch einen dritten Weg in das geheimnisvolle Hochtal und dieser führte direkt durch einen Berg hindurch, ganz, wie in der Geschichte seiner Kindheit!

Afghanistan – Provinz Zabul – in den Bergen – Ghar-Sang-Schlucht

Bald schon wurde Rossi klar, dass die Truppe vor ihr das Hochplateau zum Ziel hatte. Sie hatte im Windschatten der Männer eine eiskalte und raue Nacht im Freien zugebracht. Doch dank der Rettungsdecke, der Fleecedecke und der zahlreichen Kleiderschichten des überlebenden Special-Forces-Soldaten hatte sie nicht sonderlich gelitten. Und das Futter aus der französischen Einmann-Kiste war äußerst kalorienreich. Damals, als sie mit ihrem Bruder Anderl durch die Eiger-Nordwand gestiegen waren, war es wesentlich härter und unangenehmer gewesen. Rossi hatte zum zweiten Mal nach dem Kaffee gelechzt, den die Kerle sich brauten, aber sie hatte es erneut geschafft ihre Gier niederzuringen und sich lediglich mit Energiekeksen, einem Energy-Drink und einer weiteren Aufputschpille aus dem Vorrat ihres glücklosen Kameraden in Form zu bringen. Sie war sicher, dass dort oben auf dem Hochplateau auch der wilde Gebirgsfluss entsprang, dem sie den ganzen gestrigen Tag gefolgt waren. Anstatt, wie die Söldner und ihr unglücklicher Gefangener, weiter den Maultierpfad entlangzulaufen, beschloss sie, eine Abkürzung zu wagen und zu klettern. Der Fels war unglaublich griffig. Die übel beleumundete Go-Tablette Dexedrine hielt, was der Beipackzettel versprach: Sie hatte das Gefühl, als ob nichts unmöglich war, fühlte sich hochmotiviert und topfit. Ein Vorsprung vor der Truppe konnte ihr von Nutzen sein. Sie benötigte auch noch ein sicheres Versteck für die kommende Nacht; es sollte nicht nur Schutz vor der schlimmsten Kälte bieten, sondern gleichzeitig auch noch als sicherer Beobachtungsposten dienen.

Wären die Umstände nicht so tragisch, die Situation nicht so verfahren gewesen, Rossi hätte die Kletterei sogar genossen. Sie war bereits neun der zehn schwersten Routen Europas geklettert. Doch die Strecke war eine echte Herausforderung für jeden ambitionierten Freeclimber. Wenn es da nicht immer wieder Vorsprünge und Absätze gegeben hätte, auf denen man sich bequem ausruhen konnte, dann hätte sie mindestens eine 8c auf der französischen Skala der Schwierigkeitsgrade von Kletterrouten im Freeclimbing vergeben.

Mehrmals kletterte sie an Höhlen im Felsen vorbei. Nach einiger Zeit hatte sie das Gefühl, dass auch hier Menschenhand am Werk gewesen war. Doch die Spinnweben, die sie vor den Öffnungen sah, machten ihr Angst und sie stieg einfach weiter. Teile der Strecke schienen künstlich angelegt. Dieses Hochplateau musste vor langer, langer Zeit einmal eine Trutzburg oder Verteidigungsstellung gewesen sein. Und kluge Köpfe hatten für den Notfall einen sehr diskreten, wenn auch schwierigen Fluchtweg geplant.

Sie hatte sich vor ihrem ersten Afghanistaneinsatz intensiv mit dem Land, seiner Kultur und seiner Geschichte auseinandergesetzt. Als leichte Lektüre hatte sie natürlich den Klassiker von Rudyard Kipling, *Der Mann, der König sein wollte,* gelesen. Sie hatte sich auch den spektakulären Kinofilm von John Huston mit Sean Connery und Michael Caine in den Hauptrollen angesehen. Fasziniert von der Story hatte sie dann noch etwas Seriöses gesucht und war über *Alexanders des Großen Siegeszug durch Asien* des Göttinger Altphilologen Professor Wilhelm Capelle gestolpert. Wie auch schon bei Kipling war dort immer wieder die Rede von geheimnisvollen und unbezwingbaren Felsenfestungen in den afghanischen Bergen gewesen. Viele von ihnen hatten irgendwann ihre strategische Bedeutung verloren und waren anschließend einfach vergessen worden.

Als Rossi erreichte, was sie von unten für das Hochplateau gehalten hatte, stockte ihr der Atem. Anstatt auf eine Ebene, blickte sie hinunter in ein kleines, kaum zugängliches Hochtal. Es war unglaublich. Auf den ersten Blick erinnerte sie das, was sie sah, an eine lebhaft bevölkerte Miniatur des jordanischen Petra. Lediglich eine etwas abseits angeordnete Gruppe grau gestrichener, hochmoderner Container mit Antennensalat und Reihen transparenter Kunststoffplanen, die über halbrunde Stahlrahmen gezogen irgendwelche Grabungen schützten, störten das malerische Bergidyll. Rossi sprangen sofort zwei robuste japanische Geländewagen und vier solide Cross-Motorräder ins Auge. Der Fuhrpark stand ordentlich geparkt unweit einer Koppel, auf der ein Dutzend Maultiere und struppige, kleine Pferde an borstigen Grashalmen knabberten. Sie zog das Miniatur-Fernglas des Special-Forces-Soldaten aus der Tasche: ein militärisches High-end-Gerät mit integrierter Nachtsicht ohne Namen oder Typenbezeichnung. Es war selbst auf eintausendfünfhundert Meter von einer bestechenden Präzision. Ihr Versteck war ausgezeichnet, sie konnte das gesamte Hochtal überblicken. Der kleine Waldstreifen bot vor allem auch Schutz vor Beobachtern, die aus dem Tal nach oben spähten. Der Felsvorsprung, vor dem einige, größere Steine herumlagen, sollte als Unterschlupf und Schutz für die Nacht ausreichen.

Ein gebeugter, graubärtiger, alter Mann, traditionell gekleidet mit Turban, Shalwar Kameez, Schaffellweste und einem langen, schweren Hirtenstab, auf den er sich stützte, hütete unweit der Pferdekoppel auf der Anhöhe gegenüber Rossis Versteck seine kleine Ziegenherde. Der Gebirgsfluss entsprang tatsächlich hier oben, genau wie sie bereits vermutet hatte. Er stürzte in einer spektakulären Kaskade aus dem Berg in ein weites Felsenbecken, aus dem er sich dann hinunter ins Tal wand, um am Ende zwischen imposanten Felsen zu verschwinden. Eine Handvoll Männer, die sie von ihrem Aussichtspunkt aus bei verschiedenen Aktivitäten durch das Fernglas beobachtete, waren Einheimische und trugen traditionelle afghanische Kleidung.

Die anderen waren ganz eindeutig nicht aus der Gegend: Ihre Kampfanzüge ähnelten denen der Gruppe, die sie verfolgt hatte. Die Gesichter waren glattrasiert, die Haare militärisch kurz. Unschwer erkannte Rossi hier und da Tätowierungen auf muskulösen Unterarmen. Alle trugen Handfeuerwaffen am Gürtel, doch keiner von ihnen schien Wache zu schieben. Sie waren dabei, kleinere Kisten in etwas größere Kisten zu packen und diese dann sorgfältig zuzunageln und mit einer Schablone und einer Spraydose zu beschriften. Es sah ganz so aus, als ob die sechs üblen Kerle, die sie verfolgt hatte, zu dieser Gruppe gehörten. Zwei Frauen in weiten, bunten Kleidern und farbenprächtigen Kopftüchern wuschen unweit des Felsenbeckens im Fluss Wäsche. Sie schienen sich dabei prächtig zu amüsieren und bespritzten sich gegenseitig mit Wasser. Ein breitschultriger Bulle von einem Mann, der mit seinem schwarzen Turban und wirrem, schwarzem Bart, bis an die Zähne bewaffnet – Patronengurte über der Brust und Dolch im Gürtel – wie ein Poster-Motiv für die Taliban wirkte, leistete ihnen Gesellschaft. Erstaunlicherweise war der Taliban-Poster-Boy dabei weder verbissen noch freudlos. Er lachte mit den Frauen und spritzte unbefangen immer wieder Wasser zurück, während er versuchte, ihren spielerischen Angriffen auszuweichen.

Unweit von Rossi klebte eine imposante, grau gestrichene Satellitenschüssel diskret im Hang, und unten im Hochtal tuckerte in einem Gebäude neben einem solide gebauten Trapezblech-Hangar monoton ein Generator, der Strom aus Wasserkraft erzeugte. So viel Zivilisation hatte Rossi an diesem Ort am Ende der Welt nicht erwartet. Rowan und Erin, die beiden Rugbyfans, hatten also nicht geprahlt, als sie von der Übertragung des Rugby-Weltcup-Spiels gesprochen hatten. Es würde sie nicht wundern, wenn die Kerle sich vor der Glotze dann noch ein Sixpack mit eisgekühlten Budweisern reinzogen und dazu den obligatorischen Cheeseburger aus der

Mikrowelle und eine Tüte Chips futterten – der amerikanische Mittlere Westen im Herzen des Hindukusch.

All diese Annehmlichkeiten des Lebens erforderten jedoch exzellente Organisation, kostspielige Logistik und vor allem Kontakte. Schon ganz am Anfang ihrer Tour hatte Rossi verstanden, dass im rückständigen und abgelegenen Afghanistan eigentlich alles machbar und möglich war, wenn man wusste, mit wem man reden und wen man schmieren musste. Von dem Gebäude mit dem Generator führten Elektroleitungen zu den Wohncontainern, zwei weiteren Containern mit Teleskopmasten und Antennensalat und einem großen, gepflegten, traditionellen, afghanischen Anwesen in Form eines U sowie zu den überdachten Ausgrabungen und mehreren opulent verzierten, portalähnlichen Öffnungen, die aus dem Gestein der gegenüberliegenden Bergwände herausgemeißelt waren. Vermutlich hatten die Leute hier nicht nur Satellitenfernsehen, sondern auch Licht, warmes Wasser, Kühlschränke und einen funktionierenden Internetanschluss.

Eine weitere in den Felsen gemeißelte prachtvoll verzierte Fassade mit einem Portikus aus vier Säulen hatte ebenfalls Elektrizitätsanschluss. Hinter einer Freitreppe, die in den Berg hineinführte, konnte Rossi mehrere große Scheinwerfer ausmachen. Sie wirkten vor dieser uralten und perfekt erhaltenen Fassade etwas störend und viel zu modern, doch sie konnte sich vorstellen, dass der Effekt, wenn diese antike Stätte nachts illuminiert war, spektakulär sein musste. Auf der Freitreppe saßen eine Handvoll Jungen und Mädchen um einen hochgewachsenen, hageren Mann. Sein kurz gestutzter, grauer Bart wirkte gepflegt. Er trug einen cremefarbenen Pakol auf dem Kopf, einen erdfarbenen Patu über den Schultern und eine modische, knallbunte Brille auf der Nase. Der Mann las den Kindern aus einem großen Buch auf seinen Knien vor. Die Kinder wirkten wohlgenährt und kerngesund und trugen saubere, adrette Kleidung. Es wurde laut durcheinandergeredet, gelacht. Die Berge trugen ihre lebhaften Stimmen hinauf zu Rossi. Sie konnte natürlich nichts verstehen. Schulunterricht am Ende der Welt! Was sie betrachtete, schien auf den ersten Blick ein friedlicher, fruchtbarer, grüner Flecken Erde, der verborgen, vergessen und geschützt inmitten einer kargen menschenfeindlichen Landschaft lag. Utopia am Hindukusch! Wären da nicht die bewaffneten Typen in westlichen Kampfanzügen und die hochmodernen Installationen inmitten der Einheimischen gewesen, Rossi hätte sicher gedacht, sie habe sich verlaufen. Diese ganze Geschichte, die Rettungsaktion, der Abschuss des Helikopters, die geheimnisvolle und absonderliche Bergwelt, die sie da gerade entdeckte – jetzt musste sie eigentlich nur noch abwarten, bis die englischsprechende Gruppe, der sie gefolgt war, mit dem gefangenen Special-Forces-Soldaten auftauchte. Sie hatte das ungute Gefühl, mitten in einer haarsträubenden Verschwörungstheorie gelandet zu sein oder in einem Szenario aus der Feder von Tom Clancy. Nicht Angst war es, was ihr wie ein Stein im Magen lag. Es war Beklemmung – und ihr war unheimlich.

Afghanistan – Provinz Zabul – Iskandarga'l

Professor Dr.Taher El Ouazzani hatte sich vorgenommen, die Gewölbe unter der Festung Qary-y-Iskanderga'l bis zum Monatsende leerzuräumen. Anschließend wollte der Archäologe dann die Arbeiten im sogenannten Schatzhaus – drei tief im Felsen liegenden Kammern, die sie zufällig gefunden hatten – fortführen. Das war ihre eigentliche Ausgrabung, eine Suche, die durch den Deal und die große Raubgrabung erst möglich geworden war.

Er freute sich und war neugierig. Im ersten Raum hatten sie bereits das Archiv entdeckt, dem er den Namen »Archiv des Artabaxos« gegeben hatte. Diese Sammlung von in altmazedonischer Sprache beschrifteten Steintafeln – als eine Art Inventarliste – hatte ihm dann den Weg in die Gewölbe unter dem sogenannten Ormus-Tempel gewiesen, in denen sie eine große Zahl bemerkenswerter Kunstwerke aus Glas, Edelmetallen, Ton und Stein gefunden hatten und seltene religiöse Kultobjekte, von denen einige zoroastrisch waren und andere eindeutig anderen Kulten zugeordnet werden konnten. Die antiken Stücke waren perfekt erhalten und in Sammlerkreisen ein Vermögen wert. Taher war sicher, dass er einen Teil des legendären Alexander-Schatzes gefunden hatte. Es ging auf seiner Grabung schon lange nicht mehr nur um den siebenstelligen Bereich. Sie spielten mindestens eine Liga höher.

Schon die Grabstätten der mazedonischen Notabeln, die sie gefunden hatten, waren unschätzbar. Im Schatzhaus in der zweiten Kammer aber war er dann auf die vollständige Sammlung der »Goldenen Bibliothek von Persepolis« gestoßen, die seit dem Jahr 330 vor der Zeitrechnung als verschwunden galt. Es hieß bei sämtlichen Historikern der Antike, sie sei von Alexander dem Großen zusammen mit der Stadt verbrannt worden. Die Goldene Bibliothek war von unschätzbarem Wert, aber sie gehörte nicht zu den Dingen, die sie je kommerzialisieren würden. El Ouazzanis Archäologen-Instinkt sagte ihm, dass dort unten im Schatzhaus sensationelle Dinge warteten – Dinge, die alle seine ganzen bisherigen Funde in den Schatten stellen würden. Die Gewölbe, die von Menschenhand in den Berg gehauen worden waren, schienen endlos.

Wenn ihr Freund damals nicht zufällig über das erste Felsengrab gestolpert wäre, dann wären sie wohl nie auf die Idee gekommen, ausgerechnet hier in diesem Hochtal und direkt vor der Haustür von Dadullahs Großonkel nach einer antiken Felsenfestung zu suchen. Mit den Mitteln der Antike war Qary-y-Iskanderga'l völlig uneinnehmbar gewesen. Selbst ein Verräter innerhalb dieser Festung hätte nicht vermocht, über einen absehbaren Zeitraum ausreichend Feinde hineinzulassen, um gegen eine etablierte Besatzung zu kämpfen. Und sie hatten bis zu diesem Tag weder Spuren von Zerstörung noch Spuren von Kämpfen entdeckt. Die zwei Dutzend Toter, die sie gefunden hatten, waren in prächtigen und unberührten Grabhöhlen in den Bergen rund um das Hochtal bestattet worden. Eine Art exklusiver, letzter Ruhestätte für hohe Würdenträger des mazedonischen Weltreiches, die mit einem großen geheimen Staatsarchiv in einer ausgedienten Felsenfestung zusammengelegt worden war.

Tahers erster Fund war der Alexander'sche Reiter-General gewesen, mitsamt seinem prachtvoll gezäumten, mumifizierten Streitross, seiner spektakulären Rüstung und seinen Waffen, die in keinem Fall für Kriegszwecke tauglich gewesen wären. Sie hatten ihren Fund damals während der Semesterferien heimlich durch die Berge transportiert, mit dem alten Land Rover nach Karatschi gefahren und von dort mit einem Segelboot außer Landes geschmuggelt. Heute befand er sich in einer sehr diskreten, amerikanischen Privatsammlung und hatte ganz entscheidend zur Finanzierung ihrer weiteren Recherchen beigetragen und zu einer außergewöhnlich wertvollen Aktenmappe, in der sich mehrere Hundert authentischer Herkunftsnachweise für Antiquitäten minderer Qualität befanden, aus denen sie im Lauf der Jahre ohne Probleme Herkunftsnachweise für andere, wertvollere Funde gebastelt hatten. Nach dem Reiter-General hatten sie noch zwölf weitere Felsengräber entdeckt. Diese übertrafen an Pracht bei Weitem das Soldatengrab: Hier ruhten eindeutig Mitglieder der makedonischen Elite – bestattet inmitten unschätzbar wertvoller Prestigeobjekte.

Die meisten Funde aus den Höhlengräbern hatte Taher bereits vollständig katalogisiert. Einige befanden sich noch in einem Zollfreilager in den Vereinigten Arabischen Emiraten: immer ein kompletter Container pro Grab. Die besten Funde hatten sie bereits in die USA verschifft und dort verkauft.

Durch Ben wussten sie ganz genau, welche Sammler bereit waren, Antiquitäten diskret zu erwerben und keine Fragen zu deren Herkunft zu stellen. Auf diesem Weg hatten sie vollständige Gräber einschließlich der mumifizierten Leichen zu absoluten Höchstpreisen verkauft. Unglücklicherweise waren diese Felsengräber kein Sparbuch; all ihre Funde schuldeten sie Bens Dienstherren, weil der die Gesamtgrabung finanzierte. Ben und Dadullah erhielten zwar einen prozentualen Anteil aus den Verkaufserlösen, doch der Löwenanteil ging in eine schwarze Kasse, aus der einer der zahlreichen amerikanischen Geheimdienste irgendeine verdeckte Operation finanzieren wollte. Das war auch der Grund, warum Bens großer Chef ihm trotz seiner Vergangenheit einen echten US-Pass und eine vollständige Identität spendiert hatte. Trotz der recht skrupellosen Plünderung ihrer Raubgrabung durch die amerikanische Geheimdienst-Community war Taher El Ouazzani zuversichtlich: Ihnen blieben nicht nur sämtliche Steintafeln, Schriftrollen und andere Manuskripte, sie hatten auch die Garantie, dass ihre nächste Grabung wieder vollständig finanziert werden würde.

Sobald dieses Projekt zum Abschluss gebracht war, plante der algerische Archäologe, sich diskret und endgültig aus Afghanistan zu verabschieden. Er würde wahrscheinlich niemals wieder einen so spektakulären Fund machen wie diese geheimnisvolle Felsenfestung und die Goldene Bibliothek von Persepolis. Mit seinem Anteil an ihrem gut etablierten Antiquitäten-Business war es unproblematisch, sich mit einer seiner neuen Identitäten an einem angenehmen Ort in einem zivilisierten europäischen Land niederzulassen, wo er sich dann dem Studium der gefundenen Schriftrollen widmen und ihre große Suche weiter vorantreiben konnte, während sie mit Ben und Dadullah die nächste Grabung planten. Seine amerikanische Identität besaß bereits ein sehr gut gefülltes Bankkonto bei einer renommierten Bank in der Republik Irland und er konnte sich jederzeit gefahrlos nach Dublin begeben und sich dort niederlassen, ganz ohne, dass man ihm Fragen stellte.

Ben hatte Taher vor etwas mehr als drei Jahren im allerletzten Augenblick aus dem grauenhaften Schlamassel mit den Franzosen herausgeholfen, in das er sich leichtsinnig und sträflich dumm selbst hineingeritten hatte. Ohne Ben wäre er heute wahrscheinlich tot oder schlimmer noch: auf Nimmerwiedersehen in irgendeinem geheimen Gefängnis der französischen Republik verschwunden. Nun wusste er, dass es einfach zu gefährlich war, weiterzumachen und das Schicksal noch einmal herauszufordern. Das machte das, was sich am 26. Dezember 1994 auf dem Flughafen Marseille-Marignane zugetragen hatte, nicht ungeschehen und seinen Halbbruder Mustafa nicht wieder lebendig. Es war an der Zeit, die Toten endlich ruhen zu lassen, den Lebenden zu vergeben und eine neue

Seite im Buch seines eigenen Lebens aufzuschlagen. Iskanderga'l hatte ihm die Archäologie wieder schmackhaft gemacht.

Auf dem Weg zum Hangar, der sich neben dem Gebäude befand, das die Durchfluss-Turbine und den Stromgenerator beherbergte, durchquerte der Algerier das kleine Hochtal. Im Vorbeigehen grüßte er zwei seiner Mitarbeiter, die dabei waren, letzte Hand an das ausgefallenste Fundstück aus den Gewölben zu legen. Die Stele trug eine Inschrift, die sie noch nicht hatten entschlüsseln können. Er bemühte sich, freundlich, ausgeglichen und unverbindlich zu wirken, obwohl ihm der Zwischenfall der letzten Woche bleischwer im Magen lag. Er hatte seine eigene Hypothese, was die Unbekannten anbetraf, die nach ihrem fehlgeschlagenen Versuch, Iskanderga'l auszukundschaften, das Blutbad in Rustam Kalay angerichtet hatten. Er hatte sich wegen des gewaltsamen Todes seines Halbbruders Mustafa nicht nur mit den Franzosen angelegt, sondern auch mit den Israelis. Jahre seines Lebens hatte er einem Rachefeldzug gewidmet, der sich ab einem bestimmten Augenblick verselbstständigt hatte: *»L'art pour l'art!«* »Kunst um der Kunst willen!« Er war instrumentalisiert worden und hatte sich für eine Sache verpflichten lassen, an die er selbst nicht glaubte.

El Ouazzani war erleichtert, dass O'Shaughnessy wenigstens einen Gefangenen gemacht hatte. Es gab eine Reihe von Fragen, auf die sie unbedingt Antworten brauchten – auf die vor allen Dingen er unbedingt Antworten brauchte.

Die Männer von Enduring Freedom, die sie im Verlauf der letzten drei Jahre abgefangen und liquidiert hatten, waren alle nur versehentlich in Richtung Iskanderga'l abgedriftet. Und die ISAF war in ihrem Gebiet nicht aktiv. Ihr Kontaktmann im CENTCOM hatte sie jedes Mal vorgewarnt und mit ganz genauen Informationen versorgt. Es hatte auch nie Widerstand gegeben, da Matveevs russische Contractors potenziellen Eindringlingen immer einen entsprechenden Hinterhalt legten und sie dort erledigten. Bei den Aufklärungsdrohnen, die die OEF immer wieder aus Pakistan oder von der Bagram-Airbase auf den Weg schickte, war es so ähnlich. Meist bekamen sie im Vorfeld die Flugpläne, während ihnen für die menschlichen Gefährder Mission Orders und OPLANs zugespielt wurden. Dadurch war es möglich, die Soldaten abzufangen und zu töten und die unbemannten Flugkörper entweder zu verwirren oder zu zerstören. Doch diese ganz speziellen Männer waren nicht vom Weg abgekommen. Sie waren einfach unter dem Radar des US CENTCOM Tampa und des CENTCOM auf der Bagram-Airbase eingeflogen, und sie hatten es geschafft, sich bis ins Hochtal zu schleichen, ohne Dadullahs Leuten an irgendeiner Stelle des langen Weges aufzufallen. Sie wussten nicht einmal, aus welcher Richtung die Eindringlinge gekommen waren, oder ob sie vielleicht sogar mit Fallschirmen in sicherer Entfernung abgesprungen waren.

El Ouazzani wusste heute mit fünfundfünfzig Jahren und nach allen Irrungen und Wirrungen seiner Existenz, dass es sich beim vielgerühmten Konzept der *taqiyya* nicht um irgendeine besonders ausgeklügelte Technik handelte, die besonders clevere, rechtgläubige Muslime für sich gepachtet hatten, um ihre ungläubigen, dummen Feinde zu täuschen. Es war schlicht und einfach die universelle Fertigkeit, jemanden geschickt und ohne dabei erwischt zu werden, über den Tisch zu ziehen und ihn nach Strich und Faden anzulügen. Es gab jedoch außer seinen eigenen Glaubensbrüdern noch eine Menge anderer Leute, die clever und durchtrieben waren.

Das Letzte, was sie jetzt im Augenblick hier in Iskanderga'l brauchten, war eine Truppe, der es gelang, unterhalb ihres Radars einzufliegen und herauszufinden, was ein gejagter Terrorist, ein berüchtigter Taliban-Warlord, ein zum Sicherheitsunternehmer mutierter Söldnerführer und sein ältester und bester Freund Ben hier gemeinsam veranstalteten. Sie waren ein exotisches und ausgesprochen interessantes Vierergespann – nein, eigentlich eher eine Troika, denn Jones war lediglich ihr Juniorpartner und ihr bewährtes Arbeitspferd. Dafür trug er auch das geringste Geschäftsrisiko und wurde unabhängig vom Erfolg ihres Unternehmens monatlich entlohnt.

× × ×

Normalerweise befanden sich im Hangar neben dem Kleinwasserkraftwerk der Spritvorrat, ihre Ersatzteile für das technische und militärische Gerät und viele wohlsortierte Vorräte, die das Leben sämtlicher Bewohner des Hochtals angenehm machten. Es gab dort auch eine kleine Reparaturwerkstatt, alle möglichen Werkzeuge, um sowohl die Fahrzeuge als auch das Equipment instand zu setzen und eine größere halbprofessionelle Waschmaschine, die Jones Männer benutzten.

Weil das unscheinbare Gebäude aus Fertigbauteilen und grauen Trapezblechen am äußersten Rand des Geländes, abseits der Ausgrabungen, der Wohncontainer von Jones Contractors, dem kleinen Kommunikationszentrum und dem gepflegten, traditionellen Anwesen von Dadullahs Großonkel Asim lag, hatten sie es als provisorisches Gefängnis für den Mann ausgewählt, den O'Shaughnessy vom Helikopterwrack in der Schlucht des Ghar-Sang mitgebracht hatte. Als El Ouazzani durch die Seitentür eintrat, stand Dadullah bereits im Hintergrund und beobachtete, wie die Söldner den Unbekannten verhörten.

Sein alter Freund Ben und Jones würden Iskanderga'l in Kürze erreichen. Bens zum Jahresanfang erfolgter Umzug aus den Vereinigten Staaten nach Europa und sein Job als stellvertretender Direktor des streng geheimen Anti-Terrorismus-Zentrums Alliance Base brachten natürlich auch für den privaten Teil ihrer großen Raubgrabung riesige Vorteile. Ben hatte es vor drei Jahren geschafft, seinen eigenen großen Boss zu überreden, die Grabung von Iskanderga'l aus einer der schwarzen Kassen der zahlreichen US-Geheimdienste zu finanzieren. Im Austausch dafür bekam Bens großer Boss eine weitere schwarze Kasse, die den Löwenanteil aus den Verkaufserlösen beinhaltete, während sie Prozente aus dem Verkauf und spezifische Fundstücke bekamen. Bens neuer prestigeträchtiger Posten in Paris eröffnete ihnen darüber hinaus auch einfache und sichere Wege, Fundstücke jeder Art nach Europa zu bringen und sich zu diversifizieren. Doch Ben konnte nicht mehr so frei und unbefangen nach Pakistan und Afghanistan reisen wie als stellvertretender Direktor der Special Activities Division der CIA. Ihre Zeit miteinander war begrenzt. Und weder Skype noch der rege Mail-Austausch ersetzten die Diskussionen von Archäologe zu Archäologe.

Dadullah verzettelte sich in diesem Schlüsselmoment der Ausgrabung wieder einmal mit völlig verrückten, politischen Aktivitäten, und Ben musste in spätestens zweiundsiebzig Stunden auf dem Weg zurück in die Emirate sein, damit seine Abwesenheit nicht auffiel und niemand gefährliche Fragen stellte, was denn der ranghöchste US-Vertreter der Alliance Base am Hindukusch treibe. Die einzigartige Schriftrollen-Sammlung von Iskanderga'l, die ihr Genosse Taher El Ouazzani entdeckt hatte, war der Grund, warum Ben überhaupt das Risiko dieses diskreten Besuchs am Fundort auf sich nahm.

Seit ihrem großen Durchbruch im Frühjahr arbeitete der algerische Archäologe im Akkord. Unter der Ruine, die sie wegen der prägnanten Faravahar-Ikonographie am gut erhaltenen Porticus den »Ormus-Tempel« nannten, hatte El Ouazzani den Zugang entdeckt, den sie – mit Unterbrechungen – seit knapp dreißig Jahren gesucht hatten. Er hatte die Passage vorsichtig freigelegt. Nicht nur Jones' Söldner hatten enthusiastisch mitgeholfen, auch eine Gruppe der besten und vertrauenswürdigsten Kämpfer, die zur Truppe von Dadullahs Cousin Borjahn gehörten, waren für ein paar Wochen zu ihnen gestoßen. Es war ein Gewaltakt gewesen, den Gang nach zweieinhalbtausendjährigem Dornröschenschlaf wieder sicher und begehbar zu machen. An dessen Ende lagen die drei unterirdischen Gewölbe, in denen sich möglicherweise die sensationellste, archäologische Entdeckung seit Carter/Carnarvon und Tutenchamun befand. Ihre klassische, wenn auch sehr gut organisierte und großangelegte Raubgrabung war zu etwas ganz Besonderem und Außergewöhnlichem geworden: einem Jahrhundertfund!

Bei den Schriftrollen handelte es sich um Pergament-Rotuli und klassische Papyri. Sie waren seit fast zweieinhalbtausend Jahren so perfekt eingelagert, dass selbst die Schriftrollenhalter aus Holz noch in einem guten Zustand waren. El Ouazzani hatte in den Gewölben eine konstante Luftfeuchtigkeit von plus/minus dreißig Prozent und eine Temperatur von zwanzig Grad gemessen. Genauso lagerten heute die renommiertesten Museen und Bibliotheken der Welt ihre wertvollsten Handschriften ein. Und die versiegelten Tonkrüge hatten jeder einzelnen Rolle noch zusätzlichen Schutz geboten. Wer auch immer diese Schriften verborgen hatte, hatte sein Handwerk verstanden.

Aus diesem Grund drängte El Ouazzani auch darauf, dass ihr sensationeller Fund Afghanistan so schnell wie möglich verließ. Sie verstanden alle drei, dass zweieinhalbtausend Jahre alte Schriftrollen umgehend wieder fachgerecht eingelagert werden mussten, wenn man sie je studieren wollte. Jeder noch so kleine Umwelteinfluss konnte den Rotuli unschätzbaren Schaden zufügen. Der bewährte Weg, den ihre weniger empfindlichen Funde seit drei Jahren regelmäßig einschlugen, war ausgeschlossen. Man konnte Pergament nicht einfach ungeschützt in Holzkisten packen, diese anschließend monatelang in einem überhitzten Wellblechhangar auf einem pakistanischen Militärflughafen einlagern und dann darauf hoffen, dass sie alles heil überstanden. Ein Transport per Lkw auf der Piste über Spin Boldak, Wesh-Chaman, Quetta und Karatschi war ein absolutes No-Go. In seinen schlimmsten Albträumen stellte Taher sich vor, dass Ben auf der anderen Seite der Welt nach langem Seetransport aus einer Holzkiste in einem ISO-Normcontainer einen beschädigten Tonkrug holte, in dem sich eine teigige, übelriechende hellgraue Masse befand, die einstmals ein unersetzbarer historischer Papyrus gewesen war – und auf dem vielleicht die Lösung des Rätsels gestanden hatte, das sie seit ihrem ersten Studienjahr zu knacken suchten.

Der größte Teil dieses völlig unerwarteten und spektakulären Fundes sollte in Alucontainern mit Ben und Jones in der Cessna nach Pakistan fliegen. Anschließend wollte sein Freund die Schriftrollen diskret weitertransportieren, per privater Motorjacht über die Arabische See in die Emirate bringen und dann einfach als ganz normale Luftfracht in seinem Urlaubsgepäck über Dubai nach Europa ausführen. Der Rest, der nicht mehr in die Cessna passte, sollte das Land über das konspirative Haus in Kabul verlassen, über das sie bereits andere empfindliche und wertvolle Stücke ausführten. Ben hatte Taher nur erklärt, dass diese Kisten dann auf genau der Route außer Landes geschafft wurden, wie er selbst seinerzeit diskret über Incirlik nach Afghanistan gekommen war. Der Archäologe vermutete, dass dafür die gleichen Leute aus dem CENTCOM auf der Bagram-Airbase verantwortlich waren, die sie auch regelmäßig warnten, wenn sich Drohnen oder Soldaten der westlichen Schutztruppen in der Gegend ihrer Grabungsstätte herumtrieben.

× × ×

O'Shaughnessy versetzte seinem Gefangenen einen Schlag mit einem improvisierten Elektroschocker, den er sich aus einer der Ersatzbatterien für die Geländefahrzeuge und einem Satz Starterkabeln zusammengebastelt hatte. Im Hochtal waren sie nicht auf Gefangene eingerichtet und erst recht nicht für Verhöre ausgerüstet. Nicht einmal vernünftige Handschellen hatten sie, lediglich die allgegenwärtigen Kabelbinder aus dem Baumarkt, die hauptsächlich dazu dienten, Elektrokabel zu befestigen, wenn irgendwo Licht gebraucht wurde. Alles wirkte etwas improvisiert!

El Ouazzani stellte sich neben Dadullah.

»Und?«, fragte der Algerier seinen Paschtunen-Freund neugierig. Dadullah seufzte leise. O'Shaughnessys Gefangener war furchtbar dickschädelig und sehr unkooperativ. Er schrie, er wand sich vor Schmerz und er erzählte immer die gleiche Geschichte. Der Mann verplapperte sich nicht. Jedes Detail stimmte.

SIEBTES KAPITEL

USA – Virginia – Fairfax County

Der Staatsminister für Besondere Angelegenheiten und der Director of National Intelligence DNI wanderten nun schon seit zwei Stunden gemächlichen Schrittes um den See. Dr. Stefan Huber beobachtete seinen Chef amüsiert. Das Herbstwetter war wunderbar; ein Neuengland-Indian-Summer wie aus der Hollywood-Filmkiste. Der kurzhaarige Retriever kehrte schon wieder schwanzwedelnd, triefnass und glücklich mit seinem orangefarbenen Spielball zu seinem Besitzer und dessen Begleiter zurück, und der Director Of National Intelligence warf den Ball genauso enthusiastisch wieder ins Wasser, um seinen Hund zu amüsieren. Es war offensichtlich, dass General a. D. Franklin D. Mahooney, das Wetter und das Spiel mit seinem lackschwarzen Freund genoss. Der Mann strahlte.

Der Gesichtsausdruck des Staatsministers sprach Bände. Er verabscheute Haustiere jeder Art mit echter Leidenschaft. Vor allem aber verachtete er große, freundliche, lebhafte und schwanzwedelnde Hunde. Selbst die Tiere der Sicherheitsbeamten im Kanzleramt, die nach Sprengstoffen schnüffelten, durften ihren Job nur machen, wenn sein Chef abwesend war. Stefan sah es: Der Staatsminister wünschte den hemdsärmeligen Special-Forces-General im Ruhestand gerade direkt in die Hölle – und seinen übelriechenden und klatschnassen vierbeinigen besten Kumpel gleich mit. Stefan schmunzelte in sich hinein: Vor der Herbstwanderung hatte Frank

Mahooney ihnen bereits mit geradezu väterlichem Stolz die Stallungen und sämtliche Trabrennpferde seiner Frau Catherine gezeigt, zusammen mit den großen, schwarzen Fliegen, die – selbst in sehr gepflegten Unterständen – nun mal mit Pferden kamen.

Stefan hatte es nicht gestört, ein paar samtweiche Nasen zu streicheln. Er war im Bayerischen mit Rindviechern, Schweinen, Schafen und den großen, schweren Holzrückpferden seines Vaters aufgewachsen. Seine langjährige Freundin war eine fanatische Reiterin. Sie besaßen außer einem kräftigen und etwas grobknochigen Bayerischen Warmblut auch einen vom Tierschutz geretteten Zwergesel, vier geschwätzige, knallbunte Aras und ein frustriertes Geschwisterpaar ehemaliger Straßenkatzen aus Griechenland, die ständig davon träumten, den Vögeln des Hauses an die Gurgel zu gehen.

Sein Chef dagegen trug handgenähte Maßschuhe aus England, elegante Designeranzüge aus Italien und besaß eine durchgestylte, klinisch reine Gründerzeit-Villa in Berlin-Grunewald – mit viel weißem Lack, gebürstetem Edelstahl und schrecklich wertvollen orientalischen Teppichen. Dazu kamen noch ein paar ausgesprochen dekorative und sündhaft teure Antiquitäten, um die eine Reihe deutscher Museen sich geprügelt hätten. Als alleinstehender einziger Erbe einer außergewöhnlich gutbetuchten altpreußischen Staatsbeamten- und Industriellendynastie war ihm jedes Staubkorn, jedes welke Blatt ein Gräuel. Allerdings waren sie nicht gemeinsam in die Vereinigten Staaten geflogen, um eine Psychoanalyse-Session der zwanghaften Persönlichkeit des Staatsministers zu machen.

Stefan verzog die Lippen zu einem leisen Lächeln. Sein Begleiter würde annehmen, dass der letzte Vorschlag im Großen und Ganzen annehmbar war und sie sich endlich einer Einigung näherten. Er war mit seinem Chef jetzt schon seit einer Woche in den USA, um mit der Geheimdienst-Community die Nutzung der deutschen Abhöranlagen neu zu verhandeln und sich über einen gerechten Ausgleich für die zusätzlichen Hilfen zu einigen, die sie den Amerikanern gewährten. Er versprach sich eine kleine Belohnung für seine fast schon übermenschliche Gleichmut und seine ungetrübt gute Laune. Morgen abend war er wieder zu Hause. Direkt vom Flughafen München, ohne Umweg über ihr Heim, würde er sich mit seiner Freundin zu Baum in die Kleine Brennerei begeben und dort ausführlich, lecker und bayerisch zu Abend essen und dabei über einem frisch gezapften dunklen Weizen Pläne fürs Wochenende schmieden.

Stefan wanderte gemütlich neben dem stellvertretenden DNI Inigo Porter. Sein nagelneues Kniegelenk aus Titan klapperte dabei fröhlich im Takt, was nach Aussage seines Orthopäden ein gutes Zeichen war. Sie hielten einen gewissen Höflichkeitsabstand zu seinem Chef und General Mahooney. Inigo war, genau wie früher, als er noch bei der CIA gewesen war, für nachrichtendienstliche Kooperation zuständig. Sie kannten sich seit Jahren. Doch dies und der Reinfall bei der Jagd auf den al-Qaida-Technologen Ayub El Hussein waren natürlich nicht die einzigen Gründe gewesen, warum der Staatsminister ihn mitgenommen hatte.

Den technischen Teil der Besprechung hätte ein anderer Mitarbeiter aus dem Kanzleramt genauso erfolgreich verhandeln können wie Stefan. Aber im Dienst waren die Frontlinien klar gezogen; es gab die, die zu allem bereit waren, um die Amerikaner gefällig zu stimmen, und es gab die anderen, die diese traditionelle Hörigkeit sehr kritisch betrachteten. Stefan Huber gehörte seit mehr als zwanzig Jahren zu der kleinen Gruppe der anderen und er machte kein Hehl daraus. Trotz seiner zwanghaften Persönlichkeit und seiner ermüdenden preußischen Korrektheit schätzte der Staatsminister diese Ehrlichkeit und die Tatsache, dass Stefan seine Karriere nie über seine tiefere innere Überzeugung gestellt hatte. Er vermutete, dass diese Haltung ihn genauso gerettet hatte, wie seine ganz spezielle Vergangenheit im Dienst, denn es gab eine Reihe Hochoberer in Berlin und in Pullach, die sich nichts sehnlicher wünschten, als ihm einen prestigeträchtigen und gutbezahlten Auslandsposten in der Versenkung samt einer Beförderung und einem Bundesverdienstkreuz anzubieten. Doch der Staatsminister und die Kanzlerin wussten, was sie an ihm hatten: Terrorismusexperten mit echter Einsatzerfahrung im Nahen und Mittleren Osten waren im BND Mangelware.

Seit seiner Ernennung zum Sonderbeauftragten für Besondere Krisenlagen im Kanzleramt bemühte Stefan sich auch, etwas Abstand zu den USA aufzubauen und in diesem heißen, sicherheitsrelevanten Bereich die Zusammenarbeit mit den Diensten der europäischen Nachbarn diskret zu verbessern, ohne dabei Langley und die Amerikaner zu brüskieren. Es war ein echter Eiertanz. Bereits am Anfang seiner Karriere im BND hatte er erkannt, dass der zu enge Schulterschluss mit den US-Diensten für die deutsche Geheimdienst-Community zu einer sehr gefährlichen Abhängigkeit führte, die sie langfristig unfähig machen würde, selbstständig zu arbeiten.

»Don't worry!«, beruhigte ihn der stellvertretende DNI nach einer ausführlichen Erklärung der Gründe für die erweiterten Selektoren, *»there's nothing wrong.* Wir wollen nur weiterhin diese verdammten, islamistischen Drecksäcke im Auge behalten, die über den Balkan und von Europa aus ihre Operationen planen. Die meisten dieser Jungs sitzen nun einmal der Infrastruktur wegen in Deutschland, in Frankreich und in Belgien.«

Mahooneys Stellvertreter ließ sich noch eine Weile darüber aus, wie riskant die offenen Grenzen im Schengen-Raum für alle waren, denn sie erlaubten den *»goddamn bloody bastard terrorist motherfuckers«*, sich schnell und effizient hin und her zu bewegen und sogar das Mittelmeer zu überqueren, ohne dabei auf irgendwelche Schwierigkeiten zu stoßen.

»Dabei können wir natürlich nicht leugnen, dass auch die Zusammenarbeit über die Alliance Base in Paris und die diskrete HUMINT-Operation in Belgien Früchte tragen«, beschloss Inigo seine Ausführungen.

Huber nickte. Der US-Kollege hatte nicht unrecht. Inigo war ein vernünftiger Mann, der schon lange verstand, dass es eben nicht ausreichte, nur abzuhören. Natürlich litt die Alliance Base trotzdem unter dem chronischen Misstrauen zwischen den beteiligten Diensten. Er persönlich wollte nichts mit diesem Laden zu tun haben, denn er traute keinem seiner Kollegen vor Ort auch nur ansatzweise über den Weg. Sie schickten immer einen Loser aus einer Pullacher Abstellkammer los. Der setzte sich dann einmal in der Woche in den Zug und fuhr von München nach Paris, um sich anzuhören, was die Kollegen zu sagen hatten. Der Mann hatte strenge Order den Mund zu halten und auf dem Rückweg fünf Stunden Zeit, um zusammenzuschreiben, was die anderen erzählt hatten.

Stefan hatte mit seinem Chef die ganze letzte Woche in den Staaten verbracht und die Direktoren der *National Security Agency* NSA, des *National Reconnaissance Office* NRO und der *Defence Intelligence Agency* DIA getroffen. Abschließend waren sie dann wie immer nach Langley gefahren. Das Hauptthema war die Alliance Base gewesen und die deutsche Unwilligkeit, einen Mann oder eine Frau fest vor Ort zu haben, aber sein Minister hatte das Thema elegant abgeschmettert, innenpolitische Schwierigkeiten angeführt und umgehend vorgeschlagen, eine ähnliche Operation auf deutschem Boden zu starten. Auch das wie immer. Das hatten die Amerikaner natürlich erwartungsgemäß genauso umgehend wieder abgelehnt, weil sie dann hätten zugeben müssen, dass sie bereits in großem Rahmen und offiziell ohne Wissen der Deutschen in Deutschland operierten und Sachen machten, die unter erklärt engen Verbündeten eigentlich ziemlich unhöflich waren. So etwas erinnerte ihn immer an die beiden Kindheitsfreunde und den einen, der den anderen mit seiner Frau betrog, die sich beide auch schon seit Kindertagen kannten. Doch dieses Mal war es ihm gelungen, seinen persönlichen Ekel zu überwinden: Sie hatten zuletzt den Deal über die Nutzung des Softwaresystems XKeyscore ausgehandelt. Schon allein dafür hatte es sich gelohnt, über den Teich zu fliegen und eine Woche lang die Amis zu ertragen.

Stefan verstand, dass der BND der NSA und den anderen US-Agenturen nicht nur zuarbeiten würde, sondern sich an den geheimdienstlichen Leckerbissen über XKeystroke auch selbst bedienen konnte. Sein Chef hatte ihm anvertraut, dass die Kanzlerin einverstanden war. Ihre Informatiker konnten, dank der Sonderübereinkunft, auf dem Original basierend eine eigene Version programmieren, und die Spezialisten der IABG in Ottobrunn würden anschließend den Rest erledigen. Vor seinem inneren Auge sah er bereits eine wahre Informationsflut – einfacher, schneller und wesentlich ungefährlicher, als die üblichen Methoden.

Für Ritters Männer war es zu spät, aber die ersten Selektoren, die er einfüttern lassen würde, waren sämtliche Mobiltelefonnummern, die sie aus dem Umfeld des Terroristen Ayub El Hussein kannten. Und sobald er seine Spur wiedergefunden hatte, würde er seine bewaffnete Version der bewährten LUNA-Drohne auf den Weg schicken. Davon erfuhr die Kanzlerin natürlich nichts. Es war ein eher persönliches Projekt, bei dem ihn ein alter Freund aus den Tagen der Operation Sommerregen unterstützte. Der Mann war nach dem Abzug der Sowjets aus Afghanistan beim BND ausgestiegen und hatte sich mit einem Ingenieurbüro selbstständig gemacht. Seit Mitte der Neunzigerjahre entwickelte sein mittelständisches Unternehmen unbemannte Luftfahrzeuge für die Bundeswehr, die Bundespolizei und die Landespolizeibehörden.

Die massiven, finanziellen Einschränkungen, mit denen der Dienst schon seit Jahren kämpfte, zwang sie natürlich auch zu diesem Abkommen mit den Amerikanern. Sie brauchten unbedingt die Hardware und das fertige Softwarepaket. Sie hatten weder die Zeit noch die Mittel, selbst etwas Vergleichbares zu entwickeln. Und bei dem limitierten Spielraum im Bereich der HUMINT und der geheimen Sondereinsätze, den man seiner kleinen Dienststelle in diesem Augenblick gewährte, war diese kleine elektronische Schnüffelei eben einfach die sogenannte »zweitbeste Lösung«.

General Mahooney legte seinem Chef vertraulich den Arm um die Schultern. Wie zwei jugendliche Tunichtgute, dachte Stefan. Die beiden Männer steckten die Köpfe konspirativ zusammen, obwohl es hier in der freien Natur unmöglich war, ihnen zuzuhören. Selbst mit einem Richtmikrofon war da nichts zu machen. Dafür sorgte, außer den empörten Enten, die jedes Mal wild herumflatterten, wenn der enthusiastische Labrador wieder in den See hechtete, um seinen Spielball zu holen, auch noch das Tschilpen der zahlreichen Vögel in den Bäumen und Sträuchern am Seeufer.

Seit Anfang des Jahres erhielt die NSA vom BND bereits Datenmaterial, das aus der Aufklärungsarbeit in Afghanistan, in Somalia und in Nordafrika stammte. Allerdings kam der größte Teil dieser Informationen nicht aus elektronischer Bespitzelung, sondern stammte von menschlichen Quellen. Das erzählten sie den Amerikanern natürlich nicht. Der BND verfügte im Gegensatz zur CIA über ein beeindruckendes Netzwerk klassischer menschlicher Quellen und pflegte es sorgfältig. Der Rest war das Resultat von ganz speziellen Operationen seiner kleinen Dienststelle, über die man besser nicht viel Aufhebens machte. Der BND hatte genug Sorgen mit der parlamentarischen Kontrollkommission und den Berliner Sittenwächtern. Man bespitzelte sie intensiver, als die Stasi oder der KGB es je fertiggebracht hätten.

Das Abkommen zu dieser Zusammenarbeit war noch unter der Federführung des Amtsvorgängers seines Chefs abgeschlossen worden. Für das Datenmaterial und eine enge Zusammenarbeit hatten sie im Jahr 2002 nach dem Abzug der amerikanischen Truppen die Abhörstation Bad Aibling übernehmen dürfen.

Stefan Huber behagte diese Zusammenarbeit nicht so ganz. Der Sonderbeauftragte dachte vor allem an die menschlichen Quellen. Er hatte Angst um ihre Informanten und Agenten im Allgemeinen und um seine eigenen Leute im Besonderen. Viele arbeiteten schon seit Jahrzehnten für den BND. Andere hatte er selbst rekrutiert, als er noch aktiv im Nahen und Mittleren Osten unterwegs gewesen war. Ein Geheimdienst, der wenig Geld und wenig operative Freiräume hatte, pflegte sein menschliches Potenzial. Die Amerikaner gingen mit HUMINT oft nicht achtsam um, vor allem dann, wenn es nicht ihre eigenen Leute waren. Immer wieder verheizten sie versehentlich Quellen von Partnerdiensten, weil sie sich untereinander nicht austauschten. Daran hatte auch die Ernennung von

Mahooney zum DNI nichts geändert. Wahrscheinlich waren drei Jahre auch einfach zu kurz, um insgesamt siebzehn US-Dienste zu koordinieren, die seit einem halben Jahrhundert nicht miteinander sprachen.

Die Weiterleitung der deutschen Spionagedaten an die Amerikaner lief automatisch. Abgesehen von der HUMINT aus Afghanistan, Somalia und Nordafrika handelte es sich vor allem um Unmengen von Metadaten. Der BND lauscht im Auftrag der NSA auch intensiv am Frankfurter Internetknoten DE-CIX. Die Selektoren dafür würden sie in Zukunft automatisch zugewiesen bekommen. Mehrmals am Tag verband sich ihr Server dann mit einem NSA-Server und lud neue Selektoren herunter.

»Inigo, you know what it is all about! Come on …« Stefans Rechte legte sich vertraulich auf die Schulter seines amerikanischen Gesprächspartners. Gelegentlich erwischte man die Kollegen kalt, wenn man überzeugend den Anschein erweckte, ein guter Freund zu sein. Als er Anfang der Achtzigerjahre zum ersten Mal mit der Special Operations Group der CIA zusammenarbeiten musste, hatte es immer gut funktioniert, auf Kumpel zu machen. Und der stellvertretende Director of National Intelligence Dr. Inigo J. Porter war ähnlich gestrickt wie die Männer der CIA-Elitetruppe, die damals gemeinsam mit ihm und seinem Team von Fernspähern verdeckt in Afghanistan operierten. Stefan war in die Operation Sommerregen hineingeschlittert, weil er zur rechten Zeit am rechten Ort in Physik und Mathematik promoviert hatte und anschließend einen gutdotierten Job in der deutschen Rüstungsindustrie dankend abgelehnt hatte, um sich auf die Forschung zu konzentrieren. Sie hatten ihn mit gierigen Augen direkt am Ausgang des CERN abgepasst und umgehend angeworben. Er grinste, als er kurz an seine genialen Forschungsaufträge während der heißesten Phase des kalten Krieges mit den Sowjets zurückdachte ein wahrer Traum für kleine Jungs, die gerne mit dem Meccano-Stabilbaukasten spielten.

Dr. Inigo Porter, der vor seiner Berufung in den Leitungsstab des DNI in der CIA Direktor für Wissenschaftliche Beratung gewesen war, war ebenfalls promovierter Physiker und Mathematiker. Er hatte in dem Deutschen selbstverständlich schnell eine verwandte Wissenschaftler-Seele entdeckt, obwohl seine Vergangenheit weitaus weniger abenteuerlich gewesen war, als die von Stefan. Zwei Abendessen und die Gespräche mit der NSA und dem NRO, während derer sein Minister ihm den technischen Teil überlassen hatte, hatten geholfen, ein gutes Verhältnis zwischen ihnen herzustellen.

»Stefan, Sie verstehen natürlich, dass es nicht ausreicht, wenn wir uns nur auf die klassische Szene konzentrieren, in der sich Anhänger und Sympathisanten von al-Qaida und anderen Terrororganisationen tummeln. Wir müssen weitergehen und das Übel an der Wurzel packen.«

Der stellvertretende Director of National Intelligence erklärte seinem deutschen Kollegen ausführlich, wie sie sich vorstellten, über eine erweiterte Selektorenliste, über Bad Aibling und mithilfe ihrer deutschen Kollegen und Verbündeten auch illegale Exportgeschäfte aufzudecken, von denen Terroristen profitierten, ebenso wie Aktivitäten gewisser Drittländer, die sie als eine Gefährdung der allgemeinen Sicherheit ansahen.

Stefan Huber hörte Porter aufmerksam zu. Es war aufschlussreich, aus berufenem Mund zu erfahren, wie die amerikanischen Dienste in Zukunft den Begriff »allgemeine Sicherheit« zu definieren gedachten. Ihm lief es kurz eiskalt den Rücken hinunter, als er begriff, dass ein anderer Teil der Ausspähung, über die Mahooney und sein Chef vermutlich gerade verhandelten, nichts anderes sein würde, als billige Industriespionage, die lediglich dem Zweck diente, US-amerikanischen Unternehmen weltweit Vorteile zu verschaffen.

Es war anzunehmen, dass auch eine ganze Reihe deutscher Unternehmen im Visier der NSA und der CIA waren. Doch was ganz neu war, war diese plötzliche wilde Entschlossenheit der Amerikaner, auch noch eine Gruppe weniger fügsamer europäischer Verbündeter ganz gezielt auf höchster Regierungsebene abzuhören.

Porter ließ sogar durchblicken, dass sich neben sämtlichen Telefonnummern des Pariser Élysée-Palasts, des Hôtel Matignon und einer ganzen Reihe französischer Behörden und Ämter auch die Nummern der spanischen Regierung und des gesamten Palacio de la Moncloa in Madrid sowie einer Reihe europäischer Institutionen unter den neuen Suchmerkmalen auf der Liste befinden würden. Es war fast schon beunruhigend, wie offen und bereitwillig Porter jetzt, wo er einmal angefangen hatte, alles ausplauderte. Er schien zu vergessen, dass die Franzosen offiziell die engsten Verbündeten Deutschlands waren, und die Deutschen selbst einer der Hauptpfeiler der Europäischen Union. Der Abstand zwischen ihnen und den beiden anderen Spaziergängern wurde größer. Schließlich deutete der stellvertretende Director of National Intelligence auf eine Bank am See.

»Wenn wir uns einig werden, mein lieber Inigo, dann versprechen Sie mir, sich zusammen mit General Mahooney beim Präsidenten dafür einzusetzen, dass Deutschland endlich als die Nummer sechs in die Gruppe aufgenommen wird?«

Stefan Huber spielte natürlich auf die so genannten *Five Eyes* an, die USA, Großbritannien, Kanada, Australien und Neuseeland, die miteinander eine Vereinbarung getroffen hatten, sich untereinander nicht auszuspionieren.

Die US-Intelligence Community, unterstützt vom US-Präsident, wollte dem Drängen der Kanzlerin bisher nicht nachgeben, auch mit ihnen ein solches No-Spy-Abkommen abzuschließen. Washington argumentierte, dass es zu viele Bereiche gab, wo ihre Sicherheitsinteressen nicht übereinstimmten. Huber überlegte sich, was sie der US-Intelligence Community noch anbieten konnten, um sie endlich zu überzeugen. Er wusste, dass der Staatsminister trotz eines weiteren Fehlschlags zum Thema *Five Eyes* das *Memorandum of Understanding* unterschreiben wollte, dass der US Director of National Intelligence vorbereitet hatte. Diese weitreichende, deutsche Kooperation brachte der NSA damit nicht nur den diskreten Zugriff auf den weltweit größten Internetknoten in Frankfurt am

Main, sondern über eine eigene Datenleitung des BND, die die Deutsche Telekom für sie gelegt hatte, auch den ständigen Zugang zu allen Kommunikationsströmen, die durch den Frankfurter Knoten hindurchliefen.

Inigo Porter, der stellvertretende US DNI, senkte die Stimme, obwohl niemand in der Nähe war, der ihnen zuhören konnte:

»Die Chancen stehen im Augenblick wirklich sehr gut für Sie, mein lieber Stefan«, sagte er, »vor allem dann, wenn Sie uns bei diesem Projekt ohne Wenn und Aber unterstützen. Es ist auch ein Vorteil für Ihren Dienst. Es geht schließlich auch um Ihre deutsche, nationale Sicherheit.«

Afghanistan – Provinz Zabul – Iskandarga'l

Es waren immer die gleichen Fragen und Kérmorvan gab immer exakt die gleichen Antworten. Doch es kostete ihn seine ganze Selbstbeherrschung, die Rolle des unbedarften, kanadischen Militärarztes weiterzuspielen, der absolut nicht begriff, in welchem Schlamassel er da gelandet war und was ihm gerade wiederfuhr. Zum Glück legten O'Shaughnessy und seine beiden Kumpel keine allzu große Kreativität an den Tag, und die Befragung, der man ihn enthusiastisch unterzog, hielt sich in einem physisch erträglichen Rahmen. Es tat zwar unglaublich weh, aber es hinterließ keine bleibenden Spuren.

Als der für seine spektakulären und professionell gemachten Enthauptungsvideos berüchtigte Dadullah Khan mit finsterer Miene im Hangar aufgetaucht war, hatte er es gerade noch geschafft, keine Reaktion des Erkennens zu zeigen. Doch das Herz war ihm kurz in die Hosen gerutscht, als er sich eine Änderung der Verhörtechnik und die robusteren Methoden der Afghanen bildlich vorstellte. Sich deren Methoden entgegenzustellen ohne dabei dauerhaften körperlichen Schaden zu nehmen, war so gut wie unmöglich.

Allerdings schien Dadullah nicht interessiert, selbst Hand anzulegen und war wohl nur als Beobachter gekommen. Kérmorvan fasste sich wieder, doch der nächste Besucher, der durch die kleine Seitentür eintrat und sich zu dem berüchtigten und von allen Mitgliedern der Anti-Terrorkoalition gesuchten Taliban-Kriegsherren gesellte, raubte ihm dann wahrhaftig den Atem. Da war er dem kleinen sadistischen Arschloch O'Shaughnessy für den erneuten Schlag mit dem verdammten selbstgebastelten Elektroschocker beinahe dankbar. Er ließ seinem Schmerz freien Lauf, denn das half ihm, seine hochsteigende Panik zu zügeln. Es war einfacher, die Quälerei zu ertragen, wenn man losbrüllen konnte. Er schrie ungehemmt.

Langsam dämmert ihm, in was für ein gewaltiges Schlamassel er hineingeraten war. Es war am besten, erst einmal wieder loszubrüllen und vor den Männern, die ihn verhörten, eine Show abzuziehen. Dass der Schmerz des Elektroschocks sich in diesem Augenblick gleichmäßig auf die Unterseiten seiner beiden Oberschenkel und über den gesamten Beckenbereich ausbreitete, machte die Sache einfacher. Er wollte gar nicht wissen welches spezifische Körperteil O'Shaughnessy gerade geschockt hatte. Er wollte nur, dass Dadullah und der Neuankömmling sahen, wie verwirrt er war; ein armer kanadischer Militärarzt, der gerade mit mehr Glück als Verstand den Absturz seines Rettungshubschraubers überlebt hatte, der halbtot vor Angst war, ihr Mitleid verdiente und sich unterwarf. Er brauchte Zeit, um sich auf die neue Situation einzustellen und um nachzudenken.

Madame le Juge hatte Kérmorvan zum offiziellen Einführungsbriefing ins Secrétariat General de la Défense Nationale SGDN mitgenommen, nachdem Frankreichs neuer Präsident Louis Poniatowski im Mai seinen Premierminister Jerôme Rousseau ernannt hatte. Üblicherweise erledigte Madame le Juge den politischen Teil solcher hochkarätigen Veranstaltungen immer allein. Bei den anschließenden opulenten Mittagessen gefiel es ihr allerdings, den einen oder anderen Mitarbeiter des Service Action vorzuführen, um ihrer geheimen Organisation ein menschlicheres Antlitz zu verleihen.

Dieses Mal hatte sie ihn allerdings nicht nur mitgenommen, um über einem leckeren *Magret de Canard au Miel et Vinaigre Balsamique* und einem blutroten *Madiran Chateau Bouscassé* aus dem Département Gers kultivierten Small Talk zu betreiben und eine zivilisiertere Seite des Service Action zu zeigen, sondern vor allem, damit er persönlich das ausgesprochen unangenehme Geständnis ablegen konnte, dass er trotz größter Anstrengungen und intensiver Verfolgung vielversprechender Spuren bislang einfach nicht in der Lage gewesen war, einen der von Frankreich am meisten gesuchten internationalen Terroristen dingfest zu machen: Taher El Ouazzani, den Drahtzieher hinter dem blutigen Anschlag von Karatschi, der am 8. Mai 2002 vor dem *Sheraton Hotel* in der pakistanischen Hauptstadt elf Ingenieuren der französischen Direction des Chantiers Navales das Leben gekostet hatte.

Der neue Präsident der Republik hatte ein ganz besonderes und sehr persönliches Interesse an dieser Geschichte: Er war fünf Jahre zuvor, am Tag des Anschlags von Karatschi, noch Innenminister gewesen und hatte damals – erschüttert von der Grausamkeit und Skrupellosigkeit, mit der das Unternehmen durchgeführt worden war – den Drahtziehern persönlich den Krieg erklärt. Es hatte ein Jahr gedauert. Schließlich war die DGSE Taher El Ouazzani auf die Spur gekommen, und der Innenminister Poniatowski hatte seinen politischen Ziehvater, Präsidenten Chirac persönlich, ersucht, den Terroristen zum Abschuss freizugeben. Was sie im Slang des Service Action eine HOMO nannten, konnten nur der Staatschef selbst oder sein Premierminister in seinem Auftrag befehlen.

Doch es war nicht nur Karatschi gewesen: Taher El Ouazzani stand bereits seit der Bombe in der RER-Linie B Saint Michel-Notre Dame, die am 25. Juli 1995 im Herzen von Paris acht Menschen getötet und über einhundert schwer verletzt hatte, auf einem der drei vordersten Plätze der Abschussliste des Service Action. Und seit der Beinahe-Katastrophe in den Pariser Galleries Lafayette im Dezember 2004 war er schließlich als die absolute Priorität des Service Action auf Platz eins gelandet, vor den beiden anderer Terroristen, die Frankreichs amerikanische Verbündete seit den Anschlägen von 9/11 wesentlich mehr interessierten und gegen deren gewaltsames Ableben auch der Élysée nichts einzuwenden hatte. Taher war von einem widerlichen Schädling, den sie bei erster Gelegenheit zerstören würden, über Nacht zu »Frankreichs Osama bin Laden« mutiert.

Die Disney-Affäre war damals nicht einmal in die Presse gelangt. El Ouazzani hatte, als direkte Antwort und Racheaktion, von Handlangern zwei Sprengsätze in dem stark besuchten Laden in den berühmten Galeries Lafayette legen lassen. Der befand sich im Herzen des Gebäudekomplex 38–41, Boulevard Haussmann im neunten Pariser Arrondissement, genau dort, wo sich am Samstag vor Weihnachten Hunderte Kinder aufhielten. Die Bomben, die während der Stoßzeit hätten explodieren sollen, waren rein zufällig gefunden und im allerletzten Moment entschärft worden. Obwohl das Weihnachts-Drama im Jahr 2004 nicht stattgefunden hatte, hatte El Ouazzani damit das Fass zum Überlaufen gebracht. Madame le Juge hatte Kérmorvan daraufhin mit einem der ganz selten ausgesprochenen formellen Tötungsbefehle auf den Erzterroristen losgelassen. Er war El Ouazzani nach Paris und Disney auch ziemlich schnell auf die Spur gekommen und dicht auf den Fersen gewesen. Doch dann hatte sich der algerische Terrorist im Süden der Türkei, unweit des NATO-Stützpunkts Incirlik einfach in Luft aufgelöst.

Seit diesem plötzlichen und nicht nachvollziehbaren Verschwinden von Taher El Ouazzani war es weder Kérmorvan noch den Experten der DGSE für SIGINT und IMINT je wieder gelungen, auch nur ansatzweise seine Fährte aufzunehmen. El Ouazzanis Spur war im Augenblick der Amtseinführung des neuen französischen Präsidenten dann so kalt gewesen, wie die Mokka-Eistörtchen, die man ihnen zum Abschluss des opulenten Mittagessens mit dem Premierminister servierte. Anschließend hatte die Division Action aufgegeben und seine Chefin hatte die Suche ausgesetzt.

Als Madame le Juge Kérmorvan nach Afghanistan geschickt hatte, hatte er Taher El Ouazzani bereits völlig verdrängt gehabt. Er war lediglich losgeschickt worden, um auf rätselhafte Art und

Weise verschwundene französische Kampf-Drohnen-Prototypen zu suchen und deren Reste im Anschluss diskret und hinter dem Rücken der Verbündeten zurückzubringen. Darüber hinaus sollte er auch noch nach zwei Gruppen verschwundener Soldaten des COS Ausschau halten.

Leute seines Schlages funktionierten wie Drogenspürhunde: Man musste den armen Viechern regelmäßig einfache Erfolgserlebnisse geben, damit sie den für ihren eigentlichen Job notwendigen Jagd- und Spieltrieb nicht verloren und fröhlich blieben. Vor diesem Hintergrund hatte Madame le Juge ihn nach Afghanistan geschickt. Und ausgerechnet auf dieser zunächst als vollkommen unspektakulär angenommenen friedlichen Herbstwanderung über Land mit ein paar Männern aus dem 1er RPIMa, die er vor allem mitgenommen hatte, um gefundene Teile der Fluggeräte bergen und diskret zur Untersuchung für die EADS-Ingenieure zurückbringen zu können, stolperte er auf einen Streich sowohl über einen von sämtlichen ISAF-Koalitionspartnern gesuchten Taliban-Warlord, als auch über den spurlos verschwundenen Erzterroristen Taher El Ouazzani, den seine Chefin als aufgeschoben, aber nicht als aufgehoben betrachtete!

Dies war das erste Mal, dass Kérmorvan den Algerier nicht nur auf Phantomzeichnungen, sondern von Angesicht zu Angesicht, lebendig und atmend aus unmittelbarer Nähe sah. Der Terrorist hatte sich seit dem Anfang seiner unseligen Karriere sehr rar gemacht und sorgfältig vermieden, gesehen zu werden. Doch der Dienst hatte El Ouazzanis Äußeres auf der Grundlage von fünfundzwanzig oder dreißig Jahre alten Fotos so realistisch wie möglich rekonstruiert. Ihre Zeichnungen waren ziemlich treffend, auch wenn der Algerier einen verlebteren und verbrauchteren Eindruck machte, als die fünfundfünfzig Jahre, die sein Geheimdossier als Alter angab. Daneben schien Dadullah, der in etwa im gleichen Alter sein musste wie El Ouazzani, viel jünger und dynamischer, als Kérmorvan es von einem Mann erwartet hätte, der praktisch seit den Tagen des sowjetischen Einmarsches in Afghanistan ständig im Einsatz gewesen und auch schon im Kampf verwundet worden war.

Was Kérmorvan in diesem Augenblick beinahe in die Verzweiflung trieb, war weder seine eigene verfahrene Situation, noch die erbarmungslose Folter, sondern die Tatsache, dass ihm im wahrsten Sinne des Wortes die Hände gebunden waren und er nichts, aber auch gar nichts tun konnte. Der seit Jahren verzweifelt gesuchte Taher El Ouazzani stand knapp auf Armeslänge vor ihm und war doch unendlich fern. Es war frustrierend!

Die verschiedenen Ebenen seines Bewusstseins verbanden sich langsam wieder zu einem Ganzen. O'Shaughnessy setzte den Elektroschocker erneut an und Kérmorvan bemerkte, dass der Schmerz seine Form veränderte. Er verteilte sich nun auch auf seinem Rücken und zog hinauf in die Schultermuskeln. Er fluchte innerlich. Das kleine, fiese Arschloch hatte zwar endlich aufgehört, unter der Gürtellinie zu schocken. Doch jetzt schien ihn die verdammte Narbe auf der linken Schulter zu faszinieren.

Wie viele Elektroschocks hatte er eigentlich schon bekommen? Zehn oder zwölf oder vierzehn? Er war beim Zählen ganz durcheinandergeraten, weil er nebenher über El Ouazzani, dessen terroristische Aktivitäten, das Gespräch mit dem Premierminister und den unerklärbaren Zwischenfall in der Türkei nachgedacht hatte. Üblicherweise waren solche Gedanken nicht seine bevorzugte Strategie, unangenehme Augenblicke durchzustehen. Aber trotz seiner langen Berufserfahrung war dies das erste Mal, dass er mit dem konfrontiert wurde, wovor sie alle Angst hatten: klassische, physische Folter!

Natürlich hatte man ihn im Rahmen seiner Ausbildung regelmäßig extrem unangenehmen Verhörtrainings unterzogen. Und er hatte Erfahrung mit körperlichem Schmerz: Verletzungen im Einsatz, Verwundungen, kleinere und größere Unfälle beim Training. Das gehörte eben zu seinem Job. In solchen Momenten hatte er bislang immer versucht abzuschalten, indem er sich an die ellenlangen Balladen von Friedrich Schiller erinnerte, die er als Kind hatte auswendig lernen müssen. Seine Mutter war unerbittlich gewesen: Schiller war gut fürs Deutsch, Auswendiglernen fürs Gedächtnis!

Während seiner Kampfschwimmerausbildung war er dann kilometerweit wie eine Maschine gelaufen oder geschwommen, während er in Gedanken seinen gesamten Vorrat an Gedichten der Weimarer Klassik oder des Sturm und Drang heruntergeleiert hatte, um die Anstrengung zu ertragen. Wie eine tibetanische Gebetsmühle! *Die Glocke, Der Ring des Polykrates, Der Taucher, Der Handschuh, Die Kraniche des Ibykus, Die Bürgschaft* – ja, ganz besonders *Die Bürgschaft!*

Zu Dionys, dem Tyrannen, schlich
Damon, den Dolch im Gewande:
Ihn schlugen die Häscher in Bande,
»Was wolltest du mit dem Dolche? Sprich!«
Entgegnet ihm finster der Wüterich.
»Die Stadt vom Tyrannen befreien!«
»Das sollst du am Kreuze bereuen.«

Die Sache mit dem Kreuz und dem Bereuen erschien Kérmorvan in seiner aktuellen, verfahrenen Situation dann auch irgendwie passender, als Gedanken an gebratenes und in Honig und Balsamico mariniertes Entenfilet oder Mokka-Eistörtchen.

Seine Mutter hatte ihm einmal erzählt, dass es anfänglich nicht Damon, sondern Mörus gewesen sei, der den Dolch im Gewande gehabt hatte. Schiller hatte seine Inspiration aus den *Fabulae* des Hyginus Mythographus, Bibliothekar des römischen Kaisers Augustus, gezogen.

Plötzlich wurde es wieder sehr laut. In den tiefsten Tiefen seines Bewusstseins wusste Kérmorvan, dass er selbst es war, der schrie wie am Spieß. Es war ihm egal. Vermutlich war es nur ein erneuter Elektroschock irgendwo unterhalb der Gürtellinie oder in die Rückenmuskulatur, wo das Risiko, dass das Opfer sich versehentlich und klammheimlich mit einem Herzstillstand verabschiedete, gering war. Es tat nur unglaublich weh. Er pumpte wie ein Maikäfer. Kérmorvans anderes Selbst schrie weiter, während er sich wieder

Friedrich Schiller zuwandte. Seine Mutter kannte sich mit solchen Details aus und er konnte es sogar noch auf Lateinisch hersagen:

»In Sicilia Dionysius tyrannus crudelissimus …«

Maman hatte eine leicht sadistische Ader, wenn es um Kultur und Allgemeinbildung ging. Sie hatte auch eine sehr spezielle Definition der absolut notwendigen Grundlagen für den wohlerzogenen Mitteleuropäer aus guter Familie. Ihre Ansichten hierzu waren in etwa so liberal wie eine Sharia-Auslegung der saudischen Religionspolizei.

Kérmorvan liebte seine Mutter, ihre exzentrischen Ansichten, ihre durchgeknallten Hippieklamotten und ihren ganz alltäglichen Wahnsinn, aber er wollte jetzt weder an sie noch an den Rest seiner Familie oder an sein Zuhause denken. An zu Hause zu denken war gefährlich, denn es machte ihn weich. Zugleich war es auch – diese goldene Regel hatte er vor vielen Jahren kurz vor seinem ersten Kampfeinsatz für sich aufgestellt – sein ultimativer Rettungsanker, den er lediglich dann werfen würde, wenn er sich in einer Situation wiederfand, die jemand in seinem Job und mit ganz speziellen, antrainierten Fertigkeiten als vollkommen ausweglos einschätzen musste.

Seine Familie wusste offiziell nur sehr wenig, über das, was er tat, und sie waren rücksichtsvoll genug, ihm auch nie direkte Fragen zu stellen. Sein Vater hatte ihm einmal erklärt, dass er die Antworten nicht wissen wollte, weil er ansonsten die Fragen stellen musste, auf die Kérmorvan ihm nicht antworten durfte – was in einer Familie, in der man sich gegenseitig vertraute, undenkbar wäre. Natürlich waren seine Leutchen nicht blind, unbedarft oder beides. Sie ließen ihn glauben, dass sie glaubten, dass er noch immer ein ganz normaler Soldat war, während er sie Glauben machte, dass er ihnen das glaubte. Für Außenstehende gewiss verrückt, aber in ihrer etwas verrückten Familie funktionierte das.

Dank El Ouazzanis und Dadullahs überraschender Präsenz im Hangar schüttete sein Körper ausreichend Endorphine aus, um das, was man mit ihm veranstaltete, gelassen zu ertragen. Er war erleichtert, dass alles so glatt lief und er sich emotional nicht stärker abschotten musste, um durchzuhalten. Allerdings: Er konnte sich mittlerweile einfach nicht mehr bewegen, obwohl er es entschlossen versuchte. Er wollte herumzappeln, um dem selbstgebastelten Elektroschocker des Losers O'Shaughnessy auszuweichen. Wie tief musste ein ehemaliger Elitesoldat sinken, um sich für solch widerwärtige Spielchen herzugeben? Kérmorvan hatte in der Nacht nach seiner Gefangennahme gehört, wie der Brite seine Jahre beim Special Air Service SAS im Gespräch erwähnte.

Jeder Muskel, jede Sehne, jeder Knochen in seinem geschundenen Körper war durch die zahlreichen Stromschläge wie gelähmt. Er fühlte auch, dass er von der ganzen Schreierei schon ziemlich heiser war. Er brauchte jetzt Zeit, um sich ein wenig zu erholen. Es ging nicht mehr um Schiller, Goethe, Racine oder Verlaine. Es ging auch nicht mehr um Gott, seine Ehre, sein Weltbild oder das der Männer, die ihn in ihre Gewalt gebracht hatten. Es ging jetzt darum, wer gewinnen und wer verlieren würde. Er war weder besessen noch verrückt oder weltfremd. Er hatte lediglich eine der weltweit besten, längsten und kostspieligsten Ausbildungen für Spezialeinsatzkräfte durchlaufen und eine lange Berufserfahrung: Wenn er sich weiter aufrecht hielt, dann war es lediglich selbstschädigend und würde seine Chancen für eine erfolgreiche Flucht beeinträchtigen. Als ihn der nächste Schlag aus dem Folterwerkzeug traf, verlor er das Bewusstsein.

× × ×

Dadullah schüttelte den Kopf. »Wenn dieser Mann die Wahrheit sagt, dann können wir ihm alles weitere Leiden ersparen. Er ist verdammt zäh und ich achte seinen Mut, aber es wäre wirklich am sinnvollsten, ihn so schnell wie möglich zu beseitigen und seine Überreste genauso zu entsorgen, wie die der anderen, mit denen wir zuvor zu tun gehabt haben. Sollte er uns indes anlügen, dann haben wir ein kolossales Problem!«

Taher El Ouazzani stimmte seinem Freund zu. »Wenn er lügt, dann ist unsere ganze Operation hier möglicherweise kompromittiert und wir müssen umgehend eine Reihe schwerwiegender Entscheidungen treffen.«

Er verließ seinen Platz im Abseits und ging zu O'Shaughnessy und den beiden amerikanischen Söldnern hinüber. Er fragte sich insgeheim, ob nicht er selbst das Ziel dieser geheimnisvollen Gruppe Männer gewesen war, die sich über die Schlucht des Ghar Sang im Hochtal eingeschlichen hatte, und das ganze Chaos weder mit den ISAF-Operationen gegen die Taliban, noch der OEF-Jagd auf Osama bin Laden zu tun hatte. Abgesehen von den spektakulären Funden unter Iskanderga'l und dem Teil in Taher, der immer mit Herzblut und Leidenschaft Archäologe bleiben würde, gab es noch andere Gründe, warum er es zurzeit vorzog, hier in den afghanischen Bergen außer Sicht zu bleiben.

Sich wie ihr Gefangener als Kanadier auszugeben, dachte Taher, wäre die cleverste Lösung, wenn man verbergen wollte, dass man Franzose war – und die verdammten Franzosen waren wie die verdammten Israelis: durchtrieben, pervers, hinterhältig und rachsüchtig. Dazu noch nachtragend, blutrünstig, skrupellos – und sie gaben niemals auf!

Schon in der Folge des Anschlags von Karatschi waren einer um den anderen sämtliche Mitglieder der Terrorzelle liquidiert worden, die er für diese spezielle Operation geschaffen hatte: die Franzosen hatten sich hierbei weder um internationale Abkommen, noch um Recht und Gesetz geschert. Nach dem fehlgeschlagenen Attentat von Paris hatte auch er selbst den heißen Atem des berüchtigten Service Action der DGSE im Nacken gespürt. Ein französischer Elite-Killer hatte innerhalb von einem Monat seine sämtlichen Erfüllungsgehilfen des gescheiterten Anschlags in den Galleries Lafayette getötet und dabei jegliche Zurückhaltung über Bord geworfen. Man hatte ihm wohl erlaubt, sogar auf dem eigenen Staatsgebiet zuzuschlagen, denn er hatte den ersten gescheiterten Attentäter bereits auf dem Billig-Flughafen Beauvais aus dem

Weg geräumt. Er hatte ihn, ohne Umstände zu machen, einfach in einer Kloschüssel auf der Herrentoilette ertränkt. Anschließend hatte der Agent aus dem Service Action seine Blutspur quer durch Europa bis in die Türkei und zu Tahers eigenem Versteck gezogen und dabei die fünf anderen Mitglieder der Paris Equipe und sogar den albanischen Waffenschieber umgebracht, bei dem sie den Sprengstoff für den Disney-Shop gekauft hatten. Ohne Bens Eingreifen und die Nacht-und-Nebel-Aktion am NATO-Stützpunkt auf der Incirlik-Airbase wäre er heute vermutlich genauso tot wie alle anderen Männer des Kommandos.

Die Franzosen waren auch an Weihnachten 1994 brutal vorgegangen. Am 26. Dezember hatten sie Mustafa in Marseille einfach umgebracht. Der GIGN, die Spezial-Eingreiftruppe der Nationalgendarmerie, hatte auf dem Flughafen von Marignane die Air France 8969 gestürmt und keinem der vier Männer auch nur die geringste Chance gelassen; weder Abdul noch Makhlouf, weder Salim oder seinem Halbbruder Mustafa. Ziel der Kampfgruppe des GIA war es gewesen, die Freilassung von Kampfgefährten zu erpressen, die in französischen Gefängnissen vegetierten und dort wie gemeine Verbrecher behandelt wurden.

Dieses Thema beherrschte auch immer wieder die Diskussionen mit Ben: diese immense, grenzenlose, ungeheuerliche Scheinheiligkeit der großen westlichen Industrienationen gegenüber den ehemaligen kolonialisierten Ländern und den muslimischen Nationen im Nahen und Mittleren Osten, und diese hochmütige Weigerung, die Soldaten Allahs nach den gleichen Regeln des Kriegsrechts zu behandeln wie die uniformierten Mitglieder nationalstaatlicher Armeen.

Taher war mit seinem vier Jahre jüngeren Halbbruder Mustafa nicht immer einer Meinung gewesen. Auf rein ideologischer Ebene waren sie sich einfach zu fremd, auch wenn sie sich über das Ergebnis, das es zu erreichen galt, in groben Zügen einig gewesen waren.

Es war diese herablassende Art und die Verachtung der Franzosen für den Islam gewesen, der Muslime nach einem jahrhundertelangen

Schlaf endlich wieder aktiv werden ließ. Der Kampf der afghanischen Mudjahedin gegen die sowjetische Übermacht und ihre Militärmaschine hatte Zigtausende junger Muslime aus aller Welt genauso beflügelt wie Mustafa.

Mustafa und all die, die in Afghanistan gekämpft hatten, verkörperten das Wiedererwachen – *Ennahda* – des wahren Islam. Aus diesem Grund hatte Taher sich nach dem gewaltsamen Tod seines Halbbruders verpflichtet gefühlt, Mustafas Schwert aufzuheben und das grüne Banner des Propheten zu ergreifen, um den Kampf fortzuführen.

Darum hatte er – an Mustafas Stelle – diese Anschläge für seine Waffenbrüder mit der ihm eigenen Intelligenz organisiert und ausgeführt. Sie waren im gleichen Maß Rache und Sühne gewesen. Nach den Anschlägen des 11. September 2001 hatte er sich ein weiteres Mal von den alten Freunden und Kampfgefährten seines Halbbruders überreden lassen, ihnen zu helfen. Dabei war ihm dann ein verhängnisvoller Fehler unterlaufen, obwohl der Anschlag von Karatschi 2002 ein voller Erfolg gewesen war. Er hatte eine Spur hinterlassen. Doch anstatt aufzuhören und sich wie im Winter 1996 nach den Anschlägen auf die Pariser Vorortzüge der RER umgehend in Luft aufzulösen, hatte *»Taher-al-mu'allim«,* »Taher, der Lehrer«, der Versuchung nicht wiederstehen können, noch einen letzten, großen und spektakulären Schlag nachzulegen, um so des zehnten Todestags von Mustafa zu gedenken.

Selbst nachdem Ben es geschafft hatte, ihn im letzten Augenblick unter der Nase der DGSE vom türkischen Luftwaffenstützpunkt Incirlik zu exfiltrieren und ihn dann unter völliger Geheimhaltung zuerst nach Pakistan und anschließend nach Afghanistan zu bringen, war Taher sich darüber im Klaren gewesen, dass das für ihn ein Aufschub, nicht aber das Ende der Jagd war. Die DGSE hatten schon immer alles Menschenmögliche getan, um die Urheber jeglichen Angriffs auf die Republik zur Strecke zu bringen. Frankreich scheute dabei keine Mittel und kannte keine Verjährung oder Vergebung.

Im gleichen Rahmen töteten die Elite-Killer aus dem Service Action der DGSE erbarmungslos jeden, den der französische Präsident als Verräter brandmarkte. El Ouazzani atmete tief durch, schluckte und fing sich wieder: Die Hypothese einer französischen Killer-Truppe der DGSE oder aus einer ihrer berüchtigten, militärischen Spezialeinheiten würde natürlich auch erklären, wie die geheimnisvollen Eindringlinge es fertiggebracht hatten, sich schnell und unkompliziert einen offiziellen Rettungshubschrauber der westlichen Antiterror-Koalition ISAF zu organisieren und warum sie es vermieden hatten, eine CSAR übers US CENTCOM in Bagram anzufordern.

Interessiert betrachtete Taher den Gefangenen, der bewusstlos und schlaff, mit über dem Kopf gefesselten Händen wie eine Rinderhälfte im Schlachthaus an der Seilwinde des Hangars hing. Früher am Tag hatte er über Funk mit seinem Freund Ben und auch kurz mit dem Kriegsdienstleister Jones gesprochen. Obwohl Jones noch leise Zweifel hegte, waren sich alle inzwischen in einem Punkt einig: Der ISAF-Rettungshubschrauber ließ sich nicht wegdiskutieren! Und gerade die ISAF würde niemals einen Rettungshubschrauber losschicken, nur um einen Haufen geldgieriger Freelance-Kopfgeldjäger aus einem Gebiet zu retten, das nicht einmal zu ihrer offiziellen Mission gehörte, sondern zur US-geführten Operation Enduring Freedom.

Dass er eher das Gefühl hatte, die Männer waren hinter ihm her gewesen, wollte Taher allerdings vorerst noch für sich behalten. Natürlich zweifelte er weder an Ben noch an Dadullah. Ihre Loyalität und Freundschaft war heute genauso solide wie vor dreißig Jahren als sie – drei junge und ambitionierte Archäologiestudenten – die Felsenfestung Qary-y-Iskanderga'l während der Semesterferien gemeinsam entdeckt hatten. Doch die Ausgrabungen waren jetzt an dem Punkt angekommen, an dem seine Freunde auch ohne ihn weitermachen konnten. Wenn Dadullah sich die Zeit nahm, die Taliban, Taliban und die Politik, Politik sein zu lassen und sich auf das Wesentliche, auf seine Spezialisierung als voll diplomierter

Archäologe zurückbesann, dann war er in der Lage, die Schatzkammern freizulegen, die Grabungen am Ormus-Tempel zu beenden und Iskanderga'l zum Abschluss zu bringen.

Sie betrieben hier keine prestigeträchtige Grabung im Licht der internationalen Medien, an der sich die großen Universitäten mit ihren berühmten archäologischen Fakultäten beteiligten, um Museen zu füllen, die Geschichtsbücher neu zu schreiben und jahrzehntelang für Ruhm und Ehre zu publizieren. Was sie hier unternahmen war und blieb eine Raubgrabung, auch wenn diese auf einem ausgezeichneten, professionellen Niveau durchgeführt wurde.

Neugierig umkreiste Taher den Bewusstlosen. Schließlich blieb er vor ihm stehen und berührte interessiert eine hässliche Narbe an dessen linker Schulter. Dann glitt die Hand des Algeriers in einer fast sanft anmutenden Geste über den flachen, muskulösen Bauch des Mannes und hinunter zu seinem Geschlechtsteil. Taher fuhr mit dem Daumen über die glatte, rosafarbene Eichel. Ihr Gefangener war beschnitten.

USA – Virginia – Fairfax County

Laubbäume in Farbschattierungen von pastell- bis leuchtendgelb umschmeichelten das Landhaus aus der Mitte des 18. Jahrhunderts, das sich bereits in den Tagen des Unabhängigkeitskrieges gegen die Engländer im Besitz der Familie von General Frank Mahooneys Frau Catherine Devereaux-Mahooney befunden hatte.

Die Gruppe kam entspannt von einem Gang durch die Stallungen zurück. DNI Mahooney hatte seinen Gästen ein paar ihrer Tiere gezeigt, die während der letzten Saison prestigeträchtige Rennen gewonnen hatten. Vor ihrer Reise nach Europa hatte Mahooneys Frau Catherine alle ihre Pferde aus den Trainingsställen in den USA zur Winterpause ins eigene Gestüt zurückgeholt. Sie züchtete die berühmten American Standardbred Traber und war eine bekannte

Trainerin. Früher war Cath, wie ihre Freunde sie nannten, auch erfolgreich selbst Rennen gefahren. Am Rande der Blue Ridge Mountains, nur eine halbe Fahrstunde von Franks Dienststelle in Tysons Corner entfernt, lebten auf weitläufigen, grünen Koppeln unweit des Atlantiks etwa einhundert Tiere. Die Gegend galt als eines der besten Pferdezuchtgebiete der USA.

Mahoohey gab einem Hausangestellten ein Zeichen, seinen Gästen ihre Drinks zu servieren. Ihr monatliches Abendessen war eine seit Jahren fest etablierte Tradition. Er hatte sogar eine Ausrede erfunden und Inigo Porter mit den deutschen Besuchern allein gelassen, obwohl es der letzte Abend des Staatsministers und des Sonderbeauftragten in den Staaten war. Allerdings hatte Mahooney im Lauf des Nachmittags schon alles erreicht, was er sich mit den beiden transatlantischen Kollegen vorgenommen hatte. Sie hatten zusammen mit dem Staatsminister das lange vorbereitete, geheime *Memorandum of Understanding* unterzeichnet und die Deutschen hatten ihre Bedingungen, ohne zu murren akzeptiert. Genau aus diesem Grund war es Mahooney auch lieber, an diesem Abend auf Abstand zu bleiben. Es war für beide Seiten besser, wenn sie es vermieden, noch einmal über eine Reihe ganz spezifischer Selektoren zu sprechen. Natürlich war das Hauptziel des Abkommens, gewisse Verbündete auszuhorchen. Andererseits interessierten sie sich natürlich auch für die Chefetagen einer Reihe großer Unternehmen, und das vor allem aus knallharten, wirtschaftlichen Beweggründen. Es schien ihm auch aus diesem Grund klüger, jedes informelle Gespräch über einem Glas Wein zu vermeiden.

Seine Freunde machten es sich auf den ledernen Clubsesseln in der weitläufigen, verglasten Veranda gemütlich. Jeder hatte seinen Stammplatz und einen wunderbaren Blick auf den See und auf die Blue Ridge Mountains. Im Schein der untergehenden Herbstsonne glühte das Wasser wie feuerrote Lava. Sie prosteten einander zu.

»Cath ist noch in Europa«, erklärte der General die Abwesenheit seiner beliebten Ehefrau beim geselligen, abendlichen Drink. »Sie hat ein Dutzend Pferde drüben in Frankreich. Ein paar stehen zum

Verkauf und unser Hengst *King* hat sich vor ein paar Tagen überraschend für den Prix d'Amérique im nächsten Januar qualifiziert.«

Der Prix d'Amérique auf der Rennbahn von Vincennes bei Paris galt als die Weltmeisterschaft der Trabrennpferde.

»Ihr hattet ein erfolgreiches Jahr?«

Einer seiner Freunde interessierte sich für Pferderennen und folgte bei seinen Wetten gerne Mahooneys Insider-Tipps. Die Geldsummen, die er gewann, waren ansehnlich, und dieses Glück im Spiel gestattete ihm, trotz eines eher bescheidenen Jahreseinkommens als Bundesbeamter, ein angenehmes Leben zu führen.

Mahooney nickte. Das Jahr und die Saison in Europa waren außergewöhnlich gut gewesen. Während die Männer ihre Drinks genossen, gab der DNI ein paar Anekdoten zum Besten, was seiner Frau beim letztwöchigen Rennen in Baden Baden widerfahren war. Schließlich ließ er noch ein paar Pferdenamen fallen, um seinen wettenden Freund glücklich zu machen. Die goldene Regel jedoch lautete: Bis nach dem Abendessen wurde niemals über Geschäftliches gesprochen.

Erst als Mahooney den Kaffee und einen Cognac zur Verdauung einschenkte und jeder von ihnen sich eine der illegal aus Kuba eingeführten Zigarren angesteckt hatte, kamen die Männer zur Sache.

»Und wie ist es mit den Deutschen gelaufen?«, fragte schließlich einer von Mahooneys alten Kameraden aus der Zeit im US Special Forces Command.

Der General verzog den Mund zu einem Schmunzeln: »Es war nicht einfach«, sagte er und dachte an die anstrengende Woche mit dem Staatsminister für Besondere Angelegenheiten und dem Sonderbeauftragten für Besondere Krisensituationen. Die beiden Deutschen mit den seltsamen Titeln hatten sich als unerbittlich erwiesen, knallhart verhandelt und ihre Trümpfe bis zum Limit ausgereizt, obwohl die Geheimdienste des Landes im Verhältnis zur US Intelligence Community wie Zwerge wirkten.

»Das ›deutsche Geschäft‹ wird für die NSA richtig teuer werden. Die Hardware, die der Staatsminister als Gegenleistung für weitreichende Kooperation verlangt, ist allerneueste Technologie. Und ich musste auch bei XKeystroke nachgeben. Sie haben selbstverständlich darauf bestanden, die Software für ihre eigenen Zwecke abändern zu dürfen.«

Mahooneys Freund fuhr sich mit der Zunge über die Lippen. Der Drink schmeckte ihm genauso gut, wie die Vorstellung, in der Zukunft an einer fast unerschöpflichen Informationsquelle zu hängen.

»Wie auf einem orientalischen Bazar! Aber wir zapfen jetzt wenigstens alle wichtigen europäischen Glasfaserkabel und Router an, nicht wahr?«

»Ja, in der Tat. Ich finde den Codenamen WHARPDRIVE zwar wieder einmal sehr exotisch, aber es wird eine großartige Ergänzung zu EIKONAL sein«, stimmte der General zu, »und wir werden alle davon profitieren. Sie werden schon bald die ersten Resultate in ihren eigenen Diensten sehen können. Aber lassen Sie uns jetzt über ein wichtigeres Thema sprechen.«

Er erwähnte in kurzen Worten, dass der finanzielle Grundstock für ihr neues Projekt gelegt war.

»Es ist wichtig, dass wir in jeder Beziehung Abstand zum National Endowment for Democracy NED wahren, in keiner Form mit dem International Republican Institute IRI verwechselt werden und keinesfalls den Anschein erwecken, die intellektuelle Nachfolge des Project for the New American Century PNAC anzustreben.«

Ihre Stiftung trug aus diesem Grund auch einen viel unverfänglicheren Namen: Euro-Atlantic Alliance for Democratic Progress and Security, abgekürzt EAADPS.

Die Gründung der EAADPS war zeitgleich mit dem Abzug der sowjetischen Truppen aus Afghanistan erfolgt, als ihre Gruppe verstanden hatte, dass sie die europäischen Verbündeten mittelfristig verlieren würden, wenn es kein entsprechendes Bedrohungsszenario mehr gab, mit dem man sie ausreichend verängstigen konnte, um auch weiterhin dem politischen und wirtschaftlichen Diktat der USA zu gehorchen.

Mahooney lachte: »Die sogenannte eierlegende Wollmilchsau! Keine Sorge. Wir haben unsere Sache ordentlich durchdacht.«

Er ging zu einem wunderbar restaurierten venezianischen Sekretär aus dem 18. Jahrhundert, der durch seine Farbenpracht und die kunstvollen Einlegearbeiten aus Halbedelsteinen der absolute Blickfang der sehr gemütlichen verglasten Veranda war.

Es war Caths Lieblingsmöbelstück. Ben hatten es ihnen zu ihrem fünfundzwanzigsten Hochzeitstag geschenkt. Der außergewöhnliche Teppich – ein farbenprächtiger, antiker Afghane aus Belutschistan – war dann zum letzten Weihnachtsfest dazugekommen. Mahooney hatte ihn zufällig während eines beruflichen Treffens im NATO-Hauptquartier in Brüssel entdeckt, als er nach Dienstschluss in eine Versteigerung des bekannten Auktionshauses Horta im Stadtteil Schaerbeek gestolpert war.

Das Konkurrenzunternehmen National Endowment for Democracy NED war eine US-amerikanische Stiftung und Denkfabrik mit dem erklärten Ziel der weltweiten Förderung der liberalen Demokratie. Im Jahr 1983 vom US-Kongress in Washington, D. C. gegründet, erhielt die halbstaatliche Institution als verlängerter Arm der US-Außenpolitik für ihre Arbeit eine jährliche Finanzierung aus dem Bundeshaushalt.

Trotz der staatlichen Finanzierung handelte es sich rechtlich um eine private, gemeinnützige Organisation. Das ermöglichte dem Staat die Weitergabe von Haushaltsmitteln an ausländische Organisationen über einen Dritten. Die Hauptempfänger der Projektmittel waren vier fest mit der Organisation assoziierte Stiftungen, die bereits an ihrer Gründung beteiligt waren: das der US-Handelskammer nahestehende Center for International Private Enterprise CIPE, das dem US-Gewerkschaftsbund nahestehende American Center for International Labor Solidarity ACILS, das der Demokratischen Partei nahestehende National Democratic Institute for International Affairs NDI und das der Republikanischen Partei nahestehende International Republican Institute IRI.

Die NED finanzierte bereits in den Achtzigerjahren eine Reihe politischer Gruppierungen in Westeuropa. Natürlich mischte die Stiftung sich auch massiv in die Politik in Asien, in Lateinamerika, in Zentralamerika und im Nahen und Mittleren Osten ein. Tagtäglich und ohne irgendeine Form der Zurückhaltung. Was die NED in fremden Staaten unternahm, wäre in den USA selbstverständlich illegal gewesen.

Mahooney verzog die Lippen zu einem leichten Lächeln. Er erklärte das Gesamtprojekt weiter, so gelassen wie ein erfahrener Versicherungsvertreter, der eine Police verkaufte. Die NED war im Lauf der Zeit in einer Reihe von Zielländern aufgefallen, genauso wie New American Century NAC und die RAND-Corporation, deren Forschungsarbeiten sehr tendenziös waren.

Mahooney erklärte seinen Freunden weiter: Auch wenn es wegen des massiven Einbruchs des amerikanischen Immobilienmarktes, den sie gerade erlebten, in Kürze wohl auch einen gefährlichen generellen wirtschaftlichen Einbruch geben würde, konnten sie wie vorgesehen weitermachen und ihren Plan umsetzen, denn das wichtigste Werkzeug stand ihnen zur Verfügung: fast unbegrenzte, finanzielle Mittel. Diese waren beinahe unerschöpflich und aus weitaus ungefährlicherer und diskreterer Quelle, als die Klassiker, mit denen sie sich in der Vergangenheit gerne finanziert hatten: Drogenschmuggel und illegale Waffenverkäufe. Ihre von ihm selbst in die Wege geleitete unauffällige Projektfinanzierung über »Blutantiquitäten« – archäologische Fundstücke aus geheimen Raubgrabungen und aus Museen in Krisengebieten »gerettete« Antiquitäten – war geradezu brillant. Und vor allen Dingen war es beinahe unmöglich, diese Geldmaschine in irgendeiner Weise vernünftig nachzuverfolgen.

»Seit 9/11 wissen wir, dass es eben nicht ausreicht, sich nur auf technische Schnüffeleien zu verlassen. Lasst uns nur hoffen, dass die wirtschaftlichen Probleme, die da auf uns zukommen keine allzu große Unruhe in den Wahlkampf bringen werden!«, spottete einer von Mahooneys Freunden.

»Ich glaube, wir profitieren eher von diesen Spannungen. Es wird nicht auffallen, wenn wir unseren Mann in Stellung bringen, weil alle viel zu sehr mit dem Zusammenbruch des Kartenhauses an der Wall Street beschäftigt sind.«

Als DNI hatte General Mahooney selbstverständlich Zugriff auf Informationen, die sowohl den Normalsterblichen als auch der Mehrheit der Mitglieder der nationalen Geheimdienst-Community vorenthalten wurden.

»Und die Reise unseres Mannes ins Subsahara-Afrika im August war ein großer Erfolg. Seine Rede kam sehr gut an. Niemand wird jemals vermuten, dass wir dahinterstecken.«

»Ich hoffe, dass du Bens unbändige Lust, sich, wo immer er aufschlägt, an wurmstichigem altem Krempel und vergilbten Schriften in toten Sprachen schadlos zu halten, ausreichend kanalisierst, Frank! Wir sollten es im Augenblick wirklich vermeiden, die Aufmerksamkeit irgendeines europäischen Verbündeten auf uns zu ziehen, nur, weil Ben wieder einmal an irgendwelchen Gesetzen vorbei seiner Sammelleidenschaft frönt.«

Mahooneys Freund war der stellvertretende Staatssekretär des Äußeren, der im US State Department das Amt für Geheimdienstinformation und Forschung leitete.

Dieser kleine, aber sehr effiziente Nachrichtendienst war bis 1946 die Forschungs- und Analyse-Abteilung des CIA-Vorgängers OSS gewesen. Das INR hatte seit den Tagen ihrer Gründung durch Allan Dulles den Ruf, über fast schon hellseherische Fähigkeiten zu verfügen, denn die Trefferquote ihrer Analysen lag bei beinahe hundert Prozent.

Mahooney hatte es sich seit seiner Ernennung zum DNI zur Gewohnheit gemacht, CIA-Analysen immer diskret mit denen vom INR gegenzuchecken. Er wusste genau, wie locker sein eigener Dienst Fakten handhabte und wie leidenschaftlich gerne die CIA Spielchen spielte, die am Ende dann meist in die Hose gingen.

»Mach dir keine Sorgen«, erwiderte der DNI seinem Kollegen entspannt. »Unser Mann wird schon Anfang Februar seine

Präsidentschaftskandidatur verkünden und in diesem Rahmen natürlich versprechen, dass der Krieg im Irak baldmöglichst beendet wird. Parallel dazu wird sein Programm einer allgemeinen Krankenversicherung sämtliche Konservative und Reaktionäre im Senat und im Repräsentantenhaus zur Weißglut bringen. Die werden sich so wildwütig in dieses Thema verbeißen, dass sie nicht einmal merken würden, wenn wir das Kapitol gelb streichen.«

Damit war der Washingtoner Polit-Zirkus erst einmal beschäftigt. Und die Europäer würden fasziniert den US-Wahlkampf verfolgen und keine Zeit mehr haben, sich die wirklich wichtigen Fragen zu stellen, denn parallel zu einem spannenden Rennen um die US-Präsidentschaft würde man sie mit einer Reihe beunruhigender Ereignisse konfrontieren, die auf eine Ausbreitung und Wandlung des islamistischen Terrorismus hindeuteten, dem entschlossen und vor allem im Schulterschluss mit Amerika begegnet werden musste.

Ben war zwar von seinen alten Schriftrollen in toten Sprachen besessen und konnte an keiner historischen Stätte vorbeigehen, ohne umgehend eine archäologische Grabung zu starten, aber er war auch ein hundertprozentiger Geheimdienst-Profi und er war niemals leichtsinnig. Natürlich irritierte es ein paar von Frank Mahooneys Freunden und Verbündeten – sie nannten sich scherzhaft »die Choristen« – wenn der jüngere Mann, nur um seine Leidenschaft als studierter Archäologe und Religionswissenschaftler zu befriedigen, nebenher regelmäßig irgendwelche waghalsigen Operationen in Eigenregie unternahm. Doch solange Ben als stellvertretender Direktor der internationalen Agenten-Allianz in Paris dafür sorgte, dass die Alliance Base immer nur ganz bestimmte Terroristen zur Strecke brachte und auch ansonsten immer nur so handelte, dass alles mit den Plänen und Operationen der US-Geheimdienste kompatibel war, konnte er in seiner Freizeit machen, was er wollte. Und wenn Ben dabei auch weiterhin dafür sorgte, dass ihre neue Geheimarmee von Schattenkriegern auf dem europäischen Kontinent in Stellung gebracht wurde, dann gönnte Mahooney seinem jüngeren Untergebenen gerne sämtliche uralten Schriftrollen und die fröhlichen Privatgrabungen im Freundeskreis.

Afghanistan – Provinz Zabul – Iskandarga'l

Rossi warf einen Blick auf die russische Taucheruhr. Sie hatte die Zeit vergessen, während sie mit dem Fernglas des Special-Forces-Soldaten fasziniert das Hochtal und seine zahlreichen Bewohner ausspionierte. Es war später Nachmittag. Sie hatte noch ungefähr zwei Stunden Tageslicht. Die Sonne ging gegen siebzehn Uhr dreißig unter. Dann sanken auch die Temperaturen rapide ab und sie musste sich entweder bewegen oder in ihrem Felsenversteck verkriechen. Sie würde nicht mehr lange vermeiden können, ernsthaft über die Zukunft nachzudenken. Rossi wusste, wo man den Special-Forces-Soldaten gefangen hielt. Es war am vernünftigsten, im Schutz der Dunkelheit den Rückweg anzutreten, um so schnell wie möglich Hilfe zu holen und dann die gesamte unsaubere Operation hier auffliegen zu lassen.

Eine Luftaufklärung über dieser Gebirgsregion war sinnlos. Das konnte Rossi als bergsteigende Ärztin, die über ähnlichen Gebieten Rettungseinsätze geflogen war, zuverlässig einschätzen. Hier würden sie weder auf normalen Luftbildern noch auf Infrarot-Aufnahmen viel sehen können. Selbst für modernste Drohnentechnologie waren Gebirge eine echte Herausforderung. Ohne die genauen Koordinaten und einen Führer, der wusste, wohin man gehen und schauen musste, würden Truppen, die am Boden operierten, monate-, wenn nicht gar jahrelang herumirren, ohne auch nur den Zipfel eines Turbans oder gar die verschiedenen Eingänge zu diesem Hochtal zu entdecken.

Rossi holte den Kompass des Special-Forces-Soldaten und ihren Stadtplan von Kandahār, dazu einen Bleistift. Der Stadtplan war hinten nicht bedruckt. Im verbleibenden Tageslicht wollte sie die

Topografie des Hochtals skizzieren. Sie hatte eine ungefähre Ahnung, wo sie sich im Verhältnis zu diesem umkämpften Bergdorf befanden. Und davon hatten sie auf der Kandahār-Airbase die Geo-Koordinaten. Die Entscheidung, den Männern, die den Rettungshubschrauber abgeschossen hatten, hinterherzuschleichen, war richtig gewesen. Dank dem Kompass und mit ihrem gut entwickelten Orientierungssinn, war Rossi sich sicher, dass sie ihren Leuten etwas in die Hand geben konnte, mit dem sich arbeiten ließ. Ob das den Gefangenen vielleicht noch retten konnte?

Ihr Magen krampfte sich schmerzhaft zusammen, obwohl sie sich mit Wasser aus dem Camelbak, Trockenmilch, einem Honigdöschen aus der RCIR und dem Beutel Nuss-Rosinen-Express-Haferflocken eine recht schmackhafte Pampe zusammengemixt hatte, die Energie gab und den Hunger stillte. Sie wollte nicht darüber nachdenken, was wahrscheinlich gerade in dem grauen Trapezblechhangar vor sich ging, während sie sich hier in Kartografie versuchte. Rossi verdrängte den Gedanken an das Schicksal des Mannes und setzte das Fernglas wieder an die Augen. Sie konzentrierte sich: Viele Möglichkeiten gab es nicht, bis hierher vorzudringen. Die Söldnertruppe war am frühen Morgen, kurz nachdem sie selbst das Hochtal erreicht hatte, auch eingetroffen. Sie waren mit dem Gefangenen durch eine unscheinbare Pforte neben dem prachtvoll verzierten Portikus aufgetaucht. Es existierte also ein Weg durch den Berg hindurch. Daneben gab es den Weg über den Berg, den sie eingeschlagen hatte. Da im Hochtal ebenfalls Fahrzeuge und Reittiere standen, musste es noch einen dritten, befahr- und reitbaren Weg geben. Alles ähnelte verblüffend der Totenstadt Petra in Jordanien. Jetzt musste sie nur noch herausfinden, wo sich die Zufahrt befand.

Von ihrem Aussichtsposten hatte Rossi das gesamte Hochtal im Blick. Das kleine High-end-Fernglas besaß eine fantastische Optik. Der Trapezblechhangar hatte neben einem großen Schiebetor auch eine kleine, einfache Eingangstür. Und alles, was sie dort sehen konnte, waren eine Türklinke und ein einfacher Riegel, den man von außen umlegte, wenn man sie verschließen wollte. Als der schwarzbärtige Taliban-Poster-Boy und eine Weile später auch der Lehrer mit der bunten Brille in den Hangar gegangen waren, hatte Rossi bereits bemerkt, dass beide Männer die kleinere Eingangstür lediglich aufstießen. Dies deutete darauf hin, dass es von innen wohl keinen Verschluss gab. Es handelte sich folglich um ein Behelfsgefängnis ohne ernsthafte Sicherheitsvorrichtungen. Die Leute hier waren nicht auf die Verwahrung Gefangener eingerichtet. Also war dies kein klassisches Militärcamp und die bewaffneten Typen, die sie sah, waren eher hochgerüstetes Wachpersonal, als eine echte Kampftruppe.

Rossi ließ ihren Blick noch einmal rundum schweifen. Sie setzte das Fernglas kurz ab, rieb sich die Augen. Direkt hinter der Koppel, auf der die Maultiere und Pferde standen und neben der der gesamte Fuhrpark der Anlage ordentlich abgestellt war, sah sie etwas. Möglicherweise war es ja nur eine optische Täuschung, aber sie hatte das Gefühl, als ob dort rotbraun schimmernder Staub aufwirbelte. Sie glaubte auch, ein leises brummendes Geräusch wahrzunehmen. Das Brummen war gleichmäßig, nicht wie das leise Tuckern des Stromgenerators. Rossi rieb sich die Augen noch einmal und strengte sich an. Das, was sie im untergehenden Sonnenlicht für eine optische Täuschung gehalten hatte, waren tatsächlich Fahrzeuge, und was hinten bei der Koppel zuerst nur wie ein schmaler dunkler Spalt erschien, erwies sich bei genauem Hinsehen als eine ziemlich breite Zufahrt in das geheimnisvolle Hochtal. Sie hätte sich von Anfang an darüber im Klaren sein müssen, dass weder die Wohncontainer noch das ganze Equipment durch pure Magie hierhergekommen waren, sondern auf deutlich größeren Fahrzeugen als den Pick-ups. Rossi schüttelte den Kopf. Ein dunkler Geländewagen, gefolgt von einem Allrad-Kleinlastwagen vom Typ Unimog, fuhr im Schritttempo ins Zentrum des Areals, wo sich die überdachten und gesicherten Ausgrabungen befanden. Dort blieben die beiden Fahrzeuge nebeneinander stehen.

ACHTES KAPITEL

Afghanistan – Provinz Zabul – Iskandarga'l

Dadullah zwirbelte seinen Bart zwischen Daumen und Zeigefinger. Diese unbewusste Geste verriet denen, die ihn kannten, dass er intensiv nachdachte. Trotz seiner guten Englischkenntnisse konnte er nicht beurteilen, ob O'Shaughnessys Gefangener wirklich Kanadier war oder nicht. Was er allerdings sehr gut konnte, war zu beurteilen, wie schwer oder wie leicht ein Mann gebrochen werden konnte. Der hier war zäh wie altes Leder, stur wie ein Maultier und offensichtlich völlig verrückt und bar jedes Selbsterhaltungstriebes oder einfach nur eiskalt.

»Ich bezweifle, dass der Kerl das ist, was er behauptet«, sagte der Taliban-Warlord zu dem algerischen Terroristen. Sie beobachteten das Verhör nun schon eine ganze Weile.

El Ouazzani sprach aus, was der Paschtune dachte. »Wir haben nicht die Zeit, ihn langsam zu zermürben. Er schreit, er jammert, er beschwert sich und windet sich wie ein Fisch, aber er hat keine Angst und er verliert nicht die Nerven! Entweder er ist völlig durchgeknallt und will einfach nicht glauben, dass wir hier am längeren Hebel sitzen oder man hat ihm ganz gezielt beigebracht, ein Verhör durchzustehen und er spielt mit uns Katz und Maus.«

Dadullah nickte: »Sie bilden ihre besten Männer aus den Spezialeinheiten aus, harte Verhöre durchzustehen. Sie werden darauf vorbereitet, mindestens achtundvierzig Stunden durchzuhalten.

Das reicht, damit Kameraden sich aus einer Gefahrenzone absetzen oder Vorgesetzte Operationspläne ändern können.«

»Wir könnten dem Briten sagen, dass er dem verdammten Kerl die Knochen brechen soll. Oder ich schneide ihm einfach selbst die Eier ab, dann hält er keine zwei Tage mehr durch!«

El Ouazzani wusste, dass es Dinge gab, auf die auch die Besten der Besten psychologisch nicht vorbereitet sein konnten, weder die Männer der Special Forces, noch die wahren Kämpfer Allahs. Aber es gab auch Ausnahmesituationen, in denen brachiale Gewalt vergeblich war. Er hatte schon mehrfach mitangesehen, wie Gefangene es trotz unerträglichster Folter vorgezogen hatten, zu sterben. Sinnlos, blutig und würdelos – aber ohne den Mund aufzumachen.

»Die Narbe an seiner linken Schulter passt nicht ganz zu seiner Geschichte«, bemerkte Dadullah beschwichtigend. Den Mann zu beschädigen, bis er erzählte, was man von ihm hören wollte, nur damit man aufhörte, ihn zu foltern, war nicht Sinn der Übung. Er wollte, genau wie sein Freund El Ouazzani, vernünftige und verwertbare Antworten auf ihre Fragen.

»Das ist eine Schussverletzung – nicht besonders alt, aber sehr schlecht versorgt. Sieht aus wie eine Notoperation, die irgendwo vorgenommen wurde, wo es sowohl an medizinischer Kompetenz als auch an modernen Geräten gefehlt hat. So wie damals, als wir gegen die Sowjets kämpften, und Al Zawahiri und die anderen Ärzte, die sich uns angeschlossen hatten, die Verwundeten in Höhlen bei Kerzenlicht versorgten.«

Taher nickte: »Schon möglich, dass ein Militärarzt im Einsatz verwundet wird, aber es ist praktisch unmöglich, dass ihn seine eigenen Kollegen hinterher so amateurhaft zusammenflicken. Bei einem Special-Forces-Angehörigen, der irgendwo hinter feindlichen Linien verwundet wurde und nicht evakuiert werden konnte, sähe die Sache jedoch ganz anders aus.«

»In der Tat«, konstatierte der Taliban-Warlord trocken, »das würde dann auch die außergewöhnlich guten Nerven erklären, die der Kerl hat. Der knickt nicht ein.«

»Er ist beschnitten«, sagte El Ouazzani misstrauisch. »Das kann kein Kanadier sein. Der Mann ist eindeutig Jude.«

Außer bei den Franzosen, war der Algerier auch bei den Israelis sehr unpopulär. Genau wie in Paris gab es auch in Tel Aviv eine ganze Geheimakte voller guter Gründe, ihm den Garaus machen zu wollen.

»Das hat heute nicht mehr viel zu sagen«, erwiderte Dadullah abgeklärt. »In Nordamerika ist es seit Jahrzehnten üblich, männliche Neugeborene aus hygienischen Gründen zu beschneiden, und du siehst seinem Schwanz nicht an, ob der Mohel, der Sünnetçi oder ein gewöhnlicher Kinderarzt ihm die Vorhaut entfernt hat. Erinnere dich doch an die verdammten Sowjets. Selbst bei denen haben wir Männer gefangengenommen, die beschnitten waren, und die waren weder Juden noch Rechtgläubige. Selbst Ben ist beschnitten.«

Taher und Dadullah unterhielten sich angeregt auf Paschtu, ohne dabei besonders leise zu sprechen, während sie interessiert beobachteten, wie der angebliche kanadische Militärarzt wieder zu sich kam. Einer von O'Shaughnessys Söldnern hatte ihm mehrere Eimer eiskalten Wassers über den Kopf geschüttet und damit im Hangar eine ziemliche Sauerei angerichtet. Das Gebrüll und Gezappel wurden nun von einem erbärmlichen Jammern und Stöhnen abgelöst. Dem Mann lief Blut aus dem Mund. Er hatte sich entweder die Lippen oder die Zunge zerbissen. Unter ihm vermischten sich Fäkalien und Blut zu einer übelriechenden Mischung, doch er hielt an seiner Story fest, nur ein kanadischer Militärarzt zu sein und gab wieder genau die gleichen Antworten wie zuvor.

O'Shaughnessy schien auch zu erkennen, dass sie so nicht weiterkamen.

»Das hat keinen Zweck«, zischte er böse. »Wir müssen wohl andere Seiten aufziehen, um dich zum Reden zu bringen.«

Anstatt weiter den Elektroschocker zu benutzen, wandten sie sich traditionelleren Methoden zu. Dadullah nickte zustimmend. Sie mussten dem Mann die größte Angst seines Lebens einjagen ohne ihn dabei gleich umzubringen. Er musste körperlich so fertiggemacht werden, dass er jegliches Zeitgefühl und den letzten Rest von Orientierung verlor. Nur so konnten sie an ihn herankommen und seinen ungewöhnlich starken Willen brechen.

»Komm«, sagte Dadullah zu Taher, »es ist an der Zeit. Ben wird bald ankommen und ich habe keine Lust, mir diese Prügelei anzusehen.«

El Ouazzani nickte. Doch er war frustriert, weil der Gefangene nicht redete. »Wir müssen uns unserer Sache ganz sicher sein – die dritte Kammer ist jetzt zwar fast leergeräumt, aber ich brauche mindestens noch acht Wochen, um die Schatzkammern freizulegen, und du weißt, dass wir erst wieder frühestens ab nächstem März den Transportweg durch die Berge einschlagen können.«

O'Shaughnessy und seine Männer würden ihnen umgehend Bescheid sagen, wenn sie etwas Interessantes und Aufschlussreiches von dem Gefangenen erfuhren. Auch El Ouazzani war nicht danach, sich dieses unappetitliche Spektakel weiter anzusehen. Er wollte seinem besten und ältesten Freund den sensationellen Fund vorführen, den sie erst kürzlich gemacht hatten und auf den sie alle dreißig Jahre gewartet hatten, auch wenn keiner von ihnen am Anfang wirklich geglaubt hatte, dass es sich dabei um mehr als eine Legende handeln könnte.

× × ×

Einer der Amerikaner schnitt Kérmorvan von seinem Fleischerhaken los. Er fiel zu Boden und rollte sich reflexhaft zusammen wie ein Igel. Er wusste genau, dass er in einer Suppe aus Wasser, Scheiße, Pisse und Blut gelandet war, doch Ekel war ein Luxus, den er sich jetzt nicht leisten konnte. Immerhin hatten sie die Höflichkeit besessen, ihn komplett zu entkleiden, bevor sie mit ihren verdammten Spielchen angefangen hatten. Elektroschläge lösten gewisse reflexhafte Körperfunktionen aus, gegen die niemand sich wehren konnte. Als die Söldner schließlich zu dritt wie ein Rudel wildgewordenen Straßenköter über ihn herfielen, versuchte Kérmorvan abzuschätzen, welche Optionen er noch hatte. Er hatte die Unterhaltung zwischen Dadullah und El Ouazzani mitangehört. Der Hangar, den sie zur Behelfs-Folterkammer erkoren hatten, war nicht groß und ziemlich vollgeräumt. Das Ding ähnelte einem Aldi-Markt mit Reparaturwerkstatt und Waschsalon. O'Shaughnessy und seine Kumpel hatten kaum Platz, ihn vernünftig zu verprügeln, ohne sich dabei selbst einzusauen. Die Idee, dass die drei Söldner sich in der gleichen widerlichen Substanz wälzten wie gezwungenermaßen auch er, fand er befriedigend. Hinterher mussten sie ihre schmuddeligen Klamotten auch noch in die Waschmaschine stecken, während er nur ein paar Eimer Eiswasser brauchen würde, um wieder präsentabel zu sein. Er hatte auch eine Kleiderstange im Hangar entdeckt, an der – noch im Blister – saubere Tarnkluft in verschiedenen Größen hing. Sogar Kartons mit Funktions-Kampfstiefeln von Meindl standen dabei.

Doch Kérmorvan hatte auch einen Kloß von der Größe des Montblanc im Magen. El Ouazzani und Dadullah lagen gar nicht so falsch, obwohl sie die Details noch nicht in der richtigen Reihenfolge angeordnet hatten. Sie waren jedoch weder dumm noch leichtsinnig. Es musste wirklich viel auf dem Spiel stehen. Insbesondere Dadullah beeindruckte Kérmorvan. Der wirkte gar nicht wie ein klassischer betriebsblinder und vernagelter Taliban-Führungskader. Kérmorvan sprach fließend Paschtu. Dank einer Kindheit im Schlepptau zweier unbelehrbarer und unbekehrbarer Blumenkinder beherrschte er akzentfrei und fließend eine ganze Reihe orientalischer Sprachen, die kein normaler Mitteleuropäer je richtig lernen würde, egal, wie sehr er sich auch anstrengte. Seine Fremdsprachenkenntnisse und die ebenfalls in der Kindheit und Jugend erworbenen Fähigkeit, von Kabul über Damaskus und Bagdad bis Kairo als Eingeborener durchzugehen, hatte vor knapp fünf Jahren auch dazu geführt, dass er sich im Service Action der Division Action der DGSE wiedergefunden hatte, ohne sich jemals selbst um einen Posten im Geheimdienst beworben zu haben.

Madame le Juge hatte ihn in einem Handstreich schanghait. Gleich nach ihrer eigenen Ernennung zum ersten zivilen Direktor der Division »Spezialoperationen« des französischen Auslandsnachrichtendienstes hatte sie ihn mittels eines undurchschaubaren verwaltungstechnischen Tricks aus dem Commando de Penfentenyo, einer der vier traditionsbehafteten Kampfschwimmereinheiten der französischen Kriegsmarine, abgeworben. Sie hatte es dann auch noch geschafft, ihn zu überzeugen, dass er sich gegen diese Versetzung nicht wehren konnte.

Wenn ich mich damals nur auf die Hinterbeine gestellt hätte, dachte Kérmorvan frustriert. Aber nun war es zu spät, um zu bedauern und zu heulen.

Madame le Juge saß zu Hause in Romainville und wusste wohl auf einen Tag Fußmarsch hin oder her auch ziemlich genau, wo Kérmorvans abgesoffener *personal digital assistant* von Astrium zusammen mit dem kaputten MedEvac im Wasser lag, aber helfen konnte sie ihm nicht. Das konnte im Augenblick nur er selbst.

»Hilf dir selbst, dann hilft Dir Gott!« Der Spruch von Äsop hatte viel für sich. Er steckte zwar im Augenblick noch bis zum Hals in der sprichwörtlichen braunen Masse, doch dank seiner Sprachkenntnisse wusste er, dass man ihn um jeden Preis zum Reden bringen wollte. Also würden sie ihn nicht gleich totschlagen oder so schwer beschädigen, dass er komplett blockierte und gar nichts mehr sagte.

Dass er sich bis zu diesem Augenblick geweigert hatte, irgendwelche Fragen zu beantworten, die über seinen imaginären Status als kanadischer Militärarzt hinausgingen, hatte nichts mit Heldenmut zu tun. Kérmorvan war auch nicht verrückt. Aber er hatte fünfzehn Jahre Berufserfahrung als Fernspäher und im Geheimdienst. Die Sache mit dem tapferen Helden, der unter Folter nicht aussagte, existierte lediglich im Kino oder im Roman. Doch falls er zu schnell redete, riskierte er, dass man ihn tötete, weil er als Informationsquelle nutzlos wurde.

Wäre er im Rahmen einer klassischen Kommando-Operation von einem halbwegs zivilisierten Gegner erwischt worden, der sich ansatzweise an die Spielregeln hielt, dann hätte Kérmorvan schon lange den Namen seines ersten Ponys und die Lieblings-Folkgruppe seiner beiden kleinen Schwestern preisgegeben, zusammen mit dem Kontostand seines Vaters, der Abiturnote der Tochter von Madame le Juge und dem Quarkstrudelrezept seiner Mutter. Es war also an der Zeit, spannende Details seiner Tarngeschichte auszuplaudern und damit mehr Zeit mit O'Shaughnessy und seinen Spießgesellen herauszuschinden.

Er winselte wie ein getretener Hund, als ein Kampfstiefel ihn in die Rippen trat. Dann hustete Kérmorvan, spuckte einen Mund voll Blut auf den versauten Boden und rang um Atem. Er würde natürlich den richtigen Moment für ein »Geständnis« abwarten. Es musste den Anschein haben, als ob O'Shaughnessy und die Spießgesellen ihn dazu gebracht hatten, endlich einzuknicken. Mitleid heischen, den Jammerlappen spielen: Es ging hier um Selbsterhaltung, nicht um Tapferkeit. Er musste gerade genügend Informationen preisgeben, um die Söldner wirklich neugierig zu machen und sich selbst zu schonen. Denn nur relativ unbeschädigt hatte er überhaupt eine Chance, sobald sich die Gelegenheit zur Flucht ergab. Um sein Gesicht zu schützen, rollte Kérmorvan sich zusammen, zog die Knie an den Unterleib, damit sie ihn dort nicht treten konnten und spannte dabei jeden Muskel an. Überlebenswichtig war es nun, so zu wirken, als sei er am Ende und völlig durch den Wind. So bewahrte er sich seine Kraftreserven, die er für die Flucht brauchte. Während die Schläge auf ihn niederprasselten, schrie und stöhnte Kérmorvan. Einiges davon war gespielt. Vieles nicht. Mit einem Mal hörte die Prügelei auf. Er roch Schweiß und Stress, aber es war nicht sein Schweiß oder seine Angst. Dann brüllte O'Shaughnessy ihn an:

»Zu welcher Einheit gehörst du? Was war dein Auftrag? Erzähl es uns einfach, und diese ganze Tortur ist für dich zu Ende. Wieso tust du dir das an?«

Kérmorvan atmete innerlich auf. Er hatte den Test bestanden. O'Shaughnessy schien zu glauben, dass er sich seinem Ziel näherte und schon fast erreicht hatte, was er wollte: ihn zu brechen! Er hustete trocken und spuckte noch einen Schwall Blut in die Fäkalien. Eigentlich sah er nur noch bunte Sterne, aber dazwischen nahm er die vielen sorgsam beschrifteten Kisten und Kästen wahr, in denen sich vom Ersatzteil für einen Schweizer Stromgenerator bis hin zu einer Riesenauswahl an Konservendose »Bioqualität – sanft gedünstet« von Bonduelle alles befand.

Während O'Shaughnessy und die beiden Spießgesellen einen neuen Anlauf nahmen und mit ihren schmuddeligen Gummischlauch-Enden auf seinem nackten Rücken herumprügelten, amüsierte er sich insgeheim noch über die Wahl des Konservenlieferanten. Zuerst das französische Mistral-MANPADS, jetzt süße Baby-Erbsen und grüner Spargel von Bonduelle – für Leute, die Frankreich nicht besonders zu mögen schienen, hatten sie dann doch ziemlich viele Annehmlichkeiten aus seiner Heimat in diesem Hangar am Ende der Welt herumstehen. Neben den sorgsam verpackten Bio-Leckereien hatte er noch eine Kiste mit dem Logo des Économat des Armées stehen sehen. Auch die Vereinten Nationen kauften mit Vorliebe die Einmann-Kampfrationen der französischen Streitkräfte, die qualitativ als die besten der Welt galten. Selbst in diesem Punkt hatten seine Kerkermeister also nicht gespart und setzten zur Erreichung ihrer unheiligen Ziele auf das Label *Made in France.*

Kérmorvan beschloss, nachzugeben und O'Shaughnessy endlich etwas Neues zu erzählen. Er fing an, ziemlich wirr über Montreal zu reden, was daran lag, dass er die Stadt nur ein einziges Mal in seinem Leben gesehen hatte – während eines Kurzbesuchs vor zwei Jahren. Er erinnerte sich nur wage, denn er war damals vollauf damit beschäftigt gewesen, seinen komplett überdrehten kleinen Bruder Columban zu bändigen. Anschließend hatte er das Nesthäkchen der Familie für zwei Monate langersehnter Abenteuerferien bei alten Freunden seiner Eltern aus Welternährungsorganisations-Tagen abgeliefert. Die lebten in Nord-du-Québec an der Baie-James in einem Indianerreservat – so, wie einst ihre Cree-Vorfahren.

Er laberte irgendetwas über den Teil-Campus der französischsprachigen Uni, der sich im Stadtkern von Montréal befand. Sie hatten dort zusammen mit Columban eine Woche lang eine sogenannte *Summer Lodge* bewohnt, also eine Studentenbude, die während der Semesterferien leer stand. Columban hatte es »total toll« gefunden, Kérmorvan etwas spartanisch. Er hätte sich lieber in einem kleinen, aber feinen Fünf-Sterne-Hotel im Herzen der historischen Altstadt eingemietet; vorzugsweise direkt neben der Basilique Notre-Dame-de-Montréal. Da hatte man einen Blick auf den Sankt-Lorenz-Strom, und sämtliche Gourmettempel und Insider-Kneipen waren nur einen Steinwurf entfernt. Aber ihre Mutter hatte ihm ausdrücklich verboten, seinen kleinen Bruder mit »nutzlosem, kapitalistischem Luxus und Designer-Wasserhähnen zu versauen«.

Natürlich konnte er O'Shaughnessy schlecht davon erzählen, wie sie gemeinsam mit Columban durch die Altstadt gestromert waren und den klassischen Touristen-Circuit gemacht hatte: Chinatown, Aussichtsterrasse am Chalet du Mont-Royal, Basilika, Bootsfahrt auf dem Sankt-Lorenz und Besuch des weltberühmten Museum of Fine Arts. Also beschloss Kérmorvan, dass es wohl am einfachsten war, O'Shaughnessy jetzt zu »gestehen«, warum er Medizin studiert hatte und dann irgendwas übers Studium zu erzählen. Er begab sich wieder in seine bewährte Rolle und wurde »Major Pierre Dupont«, der kanadische Militärarzt mit der humanitären Ader, der zufällig in einem ISAF-Rettungshubschrauber gesessen hatte, als dieser vom Himmel gepustet worden war. In groben Zügen war das wieder genau die gleiche Geschichte, wie zuvor, nur angereicherte mit bunten Kanada-Details von der Urlaubsreise mit Columban und einer deftigen Prise *Schwarzwaldklinik* mit Doktor Brinkmann.

Wieder Tritte, wieder Schläge, wieder Schreie.

»Sie müssen das doch verstehen! Ich bin Arzt«, jammerte Kérmorvan, »Sie müssen doch verstehen, dass ich ihnen nichts anderes sagen kann. Ich war an Bord, weil ich Bereitschaft hatte. Ich bin auf Unfallchirurgie spezialisiert …«

Er jaulte wie ein getretener Hund. Das ging inzwischen ziemlich gut, denn jedes Mal, wenn die Söldner wieder loslegten, traf einer von ihnen zufällig immer genau die gleiche Stelle auf seiner linken Schulter.

»Warum müsst ihr dauernd auf meiner verflixten Narbe herumklopfen?«, dachte er missmutig.

Die nicht besonders kompetent versorgte Schussverletzung aus dem Jahr 2003 schien geradezu magische Anziehungskraft auf die Söldner auszuüben! Ein besonders heftiger Hieb mit dem Gummischlauch. Der Schmerz traf Kérmorvan wie ein Hammerschlag. Er lag auf dem Boden und schrie und schrie und schrie. O'Shaughnessy und seine Kumpanen machten trotzdem weiter. Die Schmerzen wurden unerträglich. Kérmorvan dachte an die niedliche, kleine Bundeswehrärztin. Sie hatte unglaublich fit und durchtrainiert gewirkt. Leicht, aber zugleich stabil wie ein Reh. Als er sie in die Höhle getragen hatte, hatte er das Gefühl gehabt, ein Reh zu tragen: leicht und doch unglaublich stabil. Wenn sie sich umgehend aus dem Staub gemacht hatte, dann war sie wahrscheinlich schon auf halber Strecke … Nein! Selbst dann … drei oder vier Tage waren einfach zu lange … Kérmorvan betete und wurde endlich wieder ohnmächtig.

× × ×

Der Fahrer schaltete den Chevrolet in den zweiten Gang. Nun kam der letzte Teil der Strecke. Jones und Dr. Marshall B. Kingsley saßen im Fond des Wagens. Der einzige direkte Weg ins Hochtal von Iskanderga'l war diese enge Schlucht, die sich fast zwei Kilometer lang durch rund zweihundert Meter hohe Felswände wand. Die bedrohlich wirkenden, steingrauen Felswände schienen immer näher zusammenzurücken. Die optische Täuschung war so perfekt, dass man selbst beim Durchreiten auf einem der klapperdürren Pferde das Gefühl hatte, steckenzubleiben. Doch nach ein paar weiteren vorsichtig zurückgelegten Windungen öffnet sich die Schlucht endlich und gab die Sicht auf eine grüne Märchenwelt frei, in deren Zentrum die Ausgrabungsstätten lagen. Die beklemmende, dunkle Enge verwandelte sich im Licht der Abendsonne. Im Hintergrund erkannten Jones und Kingsley die Schwingen und den von einem Kreis umgebenen Körper des *Faravahar*, der über dem Portikus der dunkelgrauen Fassade des Schatzhauses zu schweben schien. Der in Stein gemeißelte antike Götze wirkte unglaublich lebendig. Es war atemberaubend.

Kingsley war bereits neugierig zu sehen, wovon man ihm bislang nur per Skype erzählt hatten: diese Kammern, die sie überraschend tief im Inneren des Berges gefunden hatten.

Jones klopfte dem Fahrer auf die Schulter und bedeutete ihm, den Chevrolet anzuhalten. Der kleine Unimog-Laster mit seinen Männern an Bord parkte gleich nebenan.

»Alles ist schon zum Abtransport bereit und gut verpackt, Boss. Wir haben rund zwei Drittel der Rotuli in den Spezialkisten«, erklärte Jones Dr. Kingsley. »Die Jungs werden den Unimog umgehend beladen und wieder zur Abfahrt bereit machen. Sie bringen dann alles runter ins Tal, machen gleich die Cessna fertig und bleiben über Nacht bei Borjahn. Damit sind wir morgen pünktlich startklar.«

»Und die Stele, von der Sie mir erzählt haben?«

Kingsley ging an einem der überdachten Quadrate entlang und betrachtete neugierig Teile uralten Mauerwerks.

»Der Professor kann Ihnen selbstverständlich mehr dazu sagen, Dr. Kingsley. Die Stele stammt aus dem ersten der drei Gewölbe«, erklärte Jones. »Allerdings müssen wir sie auf dem traditionellen Weg transportieren. Sie ist wirklich sehr schwer und viel zu sperrig für die Cessna.«

»Haben Sie schon alles organisiert, Jones?«

Der Kriegsdienstleister und ehemalige Söldner nickte. »Natürlich, Boss! Borjahns Söhne werden diese Tour fahren. An der Grenze schmieren wir dann unsere üblichen ›Partner‹. Die Jungs bringen die Sachen mit dem Lkw gleich runter nach Karatschi und von dort aus geht es mit dem Frachtschiff nach Dubai. Die Transportpapiere liegen bereits bei unserem bewährten Broker.«

Er stellte sich neben Dr. Kingsley und zeigte auf eines der Ausgrabungs-Quadrate.

»Wir haben auch noch ein paar andere sehr attraktive Funde, die genauso schwer und unhandlich sind, wie die Stele. Ich verschicke sie mit demselben Frachter. Pakistanische Kunsthandwerker fertigen gerade noch eine Reihe ähnlicher Stücke an. Es sind Kopien von Artefakten, die im Buyuk Dzhamiya, dem Archäologischen Museum in Sofia stehen – mannshohe, lebensechte Statuen. Die haben dort vor zwei Jahren eine große Ausstellung organisiert und einen sehr schönen Katalog herausgebracht. Wenn wir unsere unhandlichen Funde unter meine Kopien aus der Blütezeit Thrakiens mischen, wird niemand Fragen stellen. Ich habe mir nämlich erklären lassen, dass es wahrer Expertise bedarf, um baktrische und thrakische Steinarbeiten voneinander zu unterscheiden. Das scheint wahrlich nicht einfach! Die Sachen aus Sofia sind zwar nicht weltberühmt, aber in interessierten Kreisen doch ausreichend bekannt. Zöllner, die auf diesen Bereich spezialisiert sind, kennen wahrscheinlich ein paar der Objekte und eine der Statuen, die das Cover des Katalogs ziert. Von der habe ich natürlich mehrere Kopien machen lassen. Diese Stücke sind von ungewöhnlicher Ästhetik und sie sprechen die Leute an. Die Idee, Kopien zu kommerzialisieren wird also jedem Zöllner einleuchten. Vermischt mit den echten Stücken geht es dann weiter mit dem Label *Exklusive Museumskopien*.

Kingsley schmunzelte. »Ich nehme an, dass Sie bereits Abnehmer für ihr Kunsthandwerk mit dem Label *Exklusive Museumskopien*, haben, Jones? Ist unser Laden in Brüssel schon auf dem Laufenden?«

»Die warten schon sehnsüchtig darauf, Boss, wir machen das ja nicht erst seit gestern! Für die kopierten Bodenmosaike haben die Brüsseler bereits zwei Dutzend Vorbestellungen. Eine ganz legale Operation ist auf die Dauer der beste Schutz für uns. Es wäre suspekt, wenn offiziell eingeführte Ware dauerhaft nirgendwohin verkauft wird, vor allem in der Europäischen Union. Die sind nicht so flexibel wie die Amerikaner oder so skrupellos wie die letzten Kunden, die wir in Nahost beliefert haben. Aber wenn regelmäßig an Kunden ausgeliefert wird, Objekte mit Preisschildern in Schaufenstern stehen oder bei Ebay versteigert werden und dazugehörige Mehrwertsteuer-Erklärungen abgegeben werden, so lange wird niemand in der Europäischen Union Fragen stellen.«

Jones schmunzelte und erklärte weiter: »Solange Sie in den EU-Mitgliedsstaaten alles nach Schema X und im Rahmen der Gesetze machen, wundert sich dort keiner oder stellt Fragen. Außerdem finanziert der Verkauf meiner hochwertigen Kopien ohne Schwierigkeiten den gesamten Transport der Ware. Wenn alles so läuft, wie wir es uns vorstellen, dann gebe ich bei den Kunsthandwerkern in Pakistan regelmäßig Kopien von weiteren Museumsstücken in Auftrag. Unglaublich, was diese Steinmetze machen können. Sie arbeiten regelmäßig für Museumsshops auf beiden Seiten des Atlantiks – das British Museum, Pergamon in Berlin, John Hopkins Archeological etc. etc. … Das ist ein zusätzlicher Pluspunkt.«

× × ×

Rossi verfolgte das Geschehen mit dem Fernglas des gefangenen Special-Forces-Soldaten. Ein halbes Dutzend kräftiger Kerle vom gleichen Typ wie die Equipe der Rugbyfans Rowan und Erin, beluden den Unimog. Zuerst kamen die Kisten, die sie zuvor mit den Spraydosen und Schablonen ordentlich beschriftet hatten. Sie fluchte leise. Schwarze Schrift auf dunklem Holz: Es war absolut unmöglich zu entziffern, was draufstand.

Dann holten die Männer kleinere Kisten. Es handelte sich um diese teuren Transportkisten aus legiertem Alu-Riffelblech, die auch bei Expeditionen oder im Extremtourismus verwendet wurden. Sie waren unbeschriftet. Zuletzt brachte einer noch zwei Aluminium-Aktenkoffer. Die verschwanden allerdings in der

Fahrerkabine. Rossi wandte ihre Aufmerksamkeit den Insassen des schwarzen Geländewagens zu: Der Fahrer war vom selben Schlag wie die Rugbyfans, seine beiden Passagiere wesentlich älter. Beide Männer trugen gut geschnittene, dunkle Anzüge, weiße Hemden, Krawatten und klassische Business-Schuhe. Rossi fand, dass gerade diese Business-Schuhe hier in dieser abgelegenen, wilden Gegend im Herzen des Hindukusch befremdlich wirkten. Der eine Neuankömmling hatte feine Gesichtszüge. Er trug eine elegante Brille mit einem dünnen Metallrahmen. Trotz des Intellektuellengesichts schien er sportlich. Er war schlank und hochgewachsen, ein Tennisspieler, vielleicht auch ein Golfer. Der andere sah etwas verlebter aus; ein Mann, der viel Zeit draußen im Freien zubrachte. Vielleicht segelte er, oder er hatte eine Jagdhütte im Wald und hackte sein eigenes Holz. Einer der kräftig zupackte. Er war gedrungener, als der Golfer. Seine Schultern waren breit und er trug sein Alter – Rossi schätzte ihn auf etwa sechzig – mit Würde. Er war nicht unattraktiv und zog gewiss noch eine Menge weiblicher Blicke auf sich. Mit ihrer gepflegten Zivilisiertheit wirkten beide Männer inmitten dieser afghanischen Wildnis irgendwie fehl am Platz!

Kaum hatten sie die überdachten Ausgrabungen umkreist, als auch schon der »Lehrer« mit der bunten Brille und der Taliban-Poster-Boy zu ihnen stießen. Rossi fand, dass es einfacher war, wenn sie jedem der Männer eine Art Spitznamen verpasste. Sie fixiert die Szene durch das Fernglas. Der »Golfer« und der »Taliban-Poster-Boy« umarmten sich herzlich. Schultern wurden geklopft, der Wind trug unverständliche Worte in den Felsen. Das war kein Englisch, aber es war klar, dass alle Anwesenden sich über dieses Wiedersehen freuten. Der Golfer umarmte den Lehrer und schließlich schlossen alle drei Männer sich herzlich in die Arme – wie in einem Kinderbuch-Idyll von Enid Blyton. Alles was noch fehlte waren glückliche Ponys auf grünen Weiden! Lediglich der »Segler« übte Zurückhaltung. Er nickte Golfer, Poster-Boy und Lehrer höflich zu, dann verließ er eilig die Gruppe, um mit den kräftigen jungen Typen zu diskutieren, die die Ladung im Unimog verstauten.

Als dort alles geklärt schien, marschierte der Segler entschlossenen Schrittes zu dem Hangar, in dem der unglückliche Special-Forces-Soldat schon seit dem Morgen mit dem Boss der Rugbyfans und zweien seiner Leute – Frankie und Jack – eingesperrt war. Rossi schenkte ihm, nachdem er aus ihrem Blickfeld verschwunden war, keine weitere Aufmerksamkeit, sondern konzentrierte sich ganz auf die enthusiastisch wirkende Dreiergruppe.

Es war ein unglücklicher Zufall, dass sich in dem gesamten Krämerladen, den der Special-Forces-Soldat mit sich herumgeschleppt hatte, kein Fotoapparat befand. Worüber sie hier in diesem Hochtal gestolpert war, ähnelte einem hochprofessionell geführten, kommerziellen Ausgrabungsunternehmen. Was in den verladenen Kisten war, musste wertvoll und zerbrechlich sein, und alles war so geheim, dass es den Abschuss eines ISAF-Hubschraubers und das Gemetzel in diesem Bergdorf rechtfertigte.

Das ist eindeutig eine Raubgrabung, dachte Rossi. Die haben das perfekte Geschäftsmodel gefunden und profitieren skrupellos vom Krieg hier.

Sie prägte sich die Gesichter der drei Männer genau ein. In ihrem Inneren kochte es. Es machte sie unglaublich wütend, dieses Macho-Begrüßungritual mit Schulterklopfen und Küsschen, Küsschen mitanzusehen. De Ruijters, Higgins und die anderen Toten des MedEvac verrotteten kaum zwei Stunden Fußmarsch von dieser lächerlichen Willkommensparty entfernt mitten in der afghanischen Wildnis. Der überlebende Special-Forces-Soldat, der ihr das Leben gerettet hatte, war seit Stunden mit drei Killern in dem Blechhangar neben dem Stromgenerator eingesperrt. Sie bezweifelte, dass der rothaarige Brite zusammen mit Frankie und Jack lediglich ein zivilisiertes Gespräch unter Männern mit ihm führten. Und sie selbst befand sich mit einer angebrochenen Feldration, einem Kilo Butter- und Hartkaramellen und zwei Portionen Plastiksprengstoff in der Tasche fünfzig Kilometer Luftlinie von der nächsten OEF-Operationsbasis, von ihren Kameraden und so etwas wie Sicherheit entfernt.

Für Rossi ging es jetzt darum, ein ganz mieses Geschäft aufzudecken, das schon viel zu viele Menschenleben gekostet hatte. Man musste diejenigen, die die Boden-Luft-Rakete auf ihren MedEvac abgeschossen hatten, zur Rechenschaft ziehen und vor allem diejenigen, die ihnen den Befehl dazu erteilt hatten. Der Golfer, der Lehrer, der Poster-Boy, der Segler? Waren sie das? Oder waren diese vier Männer nur die Spitze eines Eisbergs, die Frontmänner? Egal! Sie war es ihren toten Kameraden von der ISAF Medical Task Force und den toten, unbekannten Special-Forces-Soldaten schuldig – und dem namenlosen gefangenen Special-Forces-Soldaten und auch sich selbst. Rossi musste sich die Gesichter dieser vier Männer genau einprägen, koste es, was es wolle. Sie musste sie jederzeit und überall wiedererkennen und dann mit dem Finger auf sie zeigen können.

NEUNTES KAPITEL

Afghanistan – Provinz Zabul – Iskandarga'l

Als Kérmorvan langsam wieder zu sich kam, fiel ihm sofort auf, dass El Ouazzani und Dadullah aus dem Hangar verschwunden waren. Niemand kippte ihm mehr Eiswasser über den Kopf, prügelte auf ihm herum oder setzte ihn unter Strom. Er hörte lediglich zwei Männer miteinander sprechen. O'Shaughnessys nervtötenden britischen Unterklasse-Akzent erkannte er sofort. Den zweiten Akzent vermochte er nicht einzuordnen. Also waren die beiden ehemaligen US-Marines Frankie und Jack auch weg. Der Sprecher musste ein Neuer sein.

Er achtete nicht sonderlich darauf, was O'Shaughnessy und der Neue miteinander besprachen. Für ihn war es in diesem Augenblick wichtiger, Schadensbilanz zu ziehen. Entweder hatten sie noch nicht mitbekommen, dass er wieder aus dem Land der Träume zurück war, oder man ließ ihn absichtlich mit seinen Gedanken allein. Vielleicht versuchten sie ja, ihn damit zu destabilisieren? Wer nicht wusste, was ihn erwartete, hatte viel Zeit, sich in Horrorszenarien hineinzusteigern. Kérmorvan hatte mitangehört, was für kreative Vorschläge El Ouazzani Dadullah gemacht hatte, und das allein war als grausige Aussicht ausreichend.

Sein ganzer Körper schmerzte, aber nichts schien gebrochen. Er atmete langsam und tief durch verkrustetes Blut und Staub und lauschte aufmerksam. Es ging ganz gut. Er hatte zwar Schmerzen, aber er hörte weder das typische Knirschen oder ein Knacken, das einen Bruch bedeutete. Seine Rippen waren heil. Auch sein Gesicht hatte nichts abbekommen. Ein dichter Monats-Bart war erstaunlich gut als Puffer gegen Schläge. Vielleicht hatten sie ja auch einfach nur vergessen draufzuschlagen. O'Shaughnessy und sein Team waren glücklicherweise keine Profis, was Verhöre anging. Er hatte, kurz bevor sie ihn wieder bewusstlos geschlagen hatten, irgendwelchen Schwachsinn über sein imaginäres Medizinstudium in Kanada erzählt, um ihnen zu zeigen, wie verstört er war und dass er eigentlich gar nicht wusste, was ablief. Seine Tour, Mitleid zu heischen, schien Früchte zu tragen.

Die Ruhe tat gut. Kérmorvan grinste, ließ das aber umgehend wieder bleiben, weil seine Lippen sofort anfingen zu bluten. Er musste sie selbst zerbissen haben, während das »Dream-Team« noch auf den hausgemachten Elektroschocker gesetzte hatte, um ihn kooperativ zu stimmen.

Er hatte hauptsächlich Prellungen und vermutlich auch noch ein paar hässliche Platzwunden auf dem Rücken. Er war körperlich erschöpft, doch psychisch fit, und das alleine zählte. Man konnte einem Menschen jeden Knochen im Leib brechen, doch immer noch konnte er selbst bestimmen, ob man auch seinen Willen brach. Kérmorvan war entschlossen. Er würde sich bei der erstbesten Gelegenheit aus dem Staub machen.

Er stellte sich den Ablauf seiner Flucht vor, eine Mischung aus Fakt und Fantasie. Fakt insofern, als er tat, was man in seiner Situation tun musste: die Fakten prüfen und überlegen, wie man rauskommt! Fantasie, weil er sich bereits vorstellte, wie er aus seinem improvisierten Gefängnis herauskam, dass er nach links um den Hangar herumgehen würde, was er dort sehen würde und was hinter ihm wäre. Kérmorvan war entschlossen. Er hob ganz vorsichtig den Kopf. Der Baustrahler, den sie während des Verhörs benutzt hatten, um ihn zu irritieren, war ausgeschaltet. Lediglich dort, wo er diejenigen vermutete, zu denen die Stimmen gehörten, brannte ein Licht.

Er begriff, dass er immer noch genau dort lag, wo er zuvor ohnmächtig geworden war. Sie hatten ihn wieder festgebunden. Interessanterweise hatten sie dazu lediglich einen breiten und stabilen Kabelbinder benutzt. Die Typen waren offensichtlich wirklich nicht auf Gefangene eingestellt und er war nur ein glücklicher Zufallstreffer. Er hatte sich so etwas Ähnliches schon gedacht, als er den selbstgebastelten Elektroschocker gesehen hatte. Nicht einmal Handschellen hatten sie – es war zu schön, um wahr zu sein! O'Shaughnessy hatte ihn tatsächlich mit einem breiten, schwarzen Kabelbinder am Schnapphaken einer Seilwinde festgebunden. Anders als bei den dünnen, weißen Bindern fürs Elektrokabel konnte man sich von diesen sehr gut befreien.

Hadji Abdallah Wardagh hatte ihm in seiner Kindheit in Dannah immer gesagt, er sei ein Glückskind, *Misleh-ma-ast* – ein Mondkind, weil er am Tag des altiranischen Nourūz-Festes zur Frühlings-Tag-undnachtgleiche am 21. März auf die Welt gekommen war. Der Mond war in der afghano-iranischen Kultur ein Symbol für Glück.

Kérmorvan bewegte langsam den Kopf in Richtung der Stimmen und des Lichts. Er wollte nicht, dass sie mitbekamen, dass er sich bemühte, sie zu belauschen. Die Männer sprachen nicht besonders laut, aber sie flüsterten auch nicht miteinander. Einen Augenblick lang glaubte er, dass der alte Hadji Abdallah sich geirrt haben musste, doch als er weiter zuhörte, verflüchtigten sich seine Zweifel. Und obwohl es weh tat und seine Lippen wieder anfingen zu bluten, bewegte er sie doch in stillem Gebet:

»In Deiner Hand liegt mein Geschick; entreiß mich der Hand meiner Feinde und Verfolger! Lass Dein Angesicht leuchten über Deinem Knecht, hilf mir in Deiner Güte! Herr, lass mich nicht scheitern!«

In diesem geheimnisvollen und abgelegenen Hochtal am Ende der Welt ging es zu wie in einem dieser beliebten Studentenkaffees des Pariser Quartier Latin. Dort stolperte man nach Vorlesungsende auch immer über alle seine Bekannten – über die, die man schätzte, aber auch über die, die man weniger gut leiden mochte und gerne vermieden hätte. Jetzt konnte Kérmorvan endlich auch den Akzent des anderen Sprechers einordnen.

Guten Abend, Mr. Jones, dachte er. Wäre seine Lage nicht so miserabel gewesen, hätte er wohl gelacht. Dann rollte er sich wieder zusammen, wie ein Igel und spitzte die Ohren.

Der Mann aus dem früheren Rhodesien war ein alter Bekannter, auch wenn Kérmorvan ihm noch nie von Angesicht zu Angesicht gegenübergestanden hatte: Mr. Jones, der vermutlich ganz anders hieß, war seit rund einem Vierteljahrhundert bestens im Söldner-Geschäft etabliert. Jeder kannte ihn – Amerikaner, Franzosen, Briten, Israelis. Man munkelte, dass er sogar schon für die Russen gearbeitet und seinen Job zur vollsten Zufriedenheit des Kremls ausgeführt hatte.

Man erzählte in ihren Kreisen, dass Jones nach der Gründung der Republik Simbabwe 1980 versucht hatte, in seiner Heimat durchzuhalten, doch wie bei so vielen Männern seiner Prägung, war dieser Versuch fast umgehend gescheitert. Allerdings gab es über Jones weder tragische Geschichten noch romanhafte Legenden. Er hatte nach fünfzehn Jahren Krieg als Offizier einer der legendärsten Einheiten seines Landes, den Selous Scouts, einfach aufgegeben. Dann war die sozialistische Einheitssuppe Robert Mugabes in einem Sumpf der Korruption und der Gewalt über das vormals reichste Land Schwarzafrikas geschwappt und hatte es in eine Zeitbombe verwandelt. Jones war gegangen.

Kérmorvan wusste, dass Jones etwa ab 1982/1983 international tätig geworden war. Er war der DGSE zum ersten Mal im umkämpften Beirut aufgefallen, kurz nachdem Amin Gemayel zum libanesischen Präsidenten gewählt wurde. Jones hatte sich im Lauf der Jahrzehnte einen ausgezeichneten Ruf erworben, war hochprofessionell, erfüllte seine Aufträge und wurde gleichermaßen von staatlichen Diensten wie auch von privaten Auftraggebern verpflichtet.

Jones war ein klassischer Dienstleister des Krieges. Keiner der ganz Großen, die wie Bluewater, White Cloud oder International

Triple Canopy auf Mitarbeiterzahlen in Bataillonsstärke blicken konnten und in der Lage gewesen wären, einen Krieg mittlerer Größe zu führen. Er war klein, aber fein – eine Nobel-Boutique der Kriegsdienstleistung: quasi Hermès Faubourg 24.

Was hatte der Söldnerführer allerdings während der letzten paar Jahre gemacht, und für wen hatte er gearbeitet? Kérmorvan überlegte. Nach 9/11 war es still geworden um den alten Profi. Ihr DGSE-Mann für private Kriegsdienstleistung, sein Ex-Kollege Olivier Patrick, hatte Jones zwar ab und an erwähnt, aber Kérmorvan selbst hatte nicht besonders auf die Aktivitäten des Mannes geachtet. Auf jeden Fall war er weder der DGSE in die Quere gekommen noch dem Service Action irgendwo auf die Füße getreten.

Kérmorvan glaubte nicht, dass Dadullah Khan oder gar Taher El Ouazzani Jones' Auftraggeber waren. Das wiedersprach irgendwie seinem Profil. Sogar Jones' aktueller Aufzug wiedersprach seinem Profil. Er stand neben diesem kleinen Sadisten O'Shaughnessy in einem sehr gut geschnittenen, dunkelgrauen Anzug, einem blütenweißen Hemd und einer bordeauxroten, dezent gemusterten Krawatte. Das alte Kampfschwein, der berüchtigte Söldnerführer, war respektabel geworden und auch äußerlich zum Geschäftsmann mutiert. Er schien in absoluter Bestform. Vielleicht war Mr. Jones ja wirklich auf dem Weg in den Ruhestand und kümmerte sich nur noch ums Management und die Logistik dieser geheimnisvollen Raubgrabung, während jüngere Männer die Drecksarbeit übernahmen? Er musste inzwischen um die sechzig Jahre alt sein, auch wenn er jünger wirkte. Da war es durchaus denkbar, dass seine Teams hier nur Objektschutz machten.

Kérmorvan wusste, dass es auf seine zahlreichen Fragen keine Antworten gab, solange er festsaß, wie eine Ratte in der Falle. Er musste raus.

× × ×

Jones hatte zuerst Frankie und Jack fortgeschickt, damit sie gemeinsam mit ihren Kameraden das Viertelfinal-Spiel zwischen Südafrika und Fidschi ansehen konnten, eine willkommene Abwechslung in dem meist eintönigen Wach- und Schutzdienst rund um die Grabungsstätte. Selbstverständlich wurden die Männer sehr gut bezahlt. Doch ihre Verträge besagten auch, dass sie während der dreijährigen Vertragsdauer keinen Heimaturlaub nehmen konnten. Für gewöhnlich bekamen sie, wenn die Sicherheitslage es zuließ, Freizeit in Kabul, oder sie flogen mit der Cessna nach Karatschi und spannten in einem Beach Hotel ein paar Tage aus. Zu häufige Reisen von Männern mit militärischem Profil nach Pakistan warfen einfach zu viele Fragen seitens der korrupten pakistanischen Sicherheitsdienste und der CIA auf. Jones legte größten Wert darauf, dass seine Sicherheitsdienstleister nicht nur einwandfrei, sondern auch diskret arbeiteten. Im Gegenzug sorgte er dafür, dass ihre Arbeitsbedingungen so gut wie möglich waren, um die Teams effizient und motiviert zu halten. Außer ihrem Sold für den Wachdienst im Hochtal bekamen alle Männer aus Jones' Team eine großzügige Erfolgsbeteiligung am Verkaufserlös der Fundstücke. Und nach dem blutigen Schock von Rustam Kalay war es für alle wichtig, wieder zur Ruhe zu kommen und sich wieder auf das Wesentliche zu konzentrieren. Nur so konnten sie auch weiterhin diesen etwas speziellen Auftrag im Herzen Afghanistans erfüllen. Probleme, die möglicherweise aus dem Zwischenfall entstanden waren, konnten sowieso nur der Boss, Dadullah oder er selbst regeln.

Der erfahrene alte Söldnerführer ließ sich von Richard O'Shaughnessy eine Kurzfassung des Debakels der letzten Tage berichten. Auf Seiten Matveevs und der Russen gab es leider niemanden mehr, der ihm erzählen konnte, was in dem Bergdorf wirklich vorgefallen war, und die Erklärungen der überlebenden Afghanen waren einfach zu konfus gewesen.

× × ×

Nachdem der Major im Ruhestand Arkadij Alexeewitsch Matveev seine berufliche Karriere tragisch und viel zu früh als gegrillte Fleischmahlzeit für afghanische Straßenköter beendet hatte, befand Richard O'Shaughnessy sich in einer äußerst unangenehmen und von ihm so niemals angestrebten Position. Er war zur offiziellen Nummer zwei von Jones aufgestiegen und damit direkt für die Sicherung der Grabungsstätte verantwortlich.

Der ehemalige Feldwebel des Special Air Service SAS, dem nach einem blutigen Zwischenfall bei einem Antiterror-Einsatz in der afghanischen Provinz Helmand mit dem fatalen Vermerk »*Services No Longer Required*« gekündigt worden war, verstand plötzlich, dass ihm jetzt keine Wahl mehr blieb. Es reichte nicht mehr »zu Befehl, Sir!« zu sagen, und auszuführen, was ein Vorgesetzter sich ausgedacht hatte.

Wenn er nach der Implosion seiner Laufbahn im SAS nicht auch noch seine neue und außergewöhnlich gut bezahlte Karriere im Bereich der privaten Kriegsdienstleistung versenken wollte, dann musste er sich jetzt zusammenreißen. Eigentlich war alles auch gar nicht schlecht gelaufen. Jones konnte ihm nichts vorhalten. Lediglich der Gefangene war unkooperativ und wollte nicht auspacken, aber daran konnte O'Shaughnessy nichts ändern. Selbst was das Verhör des Mannes anging, war er kompetent vorgegangen und hatte getan, was mit ihren Mitteln vor Ort möglich war. O'Shaughnessy besann sich auf seine Ausbildung in den britischen Streitkräften, als er noch bei den Royal Green Jackets gewesen war. Damals, in Tidworth, hatte er den Unteroffiziers-Lehrgang mit »Sehr gut« bestanden.

Knapp und präzise begann er: Die Entdeckung der Eindringlinge in Iskanderga'l, Matveev, die Verfolgung der Unbekannten, der fehlgeschlagene Versuch, sie in die Zange zu nehmen, der Straßenkampf im Bergdorf, ihr anschließender Hinterhalt mit dem Mistral, der erfolgreiche Abschuss des Rettungshubschraubers, die Suche nach Überlebenden und die abschließende erfolgreiche Gefangennahme eines angeblichen kanadischen Militärarztes aus der MedEvac-Besatzung.

Sie sprachen bereits seit einer Stunde miteinander. Der Gefangene stöhnte gelegentlich leise. Er war offensichtlich immer noch vollkommen weggetreten. Jones wunderte das nicht. Er hatte einen kurzen Blick auf ihn geworfen, die blutigen Striemen auf seinem Rücken gesehen, die Autobatterie, die Starterkabel, die rund siebzig Zentimeter langen Stücke, die Frankie, Jack und Richard von dem gelben Gartenschlauch abgeschnitten hatten, den die Afghanen benutzten, um den Wassertrog der Maultiere und Packpferde zu füllen.

Der Typ badete splitternackt in einer unappetitlichen Suppe aus Staub, Wasser, Blut, Erbrochenem und Fäkalien. Man hatte lediglich darauf geachtet, ihn so anzubinden, dass er nur seitlich liegen und nicht an seiner Zunge ersticken konnte, oder an verbliebenem Mageninhalt, falls er beim Aufwachen weiterkotzte.

Die Jungs hatten natürlich kräftig zugepackt, denn sie wussten, dass ihr Arbeitgeber nach Iskanderga'l kam, weil eine große Auslieferung von Antiquitäten anstand. Sie standen unter Druck. Der Boss würde wissen wollen, wer versucht hatte in das Hochtal einzudringen. Außerdem waren die überlebenden Männer aufgebracht, seitdem sie wussten, unter welchen Umständen Matveev und die russische Gruppe zu Tode gekommen war. Dieser Wut wollten sie einfach Luft machen.

Ihr Opfer sah nicht gerade aus wie John Rambo – irgendwo zwischen 1,80 m und 1,85 m, höchstens siebzig Kilo schwer und so schmal und feingliedrig, dass er beinahe zierlich wirkte. Natürlich hatte dieser erste Eindruck noch nicht viel zu sagen. Jones hatte in seiner langen Berufskarriere mit Männern zusammengearbeitet, die nur halb so breit waren, wie ihr schwindsüchtiger Gefangener, und die muskelbepackte Riesenkälber, wie man sie bei den Amerikanern und auch bei den Russen fand, platt wie Pfannkuchen geschlagen hatten. Angehörige von Special-Forces-Einheiten zeichneten sich durch Ausdauer und Durchhaltevermögen aus, nicht durch reine Kraft. Aber im Augenblick war es immer noch der angebliche kanadische Militärarzt, der flach lag und ausgeknockt war. Sie würden später weitersehen, sobald der Kerl wieder anfing normal zu schnaufen.

»Die drei Toten von Rustam Kalay trugen ungewöhnliche Tarnkleidung von Crye und hatten eine teure und sehr individuelle Ausrüstung«, sagte Jones. »Sie waren auch etwas jünger und ein bisschen stabiler gebaut, als unser Mann hier.«

Er betrachtete nachdenklich die gewöhnlichen Wüstenflecktarn-Hosen und das billige khakifarbene T-Shirt aus Baumwolle. Nicht einmal die verdammten Unterhosen des Kerls gaben Auskunft. Klassischer, solider Standard aus Baumwolle, den man für wenig Geld bei den üblichen auf Soldatenbedarf spezialisierten Internet-Versandhändlern im Zehnerpack bekam. Ein Militärarzt, der seine Zeit im Feldhospital und bei Konsultationen verbrachte, würde eher nicht in teure Funktionskleidung investieren, sondern praktisch, bequem und kochfest auswählen.

»Die Toten von Rustam Kalay hatten sogar die sündhaft teure Funktionsunterwäsche von Crye und die dazugehörigen Funktionsshirts, das Stück zu rund hundertfünfzig US-Dollar«, fuhr Jones fort und sah O'Shaughnessy eindringlich an. »Selbst die Kampfstiefel des Gefangenen sind eines der gängigsten Modelle. Man findet sie an den Füßen der halben ISAF- und OEF-Truppen in Afghanistan wieder – und …«, er zeigte auf O'Shaughnessys eigene Füße, »… sogar hier bei uns!«

»Wenn die Story, die der Typ uns erzählt, ein Lügengespinst ist, Sir«, erwiderte O'Shaughnessy frustriert und betrachtete betreten die bequemen, sandfarbenen Boots aus Wildleder und Cordura an seinen eigenen Füßen, »dann fangen unsere Probleme jetzt erst richtig an.«

Jones machte eine beschwichtigende Handbewegung. Der Abschuss lag schon fast zweiundsiebzig Stunden zurück. Weder über die pakistanische Grenze seitens der OEF noch aus Kandahār, wo die ISAF stationiert war, waren Kampf- oder CSAR-Suchhubschrauber wie die sprichwörtliche, biblische Heuschreckenplage eingefallen. Keine Panikmeldungen ihres Kontaktmanns im CENTCOM trafen aus Bagram ein, und sie selber stellten mit ihren eigenen ausgezeichneten Abhörmitteln auch keinen anormalen Funkverkehr fest. Er wollte vor allem, dass die Männer wieder zu einem professionellen Vorgehen zurückfanden und sich beruhigten. Selbstverständlich war eine hochtrainierte Truppe, die es schaffte, ungesehen bis zur Ausgrabungsstätte vorzudringen, ein absolutes Ärgernis, aber es war nicht das Ende der Welt.

»Es gibt Mittel und Wege herauszufinden, ob der Kerl uns verarscht. Wir werden morgen noch einmal versuchen, mit ihm zu reden«, sagte Jones trocken zu O'Shaughnessy. »Denn was mich wirklich interessiert, ist, wie diese Truppe von Rustam Kalay aus überhaupt einen Hilferuf losschicken konnte. Sie kennen die Elektronik, über die wir hier verfügen besser als ich, Richard. Wir praktizieren konsequent ein systematisches Uplink-Jamming der SATCOMs und verfügen hierzu über sämtliche Informationen bezüglich der Frequenzen und Modulationen der Uplink-Channels der OEF-Basen im Umkreis. Wir sind sogar in der Lage, die Kommunikationsmittel der Special Forces Operational Detachments Alpha 326 and Alpha 311 zu jammen, falls uns die Kameraden der FOB Sweeney versehentlich auf den Pelz rücken. Matveev mag zwar einen fatalen Fehler gemacht haben, als er sich auf diesen Häuserkampf in Rustam Kalay eingelassen hat, aber er war ein hervorragender Offizier und er kannte sein Geschäft. Es ist nach aktuellem Stand der Dinge bei konsequentem Uplink-Jamming technisch einfach unmöglich, mit den Kommunikationsmöglichkeiten, über die Einheiten im Feld verfügen, trotzdem mit der Operationsbasis zu kommunizieren und einen CSAR anzufordern oder gar von weiter her einen klassischen MedEvac herbeizurufen – und trotzdem haben diese Männer das irgendwie doch geschafft. Wir müssen von unserem Gefangenen erfahren, wie das gelaufen ist und für die Zukunft eben zusätzliche Gegenmaßnahmen implementieren, damit ein solcher Reinfall nie wieder passiert.«

Und sie mussten natürlich um jeden Preis herausfinden, woher der Rettungshubschrauber gekommen war.

»Wir haben dem Gefangenen diese spezielle Frage noch nicht gestellt, Sir!«

O'Shaughnessy blickte erneut betreten zu Boden. Bisher war eigentlich alles gut gegangen, doch ein paar Sätze von Jones – ruhig und ohne Anklage gesprochen – und er war völlig aus dem Konzept gebracht. Er fühlte sich wieder wie der kleine SAS-Feldwebel, den der verfluchte Rupert mit seinem beschissenen Upper-class-Akzent und seinen verdammten Schulterklappen abkanzelte. So hatte O'Shaughnessy sich damals nach der Operation in Hemland auch gefühlt, als sein Vorgesetzter beschlossen hatte, die ganze Schuld für seine militärische Fehlentscheidung bei ihm, dem einfachen Untergebenen abzuladen. Damit hatte der Offizier O'Shaughnessys Karriere im SAS zerstört.

Die Offiziere kamen immer nur für drei Jahre zum Regiment. Dann verschwanden sie wieder und man vergaß ihre Fehler und Schwächen. Offiziere wurden auch nicht gefeuert wie die einfachen Soldaten und Unteroffiziere, wenn sie Mist bauten. Man schickte sie lediglich dorthin zurück, von wo sie gekommen waren. Im schlimmsten Fall legte man ihnen nahe, es in einer anderen Berufssparte zu versuchen. Die einfachen Männer und die Unteroffiziere allerdings blieben beim SAS. Für sie gab es keinen Weg zurück in ihre alte Einheit, und ein Ausrutscher oder ein Fehler war das Ende der beruflichen Laufbahn. Man erholte sich nicht einfach davon, blätterte um und schlug eine andere Seite im Buch der Karriere auf man verlor alles. Nicht nur den Job, sondern auch den Rentenanspruch, seine Sozialversicherung und sämtliche Vergünstigungen, auf die diejenigen Ansprüche hatten, die am Ende der regulären Dienstzeit auf dem üblichen Weg ausschieden.

Die britische Armee kannte auf dem Papier zwar nicht das US-amerikanische Konzept der »unehrenhaften Entlassung«, doch *Service No Longer Required* wirkte sich auf die berufliche Zukunft eines Briten in Großbritannien genauso fatal aus, wie der Rausschmiss bei den Amis: Man war am Ende und man war – insbesondere, wenn man aus einer der ganz renommierten und exklusiven

Spezialeinheiten stammte – ein Geächteter in der kleinen Welt der Special Operators.

Jones hatte ihn, O'Shaughnessy, vor einem Jahr nur deshalb als Ersatzmann für einen verunfallten Mitarbeiter angeheuert, weil die großen PMCs – *Private Military Companies* – den Markt bis zum letzten Freelancer leergeräumt hatten und er selbst umgehend verfügbar und bereits vor Ort in Afghanistan war.

Selbst bei den Russen war im Augenblick der Vorrat an kompetenten Operators in seinem speziellen Fachgebiet trockengelegt, und Serben wollte Jones keinesfalls anheuern. Die waren nämlich völlig unkontrollierbar und brachten regelmäßig ihre eigenen, kriminellen Organisationen im Schlepptau mit, um von Unfrieden und fehlender Staatsgewalt zu profitieren und unauffällig viel, viel Geld zu machen. Die Situation im Irak verschärfte sich gerade und entzog dem freien Markt der Kriegsdienstleister noch zusätzlich Spezialisten, und einen Anfänger ohne operative Erfahrung konnte Jones auf der Grabungsstätte einfach nicht brauchen. Er benötigte ganz spezielle Fähigkeiten, die nur Ehemalige mit seinem oder einem ähnlichen Hintergrund mitbrachten. Und er brauchte vor allem Leute, die absolut vertrauenswürdig waren.

O'Shaughnessy fluchte im Stillen. Sie hatten den Kerl noch am Wrack mehrere Stunden lang durch die Mangel gedreht. Hier im Hangar hatten sie ihn dann in aller Form und mit System verhört. Trotzdem hatten weder er noch Frankie oder Jack die Idee gehabt, zu fragen, woher der Rettungshubschrauber eigentlich gekommen war, wen sie aus dem Bergdorf Rustam Kalay evakuieren sollten und wer ihnen den Flugauftrag hierzu erteilt hatte. Es gab ganz präzise Regeln, und sobald sie wussten, nach welchen Regeln gespielt worden war, verstanden sie auch, wer Matveev und die Russen massakriert hatte und vielleicht sogar, mit welchem Auftrag diese Truppe ins Hochtal gekommen war. Natürlich hatte dieser angebliche kanadische Militärarzt von sich aus nichts zu diesem Thema erzählt. Er hatte ihnen lediglich die Ohren mit irgendwelchem Quatsch zugelabert: Montreal, der Campus irgendeiner Scheiß-

Frenchie-Universität, sein Medizinstudium und jede Menge Sentimentalitäten à la er habe sich schon immer gewünscht, Menschen zu helfen und Schwächere in Not zu retten.

Was für ein gigantischer, arschgewaltiger Bullshit, dachte O'Shaughnessy. Die Sache mit den Tarnanzügen konnte der ehemalige Feldwebel des SAS sich noch nachsehen. Die beiden Leichen, die am Ufer des Bergflusses gelegen hatten, waren in erbärmlichem Zustand gewesen und die Piloten im Cockpit des Helikopters, die sie hatten sehen können, waren bis zur Unkenntlichkeit verbrannt. Die anderen Kadaver, die nach Aussage ihres Gefangenen im Helikopter verbliebenen waren, zu überprüfen, war bei dem gewaltigen Wasserstau gegen das Wrack und der extremen Strömung einfach zu gefährlich gewesen. Außerdem hatten sie ja dem angeblichen kanadischen Militärarzt eine Handvoll Dog Tags abgenommen.

Im Gegensatz zu ihm hatte Jones in Rustam Kalay die Möglichkeit gehabt, die dort getöteten Unbekannten in aller Ruhe zu untersuchen. Er seufzte leise. Matveevs überlebender Mann Zabelev hatte ihm die Sache mit den Störmaßnahmen auch noch ausführlich erklärt. Er hatte ihm sogar gesagt, dass er einfach nicht verstand, mit welchen Mitteln die Typen den MedEvac gerufen hatten, bevor er ihm dann die Flugrichtung und die Koordinaten für Rowan und Erin übermittelte.

Wo war eigentlich Zabelev abgeblieben? Jones hatte ihn mit keinem Wort erwähnt! O'Shaughnessy ballte die Hände hinter seinem Rücken zu Fäusten und hoffte, dass Jones seine Anspannung nicht bemerkte. Er hatte ihm noch keine offenen Vorwürfe gemacht und schien zu akzeptieren, dass es in einem Verhör keine Erfolgsgarantie gab. Und Zabelev war nicht sein Problem. Der hatte zu Matveevs russischer Equipe gehört. Die Russen waren angeheuert worden, um die Drecksarbeit zu erledigen.

Der vorsichtigere Teil von Richard O'Shaughnessy sagte sich, dass es besser war, Zabelev im Augenblick nicht zu erwähnen. Er war erst einmal heilfroh, dass Jones die Fortführung der Befragung ihres Gefangenen selbst in die Hand nehmen wollte. Das würde alles einfacher machen, und falls der Mann am Ende doch nichts erzählte, das ihnen half, den Zwischenfall zu begreifen, dann konnte keiner mit dem Finger auf ihn zeigen oder ihm einen Fehlschlag in die Schuhe schieben. Er hatte seinerzeit beim SAS im Mobility Troop seiner Squadron gedient und war in erster Linie angeheuert worden, um dafür zu sorgen, dass ihr gesamtes Equipment funktionstüchtig blieb und die Operators der MANPADS ihre teuren und schwer zu beschaffenden Boden-Luft-Raketen nicht unkontrolliert wie Cowboys verpulverten.

Der andere Teil des Briten, der immer noch ein Mindestmaß an Selbstachtung besaß und sich auch für einen monatlichen Gehaltsscheck nicht kaufen ließ, konnte vor dem ausgehungerten, schwarzen Straßenköter, den sie eingefangen hatten, nur den Hut ziehen. Der Mann hatte sie bis jetzt durch den Kakao gezogen wie Frühstückscroissants aus Blätterteig. Er war fast schon neugierig mitanzusehen, ob Jones bessere Ideen hatte als er selbst. Er hatte sogar den alten Trick versucht, den Gefangenen nackt auszuziehen, um ihn zu erniedrigen und zu verunsichern. Das hatte allerdings kein besseres Ergebnis gebracht als brachiale, körperliche Gewalt. Viel blieb nicht mehr übrig: Sie konnten höchstens noch Dadullahs Afghanen auf den Kerl loslassen und hoffen, dass der Mann auspackte, bevor er den Verstand verlor.

× × ×

Jones schüttelte den Kopf und seufzte leise. Er steckte die Dog Tags, die Richard ihm gegeben hatte, in die Hosentasche. Am Ende der Welt, mitten im Nirgendwo und mit einem so spezifischen Auftrag wie dem seinen, konnte man sich nicht immer aussuchen, mit wem man zusammenarbeiten wollte. Dadullah Khans Taliban-Truppe war ein Beispiel, Richard O'Shaughnessy ein anderes. O'Shaughnessy war ein braver Bursche, aber er war vom militärischen Standpunkt betrachtet keine Leuchte. Man musste ihm alles sagen, alles vorschreiben, alles befehlen. Der Mann war zwar gehorsam und in seinem Fachbereich außergewöhnlich kompetent, aber das war es auch schon. Ihm fehlte, was man praktische Intelligenz nannte, und er weigerte sich, Eigeninitiative zu entwickeln. Ein großes Problem der Briten und Amerikaner – sie waren keine Schlitzohren wie die Russen oder Überlebenskünstler wie die Franzosen, Spanier oder Portugiesen.

Jones blickte kurz auf die exklusive Pathek Philip 5140 G Perpetual an seinem Handgelenk. Mit einem Wert von rund sechzigtausend Euro diente sie ihm sowohl als Zeitmesser, als auch als schnell verfügbare Geldquelle in unvorhersehbaren Notfällen. Er musste mit Dr. Kingsley, dem Professor und Dadullah dringend ihre weitere Vorgehensweise besprechen. Eine Reihe weitreichender Entscheidungen stand an, und sie mussten vor dem Abendessen noch eine gemeinsame Linie entwickeln, die auch gegenüber den Leuten am Tyson's Corner und in Langley standhielt. Hierfür blieb nicht mehr viel Zeit, denn nach der Besichtigung der unterirdischen Anlagen und den Kammern, die die legendäre Goldene Bibliothek von Persepolis beherbergt hatten, mussten sie nach Pakistan zurückfliegen. Sie hatten einen wichtigen Termin in Kohat. Und anschließend hatten sie ein Rendezvous im Jachthafen von Karatschi, das sie auf keinen Fall verpassen durften, wenn der Boss die Rotuli sicher nach Europa bringen wollte. Der Professor bestand darauf, dass die Schriftrollen, die bereits geborgen worden waren, umgehend wieder in einem Milieu gelagert wurden, in dem sie vor Umwelteinflüssen geschützt waren.

In Kohat hatten sie während der letzten vierundzwanzig Monate einen diskreten Hangar auf dem Gelände der pakistanischen Luftwaffe mit ganz besonderer Ware gefüllt, die für eine ganz exklusive Klientel bestimmt war. Sie hatten außerdem die besonderen Fundstücke im Hangar der Jebel-Ali-Freihandelszone in Dubai eingelagert und waren in der Lage, auf Zuruf ein Museum mittlerer Größe zu füllen. Der Jebel-Ali-Frachthafen war einer der zehn größten Containerfrachthäfen der Welt und bot ein anonymes Umfeld und schnellen sicheren Transport. Alternativ zum Schiffscontainer konnten sie über die Plattform Dubai auch Luftfracht schnell verschicken.

Als Profi mit makellosem Ruf hatte Jones sich was Antiquitäten anbetraf seit dem Beginn der Grabungen im Hochtal kundig gemacht. Er verfügte nun über einen Wissenstand, der die attraktive Bezahlung rechtfertigte, die er für sich selbst ausgehandelt hatte. Trotzdem konnte letztendlich nur der Boss entscheiden, ob Stücke einfach ausgeliefert wurden oder so außergewöhnlich waren, dass sie in ganz besondere Sammlungen gingen. Davon hing ab, wie Jones den Transport organisierte.

Seitdem der Boss auf Posten in Paris war, vermieden sie ihr altes Spezial-Transportschema, mit dem sie seinerzeit gute Ware in die USA transportiert hatten. Das Schmuggeln mit großen Segelbooten dauerte einfach zu lange und war gefährlich geworden, denn am Horn von Afrika trieben inzwischen Piraten aus Somalia ihr Unwesen und griffen außer Containerfrachtschiffen auch Touristenboote an.

Dieser Transportweg war praktisch, einfach und billig gewesen und hatte sich während ihrer ersten Unternehmungen im Libanon, in Ex-Jugoslawien und im Irak bewährt, aber seit ein paar Jahren transportierten auch gefährliche Kriminelle harte Drogen und illegale Einwanderer mit Segelbooten. Der Zoll und die Küstenwache waren sensibilisiert und kontrollierten gezielt. Und die »Vermittler«, die dafür sorgten, dass man Fracht diskret entladen und abtransportieren konnte, verlangten immer unverschämtere Schmiergelder, weil sie durch die Kriminellen finanziell verdorben worden waren.

Ihre eigene, neue Transportlogistik war zwar ein bisschen teurer und auch nicht ganz so schnell, aber alles war wesentlich sicherer und diskreter. Allerdings musste Jones immer selbst dafür Sorge tragen, dass sämtliche Ware, die per Schiff auf die Reise ging, zeitplangerecht in der Freihandelszone von Port Qasim in Karatschi eintraf. Der Trick war, dass er in Karatschi dann die

Spuren verwischte, indem er zuerst in den Persischen Golf und nach Dubai exportierte.

Trotz seiner langjährigen Erfahrung im Nahen und Mittleren Osten und seinen bemerkenswerten Sprachkenntnissen, war der Boss kein Geschäftsmann im klassischen Sinn. Er hatte wenig Erfahrung mit so alltäglichen Dingen wie Frachtpapieren, Ausfuhrbestimmungen, Einfuhrbestimmungen, Zollvorschriften oder Transportregelungen für See- und Luftfracht. Jones arbeitete seit drei Jahren mit einem kompetenten Wirtschaftsjuristen in Karatschi zusammen, er schmierte Zöllner im Freihafen, beaufsichtigte Handwerker und beriet sich mit Experten, die kopierten, restaurierten oder beglaubigten. Und er begab sich regelmäßig in die Vereinigten Arabischen Emirate. Er hatte dort mehrere Firmen registriert, die dazu dienten, zu verschleiern, was sie wirklich exportierten. Diese wurden von Emiratis geleitet, die gleichzeitig auch noch als Sündenbock dienen konnten, falls es Probleme gab. Unter einem Pseudonym mietete er für eine weitere Scheinfirma in der Freihandelszone Lager- und Büroräume, und seine eigene zweite Firma, die nichts mit militärischer Dienstleistung zu tun hatte, hatte offiziell eine Vertretung in Abu Dhabi und ein Auslieferungslager in Djebel Ali. Die Containerschiffe und das Luftfracht-Drehkreuz Dubai waren für ihre Zwecke einfach besser geeignet als Karatschi und durch den großen, internationalen Turnover wesentlich diskreter.

Die Transportlogistik für die Raubgrabung war dabei, für Jones zu einem echten Vollzeit-Job zu werden, der seine ganze Aufmerksamkeit fordern würde, wenn sie nicht weiterhin als begabte Amateure auf außergewöhnlich hohem Niveau ein paar exklusive Antiquitäten verschieben und die Sammelleidenschaften einiger weniger Familien befriedigen wollten. Doch unglücklicherweise hatte er jetzt durch Matveevs überraschenden Tod erst einmal wieder das klassische Management der Sicherheit von Iskanderga'l am Hals, und Richard O'Shaughnessy war die einzige Alternative vor Ort.

× × ×

Die Wohncontainer waren jetzt alle erleuchtet. In zwei anderen, zuvor belebten Containern, die höher und etwas abseits gelegen waren, brannte nur noch eine Art Wachlicht. Rossi war aufgefallen, dass diese Behelfsgebäude einen unglaublichen Antennen- und Schüsselsalat auf den Flachdächern hatten. Die drei Männer, die dort ihren Tag zugebracht hatten, waren pünktlich um siebzehn Uhr dreißig zu ihren Kameraden in die Wohncontainer hinübergegangen. Seitdem zwei der drei Männer, die den überlebenden Special-Forces-Soldaten eskortiert hatten, ebenfalls durch die einfallende Dunkelheit wieder zu den unspektakulär wirkenden grauen Kisten getrottet waren, hatte sie niemanden mehr auf dem Hochplateau herumwandern sehen. Vermutlich hatten die breitschultrigen Typen im Military-Look, die sich jetzt drinnen aufhielten, in dieser Umgebung und in dieser Jahreszeit genauso wenig Lust, nachts draußen zu frieren, wie die Afghanen aus dem traditionellen Gebäude und ihre Nutztiere. Sie selbst war von der Idee auch nicht begeistert. Auf der Kandahār-Airbase war sie nach Einbruch der Dunkelheit immer nur dann vor die Tür gegangen, wenn sie keine Wahl gehabt hatte. Die Temperaturschwankungen waren in dieser Ecke von Afghanistan extrem. Tagsüber konnte das Thermometer jetzt im Spätherbst durchaus noch auf fünfundzwanzig Grad hochklettern, während es in der Nacht bereits auf zwei oder drei Grad abstürzte. Ein Temperaturunterschied von mehr als zwanzig Grad innerhalb weniger Stunden war eine echte Herausforderung für den Körper und man spürte die Kälte!

Sie war mit dem Plan, den sie während des Nachmittags gezeichnet hatte, zufrieden und konzentrierte sich jetzt ganz darauf zu begreifen, wie dieses geheimnisvolle Ökosystem funktionierte. Das traditionelle afghanische Gebäude war eine eigene und in sich geschlossene Einheit, ganz wie die Wohncontainer, die auf der entgegengesetzten Seite des Hochtals in Reih und Glied standen. Es ähnelte diesen wehrhaften Trutzburgen aus dem beliebten Strategiespiel *Die Siedler von Catan,* ein solides aus Bruchstein gebautes U, in das man nur durch einen einzigen Eingang hinein- und hinauskam. Rossi hatte sich als Jugendliche sowohl mit dem Basis-Spiel als auch mit der Atlantis-Variante amüsiert. Also nahm sie an, dass im Herzen des U auch in Afghanistan so etwas war, wie ein geschützter Open-Air-Bereich, wo man sich in der guten Jahreszeit zusammenfand und während der schlechteren Jahreszeit die Hühner, den Hofhund und die Stallkatzen beherbergte. Vielleicht gab es dort ja auch eine Art Hausgarten mit Gemüse und Kräutern zum Kochen. Groß genug war das Anwesen auf jeden Fall.

Der Alte in der bunten lokalen Tracht und die vom Posterboy bespritzten Frauen waren im Lauf des Tages mit den Ziegen und einem Korb voller frisch gewaschener Wäsche in die U-förmige Anlage zurückgekehrt. Dann waren die Kinder nach Hause gekommen. Die beiden Jungen hatten einen großen Weidenkorb voller Viehfutter getragen. Kurz vor Einbruch der Nacht war der ältere Junge noch einmal kurz nach draußen gegangen, um auch die Mulis und die erbärmlich mageren und struppigen Pferde von der Koppel zu holen. Einem der Tiere hatte er ein Halfter übergezogen und die anderen waren in Reih und Glied brav hinterhergelaufen. Rossi nahm an, dass man die Viecher hinter den hohen Mauern aufstallte, weil es nachts empfindlich kalt wurde und alle eigentlich nur aus Haut und Knochen bestanden – ein klarer Fall für den deutschen Tierschutz! Vielleicht gab es ja auch Wölfe oder diese riesenhaften, aggressiven, verwilderten, schmutzigbraunen Hunde, die keiner identifizierbaren Rasse angehörten. Sie galten als gefährlich, weil Tollwut in Afghanistan weit verbreitet war.

Schließlich hatten sich der randvoll beladene Unimog und einer der cremefarbenen Toyota-Pick-ups mit jeweils einem Fahrer und einem Beifahrer wieder durch die Schlucht auf den Weg gemacht. Kurz drauf war noch ein Geländemotorrad weggefahren; zwei Männer in lokaler Kleidung auf dem Sattel. Einer vorne, einer hinten auf dem Gepäckträger, der gleiche Weg wie die Fahrzeuge. Dann war noch ein Geländemotorrad losgefahren, mit einem Typen im Military-Look. Am Ende hatte einer der Rugbyfans den dunklen Geländewagen – erstaunlicherweise ein Chevrolet – von der Grabungsstätte weg und hinüber zur leeren Koppel gefahren, wo er jetzt neben dem zweiten Pick-up und den beiden übriggebliebenen Geländemotorrädern parkte.

Die anderen Männer, die in lokaler Kleidung an der Ausgrabungsstätte gewesen waren, gingen in angeregtem Gespräch beschwingt und gutgelaunt als Gruppe zum traditionellen Anwesen. Alle Typen in westlichem Combat-Outfit, die beim Beladen geholfen hatten, wanderten ebenso beschwingt und gutgelaunt Richtung Wohncontainer und Satellitenschüssel. Zusammengezählt waren es eigentlich gar nicht so viele. Alles hatte von oben betrachtet nur sehr wuselig und lebendig ausgesehen. Dank des Hightech-Feldstechers konnte Rossi das Schauspiel im kleinsten Detail miterleben. Endlich tauchte dann das Freundschaftstrio Arm in Arm und offensichtlich leicht überdreht aus einer der überdachten Grabungen auf. Es war schon fast dunkel, doch ihr Fernglas hatte neben einer Nachtsichtfunktion, die sie später zuschalten konnte, auch eine absolut geniale Optik, und das Restlicht reichte aus, um messerscharf zu spionieren. Auf dem zivilen Markt würden Ornithologen und passionierte Jäger für dieses Teil ohne zu zögern richtig Geld hinlegen.

Der Special-Forces-Soldat hatte zwar nur schmuddelige Secondhand-Klamotten vom Flohmarkt und ungesunde Süßigkeiten mit in den Einsatz genommen, aber beim Equipment hatte er keine Zugeständnisse gemacht. Alles war vom Feinsten. Sogar sein fieses Kampfmesser war Vintage: kein Schnickschnack, nur klare Linien und die Garantie, gleichermaßen ein Würstchen zu schneiden, erlegtes Wild auszuweiden oder einen bösen Gegner zu meucheln. Es handelte sich um die schlichte und sehr teure deutsche Version des legendären, britischen Commando Dagger 1941, den Traditionalisten in den europäischen Spezialeinheiten immer noch neuzeitlichen Hightech-Entwicklungen vorzogen. Die Glock war genauso klassisch und einfach: ein Basis-Modell 17 in 9 mm Lugger, die brave, gute, zuverlässige Halbautomatik. Sein einziges Zugeständnis war das erweiterte Magazin mit neunzehn Schuss. Das herstellerfreie Fernsicht-Nachtsichtgerät war fantastisch und vermutlich auch sehr teuer. Und Rossi hatte mit seinem Nobel-Kompass sogar ein paar ernste Anfangsschwierigkeiten gehabt, da es sich um eines dieser teuren Schweizer Präzisionsprodukte mit globalem Nadelsystem handelte, und nicht um den traditionellen, billigen Wanderkompass, den jeder verantwortungsbewusste Bergwanderer in der Tasche trug. Nach dem Taliban-Posterboy, dem Lehrer, dem Golfer und dem Segler war sie kurz davor, ihrem unglücklichen Schutzengel den Spitznamen McGyver zu geben, aber irgendwie spürte Rossi, dass der Mann diesen Vergleich mit einem amerikanischen Action-Hero aus dem Vorabendprogramm für Kinder überhaupt nicht schätzten würde.

Dann wurde die Dunkelheit mit einem Schlag durchbrochen und es bot sich ein spektakuläres Bild. Der Portikus, unter dem der Lehrer mit der bunten Brille früher am Tag die Kinderschar unterrichtet hatte, leuchtete wie reines Silber. Es war unglaublich: Sie befand sich in einer knallharten Ausnahmesituation und trotzdem stockte ihr kurz der Atem. Alles, was jetzt noch fehlte, war das leise Anschwellen der Töne wie im Planetarium des Deutschen Museums in München. Rossi sah ihre Kindheit: wenn das Schwarz des Projektionssaals der Faszination des Universums wich und das Tonband die ersten, markanten Töne aus Richard Strauss' *Also sprach Zarathustra* abspielte und sie in ihrem mit Samt überzogenen Klappsessel immer tiefer rutschte, nur um besser sehen zu können, wie eine Wunderwelt sich vor ihren Augen auftat.

Die unattraktiven Halogen-Baustrahler, die ihr bereits am Morgen aufgefallen waren, hatten das in den Felsen gehauene Relief zum Leben erweckt. Der Betrachter hatte den Eindruck, als ob die Schwingen der bärtigen Kreatur, halb Mensch und halb Tier, sich öffneten und sich dann in einem ruhigen und gleichmäßigen Weltenschlag bewegten. Sie starrte mit dem Fernglas auf den Portikus und das Publikum. Der Lehrer sagte irgendetwas und der Golfer klatschte enthusiastisch.

Rossi fasste sich wieder. Das hier war nicht der ersehnte Kindheitswochenendausflug mit Mama, Papa und den Geschwistern nach München, wo sie bei Oma Heidinger in Unterföhring auf Luftmatratzen auf der Veranda übernachteten, während das gesparte Taschengeld schon in der Tasche brannte. Und hinterher würden sie auch nicht alle zusammen *Beim Straubinger* in der Blumenstraße essen gehen. Sie vertrieb diese völlig unpassenden Kindheitserinnerungen, denn sie hatte im Augenblick wirklich andere Sorgen. Die drei Männer blieben eine Weile sitzen und bewunderten den Anblick, dann legten sie ohne Eile die etwa fünfhundert Meter zurück, die den Ausgrabungsbereich von dem traditionellen Wehrhof trennten. Das Hochplateau war menschenleer.

Da es auch nicht wärmer wurde, dachte Rossi ernsthaft darüber nach, sich auf den Weg nach Qalat und zu ihren eigenen Leuten zu machen, während die Bösen den Schlaf der Ungerechten schliefen. Sie fühlte sich ziemlich ausgeruht, und sie hatte insgesamt noch zweiundzwanzig ungesunder *Go-Pills*. Die esoterischen Bio-Pillchen und Zuckerkaramellen ihres unglücklichen Schutzengels nicht eingerechnet, hatte sie noch die Hälfte einer RCIR mit einem sehr soliden Kartoffel-Käse-Tartiflette und einem gehaltvollen Kartoffelsalat mit Räucherspeck. Beides zusammen machte in etwa die Tagesration eines bayerischen Kaltblutpferdes im Holzrücke-Einsatz bei der Forstverwaltung aus. Sie hatte auch noch die Kekse, Streichkäse, Hasen-Pastete mit Nüssen und Bonbons – viele Bonbons. Und ganz offensichtlich suchte niemand nach ihr. Und es war auch kein tapferer Ritter zu ihrer Rettung aufgetaucht.

Kaum hatte sie ihren Gedanken zu Ende gebracht, als gleichzeitig drei Dinge passierten, die ihre gerade gefassten Pläne umgehend und radikal änderten. Im ersten Moment befürchtete sie, es handle sich um optische Täuschungen, geboren aus Wunschvorstellungen, Stress, körperlicher Anstrengung und massivem Schlafmangel. Der attraktive Segler in den Sechzigern verließ den Hangar und strebte energischen Schrittes und ohne zurückzublicken zum Wehrhof, und das Tor, das zuvor noch offen gestanden hatte, wurde hinter ihm geschlossen. Kurz nach ihm verließ dann der Chef der Rugbyfans den isoliert stehenden Hangar aus Trapezblech. Er hatte es sehr eilig, joggte quer übers Gelände zu den Wohncontainern und verschwand ebenfalls durch eine Tür. Und dann verlosch mit einem Mal wie von Geisterhand die Beleuchtung am Portikus. Das geheimnisvolle Hochtal versank in Dornröschenschlaf – und es war Neumond!

Rossi fasste sich wieder, dann fixierte sie mit ihrem Nachtsichtgerät sorgfältig jeden einzelnen Quadratmeter der mysteriösen Szenerie. Niemand patrouillierte. Es war unglaublich. Zuvor hatte sie die kampffähigen und potenziell gefährlichen Bewohner des Hochtals für sich durchgezählt. Ohne die Frauen, die Kinder, den Greis, die beiden Männer im Business-Outfit und den weggesperrten Special-Forces-Soldaten waren es insgesamt zwanzig Personen gewesen. Zwölf Mann in den Containern und acht Männer in dem Wehrhof. Alle anderen waren weggefahren – mit dem Unimog, dem Toyota-Pick-up und zwei Geländemotorrädern. Und die Zurückgebliebenen fühlten sich an diesem Ort augenscheinlich vollkommen sicher. Es gab keinen Wachposten vor dem Hangar. Man hatte keinen Checkpoint am Ausgang des Hochtals eingerichtet. Es würde sie nicht wundern, wenn bei sämtlichen Fahrzeugen die Schlüssel steckten, und nach genauer Betrachtung durch die Präzisionsoptik des Nachtsichtgerätes erkannte sie, dass sogar am Trapezblechhangar lediglich der Türriegel umgelegt war. Das war zu schön, um wahr zu sein. Selbst Mama schloss zu Hause in Schönau am Königssee im friedlichen Berchtesgadener Land, wo jeder jeden kannte, nachts die Tür ab, nachdem sie Flori und den Katzen-Clan hereingeholt hatte.

Rossi überlegte, ob der gefangene Soldat vielleicht gar keine Wächter mehr brauchte. Doch wenn sie ihn umgebracht hatten, machte es auch keinen Sinn, den Riegel vorzulegen. Tote liefen nicht weg. Mit dem Fernglas konnte sie nicht durch das Trapezblech sehen. Der Abstieg lohnte sich aber auf jeden Fall. Sie konnte zuerst einen Blick in den Hangar werfen und dann … Anstatt fünfzig Kilometer bis nach Qalat zu laufen, würde sie einfach eines der Geländemotorräder klauen. Die standen unbewacht herum und

Rossi konnte gut Motorrad fahren. Zu Hause war das immer ein Heidenspaß. Kevins nervöse und starke KTM 525 EXC Racing war der größte Kick gewesen.

Kevin? Sie hatte jetzt keine Lust an Kevin zu denken. Kevin, ihr Exfreund. Kevin, der geniale Musiker, der beim Sinfonieorchester des Bayerischen Rundfunks spielte, der Mann, der dank der Deutschen Stiftung Musikleben mit einem dreihundert Jahre alten Violoncello von Ruggieri zusammenlebte, das *La Teresina* hieß und in seinem Bett schlafen durfte wie ein geliebtes Haustier. Kevin war ihr am Ende mit seinem Cello, seiner Musik und seinem Egoismus so auf die Nerven gegangen, dass sie ihn am Tag vor ihrem Abflug in den Afghanistaneinsatz in die Wüste geschickt hatte. Er hatte die Unverschämtheit besessen ihr zu sagen: »Ich oder die Bundeswehr.«

Sie schüttelte den Kopf. Rückblickend fragte sie sich, wie es damals eigentlich dazu gekommen war, dass sie sich ineinander verliebt hatten.

Egal! Kevin und *La Teresina* waren weit, München und das Sinfonieorchester fern. Sie hatte jetzt eine andere Aufgabe, als über die Vergangenheit oder ihr schwieriges Privatleben zu sinnieren. Rossi begann den Abstieg. Sie wusste genau, wie sie klettern musste, um die Stelle zu erreichen, an der sie ausreichend Deckung fand, um es ungesehen bis zum Hangar zu schaffen. Sie hatte den ganzen Tag das Auge am Fernglas gehabt und sich dabei ihre Umgebung genau eingeprägt. Sie musste sich zuerst vergewissern, wie es um den gefangenen Special-Forces-Soldaten stand.

Zuerst hatte sie nur eine der Geländemaschinen klauen wollen, um damit abzuhauen. Daraus hatte sich schnell ein vernünftiger Plan entwickelt: Wenn sie wollte, dass die Flucht gelang und sie einen Kameraden dabei hatte, der vielleicht in einer schlechten körperlichen Verfassung oder verletzt war, dann musste sie die, die hier lebten und die Gegend kannten, unbedingt daran hindern, die Verfolgung sofort aufzunehmen. Sie musste also sämtliche Fahrzeuge außer Gefecht setzen: Reifen zerstechen, Benzinleitungen durchschneiden, Schlüssel abziehen und ins Wasser des Gebirgsflusses schmeißen, falls die Leute hier wirklich so leichtsinnig waren, und ihre Fortbewegungsmittel mit dem Schlüssel im Zündschloss herumstehen ließen!

Auch wenn sie vor Ort auf jeden Fall Ersatzreifen und Werkzeug hatten – und davon ging Rossi aus – würden sie zuerst einmal sämtliche angerichteten Schäden reparieren müssen, um ihre Fahrzeuge wieder flott zu kriegen. Ihr eigenes Vorhaben nahm nur wenig Zeit in Anspruch. In einer Viertelstunde war die ganze Sache gelaufen! Jetzt brauchte sie nur noch Gewissheit, was den Special-Forces-Soldaten anbetraf.

× × ×

Kérmorvan konnte sich nicht erklären, warum sie ihn zurückgelassen hatten, ohne sich davon zu überzeugen, dass er keine Gefahr mehr darstellte. O'Shaughnessy, der Ehemalige vom legendären britischen SAS, war keine große Leuchte: Er hätte sogar Bedenken gehabt, dem Mann die Organisation eines Kindergeburtstags anzuvertrauen. Doch der berühmt-berüchtigte Mr. Jones enttäuschte ihn schwer. Mit seinem Ruf als legendärer Söldnerführer, erstklassiger militärischer Dienstleister und mehr als einem Vierteljahrhundert Erfahrung auf allen schmutzigen Nebenkriegsschauplätzen der Welt sollte der es eigentlich besser wissen: Jeder in Kérmorvans Lage würde zumindest versuchen, auszubüchsen!

Der Kabelbinder mit Doppelkopf, der seine Handgelenke fixierte, mit dem er am Haken der Umlenkrolle der Seilwinde festgebunden war, wäre selbst für einen verwirrten, kanadischen Militärarzt kein Problem gewesen. Kérmorvan verstand nicht, wie sie so leichtsinnig hatten sein können. Jemanden, den man verdächtigte, zu einem Team zu gehören, das ein Dutzend ehemaliger russischer SpezNas bis zum letzten Mann ausgelöscht hatte, fesselte man vernünftig.

Diese Truppe hatte sich am Hubschrauberwrack noch so in die Hose gemacht, dass sie reihum und mit entsicherten Schnellfeuerwaffe die Nacht vor ihm sitzend verbracht hatten. O'Shaughnessy und die Spießgesellen hatten sich benommen, als sei er die Schlange und sie die Kaninchen, und sie hatten ihn zusammengebunden, wie einen Rollbraten!

Das konnte natürlich ein fauler Trick sein und sie wollten ihn provozieren. Aber wenn sie ihn lediglich abknallen wollten, brauchten sie weder den Schutz der Nacht noch faule Ausreden. Sie waren keine Regulären und die Genfer Konvention war für sie Toilettenpapier!

Kérmorvan schaffte ohne Schwierigkeiten sich aufzusetzen. Der Zug der Seilwinde entspannte sich sofort. Er musste ein bisschen fummeln, doch dann war der Kabelbinder aus dem Haken. Er atmete ein paar Mal ruhig durch. Nicht dass er gleich wieder in Ohnmacht fiel, weil er seinen Kreislauf überforderte. Er wollte verschwinden und zwar mit Kleidung am Leib, seinen eigenen bequemen und eingelaufenen Kampfstiefeln, etwas Warmem zum Überziehen für die eisigen Nächte und ausreichend Einmannpackungen, um es über die Grenze nach Pakistan zu schaffen. Und er musste trinken. Er brauchte dringend Flüssigkeit, ansonsten riskierte er einen Kreislaufzusammenbruch. Sie hatten ihm, seitdem sie in vorgestern gefangen genommen hatten, nicht einen Tropfen Wasser gegeben. Das war um vieles schlimmer gewesen als die Prügel und die Elektroschläge. Er war so durstig, dass ihm die Zunge am Gaumen klebte. Seine Ohren pfiffen.

Er tappte durch die Dunkelheit in die Ecke des Hangars, in der O'Shaughnessy und Jones sich zuvor miteinander besprochen hatten. Die Werkbank und die Werkzeugkisten standen rechts im vorderen Bereich gegenüber den Waschmaschinen. In dieser Schatzkammer des Ali Baba gab es absolut alles, was man brauchte, um erfolgreich auszubrechen. Sobald er die Behelfshandschellen los war und die Hände wieder frei hatte, musste er sich nur noch anziehen, einen Satz Tarnkleidung von der Kleiderstange nehmen und sich aus dem Karton mit den RCIRs bedienen. Er hatte sich, während sie ihn verhört hatten, genauestens eingeprägt, was sich wo im Hangar befand und er brauchte kein Licht, um sich zu orientieren.

Alles ging schneller, als Kérmorvan gedacht hatte. Auf der Werkzeugbank fand er einen Cutter. Beim Herumtasten mit den befreiten Händen stieß er noch auf eine kleine Maglite, die ihm den Rest seiner Unternehmung wesentlich erleichterte. Unglaublich: Seine Klamotten hatten sie sogar oben auf der Waschmaschine abgelegt, praktischerweise zusammen mit den Kampfstiefeln. Und er konnte es kaum fassen, direkt neben der Maschine gab es noch ein kleines Handwaschbecken und einen Wasserhahn! Hier hatte ein Eiferer alles praktisch und nach westlichem Standard von Anfang bis Ende durchorganisiert und nichts vergessen! Kérmorvan wurde das immer unheimlicher. Es war fast unmöglich, so viel Glück zu haben. Er wusste nicht, wie er mit einer solch sonderbaren Situation umgehen sollte.

Bevor er sich anzog, öffnete er den Wasserhahn und trank. Er zwang sich, die ersten Schlucke ganz langsam zu nehmen, um sich nicht zu übergeben. Als er fühlte, dass sein Magen nicht rebellieren würde, obwohl sie ihn dort heftig und hart getreten hatten, trank er gierig bis sein Körper ihm sagte, dass alles wieder im Lot war. Seine Ohren hörten auf zu pfeifen. Der Kreislauf war stabil, sein Blutdruck wohl wieder normal. Er tränkte ein Handtuch mit Wasser und rieb sich das Gesicht ab. Wunderbar! Er hielt seine geschwollenen, wundgescheuerten und blutigen Handgelenke unter den Strahl. Vor Erleichterung hätte er am Liebsten geheult. Was für ein unglaublich schönes Gefühl, wenn der Schmerz langsam nachließ. Dann säuberte Kérmorvan sich mit dem nassen Handtuch so gut es ging und zog sich an. Bei der Funktionskleidung an der Stange fand er eine wasser- und winddichte Feldjacke und eine wunderbar warme Fleecejacke. Er schaffte es, immerhin sieben RCIRs in die Taschen zu packen. Das machte seine Jacke zwar schwer und ziemlich sperrig, doch er hatte die Hände frei. Er hatte bereits eine Idee, wie er sich am schnellsten aus der unmittelbaren Gefahrenzone bringen konnte.

Am frühen Morgen, als sie ihn hergebracht hatten, war ihm aufgefallen, dass an der Seitentür des Hangars lediglich eine primitive

Klinke und ein Riegel angebracht waren und das war nicht einmal ein Riegel zum Schieben, sondern einer, den man umlegte, damit die Tür von außen blockiert war. Es ging nur darum, die Tür zu sichern, wenn man das Tor auf- und zuschob. Üblicherweise benutzte man dann Vorhängeschlösser; eines fürs Schiebetor, ein zweites für die kleine Tür. Solch ein System sah man oft in Aeroklubs, die nicht wollten, dass Unbefugte einfach so zu den Sportflugzeugen hineinwanderten. Ausreichend, aber nicht Fort Knox!

Kérmorvan suchte sich aus der Werkzeugkiste ein paar flache Schraubenzieher. Zuerst würde er versuchen, durch den Türschlitz an den Riegel zu kommen und ihn hochzudrücken. Falls sie ein Vorhängeschloss angebracht hatten, konnte er immer noch die Tür aus den Angeln heben. Diese Türen hatten recht viel Spiel. Und wenn es hinten an der Tür gar nicht klappen wollte, konnte er immer noch rabiatere Mittel anwenden. Er war handwerklich geschickt und als Sohn eines Landwirts barg ein Hangar aus Trapezblech keine Geheimnisse für ihn. Er hatte sowohl einen Koffer mit einem guten Akku-Schrauber als auch einen mit einem Akku-Fuchsschwanz herumliegen sehen und praktischerweise stand eine ganze Steckschlüssel-Garnitur auf der Werkbank. Mr. Jones und sein Dream-Team am Hindukusch waren wirklich gut ausgerüstet!

Er wollte gerade zur Tür gehen, als er etwas hörte, das ganz und gar nicht in die nächtliche Stille in diesem Hangar passte: ein leises Klicken, so, als ob jemand mit äußerster Vorsicht eine Klinke nach unten drückte oder einen Metallriegel umlegte. Er löschte die Maglite, dann sank er hinter ein paar aufeinandergestapelten Kisten in die Hocke und verharrte reglos, die Augen auf die Tür gerichtet. Er spürte jedoch keine Bedrohung. Außerdem hatte er einen Satz Schraubenzieher in der Tasche. Die waren genauso geeignet, jemanden lautlos zu töten wie jedes andere spitze Objekt. Und die Überraschung würde auf seiner Seite sein.

Die Tür wurde ganz vorsichtig aufgeschoben. Er sah einen dünnen Strahl Licht. Seine Augen waren an die Dunkelheit gewöhnt.

Was sich unförmig hinter dem Licht durch den Türspalt schob, war einen guten Kopf kleiner als er selbst. Es ähnelte dem lustigen Gespenst vom *Ghostbusters*-Logo. Diesen Film hatte er als Kind in einem Kino in Bagdad gesehen – auf Arabisch und mit großer Begeisterung.

Quel jour de merde! Was für ein total beschissener Tag!, ging es Kérmorvan durch den Kopf. Er erhob sich aus der Hocke. Es wäre geschmacklos und ein Zeichen schlechter Erziehung, wenn er jetzt bewies, dass er sich in einem dunklen Raum vollkommen lautlos bewegen konnte. Außerdem war es lächerlich. Sie waren beide Profis – jeder auf seine Art – und hatten beide sehr gute Nerven, ansonsten wären sie jetzt nicht hier. Er wog Pro und Contra ab. Es war unerheblich und würde ihnen auf jeden Fall mögliche Missverständnisse ersparen.

Kérmorvan trat hinter den Kisten hervor und sagte ruhig und in perfektem Deutsch: »Warum sind Sie nicht einfach weggelaufen, Major Rossi? Es war keine besonders gute Idee, dieses Wagnis einzugehen!«

Ihr Name war ihm plötzlich wieder eingefallen. Er hatte das Schild auf ihrer Uniformjacke gelesen, als er die Schnittverletzung über ihrem Auge geklammert hatte. Er wusste, wie sie reagieren würde. Eine Frau, die in der Lage war, in einem Helikopter im Flug und über einer Kampfzone mit absolut ruhiger Hand eine Sonde in einen Einschusskanal unter einem Rippenbogen einzuführen, und die es kaum drei Tage nach einem spektakulären Absturz im Feindgebiet geschafft hatte, unbemerkt bis in sein Behelfsgefängnis im Zentrum des feindlichen Basislagers zu gelangen, schrie nicht los oder tat sonst etwas Unberechenbares, das sie und ihn gefährden würde.

»Gott sei dank, Sie sind am Leben!«, flüsterte Rossi und schob die Tür des Hangars vorsichtig hinter sich zu. Der dünne Strahl ihrer Maglite tanzte durch den Raum. Es war verrückt, dass dieser Mann ein grammatikalisch so korrektes Deutsch sprach und dabei einen so grauenhaft starken französischen Akzent hatte, ging ihr durch den Kopf. Sie hatte sich beim Rettungsflug aus Kandahār erst einmal nicht die Frage gestellt, welcher Nationalität die Männer waren, die sie bergen sollten. Der Hilferuf war auf Englisch abgesetzt worden. Sie verdrängte den Gedanken. Dies war weder der Ort noch der Augenblick für einen zivilisierten Plausch. Sie ließ das Licht rasch von oben nach unten über den Special-Forces-Soldaten gleiten. Blitzuntersuchung! Er stand fest auf beiden Beinen und machte einen relativ stabilen Eindruck. Zum Glück! Eine Flucht mit einem der beiden Geländefahrzeuge wäre nach ihrer Einschätzung eher in die Hosen gegangen und lediglich eines der beiden Motorräder hatte ausreichend Sprit im Tank gehabt. Außerdem mussten sie diesen Ort lautlos verlassen. Das bedeutete, dass sie den ersten Teil der Strecke durch den Canyon zu Fuß gehen mussten, während sie das Motorrad schoben. Und sie konnte nur mutmaßen, was sich am Ausgang des Canyons befand.

»Wir beide verschwinden jetzt«, erklärte Rossi bestimmt, »und zwar so schnell, wie möglich. Draußen ist niemand. Die sind alle für die Nacht in den Gebäuden verschwunden und haben nicht einmal Wachen aufgestellt!«

Kérmorvan hob amüsiert eine Augenbraue. Er vermied es, den Mund zu bewegen, denn er wollte nicht, dass die zerbissenen Lippen wieder aufplatzten und zu bluten begannen. Das tat weh und machte vor einer Dame einfach keinen guten Eindruck – und das Wasser stand ihnen bis zum Hals.

Er hatte sich in seiner Einschätzung der Bundeswehrärztin natürlich nicht geirrt und er würde jetzt fair spielen: Es war Major Rossis Show! Er würde ihr folgen und ihr vertrauen.

»Was haben Sie vor?«, fragte er, »In kurzen Zügen!«

Rossi erklärte ihren Plan. Sie hatte bis auf das eine vollgetankte Bike alle anderen Fahrzeuge lahmgelegt, so fahrunfähig, dass man Stunden brauchen würde, um die Schäden zu reparieren. Und die Typen hatten wirklich alle Schlüssel stecken lassen. Sie fasste in die Tasche ihrer Fleecejacke und streckte ihrem Kameraden grinsend entgegen, was sie beschlossen hatte, als Kriegsbeute mitzunehmen.

ZEHNTES KAPITEL

Afghanistan – Provinz Zabul – in den Bergen

Sie hatten die Ausgrabungsstätte im Schutz der Nacht durch den Canyon verlassen. Der Neumond hatte ihnen diese Aufgabe nicht leicht gemacht. Eingeschlossen zwischen den gewaltigen Felswänden war die Dunkelheit gleichzeitig Schutz und Hemmnis. Sie hatten sich darauf geeinigt, die kleine Maglite nicht einzuschalten. Selbst geringes Licht kann die Nachtsicht trüben, wenn man sich einmal an die Dunkelheit gewöhnt hat. Dann fängt der Gewöhnungsprozess wieder von vorne an, und man ist während dieser Zeit verletzlich und fast blind.

Es dauerte ewig, bis sie die rund zwei Kilometer zurückgelegt hatten. Es ging bergab. Der Canyon war dreieinhalb, vielleicht vier Meter breit und an der Seite wurde er von zwei tiefen in den Felsen getriebenen Rinnen gesäumt. Vermutlich handelte es sich hier um eine historische Wasserleitung. Uralte, sehr unebene Steinplatten pflasterten den Boden. Im Lauf der Jahrhunderte hatten sich manche gelöst, viele waren gebrochen. Eine echte Herausforderung.

Rossi hatte sich immer für eine menschliche Gämse gehalten, aber auf diesem Grund und ohne Licht war jeder Schritt eine Herausforderung. Kérmorvan hatte es noch schwerer. Das Bike wog mit vollem Tank etwa hundertfünfzig Kilo. Er hatte Mühe, es auf dem abschüssigen Weg zurückzuhalten. Schließlich, am Ende des Canyons, eröffnete sich ein spektakulärer Sternenhimmel und warf sein fahles Licht auf eine einsame und unwirtliche Gesteinslandschaft. Rossi stachen große Felsbrocken ins Auge, die herumlagen, als ob Riesen Boccia gespielt hätten. Nichts wies auf eine befahrbare Piste hin. Als sie auf die Maschine deutete, schüttelte Kérmorvan den Kopf. Selbst bei hellem Tageslichte musste dieses Gelände für Zweiräder eine echte Herausforderung sein. Sie stolperten weiter bergab. Dann öffnete sich vor ihnen ein zweiter Canyon. Er war etwas breiter als der erste und ungepflastert, und es wurde immer steiler. Zum Glück hatten ihre Kampfstiefel ein ausgezeichnetes Profil.

× × ×

Plötzlich verstand Rossi, warum hier niemals ein Such- oder Rettungshubschrauber der ISAF auftauchen würde. Auf einer Luftaufnahme, selbst auf einem Satellitenfoto, musste alles wie ein einziger, kompakter Berg erscheinen. Erst am Ausgang des zweiten Canyons, der länger und beklemmender gewesen war als der erste, erkannt man eine Piste. Doch diese begann erst hinter einer Reihe landwirtschaftlich genutzter Terrassen, wie man sie in afghanischen Gebirgsregionen überall fand. Steinmauern verhinderten, dass der karge Boden durch Erosion schwand. Hinter den niederen Mauern lagen die kultivierten Nutzflächen.

»Das sind Mandelbäume«, erklärte Kérmorvan, »und dazwischen stehen eine Menge Bienenstöcke. Auf der Grünfläche lassen sie ihre Ziegen grasen. Damit verhindern sie in sehr trockenen Sommern auch Feuer.«

»Wir haben schon mindestens vier Kilometer und schätzungsweise sechshundert Höhenmeter überwunden.«

Rossi fühlte, dass es überlebensnotwendig war, so schnell wie möglich Strecke zwischen sie und die Bewohner des Hochtals zu bringen.

»Wir könnten das Bike anwerfen. Die hören uns da oben nicht mehr. Und das hier sieht aus wie eine ordentliche Piste.«

Kérmorvan nickte, dann bat er Rossi um das Fernglas mit Nachtsicht. Etwas weiter unten im Tal lag an einem Flusslauf ein großes, landwirtschaftliches Anwesen mit verschiedenen Wohnhäusern und Stallgebäuden hinter einer traditionellen lehmverputzen Steinmauer. Es war stockdunkel. Nichts regte sich dort. Man hörte nicht einmal Hunde bellen. Sein Zeitgefühl sagte ihm, dass es gegen Mitternacht sein musste. Die Bewohner wussten sicher, was an der Ausgrabungsstätte vor sich ging. Wahrscheinlich waren es sogar Verwandte der Leute im Hochtal. Auf jeden Fall besaßen sie wohl das volle Vertrauen von Dadullah und seinen Kumpanen. Ansonsten wäre es unwahrscheinlich, dass man sie so nahe an einem geheimen Operationsstandort des berüchtigten Taliban-Warlords am Leben gelassen hätte.

Es war unvermeidbar, dass diese Leute das Knattern des Geländemotorrads wahrnahmen. Andererseits waren sie wohl auch an ein gewisses Kommen und Gehen im Hochtal gewöhnt und würden sich nicht allzu viele Fragen stellen. Als Kérmorvan mit seinen Männern aus dem 1er RPIMa die EADS-Drohnen und ihre verschwundenen Kameraden gesucht hatte, hatten sie diese Ansiedlung auf der anderen Seite umgangen und waren über das Tal des Bergflusses Ghar Sang aufgestiegen. Er hatte nicht einmal geahnt, dass das Hochtal oder die beiden Canyons existierten. Sie waren auf seinem Kartenmaterial nicht verzeichnet gewesen. Und die Drohnen hatten vor ihrem Verschwinden keine Bilder übermittelt, die auf eine solche Besonderheit schließen ließen.

Als sie vor knapp einer Woche nach ihrer Entdeckung durch den jugendlichen Ziegenhirten vor den Söldnern geflohen waren, hatten sie sich einfach querfeldein durchgeschlagen und waren auf dem gefährlichsten Weg durch den Fluss auf die andere Seite und in dieses Kaff Rustam Kalay gelangt. Sie hatten darauf gehofft, dass ihre Verfolger ein ähnliches Risiko eingehen mussten und hatten weder mit dem Canyon noch mit der Piste oder einer befahrbaren Furt gerechnet. Auch wenn diese existierte und die Piste vermutlich auch eine Abzweigung dorthin anbot, wollte er Rustam Kalay lieber vermeiden. Es hatte sich schon einmal als außergewöhnlich gefährliche Sackgasse erwiesen, und nach dem dreitägigen, brutalen Kampf mit erheblichen Kollateralschäden bei der zivilen Bevölkerung war anzunehmen, dass man ihnen dort keinen freundlichen Empfang bereiten würde.

Die Provinz Zabul war etwa halb so groß wie Holland und eine der am höchsten gelegenen Provinzen Afghanistans. Zabul ähnelte in diesem Randgebiet zu Pakistan einer europäischen Waldgrenzenzone mit Krummholz und Gestrüpp, und anders als im Rest des Landes gab es hier sogar genügend Wasser. Durch diese außergewöhnlichen Möglichkeiten, sich gut vor selbst hochtechnologisierter Luftüberwachung zu verstecken, war die Provinz Zabul auch zu einem Hexenkessel geworden, in dem die Taliban und sämtliche anderen extrem-islamistischen Gruppen Zuflucht suchten.

Doch das schreckte Kérmorvan nicht. Ganz im Gegenteil: Er war in der Lage, den perfekten kleinen Islamisten zu mimen – in sechs orientalischen Sprachen, und akzentfrei! Dabei hatte man sogar die Wahl zwischen einer klassischen Interpretation als vom Wahabismus geprägtem Salafisten, als perfektem Muslimbruder in den Ausprägungen *Takfīr wa-l-Higra* und *al-Dschihad al-Islāmī*, als Schiit, Tendenz *Hisbollah* oder aber als moderner, rabiat-radikaler Koranschüler mit Turban und schwarzem Kajal unter den Augen à la *Deobandi*. Mit diesen schauspielerischen Leistungen verdiente er seinen Sold im Service Action des französischen Geheimdienstes. Er war einer der Besten, den die DGSE in diesem Geschäft im Nahen und im Mittleren Osten im Einsatz hatte. Wenn er es darauf anlegte, war er sogar echter als die echten Spinner, denn im Gegensatz zu denen benutzte er seinen Kopf zum Denken und nicht nur für den Turban. Er hatte es vor anderthalb Jahren sogar geschafft, innerhalb einer besonders widerwärtigen und extrem gewalttätigen al-Qaida nahestehenden algerischen Terroristengruppe mit seinem Behelfsrussisch glaubwürdig als tschetschenischer Gotteskrieger durchzugehen – ohne dabei auch nur einen einzigen Satz in irgendeiner der nordkaukasischen Sprachen aufsagen zu können. Sein Freund und Kollege Karim Hamida, der im Maghreb in etwa das Gleiche tat, wie er selbst Richtung Mittlerer Osten und Asien, hatte dringend sein ganz schnelles Back-up gebraucht, nachdem er es geschafft hatte, einen Haufen Irrer zu infiltrieren. Am Tag X hatten die Terroristen dann nicht einmal mehr die Zeit gehabt zu begreifen, dass ihre beiden neuen fanatischen Salafisten-Brüder nicht den Plan hatten, den bewaffneten Dschihad voranzutreiben, sondern zum Konkurrenzunternehmen gehörten.

Er brauchte jetzt eigentlich nur noch die entsprechende Kluft, um sich in einen perfekten Paschtunen zu verwandeln. Für die kleine Deutsche musste er lediglich eine Burka auftreiben – und keiner der betriebsblinden, sexistischen Übermachos dieser Gegend würde auch nur eine einzige Frage stellen. Vor allem würde niemand je versuchen herauszufinden, wer sich unter der praktischen Ganzkörperverschleierung verbarg, solange Major Rossi von einem hart und unfreundlich dreinblickenden Übermacho in lokaler Tracht begleitet wurde, der sich in den beiden Landessprachen fließend und unhöflich ausdrückte, während sie selbst den Mund hielt.

Entlang der Gebirgsflüsse lebten die meisten Menschen. Hier befanden sie sich im Tal des Argandab. Der Rest des Landes war kaum besiedelt. Dort begegnete man vom späten Frühjahr bis zum Ende des Sommers nur den riesigen Kamel-, Ziegen- und Schafherden der Kutchi. Die Kutchi waren paschtunische Nomaden, die ihre Tiere im Sommer auf die hochgelegenen Weideflächen in den Bergen Zentralafghanistans führten und mit ihnen die Winter in wärmeren, tiefer gelegenen Gebieten verbrachten, oft drüben in Pakistan, gelegentlich aber auch in der chinesischen Provinz Xinjiang. Im Herbst und während der Wintermonate war der größte Teil der Region menschenleer.

× × ×

Die Provinz Zabul hatte eine fast siebzig Kilometer lange Grenze mit Pakistan und teilte sich zwischen rund zwei Dutzend Paschtunen-Stämmen auf. Die eine Hälfte stand fest aufseiten der

Regierung in Kabul, die andere genauso fest auf der Seite der Taliban. Die pakistanische Armee und die sogenannten *Tribal Agents* praktizierten dabei in den Stammesgebieten die Politik der drei Affen: nichts sehen, nichts hören und nichts sagen. Die ganze Region war eine Hochburg von al-Qaida, der Islamischen Bewegung Usbekistans und der pakistanischen *Thereek-i-Taliban*. Viele ausländische Dschihadisten, auch aus Frankreich und anderen Ländern der Europäischen Union, hatten sich ebenfalls dort einquartiert und trieben ihr Unwesen. Diese Lage, die Topografie und die Rückständigkeit der Gegend machten es leicht, sich in die Büsche zu schlagen und komplett abzutauchen.

Einer der großen Vorteile dieser Ecke war, dass man überall Deckung fand. Man musste nicht, wie in anderen Gegenden des Landes, ungeschützt durch die karge Natur wandern. Genau davon hatte er ja profitiert, als sie unbemerkt von Spin Boldak bis zu diesem geheimnisvollen Hochtal gewandert waren, um Drohnenschrott und die verschollenen Kameraden zu suchen. Kérmorvan kannte sich aus. Er hatte auch eine ganz klare Vorstellung von dem, was jetzt getan werden musste, um gemeinsam mit seiner Schutzbefohlenen diskret zu verschwinden.

Die Söldner vom Hochtal – die US-Amerikaner und der Brite aus dem SAS, Dadullah, der legendäre Mr. Jones sowie sein persönlicher designierter Erzfeind, der algerische Terrorist El Ouazzani – sie würden frustriert oder sogar verzweifelt eine winzig kleine Stecknadel in einem riesig großen Heuhaufen suchen, sobald sie feststellten, dass er nicht mehr brav in seinem Behelfsgefängnis saß und friedlich auf die nächste Tracht Prügel vom Rugby-Fanclub wartete!

Und von der Existenz Dr. Rossis wusste niemand etwas. Das war ein Vorteil, den sie ausnutzen konnten. Die Truppe aus dem Hochtal würde einen Mann suchen, nicht einen Mann und eine Frau. Er hatte jetzt zwei Aufgaben: Er musste zuerst die Bundeswehrärztin in Sicherheit bringen, ohne ihr dabei die Gelegenheit zu geben, Kontakt zu Amerikanern der ISAF oder der OEF zu haben, und er musste selbst auf dem schnellsten Weg zurück nach Hause, nach

Frankreich, um Madame le Juge Bericht zu erstatten. Das Hochtal war mysteriös und die Geschichte sicher spannend. Aber er brachte eine noch viel wichtigere Information mit aus Afghanistan: Er hatte die Spur des gesuchten Terroristen Taher El Ouazzani gefunden und wusste endlich, wo der Mann sich versteckt hielt.

Die verschwundenen Drohnen waren natürlich ärgerlich. Das würde Ärger mit EADS geben. Die würden ihnen so bald keinen neuen Prototypen zum herumprobieren ausleihen, und sie würden finanziell bluten müssen, wenn sie sich noch einmal ein Hunter-Killer-Drohnenpäarchen für die Division Action zulegen wollten. Kérmorvan glaubte, dass ihr teures und praktisches Spielzeug ein ähnliches Schicksal ereilt hatte, wie Major Rossis unglücklichen MedEvac. Er spielte zwar selbst gerne mit den Mini- und Mikrodrohnen, die sie von der Rüstungsindustrie immer wieder zum Ausprobieren bekamen, aber er bezweifelte den militärischen Nutzen des anonymen Drohnen-Krieges, den die Amerikaner gerade salonfähig machten. Allerdings ging es ihm in diesem Augenblick nicht um die philosophischen Aspekte asymmetrischer Kriegsführung. Was entscheidend war: Es gab keine verräterische Hightech mehr, die irgendwo herumlag und nur darauf wartete, geborgen zu werden.

Die Chance, dass eine kompetente gegnerische Einheit im Zentrum der Hochburg von Dadullah Khan ausreichend Drohnenschrott fand, um daraus irgendwelche Rückschlüsse auf die Betreiber oder die Konstrukteure zu ziehen, war minimal. Er hatte wohl größere Chancen seinen selbstgezüchteten Feld-Wald-und-Wiesentraber Quilles des Champs für den Prix d'Amérique zu qualifizieren.

Kérmorvan verpasste sich umgehend eine gewaltige, mentale Ohrfeige für diesen unprofessionellen Gedanken. Die Mutter aller Backpfeifen – und sie saß. Verdammt, er wollte pünktlich und lebend zum Prix d'Amérique am 27. Januar 2008 zu Hause sein. Er wollte Quilles, der regelmäßig wie ein Metronom bei kleineren Trabrennen in der Bretagne und der Normandie seinen Hafer verdiente, ins Ohr flüstern, dass er Glück hatte, sich den Spitzensport nicht antun zu müssen. Und dann runter nach Dol, um seine obligatorischen hundert Euro im *Simple Placé, Tierce, Quinte* und *Quinte +* zu setzen und anschließend mit seinem Vater, seinem Großvater und den Kumpels bei ein paar Bierchen das berühmte Weltmeisterschaftsrennen der Traber in der PMU-Kneipe *Le Start* ansehen. Doch dazu musste er zuerst die kleine Deutsche in Sicherheit bringen und gleichzeitig dafür sorgen, dass sie nicht zurück zur ISAF nach Kandahār oder nach Kabul oder gar zur OEF nach Bagram wanderte. Anschließen brauchte er nur noch ein Flugticket für sich selbst – nach Paris über Dubai oder über Istanbul!

»Wir haben noch rund fünf Stunden Dunkelheit vor uns.« Kérmorvan sah Rossi an. »Und wir können auf dieser Piste und mit dem Geländemotorad eine gewisse Distanz zwischen uns und diese Leute legen, die Ihren MedEvac abgeschossen haben.«

Er hatte beschlossen erst einmal abzuwarten und zu überlegen, wie er sich vorstellte. Es musste nicht unbedingt sein, dass er sich als Franzose outete. So gerne er die Deutschen mochte – seine eigene Mutter war im Herzen des Schwarzwalds, am Titisee auf die Welt gekommen und sie hatten reichlich Familie in dieser Gegend und oben an der Mosel – aber ihre rechtsrheinischen Freunde mussten nicht erfahren, dass die Division Action der DGSE und Madame le Juge hinter dem Rücken von OEF und ISAF in der Provinz Zabul wilderten. Er würde seiner Kameradin von der Bundeswehr auch nicht sofort auf die Nase binden, was er wirklich plante. Und jetzt, mitten in der Nacht, eine Endlosdiskussion vom Zaun zu brechen, bei der es vor allem darum gehen würde, warum sie sich nicht auf den Weg zur erstbesten Forward Operating Base der ISAF machten oder versuchten, sich wenigstens bis nach Qalat, zu OEF und zur Ring Road durchzuschlagen, war Unfug.

Kérmorvan konnte seine eigenen geheimdienstlichen Prioritäten nicht hintenanstellen, nur, weil seine deutsche Kameradin beschlossen hatte, ihn heldenhaft und gegen alle Vernunft aus den Fängen der Truppe vom Hochtal zu retten. Aber er wollte sie auch nicht brüskieren. Ärzte aus der Luftrettung und der Notfallmedizin, die regelmäßig unglaubliche Risiken auf sich nahmen, um verwundete Soldaten aus Kampfzonen zu retten, waren heilige Kühe. Die Deutschen waren auch noch die engsten Verbündeten der Franzosen. Und dann war da sein eigenes Verhältnis zu Frauen. Das war ein Thema, über das er im Einsatz ungerne diskutierte, aber Kérmorvan war überzeugter Feminist. Ein gut erzogener Feminist mit einem ganz speziellen Verhaltenskodex. Und er hatte seine Kindheit und Jugend in einer Region der Welt zugebracht, in der Frauen systematisch missachtet und misshandelt wurden. Vieles, was er damals unbewusst wahrgenommen hatte, prägte und steuerte noch immer sein Verhalten. Er wusste es, aber er konnte sich nicht dagegen wehren. Die Tatsache, dass der Direktor der Divison Action eine Frau war, hatte es Kérmorvan in seinem Beruf leichter gemacht, denn wenn ihn vor fünf Jahren nicht sie, sondern eines dieser alten, vernagelten Kampfschweine, die früher über den Dienst geherrscht hatten, mit Gewalt aus seiner heißgeliebten Kampfschwimmer-Einheit in den Geheimdienst rekrutiert hätte, dann hätte er sich bis hinauf zum Verteidigungsminister beschwert. Er hätte Zeter und Mordio geschrien, anstatt innerhalb von fünf Minuten komplett vor Madame le Juge einzuknicken und brav ins Körbchen zu huschen.

Er amüsierte sich im Stillen: Die gewagte Notoperation, die er vor dem Absturz im MedEvac beobachtet hatte, diese wildverwegene Idee, ihm durch eine unbekannte Bergwelt zur Hilfe zu eilen und ihn aus den Fängen des Rugby-Fanclubs zu retten! Rossi war in der ohnehin schon verfahrenen Situation eine harte Prüfung und gleichzeitig ein Klotz am Bein. Der Erzengel Michael schien gerade einen Sinn für Humor zu entwickeln!

Einem männlichen kanadischen Bordschützen hätte Kérmorvan höflich gedankt, ihm seinen Kompass geschenkt, einen Teil der RCIRs in die Hand gedrückt und ihm dann wage angedeutet, in welcher Richtung sich die Grenze nach Pakistan befand. Dann wäre er alleine losgetrottet und hätte sich um sein eigenes Geschäft gekümmert, ohne auch nur einen weiteren Gedanken an den

Kameraden zu verschwenden. Er fluchte leise vor sich hin: »*Merde, merde, merde!*«

Mit etwas Glück schafften sie es in fünf oder sechs Stunden mit dem Motorrad bis Kharakhel, vielleicht sogar bis Mohammad-din-Kalay. Dort konnten sie dann entscheiden, ob sie nach links abbogen und in Richtung Jalah weiterfuhren und dort über die grüne Grenze verschwanden, oder ob sie versuchten nach rechts abzubiegen, um mit dem Motorrad über Spin Boldak bis Chaman zu kommen. Chaman war natürlich optimal, denn sie konnten auf der pakistanischen Seite in einen Zug steigen. Kérmorvan favorisierte diesen Ausweg, denn er musste so schnell wie möglich über die Grenze und nach Quetta, und er war nicht in der notwendigen Topform, um gegen einen lokalen Gegner einen Wettlauf durchs Hochgebirge zu gewinnen, vor allem nicht mit Rossi im Schlepptau, auf die er Rücksicht nehmen musste.

In der großen und anonymen Stadt Quetta hatte er umgehend Zugriff auf eine konspirative Wohnung, eine Auswahl sauberer, falscher Papiere, Kreditkarten und Bargeld. Und sie konnten sich ein bisschen ausruhen und durchatmen. Kérmorvan fluchte leise weiter. Er musste sich ausruhen und durchatmen. Ihm tat jeder Knochen im Leib weh und er war völlig ausgepumpt. Ob es Rossi passte oder nicht; er wusste, was zu tun war und sie würden seinem Plan folgen.

× × ×

Quetta war ein Eisenbahnknotenpunkt. Von hier waren es siebenhundert Kilometer nach Islamabad, sechshundert nach Peshāwar und sechshundert nach Karatschi. Kérmorvan verließ Pakistan immer am liebsten über die große, kosmopolitische und anonyme Hafen- und Handelsstadt Karatschi am Arabischen Meer mit einem Direktflug der Turkish Airlines nach Istanbul oder einer Maschine der Emirates nach Dubai. Da krähte kein Hahn danach, welches Ausweispapiere er gerade in der Tasche hatte und er wechselte die zweifelhaften Papiere sowieso immer erst dann gegen einen seiner zivilisierten Pässe, wenn er einen Flug in die Schengen-Zone bestieg. Vor allem aber gab es in Karatschi auch ein Deutsches Konsulat, vor dem er Rossi elegant absetzen konnte, bevor er sich selbst in Luft auflöste. Dort war sie weit weg von Afghanistan und den Amerikanern, der ISAF und OEF. Sie war in Sicherheit und ihre eigenen Leute konnten sie zurück nach Hause bringen. Aber das war natürlich riskant. Die Strecke über Mohammad-din-Kalay bis nach Jalah war hart und schwierig. Die Route zum Grenzübergang Chaman galt als eine der gefährlichsten Strecken in ganz Afghanistan. Fahrzeuge wurden auf dieser Piste regelmäßig von Taliban aus dem Hinterhalt angegriffen. Und in der Erde war so ziemlich alles vergraben, was das internationale Landminen-Angebot hergab.

Im Verlauf der Operationen direkt nach 9/11 waren noch Abertausende Blindgänger dazugekommen. Die US Air Force hatte als Luftunterstützung für die Bodentruppen von Mudschaheddin-Warlords, die für harte Dollar mit ihnen zusammen Osama bin Laden gejagt hatten, massenhaft Bomben abgeworfen. Die meisten waren allerdings nicht explodiert. In Fachkreisen hieß es, die Amerikaner hätten den ganzen alten Schrott aus ihren Beständen abgeworfen, der unsicher und über das Verfallsdatum war, um das Geld zu sparen, das fachgerechtes Entsorgen kostete.

Kurz und gut: In der Provinz Zabul versuchte jeder jeden in die Luft zu sprengen, und alle zusammen versuchten die internationalen Truppen von OEF und ISAF zu sprengen, die wiederum versuchten, die anderen zu sprengen!

Kérmorvan verkniff sich jede Bemerkung, die als zynisch ausgelegt werden könnte. Er dachte wieder an ihr gemeinsames Ziel.

»Wir nehmen ein erhebliches Risiko auf uns, Major!«

Er sah Rossi prüfend an. Sie verstand vermutlich genauso gut wie er, worum es ging. Als Arzt bekam sie regelmäßig Opfer konventioneller Landminen und selbstgebastelter IEDs auf ihren OP-Tisch. Im Verlauf der letzten fünfzehn Jahre als Soldat und im Geheimdienst hatte Kérmorvan selbst ausreichend abgerissene

Gliedmaßen und blutige Pfützen mit menschlichen Überresten gesehen. Er war an einem Punkt angekommen, an dem er kaum noch Fleisch essen konnte, höchstens unkenntlich in Sauce und mit viel Gemüse. Was rot, roh, blutig und gehackt auf dem Teller lag, löste bei ihm Albträume und nächtliche Schweißausbrüche aus. Er zog es vor, nach dem Horror der letzten Tage keine weitere Schreckensvision zu haben. Er musste zuerst dieses Bergdorf verdauen, den brutalen Kampf mit den Russen, die Brandgranaten, die lebenden Fackeln, seine eigenen Toten und den Geruch brennenden, menschlichen Fleisches beim Absturz des Rettungshubschraubers.

»Aber die Alternative wäre, auf gut Glück querfeldein zu fahren, und das dauert Ihnen zu lange«, antwortete Rossi lakonisch und weckte ihn aus seinen düsteren Betrachtungen.

Kérmorvan fasste sich und nickte höflich. »Exakt, Major Rossi!«

Im Augenblick war die dunkle Nacht ihr bester Freund und Verbündeter. Er wollte weg aus diesem ganzen Schlamassel, weit weg – und das ging am Schnellsten auf der Piste.

»Sie kennen diese Gegend, nicht wahr?«, erkundigte sich Rossi ein wenig misstrauisch. Es war ihr vollkommen klar, dass der Special-Forces-Soldat, der so gut Deutsch sprach, mehr wusste als er zugeben wollte. Als Antwort gab es nur ein Kopfnicken, aber sie würde diese Nuss jetzt nicht knacken können.

»Nachdem diese seltsamen Typen Sie weggesperrt hatten, der rothaarige Brite und seine amerikanischen Handlanger mit den Regiment-Tattoos«, erklärte sie, »fuhr ein Konvoi aus mehreren Fahrzeugen durch den Canyon ins Hochtal. Zwei Geländewagen und ein Unimog-Allrad-Lkw. Die haben an den überdachten Ausgrabungsstätten im hinteren Bereich des Hochtals angehalten und eine Menge Holzkisten und Aluboxen aufgeladen. Dann sind sie wieder weggefahren – der Unimog, einer der Geländewägen und ein paar Männer auf Motorrädern.«

»Woraus Sie schließen, dass wenigstens ein Teil dieser Piste verhältnismäßig sicher und minenfrei sein muss?« Kérmorvan war neugierig geworden. Ein Konvoi und Fahrzeuge, die mit Ladung wieder auf den Weg geschickt wurden – Antiquitäten oder irgendwelche andere wertvolle Gegenstände …

Dieses Mal nickte Rossi zustimmend. Sie nahm ihm das Enduro-Bike ab und schwang sich in den Sattel. Wenn sie wirklich vorhatten, zu verschwinden, dann war es sinnvoll, ihre Diskussion auf einen späteren Zeitpunkt zu verschieben. Ein kurzer Kick und die Maschine – eine brandneue Yamaha Enduro in ausgezeichnetem Wartungszustand – sprang an. Die Typen im Hochtal überließen auch nichts dem Zufall, und sie sparten nicht. Ihr war schon am Spätnachmittag aufgefallen, dass die beiden Bikes, die mit dem Unimog und dem Pick-up weggefahren waren, auf Anhieb ansprangen.

Rossi wollte schnell weg. Ihr war bei dem Gedanken an die Verbrüderungs-Szene zwischen dem Taliban-Posterboy, dem Lehrer und dem Geschäftsmann mit den Businessschuhen, dem sie den Spitznahmen »Golfer« gegeben hatte, noch unheimlicher als bei der Erinnerung an die Truppe angelsächsischer Rugbyfans, die ihren MedEvac abgeschossen hatten.

»Steigen Sie auf«, sagte sie zu ihm. »Und warnen Sie mich rechtzeitig. Sie wissen wohl eher als ich, woran man irgendwelche Sprengfallen am Wegesrand erkennt.«

Kérmorvan stieg brav hinter ihr in den Sattel. Rossi hätte ohne zu zögern hundert Euro für seine Gedanken auf den Tisch gelegt. Sie spürte, dass da mehr war, aber abgesehen von den deutschen Gebirgsjägern, die genau genommen keine Special Forces waren, und Männern, die schwerverletzt und bewusstlos auf ihrem OP-Tisch gelegen hatten, hatte sie nur eine einzige, beschränkte und außergewöhnlich schlechte Erfahrung mit dieser besonderen Soldaten-Spezies gemacht: Während einer Schulung für Notfallmediziner, zu der sie vor zwei Jahren von den amerikanischen Landstreitkräften ans U.S. Army John F. Kennedy Special Warfare Center eingeladen worden war. In Fort Bragg hatte sie dann das zweifelhafte Vergnügen gehabt, Angehörige des 75th Ranger Regiment kennenzulernen.

Mitglieder der US-Streitkräfte waren im Allgemeinen schwierig. Sie verlangten ihren Verbündeten ein gehöriges Maß an Disziplin und Diplomatie ab. Doch die Mitglieder dieser traditionsbehafteten uramerikanischen Spezialeinheit, die auf eine Geschichte bis in den amerikanischen Unabhängigkeitskrieg zurückblickte, hatten es bereits während der ersten vierundzwanzig Stunden geschafft, Rossi so ans Bein zu pinkeln, dass sie jeden einzelnen der wandernden Kleiderschränke am liebsten eigenhändig erwürgt hätte. Sie war damals mit der festen Überzeugung aus den USA zurückgekehrt, dass die Auswahlkriterien für Mitglieder von Spezialeinheiten – Combat Medics eingeschlossen – weder geistige, noch körperliche Fitness oder ein ganz spezielles Charakterprofil waren, sondern lediglich Dummheit, Arroganz, Überheblichkeit, Besserwisserei und als Sahnehäubchen oben drauf: ein kompletter Mangel an Umgangsformen.

Ihr deutschsprachiger Weggefährte schien allerdings anders zu funktionieren.

»Ich werde mich bemühen ihr Vertrauen nicht zu enttäuschen, Major, was das frühzeitige Erkennen von Sprengfallen angeht!«, antwortete Kérmorvan amüsiert.

Ihr Vertrauen ehrte ihn natürlich. Doch er hoffte, dass Major Rossi mit ihrem Rückschluss von dem Fahrzeugkonvoi auf die Sicherheit des Weges Recht behielt.

Rossi fuhr los.

× × ×

Nachdem er innerhalb einer Woche die ehemaligen russischen SpezNas, den Absturz des MedEvac und die Prügeleien von O'Shaughnessy und seinen Freunden überlebt hatte, wollte Kérmorvan nicht von einer steinalten sowjetischen Tellermine aus den Achtzigern ins Jenseits befördert, oder schlimmer noch, so verletzt werden, dass er nicht mehr in der Lage war, zu fliehen. Außerdem war sein Nachtsichtgerät gerade nutzlos geworden, denn die niedliche, kleine Deutsche hatte den Scheinwerfer des Motorrads angeschaltet. Kein Fehler! Wer mit Scheinwerfern durch die Nacht knatterte, hatte nichts zu verbergen. Aber es war praktisch unmöglich in der Dunkelheit ohne Hilfsmittel und mit bloßem Auge herumliegende Sprengfallen auszumachen. Schon am Tag war so etwas das reinste Glücksspiel.

»Bleiben Sie zur Sicherheit einfach genau in der Mitte der Piste«, sagte Kérmorvan zu Rossi, »denn für uns sind weniger die unkonventionellen Sprengfallen der Taliban eine Gefahr als das uralte Zeug, dass die Russen und die Mudschaheddin zurückgelassen haben. Tendenziell liegt in der Mitte von Pisten nichts herum. Offiziell ist die Provinz Zabul im Augenblick aber nur in der direkten Umgebung von Qalat und entlang der Ring Road von Landminen gesäubert worden. Der Rest des Gebietes ist einfach sehr gefährlich.«

Oft wurden Sprengfallen von Afghanen jeglicher Couleur von Hand gezündet. Die Kämpfer lagen irgendwo auf Sicherheitsabstand in den Büschen oder im Geröll, die IED am Straßenrand, und man wartete auf westliche Militärfahrzeuge im Konvoi. Diese wurden von Spähern meist per Mobiltelefon-Anruf angekündigt. Afghanistan war zwar ein unterentwickeltes Land, doch dank George W. Bushs *War on Terror* waren die Mobilfunknetze ungewöhnlich gut ausgebaut und keine der sich bekriegenden Parteien zerstörte willentlich die Antennen, die ihnen einfache Kommunikation ermöglichten. Selbst außerhalb der großen Städte konnte man mit der billigsten Paycard telefonieren. Meist wartete der Kämpfer allerdings mit dem Auslöser bis das Leitfahrzeug aus der Gefahrenzone war und lösten die Ladung erst beim zweiten oder dritten Fahrzeug aus. Die meisten westlichen Militärfahrzeuge waren an den entscheidenden Stellen immer noch mangelhaft gepanzert, und jeder nichtkonventionelle Sprengsatz war eine menschliche Katastrophe. Die Verwirrung und der Handlungsnotstand der westlichen Schutztruppen ließ dann den Taliban-Kämpfern ausreichend Zeit zur Flucht, meist auf einem in der Nähe versteckten Geländemotorrad, so wie das, dass er gerade mit Rossi bestiegen hatte.

Es war unwahrscheinlich, dass Taliban oder andere Kombattanten für ein einzelnes Motorrad eine solch aufwendige Sprengfalle opferten. Und es war noch unwahrscheinlicher, dass ein lokaler Kämpfer mitten in der Nacht Überstunden machte, nur um sich dann ausgerechnet ein Motorrad auszusuchen, das in klassischer, lokaler Besetzung fuhr: Ein Fahrer und ein Beifahrer auf dem Affensitz. Kérmorvan kannte die Leute ziemlich gut.

× × ×

Oberstabsarzt Dr. Rossi fuhr sicher und konzentriert. Kérmorvan war froh, dass sie nach ihrem gelungenen Ausbruch aus dem Hochtal so entschlossen das Steuer übernommen hatte. Er hatte sich körperlich schon wesentlich fitter gefühlt und hatte Angst, dass seine Peiniger irgendetwas in seiner linken Schulter so beschädigt hatten, dass es sich nicht mehr reparieren ließ. Es war sicher idiotisch, in ihrer aktuellen Situation über seine berufliche Karriere zu sinnieren, doch Kérmorvan hatte im Augenblick keine echten Alternativen zur Armee und zum Service Action der DGSE. Er war zu jung, um in Rente zu gehen und zu alt, um umzuschulen. Außerdem mochte er seinen Job. Und er wusste, dass er eine sehr gute Chance hatte, den Konter-Admiral zu machen. Falls Madame le Juge ihn nicht umbrachte und sein Körper noch zehn, zwölf Jahre durchhielt, dann hatte er wahrscheinlich zu seinem fünfzigsten Geburtstag die begehrten Schulterstücke mit Anker und Sternen. Er war fünfunddreißig Jahre alt und zu Weihnachten bekam er dieses Jahr auf dem Beförderungs-Karussell bereits seinen Fregatten-Kapitän mit einer hübschen, bunten Schleife unter den Tannenbaum gelegt. Mit etwas Glück war er in fünf oder sechs Jahren dann Kapitän zu See; falls er El Ouazzani schnappte vielleicht sogar früher.

Kérmorvan fluchte leise vor sich hin, während er hinter Rossi im Sattel der Enduro saß und sich so gut wie möglich festhielt, ohne sie beim Fahren zu behindern. Während der beiden ersten Stunden, die sie durch die Nacht gerollt waren, hatte er nichts anderes zu tun gehabt, als die Augen offenzuhalten und über seine Karriere in der französischen Kriegsmarine nachzudenken. Trotz der vielen silbernen Sterne und goldenen Anker, die er vor seinem inneren Auge sah, pendelte sich sein Adrenalinspiegel langsam wieder auf normal ein. Er spürte neben hochsteigender Müdigkeit und Schmerzen an zahlreichen Stellen seines geschundenen Körpers auch Hunger und die Vorboten einer Hypoglykämie. Seine linke Schulter brachte ihn fast um. Es war schlimmer als damals, als er mit dem Durchschuss und den beiden Tadschiken durchs Gebirge geflohen war. Seit drei Tagen hatte er nichts gegessen. Ihm war flau im Magen, doch sie konnten erst anhalten, um sich zu verstecken und auszuruhen, sobald der neue Tag anbrach. Die Gelegenheit, im Schutz der Nacht unbeobachtet voranzukommen, mussten sie um jeden Preis nutzen!

× × ×

Kérmorvan schätzte, dass sie rund fünfundzwanzig Kilometer geschafft hatten. Für diese Ecke der Welt war das gar nicht schlecht. Es war so, als ob die höheren Mächte versuchten, sich für das ganze Pech der letzten Tage mit einer einzigartigen Glückssträhne zu revanchieren. Sogar die Holperpiste war in relativ gutem Zustand. Da er mit seinen Männern zu Fuß unterwegs gewesen war, war ihm das auf dem Hinweg gar nicht aufgefallen.

Er bedeutete Rossi anzuhalten. Zur Rechten konnte man noch undeutlich Konturen eines der typischen Paschtunen-Dörfer ausmachen. Es wurde von einer etwa mannshohen Mauer aus Lehmziegeln eingefasst. In der Mitte befand sich ein burgähnlicher Wehrbau. Er beherbergte den örtlichen Clanchef. Um diese mittelalterlich wirkende Trutzburg, die der ganzen Dorfgemeinschaft auch als Schutz und Zuflucht diente, reihten sich mehrere Dutzend quadratischer Lehmkaten. Zur Linken zeichneten sich die ummauerten Obstgärten ab. Die Provinz Zabul war eines der wichtigsten Gebiete für den Anbau von Süßmandeln in Afghanistan. In der Stille hörte man das leise Rauschen von Wasser.

»Es gibt hier eine etwas größere Siedlung«, erklärte Kérmorvan Rossi, »ich bin nicht ganz sicher, aber es könnte Kharakhel sein. Die nächste Siedlung wäre dann Mohammad-din-Kalay im Tal des Argandab. Dort kreuzen sich zwei der größeren Verbindungswege der Provinz Zabul. Es ist recht einfach, von dort wegzukommen, aber zu weit, um noch heute im Schutz der Nacht dorthin zu gelangen.«

Er versuchte, sich so genau wie möglich an die Topografie zu erinnern. »Ich befürchte auch, dass der Weg schwierig wird. Wir müssen zwei Seitenarme des Argandab überqueren, beide Male durch Furten, und es geht bergab – mindestens sechshundert Höhenmeter.«

Sie verstand. Ihre Erfahrung als Bergsteigerin und Bergwanderin kam ihr zugute. Sie merkte auch, dass sie anfing zu ermüden. Es war hart, die Enduro zu steuern. Die Strecken, die sie zu Hause gefahren war, waren verglichen mit dieser ein Kinderspiel gewesen. Diese Piste war schwierig, und obwohl ihr Kamerad hinten im Sattel keine echte Belastung für sie war, weil er gute Reflexe und einen ausgeprägten Gleichgewichtssinn hatte, brauchten ihre Arme und Beine eine Pause. Außerdem hatte sie das Gefühl, dass ihr Beifahrer nicht ganz so fit war wie er sie glauben machen wollte.

»Major Rossi«, sagte er in diesem seltsam perfekten Deutsch, bei dem der ausgeprägte französische Akzent fast wie eine Verschleierungstaktik anmutete, »ich schlage vor, dass Sie mir jetzt für eine Weile das Motorrad anvertrauen.«

Rossi hätte am liebsten losgeprustet, wenn das in ihrer Situation nicht unprofessionell gewirkt hätte. Abgesehen davon, dass er es noch nicht für nötig befunden hatte, sich mit Namen vorzustellen, schien der Special-Forces-Mann die fleischgewordene Antithese der ungehobelten Typen aus dem 75. US-amerikanischen Ranger-Regiment und der anderen angelsächsischen Karikaturen, die sie auf der Kandahār-Airbase immer weitläufig umschiffte. Sie fand ihn fast schon beunruhigend höflich.

Trotz ihrer Bemühungen, sich vor dem Afghanistan-Einsatz kundig zu machen, hatte Rossi keine konkrete Vorstellung von der

Geografie der Provinz Zabul. Die Medical Task Force flog den Großteil ihrer Einsätze im Süden, dort, wo sich die endlose Sandwüste bis an die Grenze nach Pakistan erstreckte. Sie hatte in den Briefings nie besonders auf diese Gebirgsregion geachtet, aber sie wusste zumindest, dass die N 25 Kandahār mit Quetta in Pakistan verband. Der größte Teil der ISAF-Logistik im Süden lief über diesen gut ausgebauten und gefährlichen Highway. Sie blickte auf ihre Uhr. Die Sonne ging gegen sechs Uhr morgens auf. Sie hatten noch rund zweieinhalb Stunden, um voranzukommen. Er schien ihre Gedanken zu lesen. Rossi war sich darüber im Klaren, dass zwischen ihm und ihr Welten lagen: Sie war lediglich ein hochspezialisierter Facharzt, der eine Uniform trug und dabei zufälligerweise auch noch überdurchschnittlich sportlich war und Bergsteigererfahrung hatte.

Der Special-Forces-Soldat erklärte Rossi, dass er sich an einen zerstörten, sowjetischen Außenposten erinnerte, der sich – wages Handzeichen nach links – unweit eines komplett zerstörten Dorfes befand. Er war dort vor rund einer Woche mit seinem Team vorbeigekommen und sie hatten keine feindlichen Aktivitäten bemerkt. Streng genommen überhaupt keine Aktivitäten. Das schien ein idealer Ort, um auszuruhen und auf die nächste Nacht zu warten. Rossi nickte. Er nahm ihr die Enduro ab und stieg in den Sattel. Sie schwang sich hinter ihm auf das Geländemotorrad und zog die Füße hoch. Der Soldat wusste offensichtlich auch ohne Blick auf den Kompass, in welche Richtung sie fahren mussten. Rossi bemühte sich, ihn nicht aus dem Gleichgewicht zu bringen. Die Cross-Country-Strecke war hart und holprig. Er fuhr wesentlich schneller als sie zuvor, und sie fühlte sich auf dem unbequemen Rücksitz ausgeliefert. Sie verlor jegliches Zeitgefühl und ärgerte sich, weil sie querfeldein die Orientierung verloren hatte. Als Kérmorvan schließlich die Enduro anhielt und aus dem Sattel stieg, ging direkt vor ihnen eine blutrote afghanische Morgensonne auf.

× × ×

Zwischen den Ruinen des zerstörten Dorfes wuchsen kleine Bäume. Etwas weiter entfernt erkannte man eine hellbraune Sandpiste und hinter der Piste erstreckte sich eine zartgrün bewachsene Fläche, auf der in kleinen Gruppen, struppige, robust wirkende Büsche standen. Die grüne Fläche zog sich sanft einen waldbewachsenen Hügel hinauf. Die Mauerreste aus Hohlblocksteinen, zu denen Kérmorvan das Motorrad schob, stammten noch vom ehemaligen sowjetischen Außenposten. Rechts und links der Überreste wucherten Büsche, und einige dünne Bäume hatten Fuß gefasst und rahmten die Ruine ein. Im Schutz ihrer Mauern hatte man einen guten Ausblick. Wenige Meter vor dem ehemaligen Außenposten, befand sich ein Graben, der etwa fünfzehn Meter bis zu einem Wall verlief. Dahinter erkannte man weitere Mauerreste aus Hohlblocksteinen. Ohne das Geräusch des Zweitakt-Motors der Yamaha war die Stille beinahe unheimlich. Während Rossi sich noch umsah, versteckte ihr Weggefährte das Motorrad bereits zwischen einer Gruppe kleiner, struppiger Bäume, die eine seltsam staubige Farbe und kurze, harte Blätter hatten.

»Kommen Sie, Major!«, sagte er zu Rossi und wies mit der Hand auf die Ruine des Außenpostens wie ein stolzer Gastgeber auf sein gemütliches Wohnzimmer. Es war in der Tat ein ausgezeichnetes Versteck und gab ihnen Sicherheit von allen Seiten. An der linken hinteren Außenmauer, dort, wo einmal eine Türe gewesen sein musste, hatte sich eine Gruppe zierlicher Bäume angesiedelt. Sie versperrten den Einblick in das Versteck und erlaubten gleichzeitig, die gegenüberliegende Seite und die Piste im Auge zu behalten. Im äußersten Notfall war es sogar möglich, durch diese Öffnung zu flüchten und inmitten des dichten Bewuchses Schutz zu finden. Hier lebte schon lange niemand mehr. Die Eiseskälte der Nacht wurde langsam von einer angenehmen, herbstlichen Wärme verdrängt.

»Wir müssen uns jetzt beide ausruhen«, sagte Rossi, als sie ihren Kameraden im Tageslicht genauer betrachten konnte. Der Special-Forces-Soldat schien sich nur noch durch seinen eisernen Willen auf den Beinen zu halten. Er zitterte wie Espenlaub und war unter der sonnengebräunten Haut und dem schwarzen Bart blass wie ein Leichentuch. Seine Augen glänzten fiebrig und Schweiß stand ihm auf der Stirn. Er nickte. Als sie ihm die Hand auf die Schulter legte, schwankte er leicht. Dann setzte er sich auf den Boden und lehnte sich behutsam gegen die Mauer.

»Und Sie müssen etwas essen«, fügte Rossi hinzu.

Hypoglykämie, Überanstrengung, Schmerzen. Man musste wirklich kein Arzt sein, um diese Diagnose zu stellen. Sie zog eine der Feldrationen, die sie im Hangar mitgenommen hatten, aus ihrer Jackentasche, dazu das scharfe Kampfmesser. Fünf Minuten später hatte sie aufgetischt. Zum Glück hatte sie einen Plastiklöffel gefunden. Sie hätte ihm in diesem Augenblick kein scharfes Messer anvertraut. Rossi lächelte ihn aufmunternd an und streckte ihm das Döschen Milchreis und den Plastiklöffel hin. Was er zuallererst brauchte, war Zucker.

»Bitte«, sagte sie, als ob sie versuchte, ein misstrauisches Tier zu beschwören, »essen Sie! Bitte.«

Kérmorvan war so erschöpft, dass er am liebsten die Augen geschlossen hätte. Doch sie hatte recht.

»Danke«, sagte er matt. Wenn sie ihn nicht angelächelt hätte, dann hätte er sich, statt zu essen einfach eingerollt und geschlafen. Er wusste, er musste sich zwingen. Allerdings erfüllten der süße Nachtisch und das kalorienreiche Hauptgericht, zu dem sie ihn überredete, ihren Zweck. Rossi beobachtete ihn aufmerksam, während er Löffel um Löffel ein deftiges Cassoulet aus weißen Bohnen, toulousanischer Landwurst, eingemachtem Gänsefleisch, Kräutern und Knoblauch aß. Er löffelte langsam und konzentriert.

O'Shaughnessy und seine Freunde hatten kräftig zugelangt. Routiniers, deren Geschäft es war, Männer zu verhören, wären in der Anfangsphase eines »Gesprächs« wohl etwas vorsichtiger mit ihm umgegangen. Wer ein Verhör durchführte, hatte zwei Hürden zu überwinden: Er musste sein Gegenüber erst physisch und dann psychisch kaputtmachen. Mit körperlichen Misshandlungen kam man nur bis zu einem gewissen Punkt; darüber hinaus war damit nichts Vernünftiges zu erreichen. Nur der mentale Kampf führte zum Ziel.

Rossi nahm dem Soldaten die leeren Konservendosen ab. Das Zittern hatte aufgehört und er bekam wieder ein bisschen Farbe im Gesicht. Er schien robust und erholte sich vor ihren Augen. Sie gab einen halben Beutel Kakaopulver ins Milchreisdöschen, vermischte es mit Wasser aus ihrem Camelbak, zog das Röhrchen Ibuprofen aus der Tasche und streckte ihm zwei Tabletten hin.

»Sie sind körperlich komplett durch den Wind«, sagte sie, nicht ohne Mitgefühl in der Stimme, »und ich verstehe, wenn Sie im Augenblick nicht reden möchten und eigentlich nur in Ruhe gelassen werden wollen. Aber ich bin Arzt und wir beide werden nicht aus diesem Schlamassel herauskommen, wenn ihr Fieber steigt.«

Sie hatte kein Thermometer, aber ihre Hand auf seiner Stirn hatte gereicht.

Kérmorvan nickte brav und setzte sich aufrecht hin. Er wusste, dass er ihr die Verletzungen zeigen musste. Er öffnete mit der Rechten die Kampfjacke, dann die Fleecejacke und streifte beide Kleidungsstücke mühselig ab. Als er versuchte, das schmuddelige T-Shirt über den Kopf zu ziehen, griff Rossi ein.

»Was haben die bloß mit Ihnen angestellt?«, sagte sie mehr zu sich selbst, als zu ihrem Patienten. Der Soldat berichtete emotionslos und sachlich. Trotzdem dauerte es eine Weile, bis sie sich ein vernünftiges Bild gemacht hatte.

Er hatte Glück, denn nichts war gebrochen. Doch sie beneidete ihn nicht. Er hatte ein paar geprellte Rippen, eine geprellte Schulter, eine geprellte Hüfte, ein Dutzend Platzwunden auf dem Rücken, die sich bereits entzündeten, mehrere Hämatome. Seine Handgelenke waren rohe, offene Wunden und eine alte, hässliche Verletzung, die er auf der linken Schulter hatte, machte ihr ein bisschen Angst, weil sie nicht erraten konnte, was sich unter der geplatzten Narbe versteckte. Und fragen wollte sie ihn nicht. Rossi schüttelte den Kopf, griff in ihre Jackentaschen und holte Kompressen, Verbandsmull, das Fläschchen Franzbranntwein und einen der

Morphinautoinjektoren heraus. Der Franzbranntwein brannte natürlich höllisch, aber sie hatten in ihren medizinischen Vorräten nichts anderes zur Wunddesinfektion. Sie suchte das Schweizer Taschenmesser und klappte die kleinste Klinge heraus. Irgendwann im Januar oder im Februar hatte sie in einer Fachzeitschrift die Zusammenfassung eines Artikels eines Schweizer Arztes gelesen. Der Kollege hatte die Möglichkeiten der Mesotherapie mit Morphin bei schweren Sportverletzungen erläutert. Es war eine fummelige Angelegenheit, aber sie schaffte es, die Plastikschutzhülle und die Feder des Autoinjektors zu entfernen und sich so eine ganz normale, präzise dosierbare Spritze zu basteln.

× × ×

Der Special-Forces-Soldat atmete sichtlich erleichtert auf, als die Schmerzen in seiner linken Schulter nachließen. Als nächstes kamen die Rippen dran, dann die Hüfte. Die Technik schien wirklich gut. Sie war zufrieden. Aber sie wollte ihn auch nicht so mit dem Morphin zudröhnen, dass er nicht mehr vernünftig funktionierte. Sie waren auf seine Kenntnisse und Fähigkeiten angewiesen, und ihre ärztlichen Kompetenzen waren der Schlüssel dazu. Rossi wusste, wie sie ihn relativ schmerzfrei auf den Beinen halten konnte. Das musste so lange reichen, bis sie ausreichend Abstand zu den Mordbuben aus dem Hochtal hatten und vor den lokalen Taliban und anderen Gruppen, die einer Uniform der ISAF nicht freundlich gesinnt waren, in Sicherheit waren. Sie würde ihn nähen und flicken, wenn es sein musste, aber sie würde nicht zulassen, dass er sich irgendwo hinlegte, wie ein waidwundes Tier.

ELFTES KAPITEL

USA – Washington – Dulles International Airport

Ihre Maschine nach München flog in anderthalb Stunden. Die Sicherheitschecks auf dem Washington Dulles International Airport waren seit 9/11 drakonisch, und es war besser, sich für die Ein- und Ausreise in die USA Zeit zu nehmen.

»Im Großen und Ganzen haben wir einen guten Deal,« sagte der Staatsminister. Er schlenderte mit seinem Untergebenen durch den Abflugbereich des Flughafens, um die Zeit bis zum Abflug totzuschlagen. In einer der Buchhandlungen stöberten sie eine Zeit lang nach Reiselektüre. Er nahm die drei neuesten Bände einer Fantasy-Comic-Reihe mit, in denen er gerne schmökerte, wenn er sich entspannen wollte. Im Kanzleramt war es ein offenes Geheimnis, dass er nicht nur gerne Comics las und ein großer Fan von Tolkien war, sondern auch regelmäßig mit Gamer-Freunden online *Age of Empires* spielte.

Anschließend durchquerten sie mit ihrem Lesestoff die Halle. Stefan Huber blieb noch kurz im Parfümeriebereich der Duty-Free-Zone vor dem Regal mit den Produkten der amerikanischen High-End-Marke Clinique stehen. Seine Freundin mochte das Zeug. In Deutschland waren die kleinen Döschen und Fläschchen sündhaft teuer und Ausdruck eines gewissen Lifestyles. Er legte ein paar Cremes und einen Lippenstift in ihrer Lieblingsfarbe in seinen Korb. Dann schnupperte er an einem Parfüm, das den Namen »Aromatics

Elixier« trug. Der Duft gefiel ihm. Es war Abwechslung zum Estee-Lauder-Klassiker »White Linen«, den sie schon getragen hatte, als sie sich damals in Dubai kennengelernt hatten. Sein Chef wartete geduldig, bis er die Mitbringsel bezahlt hatte.

»Ich fühle mich nicht wohl bei dem Gedanken, dass diese Selektoren automatisch und täglich von unserem Server hochgeladen werden, Lothar«, sagte Huber, als sie den Laden verließen, »so haben wir keine Kontrolle mehr über die Schnüffeleien der Amerikaner.«

Er sah den Staatsminister nachdenklich an. Dann warf er einen kurzen Blick auf die Uhr und deutete auf den großen und anonymen Starbucks im Zentrum des Abflugbereichs. Sie holten sich beide einen Kaffee und suchten sich eine ruhige Ecke. Huber erzählte seinem Chef in kurzen Worten, was Mahooneys Stellvertreter Dr. Inigo Porter ihm während des Spaziergangs am Vortag zu den europäischen Institutionen, den Spaniern und den Franzosen anvertraut hatte.

Der Staatminister verzog die Lippen zu einem kleinen Lächeln.

»Mahooney war ähnlich mitteilungsbedürftig, Stefan!«

Wenn sie allein waren und niemand zuhörte, duzten sie sich. Sie kannten einander seit vielen Jahren und ihre Beziehung war fast schon freundschaftlicher Natur, auch wenn die Mitarbeiter im Kanzleramt dies nie vermuten würden, wenn sie die beiden Männer im täglichen, dienstlichen Umgang beobachteten.

»Er hat angeboten, dass wir von jetzt an auch an der Programmierung mitarbeiten dürften. Seine Argumente klangen wie immer überzeugend.«

Er erzählte Huber im Wortlaut, was der DNI vorschlug. »Und er hat mir selbstverständlich garantiert, dass wir uns wegen den anstehenden US-Wahlen auch im Fall eines Regierungswechsels keine Sorgen machen müssen. Niemand hat vor, uns von unseren altbewährten Aufpassern aus der CIA zu trennen.« In der Stimme des Staatsministers schwang leiser Spott.

»Dabei hatte ich mich schon gefreut, ein paar neue Jungs aus Langley kennenzulernen, die versuchen, mir mit ein paar neuen

Tricks in die Karten zu schauen«, schmunzelte Huber. Er hatte festgestellt, dass nicht einmal Inigo Porter, den er nun schon einige Zeit kannte, durchschaute, was er im Kanzleramt wirklich machte. Inigo hielt ihn für einen durchgeistigten Schreibtischtäter, der seine Agententätigkeit vor allem beim Lesen wissenschaftlicher Dokumentationen ausübte.

Kurze Zeit später rief man ihren United-Flug nach München auf. Sie hatten acht Stunden Zeit, um in Ruhe miteinander zu diskutieren und sich die Karten zu legen.

»Du redest mit ihr?« Die Kanzlerin hatte ihnen vor der Reise weitgehend freie Hand gewährt und ihren traditionellen Segen nach dem Motto »Was ich nicht weiß, macht mich nicht heiß!« erteilt.

Die Amerikaner hatten dank ihrer beider Verhandlungstalent in vielerlei Beziehung wichtige Zugeständnisse machen müssen. Trotzdem ähnelten einige der Gegenforderungen der US-Intelligence Community mehr einer Vergewaltigung der deutschen Dienste als einem echten partnerschaftlichen Abkommen. Insbesondere der BND lag im Würgegriff des amerikanischen Verbündeten; eine Tatsache, die Huber seit seinen ersten Schritten im Geheimdienst und der Operation Sommerregen wie eine Gräte im Hals quer lag.

Der Staatsminister nickte. »Du kennst sie, Stefan. ›Sie‹ will eigentlich gar nicht wissen, was in den geheimen Diensten läuft. Genauso wenig wie sie wissen möchte, was du und deine Truppe so treiben. Sie legt kein großes Interesse an den Tag, wenn es darum geht, zu erfahren, in welcher Art und Weise die Informationen beschafft wurden, die wir ihr direkt oder im Rahmen der Kanzlerrunde vorlegen, solange alles husch-husch läuft und keine Rohrkrepierer publik werden oder die Presse von irgendetwas Wind bekommt.«

Huber grinste. Beide Seiten, Bundeskanzleramt und Geheimdienste, hatten sich über die Jahrzehnte ein System konstruiert, das beiden maximale Freiheit und minimale Verantwortung garantierte. Das Kanzleramt schaute nicht nach, was die Dienste so taten, um Informationen zu bekommen. Und die Dienste belasteten das

Kanzleramt nicht mit Problemen, wenn es welche gab. Insbesondere Huber selbst schwieg sich aus, wenn es um seine Truppe ging. Die einen sagten nichts, die anderen fragten nicht – so hatten beide ihre Ruhe.

»Der DNI hat nicht gezögert, mich daran zu erinnern, dass es nur dank der US-Informationen möglich war, die Sauerland-Gruppe hochgehen zu lassen.«

Der Staatsminister schüttelte sich. Er hasste es, wenn die Amerikaner ihm die Unzulänglichkeiten der deutschen Dienste im Bereich der Terrorismus-Aufklärung unter die Nase rieben. Auch ohne die herablassenden Worte wusste er, dass es ihnen ohne die Informationen der NSA über den intensiven Mailverkehr zwischen Deutschland und Pakistan vermutlich niemals gelungen wäre, die von al-Qaida geführten und motivierten Terroristen daran zu hindern, in Deutschland ein Attentat zu verüben.

»Die Kanzlerin wird wie immer moralisierend den Zeigefinger heben, doch am Ende wird sie ihren Segen geben.«

Die Zusammenarbeit mit den Amerikanern in der Terrorismusbekämpfung war eine Priorität und ihre große Chefin lebte auch hier nach dem bewährten Prinzip »Was ich nicht weiß, macht mich nicht heiß!«

Sie vertraute ihm und dem Kanzleramt, während er und das Kanzleramt dem BND vertraute, der wiederum der NSA vertraute. Und weil die NSA und DNI Mahooney sagten, dass alles seine Ordnung hatte, gab es dann auch keinen Grund nachzufragen, ob wirklich alles in Ordnung war. Es war der reine Wahnsinn, den sie zur Leitlinie im Bereich der Dienstaufsicht über den BND gemacht hatten: Die Aufseher warteten einfach darauf, dass die, die sie beaufsichtigen sollten, schon von selbst die Dinge melden würden, die sie verbockt hatten.

Die Islamisten hatten in Deutschland bis zu diesem Tag noch keinen einzigen erfolgreichen großen Anschlag verüben können. Die Polizeibehörden und der Verfassungsschutz hatten dank der Informationen, die sie über den BND von den amerikanischen

Diensten und aus der Alliance Base erhalten hatten, seit 2002 vier größere Aktionen und ein paar kleinere Anschläge erfolgreich verhindert. Man hatte diese Erfolge niemals publik gemacht. Was die NSA und vor allen Dingen auch Langley schon seit Jahren als Gegenleistung von den deutschen Geheimdiensten, insbesondere vom BND verlangten, war allerdings zweifelhafter Natur. Der Staatsminister wusste, dass sie damit auf ganz dünnem Eis tanzten. Wenn diese Geschichte irgendwann einmal ans Tageslicht kommen sollte, würde der Skandal gewaltig sein und Köpfe würden rollen – viele Köpfe.

Sie hatten ihre Plätze in der Business-Klasse eingenommen. Der Flug war ziemlich leer und das Boarding ging schnell. Der Staatsminister verstaute sein Handgepäck und seine Comics für später. Man konnte die Sitze zu bequemen Betten umklappen, und er wollte während des Fluges auch schlafen. Es gab keine Direktflüge aus der amerikanischen Hauptstadt in die deutsche Bundeshauptstadt und er hatte die Option über München gewählt, um das Wochenende in der bayerischen Landeshauptstadt zu verbringen und dort über einen der Antiquitätenmärkte zu streunen.

»Die NSA wird sich nicht darauf beschränken, nur Islamisten und andere gemeinsame Feinde abzuhören und ihre E-Mails zu lesen.«

Huber testete die Beinfreiheit und machte es sich für den langen Flug bequem. Den Tablet-PC verstaute er im Netz am Vordersitz.

Sein Chef seufzte leise. Es war klar, dass die Amerikaner sich nicht zurückhalten würden. Und sie würden nicht nur, wie Porter Stefan anvertraut hatte, nebenher eben auch ein bisschen die schwierigeren EU-Partner und Institutionen aushorchen.

Als Stefan in den Achtzigern seine ersten Schritte in der Grauzone zwischen Politik und Geheimdiensten machte, hatten sie schon ohne Skrupel den Altkanzler und anschließend auch seinen sozialdemokratischen Nachfolger belauscht. Man hatte es damals untern Tisch gekehrt und nicht darüber gesprochen. Es war peinlich und demütigend gewesen, und sie hatten sich von ihrem

Verbündeten beschmutzt gefühlt. Ganz besonders diejenigen, die sich an den anderen Abhörskandal erinnerten. Mit den Notstandsgesetzen wurden 1968 die alliierten Vorbehaltsrechte abgelöst. Und dann kam das Jahr 1975: verunsicherte Regierungsvertreter, ratlose Geheimdienstler, erboste Oppositionsführer und ganz Bonn rätselte, wer aus welchen Motiven mit welchen Mitteln Telefongespräche zwischen dem Altkanzler, der damals noch Parteivorsitzender gewesen war, und seinem Generalsekretär abgehört hatte.

»Das war eine echte Katastrophe!«, dachte der Staatsminister.

Für Bonn war der Abhörskandal umso peinlicher gewesen, weil der Bundesbürger seinen Politikern nach den Fällen Karl Wienand, Julius Steiner, Günter Guillaume und Leo Wagner so manche Zwielichtigkeit zutraute. So sehr der Mann, der damals der Koordinator der drei Geheimdienste gewesen war, auch beteuerte, dass der Militärische Abschirmdienst, der Verfassungsschutz und der BND mit der Affäre nichts zu tun hatten, so wenig sicher konnte sich die sozialliberale Regierung von Helmut Schmidt hinterher sein, ob nicht dennoch ohne ihr Wissen von einem der deutschen Späher im Auftrag des großen, amerikanischen Verbündeten Missbrauch mit den abgehörten Informationen getrieben wurde. Seit dem Guillaume-Untersuchungsausschuss war allen klar geworden, dass es zumindest im BND auch schon vor dem Lauschangriff auf den Altkanzler und den Generalsekretär solcherlei Missbrauch gegeben hatte. Trotzdem wusste keiner der Betroffenen jemals sicher, ob die Lauscher immer noch an den Strippen hingen. Und inzwischen hatten sich die Technologien in einem Quantensprung verbessert. Das Lauschen war einfacher geworden und anonymer. Sie hatten nicht nur ein paar *Goodies* aus dem Duty-free-Shop vom Dulles International Airport im Gepäck, sondern auch gleich den nächsten BND-Skandal. Der Skandal würde ausbrechen, auch wenn der Staatsminister in diesem Augenblick noch nicht vorhersagen konnte, wann dies geschehen würde und was der Auslöser sein würde.

Afghanistan – Provinz Zabul – Iskanderga'l

Der Junge schloss das Koppeltor hinter den Maultieren und den Packpferden. Dann lief er zum Fluss hinunter. Der Vater hatte ihm streng verboten, einfach, wie er es sonst tat, den Schlauch im Hangar anzuschließen und Wasser für die Tiere nachzufüllen. Aber er war schon acht Jahre alt und stark. Außerdem hatte Vater versprochen, dass er zur Belohnung beim Frühstück mit den Männern sitzen durfte und nicht zu Mutter, Tante Rana und seinen Schwestern in die Küche musste. Schon beim Festessen mit Ben hatten sie ihm gestern erlaubt, bis Mitternacht wachzubleiben und zuzuhören. Selbst Emran, sein älterer Bruder, hatte ihn nicht geärgert und ihn vor Ben wie ein Kind behandelt. Omid hatte die beste Laune der Welt. Onkel Taher hatte ihnen die Geschichte von Iskander und Artabaxos erzählt, und sie waren alle gemeinsam mit ihm unten in den Gewölben gewesen. Sie kannten natürlich die Legende der verschwundenen Krieger und die vom Tor im Fels, waren sie doch mit dem großen Abenteuer ihres Vaters und seiner beiden besten Freunde aufgewachsen.

Omid nahm seine Eimer und lief an den Fahrzeugen vorbei zurück zu den Tieren, als er plötzlich bemerkte, dass der Geländewagen von Ben vier platte Reifen hatte. Er grinste. Das war echtes Pech! Tolja hatte die Autos immer repariert, aber der war seit ein paar Tagen weg, seit dem Zwischenfall mit der Ziege und den Soldaten, die Emran zufällig oben im Berg entdeckt hatte. Dann schüttelte der Junge erneut den Kopf. Der Pick-up war auch komplett platt, ebenso Vaters Motorrad – und das Motorrad von Ahmad war weg. Omid war enttäuscht, denn Ahmad hatte versprochen, dass er heute ein bisschen mit dem Motorrad fahren durfte, bevor sie Ben zu Onkel Borjahn begleiteten.

Das ist seltsam, dachte Omid. Bevor er die Tiere nach draußen gebracht hatte, hatte er noch gesehen, wie Ahmad sich in den Garten gesetzt hatte. Wenn er im Hochtal war, dann setzte Ahmad sich bei schönem Wetter morgens immer auf die kleine Steinbank neben dem Hauskräutergarten und rezitierte dort seine Lobpreisungen, während die neunundneunzig blauen Glasperlen seiner Misbaha, eine um die andere, durch seine Finger glitten. Erst dann nahm er sein Frühstück und seinen Tee mit Tante Rana in der Küche.

Der Junge leerte seine Eimer und kehrte noch einmal zum Fluss zurück. Als die Tränke gefüllt war, rannte Omid zu den Wohncontainern, um wegen der Reifen Bescheid zu sagen. Er war stolz auf seine englischen Sprachkenntnisse. Er verstand fast alles und er konnte auch schon richtig gut schreiben, und obwohl er noch Fehler machte, fiel ihm das Sprechen sehr leicht. Natürlich sprach er noch nicht so gut wie Emran oder seine Schwestern, aber Vater und Onkel Taher lobten ihn, und gestern Abend hatte er sich mit Ben richtig von Mann zu Mann auf Englisch unterhalten. Er klopfte an die Tür des Containers, in dem die Männer immer gemeinsam aßen und wo auch der große Fernseher stand.

»Good Morning, Mister Richard«, strahlte der Junge O'Shaughnessy an, als dieser die Tür öffnete. *»You have a flat tire on the cross-country vehicle!«*

Er war stolz, dass er den Satz richtig gesagt hatte. Omid grinste, winkte dem Briten fröhlich zu und flitzte so schnell er konnte wieder nach Hause. Tante Rana hatte versprochen, zum Frühstück aus Tee, Fladenbrot, Käse und Ei mit Tomaten und Zwiebeln auch noch *Jalebis* zu machen, weil Ben die so gerne mochte. Omid mochte die süßen frittierten Teigspiralen, die in mit Rosenwasser verfeinertem Zuckersirup eingelegt wurden, ebenfalls, doch für gewöhnlich machte Tante Rana sie immer nur zum Fest des Fastenbrechens, und *īd al-Fitr* war erst in einem Monat. Omid rieb sich zufrieden die Hände und hüpfte fröhlich durch den Innenhof. Er winkte seinem Vater und Ben zu, die Seite an Seite im Hausgarten spazieren gingen und sich angeregt unterhielten.

× × ×

Richard O'Shaughnessy grinste. Dadullahs jüngster Sohn, der kleine Omid, war eine echte Nummer, und er fing an, richtig gutes Englisch zu sprechen. Omid war der Liebling seiner Truppe. Er war zwar immer nur während der Ferien in Iskanderga'l, aber er war so frei und unbefangen, dass keiner ihm widerstehen konnte. Der Bursche hatte Charme für zwei. Omids ältere Schwestern waren ein bisschen zurückhaltender, aber nicht ängstlich. Sie lebten während des Schuljahrs zusammen mit ihrer Mutter und Dadullahs Schwester Rana in der weltoffenen Millionenstadt Karatschi, drüben in Pakistan, und Iskanderga'l war für die Mädchen so etwas wie Ferien auf dem Bauernhof. Er hatte von Matveev gehört, dass Dadullahs älteste Tochter Sharifa Archäologie und Museumskunde an der Technischen Universität Kairo studierte.

O'Shaughnessy war noch nicht lange vor Ort, aber er hatte schnell begriffen, dass der berüchtigte und grausame Dadullah Khan, vor dem sich alle in die Hose machten, mehr ein echter Warlord als ein echter Taliban war. Allerdings bezahlte Jones ihn nicht fürs Philosophieren.

Der Brite wollte sich gerade auf den Weg zum Hangar machen. Sie hatten sich ordentlich ausgeruht und gut gegessen. Dann hatten sie sich gemeinsam vor dem großen Flachbildschirm entspannt. Erwartungsgemäß hatten die Südafrikaner, Fidschi plattgemacht. Morgen Abend wollten sie sich das Halbfinal-Spiel England gegen Frankreich ansehen. Er war nicht besonders optimistisch für seine Mannschaft. Die Franzosen waren harte Gegner.

»Rowan«, bat O'Shaughnessy einen der Männer aus seinem Team, »irgendjemand muss runter zur Koppel und den Reifen des Pick-up wechseln.«

Er vermisste Matveevs Russentruppe. Die Jungs waren alle gute Mechaniker gewesen, hatten sich mit den meisten handwerklichen Sachen ausgekannt, die anfielen, und nie darüber geklagt, wenn sie neben ihrem Militärjob noch andere Pflichten aufgebrummt bekamen. Bis Jones Ersatz für die Russen rekrutierte, mussten sie eben in der kleineren Besetzung klarkommen. Er machte sich auf den Weg.

Ihr Gefangener hatte eine lange, eiskalte Nacht im eigenen Saft geschmort. Er war vermutlich ziemlich hungrig und sehr durstig. Seitdem sie den angeblichen kanadischen Militärarzt abgesammelt hatten, hatte er keinen Tropfen Wasser bekommen. Dafür hatte O'Shaughnessy darauf geachtete, dass er schmutzig und splitternackt in einem Pfuhl aus Blut, Exkrementen und Erbrochenem festsaß. Er hoffte, dass der Typ nicht krepiert war und seine Geheimnisse mit ins Grab genommen hatte. Als er noch im SAS gewesen war, hatte er selbst ein hartes Verhörtraining durchlaufen. Das gehörte zur Ausbildung von Soldaten in Spezialeinheiten. Er hatte während der Nacht über die Regeln, die man ihm damals beigebracht hatte, nachgedacht: Jetzt mussten sie den Gefangenen psychisch fertig machen, nachdem sie ihn gestern körperlich malträtiert hatten. O'Shaughnessys Defätismus vom Vortag war neuer Energie gewichen. Jones war da, um diesen Job zu übernehmen, und er musste nur noch tun, was Jones ihm befahl.

O'Shaughnessy durchquerte energischen Schrittes das Hochtal. Er wollte das katastrophale Ende seiner beruflichen Karriere im SAS endlich vergessen. Er hatte einen Zwei-Jahres-Vertrag mit Jones. Für seinen Job als Team-Leader bekam er steuerfrei zehntausend Pfund pro Monat auf ein Konto in Luxemburg überwiesen und am Ende gab es noch eine Prämie von fünfzigtausend Pfund. Bei Zufriedenheit des Auftraggebers konnte er für einen weiteren Vertrag um drei Jahre verlängern.

Abgesehen von den unbekannten Eindringlingen in Iskanderga'l war alles glattgegangen und Jones konnte ihm nichts vorhalten. Er hatte sofort reagiert. Sein Team hatte den Rettungshubschrauber abgeschossen und sie hatten den Überlebenden erwischt. Dass der Typ härter war, als sie gedacht hatten, war nicht seine Schuld. O'Shaughnessy machte seinen Job und sparte eisern.

Er hatte Pläne für die Zeit danach. Wenn er hier fertig war, dann wollte er Schluss machen. Etwas ganz anderes machen, etwas, das nichts mit der Armee und dem Militär zu tun hatte. Er wollte runter nach Portugal, wo es warm und friedlich war – und vor allem billig. Dort würde er sich ein nettes Häuschen am Meer kaufen und sich dort seine Schreibstube einrichten. Er hatte genauso viel zu erzählen, wie Andy McNab und Chris Ryan – ehemalige SAS-Männer wie er, die inzwischen als Schriftsteller nicht nur berühmt, sondern sogar reich geworden waren. Richard O'Shaughnessy stieß die Tür des Hangars auf und trat ein.

Als er wieder zu sich kam, hatte er den widerlichen Geschmack von rostigem Eisen im Mund. Und der Mann, der vor ihm stand, sah nicht aus, wie ein zufriedener Auftraggeber, der eine Vertragsverlängerung in Erwägung zog.

✖ ✖ ✖

Die Reliefs waren unbeschreiblich schön. Die Kapitelle der Säulen waren mit den klassischen Stier- und Löwenmotiven verziert. Er berührte andächtig den ersten in der langen Reihe der Repräsentanten der achtundzwanzig unterworfenen Völker. Der steingewordene Assyrer trug ein langes Faltengewand. Der nächste war ein Meder, dann ein Bewohner von Babylonien, ein Araber, ein Mann aus Ägypten. Er erkannte den Inder an dem fein gewobenen Überwurfmantel. Der Syrer trug den Leibrock und die landestypische Stola. Die Teilnehmer der Prozession brachten dem König Gaben ihrer Länder zum Neujahrsfest.

Dadullah fasste den Freund am Arm und führte ihn zu einer Nische:

»Sieh, es ist unglaublich!«, sagte er mit rauer Stimme.

Jedes Mal, wenn er vor dieser Inschrift stand, hatte er das Gefühl, als ob sich vor ihm ein Tor zu Zeit und Raum auftat. Als er damals vor dreißig Jahren den Reiter General Alexanders und dessen mumifiziertes Pferd gefunden hatte, hatte er ein ähnliches Hochgefühl empfunden. Er erinnerte sich noch, wie sie zusammen mit Borjhan, Mokthar und Taher den Stein wieder vor die Grabhöhle gewuchtet hatten. Borjhan und Mokthar hatten natürlich nicht gleich verstanden, aber sie hatten trotzdem geschworen,

Stillschweigen zu bewahren. Dann hatte er seinen Großvater dazu überredet, die alten Parsen-Gesänge vorzutragen. Sie hatten sie mit einem Kassettenrekorder aufgenommen, transkribiert und übersetzt. Dadullah schluckte trocken.

Wenn nur die Sowjets damals nicht gekommen wären! Sein Leben wäre in ganz anderen Bahnen verlaufen. Es wäre wohl ein besseres Leben gewesen, und gewiss wäre er heute ein besserer Mann. Das war auch einer der Gründe, warum er seine Frau, die Kinder und seine Schwester Rana fast das ganze Jahr über aus ihrer Heimat wegschickte. Sharifa, seine älteste Tochter studierte erfolgreich an Dadullahs eigener Alma Mater in Kairo, und er hoffte, dass sie es schaffen würde, nach dem Master in Archäologie und Museumskunde zur Promotion in Großbritannien zugelassen zu werden. Er hatte genug Geld, um seiner Tochter Cambridge zu finanzieren, doch sie liebäugelte mit der University of London und der SOAS, der School of African and Oriental Studies, an der auch er studiert hatte, bevor die Sowjets seine beruflichen Pläne als Archäologe zunichte gemacht hatten.

Sein ältester Sohn Emran würde in ein paar Wochen mit den Vorbereitungskursen beginnen, um den TOEFL, den *Test of English as a Foreign Language* abzulegen. Er wollte sich dann in Bergbauwesen und Metallurgie einschreiben und den zweisprachigen Studiengang machen. Sobald Emran mit dem Grundstudium fertig war, mussten sie ernsthaft darüber nachdenken, ob es nicht einfacher war, nach Großbritannien überzusiedeln.

Omid, sein Kleiner, und die Zwillinge Anahid und Anahita waren noch in der Schule. Das war allerdings kein Problem. Seine Kinder sprachen alle gutes Englisch und irgendwelche Privatschulen in Pakistan entsprachen nicht seiner Vorstellung einer guten Ausbildung. Er wünschte sich für seine Töchter das Allerbeste: eines dieser renommierten Internate in Schottland, wo viel Sport getrieben wurde und man die Kinder sehr individuell förderte. Auch für seinen jüngsten Sohn wollte er eine hervorragende Schule. Omid hatte einen lebhaften Geist und brauchte eine entsprechende Förderung.

Dadullah wusste, dass keines seiner Kinder in Afghanistan leben konnte solange alles nur Gewalt und Tod und Terror war. Selbst Karatschi behagte ihm nicht, denn Pakistan war ein Pulverfass und fast genauso instabil, wie seine Heimat, aber seine Frau Asma sträubte sich im Augenblick noch, ihn alleine zurückzulassen und ihn vielleicht nur noch ein oder zwei Mal pro Jahr zu sehen. Doch für die Kinder und deren Zukunft würde sie garantiert nachgeben, wenn er ihr alles nur richtig schmackhaft machte. Außerdem hatte er nicht vor, ewig diese idiotische Rolle des radikalen Taliban-Warlord weiterzuspielen. Der religiöse Unfug, den der geistig umnachtete Mullah Omar von sich gab, seitdem er beschlossen hatte, von Allah berufen die Nachfolge Mohammeds anzutreten, war so haarsträubend, dass er sich jedes Mal zwingen musste, nicht laut loszulachen, wenn der »Anführer aller Gläubigen« eine seiner Ansprachen hielt. Dadullah hatte seinerzeit schon Schwierigkeiten gehabt, Osama ernst zu nehmen, allerdings diskutierte der wenigstens auf einem intellektuell anspruchsvollen Niveau, auch wenn es für einen vernünftigen Paschtunen schwierig war, der wahhabitischen Interpretation des Islams irgendetwas abzugewinnen. Unterm Strich passte der Ansatz nicht nach Afghanistan und führte nur zu noch mehr Streitereien in einem Land, in dem die Leute sowieso dauernd miteinander verstritten waren.

All das Gemetzel und sinnlose Blutvergießen widerte ihn an. Außerdem führte es zu nichts. Damals nach dem Abzug der Sowjets hätten sie die Möglichkeit gehabt, es zu Ende zu bringen und ihre ganzen Streitigkeiten beiseitezulegen, um gemeinsam etwas Neues und Besseres zu schaffen. Doch genau wie zuvor hatte wieder jeder nur seine eigenen Interessen vertreten. Auch er hatte Fehler gemacht. Er hatte es nicht über sich gebracht, die Hand auszustrecken und mit Massoud, dem Tadschiken, Frieden zu schließen.

Afghanistan war ein verlorenes Land ohne Hoffnung und ohne Zukunft. Zum Glück waren sie mit der Ausgrabung fast fertig. Und seitdem er genau wusste, wo Osama von den Pakistani versteckt wurde, und wer in der pakistanischen Führung ein Interesse daran hatte, ihn nicht an die Amerikaner auszuliefern, sondern lieber ein Schmiergeld aus Saudi-Arabien einsteckte, war auch sein Job hier so gut wie erledigt.

»Die Goldene Bibliothek von Persepolis!«

Sein alter Freund Ben war andächtig vor der Nische in die Knie gegangen. Dadullah beobachtete, wie schneeweiße Finger ungläubig und zitternd über eine Keilschrift in elamischer Sprache glitten, während er laut las. Ben lächelte. Ihr Freund Taher war schon immer viel zu professionell, viel zu sehr Archäologe und Berufsausgräber gewesen, um ihrer beider Empfindungen zu teilen und seinen Enthusiasmus zum Ausdruck zu bringen. Dadullah schloss für einen kurzen Augenblick die Augen und gestattete sich seine Lieblingsfantasie. Er stellte sich vor, wie es wäre, diese großartige Entdeckung mit vielen anderen Menschen zu teilen und wie Schliemann oder Carter als großer Archäologe einen Platz in den Geschichtsbüchern einzunehmen. Ben drehte sich um. Die beiden Männer strahlten sich an, wie Kinder. Sie hatten ihren Schatz gefunden.

»Wir hatten Recht!«, sagte Ben, »sie haben sich alle geirrt! Sie haben sich immer geirrt.«

Dadullah nickte. In der Tat hatte das keiner geglaubt. Die Experten in aller Welt sahen immer noch die Festungsanlage von Karasis in den östlichen Ausläufern des Taurusgebirges als wahrscheinlichen Ort für Alexanders legendäres *Kyndia* an und hofften immer noch darauf, dort irgendwelche Gold- und Silberschätze zu entdecken. Aber Dadullah und seine beiden Freunde hatten nun Gewissheit: Die Goldene Bibliothek von Persepolis war damals von Alexander von Makedonien nicht verbrannt worden. Unglaublich viele Dinge, die man dem Reich der Legende zugesprochen hatte oder durch die Diadochenkriege für verloren hielt, befanden sich hier in dieser uneinnehmbaren Felsenfestung verborgen – unberührt seit fast zweitausendfünfhundert Jahren. Perfekt erhalten.

Taher gab ihnen Zeichen: »Kommt!«

Der Algerier führte seine beiden Freunde stolz in die dritte und letzte Kammer. Seit den sensationellen Funden seines Kollegen Sarianidi 1978 in Nordafghanistan träumte die gesamte Community nur noch von sagenhaftem Schmuck und baktrischem Gold. Die Ausgrabungen der Nekropole von Tillja-Tepe hatten eine ganze Generation von Archäologen beeinflusst. Doch was sie hier gefunden hatten, war kein Tand, der bestenfalls durch die Kunstfertigkeit der damaligen Goldschmiede beeindruckte. Was sie hier gefunden hatten, war der Beweis: Der Alexander-Iskander der syrischen Legende trug die zwei Hörner, und Mohammed, der Prophet, hatte vom »Zweigehörnten« Kenntnis gehabt – diesem Herrscher, der im äußersten Norden Gog und Magogh den Weg versperrte, der seine irdische Macht Allah verdankte und den der glorreiche Koran nicht beim Namen nennt.

Taher deutete auf die Felsenreliefs, die darlegten, warum es einfach unmöglich war, dass Alexander das heilige Buch der Zoroastrier in Ekbatana verbrannt hatte, denn das heute bekannte Buch, war erst Jahrhunderte nach Iskander entstanden, etwa um 250 nach westlicher Zeitrechnung und als Anstrengung der Sassaniden. Was wirklich passiert war, und dies bewiesen ihre Funde: Das Werk war in Vergessenheit geraten, während es die ganze Zeit in Iskanderga'l verborgen gelegen hatte.

Ben begriff es natürlich sofort: Er hatte bereits in seiner Doktorarbeit die Hypothese aufgestellt, dass es eine direkte, eindeutige und ungebrochene Verbindung zwischen der Entwicklung des Islam in Persien und im persischen Einflussgebiet und der Hochphase des Zoroastrismus in den Tagen Alexanders des Großen gab. Man hatte ihn als Träumer abgetan. Doch jetzt würde er endlich den Franzosen Abraham Anquetil-Duperron und den dänischen Sprachforscher Rasmus Christian Rask widerlegen und die Fehler in der Avesta-Übersetzung nachweisen. Er freute sich wie ein Kind am Weihnachtstag: Immer schon hatte Ben vermutet, dass Alexander der Große in Ekbatana nichts verbrannt hatte. Schon gar keine religiösen Schriften der Parsen. Er hatte sie hier in Iskanderga'l in

Sicherheit gebracht. In Schriftform. Damit würde er beweisen können, dass die Avesta-Version, die Anquetil-Duperon 1762 aus Indien mitgebracht hatte, lediglich eine Zusammenfassung von wagen Erinnerungen eines mit dem Franzosen zeitgenössischen Parsenpriesters war.

Er konnte es kaum noch erwarten, in der Sicherheit und der geschützten Atmosphäre seines Pariser Studierzimmers die ersten Rotuli zu öffnen. Irgendwo, inmitten dieser zahlreichen Pergamente, befanden sich die ursprünglichen Schriften, auf deren Basis dann das wahre, große Werk verfasst worden war. Die späteren Niederschriften unter der Regierung des Sassaniden Schapur I. waren nur Vorgängerwerke dessen, was der Parsenpriester dann, rund tausendfünfhundert Jahre später, Anquetil-Duperon aus dem Gedächtnis diktiert hatte.

Seit dreißig Jahren schon wartete Ben auf diesen Augenblick. Vor diesen Schriftrollen waren alle anderen Funde seiner Karriere bedeutungslos geworden, selbst die wundervollen Manuskripte, die er im Irak und im ehemaligen Jugoslawien gefunden hatte und die sie auf die Spur der versteckten Kriegsbeute des Makedoniers gebracht hatten.

× × ×

Jones packte O'Shaughnessy am Kragen und zog ihn hoch. Er hätte diesen Schwachsinnigen am liebsten erwürgt. Bedauerlicherweise war der Brite nicht der einzige Blindgänger in diesem Hochtal. Er müsste eigentlich den ganzen überbezahlten und unterforderten Verein von Amerikanern und Briten, die er für die Überwachung des Hochtals angeheuert hatte, in einen Sack stecken und ins Wasser schmeißen. Er rammte den Jüngeren brutal gegen die Blechwand des Hangars.

»Was für ein beschissener Gangfuck!«, keuchte er, »*you fucking bloody asshole*!« Es war Jahre her, dass Jones sich so vergessen hatte. Er schmiss O'Shaughnessy mit voller Wucht gegen einen der

Träger des Hangars. Dann schlug er noch einmal zu; hart, unbarmherzig und in den Magen, wo es weh tat.

Der Mann klappte zusammen wie ein Taschenmesser und kotzte sein gesamtes Frühstück in die Scheiße vom Vortag. Jones wich im Reflex einen Schritt zurück. Er hatte keine Lust, sich von diesem Unfähigen einsauen zu lassen. Es war unglaublich. Wie konnten sich nur so viele Nieten auf einem einzigen Quadratkilometer an einem der unzugänglichsten Orte der Welt versammeln und auch noch jeden Monat zwischen sieben und zehntausend Dollar für ihre Blödheit abkassieren?

Diese militärische Ausschussware war tatsächlich zu faul gewesen, ihre Fahrzeuge ab- und ihren Gefangenen einzuschließen. Die einzigen, die in diesem verfluchten Hochtal die Augen offenhielten, waren Dadullahs Kinder und die Ziegen seines Großonkels Asim! Jones knirschte mit den Zähnen. Er vermisste seinen russischen Freund und Partner Alexeij Matveev. Dem Russen wären solche Anfängerfehler nicht unterlaufen. Doch der lebte nicht mehr. Matveev hätte O'Shaughnessy vermutlich abgeknallt wie einen räudigen Köter oder ihm den Schwanz abgeschnitten und ins Maul gestopft.

»Sie«, sagte der alte Söldnerführer mit eisiger Stimme zu seinem britischen Untergebenen, »Sie sorgen jetzt zuerst dafür, dass die Fahrzeuge wieder fahrfähig sind. Ich werde mit dem Boss, dem Professor und Dadullah reden und ihnen diesen Reinfall schonend erklären. Ich kann Ihnen allerdings nicht garantieren, dass Sie den heutigen Tag überleben, wenn sie nutzlos hier herumhängen und jammern.« Jones Zeigefinger bohrte sich in die Brust des ehemaligen SAS-Unteroffiziers. »Also setzen Sie Ihren verdammten Arsch in Bewegung und fangen Sie diesen Dreckskerl wieder ein!«

»Sir, wie soll ich …?« Der Brite hatte keine Ahnung, wo er überhaupt anfangen sollte nach ihrem flüchtigen Gefangenen zu suchen. Der Kerl hatte mehrere Stunden Vorsprung. Und er hatte eines der Geländemotorräder. Wenn die Maschine vollgetankt gewesen war, dann hatte sie einen Radius von etwa dreihundert

Kilometern. Er konnte in zwei Richtungen abhauen, einmal Richtung Qalat und einmal Richtung pakistanischer Grenze.

Jones drehte O'Shaughnessy den Rücken zu. Er ballte die Fäuste und zwang sich zur Ruhe. Er hatte keine Lust, wegen diesem unfähigen Amateur einen Herzinfarkt zu bekommen, aber er hatte auch keine Lust, nach dem Gemetzel von Rustam Kalay noch einen weiteren Mann zu verlieren. Er musste ihn also aus der Schusslinie des Bosses und auch Dadullahs halten:

»Hören Sie mir jetzt ganz genau zu, O'Shaughnessy«, sagte er so leise, dass der Brite sich anstrengen musste ihn zu hören, »Sie fangen diesen Kerl wieder ein!«

Er ließ ungesagt, was im Falle eines Versagens geschehen würde.

ZWÖLFTES KAPITEL

Frankreich – Val d'Oise – Taverny – Hauptquartier des Commandement des Operations Spéciales (COS)

Madame le Juge hatte Recht gehabt, was seine Kantine anging: Es war wirklich eine Kebab-Bude und zwar eine außergewöhnlich schlechte! Angewidert schob Bertrand Morillon das vollelastische Schinkensandwich mit der Industriesauce weg. Nach einer durchgearbeiteten Nacht war er hungrig wie ein Wolf, aber er würde sich nicht vergiften. Er war kein Selbstmordkandidat. Es reichte bereits, dass er in seinem Büro, das sich in achtzig Metern Tiefe unter einem ehemaligen Gipssteinbruch im Wald von Montmorency befand, selbst im Sommer fast erfror und aus diesem Grund ständig unter Husten und Schnupfen litt.

Bertrand Morillon drückte auf die Gegensprechanlage und schlug seinem Sekretär vor, ein paar Scheine aus ihrer ganz privaten und streng geheimen Kriegskasse zu nehmen und von der Base 921 nach Taverny zu fahren, um dort vernünftigen Proviant für sie einzukaufen: frische, knusprige Baguettes, süße Stückchen vom Bäcker, vernünftigen Käse und Wurst, frisches Obst … Dann rief er Emilie an und log seiner schwer geprüften Frau die Hucke voll. Damit war das Überleben seiner Truppe gesichert.

Emilie wusste seit zwanzig Jahren ganz genau, wen sie geheiratete hatte. Sie war mit Bertrand einmal quer durch Frankreich getingelt und liebte ihn immer noch, obwohl das Leben als Frau eines

Berufssoldaten nicht immer einfach war. Emilie erzählte ihm ein bisschen von der Uni, um ihn abzulenken. Sie hielt seit zwei Jahren die Pascal-Professur an der Fakultät für Mathematik Pierre und Marie Curie der Sorbonne, wo sie angewandte Mathematik mit Schwerpunkt Statistik lehrte. Ihre hochintelligenten und oftmals sehr verkopften Studenten – man nannte sie auch Nerds – brachten ihn, den einfach verkabelten Soldaten, oft zum Lachen. Nach einer Viertelstunde Normalität am Telefon versprach Emilie, gegen neunzehn Uhr auf dem Stützpunkt zu sein und einen gewaltigen Topf hausgemachten *Pot-au-Feu* mitzubringen, dazu Zitronenkuchen und natürlich Milou, den Familienhund und ihr kleines Gepäck, um zusammen mit Bertrand in der spartanischen Unterkunft auf dem Stützpunkt zu übernachten.

Morillon legte auf und strich mit dem Finger zärtlich über das Bild der rundlichen, dunkelhaarigen und fröhlich wirkenden Frau Ende vierzig, die ihn mit einem struppigen Mischlingshund aus einem bunten Holzrahmen auf seinem Schreibtisch anlächelte.

In diesem Augenblick war es nicht seine ganz private Tiefkühltruhe, die Bertrand Morillon erschauern ließ, sondern das gelbe Papier, das vor ihm auf dem Schreibtisch lag. Der General seufzte und schüttelte den Kopf: Er hatte zweihundertsechs seiner Männer nach Afghanistan geschickt. Mit den Namen der sechs Männer, die Madame le Juge noch ein paar Wochen geheim halten wollte, waren es jetzt zweiundzwanzig Tote!

Bertrand Morillon wusste, dass es nicht sehr professionell war, sich in solch einem Maß über diese Verlustliste aufzuregen. Er hatte Emilie angelogen und sie unter dem Vorwand nach Taverny gelockt, dass er sehr viel zu tun habe und aus diesem Grund in der Kaserne übernachten müsse. Das familiäre Ambiente mit seinem Adjutanten und ein paar seiner Männer sowie das improvisierte gemeinsame Abendessen waren seine Strategie, um zu vermeiden, dass sie ihn in der Intimität ihres eigenen Heims fragen konnte, was ihn bedrückte. Momentan wusste er nur, dass er noch keine ihrer Fragen beantworten konnte und wollte.

Statistisch gesehen war ein Verlust von dreizehn Prozent einer Truppe bei einem Kampfeinsatz nicht ungewöhnlich. Dreizehn Prozent waren schmerzhaft, extrem schmerzhaft, aber gerade noch akzeptabel. Der General hasste Statistiken. Das hatte nichts mit dem Beruf seiner Frau zu tun, sondern mit seiner eigenen, schmerzlichen Erfahrung: Er hatte als frisch gebackener Leutnant, direkt nach Abschluss der Militärakademie von Saint Cyr, bei den zwischenzeitlich aufgelösten Kommandos des 11ème Choc gedient. Das war im Tschad gewesen, während des blutigen Bürgerkrieges, der der Entkolonialisierung gefolgt war. Damals war er auch zum ersten Mal mit diesen unheimlichen gelben Blättern auf seinem Schreibtisch konfrontiert worden. Tote und Verletzte waren an der Tagesordnung gewesen.

Er fluchte leise: Es würde angehen, wenn er den Tod seiner Männer auf einer rein menschlichen und ganz persönlichen Ebene zutiefst bedauerte, so wie er auch all jene Verluste durch Unfälle bedauerte, die sich während des brutalen Trainings von Spezialeinsatzkräften nicht vermeiden ließen. Doch was er spürte, war nicht Bedauern: Er war zornig! Und er hatte einen bitteren Nachgeschmack im Mund.

Das war auch wegen dem, was Morillon im Hauptquartier der Division Action gesehen hatte: die vielen Informationen, die der Einsatzagent aus dem Service Action vor dem Abbruch der Kommunikation noch nach Hause geschickt hatte, und die kurzen, mit dem Smartphone gefilmten Filme, die hochgerüstete europäische Kämpfer in einem Kaff im Herzland der Taliban, in der Provinz Zabul zeigten. Der Agent des Service Action hatte sie als Russen identifiziert und die Vermutung geäußert, es handle sich um ehemalige SpezNas. Bis zum Abschuss des MedEvac hatte er Madame le Juge mit unglaublicher Nervenstärke und Kaltblütigkeit Bericht erstattet – bis zum bitteren Ende! Danach noch die Satellitenaufnahmen des Helios 2A. Der Agent hatte unglaubliches Glück gehabt und selbst den Abschuss heil überstanden.

Als man Napoleon Bonaparte auf dem Feld von Austerlitz einen Offizier vorstellte, damit er ihn zum General beförderte, soll er gesagt haben: »Ich weiß, Sie sind ein tapferer Mann. Aber haben Sie auch Glück?«

Morillon hätte gerne gewusst, aus welcher seiner COS-Einheiten Christiane Près diesen Mann entführt hatte, und wer er gewesen war, bevor er Madame le Juge in die Hände gefallen war. Sie nahm ihm immer die Besten weg – die, die echtes Potenzial hatten, bis zum Generalsrang aufzusteigen und eines Tages Führungsaufgaben wie die seine zu übernehmen.

Ihre männlichen Vorgänger in der Division Action – alles alte Soldaten und echte Kampfschweine – hatten immer diejenigen in ihrem Dienst akzeptiert, die sich freiwillig beworben hatten, um zu dienen: *Honneur, Dévoir, Patrié!* – Ehre, Pflicht und Vaterland! Madame le Juge dagegen vertraute nur ihrem Instinkt und wählte jeden einzelnen ihrer Männer selbst aus.

Natürlich hatten sie im Augenblick trotz der ganz offensichtlichen Qualität ihres Agenten nur begrenzte Informationen und ein sehr verzerrtes Bild dessen, was in dieser von den Taliban verseuchten afghanischen Provinz an der Grenze zu Pakistan ablief. Gemeinsam mit Christiane Près hatte er bereits gestern mehrere Hypothesen durchgespielt: Handelte es sich um Söldner oder um eine Private Military Company, die sich hier in einer unheiligen Allianz der Profitgier mit den Taliban verbündet hatte? Finanzierten irgendwelche steinreichen, fanatisierten Saudis oder Emiratis eine hochprofessionelle militärische Unterstützung für den lokalen Kriegsherren Dadullah, einschließlich exklusiver westlicher Hightech wie der Mistrals? Dadullah war einer der aufsteigenden Sterne der Taliban-Bewegung und befand sich bereits in den Top 25 der afghanischen Taliban-Abschussliste. Er hatte den Ruf, Mullah Omar, dem selbsternannten *Amir-al-Muminin* und Führer der Bewegung, eine Heidenangst einzujagen, sodass dieser sich nicht mehr in der Provinz Zabul einmischte und ihn und den »Schatten-Gouverneur« Ahmad Jan machen ließ.

Waren sie hier vielleicht sogar auf Osama bin Ladens legendäres Versteck gestoßen? Beschützt von einer speziellen und hochkarätigen Schutztruppe aus westlichen und/oder russischen Söldnern, denn Osama hatte bei den Paschtunen-Stämmen im afghanisch-pakistanischen Grenzgebiet bei Weitem nicht nur Freunde. Und auch in Pakistan gab es Kreise, die ihn entweder den Amerikanern oder den Saudis ausliefern würden, wenn sie Hand an ihn legten. Es ging hier um politische Imperative und sehr viel Geld!

Es gab eine Reihe glaubwürdiger Hinweise, dass bin Laden in diesem Grenzgebiet untergetaucht war, und diese spezielle Gegend der Provinz Zabul, der Distrikt Shinkay, stand auf einer Liste möglicher Verstecke des Gründers von al-Qaida.

Allerdings erschienen Bertrand Morillon sämtliche gemeinsam mit Madame le Juge entwickelten Hypothesen in gleicher Weise gefährlich. Egal welche ihrer Theorien sich als wahr erweisen sollte, eine Konstellation, in der sich Söldner oder Contractors mit westlichem Equipment und einer klassischen militärischen Ausbildung und irreguläre Kämpfer einer radikalislamischen Bewegung zusammentaten: Solch eine Union war ein Brandsatz – nein, eine Bombe, deren Lunte brannte. Und wenn diese Bombe hochging, dann hatten sie ein gewaltiges Problem!

Sie mussten der Sache auf den Grund gehen. Allein die Gefahr für Luftfahrzeuge der Anti-Terrorkoalition, falls sich herausstellen sollte, dass weitere Mistral-MANPADS in Händen dieser Unbekannten waren, war nicht kalkulierbar.

Der General fixierte erneut seine Verlustliste auf dem Schreibtisch. Er kannte sie auswendig, einschließlich der sechs neuen Namen, die er seit dem Treffen mit Christiane Près handschriftlich hinzugefügt hatte. Dabei fühlte er, dass es wichtig war, alles Vorgefallene noch einmal von Anfang bis Ende detailliert zu analysieren.

Er drückte erneut auf den Knopf der Gegensprechanlage, bat seinen Sekretär, ihm eine der topografischen Karten von Afghanistan, eine Schachtel mit Stecknadeln und eine Rolle roten Bindfaden zu bringen und eine große Kanne frischen Kaffee aufzubrühen. Manchmal waren einfachste Mittel den Möglichkeiten modernster militärischer Hochtechnologie überlegen. Anderthalb Stunden später hatte der General dann begriffen.

Die Zahl der Fatalitäten bezog sich nicht auf die Gesamtzahl seiner Toten seit dem Beginn des Afghanistan-Einsatzes 2003. Es war diese ganz spezielle Gegend, in der sie im Verhältnis zum gesamten Kampfgebiet außergewöhnlich hohe Verluste hatten. Diese Gebirgsgegend an der Grenze zwischen den Provinzen Zabul und Kandahār und dem von Pakistan verwalteten Stammesgebiet Waziristan war das reinste Bermuda-Dreieck!

Der General griff zum Telefon und wählte die Nummer von Christiane Près. Es war nur so ein Gefühl, aber die Tatsache, dass ausgerechnet in der Gegend, in der dieser MedEvac abgeschossen wurde, sämtliche Toten eigentlich keine Toten im herkömmlichen Sinne waren, sondern Männer, die sich in Luft auflösten, erschien ihm auffällig. Keine einzige Leiche hatte je den Rückflug nach Frankreich angetreten, um diskret, aber mit allen militärischen Ehren, bestattet zu werden. Und es war immer die ganze Gruppe, die verschwand – keiner kam zurück. Nur dieses eine Mal hatten sie möglicherweise noch »einen Mann im Rennen«, wie Christiane Près sich so treffend ausgedrückt hatte.

× × ×

»Madame le Juge«, Morillon sparte sich die Begrüßungsfloskeln, »seit unserem Treffen habe ich mir die ganze Affäre noch einmal durch den Kopf gehen lassen.«

Er erklärte ihr rasch seine Überlegungen. »Ich möchte mich aus diesem Grund diskret bei den militärischen Kollegen im Ausland umhören, die auch in dieser speziellen Gegend operieren. Es wäre interessant zu erfahren, ob sie dort ähnlich hohe und unerklärliche Verluste haben wie unsere Spezialeinsatzkräfte, und ob es sich auch immer um ganze Gruppen handelt, die spurlos verschwinden.«

Christiane Près hatte bereits ähnliche Erwägungen angestellt wie ihr alter Verbündeter in Uniform. Natürlich war das Problem bei Operationen von Spezialeinsatzkräften immer, dass keine Nation frisch-fromm-fröhlich-frei herausposaunte, wer wann wo und wieso etwas unternahm. Und Verluste hängte man schon gar nicht an die große Glocke. Die verschwieg man ähnlich verschämt wie bettnässende Kinder oder Großeltern, die mit der Harley-Davidson und dem Bandana im schütteren Haar die Route 66 hinunterfuhren und Marihuana rauchten.

Im Rahmen der Operation Enduring Freedom stellte sich die Situation allerdings ein bisschen anders dar: Hier hatten Verbündete ihre Special Forces den Amerikanern zur Verfügung gestellt und auch formal unterstellt, um ein besonderes politisches Zeichen zu setzen und Bündnistreue in einer ganz speziellen Situation zu demonstrieren: der Jagd nach al-Qaida-Führungskadern in Afghanistan, die unter dem Akronym OEF ablief.

Die Rechtsgrundlage von Enduring Freedom war die Resolution 1368 des Sicherheitsrates der Vereinten Nationen, und an der Operation waren inzwischen offiziell rund fünf Dutzend Nationen beteiligt. Die Fäden für die OEF liefen jedoch im Hauptquartier des amerikanischen Regionalkommandos US CENTCOM in Tampa, Florida, zusammen.

»Morrillon«, sagte die Geheimdienst-Frau, »es ist möglich, dass wir gerade dabei sind, eifrig in einem Hornissennest herumzustochern. Und so etwas ist nicht ungefährlich! Da ich keinen Kontakt mehr zu meinem Agenten habe, kann ich ihnen auch nicht erklären, warum er für seine Gruppe mit aller Gewalt einen ISAF-Rettungsflug haben wollte und keine OEF-CSAR. Was ich glaube ist, dass er die Amerikaner aus dieser Sache heraushalten wollte, in erster Linie wohl das Bagram CENTCOM aber wahrscheinlich auch das US CENTCOM in Tampa. Das erfolgreiche Uplink-Jamming ist ein klarer Beweis dafür, dass dort mindestens eine Person in einer Schlüsselposition ein Verräter ist, oder Geheiminformationen kommerzialisiert.«

»Und was schlagen Sie vor?«

Der General fühlte, wie es wieder in ihm hochkochte. Christiane Près hätte niemals eine solche Behauptung aufgestellt, wenn sie nicht bereits Stichhaltiges in Händen hielt und es ihm – wie gewöhnlich – vorenthielt.

Als ob sic seine Gedanken gelesen hatte, antwortete die Chefin der Division Action:

»Verstehen Sie mich bitte nicht falsch, General! Aber es ist unauffälliger, wenn Sie sich diskret umhören und als Soldat mit ihren Soldaten-Kollegen plaudern, als wenn ich plötzlich herumtelefoniere. Was ich vorschlage ist: Reden Sie zuerst mit den Europäern, zu denen wir enge Beziehungen haben und mit denen wir auf vertrauensvoller Basis zusammenarbeiten. Fragen Sie Van Diederen, ob er welche von seinen Korps-Commandotroepen in dieser Ecke verloren hat, oder Gutbrod vom KSK.«

»Gutbrod ist nicht mehr beim KSK, der ist seit ein paar Wochen Chef des Einsatzführungskommandos der Bundeswehr in Potsdam. Sein Nachfolger scheint aber auch ganz patent – ein ›von und zu‹ aus irgendeiner alten preußischen Junkerfamilie, der offenbar fantastisches Französisch spricht. Vignerolles de Saint Maure kennt ihn, aber ich habe noch nicht mit ihm zu tun gehabt. Die Deutschen machen eh nicht viel in der Provinz Zabul. Dort sind außer den Amerikanern nur noch die Briten, die Polen und die Rumänen unterwegs.«

Morillon fasste sich wieder ein Herz. Madame le Juge war vielleicht doch nicht so eiskalt, abgebrüht und berechnend wie er ihr immer unterstellte. Ihr Jagdtrieb war durch die geheimnisvollen Umstände auf jeden Fall geweckt, aber vielleicht wollte sie ja auch einfach nur erfahren, was wirklich mit seinen Soldaten geschehen war. »Der polnische GROM hat Männer, die von Ghazni aus operieren, die Rumänen sind in Qalat und in zweien der FOBs stationiert. Ich mache mich mal bei ihren nationalen Vorgesetzten kundig.«

»Und Sie vertrauen natürlich Ihrem polnischen und Ihrem rumänischen Counterpart, Morillon? Die werden nicht bei ihren guten amerikanischen Freunden herumposaunen, das wir mit unseren Special Forces in der Provinz Zabul wildern?«

Christiane Près hatte stichhaltige Beweise dafür, dass die CIA in Polen und in Rumänien mindestens von 2003 bis 2005 mit Wissen der Regierungen Kwasniewski und Iliescu Geheimgefängnisse betrieben hatte, in denen gefoltert wurde. Das war einerseits ein politisches Anbiedern der beiden ehemaligen Ostblock-Länder mit Washington gewesen. Andererseits waren die Rumänen und die Polen für ihre Kooperation und ihr Schweigen von den Amerikanern in harten Dollars großzügig entlohnt worden. Christiane schmunzelte. Sie würde diese Beweise irgendwann einmal im geeigneten Moment aus dem Schrank holen. Die Kollegen brutal zu erpressen, war selbst zwischen Freunden und Bündnispartnern üblich. Das Geschäft der geheimen Dienste unterschied sich in keiner Form von anderen Geschäften. Es gehörte zum guten Ton, knallhart Druck zu machen. Wer es nicht tat oder wer nichts in Händen hielt, um es tun zu können, galt als schwach. In ihrer Welt musste man allerdings stark sein, um geachtet und gefürchtet zu werden – von Freunden und Feinden. Christiane wusste, dass diejenigen ausländischen Kollegen, die das Unglück hatten, sie persönlich zu kennen und mit ihr verhandeln zu müssen, ihr gerne Spitznamen aus der Unterordnung der Schuppenkriechtiere verpassten; von der Klapperschlange bis zur Viper oder Königskobra hatte sie schon so ziemlich alles gehört.

Als Abfallprodukt ihrer eigentlichen Arbeit hatte sie viele böse Dinge zur unappetitlichen US-amerikanischen Folter-Thematik nach 9/11 zusammengeklaubt, geordnet und katalogisiert. Es war die Gelegenheit gewesen, die den sprichwörtlichen Dieb gemacht hatte. Einer ihrer Männer war während eines Einsatzes in Litauen zufällig über ein paar seltsame Dinge gestolpert. Ganz ähnlich, wie diese Sache, in die sie gerade am Hindukusch hineinschlitterten.

Irgendwann hatten sie alles in Romainville auf dem Tisch liegen gehabt: das CIA-Geheimgefängnis beim Reithof Antaviliai, fünfundzwanzig Kilometer von Vilnius entfernt, den Kaufvertrag für das Gelände vom März 2004 und die komplette, finstere Biografie des Käufers, einer im Bundesstaat Delaware registrierten Firma.

Elite LLC war natürlich eine Scheinfirma der CIA. Sie hatte den Mann sofort wieder losgeschickt, um weiterzugraben. Nach und nach hatte er andere Geheimgefängnisse aufgespürt und herausgefunden, wie das amerikanische System des Schreckens funktionierte und wer alles seine Finger im Spiel hatte.

Nach 9/11 waren zwischen den USA und mehreren osteuropäischen Neumitgliedern der NATO, die allerdings auch EU-Mitgliedsstaaten waren, Geheimverträge geschlossen worden. Ein großer Eimer voll übelriechenden Mülls und ein ausgezeichnetes Druckmittel. Vielleicht würde sie das Produkt aber auch noch eine Weile gären lassen und alles in einem günstigen Moment einer alten Freundin aus Ghana zuspielen, die heute die stellvertretende Chefanklägerin des Internationalen Strafgerichtshofes ICC in Den Haag war. Damit konnte sie, ohne dabei erwischt zu werden, die Amerikaner genüsslich in die sprichwörtlichen »Eier« treten und gleichzeitig den viel zu amerikahörigen EU-Neumitgliedern Polen, Rumänien und Litauen zeigen, dass es besser war, im EU-Team zu spielen, als irgendwelche Einzelkämpfer-Ambitionen zu entwickeln. Das hatte den Vorteil, dass die beiden anderen baltischen Staaten, Lettland und Estland, die *message* gleich mitbekamen – sozusagen gratis. Christiane hob in der Intimität ihres Büros von Romainville die Augen zum Himmel und schüttelte leicht den Kopf. Es war erbärmlich, mit welchen Mitteln selbst die Geheimdienste befreundeter Nationen gegeneinander kämpften, aber der Mensch war dem Menschen ein Wolf, woran auch die Europäische Union und all ihre hochoffiziellen Freundschaftsbekundungen nichts änderten.

× × ×

»Wir wissen doch beide, was auf dem Gelände von Stare Kiejkuty läuft«, sagte Christiane trocken, »und in den Hangars des Flughafen Mihail Kogălniceanu bei Constanța!«

Sie hatte ihre interessanten Informationen über die Aktivitäten der Amerikaner von Anfang an mit Morillon geteilt. Sie hatte personelle Unterstützung aus seinem Pool von Spezialeinsatzkräften gebraucht, um insbesondere die polnischen *Black Sites* diskret zu überwachen. Christiane hatte eine zeitlang vermutet, dass die Amerikaner ihnen den berüchtigten algerischen Terroristen Taher El Ouazzani in der Türkei vor der Nase weggeschnappt hatten. Kérmorvan hatte dessen Spur damals nämlich in der Nähe des NATO-Stützpunktes Incirlik plötzlich verloren. Und sie wussten genau, dass die Türken den Amerikanern im Rahmen eines Geheimvertrages gestattet hatten, Incirlik als Auftankstopp für Gefangenentransporte der Operation Fundamental Justice zu benutzen. Sie wussten auch, auf welchem Weg die Gefangenen dann weitertransportiert wurden, welchen Preis die amerikanischen geheimen Dienste für die Landegenehmigungen bezahlten, wieviel Geld vor Ort pro Terrorismus-Verdächtigen pro Tag für die »Behandlung und Verwahrung« ausgemacht waren und wer wem auf welches Konto in Euro oder in US-Dollar welche Geldsummen überwies. Als Morrillons Männer die polnische *Black Site* unter Beobachtung genommen hatten, war dies vor allem in der Hoffnung geschehen, vielleicht die Spur des algerischen Terroristen wiederzufinden.

»Dann müssten Sie mich, wenn Sie konsequent sein wollen, selbst vor den Deutschen und dem KSK warnen, Madame le Juge.« Morrillon hob kritisch eine Augenbraue.

Die Praktik, Foltergefängnisse in Drittstaaten zu betreiben und diese Staaten geldwert dafür zu entlohnen, dass sie die Menschenrechte mit Füßen traten und die Drecksarbeit der Amerikaner machten, war unappetitlich. Morrillon fragte sich, was die Polen und die Rumänen wirklich dazu bewegt hatte, sich auf diesen Kuhhandel einzulassen, doch er bezweifelte, dass General Maj und General Vasile als Kommandeure der Spezialeinsatzkräfte der Polen und Rumänen direkt an den amerikanischen Aktivitäten beteiligt waren. Die Amerikaner benutzten auch die Ramstein-Airbase als Drehscheibe in ihrem schmutzigen Geschäft mit den gefangenen Terroristen und Terror-Verdächtigen mit Wissen der Bundesregierung. Ramstein war der Transitflughafen für viele Terroristen und

Terrorverdächtige. Das würde Morillon allerdings nicht daran hindern, mit dem neuen Chef des KSK zu sprechen. Christiane Près hatte Bedenken und eine berufstypische antiamerikanische Zwangsneurose. Im Geflecht der französischen geheimen Dienste war diese spezielle Krankheit eine regelrechte Pandemie! Ihn hatte sie glücklicherweise noch nicht angesteckt, auch wenn er gelegentlich erste Symptome einer Infizierung zeigte.

Der erste, der die Ohnmacht der herkömmlichen Militärstrategie im Rahmen der asymmetrischen Kriegführung erkannte und ein System von Methoden der Aufstandsbekämpfung entwickelte, war der französische Fallschirmjäger-Offizier Roger Trinquier. Weil Frankreichs Militär die Methoden schnell adaptierte und in Algerien radikal umsetzte, wurden sie auch als »Französische Doktrin« bekannt. Doch in diesem Augenblick trieben die Amerikaner Trinquiers Doktrin eindeutig zu weit.

»Da der deutsche Innenminister dieses Thema nicht so eng sieht, Madame le Juge, sollten auch Sie und ich diese ganze Sache gelassen betrachten.«

Morillon erinnerte sich an die zynischen Worte, mit denen Wolfgang Schäuble zwei Jahre zuvor gerechtfertigt hatte, dass Mitarbeiter des BND zwei deutschstämmige Terroristen in einem syrischen Gefängnis und in Guantanamo vernommen hatten.

»Morillon, tun Sie, was Sie für richtig halten. Reden Sie mit dem Deutschen, reden Sie mit dem Polen und reden Sie mit dem Rumänen.«

Sie überlegte kurz. Der Name des Polen und der des Rumänen lagen ihr auf der Zunge – sie kam nicht darauf. Irgendwas mit »j« und »u« oder »z« am Ende. Sie war nicht nur die erste Frau an der Spitze der Division Action, sie war auch der erste Direktor dieses Dienstes, der weder renommierter Russland- noch Osteuropa-Experte war, sondern von Haus aus Orientalist. Christiane sprach gutes Arabisch und Tamazight, den gebräuchlichsten Berberdialekt. Sie kannte die meisten Hotspots des Islamismus und Dschihadismus und hatte diese Ecken der Welt bereist. Dazu war sie in einer

Familie von *Pieds-Noirs* in einem »anderen Algerien« zur Welt gekommen, und sie trug die unverheilten Narben in der Seele, die man keinem erklären konnte, der nicht selbst in *l'Algérie française* auf die Welt gekommen war.

Selbstverständlich war sie in der Lage, ohne lange zu überlegen auf einer Karte Nordafrikas und des Nahen Ostens zu zeigen, welcher Stamm oder Clan wo lebte. Aber sie musste immer noch diskret auf die Weltkarte schielen oder einen ihrer Experten zu Rate ziehen, wenn einer ihrer Hochoberen Informationen über die drei baltischen Staaten einforderte. Sie hatte schon Probleme, aus dem Stegreif die Namen ihrer Hauptstädte aufzusagen – und dabei handelte es sich hier um EU-Mitgliedsstaaten.

»Reden Sie, mit wem Sie es für richtig halten, mein lieber Morillon«, Christiane wusste, dass der General kein Mann war, der leichtsinnig Fehler machte, weil er sich verplapperte. Er war das Beste, was einem Direktor der Division Action im französischen Kommando Spezialkräfte COS passieren konnte. Sie wusste, dass sie mit Morillon zusammenarbeiten konnte. »Aber vermeiden Sie die Amerikaner und vielleicht auch die Briten. Bei denen weiß man nie so genau.«

Der General hob die Hand:

»Ich rufe meine Kollegen noch heute an, und ich werde vorsichtig und natürlich sehr diskret sein.«

Der Kommandant des COS hatte seine europäischen Kollegen regelmäßig in der Leitung. Sie kannten sich gut und diskutierten und berieten regelmäßig miteinander. Keiner würde sich wundern, wenn er ein paar Fragen mehr stellte. Afghanistan war ein schmerzhafter Stachel, den sie alle im Fleisch trugen. Maj oder Vasile waren genauso frustriert wie er selbst, denn auch sie verloren Männer. Die Deutschen hatten andere Probleme. Ihre Politiker kriminalisierten systematisch die Spezialeinheit. Sie hatte keinen Rückhalt, und im Bundestag saßen Abgeordnete, die ihnen sogar Mord und Völkerrechtswidrigkeiten vorwarfen, wenn sie Taliban jagten und versehentlich einmal aus Notwehr einen Terroristen töteten. Doch sie alle machten keine Politik. Sie schickten ihre Soldaten in Einsätze und lebten mit der grauenhaften Vorstellung, einen oder mehrere ihrer Männer in Särgen nach Hause zurücktransportieren zu müssen.

»Sie sind also sicher, dass ›Ihr‹ Mann zurückkommen und uns des Rätsels Lösung präsentieren wird?«

In Morillons Stimme hing ein leiser Hauch von Zynismus, genauso unaufdringlich wie der Geruch des edlen 24-Faubourg-Parfüms von Hermès, das zu Madame le Juge gehörte, wie ihre ewige Geheimniskrämerei. Es war ja eigentlich »sein« Mann, da unten am Hindukusch, auch wenn Morillon immer noch nicht wusste, aus welcher seiner Einheiten sie ihn entführt hatte.

Christiane Près verstand die diskrete Anspielung ihres militärischen Kollegen sofort. Sein Vorgänger hatte auch immer diesen leisen Frust in der Stimme gehabt, wenn sie miteinander telefonierten. Sie wusste natürlich, dass es nicht besonders höflich war, dem COS die besten Männer wegzunehmen und sie dann verschwinden zu lassen wie Kaninchen im Zylinder eines Illusionisten. Sie würde ihre Rekrutierungsmethoden aber nicht ändern, nur um den Chef des COS glücklich zu machen. Manchmal fand Christiane, führten ihre Kollegen in Uniform sich sehr kleinkrämerisch und engstirnig auf, dabei führte Morillon rund zweitausend Mann unter seinem Kommando. Was waren da schon diese handverlesenen zwei Dutzend Ausnahmesoldaten, die sie ihm und seinem Vorgänger im Lauf von fünf langen Jahren weggenommen hatte? Es war ja nicht so, als ob sie sich zum Erhalt ihres Dienstes wie ein Blutegel an seinen Einheiten gütlich tat. Außerdem waren die Planstellen dieser Männer nicht unbesetzt geblieben. Von einem mathematischen Standpunkt aus betrachtet hatte Morillon gar nichts verloren!

»Morillon, vertrauen Sie mir«, lenkte Christiane ein, »natürlich wird mein ›Mann‹ zurückkommen und uns des Rätsels Lösung präsentieren. Sie haben selbst gesehen, dass er den Absturz überlebt hat. Er wird da oben in den Bergen keine Wurzeln schlagen, sondern so schnell und so diskret wie möglich nach Hause zurückkehren. Glauben Sie etwa, ich schicke Amateure los?«

Sie schmunzelte. Das hatte gesessen! Ab und an tat ein bisschen Bosheit einfach gut, und sie ließ der Teufelin in ihrem Inneren freien Lauf.

Der General seufzte leise. Warum musste sie immer gleich zubeißen wie eine schlecht gelaunte Königskobra, wenn man sie diskret auf ihre Piratenmentalität ansprach. Er war sich schon sicher, dass »ihr« Mann umgehend nach Hause zurückkommen würde, um ihnen alles zu berichten – wenn der arme Kerl denn konnte! Irgendwie schien Christiane Près übersehen zu haben, dass es in der Gegend der Abschussstelle zugegangen war wie auf dem Rummelplatz, und es durchaus denkbar war, dass die Kerle mit dem MANPADS oder die lokalen Taliban Jagd auf mögliche Überlebende des Absturzes machten.

»Madame le Juge«, erwiderte er beschwichtigend, »dann sind wir uns also handelseinig. Wir arbeiten als gleichberechtigte Partner zusammen. Ich rede mit meinen Quellen, Sie mit Ihren. Wir tauschen unsere Informationen selbstverständlich aus. Und wenn Ihr Agent nicht innerhalb der nächsten vierzehn Tage auftaucht, dann machen wir reinen Tisch: die Familien meiner Toten erfahren die Wahrheit, die Familien der MedEvac-Besatzung erfahren die Wahrheit, und falls der Helikopter zwischenzeitlich nicht gefunden wird, geben Sie der ISAF einen diskreten Tipp bezüglich der Absturzstelle, und wir bringen die Sache mit den wildgewordenen Contractors offiziell im NATO-Militärrat zur Sprache. Wir spielen dann mit ganz offenen Karten.«

Christiane Près atmete hörbar auf und verabschiedete sich vom Chef des COS.

Wenigstens hatte sie jetzt das Zeitproblem gelöst. Sie konnte sicher sein, dass Morillon ihr wegen der Soldaten, die Kérmorvan begleitet hatten, keine Probleme bereiten würde. Die Toten waren Christiane nicht egal, aber sie hatte auch keine Lösung. Sie mussten jetzt dringend herausfinden, ob diese Gebirgsregion noch mehr Soldaten verschluckt hatte als die vierzehn Franzosen vom COS.

Der Helios 2A richtete seine Augen noch immer auf die Gegend, doch die Bilder, die er zurückbrachte, waren schwer zu interpretieren. Ihre Experten glaubten, dass dort vielleicht ein Hochtal war. Aber Afghanistan war von den Sowjets kartografisch sehr gut dokumentiert, und deren Landkarte an ihrer Bürowand verzeichnete an dieser präzisen Stelle einen soliden, stabilen Berg mit einer Höhenangabe.

Christiane kam ausgezeichnet mit ihrem russischen Counterpart von der 5. Verwaltung der *Glawnoje Raswedywatelnoje Uprawlenije* GRU des militärischen Geheimdienstes klar. Die 5. Verwaltung machte das Gleiche wie ihre Division Action, auch wenn General Alexeij Tscherbakow etwas mehr Personal hatte als sie. Alexeij verfügte alleine über zwei ganze SpezNas-Brigaden, die 16te in Ryazan und die 22te in Moskau rund zwölftausend Mann. Sie wusste nicht, ob sie ihn bedauern oder beneiden sollte!

Was sie allerdings getan hatte, war, Alexeij anzurufen. Es war nicht ungewöhnlich, dass ein Mitglied der OEF um spezielles afghanisches Kartenmaterial bat. Die Russen hatten sogar im Oktober 2001 von sich aus die Karten für den Tora-Bora-Höhlenkomplex angeboten, damit die Amerikaner und ihre Verbündeten leichter Jagd auf al-Qaida machen konnten.

Natürlich hatte sie Alexeij angeschwindelt und durchklingen lassen, es ginge wie üblich um den ewig bösen Osama bin Laden, aber er hatte ihr trotzdem umgehend sein gesamtes Kartenmaterial für das Gebiet zwischen Ghazni und Kandahār übermittelt. Doch auch auf den russischen Detailkarten war dort, wo ihre Experten ein Hochtal vermuteten, immer noch ein solider, hoher Berg.

Christiane rief auch noch einmal in Creil an. Natürlich würde sie den Helios 2A nicht ewig für sich beanspruchen können, aber ein paar Aufnahmen würde man für ihren Dienst noch machen, bevor sie zu viele Fragen beantworten musste. Sie erklärte dem Verantwortlichen detailliert, was ihre Experten benötigten, um eine abschließende Aussage zu treffen. Der Helios 2A war auch für die digitale Erstellung von Landkarten zur Leitung von Marschflugkörpern eingerichtet, und er hatte eine Maximalauflösung von fünfunddreißig Zentimetern. Vielleicht schafften die Techniker in Creil es ja, einen Blick in dieses Loch im Berg zu werfen und herauszufinden, ob es ein Hochtal, ein Krater oder ein Bergsee war. Sollte es Ersteres sein, dann war es möglich, dass die Männer mit den Mistral-Boden-Luft-Raketen sich dort verbargen. Sollte es sich jedoch um einen nicht kartografierten Krater oder ein natürliches Wasserreservoir im Gebirge handeln, dann konnten sie die Info zusammen mit den Satellitenaufnahmen später immer noch an die Wissenschaftler vom staatlichen Institut für Kartografische Information weiterleiten. Die würden sich allemal über eine fantastische Entdeckung freuen und einen spannenden Artikel für *Geo* oder *National Geographic* schreiben.

TEIL 2

ERSTES KAPITEL

Afghanistan – Provinz Zabul – Shinkay Distrikt – Kashani-Pass

Der Pilot zog einen letzten Kreis über dem Kashani-Pass. Der leichte bewaffnete Verbindungshubschrauber OH-58, dessen Spitzname »Kiowa« auf einen nordamerikanischen Indianerstamm anspielte, war knapp an die Grenze seiner Spritreserve geflogen, genau wie an den beiden Vortagen. Sie waren dieses Mal sogar nur zu zweit an Bord, um ihren Aktionsradius durch weniger Gewicht zu vergrößern. Trotzdem hatten sie keine Spuren des MedEvac gefunden, der vor ein paar Tagen von seinem Rettungsflug nicht auf die Kandahār-Airbase zurückgekehrt war. Nichts! Kein Wrack, keine Wrackteile – es war, als ob der Black Hawk sich in Luft aufgelöst hatte. Sie wussten nicht einmal, wo sie genau suchen mussten. Ihre hochempfindlichen Sensoren hatten nichts entdeckt. Selbst von der Blackbox, die hinten am Heckrotor integriert war, hatten sie keine Spur gefunden. Irgendetwas war mit dem Hubschrauber geschehen, und zwar so unglaublich schnell, dass er keinen Notruf hatte abgegeben können.

Diese Gebirgsregion war eine gewaltige Herausforderung für Helikopterpiloten. Eine kleine Unachtsamkeit, ein geringfügiger Flugfehler reichten aus, um in eine der schroffen Felswände zu knallen. Hubschrauber waren in dieser Höhe hier am Hindukusch am Limit ihrer Leistungsfähigkeit. Die Luftdichte nahm nach oben hin ab. Damit reduzierten sich gleichzeitig die Leistung der Triebwerke als auch der Gesamtauftrieb. Dazu gab es sehr unberechenbare Auf- und Abwinde und es kam regelmäßig vor, dass die Abwinde stärker waren als die Steigleistungen ihrer Helikopter. Dann wurden die Maschinen heruntergedrückt, ein Problem, für das der Hawk Med-Evac besonders anfällig war. Mit seinem überbreiten Instrumentenbrett hatten die Piloten auch noch eine ziemlich verbaute Sicht durchs Bodenfenster, ein zusätzlicher Nachteil, vor allem, wenn die Piloten gezwungen waren, im Rettungsflug mit nur einer Kufe den Boden zu berühren und den Hubschrauber im Schwebeflug zu halten. Und dann gab es noch die Möglichkeit, dass irgendwelche Irren in schwarzen, weißen oder buntgescheckten Turbanen eine alte Panzerfaust oder eine Stinger aus den Tagen der Sowjetunion aus ihrem Versteck geholt hatten – und bumm!

Die Stinger war für einen Helikopter unglaublich gefährlich. Als sie noch die Mudschaheddin gegen die UdSSR unterstützt hatten, waren etwa zweitausend der MANPADS über pakistanische Mittelsmänner an die verschiedenen Gruppierungen verteilt worden. Nach dem sowjetischen Abzug waren viele der Waffen im Land verblieben, obwohl die USA beträchtliche Summen investiert hatte, um sie zurückzukaufen. Ein Abschuss durch eine Stinger würde natürlich auch erklären, warum sie die Blackbox nicht finden konnten.

Der Co-Pilot, der im Rahmen dieser Suchmission auch als Beobachter fungiert hatte, bedeutete seinem Kameraden am Steuerknüppel, dass sie aufgeben und zur Kandahār-Airbase zurückfliegen sollten. Es machte keinen Sinn mehr weiterzusuchen.

Der Sprecher der ISAF würde am Mittwoch im Rahmen seiner wöchentlichen Konferenz die traurige Pflicht haben, den akkreditierten Pressevertretern im ISAF-HQ in Kabul mitzuteilen, dass beim Absturz eines Sanitätshubschraubers über dem Distrikt Shinkay in der Provinz Zabul sämtliche Besatzungsmitglieder, unter ihnen auch eine Frau, den Tod gefunden hatten.

Nachdem sie aus der Luft nichts sehen konnten, war die Sache gelaufen. Zabul endete für die ISAF in Qalat. Im FOB Lagman gab es noch ein paar Amerikaner und Rumänen, und das war's dann auch schon. Staatliche Autoritäten hatten auf die Provinz an der Grenze zu Pakistan keinen Zugriff, sondern lokale Milizenführer und Stammesälteste bestimmten, und die Schutztruppe ISAF traute sich nicht hinein. »Schwer zugänglich« nannte ihr Kommandeur das in der beschönigenden Sprache der NATO.

Die Taliban, die sich mit Koran und Kalaschnikow an antiquierte stammesgesellschaftliche Traditionen klammerten, waren in der kaum überwachbaren Gegend etabliert. Die Truppen der Allianz konnten hier nicht einmal die Nebenrolle spielen.

Der »Kiowa« beschleunigte. Vierzig Minuten später landete er wieder auf der Kandahār-Airbase. Die Nachrichten waren schlecht.

Afghanistan – Provinz Zabul – nordwestlich der Grenze zu Pakistan

Hinter den schützenden Mauern des verfallenen, sowjetischen Außenpostens hatten sie abwechselnd geschlafen und gewacht. Die Herbstsonne, die Ruhe, zwei weitere kalorienreiche warme Mahlzeiten und eine neue Runde Morphin subkutan für Rippen, Schulter und Hüfte hatten bei Kérmorvan wahre Wunder bewirkt. Er fühlte sich wieder fit und angriffslustig!

Er hatte sich Major Rossi, die mit Vornamen Carla hieß, vorgestellt – selbstverständlich unter einem bewährten Pseudonym. »Pierre Dupont«, das war so gut wie Hans Schmidt in Deutschland!

Dabei hatte er seinen Dienstrang als Korvettenkapitän der Marine Nationale auf einen unauffälligeren Unteroffiziersrang reduziert. *Sergeant* – Feldwebel! Das war immer gut, und es erlaubte ihm ohne unhöflich zu wirken, gewissen Fragen auszuweichen oder Unwissenheit vorzutäuschen. Für seine deutsche Weggefährtin war er außerdem Kanadier. Kanadier waren praktisch.

»Wo haben Sie eigentlich dieses unglaublich gute Deutsch gelernt, Sergeant?«

Mit dieser Frage Rossis hatte er gerechnet. Und er hatte eine wunderbar logische Erklärung parat. Dank der Urlaubsreise mit seinem kleinen Bruder Columban nach Kanada.

»Oh, meine Familie ist irgendwann im 19. Jahrhundert aus der Schweiz eingewandert. Ich komme aus Saint Boniface. Das liegt unweit von Winnipeg in der Provinz Manitoba. Da sprechen die meisten Leute Deutsch und Französisch! Englisch ist für uns eher eine Fremdsprache.«

Er schenkte der Bundeswehrärztin ein strahlendes Lächeln. Und Rossi glaubte ihm und nickte. Sie war natürlich auch neugierig zu erfahren, wer ihre Gegner während des fatalen Gefechtes gewesen waren und was sich seiner Meinung nach in diesem Hochtal abspielte.

Da er umgekehrt unbedingt wissen wollte, was sie beobachtet hatte, bemühte er sich um Antworten, die sie nach einer sicheren Rückkehr nach Deutschland guten Gewissens ihren Vorgesetzten berichten konnte: Seine Geschichte musste logisch, schlüssig und glaubwürdig klingen. Aber keinesfalls durfte dadurch auf der anderen Seite des Rheins der Wunsch geweckt werden, ein Team vom Kommando Spezialkräfte loszuschicken, um dort in den Bergen herumzuschnüffeln. Nicht etwa, dass die Deutschen in dieser Beziehung sehr abenteuerlustig waren. Eher das Gegenteil war der Fall, aber es gab gewisse Namen auf der sogenannten »Joint Prioritized Effects List«, die nicht nur bei den Amerikanern große Begehrlichkeiten auf Festnahme oder Tötung aktivierten. Und einer dieser Namen war natürlich Dadullah Khan.

Selbst die Deutschen würden auf Dadullah anspringen. Der Warlord hatte zwei Jahre zuvor ein ausgesprochen blutiges Selbstmordattentat gegen sie in Kabul organisiert, bei dem ein mit Explosivstoffen vollgeladenes und als Taxi maskiertes Auto in einen Bus voller Bundeswehr-Soldaten gefahren war. Es hatte eine Menge Toter und Verletzter gegeben und dazu eine unmissverständliche Warnung gegen Deutschland mittels eines grausigen Videos, das von Al-Jazeera ausgestrahlt worden war.

Trotzdem: Taher El Ouazzani gehörte ihm! Kérmorvan war sich nicht einmal sicher, dass die Deutschen den Namen dieses Mannes kannten oder ihn irgendwo in ihren Datenbanken hatten. Taher war ein rein französisches Problem und daneben noch ein bisschen eines der Israelis. Doch Dadullah Khan war eine andere Sache. Er war das sprichwörtliche Sahnehäubchen auf dem Kuchen und eine echte Gelegenheit für jeden Geheimdienst. Dadullah Khan war durch die gewalttätigen Videos, die Al-Jazeera gezeigt hatte, ein relativ bekanntes Gesicht des Terrorismus in Afghanistan. Es gab viele Fragen, die europäische Geheimdienstexperten einem ranghohen Taliban-Führer mit ausgewiesenem Zukunftspotenzial stellen wollten, ohne dass ihnen die Amerikaner über die Schulter schauten. Und anschließend konnten sie sich immer noch überlegen, ob sie ihn bei den Amerikanern in bare Münze umwandelten oder einen anderen Deal machten. Der »Schlächter von Zabul« war im Augenblick eine halbe Million US-Dollar wert. Das war ein kokettes Sümmchen in der schwarzen Kasse jedes geheimen Dienstes. Auch der Service Action würde nicht nein sagen! Vor allem, wenn sie es schafften, sich das Geld in die Tasche zu stecken, ohne dass es das »Mutterhaus« DGSE merkte.

Kérmorvan riss sich zusammen und verkniff sich diesen etwas unheiligen Gedanken an einen geheimdienstlichen Schacher, der zwischen Romainville und Langley stattfinden könnte, wenn es ihm gelang zu beweisen, dass die CIA oder irgendein anderer US-Dienst in diese Geschichte verwickelt waren.

Man sollte das Fell des Bären nicht verkaufen, bevor man ihn erlegt hatte. Er fluchte im Stillen. Diese ungewöhnliche Angelegenheit, einschließlich seiner Weggefährtin von der Bundeswehr, forderte sein ganzes Geschick als Diplomat. Zum Glück war er flexibel, kreativ und ein ausgezeichneter Schauspieler. Er konnte einem Gegenüber in einem halben Dutzend Sprachen die Hucke volllügen, ohne rot zu werden.

Kérmorvan sah Rossi direkt in die Augen. Die einfachste Erklärung für die Präsenz einer Gruppe Special Forces war oftmals die beste. Da Rossi den MedEvac nicht verlassen hatte, hatte sie auch nicht gesehen, dass ihre Gegner in Wirklichkeit eine hochqualifizierte Truppe ehemaliger russischer SpezNas gewesen waren.

»Taliban«, antwortete er auf ihre Frage nach den Gefechtsgegnern. Das war absolut glaubwürdig und er sah auch keine Zweifel in ihren Augen. »Wir kämpften gegen eine dreifache Übermacht. Sie waren extrem gewalttätig, kampferfahren und hochgerüstet. Natürlich hatten die Typen ausreichend Munition, Schnellfeuerwaffen und RPGs. Wir hatten nur die Waffen, die wir bei uns trugen. Außerdem hatten sie Pick-ups, während wir zu Fuß unterwegs waren.«

Falls sie ihn löcherte, würde er ihr Ahmad Jan als das Zielobjekt der Mission seiner Special-Forces-Gruppe nennen: ein geläufiger Name auf der allgemein bekannten Anti-Terror-Abschussliste, berüchtigter Terrorbanker und inoffizieller Schatten-Gouverneur der Provinz Zabul. Die verschwundenen Drohnen waren hinter diesem Mann her gewesen, bevor sie sich über den Großen Suleimans in Luft aufgelöst hatten.

Die Deutschen waren an der Erstellung der Anti-Terror-Abschussliste beteiligt. Allerdings überließen sie die Abarbeitung den anderen Mitgliedern der Koalition. Nicht alle verdächtigen Taliban-Führungskader standen auf der To-do-Liste der ominösen Task Force 373, von der es hieß, sie wäre bei den Deutschen in Camp Marmal, oben in Masar-i-Sharif, verdeckt stationiert. Die Einsatzregeln der Bundeswehr verboten kategorisch *»Capture-or-Kill«*-Missionen.

Kérmorvan nahm an, dass der Name des berüchtigten »Terror-Bankers« Ahmad Jan Rossi erst einmal gar nichts sagte. Bei einem Debriefing zu Hause würde er aber bei ihren Vorgesetzten weder Erstaunen noch plötzlichen Jagdtrieb auslösen. Über die Pariser Terror-Prozesse gegen die vier lebend gefassten Mitglieder der Terroristen-Kommandos von Djerba und Casablanca berichtete auch die deutsche Presse. Bei dem Anschlag von Djerba waren außerdem noch viele deutsche Touristen unter den Opfern gewesen. Ahmad Jan stand schon seit den Neunzigerjahren auf der UN-Liste, die am Beschluss 1967 des Sicherheitsrates hing. Der Ex-Taliban-Gouverneur von Zabul hatte unglaublich viel Dreck am Stecken: Ihm wurde neben der Terror-Finanzierung im Allgemeinen noch so ziemlich jede illegale Geschäftsaktivität vorgeworfen, die man sich nur ausdenken konnte: Rauschgift- und Waffenhandel, Entführungen mit Lösegelderpressungen, Menschenhandel … Und er hatte das Geld für die beiden blutigen Operationen in Nordafrika besorgt. Ahmad Jan war ein ganz schlimmer Finger.

»Die Typen hatten uns eingekesselt und in den Stillstand gekämpft«, log Kérmorvan forsch weiter, »und bei einem Ausbruchsversuch haben sie dann unseren Funker erwischt und das Gerät wurde schwer beschädigt. Aber wir konnten ihnen wenigstens eine ihrer Panzerfäuste und Sprenggranaten abnehmen. Hinterher haben wir alles Mögliche versucht, um Hilfe zu rufen, aber auf unser *Ground Call Sign* von niemandem Antwort erhalten. Wohl ein Problem der Reichweite. FOB Lagman und Qalat waren einfach zu weit entfernt, und nach Spin Boldak kamen wir auch nicht durch. Also hatte der Offizier den *Flash Burst* unverschlüsselt über die allgemeine Notfrequenz 406,1 MHz geschickt, weil wir für die beiden Schwerstverletzten schnell einen MedEvac brauchten. Wir haben einfach nur gehofft, dass irgendjemand reagiert OEF oder ISAF – wer den Notruf eben abfängt.«

Rossi nickte zufrieden. Sie war erstaunlich kooperativ. Kérmorvan atmete auf. Die Geschichte mit dem Stören der Kommunikationen, einem Verräter im CENTCOM und den hochgerüsteten Söldnern war viel zu kompliziert. Er musste gemeinsam mit den Spezialisten seines eigenen Dienstes zuerst selbst nach Antworten suchen. Und dazu musste er wieder zurück nach Hause.

»Waren bei den Kerlen in Rustam Kalay eigentlich auch Amerikaner dabei«, fragte Rossi weiter, während sie aus seinen medizinischen Notvorräten ein paar Kompressen auspackte, »oder waren es nur Taliban?«

Sie hatte gesehen, dass viele Sachen fehlten. Er musste die Verwundeten behandelt haben, bevor sie mit dem MedEvac gekommen waren, um die Gruppe zu evakuieren.

Rossi lächelte ihm aufmunternd zu. Offensichtlich war sie überzeugt, dass eine angeregte Unterhaltung ihn von dem, was nun auf ihn zukam, ablenken würde.

»Ich weiß nicht, Major Rossi«, antwortete er brav. »Die haben sich nicht vorgestellt, sondern die ganze Zeit auf uns geschossen. Sie sahen eher aus wie Taliban. Turbane, lange Bärte, Flatterhemden und Badelatschen. Außerdem war ich am Ende vollauf mit den Verwundeten beschäftigt.«

Er grinste innerlich. Damit hatte er sich als der *Special Operations Combat Medic* der Gruppe geoutet. Dies würde ein zusätzliches positives Band zwischen ihm und der Oberstabsärztin knüpfen.

Kérmorvan straffte die Schultern und drehte Rossi heldenhaft seinen zerschlagenen Rücken hin: »Aber die, die mich im Hangar verprügelt haben … die sprachen alle ganz ausgezeichnetes Englisch!«

»Auch der Taliban-Posterboy und der Lehrer?«

»Wer?« Kérmorvan schmunzelte. Er konnte sich ja denken, wer gemeint war, aber er wollte es aus ihrem Mund hören. Sie war unglaublich! Und sie hatte wunderschöne, grüne Augen mit einem leichten Blaustich, der ihn an die Wasser des heimatlichen Atlantiks erinnerte. Und sie war schon ganz ohne diese besonderen Umstände – Hubschrauberabsturz, Nächte im Freien, wilde Flucht mit einer Enduro – die interessanteste und attraktivste Frau, die er seit Langem getroffen hatte.

»Naja, ich habe den Typen Spitznamen gegeben.«

Rossi betrachtete die linke Schulter des Special-Forces-Combat-Medic. Ihr kanadischer Kollege hatte sich da eine böse Geschichte eingefangen. Und es mangelte ihr hier ein wenig an Geräten, um sich ein vernünftiges Bild von der Situation zu machen.

»Mit den Spitznamen ist es einfacher, sich hinterher an sie zu erinnern, Sergeant. Ich sehe dann immer das Gesicht vor mir, wenn ich an den Namen denke.«

Die alte Narbe, die sich wieder geöffnet hatte, sah nicht so gut aus. Sie hatte ihm zuvor erklärt, dass sie ihn wegen des Morphins und dieser alternativen Technik, die sie anwendete, um ihn schmerzfrei zu halten, nicht auch noch mit Antibiotika vollpumpen wollte, und er hatte zugestimmt. Rossi war kein Fan des Ciprofloxacin, das er dabeihatte. Das Zeug hatte massive Nebenwirkungen, die in seinem Fall den positiven Effekt nicht wert schienen: Durchfall, Erbrechen, Kopfschmerzen, Schwindel, Verwirrtheit, Gelenkschmerzen und niedriger Blutdruck waren die häufigsten. All das, was der arme Kerl in seinem komplett zerschlagenen Zustand am wenigsten brauchen konnte.

Da sie seine homöopathische Feldapotheke gesehen hatte, schloss sie, dass der kanadische SOCM-Kollege kein echter Fan traditioneller Schulmedizin war. Sie hoffte also, er würde ihr sein Vertrauen schenken und ihrem alternativen therapeutischen Ansatz folgen, obwohl seine offenen Verletzungen alle entzündet waren. Sie bewegte seine Schulter vorsichtig. Ein bisschen Osteopathie würde nicht schaden. Er war sehr kooperativ und ließ sie machen, ohne sich zu verspannen. Ein konstanter Zug auf dem Arm dehnt den Schultermuskel, und nach ein paar Minuten rutschte das Gelenk mit einem schnalzenden Geräusch wieder an Ort und Stelle. Er machte das gewiss nicht zum ersten Mal.

»Ich habe da drinnen natürlich nicht viel mitbekommen«, schwindelte Kérmorvan weiter. Inzwischen hatte Rossi ihn wieder eingerenkt. Sie hatte das sehr gut gemacht. Er fand den Spitznamen »Taliban-Posterboy« für Dadullah sehr passend. Taher El Ouazzani mit seiner bunten Brille »Lehrer« zu nennen, war genauso einleuchtend.

»Die hatten einen Baustrahler, um mich zu blenden. Wie sahen die Typen denn aus? Können Sie mir die Männer vielleicht beschreiben?«

Rossi war einen Augenblick lang versucht, an der Schulter auch noch zu nähen, doch das konnte reißen, wenn er sich heftig bewegte und alles würde nur noch schlimmer werden.

»Wenn ich mich mit jemandem, der wirklich gut zeichnen kann, zusammensetzen könnte …« sagte sie zu ihrem Kameraden.

Kérmorvan schnaufte wie ein Walross. Während sie erzählte, traktierte sie ihn mit dem fünfundsiebzigprozentigen Spiritus *Vini gallici*. Die Deutschen nannten das Zeug Franzbranntwein. Ihm brach der kalte Schweiß aus. Das verdammte Zeug brannte wie flüssiges Feuer. Am liebsten wollte er den nächsten Baum hinaufflüchten, um sich vor der niedlichen Deutschen und ihrer alkoholgetränkten Kompresse in Sicherheit zu bringen. Aber er hielt sich zurück und biss die Zähne zusammen, denn sie schien eine wirklich außergewöhnliche Beobachtungsgabe zu haben, und was er hörte, war hochinteressant. Ihre Idee mit der Phantomzeichnung war ausgezeichnet. Er würde sich das merken. Zum Glück erwartete sie im Augenblick keine Antworten von ihm. Er bekam nämlich die Zähne nicht auseinander und verspürte das ganz dringende Bedürfnis, laut zu jaulen. Mann, tat das weh!

Kérmorvan war heilfroh, als sie endlich aufhörte, ihn zu desinfizieren. Rossi hatte eine sadistische Ader! Er beschloss, in seinem nächsten Leben einen anderen Job zu machen: etwas ganz, ganz, ganz Friedliches, etwas, wobei man sich keine größeren Wehwehchen zuzog. Orchideenzüchter, Pfarrer oder Altphilologe an einer Provinzuniversität waren seine aktuellen Favoriten! Vielleicht würde er ja auch bei seinem Vater in die Landwirtschaft einsteigen. Den ganzen Tag draußen an der frischen Luft, Bewegung und Bio-Gemüse statt Lebensgefahr!

»So«, sagte Rossi schließlich gut gelaunt, »alles ganz sauber! Das war doch gar nicht so schlimm! Oder?«

Sie brauchte eigentlich einen Eisbeutel oder irgendetwas Kaltes gegen die Schwellung. Stattdessen nahm sie eines der Dreieckstücher aus dem Notfall-Kit und verband geschickt die Verletzung an der Schulter. Eine Notlösung, die den Special-Forces-Soldaten nicht behindern würde.

»Nein, das war überhaupt nicht schlimm!«, log Kérmorvan. Er pumpte wie ein Maikäfer. »Kein Problem!«.

Er hatte das Gefühl, als ob die Grillparty auf seinem Rücken munter weiterging. Es brutzelte vom Schulterblatt abwärts bis zum Hosenbund. Er schluckte, riss sich zusammen, drehte sich zu Rossi um und blickte ihr tief in diese wunderbaren Smaragdaugen.

»Danke, dass Sie mich so gut zusammengeflickt haben, Major Rossi. Das war wirklich sehr nett.«

Er klang nicht hundertprozentig überzeugt, aber er winselte wenigstens nicht. Sie war wirklich hinreißend und sie hatte dieses unwiderstehliche Lächeln, das selbst einem Todgeweihten noch Zuversicht und positive Gedanken schenkte. Aber sollte sie sich noch ein einziges Mal mit dem Franzbranntwein und der Mull-Kompresse nähern, dann würde er ausbüchsen, und sie konnte selbst sehen, wie sie aus diesem Schlamassel nach Deutschland zurückkam. Es gab Grenzen der Leidensfähigkeit …

Kérmorvan angelte nach dem Lederetui mit seinen homöopathischen Globuli, das zusammen mit den restlichen Erste-Hilfe-Sachen auf der Überlebensdecke lag. O'Shaughnessy und die Rugbyfans waren nicht das Ende der Welt, und er war ziemlich robust. Rossi sah ihn zwar komisch an, als er gierig Arnika C30, Hypericum D12, Symphytum D6 und ein paar Bachblüten-Notfall-Tropfen einwarf, doch bei ihm funktionierte Homöopathie ausgezeichnet und er war ganz ihrer Meinung: Er wollte das Ciprofloxacin auch nicht schlucken.

× × ×

Schon während ihrer gemeinsamen Flucht aus dem Hochtal, als Rossi den mit Holz- und Alukisten beladenen Konvoi erwähnt hatte, war er neugierig geworden. Sie hatten Zeit. Es war noch zu hell, um sich wieder auf den Weg zu machen.

»Erzählen Sie mir, was Sie am Nachmittag in diesem Hochtal beobachtet haben, Major?«

Das Brennen auf dem Rücken ließ nach. Kérmorvan schaffte es sogar ohne fremde Hilfe, sein T-Shirt überzuziehen. Ihr Versteck war windgeschützt. Dank der schmerzlindernden Mittel und dem zünftigen Frühstück, dass Rossi ihm serviert hatte, fühlte er sich richtig gut. Zum Glück gehörte er zu den Traditionalisten in den Streitkräften seines Landes, und er hatte sich niemals von seiner guten alten Alu-Wasserflasche mit dem großen Becher oben drauf getrennt. Das Camelbak war zwar praktisch fürs Großvolumen im Einsatz, aber weder pflegeleicht noch zum Kochen geeignet. Und Rossi hatte glücklicherweise alles, was er in der Höhle bei ihr zurückgelassen hatte, mitgeschleppt, sogar den C4-Sprengstoff. Vor seinem inneren Auge erschien eine riesengroße Tasse heißen Tees mit sehr viel Zucker und Milch.

Rossi erzählte. Er hörte zu und warf den Esbit-Kocher an. In der französischen RCIR hatten sie nicht das widerliche vorgesüßte Instant-Teepulver der Deutschen und Amerikaner, sondern, wie die Briten, ordentliche Teebeutel. Im Gegensatz zu den Briten bekamen sie allerdings die High-End-Ware von *Dammann Frères*. Er versenkte ein Beutelchen Darjeeling Bio im sprudelnden Wasser. Exakt drei Minuten – später hielt er seiner deutschen Weggefährtin stolz und zufrieden einen ordentlichen Becher Tee hin.

»Zucker? Milch?«, fragte Kérmorvan höflich.

Rossi schüttelte den Kopf. Sie mochte guten Tee am liebsten pur und nahm den Becher dankbar an. Glücklich schlürfte sie das erste Heißgetränk seit vier Tagen.

Kérmorvan fühlte sich wie *»Wile Coyote«* aus dem berühmten Zeichentrickfilm. Auch er lechzte mit jeder Pore nach dem heißen Getränk. Um sich zu zügeln, untersuchte er scheinbar teilnahmslos ein paar Raygrashalme auf dem knochentrockenen Boden, auf dem sie saßen. Dabei hörte er ihr aufmerksam zu.

»… Und dann, am Nachmittag, tauchten durch den Canyon diese Fahrzeuge auf«, erzählte Rossi weiter, »der Unimog und ein Geländewagen. Sie haben den vielleicht bemerkt, als wir uns aus dem Staub gemacht haben? Neben dem Toyota Pick-up?«

Kérmorvan nickte. Allerdings war es zu dunkel gewesen, um viel zu sehen. Ein auffällig großer Wagen, aber keiner der üblichen Pick-ups.

»Mich hat die Marke gewundert«, sagte Rossi, »das war nämlich ein Chevrolet. Der lange mit den drei Sitzbänken, das Nachfolgemodell vom *Blazer*. Ich glaube der heißt *Tahoe*.«

»Ein Chevy ist ungewöhnlich«, stimmte Kérmorvan ihr zu. »Sie haben nicht zufällig auf die Nummernschilder geachtet?«

Diese Idee war ihm eben gekommen. Selbst in Afghanistan gab es Nummernschilder, und mit etwas Geschick bekam man sogar heraus, wem ein Fahrzeug gehörte. Rossi hatte nicht nur ein wunderbares Lächeln, sondern auch sehr scharfe Augen und einen Sinn fürs Detail, der anfing, selbst ihn, den professionellen Geheimdienstler, zu beeindrucken. Und er wollte endlich auch einen Schluck von dem leckeren, heißen Tee.

Sie schüttelte bedauernd den Kopf. Rossi hatte auf vieles geachtet, aber nicht auf das Nummernschild. Sie legte die Hände sinnierend um den heißen Alubecher und blickte andächtig in den duftenden Darjeeling. Sie konnte sich nicht einmal daran erinnern, ob das Fahrzeug überhaupt Nummernschilder gehabt hatte.

»Aber mir ist etwas anderes aufgefallen: Zwischen den vorderen Sitzen und dem Wagenfond war eine Trennscheibe. Ihr Fernglas ist unglaublich!«

»Ein gepanzerter Chevy«, murmelte Kérmorvan etwas ungläubig. »Kein vernünftiger afghanischer Kämpfer würde je versuchen, sich einen Chevy zu besorgen, und schon gar keinen gepanzerten. Selbst die UNO ist nicht mehr so verrückt, sich diese schweren und antiquierten Allradantriebe aufschwatzen zu lassen, wenn es darum geht, in wegelosen, schwierigen Gebieten eine Hilfsmission zu organisieren. Die einzigen Verrückten, die mit solchen Kisten durch die Gegend rauschen, sind die irren US-Leibwächter von Hamid Karzai in Kabul und ein paar der berüchtigteren Private Military Companies, die in erster Linie Personenschutz für gut betuchte Geschäftsleute in der Hauptstadt Kabul oder in Kandahār anbieten.

»Ich bin sicher, dass ich die Männer, die mit dem Chevy angekommen sind, genauso sicher wiedererkennen und beschreiben könnte, wie den Lehrer, den Posterboy und die Kerle, die Sie eingefangen und verhört haben«, meinte Rossi zuversichtlich. »Ich habe mir auch ein paar Notizen gemacht, was ich so an auffälligen Tattoos gesehen habe.«

Endlich hielt sie dem Franzosen mit einem strahlenden Lächeln den Alubecher hin:

»Oh, möchten Sie vielleicht auch ein bisschen was Warmes zu trinken. Der Tee ist wirklich lecker. Das wird Ihnen guttun.«

Kérmorvan hätte ihr das Getränk am liebsten aus den Händen gerissen. Stattdessen atmete er ruhig durch. Er war kein Barbar, selbst mit einer Zunge, die ausgedörrt am Gaumen klebte und den Stielaugen von Wile Coyote.

»Möchten Sie noch was, oder darf ich mir Zucker und Milch in den restlichen Tee tun, Major?«, fragte er mit leicht zitternder Stimme und zwei Beutelchen aus der RCIR in der Hand. Rossi mit den Strahleaugen nickte.

Genüsslich und mit geschlossenen Augen trank er den süßen Tee in ganz kleinen Schlucken während er weiter aufmerksam zuhörte. Der eine Mann, den sie beschrieb, war eindeutig Mr. Jones. Sie hatte ihm den Spitznamen »Segler« verpasst. Eine kuriose Beschreibung für das alte Kampfschwein, aber nachdem er ihn im Anzug und mit Hemd und Krawatte gesehen hatte, war das vielleicht gar nicht so abwegig. Beim anderen – dem »Golfer« – klingelte nichts bei ihm. Doch es war natürlich hochinteressant, dass der ebenfalls ein Busenfreund von Dadullah war. Bereits die Beziehung zwischen dem Taliban-Warlord und El Ouazzani war eine wichtige Information für die DGSE. Jetzt gesellte sich noch ein dritter Mann mit europäischen Zügen dazu. Und dann die russischen und die angelsächsischen Contractors – und Mr. Jones.

Rossi zeigte ihm ihre Notizen und den Plan des Hochtals, den sie am Vortag gezeichnet hatte. Der Plan war wirklich ausgezeichnet, obwohl Kérmorvan ihr das nicht sagen konnte. Offiziell war er ja nur ein einziges Mal quer über die verborgene Ausgrabungsstätte gezerrt worden und hatte dann nach langen, schweren Stunden mit dem Rugby-Fanclub im Schutz der Nacht gemeinsam mit Rossi die Flucht ergriffen.

Als der Becher leer war, seufzte Kérmorvan. Doch sie mussten mit ihren Vorräten haushalten, um bis nach Quetta zu gelangen.

»Darf ich?«, fragte er und nahm dann Rossis Plan.

Er suchte in ihrem Krimskrams nach dem Bleistift. Erst schraffierte er die Stelle, an der der Zugang durch den Berg ins Hochtal liegen musste, und auf der anderen Seite den Ausgang durch den Canyon, den sie genommen hatten, um zu fliehen. Dann skizzierte er geschickt, wo sich das Tal seiner Meinung nach im Verhältnis zu Rustam Kalay, der Absturzstelle des MedEvac, der Grenze zu den von Pakistan verwalteten Stammesgebieten und der Provinzgrenze mit Kandahār erstreckte. Sie hatten vor dem Kampf in Rustam Kalay die exakten Koordinaten aufgenommen, aber die waren in sein Magellan-Positionierungssystem eingegeben worden und selbstverständlich zusammen mit dem Hubschrauber abgesoffen. Vielleicht schaffte er es, sich zu erinnern, sobald er wieder zur Ruhe kam und der Druck nachließ.

ZWEITES KAPITEL

Hauptquartier der Division Action – Fort de Noisy-Romainville – Seine St. Denis – Frankreich

Eine fünf Mann starke Einsatzgruppe aus dem deutschen Kommando Spezialkräfte KSK hatte sich in der fraglichen Gegend vor ein paar Wochen mit einem Schlag in Luft aufgelöst. Die Rumänen hatten zwei Teams des Batalionul HUMINT verloren und eine Gruppe Polen des GROM war ebenfalls spurlos verschwunden. Das waren die ersten Ergebnisse der diskreten Umfrage.

Insgesamt zwei Dutzend Special-Forces-Männer aus vier Nationen, die sich seit achtundvierzig Monaten in ihrem ganz speziellen Gebiet in Luft aufgelöst hatten. Die Orte, an denen man zum letzten Mal Kontakt zu den Verschwundenen gehabt hatte, ergaben auf Bertrand Morillons Karte ein präzises Quadrat. Und fast im Zentrum dieser unheimlichen Geometrie lag das, was ihre Experten für ein Hochtal hielten. Die Absturzstelle des MedEvac lag ebenfalls nicht weit von diesem Zentrum entfernt.

Christiane Près war beeindruckt von der Geschwindigkeit, mit der der General diese Informationen bei seinen Kollegen abgesammelt hatte.

»Seltsamerweise«, schrieb Morillon weiter in seiner E-Mail, »stellten weder die Polen noch die Rumänen irgendwelche tiefgründigen Fragen zum Ort des Verschwindens«. Sie hatten auch schon bei anderen Einsätzen Männer verloren und nahmen es einfach hin. Selbst die Tatsache, dass es keine Toten gab und die Kommandos sich einfach in Luft aufgelöst zu haben schienen, hatte weder Warschau noch Bukarest zu weiteren Nachforschungen angetrieben.

Mit den Deutschen hatte Morillon nicht so detailliert diskutiert. Er hatte es sogar vermieden, mit dem neuen Mann beim KSK zu reden, nachdem er versehentlich den ehemaligen Kommandeur Gutbrod an der Strippe gehabt hatte. Er kannte Gutbrod seit Jahren und sie verstanden sich ganz ausgezeichnet.

Die Kanzlerin hatte, als in den ersten Tagen nach 9/11 deutsche Spezialeinsatzkräfte aus Calw zusammen mit den Amerikanern, einer Reihe anderer NATO-Mitgliedsstaaten und den Franzosen in den Einsatz gegangen waren, aus innenpolitischen Gründen angeordnet, Verluste des KSK nicht publik zu machen. Die Toten wurden zu Trainingsunfällen umdeklariert, wenn überhaupt etwas gesagt wurde.

Morillon hatte Gutbrod auf dem privaten Telefon angerufen. Sein deutscher Kollege hatte ihm die ganze Geschichte unter dem Siegel größter Verschwiegenheit anvertraut. Sie hatten den Verlust in Calw nämlich noch nicht verdaut. Auch er selbst hatte es noch nicht geschluckt. Und der Neue war trotz seiner Qualitäten und Kompetenzen mit der Situation einfach überfordert. Seine Männer befanden sich in einer Art Schockzustand, wobei sich Trauer, Wut und Ungläubigkeit vermischten und ihnen die Heimlichtuerei der Regierung bitter aufstieß. Gutbrod hatte Morillon versprochen, sich im Lauf der nächsten Tage wieder zu melden.

Die Deutschen wurden in Afghanistan zum ersten Mal seit dem Ende des Zweiten Weltkrieges mit Gefallenen und Verwundeten konfrontiert. Selbst bei den KFOR- und SFOR-Missionen in Ex-Jugoslawien hatten sie lediglich Unfalltote und eine Handvoll Selbstmörder zu betrauern gehabt. Für die Deutschen war das alles neu, schockierend und traumatisierend.

Bei den Franzosen verhielt es sich anders: Der Verlust von Soldaten wurde zwar nicht ständig auf Platz eins der Schlagzeilen publik gemacht, doch sie hatten gelernt, damit umzugehen. Nach dem 8. Mai 1945 war für sie der Krieg nicht zu Ende gewesen: Die Entkolonialisierung in Indochina und Algerien hatte ihren blutigen Tribut gefordert. Sie hatten in Korea gekämpft, im Tschad, in der tunesischen Wüste, bei Suez und im ersten Golfkrieg, dazu in Ex-Jugoslawien und auf all diesen afrikanischen Kriegsschauplätzen, über die niemand gerne redete.

Frankreich hatten niemals aufgehört zu kämpfen. Selbst im Inneren ging es weiter, wenn die Bomben wieder explodierten. Zwischen dem 1. Januar 1956 bis zum 18. März 1962, als die Verträge von Evian Algerien in die Unabhängigkeit entließen, waren allein auf französischem Boden fast viertausend Menschen bei Attentaten zu Tode gekommen, die in direkter Verbindung zu diesen Konflikten standen. Frankreich wusste also, wie es war, wenn die schwarzen Säcke nach Hause kamen. Christiane wusste es auch – aus eigener schmerzlicher Erfahrung.

Sie dachte eine Weile nach. Schließlich nahm sie das Telefon und rief ihre Tochter an; sie musste den Kopf freibekommen. Lisa studierte seit dem Frühjahr Pharmazie und Biologie an der Universität Rennes.

Während Morillon den Verlust seiner Soldaten betrauerte, machte sie sich Sorgen um ihren Mann am Hindukusch. Sie hatte vor dem General zwar ein gewisses Draufgängertum an den Tag gelegt, was Kérmorvans baldige Rückkehr anbetraf. Doch die Sache war noch lange nicht ausgestanden. Die geheimnisvollen hochgerüsteten Typen, die den MedEvac abgeschossen hatten, würden Jagd auf mögliche Überlebende machen. Sie hatten mit den Toten aus Rustam Kalay einen sehr hohen Preis an Kérmorvan und sein Unterstützungsteam aus dem 1er RPIMa bezahlt. Auch die Taliban und selbst die ganz normalen Leute vor Ort sollte man nach dem Gemetzel, das sie mit Morillon in Ausschnitten mitverfolgt und fast vollständig mitangehört hatte, auf keinen Fall unterschätzten.

»*Badal* – Rache!« war die übliche Antwort der Paschtunen-Clans, und hier waren sehr viele Unschuldige zwischen die Fronten geraten. Die relative Sicherheit Pakistans lag etwas mehr als zweihundert Kilometer über die Berge entfernt. Kérmorvan hatte bei der Evakuierung aus dem umkämpften Dorf und beim anschließenden Absturz des Helikopters mit großer Wahrscheinlichkeit nicht nur sein Spezial-Smartphone verloren, sondern vermutlich auch sein gesamtes Equipment. Selbst für einen Mann mit seiner Erfahrung und seinen außergewöhnlichen Fähigkeiten war es kein einfaches Unternehmen, sich durch eine so extreme Natur über diese relativ weite Strecke in Sicherheit zu bringen. Und sie wussten noch nicht einmal, ob er den Absturz überhaupt heil überstanden hatte. Selbst Banalitäten – ein verstauchter Knöchel, eine Schnitt- oder Platzwunde, die sich entzündete – konnten zu einem gewaltigen Handikap, ja gar zum Todesurteil werden.

Nachdem sie sich von Lisa verabschiedet hatte, waren Christianes Gedanken plötzlich wieder vollkommen fokussiert. Sie wusste endlich, was sie noch nicht betrachtet hatten.

× × ×

Sie machte einen kurzen Halt in der gemütlichen und gut ausgestatteten kleinen Küche, und begann skrupellos, die privaten Reserven ihrer Mitarbeiter zu durchforsten. Unbefangen klaute Christiane sich einen Teebeutel und eine große private Teekanne aus einem der Schränke. Dann stellte sie sich einen kleinen Snack zusammen und schmiss gutgelaunt einen Zehn-Euro-Schein in eine Spardose, die einen Gartenzwerg mit einem Schmetterlingsnetz darstellte und unter dem ein Spaßvogel ein Schild mit der Aufschrift *Director Covert Operations* angebracht hatte. Es würde ein langer Nachmittag werden.

× × ×

Rolland Fabré hatte es geschafft, einen Freund anzurufen, der im Musée Guimet, dem französischen Nationalmuseum für Orientalische Kunst, arbeitete, bevor dieser zum Mittagessen verschwand.

Der Freund war Archäologe. Er war der Kurator des Gandhāra-Fundus und er kannte sich sehr gut in Indien, Afghanistan und Pakistan aus. Vor fünf Jahren war er zusammen mit dem bekannten Experten für präislamische Zivilisationen, Professor Robert Bonneval, nach der Vertreibung der Taliban und der Öffnung des Landes unter der neuen Regierung im Auftrag der DAFA, der französischen archäologischen Delegation, in Afghanistan gewesen. Dort hatten sie einen Bericht verfasst über den Zustand der alten Grabungsstätten, die ab 1982 aufgrund der sowjetischen Invasion aufgegeben worden waren.

Was Bonneval und David Jurie in dem vom Krieg geschundenen Land sahen, erfüllte sie mit Entsetzen: Die afghanischen Bauern hatten alle Grabungen systematisch geplündert und ihre Fundstücke zumeist in der pakistanischen Grenzstadt Peshāwar verkauft, die zu einem der Hauptumschlagplätze für Antiquitäten aus Raubgrabungen geworden war.

Zwischenzeitlich hatte eine blutjunge IT-Expertin mit zu vielen Piercings und zu kurzen Haaren die glänzende Idee gehabt, Untersuchungen des US-amerikanischen geologischen Dienstes herauszusuchen. Christiane hatte das Mädchen vor zwei Jahren nach einem schiefgegangenen Hacking-Versuch gegen das Computersystem einer befreundeten französischen Behörde vor die Wahl gestellt, entweder für die Division Action zu arbeiten und monatlich einen ordentlichen Gehaltsscheck zu erhalten, oder die nächsten drei Jahre ihres Lebens im größten Frauengefängnis Europas zu verbringen. Die punkende Hackerin hatte nicht gezögert und bei Madame le Juge unterschrieben.

Christiane spürte die Spannung, die sich gerade zwischen den per Videokonferenz zugeschalteten Wissenschaftlern, den Soldaten und den IT-Experten ihres Dienstes aufbaute. Farida, die IT-Expertin mit dem radikalen Haarschnitt und den Piercings, hatte inzwischen die Informationen aus dem USGS Mineral Resources Program für die Provinz Zabul heruntergeladen und ging sie systematisch durch.

»Madame le Juge«, sagte die junge Frau endlich zufrieden, »die haben in Afghanistan zwar unglaubliche Bodenschätze, aber die spezielle Ecke, in der wir suchen, diese Gebirgsregion in der Provinz Zabul – dort würde es sich wirklich nicht lohnen zu graben; weder legal noch illegal.«

»Sicher, Farida?«

Die junge Spezialistin nickte: »Sicher! Dort graben sie höchstens ein bisschen nach Edelsteinen, die sie dann illegal nach Pakistan bringen. Aber das sind kleine Familien-Operationen. Nichts, was diesen gewaltigen Aufwand und den Einsatz hochgerüsteter ausländischer Contractors rechtfertigen könnte. Es gibt dort lediglich Jaspis und etwas minderwertigen Lapislazuli. Und für einen illegalen Abbau von kritischen oder Hightech-Rohstoffen fehlt es an der notwendigen Infrastruktur. «

»Und die Goldvorkommen?«, fragte Rudeaux.

»… befinden sich im Dhai Chopan Distrikt, in dem man auch nach Lapis gräbt, und in der Umgebung von Mizan. Allerdings läuft das dort noch wie in den Tagen von König Zahir Shah. Offensichtlich sind die Goldvorkommen um Dhai Chopan sogar die größten des Landes, aber die Sicherheitslage in Zabul ist einfach zu angespannt. Nicht einmal die Chinesen sind bereit, zu investieren oder auch nur Fachleute vor Ort zu schicken.«

Farida schüttelte den Kopf. »Das hat nichts mit irgendeiner Art von ›*Blood Diamonds*‹ zu tun!« Sie schnappte sich ihre Teetasse und ließ ihre Kollegen weiterdiskutieren, während sie sich Nachschub holte.

Fabré machte den Lautsprecher an. Sein Kumpel aus dem Musée Guimet bestätigte, worauf sie alle sich inzwischen fast schon geeinigt hatten. Es waren keine Drogen und es waren keine Edelsteine. Es waren keine *Blood Minerals*. Damit blieb eigentlich nur noch ein Schmuggelgut übrig, das richtig Geld brachte.

»Es gibt eine Reihe seriöser historischer Hinweise, die eine außergewöhnlich enge Bindung der heutigen afghanischen Provinz Zabul an den oberindischen Kulturkreis unterstreichen, Rolland«, dozierte der Archäologe David Jurie. »Möglicherweise gibt es dort bedeutende historische Relikte aus mehreren hochinteressanten Kulturen. Ich werde – wenn ihr möchtet – herausfinden, ob dort schon einmal irgendwelche Grabungsversuche unternommen wurden. Nicht nur die DAFA war seit den Dreißigerjahren sehr aktiv. Das Deutsche Archäologische Institut hatte in dieser Zeit auch ein paar Unternehmungen in Afghanistan am Laufen, und natürlich die Russen und dann seit den Sechzigerjahren auch die Sowjets, aber die haben nie unten im Süden gegraben.«

Jurie erklärte seinen faszinierten Zuhörern per Videokonferenz weiter, dass der Raub von Antiquitäten und Kunstgegenständen unter den Taliban genauso zur geduldeten Schattenwirtschaft gehört hatte, wie der Anbau von Mohn oder der Handel mit Waffen. Tausende historischer Gegenstände verschwanden bereits seit den ersten Tagen der sowjetischen Invasion auf verschlungenen Pfaden in Privatsammlungen, auch in Frankreich. Selbst in Pakistan wurde intensiv geplündert – meist unter den Augen der lokalen Behörden, die sich ihr Stillschweigen gut bezahlen ließen.

Der religiöse Fundamentalismus der Islamisten förderte ein ahistorisches Bewusstsein, das gegenüber den Spuren der Vergangenheit im besten Falle gleichgültig blieb und im schlimmeren Fall in fanatische Zerstörungswut ausartete, wie die Sprengung der riesigen Buddha-Statuen von Bamian bewiesen hatte. Für fromme Muslime stellte lediglich die Gemeinschaft der Gläubigen, die *Umma,* einen Wert dar, nicht aber die Nation und ihre Geschichte. Deshalb war das nationale kulturelle Erbe für Durchschnittsmuslime im Allgemeinen, und speziell für die strenggläubigen, erzkonservativen Paschtunenstämme in dem von Rolland Fabré ausgewiesenen Gebiet, kein wirklich schützenswertes Gut, sondern höchstens eine attraktive Handelsware. Im Gegensatz zu den Ägyptern oder auch den Türken, die ein extremes Geschichtsbewusstsein zeigten und den illegalen Export von Antiquitäten unter drakonische Strafen stellten, waren insbesondere die Pakistani und vor allem die bunten Stammesgesellschaften Afghanistans extrem gleichgültig.

Es war also vorstellbar, dass die lokale Bevölkerung etwas Interessantes gefunden hatte und es selbstständig an Dritte vermarktete. Sie – die Experten des Musée Guimet und der DAFA – wussten sehr genau, dass man selbst mit den puritanischesten Spinnern dort unten am Hindukusch absolut problemlos und verhältnismäßig sicher einen Handel abschließen konnte, wenn der Rubel rollte. Für ihre Kooperation erwarten die Afghanen lediglich Geld, Geld, Geld, manchmal Nahrungsmittel, ein bisschen medizinische Hilfe, etwas Baumaterial oder Nutzvieh. Wer Maultiere oder eine Anzahl Schafe oder Ziegen anbot, der konnte dort unten so ziemlich alles mitnehmen, was keine Burka trug oder einer Kriegswaffe ähnelte.

Christiane fand den lockeren Spruch des Archäologen aus dem Musée Guimet etwas zynisch, aber nicht falsch. Eine überwältigende Mehrheit muslimischer Kleriker plädierte für die Zerstörung jeglichen vorislamischen Kulturerbes, da sie dieses als *harram* – sündhaft – betrachteten. Natürlich gab es eine Menge Muslime, die mit diesem Ansatz nicht einverstanden waren, aber dort, wo der Klerus das Sagen hatte, war das ein gewaltiges kulturelles Problem, ähnlich wie die Frage der Menschenrechte oder die Gleichstellung der Frau in einer auf Stammeskultur basierenden, frühmittelalterlichen Gesellschaft.

Auf intellektueller Ebene verstand sie den Hintergrund des Problems, auch wenn sie nicht in der Lage war, in ihrem Herzen irgendeine Entschuldigung für diese Form bodenloser Dummheit und grenzenloser Vernageltheit zu finden.

Rudeaux war natürlich immer noch skeptisch. Das war sein Job. Er war der Advocatus Diabolus:

»Sie haben Recht, Madame le Juge, die Aufnahmen der Drohnen beweisen, dass die Leute in dieser Gegend keine Drogen anbauen. Wir haben alles noch einmal ganz sorgfältig angesehen und ausgewertet. Dennoch – die Typen könnten immer noch in den Handel mit Drogen verstrickt sein, oder sie haben dort irgendwelche Labors und Chemiker, die vor Ort den Rohstoff umwandeln und damit für Wertzuwachs sorgen.«

Christiane nickte. »Sicher Julien! Das ist möglich. Aber ich persönlich glaube nicht, dass ein afghanisch-pakistanisch organisiertes Drogenkartell sich mit einer europäischen oder amerikanischen Gruppe zusammentäte und ein Labor rund zweihundert Kilometer von der Grenze entfernt aufbaut. Und das in einer Gegend mit so wenig Infrastruktur, dass man eigentlich nur an zwei Stellen mit Lkws über die Grenze kommt. Vergessen Sie nicht, der nächste Flughafen ist in Quetta, und von dort gehen nur Inlandsflüge los. Außer wir unterstellen, es wäre eine Operation, in die Mitglieder unserer Alliierten verwickelt sind, und es gäbe einen Weg über Kandahār als nächstem Stützpunkt der ISAF. Aber warum sollten irgendwelche Drogenkartelle sich in Zabul einnisten, wenn alles über Helmand wesentlich einfacher und profitabler sein könnte?«

Rudeaux hob die Hände: »Dass sich die örtlichen Kriminellen plötzlich das Feinste und Teuerste vom illegalen Markt der Kriegswaffen besorgen, glaube ich nicht. Und dass irgendwelche paschtunischen Warlords ihre Kämpfer so ausrüsten, wie wir es tun – bis hin zur Kleidung – ist auch unwahrscheinlich.«

»Wir haben alle die Bilder gesehen!«

»Verdammt! Dann reden Sie doch endlich mit dem COS, Madame!«, erwiderte der Soldat Rudeaux aggressiv. »Wir müssen ja nicht unbedingt Männer aus Spin Boldak abziehen. Wir können vielleicht eine Gruppe aus der Provinz Paktika ausborgen, oder wir nehme ein paar Jungs aus Kérmorvans alter Truppe, die noch in Jalalabad stationiert ist.«

Christiane schüttelte den Kopf: »Wir können natürlich auch ein paar Mann mit dem Fallschirm abspringen lassen oder den französischen Militärattaché in Kabul höflich fragen, ob er Zeit hat, einmal vorbeizuschauen. Im Augenblick ist das aber nicht die beste Lösung – glauben Sie mir, Oberst! Ich habe mit General Morillon geredet, und er ist meiner Meinung: Es lohnt sich nicht, das Leben von noch mehr Männern zu riskieren, ohne zu wissen, womit wir es hier wirklich zu tun haben.«

»Und was ist mit Commandant Kérmorvan?«, fragte Farida, während sie die Teetassen verteilte und eine Dose Kekse auf den Tisch stellte. Sie hatte nur einen Teil der Unterhaltung mitbekommen, allerdings war ihr aufgefallen, dass noch niemand im Raum auch nur einen einzigen Gedanken an ihren Kollegen vom Service Action verschwendet hatte, der sich mutterseelenallein in dieser unwirtlichen Gebirgsregion befand.

»Was ist mit dem Commandant?«, blaffte Rudeaux die junge IT-Spezialistin an. »Was soll schon mit ihm sein? Der macht hoffentlich seinen Job!«

Farida suchte Christianes Blick. Sie hatte sich nach knapp zwei Jahren im Dienst immer noch nicht an die robuste Art des stellvertretenden Direktors der Division Action gewöhnt und wusste nie, ob der alte Soldat ein vernageltes Arschloch war, das man mal in die Eier treten musste, oder ein gefährlicher Pitbull, vor dem es sicherer war, wegzurennen. Und dann waren da noch die Momente, wo Rudeaux sich ganz normal, umgänglich und jovial verhielt.

Christiane hob nur leicht die Hand und schüttelte den Kopf. Es war auch Teil ihres Jobs, die künftige Elite des französischen Geheimdienstes auszubilden und nicht, sie zu verweichlichen! Julien war überzeugt, dass er sich gegenüber den Zivilisten im Dienst alles erlauben konnte, weil er ein breites Kreuz, eine Uniform und den richtigen Kasernenhofton hatte. Farida musste sich jetzt einfach alleine und ohne fremde Hilfe gegen ihn durchsetzen, ansonsten würde er sie nur bei jeder Gelegenheit weiter tyrannisieren.

Rudeaux stammte selbst aus dem Service Action, war aber noch ein Rekrut ihres militärischen Vorgängers Oberst Robert Rostaing, einem Ehemaligen der berüchtigten CRAPs, einer Einheit, die vor rund fünfundzwanzig Jahren unter Mitterand aufgelöst wurde, weil sie absolut unkontrollierbar geworden war. Julien war Rostaings ganz spezieller Schützling gewesen. Durch seine Beförderung hatte Christiane kurz nach ihrem Amtsantritt den Weg für ihre eigenen Schützlinge freigemacht. Sie praktizierte die politische Intrige elegant, diskret und mit mehreren Karten im Spiel. Ihre

Erfahrung als Anti-Terror-Richterin hatte sie gelehrt, sorgsam zu beobachten und dann zu entscheiden.

Rudeaux war ein klassischer Osteuropa- und Russlandexperte. Seine Operationsgebiete waren Russland, Weißrussland und die Ukraine gewesen, und er sprach fließend und akzentfrei eine Reihe slawischer Sprachen. Er hatte auch noch eines der letzten prestigeträchtigen Diplome in Sowjetischen und Osteuropäischen Studien des renommierten Pariser Instituts für Politikwissenschaften kurz vor der Auflösung der UdSSR aus den Händen der legendären Sowjetologie-Ikone Helène Carrère d'Encausse erhalten. Sie war inzwischen schon fast achtzig Jahre alt und eine der vierzig sogenannten *Immortels* – Unsterblichen – der Académie Française, die seit dem Jahr 1635 und Ludwig XIII. als exklusive Gelehrtengesellschaft über die Reinheit der französischen Sprache wachten.

Julien hatte eine enorme operative Erfahrung und ein unglaubliches Gespür im Bereich Planung und Umsetzung verdeckter Aktionen. Er war kreativ und inspiriert, aber er war kein Chorknabe, sondern eine menschliche Dampfwalze mit der Subtilität eines Kampfpanzers und dem diplomatischen Geschick einer Streitaxt. Gelegentlich verspürte sogar Christiane das Bedürfnis, ihm ein paar deftige Schläge auf den Hinterkopf zu versetzen.

Farida war wirklich gut und hatte eine Zukunft in der Division Action. Wenn die junge Frau so weitermachte, dann würde Christiane ihr zum 1. Januar 2009 – am Ende der drei Jahre, zu denen der Richter sie nach ihrem unglücklichen Hacking-Versuch verurteilt hatte – nicht nur ein blitzblankes polizeiliches Führungszeugnis, sondern auch eine beamtete Festanstellung anbieten. Die IT-Experten waren in der Division Action inzwischen ein genauso wichtiger Bestandteil verdeckter Operationen wie die Soldaten des Service Action, die weltweit in den Einsatz gingen und ihre Haut riskierten: Allerdings mussten die Nerds noch lernen, sich von den Soldaten nicht unterbuttern zu lassen.

Der kurze mehrfarbige Punk-Haarschnitt und die erstaunlichen Piercings an exponierten Körperstellen waren für die ehemalige

Anti-Terror-Richterin zwar immer noch befremdlich, doch Christiane hatte es sich vor vielen Jahren einmal zum Prinzip erkoren, Menschen nie nach deren Äußerem zu beurteilen – weder die glattrasierten, gestriegelten Soldaten wie Kérmorvan, Hamida oder Rudeaux, die ihre Kampfanzüge auf Falte bügelten, noch die auch mal exzentrischen Zivilisten, deren Expertenwissen ihr Dienst heute so dringend brauchte.

Christiane lehnte sich bequem in ihrem plüschigen Sessel zurück, nahm einen tiefen Schluck stark gezuckerten Minztees und beobachtete den Disput zwischen Mademoiselle Farida Oulmi und Oberstleutnant Julien Rudeaux aufmerksam. »Die Schöne und das Biest«, ging es ihr durch den Kopf, während Faridas bunter Hahnenkamm zu ihr rüberleuchtete.

Als der brave Rolland Fabré versuchte, einzugreifen, um weiteres Blutvergießen zu verhindern, hob Christiane noch einmal die Hand. Sie fühlte sich plötzlich wie ein fetter, träger, chinesischer Bonze. Doch dann fing Julien an, plötzlich einzuknicken. Die breiten Schultern klappten nach vorne und der Mann trat einen Schritt zurück, während Farida zu wachsen schien. Die Diskussion schwenkte um, von feindselig zu kooperativ und schließlich zu produktiv.

Fabré zwinkerte Christiane zu. Er war ihr dienstältester Mitarbeiter. Rolland hatte vor Äonen einmal als Unteroffizier in Uniform im Geheimdienst angefangen. Am Ende seiner Dienstzeit in der Armee war er dann als Zivilist dabeigeblieben. Fabré war eine Art Mädchen für alles. Er war, was man *Company Memory* nannte, also jemand, der sich, ohne nachschauen zu müssen oder herumzutelefonieren an außergewöhnlich viele Dinge erinnerte. Er hatte auch ganz ausgezeichnete Kontakte zur Presse, zu Journalisten, Kameraleuten und Fotografen, die sich auf Kriegs- und Krisengebiete spezialisiert hatten. Seit ein paar Jahren bekleidete er – als ziviles Cover seiner Tarnung – den Job des Chefredakteurs eines Verlages namens *Histoire & Collections,* den noch der Vorgänger der DGSE als praktische und verdeckte Operation gegründet hatte. Rolland war, de facto, die Nummer drei der Division Action.

Das Verlagshaus *Histoire & Collections,* kurz H&C genannt, war irgendwann einmal eine Art Selbstläufer geworden, da die vielen qualitativ sehr hochwertigen Veröffentlichungen regen Absatz fanden, und ein immer größer werdender Kundenstamm immer mehr verlangte. H&C veröffentlichte inzwischen in mehreren Sprachen, hatte ein Redaktionskollegium, unter denen fünfundachtzig Prozent nicht wussten, wer sie finanzierte, und präsentierte sich als modernes und erfolgreiches Verlagshaus. H&C war sogar auf Buchmessen präsent und die Veröffentlichungen waren von anerkannter Qualität.

Christiane verwendete dieses praktische Business-Outlet ihres Dienstes gelegentlich noch als Cover für ihre Männer des Service Action. Meist aber nutzte es lediglich Rolland Fabré für sich selbst. Dank H&C hatte er zum Beispiel diskrete Kontakte zu US-amerikanischen Hightech-Firmen etabliert, denen sie dann in verwegenen Nacht-und Nebel-Operationen kaltblütig Teile der Hardware ihrer Hunter-Killer-Drohnen geklaut hatten. Oder er zog von Mitarbeitern, die nicht wussten, wer ihre Tantiemen und monatlichen Gehaltsschecks bezahlte, wertvolle Open-Source-Informationen ab. Aber unabhängig von seinem Redaktions-Posten bei H&C erfüllte Rolland noch eine andere extrem wichtige Aufgabe: Er war der neutrale Schiedsrichter, wenn Julien Rudeaux das Fort de Noisy wieder einmal mit den Arenen von Arles verwechselte und den wilden Kampfstier gab.

Schließlich wurden sich Julien und Farida einig. Beide schienen noch am Leben, körperlich unversehrt und durchaus zufrieden. Sie diskutierten angeregt, und ihre Körpersprache zeigte, dass sie sich unterm Strich zu beidseitiger Zufriedenheit geeinigt haben mussten.

× × ×

Als die Besprechung endlich zu Ende war, beschloss Christiane, sich ein opulentes Abendessen zu gönnen. Ihr Magen knurrte. Sie hatte Lust auf ein Glas Wein und sie wollte durchatmen.

Sie war mit dem Verlauf des Tages nicht unzufrieden. Nach dem Abendessen würde sie noch schnell Bertrand Morillon anrufen und ihn informieren. Gerade bevor der Aufzug sich schloss, schob sich Faridas schmale Gestalt durch die Tür. Christiane fand, dass eine an sich hübsche, junge Frau mit ansprechenden Gesichtszügen und einer attraktiven Figur in schwarzen Doc-Martens-Stiefeln, hautengen Lederjeans, einem übergroßen Pullover und einer Vintage-Lederjacke aus dem Zweiten Weltkrieg irgendwie unelegant wirkte, vor allem dann, wenn sie einen dreifarbigen Hahnenkamm in der Mitte des zierlichen, kahlgeschorenen Schädels trug. Doch Madame le Juge äußerte sich niemals zu Farbe, Mode oder Religion, und vor allem nicht bei ihren Mitarbeitern!

»*Alors?*«, fragte die Direktorin der Division Action ihre junge IT-Expertin amüsiert.

»Und Gwén?«, fragte Farida frustriert. »Wir müssen doch irgendetwas versuchen. Wir können nicht einfach Tee trinken, abwarten und ihn da unten ganz allein sitzen lassen.«

Christiane verstand genau, was die IT-Expertin zu erklären versuchte.

»Farida«, sagte sie diplomatisch, »im Augenblick können wir wirklich nichts anderes tun. Ich mache mir auch Sorgen um Gwénaël. Trotzdem wissen wir nicht, was seit dem Absturz des Hubschraubers geschehen ist. Das klingt jetzt ein bisschen grausam, aber es ist genau die gleiche Situation wie damals mit Karim. Erinnern Sie sich, wie er den Emir Nabil Saraoui und dessen Nummer zwei, Abdelmalek Dourdal, gejagt hat. Wir machten uns große Sorgen, weil wir Karim komplett aus den Augen verloren hatten, und das entlang einer rund tausend Kilometer langen Grenze, die durch die unwegsamsten und gefährlichsten Wüstengebiete der Sahara führt. Und dann taucht Karim drei Wochen später plötzlich wieder auf – in Ouargla, wo niemand je mit ihm gerechnet hat. Erst als wir wieder Kontakt zu ihm hatten und wussten, was er von uns erwartete, konnten wir überhaupt eingreifen.«

Sie legte der jungen Frau, die vielleicht drei oder vier Jahre älter war, als ihre eigene Tochter Lisa, die Hand auf die Schulter.

»Und alles ging gut, Madame le Juge. Ich weiß. Warum rufen Sie Karim nicht einfach aus dem Urlaub zurück?«

Die Direktorin der Division Action schmunzelte. Sie hatte schon eine ähnliche Idee gehabt, sich dann aber gebremst. Commandant Karim Hamida war kein Wundermittel, und Gwénaël Kérmorvan war in seinem eigenen Einsatzgebiet und ein großer Junge mit fünfzehn Jahren Berufserfahrung. Was er brauchte, war wahrscheinlich kein Kamerad, der ihm die Hand hielt, sondern schlicht und einfach Zeit.

Christiane wusste: Sie durfte sich von ihren Mitarbeitern nicht dazu verführen lassen, zu reagieren, wie Eltern am Vorweihnachtstag im Tierheim. Ihre Soldaten aus dem Service Action waren keine hilflosen Hunde- oder Katzenwelpen. Man adoptierte sie nicht mit einer rosa Schleife am Hals. Sie durfte sich auf keinen Fall weichklopfen lassen – auch wenn ihr dieses Hartbleiben oft schwerfiel.

»Wenn sie möchten, Farida«, sagte sie freundlich, »dann können wir zusammen eine Kleinigkeit essen und in Ruhe über alles reden. Aber wir müssen abwarten. So lange Gwénaël sich nicht meldet, können wir nichts tun. Und Karim ist im Urlaub. Sie dürfen ihn nicht stören!«

Die IT-Expertin schob ihre Hand in die Jackentasche und hielt Christiane das Dienst-Handy entgegen:

»Madame le Juge, ich schwöre, ich würde Commandant Hamida niemals auch nur eine SMS in den Urlaub schicken, ohne vorher mit Ihnen oder Oberst Rudeaux zu sprechen. Ich weiß, dass er manchmal auch einfach in Ruhe durchatmen muss. Bevor er uns nicht kontaktiert, kontaktieren wir ihn nicht. Er ist unten im Var bei *Maman* und *Papa*. Er streift mit Papa Hamidas Labrador durch den Wald, isst abends Mama Hamidas hausgemachtes Couscous, spielt mit seinem Kumpel Simon Atlan vom Quai des Orfèvres Golf und ist off limits für Romainville.«

Christiane grinste. Die Beschreibung war zutreffend. Allerdings hatte sie nie herausgefunden, warum Hamida und sein Kumpel

Atlan von der Kriminalpolizei während ihrer Ferien immer so fasziniert mit dem denkbar unpraktischsten Sportgerät auf kleine, weiße Bälle einschlugen, um diese über weite Strecken in ebenso kleine Löcher zu befördern. Golf war ein seltsames Spiel!

Die Aufzugtür öffnete sich vor dem Casino. Christiane ließ ihrer IT-Expertin den Vortritt. Die Kantine ihres Dienstes ähnelte natürlich keiner dieser Kebab-Buden, wie bei General Morillon in Taverny, sondern einem kleinen und sehr feinen Restaurant.

»Farida«, sagte sie, »Gwénaël hat jetzt vierzehn Tage Zeit. Wenn er sich dann nicht meldet, werden wir aktiv.«

Farida nickte. »Ich habe mir die Karten angesehen. Ich weiß, er muss erst einmal durch die Berge nach Pakistan und dann über die Grenze.«

Christiane nickte. Sie deutete auf zwei schöne Lachsfilets. Gegrillt mit Zitrone und ein bisschen Olivenöl waren sie besonders lecker. Der Koch legte den Fisch auf den Grill. Dann schlug er ihnen vor, seine hausgemachten Fritten zu versuchen und empfahl das provenzalische Grillgemüse, von dem noch zwei kleine Portionen übrig waren.

»Salat?«, fragte Christiane. Die punkige Hackerin nickte. Sie nahm sich noch frisches Baguette und eine kleine Karaffe Roséwein. Ihre junge Begleiterin bevorzugte Perrier-Mineralwasser mit einer Scheibe Zitrone. Sie selbst bat um eine gewöhnliche Flasche Wasser.

»Das Gelände ist absolut lausig«, erklärte sie Farida über einem Glas Rosé. »Nachts wird es eiskalt. Die haben dort rund zwanzig Grad Temperaturunterschied. Die Berge sind um die dreitausend Meter hoch und Gwénaël muss etwa zweihundert Kilometer weit laufen.

Farida nickte friedlich und aß ihren gegrillten Lachs mit Genuss. Sie wusste natürlich, dass ihre Kollegen aus dem Service Action auch nur Menschen waren – keine Supermänner. Madame le Juge hatte ihr in den Trainingszentren von Cercottes, Perpignan und Quélern gezeigt, wie es aussah, wenn die harten Kerle mit der magischen James-Bond-Aura die Waffen streckten – dreckig, müde, ausgepumpt und platt wie Pfannkuchen. Sie hatte beobachtet, wie die stolzen Helden des geheimen Kriegerordens sich wie ein Rudel Wildschweine im Dreck wälzen mussten, halb erfroren auf allen Vieren aus dem eiskalten Atlantik robbten oder so von den Ausbildern zusammengebrüllt wurden, dass sie sich winselnd mit eingezogenem Schwanz und manchmal sogar mit Tränen in den Augen in die Ecke verkrochen. Damals eine hilfreiche Erfahrung für beide Seiten.

»In zwei Wochen werden wir beide dann richtig unruhig«, sagte Christiane und versuchte zuversichtlich zu klingen. »Jetzt ist es einfach noch zu früh, Farida.«

DRITTES KAPITEL

Afghanistan – Provinz Zabul – Iskandarga'l

Die Nachricht über die Flucht des Gefangenen hatte Dadullahs Blutdruck an die Grenze des Herzinfarkts getrieben. Unter dem dichten Bart des Warlords war die sonnengebräunte Haut tief gerötet. Der Paschtune sprach mit keinem Wort O'Shaughnessys Versagen an, doch Jones fühlte, dass es für seinen britischen Mitarbeiter besser war, wenn er den Gefangenen wiederfand und zurückbrachte: tot oder lebendig. Dadullah verschwand mit seinem Mobiltelefon. Jones strich sich mit den Händen über das graue, kurzgeschnittene Haar. Fragend blickte er Dr. Kingsley und den Professor an.

»Dadullah schickt ein paar seiner Männer mit auf die Jagd«, erklärte El Ouazzani trocken. »Sie werden versuchen, diesem Schwachkopf O'Shaughnessy bei der Suche zu helfen und darauf achten, dass er uns hinterher keinen Mist erzählt.«

Dann drehte er Jones den Rücken zu und flüsterte eine Weile mit Kingsley. Der hatte den Reinfall, die Flucht und die Sache mit den Fahrzeugen eher ruhig hingenommen. Doch sie kannten sich seit mehr als zwanzig Jahren. So wusste Jones auch, dass sich hinter der Maske eleganter Zivilisiertheit ein Mann verbarg, der kaum Skrupel kannte. Sie hatten oft Seite an Seite gekämpft und beide Männer hatten gesehen, wozu der andere fähig war.

Um O'Shaughnessy wäre es zwar nicht schade gewesen, aber Jones hatte für ihn gesprochen und argumentiert, dass es sich nicht mehr lohnte, einen qualitativ gleichwertigen Ersatz für Matveev und die toten Russen zu rekrutieren. Der Professor war mit seinen Ausgrabungen fast fertig und während der Schlechtwetterperiode zwischen Mitte November und Ende April war die Natur ein besserer Schutz als jeder Kriegsdienstleister oder ein noch so gutes Luftraumüberwachungssystem. Lediglich während einer kurzen Periode – vier bis sechs Wochen im Jahr – war die Grabungsstätte extrem angreifbar und vor allem auf Elektronik-Überwachung und die Boden-Luft-Raketen angewiesen. Es war nicht einfach, neue Männer diskret und schnell nach Afghanistan zu bringen, denn es galt, gewisse Spielregeln zu beachten, um nicht aufzufallen. Darum war es notwendig, den Briten O'Shaughnessy zu behalten. Darüber hinaus war er auch ihr Experte für die Wartung und Instandsetzung aller Arten von Equipment. Vor allem dafür brauchten sie ihn.

»Taher, dieser flüchtige Gefangene ist kein Weltuntergang«, besänftigte Kingsley den Professor. »Wir haben bereits gestern Abend ausführlich über diese seltsame Truppe und ihren Rettungshubschrauber gesprochen. Der Abschuss des MedEvac liegt inzwischen beinahe eine Woche zurück und wir haben weder von unserem gemeinsamen Freund noch aus dem CENTCOM, noch über Tampa irgendwelche Warnungen erhalten. Diese Geschichte ist unter Umständen nicht so heiß, wie wir anfänglich dachten. Es kann sein, dass diese Typen eben unbemerkt hier gelandet sind, weil sie sich schlicht und einfach dumm verlaufen haben. Das kommt vor. Sobald ich wieder zurück bin, werde ich mich diskret informieren.«

»Wenn wir jetzt Fehler machen, riskieren wir unsere ganze Operation hier«, erwiderte El Ouazzani finster, »und sogar unsere zukünftigen Grabungen, sobald wir herausgefunden haben, welche Orte sich in deinen Schriftrollen und meinen Manuskripten verbergen.«

Taher hatte beschlossen, seinem Freund Ben Kingsley seine Befürchtung mitzuteilen, dass die Truppe unbekannter Special Forces eigentlich ihn gejagt und es irgendwie geschafft hatte, seine Spur wiederaufzunehmen, nachdem er sich drei Jahre zuvor in Luft aufgelöst hatte. Ihr Gefangener war beschnitten gewesen, und es war nicht die übliche angelsächsische Hygienebeschneidung *high & loose* gewesen, die Masturbation für kleine Jungs unattraktiv machte oder die *low & loose*, die in Europa aus medizinischen Gründen bei Phimosen und anderen Erkrankungen praktiziert wurde. Ben weigerte sich allerdings seinem Freund nur aufgrund dieses Details zu glauben, und er wollte eine Verschwörungstheorie mit den Israelis in der Hauptrolle, oder gar die wilde Hypothese, dass die rachsüchtigen Franzosen aus der DGSE dahintersteckten, nicht einmal in Erwägung ziehen.

Die Franzosen waren hinter Taher her gewesen wie eine Meute Jagdhunde: Sämtliche seiner Helfer hatten sie aufgespürt und liquidiert. Aber am Ende hatten sie ihn in der Türkei verloren. Tahers Verschwinden im Dezember 2004 war außergewöhnlich geschickt inszeniert worden. Ben hatte selbst dafür gesorgt, dass sein Freund über die Incirlik-Airbase mit einer Transportmaschine der US Air Force in einer speziell für solche Zwecke konzipierten Spezial-Transportkiste versteckt nach Afghanistan flog.

Die Bagram-Airbase als Hauptquartier der US-Streitkräfte hatte Zonen, die streng geheim gehalten wurden. Für Ben, der damals noch als Deputy Director CIA for Special Activities im aktiven Dienst gewesen war, war es ein Leichtes gewesen, Taher von Bagram aus untertauchen zu lassen. Tagesgeschäft! Anschließend besorgte er dem Freund über einen Kontakt eine vollständige falsche Identität aus Saudi-Arabien und Jones begleitete ihn diskret nach Iskanderga'l. Außer Dadullahs Familie und ihren uralten Freunden in der Provinz Zabul wussten nur ganz wenige Vertraute Bens darüber Bescheid, wo der international gesuchte algerische Terrorist sich seit inzwischen drei Jahren aufhielt. Selbst Tahers Familie wusste nur, dass er in Sicherheit war.

× × ×

Wegen der sabotierten Fahrzeuge waren Jones und der Boss erst mit mehreren Stunden Verspätung losgefahren. Während Dadullah seine Suchtruppe zu O'Shaughnessys Unterstützung organisierte und herumtelefonierte, hatten Jones' Auftraggeber und der Professor die Zeit genutzt und gemeinsam noch eine Alukiste mit Rotuli gepackt. Die Beschäftigung mit den außergewöhnlichen Fundstücken hatte beide Männer sichtlich entspannt. Der direkte Rückweg zu Borjahn ohne den Umweg über das zerstörte Rustam Kalay und der Flug über die Grenze bis Kohat verliefen dann auch reibungslos.

Allerdings hatten Jones und sein Auftraggeber dann hetzen müssen, um einen Termin in der Stadt wahrzunehmen, bei einem Partner, der im pakistanischen Geheimdienst, dem Inter Services Intelligence ISI, einen wichtigen Posten innehatte. Er kämpfte mit großen finanziellen Schwierigkeiten, denn er fuhr gerne große, sportliche und teure Autos europäischer Bauart. Der BMW M5 Touring kostete knapp hunderttausend Euro. Da der Mann dafür sorgen musste, den zweifelhaften Gestalten das Geld zurückzubezahlen, das sie ihm für den Kauf des Fahrzeugs geliehen hatten, war er überaus motiviert, eine große Menge von gültigen Exportunterlagen zu besorgen, damit die Waren, die im Hangar der Kohat-Airbase lagerten, Pakistan legal verlassen konnten. Der Mann war auch bereit, seine Handlanger für eine diskrete Überwachung gewisser al-Qaida-Führungskader zur Verfügung zu stellen.

Jones und sein Boss fuhren langsam am Basar der Obsthändler vorbei. Die Straße war wie immer von Kauflustigen und Händlern verstopft, und es ging nur im Schritttempo voran. Endlich bog der Fahrer nach links auf die Ring Road in Richtung Peshāwar. Sie fuhren an der Kadettenakademie vorbei und erreichten schließlich das große, weiße Eingangsportal der Kohat-Airbase. Der Fahrer zeigte kurz den Zugangspass für das Fahrzeug und erhielt einen speziellen Sicherheitsausweis, den er hinter die Windschutzscheibe klemmte. Ihr Hangar lag am äußersten Ende des Militärgeländes, von wo es noch einen sehr diskreten Zugang zur Airbase gab. Lediglich ihr Lkw nutzte diese Einfahrt für gewöhnlich nach

Einbruch der Dunkelheit. Sie hatten sich dieses Privileg einiges kosten lassen, aber es lohnte sich.

Die korrupten pakistanischen Generäle, die ihnen das alles »vermieteten«, waren daran interessiert, ihnen ihr Geschäft zu erleichtern. Die Generäle verdienten regelmäßig und gut daran und hofften natürlich auf mehr. Auch die *Green Cards* für ein paar Söhne und Töchter, die in den USA studieren und leben wollten, hatten sie überzeugt. Und man kannte sich schon seit Jahrzehnten und vertraute einander. Bereits in den Tagen kurz nach der sowjetischen Invasion Afghanistans hatten sie gut zusammengearbeitet.

✖ ✖ ✖

Während der letzten Stunden hatte sein Auftraggeber das Thema des entkommenen Gefangenen überhaupt nicht mehr erwähnt. Jones hatte das Gefühl, dass Dr. Kingsley sich allein mit ihm besprechen wollte. Sie gingen Seite an Seite durch den Hangar. Er betrachtete aufmerksam jedes einzelne Stück. Inzwischen lagerten dort ausreichend Antiquitäten, um ein Museum mittlerer Größe auszustatten. Was überwog, waren natürlich Steinarbeiten, denn die waren am robustesten. Doch sie hatten auch Kunstwerke aus Edelmetallen, und sogar ein paar wenige, sehr ungewöhnliche Arbeiten aus kunstvoll bemaltem Glas, die selbst den alten Söldner in ehrfürchtige Bewunderung versetzten. Den vollständigen Inhalt mehrerer Felsengräber, inklusive mumifizierter Leichen und außergewöhnlich gut erhaltener Skelette, hatte Jones bereits diskret in die Emirate geschafft. Dort befanden sich noch zahlreiche andere Stücke, die sie mithilfe von Dadullahs Kontakten aus anderen afghanischen Raubgrabungen akquiriert hatten, allen voran die Schätze einer Reihe baktrischer Grabhügel, die in Nordafghanistan in der Gegend von Fayzabad geplündert worden waren. Sie hatten etwa fünftausend Schmuckstücke, Waffen und Gewandteile, die großteils aus Gold und Halbedelsteinen bestanden und dem legendären »Baktrischen Gold«, das der sowjetische Archäologe Viktor Sarianidi 1978 vor dem Ausbruch des sowjetischen Krieges gefunden hatte, in nichts nachstanden. Was noch hier in Kohat war, waren vor allem robuste Stücke, die keine besondere Art der Lagerung erforderten.

»Es wäre eine gute Idee, diese neuen Funde des Professors aus den drei unterirdischen Gewölben so schnell wie möglich aus Afghanistan herauszubringen«, sagte Ben schließlich zu Jones und deutete auf sieben ungewöhnliche Goldgefäße in Tierform.

Besonders ein Trinkgefäß in Form eines Hirsches faszinierte ihn – eine überwältigend schöne Arbeit! Am liebsten hätte er den Kelch nie wieder aus den Händen gegeben. Diese Meisterwerke der Goldschmiedekunst zeigten eine atemberaubende Präzision im Detail. Sie stammten aus einer der letzten Grabkammern von Iskanderga'l, die sie mit Taher und Dadullah gemeinsam entdeckt hatten. Das goldene Tier blickte ihn aus ausdrucksvollen Augen an. Jedes einzelne Haar war fein ziseliert und man konnte fast meinen, auf den lebendigen Nüstern einen Hauch von Feuchtigkeit wahrzunehmen. Er fragte sich, ob dies nicht eher thrakische Arbeiten waren, die über Handel oder Tributzahlung in die alexandrinischen Bestände geraten waren. Er kannte sich hier nicht wirklich aus und Taher war unsicher. Das Skelett in der Grabkammer hatte ihnen keine Auskünfte gegeben. Es war in sehr schlechtem Zustand gewesen.

Es war schwer, Goldschmiedekunst exakt zu datieren. Potenzielle Käufer argumentierten gerne damit, dass auch begabte neuzeitliche Schmiede dank neuer Techniken ähnliche Wunderwerke schaffen konnten, doch dank einer Reihe spektakulärer Funde in Bulgarien gab es historische Beispiele, die man als Referenz zur Hilfe nehmen konnte. Ben berührte sanft das goldene Fell des Hirsches. Bei Kunstwerken wie diesem war der Wert des Edelmetalls völlig unerheblich. Er beschloss, diese Stücke vorerst selbst zu behalten.

»Bis zu den ersten Regenfällen haben wir noch mindestens acht Wochen Zeit, um mit dem Lkw problemlos über die Grenze zu fahren. Und die übrigen Manuskripte zusammen mit den Steintafeln bringen meine Männer einfach hoch nach Kabul«, antwortete Jones ruhig. »Es kann sehr schnell gehen. Zum Jahresende ist hier alles erledigt.«

Die Einlagerung von Handschriften war immer ein Problem.

»Wegen der Rotuli können wir ein paar Dutzend Kisten mit Militärmaschinen ausfliegen«, sagte Ben Kingsley. »Ich werde alles entsprechend organisieren und versuchen, US-Maschinen zu bekommen, die von Bagram nach Deutschland fliegen. Wir haben einen Kontakt auf der Ramstein-Airbase. Sobald die Bibliothek von Persepolis außer Landes ist, können wir uns Gedanken über den Rest der Funde machen.«

Jones nickte. Er teilte die Überzeugung seines Auftraggebers. Es war an der Zeit Iskanderga'l zum Abschluss zu bringen. Es war gefährlich den Bogen zu überspannen. Der Professor hatte allen beim gemeinsamen Abendessen erklärt, dass es nur noch darum ging, die sogenannten »Schatzkammern« sorgfältig leerzuräumen. Der Archäologe glaubte nicht, dass es tiefer im Berg oder in den Felsen um das Hochtal noch viel zu entdecken gab.

»Es ist zwar nur ein Bauchgefühl, Jones«, sagte Ben Kingsley, »aber Iskanderga'l wurde seinerzeit von der Bevölkerung einfach verlassen. Man hat die Stadt aufgegeben und ist woanders hingezogen, so wie in Petra. Vermutlich war der Handelsweg nicht mehr rentabel oder die Festung lohnte sich nicht mehr, weil die Bedrohungslage sich verändert hatte. Irgendjemand hat sich allerdings ein paar Jahre später wieder an diesen Außenposten erinnert und ihn dann während der Diadochenkriege oder im Anschluss daran erneut in Betrieb genommen; allerdings lediglich als sichere Lagerstätte – eine Art riesiger Tresorraum oder ein Staatsarchiv.«

Dr. Marshall B. Kingsley jr., den seine engsten Freunde nur Ben nannten, um ihn von seinem Vater, dem Senator und Ex-Botschafter zu unterscheiden, dachte vor allem an die Steintafeln, die den Eindruck von Inventarlisten machten. Sie hatten die Dinger mit Taher und Dadullah aufmerksam betrachtet und er hatte schon ein bisschen übersetzt.

Jones schmunzelte und hob die Schultern: »Wenn Sie das sagen, Boss! Ich glaube ihnen. Sie sind hier der Experte. Ich glaube vor allem eines: Wir haben inzwischen so viele Fundstücke in Pakistan, dass es notwendig ist, Platz zu schaffen und die Antiquitäten zügig zu exportieren. Der Hangar in Kohat ist zwar sicher, aber das Klima ist ein Faktor, der gegen jede Form einer Langzeit-Lagerung spricht. Ich hätte lieber sämtliche Funde in Dubai, um von dort aus die Transporte zu koordinieren. Die *Dubai Free Zone* ist perfekt.«

× × ×

Dr. Marshall B. Kingsley beschloss, die Mehrheit der in Kohat eingelagerten Stücke umgehend auf den Markt zu bringen. Es war gutes, schnelles Geld. Für sie selbst, aber auch für den Dienst. Jones hatte recht. Sie mussten Platz schaffen und vor allem denjenigen, die wussten, was hier eingelagert wurde, keine Gelegenheit geben, sich zu bedienen. Auch die korrupten pakistanischen Militärs, die ihnen halfen, waren sich darüber im Klaren, dass sich hier irgendetwas Wertvolles befand, und es war nicht auszuschließen, dass der eine oder andere irgendwann versuchen würde, mehr herauszuschlagen, als die vereinbarten Schmiergelder.

Ben Kingsley dachte an seinen eigenen »Boss«. Frank Mahooney konnte ihren Partnern jetzt ohne Schwierigkeiten eine realistische Summe nennen. Das Projekt war angelaufen. Sie wussten aufgrund ähnlicher Operationen in der Vergangenheit, welche Finanzmittel sie in etwa brauchten, auch wenn die Dauer, auf die das Unternehmen angelegt war, ihm selbst Angst einjagte. Es war klar, dass der Ausgang der nächsten Präsidentschaftswahlen der entscheidende Faktor sein würde. Der Vorteil war, dass Frank bereit war, auch ihr nächstes gemeinsames Abenteuer mit Taher und Dadullah im gleichen Rahmen wie Iskanderga'l zu finanzieren. Und zu Bedingungen, die vorteilhafter waren.

Ben Kingsley verfolgte seit einiger Zeit eine neue und brandheiße Spur: Er war bereits über das Stadium der wissenschaftlichen

Vorarbeiten und des Quellenstudiums heraus. Beim Abendessen mit Dadullah und Taher hatten sie ausführlich darüber diskutiert und seine Freunde waren genauso enthusiastisch wie er selbst. Taher hatte damals nicht geglaubt, dass es möglich war, die Texte überhaupt zu übersetzen. Er hatte es einmal versucht, war aber gescheitert.

Während des Bosnien-Krieges hatte Ben Kingsley eine Reihe außergewöhnlicher archäologische Funde und ein paar spezielle Stücke aus Museen vor der wilden Zerstörungswut seiner damaligen »Schutzbefohlenen« gerettet, während sie unterwegs gewesen waren, um eine andere schwarze Kasse für eine verdeckte Operation der ehemaligen Haupteinsatzabteilung der CIA zu füllen. Er hatte im Auftrag von Frank Mahooney kistenweise Ikonen und religiöse Kunst der orthodoxen Kirche geplündert und außer Landes geschafft. In ein paar ganz privaten »Einsätzen« hatte Ben Kingsley dabei auch selbst von den Kriegswirren profitiert. Mithilfe seines bewährten Handlangers Jones hatte er ein paar sehr alte Schriften aus dem Kloster Tvrdoš in Bosnien aufgespürt und »in Sicherheit gebracht«. Um seinen Diebstahl aus einer Außenstelle der Nationalbibliothek zu verschleiern, hatte Kingsley abschließend seinem bunten Haufen radikaler, multinationaler Islamisten befohlen, das Gebäude in Schutt und Asche zu legen. Diese speziellen Islamisten waren eine Truppe gewesen, mit der er bereits im afghanischen Krieg gegen die Sowjets erfolgreich zusammengearbeitet hatte. Die meisten waren Saudis, aber ein paar stammten aus den Emiraten und aus Ägypten; die Bosnier hatten sie aus diesen Gründen auch »*Mudžahedini*« genannt.

Mit den geraubten Ikonen und Kirchenschätzen hatte Ben Kingsley anschließend einen Deal finanziert, bei dem Kriegsgerät einmal quer durch Kroatien transportiert wurde. Sie hatten mit der türkischen und der iranischen Regierung sowie der libanesischen *Hisbollah* zusammengearbeitet, damit die Waffen zur bosnischen Armee und zu den »Islamischen Brigaden« durchgeschmuggelt werden konnten. Er hatte im Auftrag des Directorate of Operations und der Special Activities Division und ohne Wissen des damaligen CIA-Direktors auch noch ihre pakistanischen Freunde vom ISI überzeugt, das UN-Waffenembargo zu unterwandern und Waffen aus den Beständen des afghanischen Krieges gegen die Sowjets an die Bosnier durchzureichen, insbesondere eine größere Anzahl von Boden-Luft-Raketen. Und sie hatten Hunderte kampferfahrene Söldner in die »Muslimische Armee Bosniens« eingeschleust. Dadullah hatte ihm geholfen. Sein Freund hatte die gefährlichsten und wildesten Fanatiker in den Stammesgebieten identifiziert und sie überredet, nach Ex-Jugoslawien zu gehen – hoffend, dass sie dort als Märtyrer starben. Sein Job war es gewesen, für die von ihnen geschaffenen Islamischen Brigaden, für die *Mudžahedini* und für die Nationale Befreiungsarmee Mazedoniens, nicht nachvollziehbare und solide Geldquellen zu erschließen.

Die meisten seiner Kollegen setzten traditionell auf den Handel mit Rauschgift, um für ihre Black Ops schwarzes Geld zu besorgen. Er hatte immer vorgezogen, sich aus einer ungefährlicheren und beinahe unerschöpflichen Quelle zu bedienen, mit der er sich seit den Tagen seines Universitätsstudiums bestens auskannte: Antiquitäten und archäologische Fundstücke. Er kannte sich aus, und er wusste genau, wie er gute Stücke zu guten Preisen diskret verkaufen konnte. Natürlich waren bei all seinen Operationen auch immer eine Reihe *Goodies* für seine Privatsammlungen abgefallen – so wie eben diese wunderbaren alten Schriften aus Tvrdoš.

Er hatte selbst eine kleine Ewigkeit gebraucht, um sie zu übersetzen und zu verstehen, was darin wirklich beschrieben wurde. Zuerst hatte er gedacht, es wäre nur irgendeine Legende um Götter und Helden. Wie alle anderen war auch Ben immer davon ausgegangen, dass das Altpersische lediglich für sakrale Texte verwendet worden war. Diese Schriften hatten das Gegenteil belegt, und er hatte eine Art militärhistorisches Werk gefunden, das eine einzigartige Geschichte erzählte: Alexander der Große war mit seinem Heer von Griechenland bis nach Libyen, Ägypten, Babylonien und Indien gezogen, getrieben vom Streben nach der Weltherrschaft und angelockt von den Schätzen des Orients. Seine Eroberungszüge und die skrupellose Ausbeutung der von ihm besetzten Länder hatten ihm Tonnen von Gold und Silber eingebracht.

Einen kleinen Teil dieses »Alexander-Schatzes« hatten sie bereits bei ihren Grabungen in Iskanderga'l gefunden, und selbst dieser kleine Teil hatte sie beeindruckt. Was Ben in den Papieren aus Tvrdoš gefunden hatte, war der Schlüssel zu einem weiteren Versteck. Die antiken Chronisten behaupteten, dass die Erben Alexanders – die Diadochen – seinen gigantischen Schatz in der Bergfeste Kyinda in Kilikien gehortet hätten. Allerdings wusste niemand zu sagen, wo diese sagenhafte Festung lag. Auch die alten Schriften, die er gefunden hatte, stellten keine Wegbeschreibung dar. Sie wiedersprachen lediglich den bekannten Chronisten und berichteten von mehreren Verstecken und nicht nur von einem. Damit bestätigten sie, was er und seine beiden Freunde Dadullah und Taher seit ihrem spektakulären Zufallsfund in den Großen Suleimans von vor dreißig Jahren bereits vermuteten: Das mythische Kyndia in Kilikien war vorgeschoben worden, um die Gierigen abzulenken. In Wahrheit gab es mehrere Verstecke. Seine Schrift nannte einige dieser Orte, die sich alle im Reich des Diadochen Seleukos befanden. Einen davon – so glaubte er – hatte er bereits sicher identifiziert.

Um diesen Ort unauffällig zu untersuchen, war es günstig, eine ähnlich konfuse Situation zu haben wie in Afghanistan. Im Augenblick war es dort noch viel zu ruhig und friedlich für ihn. Die zentrale Gewalt hielt noch. Das Bild von Frieden, religiöser Toleranz und orientalisch bunter Geschäftigkeit wurde nicht einmal durch die offiziell sozialistischen Tendenzen des Regimes getrübt. Ein Land im Aufschwung, das auf Kooperation mit dem Westen und mit Europa setzte: Syriens wichtigste Handelspartner waren Italien, Deutschland und Frankreich.

Etwa fünfundzwanzig aufeinanderfolgende Zivilisationen hatten in Syrien seit fast zehntausend Jahren ihre Spuren hinterlassen, die nach seiner letzten Statistik an insgesamt dreitausend Stätten ausgegraben wurden. Zahllose europäische Archäologen Werk; besonders die Deutschen und die Franzosen schienen e. reich.

Der Schauer, der einen überkam, wenn man auf dem Grabungshügel von Ebla auf der einen Seite die Sonne unter- und direkt gegenüber den Vollmond aufgehen sah, war kaum zu beschreiben. In dem gewaltigen Tempel des Baal in Palmyra verspürte man einen Hauch von Unendlichkeit. Und nach dem Aufstieg zur Zitadelle von Aleppo begriff man, weshalb sie zu den Weltwundern zählte. Ben Kingsley hatte das Land oft bereist und kannte es gut; die Syrer gaben acht auf ihr kulturelles Erbe und überwachten scharf, wer wo was aus dem Boden holte. Wenn es aber keine zentrale Gewalt mehr gab, dann gab es auch niemanden mehr, der sich in dieser Form um das kulturelle Erbe kümmerte, und man konnte hier eine Operation in größerem Stil aufziehen. Er hatte es nicht eilig.

Die Herbeiführung von ganz besonderen Ereignissen, die dann als Vorwand zur Kriegsführung dienten, gehörte zur grundlegenden Arbeitsweise des US-amerikanischen Militärs und der geheimen Dienste seines Landes. Ihre Rolle, sowohl bei der Erschaffung als auch bei der Unterstützung von internationalen terroristischen Vereinigungen, während des Kalten Krieges und danach wurde von den Medien meist völlig ignoriert oder entscheidend heruntergespielt. Dabei war das seit nunmehr fast dreißig Jahren das Kernelement seines eigenen Jobs.

Die US-Außenpolitik war bereits vor dem Zusammenbruch der UdSSR nicht darauf ausgerichtet, die Wogen des islamischen Fundamentalismus zu glätten; das Gegenteil war der Fall. Die galoppierende Entwicklung eines sehr radikalen Islams nach dem Ende des Kalten Krieges in der früheren Sowjetunion und im Nahen Osten deckte sich mit den geheimen Plänen seines Landes, die dezidiert auf Erhaltung statt auf Bekämpfung des internationalen Terrorismus abzielten. Damit konnten sie billig und effizient weltweit nationale Gesellschaftssysteme destabilisieren, die ihnen politisch oder wirtschaftlich nicht genehm waren. Durch verdeckte

Operationen der CIA unterstützte Washington die Entwicklung des islamischen Fundamentalismus im gesamten Nahen Osten, auf dem Gebiet der früheren Sowjetunion sowie in China und Indien.

Die Entwicklung von konfessionsgebundenen, fundamentalistischen Organisationen in ausgewählten Ländern diente den Interessen seiner Regierung, denn sie zersetzten und zerstörten den säkulären Staat, schafften soziale und ethnische Spaltungen innerhalb der Gesellschaft und untergruben damit die Möglichkeiten der Menschen, sich gegen die geopolitischen und wirtschaftlichen Interessen der USA zu organisieren.

Osama bin Laden und seine Gefolgsmänner, von den gezielt manipulierten Medien entsprechend dargestellt, mutieren in diesem Kampf gegen den Terror zum größten der Schreckgespenster Amerikas, die nun, nach dem Wegfall des Kalten Krieges, alle westlichen Demokratien bedrohten. Im Augenblick diente ihnen Osama noch als Rechtfertigung für Angriffskriege überall im Nahen Osten, während sie gleichzeitig im eigenen Land, aber auch gegen die europäischen Verbündeten, gezielt Überwachungsstaatstrukturen implementierten. Doch Osama war fast schon Geschichte. Sie würden ihn endgültig eliminieren, sobald sein Verschwinden opportun war und ihnen einen politischen, nachrichtendienstlichen oder militärischen Vorteil bereitete.

Sie arbeiteten bereits an einem neuen und viel schrecklicheren Monster. Unter dem Begriff *Timber Sycamore* kooperierten sie mit den Nachrichtendiensten der Golf-Staaten und mit Saudi-Arabien. Gemeinsam mit ihren bewährten Partnern aus den Tagen von *Operation Cyclone*, allen voran natürlich seinem alten Freund Saif, hatten sie ein streng geheimes Ausbildungsprogramm für Anti-Assad-Kämpfer angeleiert. Natürlich waren nicht alle dieser künftigen Anti-Assad-Kämpfer blütenweiße Demokraten. Eine absolute Mehrheit waren sogar radikalislamische Extremisten wahhabitischer Prägung. Und ihr Ziel war es, auf dem Gebiet von Syrien und dem Irak einen rückwärtsgerichteten Gottesstaat einzurichten. Sie wollten die komplette Vernichtung des Staates Israel und die

Demütigung der westlichen, christlichen Welt durch ein weltweites Kalifat. Selbstverständlich stellte das saudische Königreich in diesem Projekt große Mengen Geld und Waffen zur Verfügung. Saifs Vater finanzierte ihr ganz spezielles Projekt ganz besonders großzügig. Er griff tief in die Tasche, während die CIA mithilfe ihrer Spezialisten, Männer der Special Operations Group, der Special Activities Division und bewährter Kriegsdienstleister, die ihre Mitarbeiter unter den Ehemaligen der amerikanischen Special Forces Community rekrutierten, die Söldner der neuen Islamischen Brigaden ordentlich ausbildeten.

Genau wie bei den Antiquitäten und archäologischen Fundstücken fielen auch bei solch eher klassischen Operationen der Destabilisierung, Zersetzung und Zerstörung immer ein paar wunderbare *Goodies* für ihn selbst ab – die Chance Iskanderga'l als komplette Privatgrabung zu betreiben, war das herausragendste Beispiel.

× × ×

Schließlich verließen sie Seite an Seite ihren Hangar. Ben Kingsley wusste, dass er sich völlig auf Jones verlassen konnte. Der Söldner hatte im Lauf der letzten Jahre ein erstaunliches Gespür fürs Geschäft entwickelt. Er hatte sich dabei als ideenreich, effizient, klug und ausgesprochen tüchtig erwiesen. Jones konnte jederzeit problemlos aus der militärischen Dienstleistung aus- und auf eigene Rechnung ins Antiquitäten-Business einsteigen. Er war inzwischen so gut in diesem Bereich, dass Ben ernsthaft darüber nachdachte, ihn als gleichberechtigten Partner in ihr rentables kleines Unternehmen aufzunehmen. Er gestand sich im Stillen, dass die gesamte Abwicklung wesentlich glatter lief, seit Jones alles in die Hand genommen hatte.

Ihr Projekt, die besten der Funde mit neuen, legalen Identitäten zu versehen und blütenweiß zu waschen, damit sie nicht mehr unterm Tisch und fast schon zu Dumpingpreisen verschoben werden mussten, war Anfang des Jahres aus zwei brandneuen Faktoren geboren worden: Einerseits seinem Posten in Paris und den damit verbundenen diplomatischen Privilegien, andererseits der gesamten Export-Logistik, die Jones während der letzten drei Jahre auf die Beine gestellt hatte.

»Ich werde natürlich versuchen etwas mehr über unsere unerwünschten Besucher in Iskanderga'l herauszufinden und über den Typen, den Sie eingefangen und wieder verloren haben, Jones. Der Professor befürchtet nämlich, er selbst sei das Ziel gewesen und hat sogar die Hypothese in den Raum gestellt, unsere Grabungsstätte wäre vom Mossad und Männern des Kidon heimgesucht worden. Eine etwas wilde Spekulation, auch wenn der Kerl, den O'Shaughnessy gefangen hat, ja offensichtlich beschnitten war. Allerdings hat dies nicht viel zu sagen, wenn wir davon ausgehen, dass in den Siebzigern und Achtzigern fast neunzig Prozent der männlichen Neugeborenen in den USA beschnitten wurden – und in Kanada waren es fast fünfzig Prozent. Das war damals eine große Mode. Aber ich glaube inzwischen auch – genau wie Sie es bereits in Rustam Kalay vermutet haben – dass sie es höchstwahrscheinlich auf Ahmad Jan abgesehen hatten und ihm dicht auf der Spur waren. Ahmad Jan ist ein Top-Target. Allerdings bin ich im Gegensatz zu Ihnen immer noch davon überzeugt, dass wir es nicht mit Freelancern oder einer auf Kopfgeldjagd spezialisierten Private Military Company zu tun hatten, sondern mit dem offiziellen oder halboffiziellen Arm einer der an ISAF oder OEF beteiligten Nationen.«

Jones senkte den Kopf. Sie waren allein. Der Fahrer erwartete sie im Chevrolet.

»Er wird selbst nicht darüber sprechen, auch nicht mit seinen engen Freunden: Dadullah hat in der Provinz Zabul ein paar ernstzunehmende Feinde. Meine Männer berichten regelmäßig. Es hat ein paar wirklich schwerwiegende Zwischenfälle gegeben und eine Reihe ziemlich blutiger Racheaktionen. Diejenigen Taliban, die vollkommen auf Mullah Omar eingeschworen sind, verstehen durchaus, wie gefährlich Dadullah für sie werden kann. Die durchschauen ihn und begreifen, daß er keinen islamischen Gottesstaat will, sondern sein eigenes Ding macht. Die wollen ihn um jeden Preis loswerden, aber sie haben Angst ihn direkt anzugreifen. Wäre es denkbar, dass man einer der an der ISAF oder OEF beteiligten Nationen einen Hinweis über den Aufenthaltsort von Dadullah gegeben hat, und die haben dann diese spezielle Gruppe von Soldaten auf den Weg geschickt, um ihn einzufangen oder umzubringen? Also ein direkter Befehl einer nationalen Hierarchie, die der Kommandohierarchie der ISAF oder OEF verschwiegen hat, was zu unternehmen sie wirklich aufgebrochen waren? Vielleicht waren es ja wirklich Kanadier. Vielleicht aber auch Briten oder sogar Ihre eigenen Leute von den US-Streitkräften. Die haben nämlich auch ein paar offene Rechnungen mit Ihrem alten Freund zu begleichen. Es ist ja nicht so, als ob Dadullah seine Aktivitäten auf die Provinz Zabul beschränkt. Vielleicht waren es sogar Soldaten einer anderen ISAF-Nation, die nicht in Zabul sitzt und die einen offenen Konflikt mit ihm haben. Denken Sie zum Beispiel an die Deutschen …«

Jones fiel dieses außerordentlich blutige Selbstmordattentat 2003 in Kabul ein. Ein mit Explosivstoffen vollgeladenes und als Taxi maskiertes Auto war in diesen Bus gefahren, der deutsche Soldaten zu ihrem Camp fahren sollte. Sie hatten vier Tote und zehn Schwerverletzte gehabt. Es war ein Versuch gewesen, sie und die Holländer zu erschrecken. Die beiden eher als pazifistisch geltenden Länder hatten damals zum ersten Mal seit dem Auftakt der Operationen das Kommando über die fünftausend Mann erhalten, die für die ISAF die Hauptstadt sicherten. Im Folgejahr hatte Dadullah dann noch einmal insgesamt sechs Selbstmord-Operationen in Kabul organisiert. Die Deutschen hatten nochmals Männer verloren und sowohl bei ihren Soldaten als auch bei ihrem afghanischen Personal zwei Dutzend Verletzte zu beklagen. Sie agierten eher verhalten, aber insgesamt sechs gegen sie gerichtete Selbstmordattentate brachten vielleicht sogar bei ihnen das Fass zum überlaufen. Sie hatten auch diesen jungen Verteidigungsminister von Irgendwas aus dem Süden, der zu ihrer konservativen Partei gehörte und der zum ersten Mal seit dem 8. Mai 1945 wieder das Wort »Krieg« in den Mund genommen hatte.

Ben Kingsley nickte. »Ich habe ähnliche Gedanken, Jones! Die Engländer haben geblutet und die Deutschen hatten unverhältnismäßig hohe Verluste für ein Land, das sehr pazifistisch und kriegsfeindlich eingestellt ist, und das wir im wahrsten Sinne des Wortes zur Beteiligung an dieser Operation gezwungen haben – aus Gründen der Politik. Das ist eine Möglichkeit. Das verringert allerdings auch das Risiko für die Grabungsstätte. Hatten wir nicht vor ein paar Monaten, direkt nach Kabul und dem deutschen Bus, diese seltsame Truppe zu Besuch in den Bergen?«

Jones dachte kurz nach. Der Anruf aus Bagram! Er selbst war damals in Karatschi oder in Dubai gewesen. Der Alarm war ungewöhnlich gewesen, denn die Eindringlinge waren zum Ende der schlechten Jahreszeit gekommen, in einem Augenblick, in dem kein vernünftiger Soldat von OEF oder ISAF durch die Suleiman-Berge marschierte, weil sie Angst hatten, von Erdrutschen oder Schlammlawinen erwischt zu werden, wenn es plötzlich regnete. Er hatte Arkadij umgehend Bescheid gesagt. Seine SpezNas waren durch den Tunnel gekommen und hatten die Deutschen komplett überrascht.

»Ich erinnere mich nicht mehr, hinter wem diese Gruppe offiziell her gewesen war, aber Arkadij hat sie in etwa dort erwischt, wo der Helikopter abgestürzt ist und O'Shaughnessy den Überlebenden abgesammelt hat; einen strammen Tagesmarsch vom Eingang zum Felsentunnel entfernt, an dieser Stelle mit den drei Gebirgsquellen, wo die drei Kaskaden in den Ghar Sang stürzen.«

Ben Kingsley legte seinem alten Kampfgefährten die Hand auf die Schulter. Er erinnerte sich noch an die Zielperson der Deutschen. Frank hatte ihn damals umgehend beruhigt. Sie waren nicht wegen dem Kabul-Attentat hinter Dadullah her gewesen, sondern hinter einem der berüchtigtsten Leutnants von Osama bin Laden: dem Saudi Ayub El Hussein. El Hussein hatte es mithilfe der Mara Salvatrucha – auch MS-13 genannt – gerade noch geschafft, sich in Miami einer Festnahme durch das FBI zu entziehen, indem er sich mit einem falschen honduranischen Pass über Mittelamerika und

Kuba in die Stammesgebiete an der afghanisch-pakistanischen Grenze absetzte. Dort war er dank der Vermittlung durch MS-13-Gangster auch mit einer gut organisierten, tschetschenischen Gruppe in Kontakt gekommen, die ihm nukleares Material für al-Qaida anbot. Die Deutschen hatten wohl über ihre außergewöhnlich guten Informationsquellen im Kaukasus von dieser sehr gefährlichen Sache erfahren. Es hatte einen Deal mit Frank als dem US Director of National Intelligence gegeben.

»Die Jagd nach dem entflohenen Gefangenen, auf die Sie diesen ehemaligen SAS-Sergeanten Richard O'Shaughnessy geschickt haben, ist natürlich völliger Unsinn, Jones. Sie wissen das!«, schmunzelte Ben Kingsley.

Jones grinste und nickte. »Natürlich ist das Unsinn, Boss! Trotzdem. Versuchen kann er es ja. Man sagt doch, dass blinde Hühner gelegentlich auch Körner finden. Und er ist damit vorerst aus Dadullahs Schusslinie. Dringend verstehen müssen wir aber, auf welchem Weg diese Männer es geschafft haben, den Rettungshubschrauber zu rufen. Wir haben sündhaft teure elektronische Gegenmaßnahmen auf dem neuesten Stand, und irgendein kleines Arschloch schafft es trotzdem, sich einen MedEvac zu bestellen. Einfach so?«

»Ich werde mich zu diesem Thema kundig machen, sobald ich wieder in Europa bin, Jones. Ich habe da eine Hypothese, die muss ich aber erst einmal überprüfen. Möglicherweise war es ein echter Zufallstreffer. Vorerst sollten wir keine schlafenden Hunde wecken. Es ist keine gute Idee unserem Kontakt im CENTCOM Fragen zu stellen.«

Frank persönlich sorgte sehr diskret dafür, dass dieser spezielle Informant in Bagram jeden Monat ordentlich entlohnt und nicht von seinem Posten abgezogen wurde.

Die Kontakte zu den Männern auf der Grabungsstätte hatten sich während der drei letzten Jahre auf rund zwei Dutzend Notfälle mit Gruppen der OEF oder mit Aufklärungsdrohnen beschränkt. Dabei hatte der Informant Jones immer über ein verschlüsseltes

Satellitentelefon kontaktiert und Jones hatte anschließend Matveev informiert. Niemals aber hatten sie sich selbst an diese Quelle gewandt. Sie wussten nicht, wer dieser Informant war. Lediglich Frank wusste es.

»Was glauben Sie, Boss?« Jones war neugierig geworden. Er kannte das Prinzip des Uplink-Jamming und hatte auch selbst technische Kenntnisse in diesem Fachgebiet. Obwohl alles ausgezeichnet funktionierte, wenn man die entsprechende Downlink EIRP komplett reduzierte, funktionierten andere Downlinks immer noch.

»Es kann eine ganz banale Sache gewesen sein, Jones. Vermutlich ein privates kommerzielles Satellitentelefon oder sogar ein einfaches Mobiltelefon. Die Typen haben nicht direkt in Kandahār angerufen, sondern mit irgendjemandem telefoniert, der einen solchen Einsatz auslösen kann. Vielleicht ein nationaler Vorgesetzter, der ausreichend weit oben sitzt, um bei der ISAF einen Rettungsflug zu erbetteln, oder auch ein alter Kamerad vor Ort, der ausreichend Muskeln hat, um sich schnell und unkompliziert durchzusetzen.«

Die Idee war ihm gekommen, als er am Morgen Dadullah und sein Mobiltelefon gesehen hatte. Dadullah hatte es geschafft, den Suchtrupp für diesen Briten O'Shaughnessy in weniger als zehn Minuten zusammenzutrommeln und alle zu koordinieren. Die Geschwindigkeit und Effizienz seines alten Freundes waren bemerkenswert gewesen.

Die Grenznähe zu Pakistan und eine immer bessere Netzabdeckung Afghanistans selbst hatten aus der zurückgebliebenen Provinz Zabul ein Gebiet gemacht, in dem man fast überall problemlos mit dem Handy durchkam. Es gab abgelegene Wehrhöfe, die weder Elektrizität noch fließend Wasser hatten, aber übers Handy hatten sie Zugriff aufs Internet, und die vollverschleierten Töchter chatteten munter mit den von Papa erwählten künftigen Ehegatten drüben in Pakistan.

Das Handy, die Netzabdeckung und das Internet machten sich natürlich auch die Taliban und sämtliche anderen Gruppierungen zunutze, um ihren Kampf gegen die internationalen Sicherheitstruppen oder die OEF zu koordinieren. Da sie Wegwerfhandys und Paycards nutzten, die sie drüben in Pakistan gleich säckeweise einkauften, waren sie auch noch schwer zu überwachen und stellten die Anti-Terror-Koalition vor riesige Probleme. Und diese Hightech-Marscherleichterung für die Taliban hatte sich möglicherweise jetzt direkt gegen sie gewandt.

Jones stieg zu Ben Kingsley auf die Rückbank des Chevrolets. Sie hatten noch einiges in Peshāwar zu erledigen, bevor Ben zusammen mit seinen Kisten nach Karatschi fliegen konnte, wo ihn sein guter alter Freund Saif mit einer Motorjacht diskret erwartete. Sie würden die vierhundertachtzig nautischen Meilen, die die lebhafte Hafenstadt von der Küste Omans und der Hauptstadt Maskat trennten, relativ rasch zurücklegen und anschließend die Küstenlinie entlangfahren. Offiziell war er nie aus den Emiraten nach Pakistan gereist, sondern bewanderte immer noch die wilden Pfade der Provinz Musandam im Märchenland des Sultans Qaboos, wo er »offiziell« Urlaub machte. Er durfte lediglich keine neugierigen Augen auf sich ziehen und musste nur pünktlich wieder zurück sein; natürlich zusammen mit seinen nagelneuen uralten Schätzen aus der legendären Goldenen Bibliothek von Persepolis.

VIERTES KAPITEL

Afghanistan – Kabul – Hotel Mustafas

Tolja Zabelev trank den heißen Tee langsam und in kleinen Schlucken. Er hatte Glück gehabt und die afghanische Hauptstadt schnell und ohne jeden Zwischenfall erreicht. Auf dem *Highway to Hell* war entgegen aller Erwartungen nichts los gewesen und er hatte weder seine Waffen noch den kümmerlichen Rest seines Bargeldes gebraucht. Er hatte beschlossen, den Pick-up zu behalten und sich in Kabul diskret ein lokales Nummernschild zu besorgen.

Schnell fand er heraus, dass Wali Faizi, der berühmte »Fixer von Kabul«, am 27. Dezember 2006 im Alter von nur sechsunddreißig Jahren scheinbar im Schlaf verstorben war. Ein Mitarbeiter hatte ihn mausetot in seinem Zimmer gefunden, ohne irgendein äußeres Zeichen von Gewalt, was für einen Mann wie Wali völlig unnatürlich erschien.

Der in München aufgewachsene Afghane, der ein paar Jahre einen Gebrauchtwagenhandel in New Jersey betrieben hatte, war umgehend nach dem Fall der Taliban in seine Heimat zurückgekehrt und ein Hansdampf in allen Gassen gewesen. Der Spitzname »Fixer« rührte daher, dass er alles organisieren, alles besorgen konnte, was die ausländischen Gäste seines Hotels brauchten; von Fahrern und Übersetzern bis hin zu Waffen, harten alkoholischen Getränken, chinesischen Prostituierten, Cash und Informationen aller Art. Auch nach seinem Tod war das *Mustafas* immer noch gut besucht. Selbst die Klientel hatte sich nicht großartig geändert. Es schien nur alles ein bisschen ruhiger und langweiliger als in den Tagen von Walis lautstarker und dynamischer Herrschaft.

Tolja hatte sich in einem der ruhigen Zimmer eingemietet, die zum Innenhof blickten. Das *Mustafas* lag strategisch günstig an der Kreuzung der Shir Ali Khan. Von dort waren es nur fünf Minuten bis zur legendären Chicken Street und ihrem traditionellen Markt. Man konnte zu Fuß das Nobelviertel Wazir Akbar Khan erreichen, wo sich die Mitarbeiter der internationalen Organisationen und viele der in der Hauptstadt akkreditierten Diplomaten hinter hohen Zäunen und ausgeklügelten Sicherheitssystemen vor der afghanischen Wirklichkeit versteckten. Der Präsidentenpalast lag um die Ecke, und zum ISAF-Hauptquartier an der Bibi Mahru, das sich praktischerweise gleich auf dem schwergesicherten Gelände der US-Botschaft befand, waren es zehn Minuten im Taxi, wenn es keinen Verkehrsstau oder Selbstmordanschlag gab.

Ein ordentliches Zimmer kostete wie zu Walis Zeiten fünfundzwanzig Dollar pro Nacht und im Internet-Café in der Lounge konnte man immer noch einen Computer nutzen und für ein paar Dollar stundenlang im Web surfen, Mails verschicken und mit der Außenwelt in Verbindung treten. Tolja war sicher, dass sämtliche Kommunikationsmittel des *Mustafas* durch sämtliche Geheimdienste, die in Kabul herumlungerten, überwacht wurde, aber das störte weder ihn noch die unzähligen Journalisten, die es dem Intercontinental Hotel am Bagh-e-Bala vorzogen. Er nahm an, dass die anderen Gäste, die, wie er selbst, lieber die Zimmer mit Blick auf den Innenhof bewohnten und breite Schultern, kugelsichere Westen und Handfeuerwaffen genauso selbstverständlich trugen, wie Banker der Londoner City maßgeschneiderte Anzüge und handgenähte Lederschuhe, bestenfalls E-Mails an ihre Freundinnen verschickten oder sich durch heimatliche Zeitungen und Zeitschriften klickten. Für berufliche Gespräche nutzten vernünftige Männer in diesem Land sowieso vorzugsweise abhörsichere Satellitentelefone.

Es ging zwar nicht mehr so lebhaft, verrückt und unkonventionell zu, wie zu Walis Zeiten, doch das Barbecue oben auf der Dachterasse war immer noch gut, und das kühle Bier vom Fass floss genauso, wie die härteren Spirituosen, die man sich diskret von einem Mann in der Hotellounge besorgen lassen konnte. Die Flasche schwedischer *Absolut Vodka* für dreizehn Dollar war nicht einmal ein Wucherpreis. Tolja hatte sich allerdings eisern vorgenommen, der Versuchung so lange zu widerstehen, bis er alle seine Probleme gelöst hatte.

Obwohl er erst seit einem Tag in Kabul war, hatte er einen Teil seiner Sorgen bereits hinter sich gelassen: Er war wieder flüssig und hatte ausreichend Bares in den Taschen. Er hatte sich ordentliche zivile Klamotten gekauft und sah frisch rasiert und sauber nicht mehr nach Kämpfer oder Söldner aus. Trotz Walis frühem und seltsamen Tod funktionierte die alte *Mustafas*-Dienstleistung, schnelles Geld von einem ausländischen Konto zu erhalten, immer noch einwandfrei. Inzwischen war das MoneyGram-Office direkt unten in der Lounge. Und Tolja hatte seinen alten Job aus der Zeit vor Matveevs Deal mit Jones wieder!

Das verfluchte Hochtal und die ganze Heimlichtuerei lagen jetzt hinter ihm. Er hatte Josie Van Donghen anvertraut, dass er mit dem Contractor-Business durch war und die Schnauze voll hatte. Sie hatte zum Glück nicht gefragt, und er hatte mit keinem Wort erwähnt, was er gemacht hatte, seitdem er vor drei Jahre bei ihrer Hilfsorganisation Women help Women überraschend gekündigt hatte. Er wollte weder Ärger mit Jones noch mit dessen Auftraggeber, der ganz offensichtlich einen sehr langen Arm hatte. Er wollte auch nicht, dass Josie irgendwelche Schwierigkeiten bekam. Sie war eine gute Freundin. Vor allem aber wollte Tolja sein Leben wieder zurückhaben, untertauchen, vergessen werden und dann diskret aus Afghanistan verschwinden.

Josie hatte sich ehrlich gefreut, ihn zu sehen und hatte ihm seinen alten Job regelrecht aufgedrängt, als er ihr sagte, er sei eine Weile in Kabul und frei. Er hatte ihr versprochen, sich wenigstens bis zum Jahresende wieder um die Sicherheit der von Women help Women unterhaltenen Frauenhäuser in der afghanischen Hauptstadt zu kümmern.

Matveev hatte damals nach ihrem gemeinsamen Ausstieg bei den SpezNas für sie alle einen Job bei einer privaten Militärfirma aufgetan, die von Franzosen und Belgiern gemanagt wurde. Die Firma namens »Alyzée« hatten ihre gesamte Truppe für Gabun angeheuert, wo sie einen Vertrag als Sicherheitsdienstleister für ein großes französisches Unternehmen hatten, dass einen Bergbaubetriebe für Mangan und seltene Erden einrichtete. Es war klassischer Objektschutz und Gabun war ein ruhiges Pflaster gewesen. Matveev und die Maltschiki hatten in den Jahren, während denen sie in Afrika gearbeitet hatten, nur Gutes berichtet, aber er hatte andere Bedürfnisse gehabt. Es war ihm psychologisch erbärmlich schlecht gegangen. Über eine karitative Organisation der russisch-orthodoxen Kirche hatte Tolja Kontakt zu Women help Women bekommen und Josie und die anderen engagierten Frauen kennengelernt.

Women help Women war eine kleine, aber gut beleumundete belgische Hilfsorganisation, die Frauen und Mädchen in Afghanistan durch die Zufluchtsmöglichkeit in zwei sehr diskrete Frauenhäuser einen Ausweg aus familiärer und ehelicher Gewalt anbot. Josie hatte ihn damals angeheuert, weil sie für die Frauenhäuser ein gewisses Maß an Schutz benötigten und auch, um sich mit einem zuverlässigen, männlichen Begleiter etwas freier im Land bewegen zu können. Er hatte den Job gerne gemacht und zum ersten Mal seit Jahren der Frustration bei den SpezNas wieder das Gefühl gehabt, etwas Sinnvolles zu tun – bis zu dem Tag, als Matveev ihn angerufen hatte. Tolja schämte sich immer noch, weil er dem Lockruf des Geldes nicht hatte widerstehen können! Trotzdem hatten er und Josie sich im Guten getrennt.

»Ich habe dir damals schon gesagt, dass es dich nicht glücklich machen wird, wieder in deine alte Welt zurückzukehren, Tolja!«, sagte die Leiterin der Hilfsorganisation nachdenklich.

»Es bringt nur Geld ein, Josie.« Er schenkte sich Tee nach. »Ich bin dir wirklich dankbar für deine Hilfe. Es ist auch kein Problem, wenn du möchtest, dass ich länger als bis zum Jahresende bleibe.«

»Bei dem Gehalt, das wir anbieten können, rennen mir Leute mit deiner Berufserfahrung nicht gerade die Tür ein, Tolja. Und die Überzeugungstäter, die trotzdem für uns arbeiten, brauchen ab und zu auch Urlaub und wollen in ihre Heimatländer fahren und ihre Familie besuchen.«

»Du brauchst mich nicht zu bezahlen, Josie. Ich habe gut verdient. Ist mein Nachfolger ok?«

Er hatte damals ein furchtbar schlechtes Gewissen gehabt, Josie und die Frauen zurückzulassen, nur um sich Matveevs neuem und lukrativem Abenteuer anzuschließen.

»Ja, er ist ein guter Mann – Pierre Besson hat ihn empfohlen. Du erinnerst dich an den Journalisten?«

Tolja nickte. »Natürlich! Pierre. Ein guter Freund.«

Besson hatte damals genauso wie er im *Mustafas* gewohnt. Sie waren sogar einige Zeit Zimmernachbarn gewesen. Der franko-italienische Freelancer schrieb für eine Reihe internationaler Fachzeitschriften, die sich mit Geopolitik und militärischen Fragen befassten. Darüber hinaus verfasste er regelmäßig Sachbücher in dieser Sparte, und immer wieder beauftragte ihn auch die nationale Tagespresse mit Reportagen aus den Krisenregionen der Welt. Er hatte seinen guten Ruf im Jugoslawienkrieg etabliert und war im Geschäft bekannt. Als ehemaliger Berufssoldat hatte Besson ausgezeichnete Kontakte. Tolja mochte ihn. Sie hatten sich damals angefreundet. Besson war clean, ehrlich und hielt Wort. Er verriet auch nie seine Quellen.

»Georg Steiner. Ein ehemaliger Fremdenlegionär. Er ist ursprünglich Deutscher. Der arme Kerl hatte unglaubliches Pech. Seine Frau wurde von einem Betrunkenen totgefahren. Er war komplett depressiv. Als du weggegangen bist, hat Pierre Besson ihn überredet, bei uns einzusteigen, um ihn aus seinem Tief zu reißen. Das war eine gute Entscheidung.«

»Und zurzeit ist er im Urlaub?«

»Nein«, sagte Josie, »Steiner hatte einen dummen Unfall. Er hat im Frauenhaus das Dach repariert und ist von der Leiter gefallen. Das Knie war so kaputt, dass er lieber nach Hause fliegen wollte, um sich operieren zu lassen. Und es dauert mindestens drei Monate, bevor er durch die Reha ist und seinen Job bei uns wieder machen kann. Tolja, er ist nicht ganz so jung, wie du!«

Sie schmunzelte. Georg Steiner war Anfang sechzig, hatte zwei erwachsene Kinder und war seit ein paar Monaten Großvater. Aber das reichte für die Sicherheitsbedürfnisse einer kleinen Hilfsorganisation. Sie brauchten keinen Rambo, sondern einen erfahrenen Mann, der Risiken richtig einschätzte und entsprechend handelte. Er war ruhig, gelassen und umgänglich. Dazu hatte er ausgezeichnete Referenzen. Josie wusste, dass Steiner nicht mehr die wilde Abenteuerlust jüngerer Männer wie Tolja hatte. Sie bevorzugte für das afghanische Engagement von Women help Women Stabilität, doch bis zu seiner Rückkehr war Tolja eine sehr gute Lösung. Sie warf einen kurzen Blick auf die Uhr. Es fing an spät zu werden. Sie hatte eine Einladung der Heinrich-Böll-Stiftung zu einer Veranstaltung in der EU-Delegation in Kabul, direkt gegenüber dem Innenministerium. Es lag direkt die Straße rauf vom *Mustafas*. Diese internationalen Get-togethers waren immer sehr nett, und man traf alle Kollegen aus den anderen Hilfsorganisationen. Außerdem war das Essen nicht schlecht.

»Bist du müde oder hast du Lust, mich zu begleiten, Tolja?«

Der russische Ex-Söldner deutete auf sich und grinste: »Bin ich denn präsentabel genug, Josie?«

Die grauhaarige, spindeldürre Chefin des afghanischen Outlets von Women for Women gab ihm einen freundschaftlichen Klaps auf die breite Schulter.

»Das sieht schon wesentlich besser aus als dein gruseliger Aufzug von heute Morgen. Du hast mir richtig Angst gemacht, als du im Büro aufgeschlagen bist. Ich dachte im ersten Augenblick, du wolltest uns ausrauben.«

Zabelev senkte schuldbewusst den Kopf. »Das tut mit leid, Josie, daran hatte ich nicht gedacht. Aber du bist einer der ganz wenigen Menschen, denen ich wirklich vertraue. Ja! Ich komme gerne mit.«

Er stand auf und nahm seine Windjacke. Es war zwar kein Problem, mit einer Handfeuerwaffe am Gürtel oder im Schulterholster herumzulaufen, doch es war besser, die Waffe diskret zu tragen.

× × ×

Der Spaziergang durch das abendliche Kabul war trotz der kurzen Strecke anstrengend. Die Stadt drohte in den Abgasschwaden eines unendlichen Verkehrschaos zu krepieren. Die meiste Zeit stand man vierreihig in endlosen Kolonnen, zwischen denen die Straßenkinder auf- und abwanderten und hofften, ein paar Afghani zu ergattern, indem sie Zeitungen, Telefonkarten oder mit Hackfleisch gefüllte Pasteten verkauften. Selbst bei Einbruch der Dunkelheit löste sich dieses Durcheinander nicht auf. Nicht einmal die Hälfte der Stadt, die mit nunmehr über vier Millionen Bewohnern aus allen Nähten zu platzen schien, verfügte über Wasseranschlüsse oder Elektrizität. Tags fiel der Strom häufig aus und nachts war er nicht verfügbar. Darum hatten Behörden, ausländische Botschaften, internationale Hilfsorganisationen oder gutgehende Läden eigene Dieselgeneratoren. Die produzierten noch zusätzlich Tonnen von Feinstaub.

Josie und Tolja erreichten pünktlich die EU-Delegation. Genau wie sämtliche Regierungsgebäude glichen die Grundstücke ausländischer Vertretungen und Hilfsorganisationen kleinen Festungen. Die EU machte hier keine Ausnahme, doch Josie war eine bekannte Erscheinung der Kabuler humanitären Szene, und Tolja legte brav seine Handfeuerwaffe am Empfang ab. Dafür bekam er, wie ein paar andere »Gorillas«, die ihren Chef oder ihre Chefin begleiteten, eine Marke mit Nummer, um am Ende der abendlichen Vergnüglichkeit das richtige Schießeisen zurückzuerhalten.

Ein paar Leute aus seiner Zeit bei Women for Women waren immer noch in Kabul auf Posten. Er wurde freundlich begrüßt.

Man winkte sich zu. Josie stellte ihn ein paar anderen als Steiners Krankenvertretung vor. Tolja sprach sehr gutes Englisch, obwohl sein Akzent deutlich machte, dass er aus Osteuropa stammte. Er musste den Stress des Kampfes mit den Unbekannten und den Tod aller seiner alten Freunde und Kameraden verarbeiten. Anstatt sich in Grübeleien und trostlosen Gedanken zu verlieren, tat er das Gegenteil. Er atmete durch und ließ der neuen Freiheit ihren Lauf. Er plauderte angeregt, genoss das köstliche Fingerfood und trank Orangensaft und Mineralwasser.

Als die Veranstaltung zu Ende war, brachte Tolja Josie noch sicher nach Hause und sie verabredeten sich für den nächsten Morgen pünktlich um neun Uhr im Frauenhaus. Dann schlenderte er zufrieden zurück zum *Mustafas.* Als er die Tür zur Lounge aufstieß, wo ein großer Fernseher Sport übertrug und man sich bei einem kühlen, frischgezapften Bier entspannen konnte, glaubte er, seinen Augen nicht zu trauen. Der Mann, über den sie mit Josie noch am frühen Nachmittag gesprochen hatten, stand vor ihm, ein großes Glas dunkles Lager Beer in der Hand.

Obwohl sie sich drei Jahre nicht mehr gesehen hatten, erkannte Pierre Besson ihn sofort. Damals hatten sie sich angefreundet und Tolja hatte dem Journalisten ziemlich freimütig von der Operation gegen Mowsar Barajew und sein tschetschenisches Terrorkommando erzählt. Pierre hatte die Infos mit Toljas Zustimmung in einem seiner Bücher verwertet und war dadurch einer der Wenigen gewesen, die den von der russischen Regierung teilweise verschleierten Hergang der Befreiung detailliert schildern konnten. Was im Augenblick des Sturms wirklich geschehen war, wussten nur die, die dabei gewesen waren. Während noch das geheimnisvolle Betäubungsgas aus den Ventilationsschächten strömte, hatte Tolja ihm erzählt, waren er und seine Kameraden in den Saal gestürmt. Sie hatten dabei einundvierzig der zweiundvierzig Geiselnehmer – die Männer ebenso wie die sogenannten Schwarzen Witwen – getötet. Dabei waren die bewusstlosen Terroristen durch gezielte Schüsse in den Nacken exekutiert worden. Es war für Tolja damals eine echte

Befreiung gewesen, zu erzählen, was er erlebt hatte, denn sechs der so Exekutierten gingen auf sein Konto.

»Unglaublich«, murmelte der Ex-SpezNas, »was für ein irrer Tag!«

Er ergriff erfreut die ausgestreckte Rechte des Journalisten und drückte sie fest. Dann umarmten sich die beiden alten Vertrauten. Kurze Zeit später saßen sie – jeder ein kühles Bier in der Hand und eine große Schale gesalzener Pistazien auf dem Tisch – in einer diskreten Ecke der Lounge und unterhielten sich angeregt.

Ein halbes Dutzend Lager-Biere und eine Flasche *Absolut Vodka* später hatte Tolja sich Pierre Besson zum zweiten Mal in seinem Leben ohne Wenn und Aber anvertraut. Pierre, der ehemalige Soldat, verstand ihn in dieser Beziehung besser, als Josie es je könnte. Es war leichter über das grauenhafte Gemetzel von Rustam Kalay und den Tod seiner Freunde und Kameraden von Mann zu Mann zu sprechen. Als er Matveevs grauenhaften Tod und das Endgame mit den Brandgranaten schilderte, fühlte er sich erleichtert. Nachdem er sich für die wenigen verbleibenden Stunden der Nacht von Besson verabschiedet hatte und sich nach einer schnellen Dusche mit kaltem Wasser auf seinem Bett ausstreckte und die Augen schloss, erwarteten ihn das erste Mal seit Langem keine grauenhaft verstümmelten und fast bis zur Unkenntlichkeit verbrannten Gespenster mehr. Er schlief ein.

FÜNFTES KAPITEL

Afghanistan – Provinz Zabul – nordwestlich der Grenze zu Pakistan und den FATA

Rossi sah fasziniert durch ihr Nachtsichtgerät. Vor einer Lehmkiste, die sich von den anderen Lehmkisten nur durch ihre Größe unterschied und damit offensichtlich eine größere Behausung war, standen mehrere Lastkraftwagen.

Sie hatte während ihres Auslandseinsatzes schnell aufgehört, sich wie ein bundesdeutscher Gutmensch zu benehmen, sah Afghanistan ohne Beschönigungen durch die eigenen Augen und nannte die Dinge beim Namen. Den meisten Deutschen war die Bundeswehr und deren Einsatz in Afghanistan völlig gleichgültig, und ein Günter Grass hielt sich nicht zurück, die Bundeswehr als »Söldnerarmee« zu verunglimpfen, in der Soldaten für Geld verbraten würden.

Rossi konzentrierte sich wieder auf das Bild im Nachtsichtgerät. Was sie sah, waren sogenannte Jingle-Trucks. Diese schweren Transportfahrzeuge waren traditionell geschmückt wie Weihnachtsbäume, knallbunt, grell und fantasievoll bemalt, und hatten sogar schon Modedesigner in Europa und den USA inspiriert. Dolce & Gabbana, der noble Italiener aus Mailand, kommerzialisierte Make-up, dessen Verpackung ein pakistanischer Truck-Art-Künstler konzipiert hatte. Es gab Afghanistan-Kenner die behaupteten, dass diese Fahrzeuge das einzig Farbige und Fröhliche in dem von Krieg, Zank und Streit geprägten Land waren.

An den Chassis und unter den Stoßstangen vorne und hinten waren dicht an dicht Ketten angebracht. Diese Ketten endeten in Metallplatten, die ihnen ihren Spitznamen gaben – *Jingles*. Während sie sich langsam und komplett überladen quer durch Afghanistan und das angrenzende Pakistan wälzten, klingelten diese Lkws wie trabende Pferde vor einer russischen Troika.

Viele der spektakulär dekorierten Klingel-Laster waren antike Bedford-Trucks. Dazu kamen Fahrzeuge von MAN und vor allem von Mercedes Benz aus deutscher Wertarbeit. Auf einigen von ihnen konnte man zwischen der Deko sogar noch die Namen der Firmen lesen, denen sie im früheren Leben einmal gehört hatten, ausnahmslos gute, deutsche, mittelständische Betriebe – so, als ob die deutschen Namen in lateinischen Buchstaben geschrieben Teil der Dekoration geworden waren. Die Liebe der Afghanen zur Lkw-Marke mit dem Stern auf der Kühlerhaube währte schon lange. Bereits vor der Invasion der Sowjetarmee im Jahr 1979 bestand die Mehrheit der Fuhrparks am Hindukusch aus Nutzfahrzeugen von Mercedes-Benz und MAN. Heute gesellten sich noch Japaner dazu; Nissan, Mazda und Hino, ein Chinese.

Rossi wusste aus den Erzählungen von Kameraden, dass die farbenprächtig bemalten afghanischen Lastwagen ein wichtiger Teil der Verkehrsinfrastruktur des Landes waren. Sie hatte auf der Website der Bundeswehr sogar gelesen, dass auch die ISAF-Streitkräfte und der Bund einen Teil ihrer Lieferungen von den Jingles über die legendäre N25 fahren ließen, obwohl es für die Fahrer ein lebensgefährlicher Job war. Und bisweilen fuhr auch einmal eine deutsche Panzerhaubitze von Rheinmetall mit diesen Lastern durchs Land.

Kérmorvan saß neben seiner deutschen Kameradin auf ihrem Aussichtsposten und schmunzelte. Sie hatten während einer weiteren Höllennacht im Sattel der Enduro schnell und ohne Schaden zu nehmen eine ordentliche Strecke zurückgelegt, doch dank Rossis Kunstfertigkeit mit dem Schweizer Messer und den Morphin-Autoinjektoren, war es diesmal ein Kinderspiel gewesen. Er hoffte nur, dass sich aus dieser großzügigen Handhabung einer harten Droge keine Abhängigkeit entwickelte. Sie hatte ihn inzwischen mit dem Morphin fast schmerzfrei gespritzt.

Was hier vor ihnen stand, würde einen Teil ihrer Probleme lösen und ihm erlauben, sich ein bisschen zu schonen. Solch ein Jingle Truck war ein unauffälliges Transportmittel, mit dem man völlig ungesehen einmal quer durch Afghanistan reisen konnte. Es war nicht gefährlicher als das Motorrad, aber wesentlich bequemer.

× × ×

Es waren Blumenkinder-Hippies gewesen, die Mercedes-Benz und andere Lkw-Marken am Hindukusch berühmt gemacht hatten; Leute, wie seine Eltern, die in den wilden Sechziger- und Siebzigerjahren auf dem Landweg nach AfPak, Indien und Nepal reisten. Tausende junger, zugekiffter Menschen machten sich damals zum *Sound of Silence* von Simon & Garfunkel oder zum *Universal Soldier* von Donovan auf den Weg. Sie hörten Joan Baez und Bob Dylan und pilgerten zum Subkontinent der Gurus und Klöster. Oder aber wie sein leicht exzentrischer Vater – clean, unbekifft und im Vollbesitz seiner geistigen Kräfte – zu Entwicklungsprojekten der UNO, der UNESCO oder anderer internationaler Hilfsorganisationen, die am Ende der Entkolonialisierung in Mode waren. Sein Vater war auf dem Weg zu einem landwirtschaftlichen Entwicklungsprojekt der UNESCO in der afghanischen Provinz Wardak gewesen.

Kérmorvans Vater Erwa'n hatte nach den entsprechenden Diplomen und einem Studium der Agrarwissenschaften mit Schwerpunkt Pflanzenbau für ein paar Jahre bei der UNESCO unterschrieben, um zu lernen und praktische Erfahrung zu sammeln, bevor er den Familienhof bei Dol übernehmen würde, sobald sein eigener Vater – Gwénaëls Großvater – in Rente ging. Erwa'n war Experte für Nutzpflanzenwirtschaft und in Kérmorvans Augen der einzige Mann in der Französischen Republik, der wirklich wusste, wie man einen schmackhaften, knackigen und komplett raupenfreien Bio-Blumenkohl produzierte, der dann in einem Auflauf mit

Roquefort-Käse, Béchamel-Sauce und kleinen, fein frittierten Speckwürfelchen seine Bestimmung optimal erfüllte.

Viele, wie auch seine Mutter Maria, die sich anfangs mehr für die Gurus und die Genussmittel und weniger für die Landwirtschaft interessierte, starteten in Europa mit einem Lkw. Die Idee war so einfach wie genial gewesen: Ein gebrauchter Mercedes-Benz-Lkw kostete damals in Deutschland den Gegenwert von rund tausend US-Dollar. In Nepal konnte man ihn dann mit etwas Geschick für mehr als fünftausend Dollar wiederverkaufen und sich einen fast endlos langen Aufenthalt im abgefahrensten Ashram finanzieren, wo man dann *O-Mahni-Padme-Hum* sang, das Kamasutra abarbeitete und hoffte, dass man es ohne Bandscheibenzwischenfall bis zur letzten Seite schaffte.

Zum Glück hatte der sandfarbene Renault Quatrelle R4 Modell 1968, mit dem Erwa'n vollbeladen und mit selbstgebasteltem Anhänger von Dol in der Bretagne auf dem Weg nach Afghanistan gewesen war, im Iran eine Panne gehabt. Maria hatte ihn seinerzeit mit ihrem Benz-Frontlenker von 1955, der in seinem ersten Leben einmal Bierlaster in Grafenhausen bei Titisee-Neustadt gewesen war und immer noch stolz das Schild der Badischen Staatsbrauerei Rothaus trug, aus dem Dreck gezogen und im wahrsten Sinne des Wortes abgeschleppt. Mit iranischer Hilfe waren der R4 und der Hänger hinten in den Bierlaster gepackt worden. Gwénaëls Vater und Mutter erreichten sicher Afghanistan und die Provinz Wardak. Papa reparierte die Quatrelle und Maman verkaufte den Benz für die stolze Summe von sechstausend Dollar und ließ den Guru und den Ashram sausen. Zum Kamasutra konnte Kérmorvan sich nicht äußern, denn er kam exakt neun Monate nach der Ankunft seiner Eltern in Afghanistan am 21. März 1972 in Danahaa zur Welt. Der Rest war Geschichte. Die Sache mit dem Kamasutra war eines der ganz, ganz wenigen heißen Themen, über das seine lockeren, weltoffenen Eltern sich komplett ausschwiegen und sie wurden immer knallrot, wenn eines ihrer vier Kinder darauf zu sprechen kam.

× × ×

»Ich kanns einfach nicht glauben!«, flüsterte Kérmorvan seiner deutschen Kameradin ins Ohr. Er hatte einen Plan, und sie war genau die Frau, die er jetzt brauchte, um ihn umzusetzen. Er bereute nicht, sich als deutschsprachig geoutet zu haben. Das machte die Kommunikation wirklich leichter, als auf Englisch mögliche Missverständnisse zu riskieren. Außerdem hatte er im Augenblick die Angelsachsen ziemlich über; Briten, Amerikaner und sogar kanadische Militärmediziner. Es war eigentlich alles ganz einfach.

»Pierre«, sprach ihn Rossi mit seinem Deck-Vornamen an. Sie selbst schien auf den Dienstrang keinen großen Wert zu legen und war davon überzeugt, dass ihr gemeinsames Abenteuer den formlosen Umgang miteinander rechtfertigte. »Das ist der reinste Wahnsinn!«

Er hatte Major Rossi gerade vorgeschlagen, einen der Jingle-Trucks zu hijacken anstatt mit der Enduro weiter durch die finstere Nacht zu holpern. Denn in ihren Uniformen in der tiefsten afghanischen Provinz und mit den Leuten aus dem Hochtal auf ihren Fersen waren sie einfach zu auffällig, um bei Tageslicht zu reisen. Kérmorvan hatte auch das Gefühl, dass dieses neue und knallrote Geländemotorrad möglicherweise für viele Einwohnern der Provinz ein vertrauter Anblick war, wenn auch nicht mit zwei Uniformierten der westlichen Truppen im Sattel. Für gewöhnlich fuhren die Afghanen des zurückgebliebenen und bettelarmen Zabul im besten Fall ein No-Name-Bike aus China oder eine steinalte Yamaha, die in Europa Sammlern von Vintage-Fahrzeugen die Augen wässrig gemacht hätte, nicht aber eine teure High-End-Maschine aus Japan.

× × ×

Die Gruppe Trucker hatte für die Nacht vor einem lokalen Truck-Stop angehalten, einer Art Teehaus – *Tchaikana* – wie man sie fast überall an den Straßen und auf den großen Pisten Afghanistans fand. Dort konnten sie rasten, eine günstige warme Mahlzeit genießen, Tee trinken und sich manchmal sogar unter hausgemachten Behelfsduschen waschen. In den Tchaikanas gab es gegen ein paar Afghani oder Cents heißes Wasser für grünen Tee in der Thermoskanne. Man handelte dort mit Billigzigaretten zweifelhafter Herkunft, die neben klassischem Tabak auch interessante Fremdstoffe wie Milben, zerkleinerte CDs, Metallsplitter, Exkremente, Insekteneier und Autoreifen enthielten. Aber das hielt keinen einzigen Trucker vom Kettenrauchen ab.

Sie fuhren wahrscheinlich zu viert im Mini-Konvoi, doch nur drei von ihnen waren beladen. Das letzte der Fahrzeuge war leer und Kérmorvan hatte keine Begleit-Jeeps entdeckt, wie sie wegen der Gefahr von Angriffen durch Banditen, Taliban, schlecht bezahlte afghanische Polizisten oder Soldaten auf vielen Strecken üblich geworden waren. Es lief bei diesem Begleitschutz darauf hinaus, dass man einen der Chefs gefährlicher, lokaler Bewaffneter gut bezahlte, damit der einem die anderen gefährlichen Gangster der Gegend manu militari vom Leib hielt.

Das Nachtsichtgerät hatte ihm inzwischen mehr über die Männer erzählt, die die Lkws fuhren, als ihre Mütter es je gekonnt hätten. Die drei ersten hatten zwei Mann Besatzung, einen Fahrer und seinen Beifahrer, und beide Männer hatten es sich für die Nacht im Innenraum bequem gemacht. Sie schliefen tief und fest. Der letzte der vier Jingles war kein Afghane, sondern ein einsamer Pakistani. Er hatte sein eigenes nationales Nummernschild, auf dem unten in lateinischen und oben in arabischen Buchstaben der Name seiner Herkunftsprovinz stand. Das Schild war noch ein altes Modell. Der Mann fuhr seinen etwa zwanzig Jahre alten Nissan-Truck und er war allein, denn auf dem Beifahrersitz lag nur eine Menge Krempel herum. Außerdem hatte er den Vorhang zur Schlafkabine nicht ganz vorgezogen und Kérmorvan sah, dass auch er fest schlief. Er lag praktischerweise mit dem Kopf auf der linken Seite, wo sich der Beifahrersitz befand.

Normalerweise fuhren sie im pakistanischen Fernverkehr mit drei Mann: Fahrer, Beifahrer und Handlanger, doch es gab gelegentlich Helden, die es vorzogen, allein zu arbeiten, um Maximalgehälter von bis zu dreihundert Dollar im Monat abzukassieren. Manchmal waren es aber auch Trucker, die auf eigene Rechnung im eigenen Truck fuhren und nicht von einer Transportfirma angestellt waren. Kérmorvans Zielobjekt stammte offensichtlich aus der Provinzhauptstadt Bannu. Bannu lag an der direkten Straßenverbindung zwischen Quetta und Peshāwar und etwas über vierzig Kilometer Luftlinie von der afghanischen Grenze entfernt. Der Truck war wahrscheinlich am Grenzkontrollpunkt Torkham nach Afghanistan eingefahren, hatte irgendwo dort oben entladen und war nun auf dem Weg, um innerhalb Afghanistans neue Ladung aufzunehmen. Dann würde er wohl bei Wesh-Chaman nach Pakistan zurückfahren und auf der anderen Seite der Berge wieder hoch nach Bannu. Es war eine Art großer Kreisverkehr und eine gefährliche Strecke. Zwischen Afghanistan und Pakistan gab es einen sehr lukrativen Schmuggel von Wolle für die Teppichknüpfer, die sich drüben auf der anderen Seite der Grenze in Peshāwar angesiedelt hatten. Früher beherrschten die Usbeken und Turkmenen das Teppichgeschäft. Mit dem Beginn des Krieges und dem Einmarsch der Russen in Afghanistan begann ein radikaler Wandel. Die nach Pakistan geflüchteten Afghanen eroberten sich die Marktherrschaft, wobei es in Afghanistan selbst nur noch geringe Knüpftätigkeit gab. Abgesehen von den Belutschen knüpfte heute kein einziger Afghane innerhalb der afghanischen Landesgrenzen mehr afghanische Teppiche. Allein in der Region Peshāwar gab es jedoch rund hundertfünfzigtausend Knüpfstühle, an denen Afghanen arbeiten. Eine Art Mafia, an der neben den Großhändlern auch eine Unmenge pakistanischer Beamter und ebenfalls diverse Radikal-Islamisten oder andere Warlords gutes Geld verdienten.

Es war trotzdem noch ein sehr rentables Geschäft, auch wenn die Einkäufer aus Europa und den USA sich kaum in die hochexplosive Region wagten und alles nur über lokale Mittelsmänner abwickeln ließen, wie zum Beispiel den relativ bekannten Großhändler Jomagul Khan, der seit rund dreißig Jahren den französischen Markt bediente.

Kérmorvan hatte sich in seinen ersten Wochen im Service Action in die Fragen des Teppichhandels einarbeiten müssen, denn die

DGSE hatte Jomagul Khan nach dem Attentat von Karatschi eine Zeit lang unter Beobachtung gehabt. Der Broker und Einkäufer selbst hatte sich zwar nichts zuschulden kommen lassen, doch ein Mitarbeiter seines Exportbüros in Karatschi hatte zu dem Terroristen-Team gehört, das Taher El Ouazzani damals zusammengestellt hatte. Durch seinen Telefonanruf aus den Räumen, die genau gegenüber dem Sheraton Hotel lagen, hatte der Mann dafür gesorgt, dass der rote Toyota Corolla im richtigen Augenblick direkt vor dem Bus explodierte, in dem die Ingenieure der *Direction des Chantiers Navales* auf dem Weg zum Militärhafen von Karatschi waren.

× × ×

Was Kérmorvan Rossi verschwiegen hatte, war die Tatsache, dass der pakistanische Trucker nur eine einzige Chance hatte, das geplante Zusammentreffen mit ihm zu überleben – dann nämlich, wenn er nicht gleich losbrüllte, kooperativ und vernünftig war und sich davon überzeugen ließ, dass ein Bündel US-Dollar in der Tasche besser war als ein fieses Kampfmesser zwischen den Rippen.

Normalerweise wurde in der afghanisch-pakistanischen Trucker-Hölle rund um die Uhr gefahren. Stops, um am Straßenrand zu essen, waren kurz. Zum einen wollten die Kunden nicht lange auf ihre Ladung warten, zum anderen erhöhten die Nonstop-Fahrten die Sicherheit der Trucker. Dabei verbrachte jeder Mann einer Zweifahrerbesatzung täglich zwölf Stunden hinterm Steuer; sechs am Tag und sechs in der Nacht. Nur wenn bekannt war, dass eine bestimmte Strecke besonders gefährdet war, wurde der Rhythmus unterbrochen. Dann wurde nachts pausiert. Sämtliche Strecken durch die Provinz Zabul waren als lebensgefährlich verschrieen.

»Major Rossi«, sagte Kérmorvan leise. Dann korrigierte er sich: »Carla! Wir sind uns darüber einig, dass jeder von uns in seinem Job ein Profi ist. Ich würde mir niemals erlauben, Ihnen irgendwelche unqualifizierten Ratschläge zu erteilen, wenn Sie einen Verwundeten vor sich auf dem OP-Tisch liegen haben.«

Trotz ihrer schwierigen Situation war es ihm ein Bedürfnis, der Bundeswehrärztin alles so zu erklären, dass kein ungeplanter Rohrkrepierer ihre außergewöhnliche Glückssträhne zu einem jähen Ende brachte. Er wusste, dass sein etwas gewagtes Projekt nur dann gut ging, wenn sie ihm jetzt genauso vertraute, wie er ihr bei der Flucht aus dem Hochtal vertraut hatte.

Rossi nickte. »Ich werde Ihnen nicht beim Carjacking reinreden. Ich bin mir sicher, Sie sind da wesentlich kompetenter.«

»Selbstverständlich«, erwiderte Kérmorvan höflich und senkte das Haupt in einer kleinen, spöttischen Verbeugung. Die kleine Deutsche war ruhig, besonnen und vernünftig, aber sie war lediglich eine hochqualifizierte, sportliche und außergewöhnlich waghalsige Fachärztin, die ziemlich gut Geländemotorrad fahren konnte. Was er brauchte, war ein völlig skrupelloser, eiskalter Back-up, der im Notfall keine Fragen stellte, sondern handelte. Aber man bekam in seinem Job nicht immer, was man wollte, und musste sich meist eben mit der zweitbesten Lösung zufriedengeben. Er erklärte ihr ehrlich und in kurzen Worten, womit sie im schlimmsten Fall zu rechnen hatte.

»Aber wenn es gut geht, dann sind wir in drei oder vier Tagen aus dem Schneider, Carla!«

Zumindest wären sie dann am sogenannten Freundschaftstor. Wesh-Chaman war der dritte der großen Grenzübergänge zwischen Afghanistan und Pakistan. Es lag im Südwesten und befand sich auf dem großen Highway A25 unweit der Garnisonsstadt Spin Boldak. Die Provinz Zabul und den direkten Einfluss von Dadullah hinter sich zu lassen, würde ihm bereits weiterhelfen. Sobald sie Spin Boldak erreichten, würde er sich etwas Kreatives einfallen lassen, um sie mit über die Grenze zu nehmen.

Rossi spürte die Spannung. Ihr Begleiter hatte eine ganz präzise Idee im Kopf. Er zog seine Kampfjacke und die Fleecejacke aus und hielt Rossi beide Kleidungsstücke hin.

»Könnte ich vielleicht meine Ausrüstung zurückbekommen … und das Kampfmesser bitte?«

Sie nickte und der Austausch fand statt. Doch anstatt sich in der eisigen Nacht gleich wieder anzuziehen, schnappte Kérmorvan seine sperrige und schwere Funktionsweste und die Maglite und bastelte irgendetwas mit dem fiesen Kampfmesser herum.

»Hier.«

Er streckte Rossi ein erstes zigarettendünnes und knapp zehn Zentimeter langes PVC-Röhrchen hin. Nach ein paar weiteren präzisen Schnitten hielt sie insgesamt sechs Röhrchen in der Hand. Sie waren, wie Tablettenröhrchen, oben und unten ordentlich verstöpselt.

»Schieben Sie den kleinen Finger ins Loch und drücken Sie«, befahl der Special-Forces-Mann. Sie tat, wie ihr geheißen. In jedem Röhrchen befanden sich eng zusammengerollt zehn 100-US-Dollar-Scheine. Rossi hielt am Ende erstaunt sechstausend US-Dollar in Händen.

»Wie?«

»Nein«, sagte Kérmorvan amüsiert, »der berühmte Goldgürtel der Spezialeinheiten, von dem Sie vermutlich in Andy McNabs *Die Männer von Bravo Two Zero* gelesen haben, ist inzwischen out! Gold ist schon okay, aber Sie müssen Ihrem Gegenüber erst einmal glaubhaft machen, dass das Zeug auch echt ist. Ansonsten müssen Sie irgendwo hingehen, wo man es überprüfen kann und man Ihnen den berühmten britischen Ein-Pfund-Sovereign abkauft. In der blanken Not bringt der dann höchstens hundertfünfzig Euro – und da hätten Sie noch Glück, auf einen halbwegs ehrlichen Halsabschneider gestoßen zu sein. Wenn man aber in meinem Job Probleme hat, dann hat man nie die Zeit und die Möglichkeit, sich lange mit irgendwelchen Komplikationen aufzuhalten und herumzudiskutieren. Das ist alles viel zu kompliziert. Persönlich nehme ich immer nur harte Devisen mit in den Einsatz – Dollars und Euros!«

Er hatte natürlich für den äußersten Notfall auch schon Feingold in seinem Schuhwerk verborgen, aber das war die Ausnahme, nicht die Regel. Die praktischen kleinen Plättchen mit dem Gewicht einer Unze, einem Degussa-Stempel und der 999,9-Feingold-

Markierung waren im Augenblick in etwa siebenhundert Euro das Stück Wert. Dazu waren sie unauffälliger als nationale Münzen und im Nahen und Mittleren Osten und auf der Arabischen Halbinsel bekam man sie ohne Probleme auf den Bazaren bei den Juwelieren und Goldschmieden los. Mit dem Gegenwert von vierzehn- bis fünfzehnhundert Euro kam man in seinem üblichen Einsatzgebiet danach recht weit.

»Sie haben noch einmal die gleiche Menge Euro in die Funktionsweste eingenäht?«

Rossi reagierte erstaunt. Sie hatte nicht gedacht, dass man Special Forces solch solide Geldsummen mit in den Kampfeinsatz gab.

»Nein, nicht hier in Afghanistan.«

Kérmorvan hätte sich am liebsten umgehend selbst ins Schienbein getreten. Er betete, dass die gute Frau Doktor nicht umgehend fragte, was er beruflich wirklich machte, um so selbstverständlich mit verstecktem Geld quer durch die Weltgeschichte zu wandern. Zurzeit hielt sie ihn ja noch für einen ganz gewöhnlichen Soldaten aus einer kanadischen Spezialeinheit. Er hoffte, bis zum Ende mit dieser Legende durchzukommen, auch wenn er sich den Moment ihrer Ankunft vor dem deutschen Konsulat in Karatschi recht interessant vorstellte.

Inmitten ihres beruflichen Lügengespinsts ertappt und als Spion enttarnt zu werden, war für Mitglieder egal welchen Geheimdienstes – ob Saudi, Russe oder Franzose – das Demütigendeste und Schlimmste, was ihnen passieren konnte und wurde höchstens von der Gefangennahme durch den Gegner übertroffen. Es war Kérmorvan bis jetzt in keinem seiner zahlreichen verdeckten Einsätze passiert, auch nur ansatzweise verdächtigt zu werden. Doch zum Glück war Rossi nicht besonders neugierig und ließ das Thema auf sich beruhen. Kérmorvan atmete auf.

× × ×

Sie hatten das knallrote Enduro-Bike gut versteckt. Wenn nicht gerade eine abenteuerlustige Ziege einen ebenso abenteuerlustigen jugendlichen Hirten in diese kleine Ansammlung von Steinen und Gestrüpp führte, dann würde das teure Teil aus Japan hier in Frieden verrotten. Rossi war ihrem Kameraden aus der obskuren Spezialeinheit schwer beladen die halbe Strecke zu den Jingle-Trucks und zur Piste gefolgt und lag nun gut verborgen mit dem Nachtsichtgerät inmitten einer Ansammlung von Steinen. Sie beobachtete gespannt, was ihr Partner gerade machte. Höchstens zweihundert Meter trennten sie. Er bewegte sich wie eine Schlange durchs Gestrüpp. Sie hatte außer den fünftausendachthundert Dollar Bargeld noch die Glock, den C4-Sprengstoff, die RCIRs, die Bonbons, und all ihre Klamotten. Er hatte das Monatsgehalt eines pakistanischen Truckers im Fernverkehr plus Tagesspesen in der Hosentasche, dazu das fiese Kampfmesser und eine der Maglites. Vor allem aber hatte er ganz offensichtlich eine fixe Idee im Kopf. Sie waren sich über das Vorgehen einig geworden.

SECHSTES KAPITEL

Afghanistan – Provinz Zabul – nordwestlich der Grenze zu Pakistan und den FATA

Kérmorvan hatte zuvor mit dem Nachtsichtgerät alles genauestens ausgekundschaftet. Der afghanische Truck-Stop lag völlig im Dunklen. Selbstverständlich gab es in dieser Gegend keinen Strom und sie waren auf ihre Dieselgeneratoren angewiesen. Die angrenzenden Häuser im Stil der Region verbargen sich hinter ihren hohen geschlossenen Lehmziegelmauern. Er hatte bei der Tchaikana nirgendwo einen Hund gesehen. Selbst wenn einer im Innenhof war, würde der höchstens losbellen, wenn man versuchte, in den Lehmziegelbau einzudringen. Er erreichte unbemerkt den Jingle-Truck. Der Nissan war, wie viele pakistanische Lastwagen, ein absolutes Schmuckstück. Selbst im fahlen Mondlicht sah Kérmorvan, dass das Unikat außen und innen aufwendig veredelt worden war. Er kletterte vorsichtig und ohne ein Geräusch zu machen aufs Trittbrett und spähte durch das Seitenfenster. Die Tatsache, dass sogar die Fenster mit Klebefolien dekoriert worden waren, machte es nicht leichter, aber die sternenklare Nacht und der zunehmende Mond reichten ihm für einen letzten Check-up. Er hatte von ihrem Aussichtsposten aus richtig vermutet: Der Pakistani fuhr allein, und er schlief tief und fest wie ein Toter. Da er keinen Partner hatte, um abzuwechseln, konnte er sich nur dann richtig ausruhen, wenn er anhielt. Kérmorvan nahm an, dass der Fahrer auf ungefährlicheren

Streckenabschnitten auch einmal vierundzwanzig Stunden am Steuer durchmachte. Natürlich fuhr hier keiner mit Fahrtenschreiber, wie in Europa. Der Mann war wahrscheinlich platt wie ein Pfannkuchen und würde möglicherweise sogar ein Erdbeben verschlafen.

Das Schöne an diesen älteren Modellen aus Japan war, dass keiner eine sogenannte Komfortschließanlage hatte und die meisten hatten auch keine funktionierende Zentralverriegelung oder andere Elektronik-Spielereien an der Tür. Man konnte diese Fahrzeuge noch leicht und schnell knacken, indem man etwas Flaches in den Türspalt direkt unterm Fenster einführte und dann vorsichtig nach oben drückte. Er hatte das Autoknacken bei seinem ersten richtig harten Auslandseinsatz gelernt; 1995 in Mostar, wo sie mit der IFOR und der NATO von den Vereinten Nationen und der UNPROFOR übernommen hatten, um im ehemaligen Jugoslawien den Waffenstillstand und die Umsetzung des Friedensabkommens von Dayton zu überwachen. Es waren ein paar Männer aus einer russischen Einheit gewesen, die ihm damals aus Frust und Langeweile das Schlösser-Knacken und ihre Sprache beigebracht hatten.

Noch bevor der pakistanische Trucker sich aufsetzen konnte, um sich den Schlaf aus den Augen zu reiben, hatte Kérmorvan ihm schon die Hand auf den Mund gepresst und drückte ihn mit dem Knie zurück in seine Schlafkabine. Der Trucker fühlte den spitzen, kalten Stahl des Kampfmessers an seiner Kehle. Da er aus Bannu kam, sprach ihn der französische Geheimdienstoffizier nicht auf Urdu, sondern auf Paschtu an.

»Du hast die Wahl«, sagte er dem Pakistani ruhig aber so bestimmt, dass keine Zweifel über seine Absichten aufkamen, »entweder du nimmst uns bis Chaman mit, lebst, behältst deinen Truck und bekommst von mir fünfhundert Dollar für die Dienstleistung, oder du weigerst dich, dann verlierst du nicht nur deinen Truck, sondern auch dein Leben und das gute Geld, das ich dir anbiete.«

Der Mann muffte unter Kérmorvans Hand, die ihn am Reden hinderte. Seine Augen waren vor Schreck geweitet.

»Wenn du mich verstanden hast, dann nicke!«

Der Typ bewegte den Kopf, wie gefordert. Er sprach also Paschtu.

»Wenn du mit meinem Vorschlag einverstanden bist, dann nicke.«

Der Typ bewegte den Kopf heftig. Er zog es ganz offensichtlich vor, zu leben und das Geld zu bekommen. Trotzdem war Kérmorvan nicht so leichtsinnig, umgehend die Hand vom Mund des Mannes zu nehmen.

»Du bist dir darüber im Klaren, dass ich dich schneller töten werde als du schreien kannst?«

Sein sehr spitzes Kampfmesser ritzte ganz leicht in die Haut des Truckers. Ein paar Blutstropfen quollen hervor. Der Trucker rollte erwartungsgemäß die Augen vor Angst. Man konnte im Mondlicht das Weiße sehen. Es war immer am besten, gleich zu Anfang einer Geschäftsbeziehung klarzumachen, was voneinander erwartet wurde. Kérmorvan hob zufrieden die Hand, damit der Mann sich äußern konnte.

Der Trucker schluchzte leise und erwartungsgemäß auf Paschtu: »Bitte, tun Sie mir nichts. Ich habe eine Frau, ich habe Kinder …«

»Drüben in Bannu, ich weiß.« Kérmorvan blickte dem Mann knallhart in die Augen. Das Messer hatte sich keinen Millimeter von der Kehle wegbewegt. »Und es ist kein Problem, deine Lieben zu finden.«

Er ließ den Rest der Drohung unausgesprochen. Natürlich würde er sich die Sauerei nicht antun, dem Typen die Kehle aufzuschlitzen oder anderweitig das Messer zu verwenden, falls sie nicht handelseinig wurden. Es gab viel sauberere Methoden, einen Menschen leise und schnell zu töten und Kérmorvan hatte in dieser Beziehung keine Berührungsängste. Es gab Dinge, die ihm schlaflose Nächte bereiteten, aber dazu zählte ein *kill* im Einsatz nicht – auch kein Kollateralschaden.

Verteidigen heißt notfalls töten! Daran führte für einen Berufssoldaten wie ihn kein Weg vorbei. Außerdem hatte er gegenüber seinen Haupteinsatzgebieten im Lauf der Zeit ausreichend negative

Gefühle entwickelt, und Pakistani mit ihrer rabiaten Mentalität, ihrer blutrünstigen islamistischen Radikalität und ihren widerwärtigen Pogromen gegen alle anderen religiöse Minderheiten im eigenen Land standen nicht gerade oben auf seiner Liste der schützenswerten Arten. Es tat ihm persönlich zwar leid, dass dieser spezielle Trucker zwischen Hammer und Amboss gelandet war und im falschen Augenblick an der falschen Stelle geparkt hatte, um sich auszuruhen, aber dieses private Gefühl würde ihn nicht davon abhalten, den Mann zu töten, wenn es für Rossis und sein Überleben unabdingbar war.

Kérmorvan hatte seine beiden letzten Schuljahre vor dem Abitur am Lycée Naval de Brest verbracht, einem der sechs traditionsreichen, französischen Militärgymnasien – freiwillig und aus eigenem Antrieb, weil er, nach einer wilden Hippie-Kindheit mit Eltern, die kreuz und quer durch Asien und den Nahen und den Mittleren Osten gewandert waren, fühlte, dass er für sich selbst Stabilität und Disziplin brauchte. Am Tag nach seinem Abitur hatte er sich dann genauso freiwillig verpflichtet und anschließend eine Bilderbuchkarriere mit Bestnoten und hervorragenden Bewertungen durch Vorgesetzte gemacht. Er hatte sich auf dem *Fast Track* in die oberen Dienstränge der französischen Kriegsmarine befunden – bis er Madame le Juge und dem Service Action der Division Action der DGSE in die Hände gefallen war.

Sein vernunftbegabterer Teil wusste natürlich, dass dies für einen Soldaten mit seinem Hintergrund und seiner Qualifikation keine Strafe, sondern eine Auszeichnung war. Sein bretonisch-nationalistisches Genmaterial mit dem berüchtigten *Gwenn-ha-du*-Gen verpflichteten ihn allerdings zum regelmäßigen Nörgeln – aus Prinzip!

Seitdem war Kérmorvan einer der jüngsten und bestbezahlten Korvettenkapitäne seines Landes. Er war hochdekoriert und trug zurzeit sogar eines der allerletzten Kriegskreuze – *Croix de guerre des Théâtres d'opérations extérieurs* – im aktiven Dienst, das nicht an einen Fremdenlegionär verliehen worden war. Es wurde nur ganz selten und für besondere Tapferkeit im Kampfeinsatz während eines Auslandseinsatzes verliehen. Er hatte die Auszeichnung für eine Geschichte bekommen, über die er immer noch nicht unbefangen und gelassen reden konnte. Er wusste, dass er zum Jahresende und wenn er dieses afghanische Schlamassel überlebte zum *Capitaine de Fregatte* – Fregatten-Kapitän – befördert würde, in einem Alter, in dem achtzig Prozent seiner Kameraden in normalen Einheiten gerade erst Korvettenkapitän geworden waren oder die Kriegsmarine verließen, um ins zivile Leben zurückzukehren. Er war Berufssoldat und hatte vor, es auch zu bleiben. Dazu gehörte es, auch Dinge zu tun, die Menschen in anderen Berufssparten und mit einem anderen Hintergrund nicht gutheißen konnten.

Seine Linke glitt in die Tasche der Flecktarnhose, während er sein Knie leicht auf die Herzgegend des Truckers presste, um seinen Argumenten Nachdruck zu verleihen.

Wenn der Trucker streikte, würde er einfach so lange weiterdrücken, bis das Herz des Mannes zum Stillstand kam. Das war ein sauberer und schmerzloser Tod. Kérmorvan zog die beiden Hundert-Dollar-Scheine heraus und zeigte sie seinem Opfer.

»Und es gibt noch einmal drei Scheine, sobald wir in Chaman sind«, erklärte er ihm nicht unfreundlich.

Der Pakistani beruhigte sich beim Anblick der Dollars augenblicklich. Kérmorvan wunderte sich über die beruhigende Wirkung des Geldes. Er selbst wäre vermutlich nervöser gewesen mit einem Knie auf der Pumpe.

Vorsichtig bewegte sich die freie Hand des Pakistani auf die beiden Hunderter zu. Kérmorvan zog die Scheine weg.

»Nicht so schnell, mein Freund! Das Geschäft ist noch nicht ganz abgeschlossen.«

Er brauchte lokale Kluft, um glaubhaft den Beifahrer zu mimen. Rossi würde er vorerst in der Schlafkabine verstecken, von wo aus sie die geladene Glock auf den Fahrer richten konnte, um ihm Respekt einzuflößen. Das war natürlich völliger Schwachsinn und würde höchstens zu einer Riesensauerei im Fahrerhaus, einem schweren Unfall und ihrer aller frühem Tod führen, aber damit waren wenigstens die Kameradin von der Bundeswehr und der pakistanische Trucker beschäftigt, während er sich den Rest des Flucht-Szenarios überlegte.

Der Mann wurde schnell nicht nur zuversichtlicher, sondern gleich auch frecher. Er verlangte doch glatt einen zusätzlichen Hunderter für die Klamotten. Kérmorvan bot ihm einen Zwanziger. In Anbetracht der Kleiderpreise der Gegend war das völlig überbezahlt, aber er wollte nicht die nächsten drei Tage mit Feilschen zubringen. Als sie sich auf einen Fünfziger geeinigt hatten, war der pakistanische Trucker namens Nusrat Raza gar nicht mehr ängstlich, sondern seinem neuen, reichen Freund gegenüber bereits extrem zutraulich. Damit stieg er zwar nicht sofort in Kérmorvans Ansehen, aber der beschloss nun endlich, seiner deutschen Kameradin das vereinbarte Lichtsignal zu geben, um ihre kleine Reisegruppe zu vervollständigen. Er konnte mit Nusrat auch in ihrem Beisein weiterdiskutieren, die Bekanntschaft vertiefen und die Reiseroute und die Reisebedingungen im Detail besprechen. Und falls Nusrat sich als Arschloch erweisen sollte, würde er dem Kerl den Hals umdrehen, auch auf die Gefahr hin, dass Major Rossi ihn dann für einen ungezogenen Flegel hielt.

Kérmorvan streckte dem pakistanischen Trucker einen der beiden Hunderter hin:

»Deine Papiere!«, forderte er nicht unfreundlich, aber doch unmissverständlich auf.

Der Pakistani deutete mit dem Finger der freien Hand zögerlich auf eine hübsch bestickte Tasche, die in seiner sauberen und gemütlichen Schlafkabine angebracht war. Kérmorvan griff zu und zog die Dokumente heraus. Ohne sie anzusehen, ließ er sie in seiner Hosentasche verschwinden. Es war zwar kein großes Problem, auch ohne diese Unterlagen über die Grenze und nach Pakistan zu kommen, wenn man entsprechend schmierte, doch mit dem Pass, dem Visum und den Fahrzeugunterlagen war es wesentlich einfacher, billiger und schneller. Und Nusrat würde sich besser benehmen, wenn er keinen Zugriff mehr auf seine wertvollen Papiere hatte.

Einmal Maglite an und einmal Maglite aus! Sie hatten sich fürs »Klarschiff!« auf das einfachste mögliche Lichtzeichen geeinigt. Rossi hatte den schnellen und eleganten Einstieg ihres Reisegefährten in den Jingle-Truck durchs Nachtsichtgerät beobachtet und war von Hauptfeldwebel Pierre Duponts krimineller Energie begeistert. Der Mann hatte die Kiste schneller geknackt, als ein polnischer Autoklau-Profi in Rostock oder in Frankfurt an der Oder. Bei den kanadischen Spezialeinsatzkräften schien man wirklich fürs Leben zu lernen!

Was dann im Inneren des Trucks abgelaufen war, war im Nachtsichtgerät etwas konfuser erschienen, doch augenscheinlich hatten sich der Fahrer und der Special-Forces-Mann gütlich und ohne größeres Blutvergießen auf ein gemeinsames Vorgehen geeinigt.

Irgendwie wunderte es Rossi nicht. Sie hatte einmal zufällig die Statistik des sogenannten Korruptionswahrnehmungsindex CPI von Transparency International gelesen. Spiritus rector des Verzeichnisses war der deutsche Volkswirt Johann Graf Lambsdorff, Professor für Wirtschaftstheorie an der Universität Passau im Bayerischen, der seinerzeit – 1995 – den Index konzipierte und ihn immer noch alljährlich im Auftrag der ungemein renommierten Nichtregierungs-Organisation erstellte. Und da befand sich Pakistan, die Heimat des Truckers, auf einem ganz beachtlichen hinteren Platz: 138 von 179!

Am korruptesten waren natürlich immer noch die absoluten Super-Ultra-Mega-Rock-States Somalia, Myanmar und Irak auf den Plätzen 177 bis 179. Aber sie befanden sich in Afghanistan, das auch nicht gerade einen der vorderen Ränge bekleidete: Rossi erinnerte sich natürlich nicht genau, aber der afghanische CPI hatte ebenfalls eine eins und eine sieben in der Zahlenfolge gehabt!

Sie fluchte leise durch die zusammengebissenen Zähne. Es war eisigkalt und sie hatte in den Büschen gelegen, ohne sich zu bewegen, während sie den Special-Forces-Soldaten beobachtet hatte, und war durchgefroren bis auf die Knochen. Sie war Arzt und nicht John Rambo!

Rossi packte sich grummelnd ihre gesamten Besitztümer auf den Rücken und trottete los. In Afghanistan waren die Frauen immer die unterdrückten und misshandelten Lastentiere. Mit der geladenen Glock in der Hand fühlte sie sich fehl am Platz. Sie wusste, dass sie die Truck-Tür nicht aufreißen würde, wie Vince Flynns *Mitch Rapp* oder Tom Clancys *Jack Ryan*. Jack war schon eine ganze Weile in Rente. Sie hatte frustriert aufgegeben, seine Abenteuer zu lesen, nachdem der bewährte US-Autor nicht nur Jack Junior, sondern auch noch den Enkel seines Ursprungshelden einführte. Und Mitch fand sie langweilig. Der war zu sehr ein *All American Action Hero*. Die Karikatur eines Soldaten und so beschrieben, dass ein durchschnittlicher europäischer Leser sich kaum in ihn hineinversetzen konnte. Sie bemühte sich dennoch, die Strecke bis zum Truck genauso vorsichtig zurückzulegen, wie *Mitch* es im US-Bestseller *American Assassin* immer tat, und in Deckung zu bleiben wie *Jack Junior, Chavez, Driscoll* und *Caruso*, um gegen den bösen, literarischen Osama bin Laden *Rahman Yasin* aus *Locked On* keine gravierenden Fehler zu machen. Das gelang ihr als Amateur auch mühelos, denn in einer Ecke der Welt, in der der Strom aus dem Generator kam, schliefen die Menschen zusammen mit den Hühnern ein, sobald es dunkel wurde. Rossi klopfte, wie mit ihrem Schutzengel vereinbart, leicht an die Scheibe des Jingle-Trucks, bevor sie die Tür öffnete.

USA – Virginia – Fairfax County – Tyson's Corner

General Franklin »Frank« D. Mahooney zeigte dem Mann an der McLean-Drive-Einfahrt zum Campus des Liberty's Crossing seinen Dienstausweis. Nach einer automatischen Überprüfung musste jeder, der in das weitläufige Gelände einfahren wollte, auch noch einen Posten passieren, an dem bewaffnete Mitarbeiter der Sicherheitsabteilung standen. Er fuhr am National Counterterrorism Center und am Liberty Crossing Intelligence Campus der CIA vorbei. Die National Counterintelligence Executive ONCIX befand sich im ersten der Gebäude, während er als Director of National Intelligence auf der anderen Seite des Geländes untergebracht war. Er musste zu seinem Parkplatz einmal um den großen Komplex herumfahren und dann die ganze Strecke zu Fuß zurücklaufen. Der General war davon überzeugt, dass die Planer Unsinn gemacht hatten, während sein Kollege von der Gegenspionage, der ONCIX, behauptete, das sei aus Gründen der Sicherheit geschehen.

»Es ist für euch kleine Handlanger immer wieder befriedigend zu sehen, dass es auf dem Campus Dinge gibt, die selbst der große Boss nicht ändern kann, nicht wahr, Ben?«, amüsierte Mahooney sich über die Freisprechanlage seines Wagens.

Der Mann am anderen Ende der Leitung lachte gutmütig. Sie hatten eine halbe Stunde übers Geschäft gesprochen. Ben Kingsley hatte Frank Mahooney wie immer genau in dem Augenblick angerufen, in dem der Director of National Intelligence den Wagen aus der Garage seines Hauses gefahren hatte. Mahooneys Schützling kannte die Gewohnheiten des DNI genau und profitierte regelmäßig von der Möglichkeit, in aller Ruhe und Diskretion mit ihm zu diskutieren.

Die Zeit, die der Director of National Intelligence morgens und abends auf der Straße verbrachte, um von der Farm zum Campus des Liberty's Crossing zu fahren, war immer die beste, um sich mit ihm in Ruhe zu unterhalten. Ben Kingsley wusste, dass Frank Mahooney entspannt war und niemand störte. Außerdem war der Wagen abhörsicher, und selbstverständlich waren die Telefone der Männer, die diese ganz spezielle Nummer des Director of National Intelligence kannten, genauso verschlüsselt wie dessen eigenes Gerät.

»Wann bist du wieder in Paris, Ben?«, fragte Mahooney. Er warf beiläufig einen Blick auf die Uhr. Er hatte noch ein bisschen Zeit. Der Wagen holte ihn jeden Morgen Schlag sieben Uhr ab. Für die neunzehn Kilometer von Tyson's Corner bis zur 1600 Pennsylvania Avenue benötigten sie exakt zwanzig Minuten. Vor zwei Jahren hatte das Weiße Haus angeordnet, dass nicht mehr der CIA-Direktor dem Präsidenten den berühmten, täglichen *Daily Brief* – die streng geheime Einschätzung der Sicherheitslage durch die Nachrichtendienste – gab, sondern der Direktor of National Intelligence. Im Gegensatz zu verschiedenen Vorgängern war der aktuelle Präsident fast jeden Tag für das Briefing anwesend, sechs Tage in der Woche. Das machte für ihn und die ihm unterstellten Dienste viele Dinge einfacher.

»Frank«, die vertraute Stimme am Telefon klang etwas gedämpfter als zuvor. »Wir hatten ein Problem.«

Der General seufzte leise, als Ben Kingsley ihm alles in kurzen Worten erklärte.

»Du hast sicher recht«, sagte er, als der Jüngere die Vermutung aussprach, dass die Eindringlinge den Rettungshubschrauber nicht auf dem üblichen Weg angefordert hatten, »aber es ist auf jeden Fall vernünftig, wenn ich mich diskret kundig mache und herausfinde, wer diese Special-Forces-Soldaten waren und was sie da oben in den Bergen suchten. Falls weder mein Kontakt in Tampa noch unser Mann in Bagram etwas wissen, dann war es eine nationale Black Ops und es wird sehr schwierig sein, herauszufinden, welchen Auftrag diese Typen wirklich hatten, selbst für mich, als US DNI. Ich muss mir diese ganze Geschichte erst einmal in Ruhe durch den Kopf gehen lassen und ein paar meiner Kontakte diskret befragen. Sobald ich etwas Interessantes in Erfahrung bringe, kontaktiere ich dich wie gewöhnlich über Skype.«

Ben Kingsley hatte immer noch Urlaub. Das gab ihm Zeit. Frank Mahooney nahm sich vor, sofort nach der Rückkehr vom Sicherheitsbriefing im Weißen Haus mit seinen Ermittlungen zu beginnen. Er interessierte sich dabei weniger für die Toten und den ISAF MedEvac als für den einen Überlebenden; den Mann, der Jones' Team oben in den Bergen an der Grabungsstätte von Iskanderga'l entkommen war und den auch die Truppe ihres gemeinsamen Freundes Dadullah Khan bis zu diesem Augenblick nicht hatte finden können.

Natürlich war es möglich, dass der Geflüchtete sich in irgendeine der unzähligen einsamen Höhlen verzogen hatte, um ein wenig auszuruhen. Dort war er dann vielleicht wirklich einfach an den Verletzungen des harten Verhörs, vor Erschöpfung oder vor Kälte krepiert und niemand hatte bislang seine Überreste und das gestohlene Geländemotorrad entdeckt. Immerhin hatte sich während des ersten anglo-afghanischen Krieges in den Bergen der ans heutige Pakistan grenzenden Stammesgebiete die gesamte Armee von General Elphinstone – viertausendfünfhundert Soldaten und zwölftausend Zivilisten einschließlich Frauen und Kindern – einfach in Luft aufgelöst.

Doch es war Leichtsinn, aus einer reinen Hypothese eine Wahrheit zu machen, nur weil es bequemer war als sich möglicherweise mit einer unangenehmen Realität auseinanderzusetzen.

Der General gab dem Fahrer des Dienstwagens ein Handzeichen, dann schloss er seinen Geländewagen ab und stieg neben seiner persönlichen Assistentin, die bereits die Mappe mit dem *Daily Brief* für den Präsidenten mitgebracht hatte, ins Fahrzeug.

»Erzählen Sie mir in kurzen Worten, was wir POTUS heute berichten«, forderte er die junge Frau auf, die er ein paar Monate zuvor skrupellos am Lehrstuhl für Asiatische Studien der Universität Berkeley in Kalifornien abgeworben hatte. Im Gegensatz zu vielen seiner Kollegen, die wie er ihre ersten Schritte im militärischen Nachrichtendienst gemacht hatten, bevorzugte er Rekrutierungen außerhalb des eigenen Hauses. Auf die gleiche Weise wie seine aktuelle persönliche Assistentin hatte er seinerzeit Ben Kingsley aus den Hallen von Academia in die Welt der Schattenkrieger hineinrekrutiert. Er hatte es nie bereut.

Während der zwanzigminütigen Fahrt zum Weißen Haus konzentrierte Mahooney sich völlig auf seine Aufgabe und verbannte das Gespräch mit Ben Kingsley aus seinen Gedanken. Er hatte schon vielen Präsidenten gedient, und der tägliche Besuch auf der Pennsylvania Avenue war für ihn Routine, doch der aktuelle Amtsinhaber war auch für ihn eine Herausforderung. Er hatte durch seine Leitlinie im »Global War against Terror« das Prinzip von souveränen Staaten, die der UN-Ordnung unterworfen waren, durch ein System ersetzt, in dem die USA entschieden, ob eine Militärintervention legitim war oder nicht. Damit hatte der Präsident eine Büchse der Pandora geöffnet, die zu schließen unmöglich geworden war. Also blieb ihnen nichts anderes übrig, als mit dem aus der Büchse entwichenen Übel zu leben und das Beste daraus zu machen. Eine Möglichkeit, die sie dazu gefunden hatten, bestand darin, die Aufmerksamkeit der Terroristen vom amerikanischen Staatsgebiet ab- und auf andere, entferntere Ziele umzulenken.

Das Unterfangen war schwierig und forderte eine Menge Geschick. Mahooney hatte sich nach der Katastrophe vom 11. September 2001 und der anschließenden Kriegserklärung des Präsidenten an eine diffuse Gruppe Verrückter aus aller Welt, die sich vermehrten wie Bakterien in der Petrischale, dazu entschlossen, Feuer mit Feuer zu bekämpfen. Nach dem alten Spruch: »Heiliger Sankt Florian, verschone mein Haus, zünds andere an!«

Der Dienstwagen fuhr am Denkmal der 1. Infanterie-Division vorbei. Der General nickte höflich und dankte seiner persönlichen Assistentin für das Kurzbriefing. Er war mit ihrer Arbeit zufrieden. Sie begnügte sich nicht abzulesen, sondern dachte nach und ließ ihn an ihren Überlegungen teilhaben. Sie war jung und in vielerlei Hinsicht freier und unbefangener als er. Sie hatte ein scharfes Auge und einen noch schärferen Verstand.

»Ich werde kurz einführen, Moira«, sagte er, »dann überlasse ich Ihnen das Feld. Sie sind in diesem Themenkreis zu Hause und POTUS wird Ihre Fachkenntnis zu schätzen wissen.«

Die junge Frau errötete leicht, fing sich aber sofort wieder. Man bezahlte sie nicht für Gefühlsausbrüche. Ihre Züge wurden sachlich und sie setzte sich aufrechter: »Ich danke Ihnen, General! Ich werde Sie nicht enttäuschen.«

Mahooney schmunzelte innerlich. Für einen Mann in seinem Geschäft war es wichtig, ein gutes Team zu haben. Es war einfach, sich eine zuverlässige und absolut vertrauenswürdige Equipe von Untergebenen zusammenzustellen. Schon im Rahmen seines ersten selbstständigen Kommandos in den Delta Forces hatte er es fertiggebracht, Männer aus der Truppe, die rund zehn Jahre älter waren als er selbst, und die echte Kampferfahrung hatten, mit dieser Taktik in sein Lager zu ziehen. Er gab seinen Untergebenen schnell viel Verantwortung. Er ließ ihnen freie Hand und mischte sich nicht ein. Wenn alles gut ging, dann sorgte er auch immer dafür, dass derjenige oder diejenige, die einen guten Job gemacht hatten, davon profitierten. Und wenn jemand einmal einen Fehler machte, dann nahm er das auf seine Schultern. Beim zweiten Fehler allerdings war dann Schluss mit lustig. Seine Leute wussten das und akzeptierten die Regeln.

Afghanistan-Provinz Zabul – nordwestlich der Grenze zu Pakistan und den FATA

Rossi war unglaublich. Kérmorvan atmete innerlich auf. Sie hatte ganz genau getan, was er ihr aufgetragen hatte und alles war gut gegangen. Berufliche Kompetenz war nicht immer mit einer langwierigen und kostspieligen Ausbildung verbunden, auch wenn er es vorzog, mit seinesgleichen zu arbeiten, weil es einfach nicht so stressig war, wie einen Amateur im Schlepptau zu haben. Und ihre Glückssträhne hielt: Nusrat der Trucker war zwischenzeitlich so entspannt wie ein zugekiffter Hippie im Ashram. Er hatte seinen ersten Hunderter bereits weggesteckt, den zweiten Hunderter angesehen, angefasst, beschnuppert und für echt befunden und begriffen, dass er mit seinem neuen Kumpel nicht auf dem *Highway to Hell* war, sondern auf dem Weg zu einem ordentlichen soliden Zusatzeinkommen für den laufenden Monat.

Kérmorvan zischte seiner Partnerin leise zu: »Steigen Sie ein! Die Sache läuft gut.«

Ihr Chauffeur sprach natürlich kein Wort Deutsch, also waren sie sehr frei in ihrem Austausch, und sobald die Sonne aufging, waren sie auf dem Weg Richtung Wesh-Chaman und Grenze.

Der Kleidertausch funktionierte wunderbar. Rossi zeigte Nusrat die Glock und der Trucker kuschte brav, weil er selbst in der Dunkelheit genau erkannte, dass sein zweiter Passagier ein ziemlich großes Schießeisen in der Hand hielt. Währenddessen bediente Kérmorvan sich aus seiner Reisetasche und verwandelte sich in den perfekten Pakistani.

Die Flecktarn-Sachen knuddelte er zusammen und versteckte sie vorerst in einem Plastiksack. Sobald sie Fahrt aufnahmen, würde er die Kleidungsstücke an einer diskreten Stelle über Bord schmeißen, vorzugsweise mit ein paar Steinen beschwert und irgendwo ins Wasser.

»Ich kann aber nicht leer über die Grenze fahren!«, nörgelte unterdessen ihr neuer Freund Nusrat. Er hatte sich schnell vom Schrecken der Nacht erholt.

»Wenn ich meine Ladung nicht abhole, dann kriege ich Ärger mit meinem Chef und verliere meinen Job.«

Kérmorvan ignorierte den Mann. Die Frage der Ladung würden sie in aller Ruhe besprechen, sobald der Lkw bei Tagesanbruch Fahrt aufnahm. Wenn es kein großer Umweg war und schnell ging, würde er den Pakistani seine Fracht laden lassen. Es war einfacher, einen vollen Truck über die Grenze zu fahren, ohne dass Fragen gestellt wurden, als einen Leeren. Bei einem geladenen Lkw beschäftigte die korrupten pakistanischen Zöllner mehr die Frage nach dem Schmiergeld als nach dem Inhalt des Fahrzeugs oder den Papieren der Passagiere.

Der Tarif am Übergang Wesh-Chaman lag zurzeit bei rund zwanzig Dollar für einen illegalen Grenzübertritt ohne Papiere, wenn man nicht ernsthaft krank war und dringend ins Krankenhaus nach Quetta musste. In einem Notfall stieg der Preis umgehend auf fünfzig Dollar. Wurde die Situation wirklich kritisch und der Zöllner sah den Kranken an, dass es schnell gehen musste, wurden Wahnsinnspreise von bis zu einhundert Dollar gefordert. Oftmals gab es dann beim Rückweg noch einmal Ärger für die Afghanen, weil die Pakistani Wesh-Chaman regelmäßig schlossen und die

Leute links und rechts der Grenze in der Wüste sitzen ließen. Hier am Hindukusch schlug jeder, der es irgendwie konnte, erbarmungslos Profit aus dem Elend der anderen.

Dein Job sollte im Augenblick das Geringste deiner Probleme sein, dachte Kérmorvan. Wenn er Rossi nicht im Schlepptau gehabt hätte, dann hätte er sich keine Fragen gestellt und den störenden Pakistani entweder fest verschnürt an einem einsamen Ort ausgesetzt oder ihn gleich endgültig aus dem Weg geräumt.

Das Innere des Fahrzeugs reichte, um ihnen zu dritt eine bequeme Reise zu ermöglichen. Der Vorteil der lokalen Kleidung war, dass sich die Frage nach der Kleidergröße nicht drängend stellte. Kérmorvan bediente sich. Nuzrat hatte glücklicherweise einen vollständigen Satz guter, sauberer und warmer Ersatzkleidung dabei. Dank des jahrelangen Präsenz von OEF und ISAF war das Tragen offener Gummi- oder Lederschlappen für Männer nicht mehr verpflichtend. Man durfte sich inzwischen ganz unbefangen mit geschlossenem und festsitzendem Schuhwerk zeigen, ohne umgehend als Fremder geoutet zu werden. Er zog das Band des hellen Shalwar zusammen, bis die Hose ihm passte. Dann schlüpfte er in das knielange Kameez, das dazugehörige Hemd, und drapierte noch locker einen großen, dunklen Wollschal – Pathu – über die Schultern. Er hoffte, dass sein T-Shirt ausreichte, um zu verhindern, dass die Verletzungen durchbluteten. Glücklicherweise war Rossi vor ihrem kleinen, gemeinsamen Abenteuer mit dem Morphin sehr freizügig gewesen und er hatte trotz der Anstrengung keine Schmerzen. Er wusste natürlich, dass es nur ein Aufschub war.

Mit seinen schwarzen Haaren, dem dichten Monatsbart, seinen scharfgeschnittenen Zügen, der schmalen Adlernase, der olivfarbenen Haut und den dunkelbraunen Augen wirkte er in seinem Pakistani-Outfit genauso echt wie Nuzrat, der Trucker. Und er sprach wesentlich besseres Urdu.

»Carla«, sagte er höflich auf Deutsch, »es ist am besten, wenn Sie im Augenblick hinten in der Schlafkabine bleiben.«

Er wollte ihr auf keinen Fall den Eindruck geben, sie wäre für ihre Operation unnütz. Das wäre schlecht für den Zusammenhalt und sehr unhöflich.

»Behalten Sie bitte den Fahrer im Auge. Und behalten Sie auf jeden Fall die Waffe in der Hand. Falls der Mann etwas Verdächtiges unternimmt, dann drücken Sie ab.«

Das klang natürlich etwas dramatisch. Er wollte eigentlich nur, dass sie trotz der nächtlichen Stunde und der Müdigkeit, die sie genauso wie er inzwischen spüren musste, aufmerksam und wach blieb. Solange sie noch standen, war die Gefahr am größten. Unter Umständen konnte der Trucker einen verrückten Fluchtversuch unternehmen.

Natürlich erwartete er nicht wirklich von Rossi, dass sie die Handfeuerwaffe einsetzte. Das war nicht ihr Job. Er wäre niemals so geschmacklos, einem Arzt abzuverlangen, ein Menschenleben auszulöschen, aber er musste sie während der etwa achtundvierzig Stunden, die sie brauchen würden, um nach Chaman zu gelangen, sinnvoll beschäftigen und ihr das Gefühl vermitteln, dass sie in ihrem Team ein gleichberechtigter und vollwertiger Partner war. Er hatte noch nie mit einem echten Amateur zusammengearbeitet, aber er versuchte, sich in ihre Haut zu versetzen und im Schnellverfahren zu analysieren, wie er sich an ihrer Stelle fühlen würde.

Den pakistanischen Gierschlund in Schach zu halten, war eine sinnvolle Aufgabe, die ihn entlastete. Nuzrat wollte zwar leben und das gute Geld verdienen, aber das machte ihn nicht automatisch zu einem vertrauenswürdigen Verbündeten. Genauso wie der Kerl seine Dollar nahm, würde er auch von jedem anderen Geld annehmen.

× × ×

Rossi kletterte verhältnismäßig elegant über den Special-Forces-Mann und den verstörten Trucker hinweg in die Schlafkabine hinter dem Fahrerhaus. Sie hatte intuitiv gespürt, dass Feldwebel Pierre Dupont jetzt keine Antwort von ihr erwartete. Sie entledigte sich ordentlich ihrer vielen Lasten und räumte alles in eine Ecke. Dann drückte sie mit dem Daumen einen Hebel, und das Magazin fiel aus dem Griff der Glock. Darauf ließ sie den Magazinhalter zurückgleiten. Mit einer eleganten Bewegung zog sie den Schlitten in einem Ritsch-Ratsch-Klick vor der Nase des Truckers noch einmal durch und entsicherte spielerisch, bevor sie wieder sicherte. Dann hielt sie dem armen Schwein das Schießeisen noch einmal so dicht unter die Nase, dass er trotz der Dunkelheit die eingestanzte Seriennummer sehen konnte. Sie fühlte sich seltsam abgehoben und weit außerhalb ihrer Komfortzone, aber sie spürte auch den bewundernden Blick ihres kanadischen Kameraden im Rücken.

Bei den Gebirgsjägern hatten sich seinerzeit ein paar der Kameraden die Zeit genommen und Rossi beigebracht, vernünftig mit der Pistole zu schießen. Das Standard-Gewehr HK G3 mochte sie nicht, obwohl die deutschen Scharfschützen das antiquierte Teil, das seit 1959 im Dienst war, auf sechshundert Meter in Afghanistan wieder gerne einsetzten, und das neuere HK G36 brachte ihr beim Pflichtschießen irgendwie nie Glück. Sie traf einfach nicht mit dem Sturmgewehr. Sie hätte allerdings niemals geglaubt, in einer Situation zu landen, wo die Übungen mit der Pistole einmal nützlich wurden. Aber sie hatte ihre Sache in dieser Nacht gut gemacht für einen Arzt. Das fühlte sie.

Der Special-Forces-Soldat war wieder sehr ruhig und gelassen. Die Anspannung der früheren Nachtstunden war verschwunden. Er hatte ganz offensichtlich genau das erreicht, was er wollte. Der pakistanische Trucker, den sie zusammen gekidnappt hatten, benahm sich sogar ein bisschen wie der Gungan Jar Jar Binks im *Krieg der Sterne.* Rossis Bauchgefühl war gut.

Sie waren Partner, zusammengeschweißt in einer außerordentlichen Situation. Rossi verstand, dass sie unbedingt glaubwürdig bleiben mussten, wenn sie mit ihrem Plan durchkommen wollten. Angst war das Rezept. Sie setzte sich mit gekreuzten Beinen auf die Matratze der Schlafkabine und richtete die Glock auf den Trucker. Hauptfeldwebel Pierre Dupont zischte hart und kurz angebunden in einer ausgesprochen hässlichen, unmelodischen und gutturalen Sprache, von der sie kein Wort verstand. Er sprach fließend Deutsch mit französischem Akzent. Warum sollte er nicht auch eine der lokalen Sprachen – Dari oder Paschtu – beherrschen?

Rossi hatte auf der Kandahār-Airbase ein bisschen von den Landessprachen gehört. Sie hatte in der Vorbereitung für den Einsatz auch den linguistischen Infozettel bekommen, auf dem in phonetischer Umschrift grundlegende wichtige Sätze auf Paschtu und Dari standen, aber sie war mit keiner der beiden Sprachen wirklich vertraut, und was auch immer Hauptfeldwebel Pierre Dupont sprach, klang für sie, wie ein verrückt gewordenes Schnellfeuergewehr. Sie beobachtete, wie der glücklose, pakistanische Trucker den Kopf senkte und kuschte. Das massive Macho-Gehabe ihres Gefährten beeindruckten ihn, und dank der Handfeuerwaffe, die sie auf ihn richtete, vergaß er nicht, dass seine Situation prekär war. Er antwortete dem Special-Forces-Mann in der gleichen kehlig klingenden Sprache. Es klang panisch. Er redete schnell. Rossi hielt den Mund und beobachtete aufmerksam die Interaktion zwischen den beiden Männern.

ACHTES KAPITEL

Frankreich – Paris – Place de la République

Rolland Fabré bestellte wie üblich das *Steak Tatare Classique* und ein alkoholfreies Bier. Julien Rudeaux wagte sich an die gemischten *Fajitas* mit Rind, Hühnchen, Guacamole und roten Bohnen. Eigentlich vermieden sie das Indiana Café direkt neben dem Theatre Déjazet am Place de la République, wenn sie miteinander zu Mittag aßen, aber ihre lokale Lieblingskantine neben der Buchhandlung und der Redaktion von *Histoire & Collections* am 5, Avenue de la République im Herzen von Paris war wegen Renovierungsarbeiten geschlossen, und Rolland hatte wegen der Redaktionskonferenz am Nachmittag keine Zeit, nach Romainville zu fahren.

Nachdem die Bedienung die Bestellungen aufgenommen hatte und fast umgehend mit den Getränken und ihrem Teller gemischter Tapas zurückgekehrt war, entspannten die beiden Männer sich einen Augenblick bei Belanglosigkeiten. Fabré und Rudeaux kannten sich seit zwanzig Jahren. Rudeaux hatte seine ersten Schritte im Service Action unter den wohlwollenden, aber strengen Augen des älteren Mannes gemacht, als dieser noch einer ihrer Ausbilder unten in Cercottes gewesen war. Fabré streckte seinem Kollegen und Freund die Brieftasche mit einem Foto hin.

»Unglaublich! Wie alt ist Mathilde jetzt?«

Fabré war vor einiger Zeit Großvater geworden. Seine älteste Tochter, die in Deauville an der Atlantikküste mit ihrer Lebensgefährtin ein kleines Restaurant betrieb, war durch die aktive Unterstützung eines guten Freundes schwanger geworden und hatte vor einiger Zeit eine kleine Tochter bekommen. Von dem Foto strahlten den Soldaten zwei attraktive Frauen Anfang dreißig und ein strahlendes, sabberndes Kleinkind in einer knallbunten Öko-Label-Latzhose an. Vor den Mädels auf dem Boden saßen ein nett wirkender, etwa gleichaltriger, dunkelhäutiger Typ mit Dreadlocks und vielen Glasperlenketten über einem bestickten Hemd und ein robust wirkender Rothaariger mit breiten Schultern in Bluejeans, dem man ansah, dass er draußen an der frischen Luft kräftig zupackte.

Rudeaux tippte mit dem Finger auf den kräftigen Rothaarigen. »Das ist Alain, der Partner von Bienheureux, nicht wahr?«

Fabré nickte. Es war ein ziemlich modernes Arrangement, zwei lesbische Frauen und zwei homosexuelle Männer. Der kleinen Mathilde schien diese große Familie nicht im Geringsten zu schaden. Sie war niemals allein, hatte keine *Nunu,* bei der sie tagsüber abgeladen und vergessen wurde und entwickelte sich prächtig.

»Ja, und wenn ich als Großvater ganz ehrlich bin – er ist als Mutter eigentlich begabter als Jeanne. Die vier wohnen jetzt ja auch endlich zusammen, seitdem das Reetdach fertig und der Innenausbau abgeschlossen ist.«

Am Anfang war das exzentrische Familienleben seiner einzigen Tochter für Rolland Fabré gewöhnungsbedürftig gewesen, doch inzwischen fand er, dass er im Gegensatz zu vielen geplagten Vätern seiner Generation, die mit Scheidungen, Dramen und juristischem Blutvergießen geplagt wurden, eigentlich privilegiert war. Seine Tochter und ihre Freundin waren schon ewig zusammen, und die beiden Jungs kannten sie auch schon seit Langem. Abgesehen davon, dass der robuste, breitschultrige und virile Alain die »Frau« in der homosexuellen Beziehung mit Bienheureux war, war dieses Vierergespann eigentlich nur eine ganz gewöhnliche und gut funktionierende Familie.

»Das Restaurant ist klasse, wirklich. Es war auch rammelvoll, und dass wir überhaupt Essen durften, lag nur daran, dass ich mich auf ›privilegierte‹ Beziehungen berufen kann«, sagte Rudeaux humorvoll. Sie hatten einen Tisch dazugestellt bekommen, weil einfach nichts mehr frei gewesen war.

»Wir waren am Wochenende oben an der Küste und in Deauville. Dann sind wir runter nach Honfleur und haben am Sonntag auf dem Rückweg natürlich bei Jeanne und Sylvie zu Mittag gegessen, aber die kleine Mathilde haben wir nicht gesehen. Wie alt ist sie jetzt?«

»Achtzehn Monate. Sie fängt an munter zu laufen, Julien. Wenn du ihr die Finger zum Festhalten hinstreckst, kommt sie schon richtig gut voran, und allein geht es auch schon prima. Und …«, Fabré senkte die Stimme und grinste den alten Freund und Kollegen an, »ich habe gestern erfahren, dass ich wieder Großvater werde. Mathildes Bruder oder Schwester kommt wahrscheinlich im Mai auf die Welt. Alain ist schon dabei, eine neue Wiege zu entwerfen – ein sehr exklusives, geschnitztes Teil. Jeanne sagt, er lässt sich dieses Mal nicht von der lokalen Flora und Fauna und von Willhelm dem Eroberer inspirieren, sondern von traditionellen Märchen.«

»Läuft der Tischlereibetrieb?«

»Sie können sich vor Arbeit kaum noch retten. Bienheureux will jemanden einstellen, aber Alain zieht es vor, einen Azubi zu nehmen und selbst auszubilden. Die beiden haben ein Auftragsbuch, das bis 2009 voll ist.«

Draußen auf dem Place de la République herrschte reges Treiben. Es war eines der aktivsten und lebhaftesten Viertel von Paris. Um den Place herum stauten sich wie immer die Autos in einem gewaltigen, abgasverseuchten Hupkonzert. Die Sonne schien auf ein frühherbstliches Paris und entgegen allen Erwartungen tauchte die Bedienung innerhalb eines akzeptablen Zeitrahmens mit zwei genießbaren Hauptgerichten auf.

»So«, sagte Fabré, nachdem sie keine Störung mehr zu befürchten hatten, bis man ihnen die Rechnung präsentierte, »genug geplaudert. Wir fahren nächstes Wochenende wieder runter nach Deauville. Wenn Ihr Zeit habt … das Gästezimmer in unserem Häuschen steht euch natürlich offen.«

Rudeaux grinste. Nach vier rasant gescheiterten Soldaten-Ehen mit ebenso vielen Kindern hatte er vor einem Jahr endlich eine Frau gefunden, die seinen Job und seine Arbeitszeiten mit Gleichmut und Humor ertrug. Allerdings musste er den erbosten Verflossenen und seiner Bande zorniger Sprösslinge so viele Alimente bezahlen, dass er sich trotz eines soliden Soldes mit unglaublichen Zulagen kaum noch die Butter auf dem Brot leisten konnte. Er nahm es gelassen hin, trotzdem war er Rolland Fabré für die nette Einladung und das angebotene Gästezimmer dankbar. Seine neue Freundin sah aus wie das Topmodel Natalia Wodianova in ihrer besten Zeit bei Gucci, hieß Marina Schapirowa, stammte aus West-Sibirien, war promovierte Biochemikerin und forschte in der Equipe von Margaret Buckingham am Pariser Institut Pasteur im Bereich Stammzellen zum Wiederaufbau von Muskulatur. Abgesehen davon, dass niemand je dahintergekommen war, wie der robuste und einfach gestrickte Rudeaux mit seinem Preisboxergesicht, das nur eine Mutter lieben konnte, ein solches Wunderwesen aus dem Märchenland hatte aufreißen können, war die Beziehung ausgeglichen und konfliktfrei. Die schöne Marina war lediglich fünfzehn Jahre jünger als Julien und gelegentlich amüsierten Freunde und Bekannte sich hinter ihrem Rücken über Quasimodo und Esmeralda.

Die Nummer zwei von Madame le Juge nickte enthusiastisch. »Gerne Rolland! Marina liebt die Atlantikküste.«

Er erzählte in kurzen Worten von ihrem letzten Wochenend-Trip *en amoureux* einschließlich Besuch der Nadel von Étretat und der berühmten Villa des Romanhelden Arsène Lupin.

»Pierre Besson hat mich heute Morgen kurz angerufen.«

Fabré vermischte das Steak Tatare andächtig mit Kapern, klein gehackten Zwiebeln, Gürkchen und Peterling. Ein Schuss Worcester-Sauce von Heinz und ein paar Tropfen Tabasco rundeten die Präparation ab.

»Und? Müssen wir uns psychologisch darauf vorbereiten, wieder einen größeren Scheck auszustellen, um ein neues Buchprojekt von Pierre bei *Histoire & Collections* zu finanzieren? Mit seiner *Encyclo-*

pedie des Forces Spéciales in drei Bänden kann man einen normannischen Zuchtbullen totschlagen.«

Rudeaux bereute seine Wahl nicht. Die Mixed Fajitas schmeckten gut.

»Arkadij Matveev ist tot!«

»Scheiße!«

Die Special Operators kannten sich untereinander und man schätzte sich oft über politische und geografische Grenzen hinweg. Man lebte in einer kleinen und sehr exklusiven Welt.

»Ja, scheiße«, erwiderte Fabré. »Arkadij war clean. Ein guter Mann mit einer guten Einstellung. Offensichtlich hat er für Jones gearbeitet, als es ihn erwischte.«

»Gütiger Himmel!« Rudeaux hielt inne, schloss kurz die Augen und ließ die leblose Faijita auf dem Teller liegen.

Er hatte zwar gewusst, dass Matveev nach dem Dubrowka-Desaster unten in Gabun für Alyzée bei ERAMET Objektschutz gemacht und seine gesamte SpezNas-Gruppe privatisiert hatte, aber dass sie zu dem lange etablierten und schwer fassbaren Mr. Jones gewechselt hatten, war eine Überraschung. Jones war vom Typ »klein, fein, diskret und sehr teuer«, mehr Hermès als Wallmart der Kriegsdienstleistung. Rudeaux hatte immer ein aufmerksames Auge auf die besten Freelancer, und als der Russland-Experte in der Division Action war Arkadij Matveev natürlich auch sein Business.

Wenn die Scheiße richtig kochte, dann benutzten auch sie gerne immer wieder Private, um zu vermeiden, dass ihre eigenen beamteten Männer mit den endlos erweiterten Sicherheitsüberprüfungen, den sündhaft teuren, langen Ausbildungen und den kostspieligen Rentenansprüchen ihre Haut riskieren mussten, oder aber, um für die Konkurrenz falsche Fährten zu legen. Aber er hatte wirklich nicht gewusst, dass Jones den Russen bei Olivier Patrick und seinen Partnern abgeworben hatte. Er hatte eher das Gefühl gehabt, Arkadij und der ehemalige Kollege, der Ende der Neunzigerjahre mit Billigung der Republik und freundlicher Unterstützung seines Dienstes eine der ersten französischen Private Military Companies gegründet hatte, wären Männer vom gleichen Schlag, die sich verstehen mussten. Patrick hatte Alyzée gegründet, nachdem der *Affreux des Élysées*, Bob Denard, sich via die Komoren und den dortigen Aufruhr, der 1995 in einer Intervention von DGSE und COS endete, in die Rente geputscht hatte. Seitdem galten traditionelle Söldnertruppen als nicht mehr salonfähig.

»Hat Olivier ihn etwa nicht ordentlich bezahlt?«

Rudeaux war neugierig. Patrick, der aus dem Service Action stammte, hatte im Geschäft einen ausgezeichneten Ruf. Dank seiner Vergangenheit und Referenzen hatte er Daueraufträge mit Total, Elf-Aquitaine und ERAMET auf dem afrikanischen Kontinent, wo sie europäische Mitarbeiter und die Ölförderungs- und Rohstoffabbau-Anlagen der Konzerne schützten und so die französische Regierung und ihre speziellen Dienste entlasteten, damit sie sich um aktuelle politische Krisenherde kümmern konnten.

»Nein, das lief absolut gut. Arkadij und Patrick haben sich auch in Frieden und Freundschaft getrennt. Pierre Bessons Quelle erzählt, dass Jones sein Geschäft ausbauen wollte und Matveev seinerzeit eine Partnerschaft angeboten hatte, wenn der seine gesamte Truppe ehemaliger SpezNas mitbrachte. Arkadij hat Olivier also vor drei Jahren erst eine neue, vollständige russische Ersatztruppe für ERAMET besorgt, dann ist er gegangen. Sozusagen, um sich selbstständig zu machen. Sehr gute Leute übrigens, diese neuen Russen bei Alyzée. Du solltest einmal einen Blick auf die Gruppe werfen. Ich habe Olivier angerufen und ihm erzählt, dass wir in der nächsten oder übernächsten Ausgabe von RAIDS einen Artikel über die frankofonen Private Military Companies machen wollen. Er hat ohne mein Zutun und von sich aus erzählt und kam dabei auf die Russen zu sprechen. Hat mir so auch indirekt bestätigt, dass Matveev zum 1. Januar 2004 zu Jones gewechselt ist. Jones hat Arkadij neben der Partnerschaft für ihn selbst bei Global Security Associates Inc. auch attraktive Verträge für die gesamte Truppe angeboten. Ein Feldwebel verdiente achttausend Euro im Monat plus einer Prämie von fünfunddreißigtausend Euro am Ende der Vertragszeit.

Es sei nach der Aussage von Bessons Quelle ebenfalls klassischer Objektschutz gewesen, den sie da gemacht hätten. Genau wie in Gabun, und das ist dann eines schönen Tages richtig in die Hose gegangen. Und jetzt kommt der Punkt, auf den ich eigentlich hinauswollte: Das Objekt, das Arkadij und seine Truppe schützten, lag Mitten in Afghanistan, im Herzen von Talibanistan in der Provinz Zabul, und zwar genau dort, wo wir jetzt gerade im Augenblick unsere eigenen Probleme haben.«

Fabré sah seinen Kollegen lange an. Er hatte das Steak Tatare bestellt, weil es sich um ein Gericht handelte, das nicht kalt wurde.

»*Merde alors!*«

»Du sagst es, mein Freund. Bessons Quelle ist offensichtlich der einzige Überlebende eines gewaltigen und sehr unappetitlichen Blutvergießens, das ganz und gar die Handschrift eines bewährten jüngeren Kollegen trägt. Da unten muss es zugegangen sein wie bei einem Remake von *Apokalypse Now.*«

Rudeaux hob die Hand. »Nein, ich möchte es gar nicht wissen, Rolland!«, erwiderte er mit leisem Zynismus in der Stimme. »Bessons Quelle?«

»… ist kein Problem. Der läuft uns nicht davon. Du erinnerst dich an Georg Steiner?«

»Natürlich. Der arbeitet doch inzwischen für diese Hilfsorganisation Women help Women?«

»Ja, Pierre hat ihn damals gedrängt, den Job anzunehmen, und es läuft sehr gut. Pierres Quelle ist Steiners Vertretung. Steiner ist mit seiner Depression durch und wieder lebendig und normal. Er scheint völlig in seinem Job aufzugehen, unterdrückte afghanische Frauen vor ihren gewalttätigen Männern und Vätern zu retten. Er ist zurzeit aber zu Hause in Toulouse bei seinen Kindern, weil er sich am Knie operieren lassen muss. Pierres russische Quelle ersetzt ihn bei der belgischen Nichtregierungsorganisation in Kabul. Das sind sehr seriöse Leute. Die bekommen auch EU-Gelder und betreuen bereits seit dem Ende der Taliban-Herrschaft ein unauffälliges, aber gutes Projekt in Kabul und eines in Masar-i-Sharif.

Matveevs Russe wohnt im *Mustafas* und geht jeden Tag brav bei Women help Women arbeiten. Er bleibt mindestens noch bis zum Januar im Land, wenn Steiners Krankenurlaub abläuft.«

»Und Besson?« Rudeaux schätzte den *honorable correspondant* aus der militärischen Fachpresse, der in seinem ersten Berufsleben erfolgreich als Fallschirmjäger im 2e régiment étranger de parachutistes, dem 2e REP, gedient hatte und eine höchst zuverlässige und absolut loyale Quelle war. Dank seiner Fotos hatten sie 1996 nachvollziehen können, auf welchem Weg ein halbes Dutzend ihrer Mistral-MANPADS in den Waffenbeständen der bosnischen Ushtria Çlirimtare e Kosovës aufgetaucht waren. Es hatte sich um MANPADS gehandelt, die ein Jahr zuvor im Rahmen eines offiziellen Deals an Pakistan verkauft worden waren. Die Pakistani hatten die Mistrals entgegen internationaler Gesetzgebung an ihre finanzstarken Freunde, die Saudis, weitergereicht. Die hatten sie dann ihren bosnischen, radikal-muslimisch angehauchten Schützlingen geschenkt. Unglücklicherweise hatte der Service Action lediglich vier der sechs Systeme in einer waghalsigen Kommando-Operation zurückstehlen können. Die beiden anderen waren erst 2003 wieder auf dem schwarzen Markt aufgetaucht, wo sie dann in Damaskus für hundertzwanzigtausend US-Dollar von einem Unbekannten erworben wurden, bevor einer ihrer Männer ein überzeugendes Gegenangebot machen konnte.

Rudeaux war sicher, dass der MedEvac mit Kérmorvan und seinen Überlebenden an Bord von einer dieser Mistral-Boden-Luft-Raketen vom Himmel gepustet worden war. Und wieder einmal näherten sie sich dank dem bewährten Pierre Besson der Lösung eines Rätsels.

»Pierre wollte noch ein paar Wochen vor Ort bleiben. Arbeitet für eine seiner italienischen Wochenzeitungen an einer Reportage über die italienischen Soldaten, die in Kabul und im Westen Afghanistans stationiert sind. Anschließend wollte er eigentlich hier bei mir im Verlag aufschlagen, damit wir endlich sein neues Buchprojekt verhandeln.«

»Worüber will er schreiben?«

»Private Militärfirmen. Das ist ein sehr spannendes Thema und die Leute wollen mehr darüber erfahren. Er möchte natürlich auch, dass wir bei Olivier Patrick ein gutes Wort für ihn einlegen.«

Rudeaux beobachtete eine Weile schweigend das Treiben auf dem Place de la République. Dann schob er sich den letzten Bissen seiner Faijitas in den Mund. Er kaute bedächtig und sein Gegenüber musterte ihn neugierig, als wartete er auf den Moment, in dem er die im Essen versteckte, brandheiße rote Pfefferoni zerbiss und anfing Feuer zu spucken. Er schluckte, legte sein Besteck zur Seite, griff nach der Serviette und fuhr sich damit über seine Lippen. Dann lehnte er sich zufrieden zurück. Das Essen war für eine Restaurantkette eigentlich gar nicht schlecht gewesen.

»Rolland, versprich Pierre Besson was immer er will, wenn er dafür nur seinen russischen Freund im Auge behält, damit der sich nicht hinter unserem Rücken und auf Nimmerwiedersehen aus dem Staub macht. Ich glaube, wir sollten versuchen, einmal in aller Ruhe mit diesem ehemaligen Mitarbeiter von Arkadij Matveev zu reden. Es wäre interessant zu erfahren, was für ein Objekt sie dort wirklich schützten. Und vor allem: Wer hat Mr. Jones angeheuert? Allerdings darf Pierre im Augenblick noch nicht erfahren, dass einer unserer eigenen Männer Matveev und seine Kameraden massakriert hat.«

Rudeaux hatte sich die Strecke über die Grenze angesehen. Sie war unglaublich schwierig. Die Nächte waren eisig kalt. Sie mussten Kérmorvan Zeit geben. Selbst für den sturen und harten Ex-Penfentenyo, den Madame le Juge gegen seinen guten Rat vor ein paar Jahren aus seiner Elite-Kampfschwimmer-Einheit in den Dienst gepresst hatte, waren die vierzehn Tage, die mit Morillon ausgehandelt worden waren, eine extreme Herausforderung.

Der stellvertretende Direktor für Verdeckte Operationen wusste, wie Kérmorvan sich im Augenblick fühlen musste. Während seiner aktiven Zeit beim Service Action hatte er sich einmal in einer ähnlichen Situation wiedergefunden – wenn auch nicht ganz so dramatisch. Die Russen waren zivilisierte und berechenbare Gegner, die einen gefassten Agenten nicht bei lebendigem Leib häuteten oder ihm die Geschlechtsteile abschnitten. Sie waren höflich und tauschten aus, und im schlimmsten Fall gab es ein paar peinliche Fotos in der Tagespresse und ein bisschen Geschrei in der UNO. Er hoffte aus diesem Grund auch, dass der jüngere Mann ausreichend gesunden Menschenverstand besaß, um seinem Selbsterhaltungstrieb zu folgen und seine berechtigte Lust auf Rache hintanzustellen.

Unter den gegebenen Umständen ist anzunehmen, dass irgendein dreckiges kleines Arschloch im Bagram CENTCOM mit den Q-Comms und dem OPS-Plan der Truppe vom 1er RPIMa aus Spin Boldak hausieren gegangen ist, dachte Rudeaux. Nachdem sechs Männer, die Kérmorvan sich ausgeliehen hatte, um herauszufinden, warum ihr sündhaft teures Drohnen-Pärchen mit dem passenden Namen »Épervier boréale« – Sperbereule – sich in Luft aufgelöst hatte, tot waren, hegte der Penfen jetzt sicher Mordgedanken und wünschte sich nichts sehnlicher, als dem noch unbekannten Verräter eigenhändig das Fell über die Ohren zu ziehen – langsam und mit einem stumpfen Messer, damit es besonders weh tat.

Auf persönlicher Ebene mochte Rudeaux den jüngeren Mann aus der Spezialeinheit der französischen Kriegsmarine nicht besonders. Der Bretone war ihm einfach zu ruhig, zu kontrolliert, zu diszipliniert und zu zahm. Man konnte sich nicht einmal vernünftig mit ihm herumstreiten! Nie wurde er laut, blieb immer höflich und fuhr nicht aus der Haut, ganz gleich wie sehr man ihn provozierte. Kérmorvan war ein kalter Fisch. Rudeaux fand, dem ehemaligen Kampfschwimmer fehlten irgendwie das Panasch und das Quäntchen Draufgängertum, das wahre Elitesoldaten ausmachte.

Trotz seines persönlich leicht gespannten Verhältnisses zu dem jüngeren Kérmorvan gelang es Rudeaux doch, sich nach Fabrés Erklärungen einen ganz neuen Respekt für den Kollegen aus der Marine Nationale abzuringen: Arkadij Matveevs gesamte SpezNas-Truppe – vormals aus dem 32. Regiment der Glawnoje

Raswedywatelnoje Uprawlenije – waren nicht gerade ein Körbchen voller neugeborener Cockerspaniel-Welpen! Der Bretone hatte mit nur sechs Mann und vor Ort erbeutetem Equipment drei Tage gegen die Russen durchgehalten. Er hatte Matveevs gesamtes Team bis zum sprichwörtlich letzten Mann massakriert, und wenn man ihm nicht auf unfaire Weise seinen Rettungshubschrauber unterm Hintern weggeschossen hätte, dann wäre er sogar mit weniger als fünfzig Prozent Verlusten nach Hause zurückgekommen. Das war fast schon unglaublich für einen *Marsouin,* wie der Spitzname der *Fusiliers Marins* lautete.

NEUNTES KAPITEL

Arabisches Meer – Einfahrt in den Golf von Oman – 200 nautische Meilen vor Muscat

Saif ibn Sultan ibn Abd al-Aziz Al Saud war einer der Söhne des saudischen Königs. Allerdings war seine Mutter keine der offiziellen Ehefrauen, sondern lediglich eine der sudanesischen Sklavinnen, die im Palast arbeiteten und damit zugleich sämtlichen männlichen Angehörigen der königlichen Familie zu Diensten sein mussten. Erst auf Initiative seines Halbbruders, des inzwischen verstorbenen Königs Faisal ibn Abd al-Aziz, hatte Abdullah sich seinerzeit zu seinem unehelichen Sohn bekannt. Das religiöse Gesetz der Scharia schrieb die Gleichbehandlung aller Söhne eines Mannes vor, und Saif hatte schließlich zusammen mit allen anderen Prinzen aus dem Haus Saud die sogenannte »Prinzenschule« bei Hof besucht. Anschließend war ihm eine moderne, internationale und sehr teure Erziehung zuteil geworden. Er heiratete sogar eine der Töchter seines Onkels König Faisal, bevor der saudische Geheimdienst ihn dann Anfang der Neunzigerjahre als Verbindungsmann zu den US-Diensten nach Washington schickte.

Ben hatte den fast gleichaltrigen Saif schon früher kennengelernt, als dieser noch Helikopterpilot der saudischen Luftwaffe gewesen war. Er selbst hatte damals bei den DELTA-Forces gedient. Saif war trotz seiner abgehobenen Stellung als Mitglied der saudischen Königsfamilie und Sohn des damaligen Kronprinzen und jetzigen Königs vor allem immer ein sehr guter Freund gewesen. Sie hatten gemeinsam in den schwersten Momenten des Kampfes gegen die Sowjets in Afghanistan zusammengestanden. Saif war auch ein alter Gefährte im Kampf gegen den Iran. Er galt am saudischen Königshof zusammen mit seinem Onkel Prinz Bandar als der eifrigste Gegner der Schiiten. Heute war Saif so etwas wie ihr inoffizieller Botschafter in Saudi-Arabien, was den Irak anbetraf. Er half ihnen dabei, seinen königlichen Vater davon zu überzeugen, dass es notwendig war, die Grenzen im Mittleren Osten neu zu ziehen und die ganz spezielle Beziehung zu den USA dadurch zu würdigen, dass er die CIA von saudischem Hoheitsgebiet aus unkontrolliert operieren ließ.

Als Ben ihm erklärte, dass er während seines Urlaubs am Persischen Golf einen sehr diskreten Ausflug nach Pakistan machen wollte, um seiner Leidenschaft für Antiquitäten und alte Schriften zu frönen, hatte Saif keine Probleme damit gehabt, für den Freund eine kleine Kreuzfahrt auf der Motorjacht seines Onkels Bandar zu organisieren. Die *Hassa bint Ahmed* war nach Saifs Urgroßmutter benannt worden, der berühmten *Al Sudairi*-Gemahlin des saudischen Königs Abdulazis. Sie war ein Prachtstück, ohne dabei protzig oder aufdringlich zu wirken, und sie war trotz ihrer Größe außergewöhnlich schnell. Die *Hassa* war vor allen Dingen so bekannt wie ein bunter Hund. Sie kreuzte fast das ganze Jahr mit irgendwelchen jüngeren Mitgliedern der Königsfamilie im Arabischen Meer und im Persischen Golf, denn Prinz Bandar verlieh sie großzügig. Damit war die Motorjacht auch nicht im Hafen von Karatschi aufgefallen, denn die bunte und multikulturelle pakistanische Hafenstadt war ein beliebtes Shopping-Kurzausflugsziel.

Saif war dabei, nach Jahren als Repräsentant des saudischen Geheimdienstes in Washington, sein Nest in der Heimat zu machen. Ben wusste, dass sein Ziel mittelfristig die Übernahme des Geheimdienstes war. Saifs Vater hatte bereits dafür gesorgt, dass für ihn während der Übergangszeit ein interessanter Posten geschaffen wurde. Er war jetzt der stellvertretende Generalsekretär des

Nationalen Sicherheitsrates. Den Direktorenjob im *Al-Muhabarat al-Amma* hatte im Augenblick noch einer seiner Onkel inne. Allerdings war der nicht unangefochten, und Saif grub bereits mithilfe seines anderen Onkels, Prinz Bandar, das tiefe politische Grab, in dem er Prinz Muqrin am Ende bestatten wollte. Der Umzug seines alten Freundes und Weggefährten Ben nach Europa war für den Saudi-Prinzen nicht nur eine erfreuliche und positive Überraschung gewesen, sondern auch ein starkes Argument auf dem Weg in die Chefetage des saudischen Geheimdienstes.

Während sein Onkel Muqrin es sich mit den Offiziellen in Langley im Lauf der Jahre gründlich verscherzt hatte, hatte Saif – dank seiner engen Beziehung zu Ben über dessen geheimdienstlichen Ziehvater DNI Frank Mahooney – direkten Zugang zu sämtlichen US-Diensten.

Die beiden Männer standen Seite an Seite an der Reling und blickten auf die strahlendblaue See. Ben genoss die Überfahrt und Saifs Gesellschaft. Sein alter Freund hatte ihm nicht einmal die Frage gestellt, was sich in den Kisten befand, die diskret an Bord der *Hassa* gebracht worden waren

»Du hast mich ganz schön ins Schwitzen gebracht!«

Bens diskreter Trip nach Peshāwar, nach Kohat und über die Grenze nach Iskanderga'l war ein Wettlauf gegen die Zeit gewesen. Der unglückliche Zwischenfall mit der Truppe, die aus irgendwelchen Gründen bis ins Hochtal vorgedrungen war, hatte alles noch komplizierter gemacht.

»Ja, ich bin dein Logistiker!« Der Saudi lachte auf und seine Hand fiel auf die Schulter des Amerikaners. »Aber selbst ich kann mit der *Hassa* nicht übers Meer fliegen, wenn du deine Pläne einhalten und rechtzeitig in Paris sein willst und wir trotzdem noch ein paar Tage gemeinsam beim Tauchen vertrödeln wollen.«

Ben nickte. Es war wichtig, dass man ihn bei seiner Freizeitbeschäftigung sah, damit niemand sich mögliche Fragen stellte.

»Es hat sich auf jeden Fall gelohnt«, sagte er zu Saif, »auch wenn es unmöglich ist, dir die Sachen hier an Bord zu zeigen. Sie sind einfach zu empfindlich. Komm doch auf ein paar Tage in Paris vorbei, wenn du das nächste Mal runter an die Côte d'Azur fährst. Mein Häuschen oben auf dem Montmartre ist zwar nicht so großzügig und weitläufig ausgelegt wie deine Villa unten in Nizza, aber das Studierzimmer ist den Besuch wirklich wert, und das Gästezimmer ist sehr gemütlich.«

Er grinste. Ein historischer Glücksfall und eine gewaltige Portion Skrupellosigkeit hatten es seinem Urgroßvater mütterlicherseits in den Tagen nach dem ersten Weltkrieg möglich gemacht, mit einer üppigen Kommission aus einem sehr anrüchigen Waffengeschäft ein völlig verrücktes Haus im neugotischen Stil zu kaufen. Es hatte sogar einen großen Garten, eine Rarität im Zentrum der französischen Hauptstadt. Das Gebäude war seit 1995 ins architektonische Kulturerbe eingetragen und denkmalgeschützt. Es gehörte einer Firma, die der bewährte belgische Rechtsanwalt seines Vaters für die Familie Kingsley eingerichtet hatte, um eine Reihe teurer möblierter Vermietungen von Ausnahmeimmobilien in mehreren europäischen Ländern abzuwickeln.

Genauso wie das Hotel Ciamberlani, Brüsseler Kulturerbe des Art Nouveau, das seiner Mutter gehörte, war das Haus am Montmartre, das den Namen »Chateau Eymonaud« trug, wunderbar restauriert worden. Und es hatte eine der schönsten Aussichten oben auf dem Berg. An einem klaren Morgen konnte man ganz Paris überblicken. Das Chateau Eymonaud befand sich im Quartier des Grandes-Carrières am Impasse Sainte-Marie-Blanche, zwischen der Rue Lepic und dem legendären Friedhof. Es war eine absolute Ausnahmeimmobilie mit vierhundert Quadratmetern Wohnfläche und einem Turm, den steinerne Gargylen zierten.

Anders als sein illustrer Vorfahr bediente Ben Kingsley sich natürlich nie an Kommissionen aus obskuren Rüstungsgeschäften. Er konnte sich erlauben, für das bescheidene Gehalt zu arbeiten, das der Staat seinen Dienern bezahlte, und er hatte freiwillig sein ganzes Leben den Notwendigkeiten der Sicherheit der Vereinigten Staaten unterstellt. Um seinem Land zu dienen, hatte er alle persönlichen Wünsche und Gefühle zurückgestellt. Er hatte sogar eine vielversprechende akademische Karriere als Archäologe und Religionswissenschaftler geopfert, als Frank Mahooney ihn damals aus der Universität und von einer Ausgrabungsstätte im Mittleren Osten direkt in die Delta Forces rekrutiert hatte.

Wenn er nicht aus tiefer innerer Überzeugung diesen ganz speziellen beruflichen Weg eingeschlagen hätte, der für ihn tatsächlich so etwas wie Berufung war, dann hätte er glücklich und zufrieden eine Karriere als Gelehrter an irgendeiner der Universitäten verbringen können, die sich für seinen Fachbereich interessierten.

Aus diesem Grund hatte er auch eifrig die geheimnisvollste und sagenhafteste antike Bibliothek nach der Großen Bibliothek von Alexandria vor dem Vergessen gerettet, genau wie die Manuskripte von Sarajevo, die antike, griechische Sammlung aus dem Amanullah-Palast von Kabul und die parthischen Steintafeln von Hatra aus dem irakischen Nationalmuseum in Bagdad.

Im Gegensatz zu denen, die seit Jahren unter der Hand spektakuläre Stücke aus ihren verschiedenen Plünderungen und Raubgrabungen kauften, interessierte ihn die Antiquität als Wertanlage nicht. Er wollte die historischen Texte erhalten und er übersetzte sie, um die Entwicklungsgeschichte der großen Buchreligionen zu erforschen. Dieser wissenschaftlichen Leidenschaft opferte Ben jede freie Minute. Er hatte vor, nach dem Ende seiner beruflichen Karriere im US-Geheimdienst eine Stelle als Professor für Altiranistik und Religionswissenschaften an einer Universität zu suchen und seine alten Tage ganz der Wissenschaft und der Lehre zu widmen. Schon vor Jahren hatte er testamentarisch verfügt, dass seine außergewöhnliche Privatsammlung alter Schriften im Falle seines Todes der Firestone Library an der Universität Princeton übereignet würde, während seine sämtlichen Antiquitäten dem historischen Museum seiner Heimatstadt Baton Rouges zufielen.

Während die *Hassa* sich ihrem Tauchgebiet an der Spitze von Oman, zwischen der Halbinsel Jazhirat al Kaiyla und der kleinen Felseninsel von Bu Rashid näherte, unterhielten sich Ben Kingsley und Prinz Saif eine Weile zwanglos über das exotische Hobby des Amerikaners und seinen Wunsch, die geheimnisumwitterte Willoughby-Sammlung zu durchforsten. Die seltenen Schriften, die der 1962 verstorbene Gelehrte im Laufe seines Lebens zusammengetragen hatte, waren an der Universität von Chicago eingelagert. Der exzentrische Professor für Frühes Christentum hatte dort bis zu seinem Tod einen Lehrstuhl innegehabt.

»… aber es ist einfach unmöglich den verdammten Notar davon zu überzeugen, den Schlüssel für den Keller rauszurücken, in dem die ganzen schönen Schriftstücke vergammeln. Stell dir vor, der alte Knochen sucht jetzt schon seit fünfundvierzig Jahren erfolglos nach den Rechtsnachfolgern des verrückten Willoughby!«, erzählte der Amerikaner seinem saudischen Freund.

Saif lachte und paffte genussvoll einen Zug aus einer kubanischen Cohiba, dann prostete er Ben mit dem Whiskyglas zu: »Unglaublich. Und niemand weiß was in diesem Keller herumliegt.«

Ben Kingsley schüttelte den Kopf: »Es gibt leider keine Liste. Aber es gibt wilde Gerüchte und wenn sie stimmen … Der alte Willoughby hat scheinbar eine Qumran-Rolle mit einer aramäischen Apokalypse besessen und Teile eins sogenannten *Buches der Giganten,* das Mani im zweiten Jahrhundert auf uigurisch verfasst haben soll.«

Afghanistan – Provinz Zabul – nordwestlich der Grenze zu Pakistan und den FATA

Sie fuhren bei Sonnenaufgang los. Der erste Truck warf den Motor an, die anderen folgten, ohne zu zögern. Kérmorvan hatte während der beiden letzten Nachtstunden von dem pakistanischen Trucker erfahren, dass er plante, über Darwazagay, Khan Kala und Faqt direkt nach Garang zu fahren, eine der größeren Örtlichkeiten der Provinz Kandahār. Dort wartete seine Fracht. Es war keine Wolle, wie der Franzose vermutet hatte, sondern der zweite große Exportschlager Afghanistans: Granatäpfel.

Die Granatäpfel der südlichen Provinzen Kandahār und Zabul galten als außergewöhnlich schmackhaft und wurden sowohl nach Pakistan und Indien als auch über den Hafen von Karatschi in die Golfregion ausgeführt. Es gab sogar ein paar spezialisierte westliche Firmen im Bereich des kulinarischen Luxus, die verschiedene afghanische Granatapfelsorten nach Europa und in die USA ausführten. Solide, alte Landrassen, die geschmacklich alle Produkte aus der Türkei, Spanien, Marokko, Tunesien und Israel bei weitem übertrafen. Danach hatte der Trucker den Auftrag, seine Spitzen-Granatäpfel nach Multan auf der anderen Seite der Grenze zu fahren. Dort wartete die nächste Ladung, die dann für seine Heimatstadt Bannu bestimmt war.

Kérmorvan hatte seinem neuen Freund Nusrat aufmerksam zugehört. Er hatte noch nicht für Rossi übersetzt und würde damit auch noch eine Weile warten, aber er hatte den Vorhang zur Schlafkabine so geschlossen, dass sie in der Mitte durchspicken konnte, während sie trotzdem sicher verborgen blieb. Damit schloss er sie nicht aus. Er streckte die Hand nach hinten durch den Vorhang. Rossi nahm sie vertrauensvoll und drückte sie fest. Er fühlte, dass sie direkt hinter ihm saß. Ihre Hand war weich und warm. Ein gutes Zeichen.

× × ×

Ihr orangefarbener Jingle fuhr im Konvoi an letzter Stelle. Die drei afghanischen Trucker waren nur flüchtige Gelegenheitsbekannte von Nusrat. Sie fuhren die Strecke gemeinsam, weil es für alle sicherer war, aber in ihrem lebensgefährlichen Beruf war kein Platz für echte Kollegialität.

»Gibt es auf dieser Strecke eigentlich viel Ärger mit den Taliban?«, fragte Kérmorvan.

Der Pakistani seufzte und machte ein eindeutiges Handzeichen. »Es ist schrecklich. Ich habe gehört, dass während der letzten paar Wochen drei Kollegen hier umgekommen sind. Aber ich habe zu

Hause zwei kleine Söhne und zwei kleine Töchter. Ich muss fahren. Es ist wichtig für mich, dass es meiner Familie gut geht. Diese Tour fahre ich allerdings zum ersten Mal. Niemand will auf diese Südstrecke.«

Nusrat machte sich Sorgen um sein Fahrzeug und um seinen Job. Er war bei einer pakistanischen Firma angestellt, die zwar viel in Afghanistan fuhr, aber wegen der schlechten Sicherheitslage in den Provinzen Ghazni und Zabul vermieden sie für gewöhnlich die Strecke von Khost entlang der Grenze bis nach Spin Boldak. Er wurde vernünftig bezahlt und war in der Gewerkschaft. Sie hatten sogar eine Mitgliedskarte, mit der sie in einer Privatklinik umsonst zum Arzt gehen konnten. Üblicherweise truckte er runter nach Karatschi und dann hoch nach Kabul oder Masar.

Die Provinz Ghazni war genauso explosiv wie Zabul. Kandahār war absolut mörderisch. Der schlimmste Zwischenfall waren die Tanklaster auf dem Highway A01 gewesen, die die Taliban mit Panzerfäusten in Brand geschossen hatten. Er hatte es zwar nicht mit eigenen Augen gesehen, aber alle sprachen darüber. Grauenhaft. Gewöhnlich fuhr seine Firma immer über Torkham Border Crossing hoch bis nach Tadschikistan oder über Wesh-Chaman Border Crossing bis nach Turkmenistan, und weil sie alle am Leben hingen, vermieden sie sämtliche Fracht für die Schutztruppen der ISAF, obwohl sie damit schnell gutes Geld verdienen konnten. Sie fuhren meist Obst oder Reis und ab und zu Teppiche aus der Ex-UdSSR zu den großen Export-Lagern in Peshāwar.

»Wenn du keinen Mist machst«, sagte Kérmorvan ruhig, »dann hast du keinen Ärger mit uns. Und sobald wir am Ziel sind, wirst du es finanziell nicht bereuen.«

× × ×

Von Darwanzagay waren es etwa einhundertachtzig Kilometer bis nach Spin Boldak. Der nächste größere Flecken war Khan Kala, ein Marktort. Kérmorvan wollte Rossi so schnell wie möglich aus ihrer

Uniform befreien und unter unauffälliger lokaler Kleidung verstecken, falls sie in einen Taliban-Kontrollposten oder Hinterhalt geraten sollten oder andere Strauchdiebe sie anhielten. Solange Rossi sich ohne aufzumucken brav hinter ihm versteckte und den Mund hielt, würde er sie aus so gut wie jeder Notlage herauslügen oder herauskaufen können. Schließlich hatte er ein Vermögen in harten Devisen. Geld war in einem Land wie Afghanistan meist ein besseres Argument als brachiale Gewalt.

»Stört es euch, wenn ich das Radio anmache?«

Nusrat hatte sich beruhigt, auch wenn er nicht so ganz begriff, wie ihm eigentlich geschah.

Kérmorvan schüttelte den Kopf. Solange ihr Fahrer sich gut fühlte und keinen Mist baute, war er mit allem einverstanden, was ihre Reise nicht verlangsamte. Umso normaler und durchschnittlicher sie wirkten, umso besser. Im Tageslicht sah er, wie farbenprächtig der Truck dekoriert war. Auf dem orange gespritzten Nissan prangten wunderschöne Blumenmotive. Auf der Kühlerhaube stand sogar eine Art Gedicht. In der Übersetzung war der Spruch top und zeugte von einem ausgeprägten Sinn für Galgenhumor:

»Ich folge dir wie eine Drohne, aber du bist wie al-Qaida geworden; nirgends eine Spur von dir!«

Kérmorvan würde sich die Zeilen merken. Aus ihnen sprach eine gewisse Wahrheit der lokalen Bevölkerung – al-Qaida und die Araber waren Fremdkörper, die man ertrug, für die man aber weder Freundschaft noch Zuneigung empfand. Die radikalislamischen Fanatiker vom Golf und die Dschihadisten aus anderen Ecken der Welt hatten sich in den Stammesgebieten eingenistet und das Elend und die Unruhe in den südlichen Teilen des Landes vervielfacht. Pakistan galt zu Recht als eines der gefährlichsten Länder der Welt überhaupt; der Hundertachtzig-Millionen-Staat in Südasien war ein Pulverfass mit Atomwaffen, der beständig am Rande des Abgrundes taumelte. Ein potenzieller *failed state*.

× × ×

Unterhalb der Scheibenwischer und an den Seitenspiegeln hatte Nusrat rote und blaue Tücher angebracht, ganz so, wie es die Paschtunen gerne taten. Der Mann war nicht dumm. Er hoffte vermutlich, dank dieser Verkleidung könnten die Taliban auch ihn für einen echten Paschtunen halten und würden ihn nicht stoppen.

Der kleine Konvoi fuhr auf der Piste ziemlich schnell. Der Tacho ihres Trucks funktionierte nicht mehr, aber rein gefühlsmäßig waren es für Kérmorvan mindestens neunzig Stundenkilometer. Auf den »Todesrouten« der A01-Ring-Road, wie diesem Abschnitt zwischen Ghazni und Kandahār, bretterten total überladene Lkws auf völlig abgefahrenen Reifen häufig mit bis zu einhundertzwanzig Stundenkilometern über den Asphalt. Ihre Fahrer beteten, dass die allgegenwärtigen Straßenräuber und aggressiven Gotteskrieger in ihren hochgerüsteten Pick-ups es so schwerer hätten, sie zum Anhalten zu zwingen. Kérmorvan selbst hielt die Augen offen und sah immer wieder in den Rückspiegel, doch im Augenblick folgte ihnen niemand und die Straße war ruhig.

Musik dudelte. Die Tadschikin Shabnam Suraya sang *Ta Tora Deedam*. Sie war ein Star, vom Iran bis an den Persischen Golf. Der Trucker hörte den neuen afghanischen Privatsender *Radio Ariana*, der seit 2005 im Äther war und überall im Land problemlos empfangen werden konnte. *Radio Ariana* war sehr beliebt. Es gab gute Musik, Nachrichten und Unterhaltung. Genauso wie ihre Kollegen in Europa und in Nordamerika, wollten auch die asiatischen Fernfahrer nicht viel mehr, um bei ihren endlos langen Touren durch eintönige Landschaften die Augen offen zu halten. Er beneidete Nusrat nicht um seinen Job.

»Wie weit wollt ihr eigentlich im Konvoi fahren?«, fragte er den Pakistani beiläufig.

Nusrat hob die Schultern. »Wir haben nichts vereinbart. Ich glaube einer der Trucks entlädt heute Morgen hier auf der Strecke in Mohammad Dinkal ein paar Sachen. Ich wollte warten und ein bisschen Proviant shoppen und dann mit den anderen weiterfahren, bis ich meine Fracht lade. Es ist einfach sicherer, diese Strecke runter zur Grenze und nach Spin Boldak zu fahren. Und du? Wer seid ihr?«

»Reisende, die es eilig haben und auf die andere Seite der Grenze müssen.«

Draußen zog eintönig die Landschaft vorbei. Spärlich mit Raygras bewachsene Bereiche wurden von Steinen abgelöst. Gelegentlich erkannte man Baumgruppen. Kérmorvan beobachtete eine verhältnismäßig große Herde Schafe. Ein Halbwüchsiger saß seitlich auf einem kleinen Esel und hütete die grasenden Tiere. Etwas weiter standen die Grenzberge massiv und dunkel vor dem Himmel. Sie waren im Durchschnitt dreitausend Meter hoch, noch unterhalb der Schneegrenze. Ein Fluss lag weit rechts von ihnen, denn das Tal war breit. Zahlreiche Schmuggelpfade durchzogen das Gelände. Wer Zeit und Geduld und die nötige Kondition und Ausdauer hatte, konnte diesen Weg wählen. Auf der anderen Seite befand sich Pakistan.

»Wir hatten ein kleines Problem!«, sagte Kérmorvan. Es war am einfachsten, mit dem Pakistani zu plaudern.

»Sind die Taliban hinter euch her?«

»Die Taliban sind hinter jedem her.«

× × ×

Zwei Stunden später rollten zwei der drei afghanischen Trucks zur Seite und ließen den dritten Truck, der direkt vor Nusrats LKW fuhr, passieren. Der Fluss kam näher. Eine erste geschlossene Lehmburg mit Wachtürmen und soliden, fensterlosen Mauern tauchte auf, dann Felder und schließlich üppiges Grün. Sie passierten ein ziemlich großes Bauerndorf, dann erreichten sie einen Ort, den man in Europa wohl als Kreisstadt bezeichnet hätte. Ein klassisch südafghanischer Marktort, wo sich sämtliche Menschen aus der näheren und weiteren Umgebung mit allem Notwendigen versorgen konnten; Lebensmittel, Stoffe, Werkzeuge, Töpferwaren, Geschirr, Thermoskannen und sogar Mobiltelefonkarten, No-

Name-Handys aus China und oftmals sogar Solarladegeräte oder manuelle Kurbelladegeräte für die Telefone.

Afghanistan – Provinz Zabul – Truckerpiste nach Spin Boldak – Verkehrsknotenpunkt - Mohammad Dinkal

Die beiden afghanischen Trucks hielten an einer Art Bauhof an. Kräftige, breitschultrige Männer und junge Burschen, die aussahen, als ob sie richtig anpacken konnten, schoben große solide Schubkarren zum ersten Lkw. Ein paar andere Lokale sortierten offensichtlich bereits die Fracht des Trucks, fest in Tuch gewickelte Ballen, die etwas größer schienen als kleine, europäische Heuballen für Hobbyzüchter.

Nusrat hatte auch zur Seite geschwenkt, ohne in den Bauhof zu fahren und stellte seinen Truck ab.

»Wir beide machen jetzt zusammen einen kleinen Spaziergang«, erklärte ihm Kérmorvan. »Ich nehme an, du hast Afghani in der Tasche?«

Der Pakistani nickte gutmütig. Während der letzten Stunden hatte er sich seine Optionen durch den Kopf gehen gelassen und war zu der Entscheidung gekommen, dass man ihm noch nie so viel Geld für so wenig Unangenehmes geboten hatte. Er musste sowieso runter nach Spin Boldak und dann über die Grenze bei Wesh-Chaman zurück nach Hause. Das war seine Tour. Der seltsame Typ, der jetzt seinen zweiten Satz Kleider trug, fließend Paschtu sprach und Sinn für Humor zu haben schien, war auch ein Vorteil. Er saß nicht mehr allein im Truck. Das machte ihn ein bisschen weniger angreifbar. Außerdem hatte er eine Knarre und einen Kumpel in der Schlafkabine. Wenn es hart auf hart kam, dann waren sie immerhin drei.

»Ich zahl schon«, sagte er, »du gibst mir dann eben Dollars zurück. Wir verhandeln später über den Umtauschkurs.«

Er hatte sich in sein Schicksal gefügt. Fünfhundert Dollar, um zwei Passagiere mitzunehmen – das waren fast drei Monate Gehalt plus der Spesen für den internationalen Verkehr und ein bisschen Gefahrengeld, weil er in Afghanistan fuhr.

»Ich werde was zu essen kaufen. Sobald ich geladen habe, will ich nämlich vor der Grenze nicht mehr anhalten. Du weißt schon – Obst muss schnell gehen. Kannst du Lkw fahren?«

»Natürlich«, antwortete Kérmorvan. Ansonsten hätte er sich nicht auf dieses Trucknapping eingelassen.

»Wenn du dich mit mir am Steuer abwechselst, zahle ich das Essen«, sagte Nuzrat. »Ich habe in den letzten Tagen nicht viel geschlafen und du hast mir die erste ruhige Nacht auch noch versaut.«

Es war hart, allein zu fahren, aber sein Beifahrer zu Hause in Bannu war im letzten Augenblick abgesprungen, als ihr Chef ihnen eröffnete, was sie fuhren, wo sie lieferten und wohin die Tour weiterging. Wegen den Liefer- und Ladefristen war keine Zeit gewesen, nach Ersatz zu suchen.

»Einverstanden. Wir wechseln uns ab.«

Es störte Kérmorvan nicht, den Jingle-Truck zu steuern. Damit waren dem Trucker die Hände endgültig gebunden. Er konnte keinen Unfug mehr machen, falls ihm sein Leben lieb war, und im Notfall entschied er, wie sie reagieren würden – zum Beispiel bei einem überraschenden Zusammentreffen mit Taliban in Pick-ups oder im unwahrscheinlichen Fall, dass die Leute aus dem Hochtal in der richtigen Richtung nach ihnen suchten.

»Und dein Kumpel?«

Nusrat zeigte mit dem Finger auf die Schlafkabine, deren Vorhänge immer noch zugezogen waren.

»Der passt auf den Truck auf, während wir beide shoppen. Es sei denn, du hast noch irgendwo Klamotten versteckt, die er ausleihen kann?«, erwiderte Kérmorvan trocken.

Dann wandte er sich auf Deutsch an Rossi, ohne sich zur Schlafkabine umzudrehen.

»Bleiben Sie bitte hinterm Vorhang versteckt und antworten Sie jetzt nicht. Wenn Sie alles verstanden haben, klopfen Sie mir einfach auf die Schulter. Okay?«

Nuzrat hatte also nicht mitbekommen, dass er mit einem Mann und einer Frau reiste. Er glaubte, dass zwei Männer seinen Truck gekidnappt hatten. Das war im Augenblick sehr praktisch.

Rossi antwortete prompt, indem sie Kérmorvan durch den Vorhang leicht an der Schulter berührte.

»Wenn ich zurückkomme, unterhalten wir beide uns. Aber zuerst besorge ich Ihnen unauffälligere Sachen zum Anziehen. Sie müssen dringend raus aus den Militärklamotten. Behalten Sie die Waffe auf jeden Fall in der Hand und diskutieren Sie nicht, bevor Sie abdrücken, falls irgendjemand während unserer Abwesenheit ins Fahrerhaus einzudringen versucht.«

Wieder berührte ihn die Bundeswehrärztin an der Schulter.

»Sie können Lkw fahren?« Rossi klopfte erneut. Ja, konnte sie. Sogar sehr gut. Sie hatte eine Menge nützlicher Sachen beim Bund gelernt. Den Brummi-Führerschein durften sie ja alle gratis machen. Während ihrer Zeit bei den Gebirgsjägern hatte sie gelernt, mit Packpferden und Maultieren umzugehen, sie hielt sich gut im Trekkingsattel, und sie trug stolz das Fallschirmspringerabzeichen in Silber für zwanzig Sprünge. Fallschirmspringerlehrgang an der Luftlande- und Lufttransportschule in Altenbach in Oberbayern, direkt vor der Haustür. Wann immer es möglich war, stürzte sie sich ins Leere. Sie hatte sich vorgenommen, fünfzig Sprünge und Gold zu schaffen. Für einen Militärarzt war es praktisch und sinnvoll, wenn er auch gut springen konnte. Das erlaubte, an bestimmten Missionen teilzunehmen, wo man eben nur durch die Luft hinkam. Der Special-Forces-Soldat aus Kanada schien mit ihr zufrieden. Er nickte leicht.

»Falls irgendetwas schief geht«, fuhr er bestimmt fort, »und ich mit unserem pakistanischen Freund nicht zurückkomme, dann fahren Sie mit den beiden anderen Lkws weiter.«

Kérmorvan wartete auf Rossis Okay-Zeichen. Es kam nicht. Er wiederholte den Satz in einem etwas schärferen Ton.

»Mir steht im Augenblick der Sinn wirklich nicht nach einer politisch korrekten Endlosdiskussion. Das geht jetzt einfach nicht.«

Rossi seufzte leise und klopfte ihm wie gefordert auf die Schulter. Sie hatten es zusammen soweit geschafft! Sie mochte seine schwarzen Gedanken nicht. Sie hoffte, es waren nur Erschöpfung und der Stress und der Druck, unter dem er stehen musste, die ihn zu diesen Worten veranlassten. Sie hatte dem langen Gespräch zwischen ihm und dem Trucker nicht folgen können. Er hatte ihr bislang auch noch nicht anvertraut, worüber sie gesprochen hatten, außer vermutlich über die Bedingungen ihres Transportes und die Konditionen für das weitere Überleben des Fahrers. Rossi hatte schon während der Nacht gespürt, dass einiges auf Messers Schneide stand. Sie unterstellte, der gekidnappte Pakistani lebte nur noch, weil sie zufällig Teil der Flucht des Special-Forces-Soldaten geworden war. Wäre ihr Begleiter allein unterwegs gewesen, dann hätte er diesen Mann schon lange liquidiert, den Leichnam irgendwo in den Büschen verschwinden lassen und wäre mit dem Jingle-Truck seiner eigenen Wege gefahren.

»Gut. Sie fahren also weiter bis Spin Boldak. Das sind etwa zweihundertfünfzig Kilometer, doch es gibt auf dieser ganzen Strecke keine einzige Forward Operating Base, keinen Combat Outpost oder irgendwelche anderen Posten der ISAF oder der OEF. Es gibt nicht einmal einen Außenposten irgendeines Provincial Reconstruction Teams. Sie sind vollkommen auf sich allein gestellt und müssen versuchen, bis zum FOB Spin Boldak zu gelangen. Gehen Sie dort zu meinen Leuten. Tun Sie es so diskret wie möglich. Erzählen Sie denen alles. Vermeiden Sie um jeden Preis die Amerikaner. Ich habe ein sehr, sehr schlechtes Gefühl …«

Er wartete. Es dauerte ein bisschen, aber die Hand berührte ihn schließlich erneut an der Schulter. In Spin Boldak waren die Kanadier stationiert. Während der offiziellen Öffnungszeiten des Grenzübergangs unterstützten die Kanadier die Afghanen. Das hieß, sie versuchten, Korruption und illegale Übertritte in einem für die allgemeine Sicherheit erträglichen Rahmen zu halten und einen übermäßigen Rückfluss von Taliban-Kämpfern aus den von Pakistan verwalteten Stammesgebieten zu vermeiden. Außer den Kanadiern war dort auch noch der Rest des kleinen Kontingents französischer Special Forces, Kameraden der sechs Männer, die ihn begleitet hatten. Und es gab dort einen französischen Militärgeistlichen, der für sämtliche katholischen Soldaten auf dem Stützpunkt zuständig war. Der Mann war sehr erfahren und außergewöhnlich clever. Er würde ohne viele Worte verstehen.

»Am einfachsten ist es, wenn Sie in Spin Boldak nach dem *Padre* fragen. Sagen Sie ihm, dass ich Sie schicke. Sagen Sie ihm, dass alle meine Kameraden tot sind.«

Er schloss für einen kurzen Augenblick die Augen. »Wir gehen jetzt«, sagte Kérmorvan schließlich sanfter zu seiner deutschen Kameradin.

× × ×

Der örtliche Bazar lag direkt gegenüber dem Bauhof, wo einer der Afghanen offensichtlich ein buntes Sortiment an Baumaterialien und Landwirtschaftsbedarf aus seinem Truck entlud. Die kräftigen Einheimischen schoben Schubkarren voller Waren durch die Gegend. Der Markt war erstaunlich gut bestückt. Nuzrat verhandelte ein bisschen und kaufte Orangen, Fladenbrot und junge Zwiebeln. Kérmorvan stieß den Pakistani mit dem Ellbogen und hielt die Hand auf. Der seufzte, holte eine Rolle Scheine aus der Tasche und hielt seinem französischen Kidnapper etwa die Hälfte des Geldes hin.

Kérmorvan hatte entdeckt, was er für die kleine Deutsche brauchte. Auf einer Decke auf dem Boden hatte ein Mann mit mongolisch anmutenden Gesichtszügen, wohl ein Hazara, eine bunte Auswahl billiger Schuhe aus China ausgestellt. Eine Burka-Trägerin durfte an der Grenze zu Pakistan keinesfalls europäische Kampfstiefel von Meindl tragen – ja nicht einmal billige Kopien aus Asien, seit die irren Gotteskrieger auf festeres Schuhwerk setzten. Dadurch waren bereits massenhaft unter Ganzkörperverschleierungen versteckte Gotteskrieger aufgeflogen. Da weder er noch sie Ausweispapiere dabeihatten, wollte er nicht, dass irgendein Grenzer versucht war, unter die Burka zu schauen.

Es gab Bilder von solchen Dschihadisten, die sogar ihn zum Lachen brachten, obwohl der Irrsinn in Afghanistan und Pakistan immer radikalere Richtungen einschlug und eher ein Thema zum Weinen war. Kérmorvan erinnerte sich noch an den mit dem Sprenggürtel zurück, den sie gleich Anfang des Jahres in Torkham an der Grenze abgesammelt und fotografiert hatten. Der Kerl hatte es sogar auf Facebook geschafft. Ein pakistanischer Grenzer mit Sinn für Humor hatte das Bild gepostet. Der Taliban trug unterm Sprenggürtel einen sehr hübschen rohweißen und aufwendig perlenbestickten Shalwar Kameez aus Seide. Am lustigsten waren der Ausschnitt und die üppige Brustbehaarung des künftigen *shahid* – Märtyrer – gewesen. Der irre Gotteskrieger – maximal Mitte dreißig und ziemlich gutaussehend – hatte seiner Mutter, Schwester oder Frau nicht nur das allerbeste Teil aus der Garderobe geklaut, um sich in die Luft zu sprengen. Er hatte sich auch an der Schmuckschatulle der Dame vergriffen und trug eine kunstvoll gearbeitete Silberkette mit Lapislazuli und Karneolen. Allerdings hatte er vergessen, sich dazu noch ein paar Damenschuhe auszuborgen und sich die Schienbeine zu rasieren. Den pakistanischen Grenzern waren zuerst die sehr robusten *Desert Combat Boots* ins Auge gesprungen, dann die muskulösen, schwarz behaarten Kriegerbeine, die neckisch unter der Ganzkörperverschleierung hervorlugten, weil er zudem noch einen ganzen Kopf größer gewesen war als die echte Besitzerin der Burka.

Kérmorvan deutete mit dem Finger auf ein paar bequem wirkende Sandalen, die nicht zu lumpig aussahen und mit denen man zur Not auch vernünftig laufen konnte. Sie feilschten ein bisschen, und das Geschäft war gemacht. Am Burka-Stand wurde es einfacher. Es gab nur drei Versionen des *Chadri:* das Modell »Müllsack« aus China in reinem Plastik, das Modell »Pakistan« in schwerer Wolle und das exklusive Modell aus Seide. Das billige China-Produkt war unbestickt, die Augengitter so eng, dass selbst eine Eule mit Nachtsichtgerät über die eigenen Füße gestolpert wäre. Die beiden besseren Modelle waren okay. Die meisten Frauen trugen die Version aus Wolle. Es gab sie am Stand in klassischem Hellblau, Rotbraun oder in einem exzentrischen Olivgrün.

Er deutete auf eines der besseren olivgrünen Modelle, das schwer und schön bestickt war. Es würde die Sache für Rossi, die nicht an dieses seltsame Kleidungsstück gewöhnt war, einfacher machen, weil das Gewicht der Wolle den *Chadri* nach unten hielt. Der Händler hielt ihm ein zweites Teil zur Auswahl hin. Es war qualitativ wesentlich besser. Er nahm es in die Hand. Seide. Er winkte ab und sprach in grobem, sehr gutturalem Paschtu, so wie man es in den Stammesgebieten auf der anderen Seite der Grenze hörte, mit dem Händler. Dann kaufte er ihm das günstigere und schwerere Modell ab. Alles, was noch fehlte, waren *Shalwar* und *Kameez* in der Damen-Version und ein warmer *Jamawar,* ein großer, langer und breiter Wollschal, der im Notfall wie sein *Pathu* auch als Decke dienen konnte. Wenn sie über die grüne Grenze laufen mussten, dann brauchten sie Schutz, denn die Nächte waren empfindlich kalt.

Nusrat hatte sich ein bisschen von ihm entfernt. Kérmorvan fühlte, dass der Trucker ungefährlich war. Er würde nichts versuchen, um ihrer aller Leben aufs Spiel zu setzen oder Rossis und seine Flucht zu gefährden. Der Pakistani rief ihm auf Paschtu etwas zu und deutete auf frisch gebratene Hackfleischspießchen und gerilltes Gemüse. Ein Marktstand bot afghanisches Fast Food aus dem Süden an. Der Franzose winkte zurück, hob drei Finger und machte eine eindeutige Handbewegung, etwas mehr zu kaufen. Sie waren in dem geschäftigen Treiben untergetaucht und völlig unauffällig; zwei Berufsfernfahrer auf dem Weg zur nächsten Ladung, die sich verproviantierten und ein paar *goodies* für die zu Hause Zurückgebliebenen einkauften.

Ein zahnloser Typ, höchstens vierzig, aber aussehend wie Mitte achtzig, hatte unter einer graublauen Plane, die an Stöcken befestigt war, eine reiche Auswahl islamisch korrekter Damenbekleidung ausgestellt. Modeschau am Hindukusch. Unterm Tisch hatte der Zahnlose auch noch, gut versteckt vor den Augen möglicher Taliban-Mitläufer oder anderer rabiater Gegner des Vergnüglichen, ein paar Videokassetten aus Bollywood für die glücklichen Besitzer von Stromgeneratoren und Videorekordern.

Die Grenze zu Pakistan war nahe, und so war die exklusivere, islamisch-korrekte Damen-Mode in Zabul am letzten Trend der Stammesgebiete orientiert und meist auch *Made in Pakistan*. Er fand ein klassisches Teil für Frauen über einen Meter siebzig und in einer schweren, warmen Qualität. Es ähnelte einem Schlafanzug aus Wolle, doch Rossi würde darin zumindest nicht frieren, wenn sie über die grüne Grenze gehen mussten, anstatt wie im Augenblick geplant, mit Nusrat bis Chaman zu fahren.

Der Zahnlose unterstrich die Tatsache, dass es sich um echte Schurwolle handelte und nicht um schlechte Importware aus China, die aus Reißwolle hergestellt wurde. Auch im Herzen von Talibanistan achteten die Käufer auf Qualität. Kérmorvan befummelte pflichtbewusst die Klamotte, um den Anschein zu erwecken, dass er wusste, was er tat und interessiert war. Es fühlte sich weich, warm und bequem an. Das war am wichtigsten für den Fall einer Flucht durch die Berge.

Dass ein Mann Damenkonfektion kaufte, wunderte in dieser Grenzregion niemanden. Genau wie in den immer noch tief mittelalterlich geprägten angrenzenden Stammesgebieten Pakistans herrschte *Purdah,* und es gab Frauen, die, der Tradition folgend, nach dem Einsetzen der ersten Menstruation keinen Fuß mehr vor die Tür ihres familiären Gefängnisses setzten, bis man sie am Ende ihres Lebens auf einer Bahre hinaustrug, um sie irgendwo zu begraben. Auf dem Markt sah man erwartungsgemäß auch nur sehr wenige Frauen, die meisten von ihnen bei den Gemüseständen oder beim Stoffhändler.

Kérmorvan verhandelte aus Prinzip noch ein bisschen mit dem Zahnlosen, dann schob er ihm die geforderten Afghani hin und nahm den zur olivgrünen Burka passenden olivgrünen Shalwar

Kameez aus Wolle mit. Wenn sie jetzt noch Rossis Rangabzeichen draufnähten, dann war der Look perfekt.

Nusrat hatte inzwischen seine Einkäufe beendet und deutete hinüber zum Bauhof und den Lkws. Der afghanische Truck, der entladen hatte, war mit neuer Fracht wieder abfahrtbereit. Kérmorvan bremste nur noch einmal kurz bei einem Händler ab, um einen großen, breiten, langen und aufwendig gewobenen und schön bestickten Jamawar für seine Begleiterin zu kaufen. Er musste sie verkleiden, aber das hieß noch lange nicht, dass er sie in eine Vogelscheuche verwandeln musste. Die meisten dieser Wolltücher wurden in Kaschmir oder im Punjab gewoben und bestickt. Die, die es hier auf diesem Provinz-Markt gab, waren – wohl durch die Grenznähe und den Schmuggel über die Berge – von erstaunlich guter Qualität und vergleichsweise billig. Der Jamawar, den er ausgewählt hatte, war aus reiner Kaschmirwolle. Der pastellgrüne Grundton genau auf ihren Shalwar und den Kameez abgestimmt. Die Stickerei war ungewöhnlich: sehr fein und nicht das übliche, klassische Blumenmuster, sondern ein verschlungenes Bild von früchtebehangenen Granatapfelbaumzweigen und Vögeln. Selbst ein Zöllner, der eine seriöse Kontrolle versuchte, würde bei diesem Aufwand nicht an eine einfache, schnelle Verkleidung denken. Sie würde den Anschein einer von ihrem Mann geschätzten Frau erwecken, die ihm eine ganze Menge Afghani wert war. Kérmorvan trottete zufrieden hinter dem schwerbeladenen Lkw-Fahrer zurück zu ihrem Jingle-Truck.

Er schob Rossi die frisch gekaufte Kleidung durch den Vorhang in die Schlafkabine, während der Pakistani sorgfältig ihre Vorräte verstaute. Als sie anfuhren, zog ein weißer Toyota Hilux Pick-up an ihnen vorbei. Hinten auf der Pritsche saßen vier schwerbewaffnete, sehr finster dreinblickende, bärtige Männer, die eindeutig aus der Gegend stammten und die klassische Uniform der Berufs-Taliban trugen. Doch der Fahrer und der Beifahrer waren genauso eindeutig Europäer in westlicher militärischer Kleidung. Der Mann am Steuer war ohne Zweifel Frankie, der ehemalige US-Marine, und der Beifahrer war ein anderes wohlbekanntes Gesicht: Richard O'Shaughnessy, vormals vom britischen Special Air Service! Kérmorvan hätte diese beiden Männer selbst in finsterer Nacht auf einer unbeleuchteten Straße sofort erkannt.

Die beiden Söldner aus dem Hochtal und ihre Gruppe Afghanen würdigten den kleinen Konvoi bunt bemalter Jingle-Trucks, die vom Bauhof zurück auf die Piste einscherten, keines Blickes. Sie suchten einen einzelnen Mann. Doch Nusrat hatte sie genauso bemerkt wie Kérmorvan, und er hatte offensichtlich sehr genau gesehen, dass hier uniformierte europäische Bewaffnete und Einheimische gemeinsam auf Tour waren. Er legte den Gang ein und setzte sich geschickt hinter den zweiten afghanischen Lkw. Ein kleines Lächeln umspielte seinen Mund.

»Deer wakht wosho na khary!«, sagte er mit leisem Spott in der Stimme »wenn du einem Mann die Frau stiehlst, dann musst du mit Ärger rechnen. Das scheint nicht nur in unserer Kultur eine ziemlich ernste Sache zu sein.«

Kérmorvan konnte sich leise Bewunderung für ihren gekidnappten Weggefährten aus Bannu nicht verkneifen. Nusrat war zwar nur ein Trucker aus der Khyber Pakhtunkhwa Provinz, aber er war clever, und er hatte mehr mitbekommen und beobachtet, als ihm lieb sein konnte. Sich auch als Mann unter einer Burka zu verstecken, lag aktuell im Trend. Doch der Pakistani hatte sehr wohl bemerkt, dass er zusätzlich zu der Burka ausschließlich Frauenkleidung gekauft und dabei sehr viel Sorgfalt an den Tag gelegt hatte. Das tat kein männlicher Soldat für einen Kameraden, der sich lediglich verkleiden wollte.

Es war im Augenblick selbst vielleicht ein kleiner, taktischer Fehler gewesen. Doch jetzt war es möglicherweise ein Vorteil, wenn er den Trucker glauben ließ, dass er zusammen mit Rossi durchgebrannt war und nichts Dramatischeres hinter ihrer Eile steckte, als eine klassische Dreiecksbeziehung und ein rachsüchtiger Ehemann. Für einen Pakistani, der Paschtu sprach und in der Hauptstadt von Khyber Pakhtunkhwa lebte, kaum vier Kilometer

Luftlinie von den gesetzlosen Stammesgebieten entfernt, war dies eine wunderbare Erklärung. Sie machte weitaus weniger Angst als die allgegenwärtigen Taliban, Dadullah Khan, der berüchtigte Warlord, oder geheimnisvolle europäische Söldner mit Hightech-Kriegsgerät. Dieses Szenario ließ weniger Fragen offen, als die meisten anderen Storys, die er aus dem Stegreif hätte erfinden können. Darüber hinaus schaffte so eine Frauengeschichte auch so etwas wie Solidarität unter Männern, und er konnte Rossi, sobald sie sich umgezogen hatte, endlich aus der Schlafkabine befreien.

»*Staaso mrasta mē pəkaar da*«, sagte Kérmorvan mit seiner schuldbewusstesten Stimme und einer wahren Büßermine. »Ich brauche wirklich deine Hilfe! *Sam sara poh nəshwu* – es ist alles nur ein gewaltiges Missverständnis. Ihr Mann sitzt in dem Toyota Pick-up. Er hat geschworen, uns beide umzubringen, falls er uns erwischt. Darum sind wir miteinander durchgebrannt. Wir wollen nur über die Grenze und dann irgendwo ein Flugzeug nehmen und verschwinden.«

»Ja, die beiden Typen im Fahrerhaus sahen wirklich kräftig und sehr ungemütlich aus. Und ich vermute, die haben ihre afghanischen Kumpel mitgenommen, um sich durchzufragen und den Leuten Angst einzujagen. Ich bin an ihrem Posten auf dem Weg hier runter vorbeigefahren. Das sind Amis, nicht wahr?«

Kérmorvan nickte. Rund fünf Stunden Fahrt von Qalat und kurz vor der Distriktgrenze nach Ghazni existierte eine Forward Operating Base FOB der Amerikaner. Sie lag mitten im Gelände und dort hingen unappetitliche Typen der Special Operations Group herum. Die Special Forces Operational Detachments Alpha 326 and Alpha 311 operierten von dort aus und jagten al-Qaida und andere Namen der Terrorliste. Zur Unterstützung der CIA und der SOF waren auch noch Männer aus dem 2nd Battalion des 503rd Infantry Regiment im FOB Sweeney auf Posten. Die FOB lag sehr strategisch auf einem Bergrücken in rund dreitausend Meter Höhe und existierte schon seit Anfang 2003. Kérmorvan hatte über ihren Problemen im Hochtal diese seltsame und von der CIA gesponsorte Truppe ganz vergessen. Vielleicht gab es da ja einen Zusammenhang.

Nusrat fand die Story sehr spannend. Er verstand den betrogenen Ehemann und konnte dessen Mordgelüste durchaus nachvollziehen. Und er verstand seinen neuen Freund. Es war wie in einem der großen Bollywood-Filme, die sie zu Hause mit seiner Frau und den Kindern so gerne ansahen: Action, Lachen, Spannung, Schluchzen, Herzschmerz, Liebe und ganz große Gefühle …

Ganz Pakistan liebte Bollywood-Schnulzen, die unter der Hand trotz der häufigen Regierungsverbote massenhaft als Raubkopien verkauft wurden. Vor ein paar Monaten lief sogar einmal einer mit ganz offizieller Genehmigung im Kino – *Taj Mahal* – was ihre eigenen Tehrik-i-Taliban so wütend gemacht hatte, dass sie aus den Stammesgebieten in Bannu eingefallen waren wie eine Rattenplage. Sie hatten den Plan gehabt, das Kino in Brand zu stecken. Es hatte natürlich eine Riesenschießerei mit der Armee und der Polizei gegeben. Einer der Spinner hatte sich dabei in die Luft gesprengt, aber das Kino hatte zum Glück alles unbeschadet überstanden und die Bürger von Bannu hatten am Ende *Taj Mahal* gesehen und viel Spaß gehabt.

× × ×

»Haben Sie sich umgezogen?«, fragte Kérmorvan Rossi leicht amüsiert auf Deutsch. »Sie können sich ab jetzt übrigens auch wieder ganz unbefangen zu Wort melden. Unser Kumpel weiß, dass Sie eine Frau sind. Legen Sie bitte lediglich den Jamawar über Ihr Haar. Sie haben ja eine Idee, wie so ein Wollschal auf dem Kopf aussehen muss, um echt zu wirken.«

Die Tatsache, dass O'Shaughnessy sie mit einer wilden Truppe Gotteskrieger und Frankie im Pick-up überholt hatte, beunruhigte ihn zwar ein bisschen, aber er glaubte nicht, dass sie ausgerechnet einen in Bannu registrierten, pakistanischen Jingle-Truck mit drei Passagieren in lokaler Kleidung aufhalten würden, von denen einer auch noch eine Frau war. Das passte nicht zu dem, was sie suchten: einen einzelnen Mann in Tarnkluft auf einem roten Enduro-

Geländemotorrad. Andererseits waren Dadullahs Männer hinten auf der Ladefläche fast so gut, wie ein bezahlter Begleitschutz für den Konvoi. Normale Strauchdiebe würden es wohl nicht wagen, etwas gegen ihre Gruppe zu unternehmen, solange der Pick-up vor ihren drei Fahrzeugen herfuhr.

Rossi schob den Vorhang auseinander. »Ich glaube, ich bin jetzt genauso gut verkleidet, wie Sie, Pierre!«

Sie lächelte ihn an. Mit ihren strahlenden Augen, der sonnengebräunten Haut und dem kastanienbraunen Haar unter dem pastelgrünen, hübsch bestickten Jamawar sah sie ausreichend lokal aus, um keine Aufmerksamkeit auf sich zu lenken – höchstens bei einem Casting für eine Herz-Schmerz-Bollywood-Schnulze. Sie war absolut niedlich. Bei Bedarf konnte sie natürlich die Burka überziehen. Dann würde alles noch einfacher. Kérmorvan zeigte auf den Fahrer.

»Das ist Nusrat«, stellte er Rossi den Pakistani endlich offiziell vor. Der drehte sich kurz zu Rossi, nahm die Rechte vom Steuer und machte eine freundliche Handbewegung. Er grinste wie ein Honigkuchenpferd. Nusrat hatte begriffen, dass er sich nicht mehr in der Gefahrenzone befand, sondern so etwas wie ein Juniorpartner geworden war.

»Nusrat ist davon überzeugt, dass wir miteinander durchgebrannt sind. Wir werden von Ihrem wütenden Ehemann, seinem Freund und einer Gruppe schwerbewaffneter afghanischer Kämpfer auf einem weißen Toyota Hilux Pick-up verfolgt.«

Er hatte es geschafft, den Satz ruhig, beiläufig und ohne Emotion vorzutragen. Trotz ihrer Schwierigkeiten war die Situation so komisch, dass Kérmorvan am liebsten laut losgelacht hätte. Es war völlig abgefahren. Ihm wäre beim Anblick eines weißen Toyota-Pick-ups mit ein paar schwer bewaffneten Gotteskriegern an Bord niemals eine solch hanebüchene Idee gekommen. Sobald sie aus diesem Schlamassel raus waren, musste er unbedingt wieder regelmäßig Bollywood-Schnulzen gucken, als Inspiration für kreativere Cover-Storys.

Rossi schluckte. Dann legte sie dem Special-Forces-Soldaten in einem ärztlichen Reflex die Hand auf die Stirn. Der Mann musste fiebern. Wahrscheinlich hatten die böse Schulter oder sein zerschundener Rücken sich jetzt doch entzündet und er fantasierte bereits. Doch seine Temperatur war normal und die braunen Augen, die sie über seine Adlernase hinweg ansahen, waren voller Humor.

»Das war nicht meine Idee«, sagte er leise zu Rossi. »Ich schwöre es! Nusrat hat sich das alles so zusammengebastelt. Ich habe ihn lediglich in seinem Glauben bestärkt. Das macht vieles einfacher für uns, und wir müssen nicht so sehr vor ihm auf der Hut sein.«

Rossi hatte die Hand von seiner Stirn genommen und sie vor lauter Schreck auf seiner Schulter vergessen. Die zufällige Berührung war angenehm. Und außerdem machte sie auf ihren Fahrer den gewünschten Eindruck von Vertrautheit.

»Was soll das mit ›meinem Mann‹, der uns verfolgt? Was haben sie dem bloß erzählt?«

»Diese Kerle aus dem Hochtal suchen mich, Carla. Die Rugbyfans haben sich zwar teilweise etwas dusselig angestellt, sind aber keine kompletten Amateure. Und aus einem Grund, den ich nicht nachvollziehen kann, haben sie beschlossen, es eben auch hier auf dieser Strecke runter zur Grenze zu versuchen, anstatt den Weg nach Qalat zu nehmen oder einfach quer durchs Gelände zu fahren. Vielleicht gibt es ja auch mehrere Suchtrupps. Einer der Pick-ups aus dem Hochtal ist vorhin, als wir vom Markt kamen und während Sie noch dabei waren, sich umzuziehen, an uns vorbeigefahren. Zwei der Söldner, die mich gefangen haben, waren an Bord, und eine kleine Gruppe schwerbewaffneter Afghanen, die aussahen wie klassische Taliban-Kämpfer.«

»Nicht gut?«, fragte Rossi.

Kérmorvan machte eine abwiegelnde Handbewegung. Es war kein Drama. »Die suchen einen Mann in westlicher Uniform aus ihrem eigenen Vorrat auf einem Motorrad, das ihnen gehört –

keinen pakistanischen Jingle-Truck mit zwei Männern und einer Frau in lokaler Kleidung an Bord, aus dem lautstarke orientalische Musik dudelt und der mit ein paar anderen im Konvoi irgendwelches Baumaterial fährt.«

ZEHNTES KAPITEL

Afghanistan – Provinz Kandahār – Wesh-Chaman Border Crossing

Richard O'Shaughnessy war sich, nach der vergeblichen Suche des anderen Teams Richtung Qalat und der Ringroad, inzwischen sicher, dass der angebliche kanadische Militärarzt den Weg zur afghanisch-pakistanischen Grenze genommen haben musste. Auch die kleine Truppe von Borjahns Männern, die die Strecke nach Kandahār abgesucht hatten, war erfolglos geblieben.

Der ehemalige Unteroffizier des britischen Special Air Service fühlte, dass er sich nach dem Verhör im Hangar völlig verkalkuliert hatte. Es war ein dummer und geradezu unverzeihlicher Anfängerfehler gewesen, den Mann lediglich an den Händen gefesselt in dem Hangar zurückzulassen. Trotzdem war er kein Vollidiot! Abgesehen von dem Zwischenfall mit dem Gefangenen aus der unidentifizierten Gruppe Eindringlinge hatte er seit seinem ersten Arbeitstag für Jones keinen einzigen Fehler gemacht. Er hatte seinen Job gut gemacht.

Es war natürlich ungerecht, aber da Jones bezahlte und somit am längeren Hebel saß, musste er jetzt eben die Zähne zusammenbeißen und nachbessern. Da er sich gegen die Beteiligung von Dadullahs sogenanntem Unterstützungsteam nicht wehren konnte, hatte er das Beste aus den vier Männern gemacht. Sie waren glücklicherweise alle in der Lage, sich auf Englisch zu verständigen. Sie sollten die Schmugglerwege in die von Pakistan verwalteten Stammesgebiete überwachen.

Nachdem O'Shaughnessy umgehend bei den Verwandten von Dadullahs Cousin Borjahn nachgefragt hatte, die am Eingang zum Canyon, der ins Hochtal von Iskandergal führte, wohnten, wusste er, dass ein Geländemotorad mitten in der Nacht über die Piste geknattert war. Natürlich hatten die Leutchen nicht gesehen, wer im Sattel gesessen hatte. Für sie war eine Geländemaschine automatisch Dadullah oder einer seiner Getreuen oder jemand aus ihrem Team, der aus dem Hochtal auf dem Weg zu Borjahn war.

In Rustam Kalay war die knallrote Enduro jedoch nicht vorbeigekommen. Der Mullah hatte natürlich versucht, hilfreich zu sein. Jones hatte kurz angesprochen, dass sie sich mit den Dörflern wegen der Sache mit Matveev erfolgreich auf Schadensersatzzahlungen geeinigt hätten. Die Afghanen waren pragmatisch. Sie wollten das Geld. Die Leute vor Ort räumten bereits auf. Ein Teil der Kampfspuren war bereits verschwunden. Die konstruktiven Vorschläge der Einwohner für die Suche verwiesen allerdings auf Strecken, die ihm zu schwierig erschienen, um eine schnelle Flucht zu wagen. Damit hatte O'Shaughnessy für sich persönlich ausgeschlossen, dass der Mann auf dem Weg nach Qalat war. Trotzdem erschien ihm diese ganze verdammte Operation wie die sprichwörtliche Suche nach der Stecknadel im Heuhaufen. Aber aufgeben wollte er nicht. Nicht aus Selbsterhaltungstrieb oder Angst um seinen Job. Vielmehr war er zutiefst wütend, dass dieser angebliche kanadische Militärarzt es geschafft hatte, ihn so elegant zu überlisten!

Nach mehr als einer Woche konnte der Gesuchte schon weit sein. Doch so, wie sie den Typen zugerichtet hatten, war es vielleicht auch denkbar, dass er sich einfach in irgendein Loch in den Bergen verkrochen hatte und dort krepiert war, während die geklaute Enduro zwischen den Felsen verrottete. Natürlich wäre diese Option der »*best case*«, aber es war zu riskant, sich darauf zu verlassen und mit der Meldung »Operation gelungen, Patient tot!«

nach Iskanderga'l zurückzufahren, ohne eine Leiche gefunden zu haben.

Hinter ihrem Pick-up trödelte wieder eine bunte Gruppe Jingle-Trucks. Schon ein paar Tage zuvor hatten sie ein paar dieser fantastisch bemalten und beklebten Fahrzeuge überholt, die Baumaterial nach Mohammad Dinkal, einem Marktort und Verkehrsknotenpunkt auf dem Weg zur Grenze und nach Spin Boldak, transportierten.

O'Shaughnessy hatte nie verstanden, warum die Afghanen und die Pakistani sich diese unendliche Mühe machten, ihre klapprigen Antik-Fahrzeuge zu schmücken wie Zirkuspferde. Das kostete ein Vermögen.

»Weißt du, Richard«, sagte Frankie, »wenn ich an der Stelle dieses Arschlochs wäre, dann würde ich nicht mit dem Bike über Land fahren.«

»Ich würde laufen!«, erwiderte O'Shaughnessy. »Ich würde versuchen, über die grüne Grenze abzuhauen, um erst einmal außer Reichweite von Dadullah und seinen Freunden zu sein.«

»Der Typ war fertig.« Frankie hatte zehn Jahre bei den US-Marines zugebracht und war auch problemlos vom E-1- bis zum E-4-Korporal aufgestiegen, doch dann hatte sein *cutting score* nicht ausgereicht, um den E-5 und Feldwebel zu machen.

»Die grüne Grenze ist absolut mörderisch. Ich glaube nicht, dass der das in seinem Zustand schaffen würde. Wenn er wirklich Arzt ist, dann weiß er das und wird den einfachsten und kürzesten Weg nehmen. Der ist wahrscheinlich nachts unterwegs und ruht tagsüber aus.«

Das undurchsichtige Bewertungssystem der Einheit war wie ein Glücksspiel, denn wer sich als gewöhnlicher Soldat am Anfang auch nur ein einziges Mal falsch entschied und einen Job auswählte, der zu wenige Bewertungspunkte im Personal-Management einbrachte, der beendete seine Laufbahn ohne die begehrten Streifen auf der Uniform. Selbst bei den Fitness-Tests musste man kalkulieren. Ein Sprung mit dem Fallschirm brachte sechzig Punkte, ein Halbmarathon nur fünfundvierzig … Alles war Mathematik im US Marines Corps. Es kam kaum darauf an, welches Potenzial ein Mann hatte. Er war ausgestiegen, weil er sich irgendwo in seiner Karriere einmal verzählt hatte.

»Wenn wir deiner Logik folgen, dann ist die Lösung für den Typen, sich zur FOB Spin Boldak durchzuschlagen! Wir fahren jetzt bis runter zur Grenze und halten dort noch ein paar Tage lang die Augen offen«, sagte der ehemalige Unteroffizier der britischen Spezialeinsatzkräfte zu seinem amerikanischen Kollegen, »und wenn er dort auch nicht auftaucht, dann wars das eben. Jones kann keine Wunder erwarten.«

Frankie nickte. »Wir haben Scheiße gebaut, Rick! Wir hätten den Typen gleich umlegen sollen, anstatt ihn ins Hochtal mitzuschleppen …«

»Natürlich«, antwortete der Brite angewidert, »aber jetzt ist es zu spät. Hör auf zu jammern und fahr, Mann! Wir setzen Dadullahs Männer wie vereinbart entlang der Strecke an den illegalen grünen Übergängen ab und legen uns am besten selbst in Spin Boldak auf die Lauer. Das ist der einfachste Weg, wenn man ein Bike hat, und wenn er wirklich Kanadier ist, dann sitzen dort auch noch seine eigenen Leute. Ich würde zuerst zu meinen eigenen Leuten gehen.«

× × ×

Sie legten die Strecke verhältnismäßig schnell zurück. Die Jingle-Trucks waren bald aus ihrem Blickfeld verschwunden. O'Shaughnessy und Frankie setzten Dadullahs Männer wie abgesprochen an vier strategischen illegalen Übergängen nach Pakistan ab. Sie hatten alle Mobiltelefone dabei und der Empfang war dank der NATO-Truppen ausgezeichnet. Sie sollten auch herumfragen, ob die Leute der Gegend irgendetwas Auffälliges beobachtet hatten. Der offizielle Grenzübergang am Freundschaftstor war relativ einfach zu überwachen. Sie kannten die Männer, die in Wesh-Chaman Dienst schoben – Pakistani und Afghanen – und schmierten die Vorgesetzten regelmäßig, wenn sie Fracht fuhren. O'Shaughnessy hasste diese Ecke der Welt. Das Drecksnest an der Grenze war angefüllt mit Dummköpfen, Strauchdieben, Schmugglern und Halsabschneidern, aber es waren ihre Halsabschneider und sie sprachen alle fließend die »Sprache des *Greenback*«. Falls der Flüchtling versuchen wollte, nach Pakistan zu entkommen, würde er an der Grenze scheitern.

Seitdem den Einwohnern vor fünf Jahren ein uraltes Munitionslager um die Ohren geflogen war, gab es unweit der Mitte von Spin Boldak ein paar unschöne Krater im Boden, neben denen sich Geröll und Metallschrott stapelten. Dahinter existierte eine Art Fress-Straße, wo sich versiffte Grillbuden aneinanderreihten, in denen man für ein paar Afghani essen konnte. Der einzige Unterschlupf am Platze, in dem es möglich war zu übernachten, lag an der Kreuzung zwischen dem Explosionsschaden und der Fress-Straße. Frankie war ausgestiegen, um sie einzumieten, während Richard den Pick-up bei einem Verwandten von Dadullah abstellte. Danach machte er die Runde bei den lokalen Chefs und Bossen, denen er Geld in die Hand drückte. Mehr brauchte es hier nicht, um voranzukommen. Er war zwar erst seit ein paar Monaten hier vor Ort, doch er hatte das System verstanden: Alles war möglich und alles hatte einen Preis! Falls ihr entflohener Gefangener hier auftauchen sollte, würden sie es umgehend erfahren.

Frankreich – Paris – IX. Arrondissement – unweit des Auktionshauses Drouot

Ben Kingsley war ein bisschen außer Atem. Er war erst am Vorabend mit der Air France aus dem Urlauberparadies Fudschaira nach Paris geflogen. Er spürte noch den Jetlag. Der kurze Tauchurlaub mit seinem Freund Saif nach dem Trip ins Hochtal von Iskanderga'l und in die von Pakistan administrierten Stammesgebiete war sportlich gewesen. Saif hatte ihm mehrere Wracks wahrscheinlich portugiesischer Kriegsschiffe gezeigt. Diese Galeonen waren dort im Jahr 1503 bei einem Sturm gesunken und erst vor Kurzem von Unterwasser-Archäologen entdeckt worden. Währenddessen hatte Jones ihm drei Männer mit einem diskreten Lastwagen aus Dubai nach Zubara geschickt. Diese hatten seine Kisten im Jachthafen von der *Hassa* entladen. Die Kisten waren mit Kingsley als kostenpflichtiges Übergepäck zusammen mit seiner Tauchausrüstung und ein paar Boxen Campingsachen nach Frankreich geflogen und standen in der großen Eingangshalle seines Hauses auf dem Montmartre.

Sie hatten sich zum Mittagessen in der Rue de la Grange-Batelière im Café des Antiquaires verabredet. Hervé Mellet war Auktionator. Ben hatte ihn schon Anfang der Neunzigerjahre kennengelernt, als seine Großeltern Teile einer Sammlung von Jugendstil-Vasen verkauften. Der gleichaltrige Mellet war damals gerade in die Étude de Commissaires Priseurs Mellet & Gotrand bei seinem Vater eingestiegen und mit einem unglaublichen Enthusiasmus dabei gewesen, als *Mamie* und *Papie* eine thematische Versteigerung für die Sammlung organisieren wollten. Aus dem soliden Erlös hatten sie dann ein paar Tage später gleichfalls mit Mellets Hilfe und ebenfalls im Hôtel Drouot den wundervollen Brunnen von René Lalique ersteigern können. Das war ihr echter Einstieg in die Pariser Antiquitäten-Szene gewesen. Zuvor hatten sie eigentlich immer nur gekauft und nicht verkauft.

Als sein Vater 1989 von George Bush zum Botschafter in Belgien ernannt worden war, hatte seine Mutter gleich in ihren ersten Tagen in Brüssel ganz zufällig und unweit der berühmten Avenue Louise ein baufälliges Haus entdeckt und sich Hals über Kopf verliebt: Es war ein Art-Déco-Gebäude des berühmten Architekten Paul Hankar aus dem Jahr 1897. Sie hatten das Hôtel Ciamberlani für einen symbolischen Franc von der Stadt Brüssel gekauft, in eine Familien-Stiftung verwandelt und angefangen, es sorgfältig zu renovieren. Heute – rund dreißig Jahre später – erstrahlte das Haus wieder in seinem alten Glanz und der Lalique-Brunnen stand voll funktionsfähig über der Quelle, über der Paul Hankar das Gebäude errichtet hatte. Seine Mutter plante das Gebäude der Öffentlichkeit als Kunstmuseum über die Stiftung zugänglich zu machen und das oberste Stockwerk als gelegentliches Feriendomizil zu benutzen, wenn sie nach Europa kamen. Sie liebte Brüssel.

Nach den Jugendstil-Vasen von Émile Gallé hatte Ben immer wieder mit Mellet zu tun gehabt und im Lauf der Jahre hatte sich daraus eine freundschaftliche Geschäftsbeziehung entwickelt. Er hatte für sie in Europa ersteigert und in ihrem Auftrag auch den gesamten europäischen Nachlass nach dem Tod seiner Großeltern versteigert.

Die offenen Grenzen im Schengen-Raum und die Tatsache, dass der Auktionator ihn und die Familie Kingsley gut kannte, waren nützlich. Mellet würde sich nicht wundern, wenn er spektakuläre Stücke anbot, ohne irgendwelche Herkunftsnachweise vorzulegen. Der Auktionator wusste, dass die Familie seit mehr als zweihundert Jahren sammelte, regelmäßig Dinge zu Geld machte, um andere Dinge zu kaufen, und auch immer wieder Objekte an Museen verschenkte. Während ein Durchschnittsfranzose die Geschichte, die die amerikanischen Südstaaten mit seinem Land verband, nur sehr oberflächlich kannte, wusste der Auktionator als Kunsthistoriker selbstverständlich besser Bescheid.

Ben war mit der Métro gefahren, um sein Geschäft abzuwickeln. Er war offiziell immer noch im Urlaub. Niemand in der Alliance Base wusste, dass er bereits wieder in Frankreich war. Mellet erwartete ihn. Sie kannten die Speisekarte des Café des Antiquaires in- und auswendig und der Auktionator hatte schon vorbestellt.

»*Quel plaisir!*«, empfing er Kingsley. »Was bringt Sie in unsere schöne Stadt Paris? Ihr Anruf war eine erfreuliche Überraschung.«

Ein Kellner mit einer traditionellen großen weißen Schürze brachte bereits ihren Lieblingsapéritif, einen eisgekühlten Kir Royal.

»*Mon cher ami!*«, antwortete Ben und hob das Glas. »Ich habe wieder einmal geschäftlich in Europa zu tun und bin für ein paar Wochen in Belgien, Frankreich und Deutschland unterwegs.«

Natürlich wusste Mellet nicht, dass er schon seit Anfang des Jahres unter einem Decknamen bei Alliance Base auf Posten war und dauerhaft in Paris wohnte. In einer Riesenmetropole wie Paris war es unwahrscheinlich, dass man einander dauernd über den Weg lief, und wenn es dann doch passierte, funktionierte die Ausrede der Geschäftsreise oder des Urlaubstrips am besten.

Außerdem hatte Ben Kingsley einen ganz anderen »Look« als sein Alter Ego Dr. Robert G. Dell, von der Alliance Base. Es waren nur kleine Veränderungen, aber Ben war sicher, dass Mellet ihn nicht einmal erkennen würde, wenn er ihm versehentlich als Bob Dell über den Weg lief.

Mellet wusste, dass die Familie außer dem Art-déco-Haus in Brüssel und dem Haus der Kingsley-Großeltern an der Atlantikküste in Deauville noch eine Immobilie in Paris besaß. Sie befand sich irgendwo auf dem Montmartre und wurde sehr teuer und exklusiv möbliert vermietet. Eine Art Luxus-Couchsurfing für eine finanzstarke Elite, die den Charme des Authentischen der Anonymität des Luxushotels vorzog. Was er nicht wusste, war, dass Ben im Augenblick unter seinem Decknamen der Mieter des Hauses war.

Natürlich verkauften sie die besten Stücke aus der Iskanderga'l-Grabung auch weiterhin in den Vereinigten Staaten, aber Frank Mahooney verstand, dass man die *Operation Regenbogen* heute genauso wenig direkt finanzieren konnte wie *Stay-behind* während des Kalten Krieges. Außerdem brauchte Ben auch für sich selbst eine vernünftige Infrastruktur, um seine eigenen Interessen diskret voranzutreiben. Aus diesem Grund hatte er Frank überredet, ihn eine komplette Vertriebsstruktur in Europa aufbauen zu lassen, hinter der sie seine für diese ganz spezielle Mission losgeschickten Männer aus der Special Operations Group verstecken konnten.

Das war der Neuanfang für ein altes und bewährtes Konzept, das wegen einer Reihe dummer Rohrkrepierer in den Neunzigerjahren aufgeflogen und dann mit dem Untergang der Sowjetunion und der Implosion des Kommunismus aufgelöst worden war.

Gleichzeitig waren sie in ihrer privaten Suche nach dem Alexander-Schatz, die zusammen mit Taher und Dadullah vor etwas mehr als dreißig Jahren begonnen hatte, nachdem Dadullah zufällig über das Grab eines Alexander'schen Reitergenerals gestolpert war, einen Quantensprung vorangekommen. Sie standen vielleicht kurz vor der Lösung eines der größten Rätsel der modernen Archäologie und im wahrsten Sinne des Wortes vor den Pforten einer der legendärsten Schatzkammern der Weltgeschichte.

»Wir könnten wieder eine schöne thematische Versteigerung organisieren, so wie damals mit den Gallé-Vasen Ihrer Großeltern. Am Vorabend laden wir ausgesuchte Gäste zu einem netten Cocktail und einer exklusiven Besichtigung mit einer History-Show ein …«, sinnierte Mellet und gab seinem Tischgefährten das Smartphone zurück, auf dem er die Fotos der Objekte betrachtet hatte. »Und was die anderen Sachen anbetrifft: Ich bringe Sie da gerne mit einem befreundeten Antiquar zusammen, der im Louvre des Antiquaires und in Saint-Quen zwei entsprechend spezialisierte Läden hat. Da können Sie ohne Schwierigkeiten gewöhnlichere Stücke zu sehr guten Preisen absetzen.«

»Auf welchem Markt oben an der Porte de Clignancourt arbeitet Ihr Bekannter?«, fragte Ben neugierig.

Der sogenannte Marché aux Puces de Saint-Quen, am nördlichen Rand von Paris, im XVIII. Arrondissement gelegen, war der weltweit größte Flohmarkt mit einer Fläche von zwölftausend Quadratmetern, fünfzehn Teilmärkten und dreitausend Verkaufsständen. Er stöberte selbst gerne auf dem Pariser Flohmarkt, der, was die Qualität der Ware anbetraf, Brüssel, die Puces de Marolles und den Platz Jeu de Balles bei weitem übertraf. Allerdings hatte er noch keinen einfachen und unkomplizierten Weg gefunden, um dort auch Dinge zu verkaufen, ohne persönlich in Erscheinung treten zu müssen. Er hatte seinen Geschäftsfreund Mellet allerdings auch noch nie diesbezüglich angesprochen.

Einen Teil der Artefakte, die er seit Jahren im grauen, dunkelgrauen und schwarzen Bereich akquirierte – die ganz gewöhnlichen, guten, kommerziellen Stücke – setzte er seit den Tagen der väterlichen Botschaft über den Brüsseler Antiquitätenmarkt ab. Er kannte die Gesetze. In Belgien stellte niemand Fragen zur Herkunft. Man war locker. Es reichte, aus, wenn der Verkäufer behauptete, die wertvollen Stücke auf dem Speicher gefunden oder vom Opa bekommen zu haben. Der Markt war gut, und er hatte in seinen verschiedenen belgischen Identitäten eine Reihe ausgezeichneter Kontakte. Zwei seiner guten, europäischen Alias hatte er sogar mit entsprechenden Legenden versehen; entweder gab er den franco-belgischen Kunsthistoriker oder den Luxemburger Investmentbanker.

Die internationalen Organisationen und die EU-Behörden sorgten darüber hinaus für einen sich ständig erneuernden Käuferkreis, dem es nicht an Geld mangelte. Die meisten dieser internationalen Beamten blieben nur drei, sechs oder neun Jahre, bevor man sie austauschte. Jeder halbwegs begabte Verkäufer konnte in Brüssel selbst echte Ausnahmestücke über die Läden auf dem berühmten Grand Sablons weißwaschen und sie anschließend authentifiziert – und damit wesentlich teurer – weiterverkaufen oder auch völlig legal und ganz offen in die Vereinigten Staaten exportieren. Und es gab ein paar duzend renommierter Kunstexperten, die bereit waren, an der Grenze zur Legalität ein Zubrot zu verdienen, oder die man geschickt und sehr diskret erpressen konnte. Für eine Handvoll Euros verwandelten sie waschechte Raubgrabungen in blütenweiße, ganz legale Stücke.

Die CIA hatte Bens außergewöhnliche Kompetenzen und Fähigkeiten als studierter und promovierter Archäologe und Historiker schon frühzeitig entdeckt und bereits während des Kriegs der Sowjets in Afghanistan benutzt. Er war damals noch bei den DELTA Forces gewesen, doch Frank hatte bereits verstanden, dass es einfacher und sicherer war, sich bei langfristig angelegten und tiefschwarzen Operationen nicht auf eine Finanzierung über die klassischen und sehr sichtbaren Budgets aus Washington zu verlassen, die außerdem auch immer von der Grundeinstellung der jeweiligen

Regierung abhingen. Allerdings waren sie damals noch waschechte Amateure. Sie hatten sich hier und da mit einem schnellen, schmutzigen Deal zufriedengegeben, um für diese oder jene schnelle, schmutzige Operation schnelles, schwarzes Geld zu haben, und Ben hatte sich nur auf die Hilfe seiner beiden Studienfreunde Taher El Ouazzani und Dadullah Khan verlassen. Es hatte noch nicht diese eingespielte, professionelle Equipe gegeben, mit der sie heute arbeiten konnten. Ohne die frenetische Jagd in Afghanistan nach dem Organisator des Terroranschlags vom 11. September 2001, Osama bin Laden, und die daraus resultierende Vertreibung der Taliban-Regierung des Landes, wäre die Grabung von Iskanderga'l noch für viele lange Jahre ein Traum geblieben.

Während des Krieges gegen die Sowjets hatte Dadullah ihm auf Zuruf immer ein paar seiner zuverlässigsten Mudschaheddin und ein paar seiner sportlichsten Maultiere ausgeliehen, wenn er irgendetwas auf die andere Seite der Grenze nach Peshāwar bringen wollte. Taher, der damals als Austausch-Akademiker an einer Grabung in der Gegend von Bazira im Swat-Tal teilnahm, die ein italienisches Archäologen-Team aus Bologna in Zusammenarbeit mit einer pakistanischen Equipe der Uni Islamabad organisierte, schmuggelte ihre Stücke nach Europa, wenn sein Team ihre Funde von Bazira zu Untersuchungen oder zum Restaurieren nach Italien oder ans französische Musée Guimet flog.

Die italienisch-internationale Equipe suchte damals im Swat-Tal Spuren und einen Zusammenhang zwischen der Gandhāra-Kultur und der griechischen Kultur der Antike. Taher war über einen Gelehrtenaustausch ins Team gekommen und aufgrund seiner Sprachkenntnisse der Mann, der die ganzen Logistikgeschichten erledigte. Bazira hatte ihrem Freund als das große Sprungbrett nach Kairo und auf seine Professur gedient. Ben dachte kurz an den Augenblick zurück, als Taher ihnen voller Stolz den Brief mit der Berufung auf seinen Lehrstuhl gezeigt hatte.

Während des Kriegs im ehemaligen Jugoslawien hatten sie dann zusammen mit Frank angefangen, ganz gezielt Antiquitäten abzusammeln, einzulagern und anschließend diskret zu kommerzialisieren, um sich eine solide Kriegskasse aufzubauen und Operationen zu finanzieren, von denen die Buchhalter in Washington und die Rechtsabteilung in Langley nicht unbedingt erfahren mussten. Er war zwischenzeitlich von den DELTA Forces in Franks Abteilung für Sondereinsätze der CIA umgezogen und hatte sein Einsatzgebiet auf andere Orte der Welt ausgeweitet, an denen man sich diskret gute Stücke besorgen konnte. Sie hatten dieser alternativen Finanzierungsmaßnahme sogar einen hübschen Decknamen gegeben: »Operation Louvre«.

Das war eine humorvolle Anspielung auf das Nationale Heilskomitee der Französischen Revolution, das einen jungen Napoleon Bonaparte und seine enthusiastischen und ambitionierten Generalskollegen mit offiziellem Befehl im Rahmen ihrer Kriegszüge auch losschickte, um im Ausland berühmte Kunstwerke für Frankreich zu requirieren.

Natürlich hatte Ben von dieser ganz speziellen Aufgabe immer auch ein bisschen profitiert, um seine eigenen Interessen als Archäologe und Historiker voranzutreiben. In Bosnien-Herzegowina hatte er dann im Rahmen einer seiner größeren und besser organisierten Requisitionen zufällig eine absolut unglaubliche Entdeckung gemacht, die ihm, Dadullah und Taher erlaubte, endlich herauszufinden, wo sich eine Reihe von Schatzkammern befand, die Alexander von Makedonien während seiner Kriegszüge angelegt hatte. Es war eine Überraschung gewesen, als sie lesen konnten, dass sich unweit von Dadullahs erstem Fund etwas noch viel Gewaltigeres und Sagenhafteres befand, als nur ein paar perfekt erhaltene Grabkammern. Und so hatte ihre Geschichte im Hochtal von Iskanderga'l angefangen, in dem Teile der großen Familie Dadullahs schon seit ewigen Zeiten lebten, ohne auch nur geahnt zu haben, was sich im wahrsten Sinne des Wortes hinter ihrer Haustür verbarg.

»Mein Freund Umberto Castro hat eine Antiquitätenboutique auf dem ›Puces de Saint Quen‹, auf dem Teilmarkt namens ›Paul-

Bert Serpette‹«, antwortete Mellet, »die Boutique hat auch eine schöne, große Vitrine im überdachten Innenbereich und eine Fensterfront nach außen. Also viel sichtbare Fläche zum Ausstellen. Es ist der älteste Laden, seit 1977 am Platz. Und der Teilmarkt ›Paul-Bert Serpette‹ ist für qualitativ hochwertige Antiquitäten aus Asien und dem Mittleren Osten besser platziert als der Teilmarkt ›Biron‹, auch wenn viele das Gegenteil behaupten und glauben, dass man dort durch die Spezialisierung auf hochwertige Ausnahmestücke mehr an den Verkäufen verdient. Wenn Sie Zeit haben, *mon cher ami …*«

Er warf einen Blick auf die Uhr. Nach dem Mittagessen hatte er eine Versteigerung im Hôtel Drouot, die pünktlich um vierzehn Uhr anfing. Er war spätestens um siebzehn Uhr dreißig fertig.

»Wir könnten uns um neunzehn Uhr dreißig bei *Louisette* treffen. Ich stelle Sie gerne Umberto vor. Sie kennen das Restaurant in der Rue Michelet?«

Ben nickte. *Louisette* war weit über den historischen Flohmarkt der Puces de Saint Quen hinaus berühmt. Er war höchstens sechs oder sieben Jahre alt gewesen, als sein Großvater ihn zum ersten Mal dorthin mitgenommen hatte, und man noch wirklich aufpassen musste, sich keine Flöhe einzufangen. Wenn er *Louisette* hörte, sah er vor seinem inneren Auge riesige, karamellisierte Vanillepuddings und große Gläser voll eisgekühltem Diabolo, dem traditionellen, knallgrünen Minz-Sirup, den französische Kinder heute immer noch gerne mit Wasser oder Zitronenlimonade vermischt tranken.

An der Oberfläche waren die Franzosen selbstverständlich viel aufmerksamer und organisierter als die Belgier, wenn es um illegale Antiquitäten ging, und theoretisch mussten alle Verkäufer – private wie auch kommerzielle – Herkunftsnachweise erbringen, wenn sie Stücke anboten. Allerdings war der riesige Antiquitätenmarkt am Pariser Außenstadtring genauso unkontrollierbar wie der Brüsseler Floh- und Antiquitätenmarkt auf den Sablons und den Marolles.

»Ich werde morgen früh schon einmal eine Stunde hartes Jogging einplanen, *mon ami!* Die Bourgogne-Schnecken von *Louisette* sind einfach sehr lecker und ich gestehe Ihnen gerne, dass ich mich nicht mit dem traditionellen halben Dutzend zufriedengebe, sondern immer zwei Vorspeisen esse. Wir machen auch zu Hause in Louisiana gerne Schnecken, aber die sind nicht so gut, wie die von *Louisette*. Das liegt wohl an der Knoblauchbutter.«

Die beiden Männer lachten. Dann dankten sie dem Kellner, der ihre Vorspeise serviert hatte, wünschten sich guten Appetit und plauderten angeregt über die Stücke, die Kingsley anbieten wollte. Ben erzählte Mellet von einer großen Neuorientierung seiner eigenen Sammlungen und von einem Projekt der Familie, für ihr Lieblingsmuseum zu Hause in Baton Rouge eine ganze Serie von besonderen Antiquitäten zu stiften, die einen eigenen, kleinen Saal rechtfertigen würden – zu Ehren der beiden Männer, die den Grundstock ihrer privaten Sammlungen gelegt hatten, und um das Geschichtsverständnis ihrer Mitbürger zu stärken.

»Es sind alles Funde, die aus ›Grabungen‹ von Antiquaren und Abenteurern in Nordafrika stammen, die sich dort im frühen 19. Jahrhundert herumgetrieben haben. Wir besitzen sie schon seit ewigen Zeiten.«

Er zwinkerte dem Auktionator zu.

Vor ein paar Jahren hatte er Mellet einmal die spannende Story eines Vorfahren mütterlicherseits erzählt, der die gesamte Zeit der Barbaresken-Kriege vor allem dazu genutzt hatte, im heutigen Algerien und Tunesien nach wunderbaren Schätzen aus der Zeit des Alten Roms zu suchen. Im frühen 19. Jahrhundert war das antike Rom in den südlichen Staaten der späteren USA beliebter als das antike Griechenland, was am unglaublichen Erfolg der *Geschichte vom Untergang und Fall des Römischen Reiches* des britischen Historikers Edward Gibbon lag.

»Es ist natürlich immer bedauerlich, sich von solchen Stücken zu trennen, die mit der Geschichte der Familie verknüpft sind, doch …«

Er stellte Mellet neben den Antiquitäten, die er bereits auf den Fotos betrachtet hatte, regelmäßig gute Ware für Versteigerungen und damit attraktive Einkünfte über die entsprechenden Provisionen in Aussicht.

»Ich biete Ihnen an, dass wir, die Auktionatoren, die gesamte Organisation übernehmen und sämtliche Nebenkosten tragen. Dafür bekommt die Kanzlei dann aber eine Kommission von fünfzehn Prozent.«

Mellet kannte seinen Job. Er war nicht nur Auktionator, sondern auch ein ausgezeichneter Kunsthistoriker, der den internationalen Markt genauso gut überblickte wie den Nationalen.

Sie betrachteten wie schon bei früheren Geschäften die Möglichkeiten, Stücke über andere Auktionshäuser anzubieten. Die Verbindungen zwischen Paris und London waren im Kunstgeschäft eng. Mellet arbeitete gerne und regelmäßig mit Sotheby's und Christie's zusammen. Er hatte einen ausgezeichneten Ruf, sprach hervorragendes Englisch und konnte den Angelsachsen immer wieder attraktive Beziehungen zu Mitgliedern der französischen Aristokratie vermitteln, die ihre finanziellen Schwierigkeiten zu verbergen suchten und für exklusive Stücke diskret Privatkäufer suchten.

Der Franzose kaute, schluckte, tupfte sich den Mund mit einer schneeweißen Stoffserviette und zwinkerte seinem amerikanischen Gast zu:

»From the Halls of Montezuma to the Shores of Tripoli ...«, zitierte er amüsiert die Hymne des US Marine Corps. »Die Geschichte, die hinter diesen Sachen steckt, erhöht natürlich noch ihren Wert. Ich bin überzeugt, dass bei gewissen Artefakten, die während der Barbareskenkriege oder während des Ägyptenfeldzugs ihren Weg in private Sammlungen wie die Ihre gefunden haben, klassische Versteigerungen nicht immer der profitabelste Weg sind.«

Er erzählte Ben von den Nachfahren eines napoleonischen Generals, der mit Bonaparte in den Krieg gezogen war und aus Ägypten kistenweise fantastische Stücke aus der Zeit der Pharaonen nach Frankreich zurückgeschleppt hatte.

»Ich konnte es kaum glauben, als man mir auf dem Dachboden des Familienbesitzes in der Dordogne zeigte, was der wackere

Kriegsmann so alles geplündert hatte. Sie hätten ein kleineres Museum damit füllen können.«

Ben kannte die Geschichte des Premier Empire. Er grinste und schüttelte den Kopf.

»Gütiger Himmel! Mir läuft das Wasser im Mund zusammen«, antwortete er Mellet.

Einen Dachboden in der Provinz, angefüllt mit ägyptischen Artefakten, die ein Weggefährte Bonapartes zusammengeraubt hatte, hätte er mit Wonne inspiziert. Und natürlich wollte er die Geschichte erfahren, die hinter dieser Geschichte steckte. Darin unterschied er sich nicht von anderen Sammlern und Geschichts-Freaks.

»Zu spät, *mon cher ami!* Dank eines sehr gut organisierten Privatverkaufs in Zusammenarbeit mit Christie's konnte ich diesen Kunden helfen, aus der Kriegsbeute ihres illustren Vorfahren einen ordentlichen Profit zu schlagen. Die Sachen sind übrigens alle in Ihre amerikanische Heimat verkauft worden. Einschließlich einer Kiste voller Aufzeichnungen und Briefe des napoleonischen Generals.«

»Verraten Sie mir seinen Namen?«

Ben schmunzelte. Er hatte verstanden, was der Auktionator sagen wollte: Es interessierte ihn nicht, woher die angebotenen Artefakte wirklich stammten. Der Mann hatte die ersten Fotos gesehen, Blut geleckt und wollte diese Verkäufe unbedingt machen. Antiquitäten aus der Zeit des Weltreichs von Alexander dem Großen waren sehr gefragt. Sämtliche Stücke, die Ben ihm gezeigt hatte, waren außergewöhnlich und hatten Museumsqualität.

Die Story mit den Barbareskenkriegen war ausgezeichnet. Mellet würde auf jeden Fall aus reiner Neugier noch ein bisschen herumschnüffeln und dabei auch entdecken, dass es nicht nur den von der römischen Antike faszinierten Vorfahren mütterlicherseits gab, sondern auch noch den zweiten Antiquitätenfreak und seinen Namensvetter: Commodore Benjamin Kingsley, der im Rahmen des ersten Barbareskenkrieges eine ganze Schiffsladung unbezahlbarer Stücke nach Louisiana verfrachtet hatte und der ab 1807 der amerikanische Chargé d'Affaire in Tunis war, bis man ihm dann beim

Ausbruch des zweiten Barbareskenkrieges 1815 unter dem Kommando von Decatur und Bainbridge das Kriegsschiff Argonaut anvertraute.

Der gute Commodore hatte mit kurzen Unterbrechungen immerhin rund fünfzehn Jahre in Nordafrika zugebracht. In seiner Zeit sprach noch keiner von Antiquitätenraub und alle nur von der »Erforschung der Antike« und der zivilisatorischen Mission der großen, entwickelten Nationen gegenüber den unterentwickelten und elenden Tributvölkern eines riesigen osmanischen Reiches, das sich vor ihren Kriegsschiffen, disziplinierten Truppen und ausgeklügelten militärischen Strategien aufzulösen schien. Den eingeborenen Bevölkerungen vor Ort sprach damals noch keiner das Recht an den historischen Fundstücken zu, die sich in ihrem Boden befanden. Sie waren lediglich das Lumpenproletariat, achtlos und ungebildet, das zufällig auf einem Boden wohnte, der vom Atem der Geschichte befruchtet war.

Ben erwartete die ersten wirklich großen und bedeutenden Lieferungen für Europa schon innerhalb der nächsten Tage. Jones hatte ihm die Bilder der Objekte, die er Mellet gezeigt hatte, vor dem Mittagessen aus Dubai aufs Mobiltelefon geschickt. Er kümmerte sich um die Abwicklung in den Emiraten. Die Fotografien waren ausgezeichnet und katalogreif. Eine seiner Equipen von Männern aus der Special Operations Group stand bereit, um die Container in Rotterdam abzuholen.

Die Verkaufszentrale für Garten- und Dekorationsartikel, die sie in Belgien als Deckmantel für den großangelegten Schmuggel ins Leben gerufen hatten, bot bereits seit einem Jahr über eine sehr professionell gestaltete Website Garten- und Lifestyleartikel an, die man direkt oder über Amazon bestellen konnte. Es gab auch eine Lagerhalle in einem Industriegebiet im Großraum Brüssel und einen Laden in der Stadt. Sie machten sogar regelmäßig Werbung, denn es war wichtig, ein glaubwürdiges Cover zu haben, wenn man diese Art des illegalen Handels betrieb und langfristig im Geschäft bleiben wollte. Die Tatsache, dass es Bücher und eine Buchhalterin gab, die Mehrwertsteuer abgeführt wurde und für ein paar Angestellte ganz normal Sozialabgaben und Rentenbeiträge bezahlt wurden, machte sie im wahrsten Sinne des Wortes unsichtbar. Außerdem war das Unternehmen auch noch rentabel, und seine Männer aus der Special Operations Group hatten eine ausgezeichnete Tarnung und eine vernünftige Erklärung, wenn sie mit Kleintransportern oder Lkws kreuz und quer durch Europa fuhren. Kaum einer kam auf die Idee, inmitten von Gartenzwergen, Blumentöpfen und Deko-Artikeln nach Waffen oder Sprengstoffen zu suchen. Mellet senkte den Kopf und tat, als ob er seine Jakobsmuschel-Terrine inspizierte.

»Es war einmal vor langer Zeit …«, begann er amüsiert zu erzählen. Ben Kingsley hörte ihm genauso amüsiert zu. Die wunderbaren Raubzüge des napoleonischen Generals waren eine spannende Story. Er liebte nicht nur die Geschichte, sondern auch Geschichten.

ELFTES KAPITEL

Afghanistan – Provinz Kandahār – Wesh-Chaman Border Crossing

Nuzrat sprach eine Art Englisch, die es ihnen erlaubte zu kommunizieren. Der Jingle-Truck hatte die sorgsam abgepackten Granatäpfel in kaum drei Stunden geladen. Sie hatten dann eine Weile in einem Truck-Stop am Rand der Piste Pause gemacht, um sich für den letzten Teil der Strecke zu verproviantieren. Rossi fand den pakistanischen Trucker nett. Er war wirklich überzeugt, dass sie und Feldwebel Pierre Dupont zusammen durchgebrannt waren, und er hatte es geschafft, ihr ohne Hilfe des Special-Forces-Mannes zu erklären, dass sie – Carla – sich keine Sorgen machen musste. Wahre Liebe würde am Ende siegen!

Wer Rossi verwirrte, war ihr kanadischer Schutzengel. Er hatte sich nach seinem freundlichen und fürsorglichen Verhalten der letzten Tage in ein Art Zombie verwandelt. Ohne sich in das Gespräch zwischen ihr und Nuzrat einzumischen, verzehrte er ruhig und sehr langsam seinen Teil der in dem namenlosen Truck-Stop erstandenen Speisen. Es hatte den Anschein, als ob er sich zu jedem Bissen zwingen musste. Nur wenn er merkte, dass sie und der Pakistani bei ihrem freundschaftlichen Gespräch nicht weiterkamen, übersetzte er. Dabei klang er irgendwie matt und mechanisch.

Sie vermutete, dass seine Verletzungen ihm zu schaffen machten. Er war inzwischen sicher auch hundemüde und erschöpft.

Während ihrer Flucht hatte er zwar immer wieder ein bisschen geschlafen, aber erheblich weniger als sie. Vor allem seitdem sie mit Nuzrat fuhren, stand Feldwebel Pierre Dupont unter Strom. Die Wirkdauer des Morphiums war gemessen an der Potenz des Schmerzmittels gering. Sie hatte ihm seit dem letzten Abend nichts mehr injiziert. Ihre Vorräte gingen zur Neige, und sie versuchte für den Notfall zu sparen. Während Rossi kein Problem gehabt hatte, das Dextroamphetamin aus seinem Vorrat zu schlucken, als sie gemerkt hatte, dass ihre Aufmerksamkeit nachließ, weigerte er sich stur, diese Option auch nur in Erwägung zu ziehen. Sie hätte ihn gerne nach dem Warum gefragt.

Eine einmalige oder kurzfristige Einnahme der Go-Pills hatte keine gesundheitsschädigende Wirkung, und selbst die Nebenwirkungen hielten sich komplett im Rahmen des Erträglichen, auch wenn sie bei sich selbst nach knapp zehn Tagen Konsum gewisse Auffälligkeiten bemerkte. Außer der erhöhten Wachheit und dem verminderten Hunger- und Durstgefühl glaubte Rossi, dass die Droge auch dazu beitrug, dass sie in verstärktem Maß bereit war, Risiken einzugehen, die sie unter normalen Umständen vermieden hätte. Aber sie hatte weder Herzflattern noch Tremor oder einen trockenen Mund, keinen erhöhten Blutdruck und auch nicht das berüchtigte gesteigerte sexuelle Verlangen. Das Zeug tat bei ihr ganz genau das, wozu man es den Soldaten mitgab. Als zentrales Sympathomimetikum wirkt es im Gehirn und Rückenmark stimulierend auf den Sympathikus und versetzte den Organismus in einen Stresszustand, der es ermöglicht, alle Notfallfunktionen für eine erhöhte Handlungsbereitschaft zu aktivieren.

Am Ende des nachmittäglichen Essens hatte der Special-Forces-Soldat sich ohne viele Worte ans Steuer des Lkw gesetzt. Die afghanischen Jingle-Trucks, die mit ihnen den ersten Teil der Strecke zurückgelegt hatten, folgten ihnen. Offensichtlich war der Deal, dass die Führungsposition abwechselnd eingenommen wurde, um Risiken gerecht auf alle Trucker in einem Konvoi zu verteilen. Die Typen aus dem Hochtal, die in ihrem Pick-up wieder eine Weile vor ihnen hergefahren waren, waren seit dem Truck-Stop und der Essenspause völlig außer Sicht. Rossi fühlte Erleichterung. Sie waren in ihren Verkleidungen und in dem bunt bemalten Nissan also wirklich nicht im Visier der Verfolger. Es war nur Zufall, dass die Söldner aus dem Hochtal mit ihrem Toyota-Hilux-Pick-up und den Taliban-Gorillas auf der Ladefläche immer wieder auftauchten. Ihr Plan mit der lokalen Verkleidung und Nusrat schien aufzugehen, während die Rugbyfans immer noch erfolglos und vor allem ohne Ziel und Plan ein Enduro-Bike und einen entkommenen Gefangenen zu suchen schienen.

✖ ✖ ✖

Während aus dem Radio orientalische Musik dudelte, fiel Nusrats Kopf zur Seite. Der Trucker schnarchte zufrieden. Er war schon während ihres verspäteten Mittagessens ziemlich schlapp gewesen. Kérmorvan hatte ihn beobachtet, während Nusrat mit Rossi plauderte. In der gemütlichen Schlafkabine war dann auch Carla – satt, zufrieden und von der Musik und der Monotonie des Weges eingelullt – eingeschlafen. Er brachte den großen Lkw an einer Art Truck-Stop zum Stehen, der durchgängig geöffnet war. Seine Passagiere ließen sich nicht stören. Auf der A 75 war es jetzt noch etwa eine halbe Stunde Fahrt und fünfzehn Kilometer bis zur Grenze von Wesh nach Chaman in Pakistan. Er wollte zuerst tanken und dann direkt weiterfahren.

Der im Jahr 2003 unter dem Namen »Freundschaftstor« errichtete Übergang wurde offiziell erst bei Sonnenaufgang geöffnet. In der Regel bildeten sich dort immer Schlangen und die Trucker mussten lange Wartezeiten in Kauf nehmen. Da sie Obst geladen hatten, würde sich niemand wundern, wenn er einen Grenzer schmierte, um außerhalb der Öffnungszeiten durchgelassen zu werden. Dazu hatte er einen Plan und auch die notwendigen Geldscheine.

Rossi wusste immer noch nicht, wohin die Fahrt wirklich ging. Sie hatten bislang lediglich über Spin Boldak und die Forward

Operating Base gesprochen. Er wusste natürlich, dass es riskant war, sie so zu überrumpeln, doch im Augenblick erschien es ihm die einfachste Lösung. Selbst Nusrat, der kein Wort Deutsch verstand, hätte Spannung und Konflikt zwischen ihnen gespürt und vermutlich versucht, davon zu profitieren. Da ihr gekidnappter pakistanischer Freund sich bislang als vernünftig erwiesen hatte, hatte Kérmorvan vor, dem Mann noch ein paar Scheine zu bieten, sobald sie auf der anderen Seite waren. Anstatt in Chaman in den Zug zu steigen und sich vielleicht mit einer verärgerten Rossi herumzuärgern, wollte er, dass der Trucker auf seinem Weg nach Multan die knapp dreißig Kilometer Umweg über Quetta fuhr. Die Granatäpfel würden den Trip überleben, und im Inneren des Trucks war es einfacher, seine deutsche Kameradin unauffällig im Zaum zu halten, als bei einem vielleicht spektakulären Gefühlsausbruch vor einer Menge fremder und nicht unbedingt freundlich gesinnter Menschen.

Er atmete die kühle Nachtluft ein, während ein junger Mann energisch eine Handpumpe betätigte. Der Diesel floss in einem regelmäßigen Strom in den Tank. Außer dem Truck-Stop waren nur ganz wenige Häuser in Spin Boldak erleuchtet, obwohl die Stadt unweit der Grenze fast ins Endlose gewachsen war. Die FOB befand sich im Außenbereich in einer eigenen, abgeschlossenen und von hohen Zäunen und NATO-Draht umgebenen Welt mit Wachposten und schwerer Bewaffnung.

Die breite und recht gut ausgebaute A 75 trennte die Stadt in zwei Teile. Zur Linken und zur Rechten des Highways befanden sich Fuhrhöfe, Frachtlager und ähnliche Einrichtungen, die im Grenzverkehr wirtschaftlich wichtig waren. Mehrere Parallelstraßen beherbergten Märkte. Durch den lebhaften Schmuggel und eine sträflich lasche afghanische Steuerpolitik fand man eine Menge ungewöhnlicher Waren. Aus Pakistan wurde chinesische Unterhaltungselektronik ins Land geschmuggelt. Diese wurde dann zu Preisen angeboten, die die pakistanischen Konkurrenten, die steuerlich von ihrer Regierung mehr in die Pflicht genommen wurden, nicht halten konnten. Dadurch existierte am Freundschaftstor neben dem Güterfernverkehr noch ein unglaublich lebhafter kleiner Grenzverkehr. Pakistani shoppten billig in Afghanistan und brachten ihr illegales und steuerfreies Gut nach Hause, während Afghanen ihre Verwandten auf der anderen Seite besuchten, in Quetta zu Ärzten oder ins Krankenhaus gingen, sich zu konspirativen Zusammenkünften à la *Quetta Shura* zusammenfanden, wo radikalislamische Kriegsherren außerhalb der Reichweite von ISAF und OEF miteinander beratschlagen konnten, oder ganz normale Schmuggler sich einfach neues Schmuggelgut besorgten.

Kérmorvan hatte Nuzrats Ausweis in der Tasche. In der Dunkelheit würde einem Grenzer, der auf Kohle hoffte, der Unterschied nicht auffallen. Er bezahlte den jungen Kerl, dankte ihm und stieg wieder ins Fahrerhaus. Weder der Pakistani noch Carla waren aufgewacht.

Die letzten Tage waren an der Bundeswehrärztin nicht spurlos vorbeigegangen. Er bewunderte insgeheim, wie sie bis jetzt mit dieser Extremsituation fertiggeworden war. Vermutlich hatten sie ihr vor dem Afghanistan-Einsatz im Schnellverfahren die SERE-Vorlesung verabreicht, bei der irgendein leicht übergewichtiger US-Schreibtisch-Hengst eine PowerPoint-Slide-Show an die Wand warf und militärischem Personal, das eigentlich kaum in die Bredouille kam, in fünfundvierzig Minuten erklärte, wie man seine Haut rettete, wenn die Scheiße doch einmal kochte.

Totaler Schwachsinn, und Kérmorvan fand es diesen Kameraden gegenüber unfair. Selbst ein Arzt oder ein Feldgeistlicher konnten über Feindgebiet mit einem Helikopter abstürzen oder sonst in eine Situation geraten, in der echte Überlebenskompetenz gefragt war. Und dazu reichten eben eine Slide-Show und ein paar coole Ratschläge im US-Army-Slang einfach nicht aus.

Er hatte natürlich bemerkt, wie sie regelmäßig von den Amphetaminen naschte, die er zusammen mit den Morphin-Autoinjektoren und den harten Medikamenten in seinem Chest-Rig gehabt hatte. Trotzdem war Rossi an diese Form von Stress und Druck nicht gewöhnt und ihr Körper forderte seinen Tribut. Vermutlich wäre er genauso durch den Wind, wenn man von ihm verlangen würde, achtundvierzig Stunden Dienst in einem Emergency Room zu machen oder nonstop grauenhafte Notoperationen nach einem blutigen Desaster durchzuführen.

Er war natürlich auch müde. Das Morphin hatte schon lange aufgehört zu wirken, und die Schmerzen, die er beinahe vergessen hatte, meldeten sich energisch und ekelhaft zurück. Doch er war vor langer Zeit einmal konditioniert worden, solche Situation gelassen hinzunehmen. Mit wenig Schlaf, schlechtem Essen, verseuchtem Wasser, psychischer und physischer Extrembelastung und Verletzungen umzugehen, das war sein Berufsalltag.

In diesem Geschäft mussten die meisten mit Mitte dreißig aussteigen, weil sie in den klassischen Spezialeinheiten so durch den Wolf gedreht worden waren, dass sie kaum noch in der Lage waren, ein normales Leben zu leben. Er hatte auch ein posttraumatisches Stress-Syndrom, doch er war sich dieses Problems bewusst. Natürlich gab es immer wieder Situationen, in denen es für ihn eine Herausforderung war, gewisse Dinge nicht zu tun und das wilde unberechenbare Tier in seinem Innern zurück in den Käfig zu bringen und die Käfigtüre zu verschließen, doch er kam im Großen und Ganzen mit sich und seinem Beruf klar. Er war noch nie so ausgerastet, dass er seine Aggressionen nicht mehr kontrollieren konnte und er war vernünftig genug, seine Grenzen zu erkennen und sich selbst seine Fehler und Schwächen einzugestehen. Wenn es ihm wirklich zu viel wurde, half ihm sein Glaube. Darum funktionierte er auch ohne Rohrkrepierer, und aus diesem Grund hatte Madame le Juge ihn vor fünf Jahren wohl auch aus dem Commando de Penfentenyo in den Service Action shanghait.

Kérmorvan nahm sich vor, mit Carla ein ernstes Wort über den übermäßigen Gebrauch von Weckaminen im Einsatz zu reden, falls sie ihm nach ihrer Ankunft in Pakistan nicht umgehend die Augen auskratzte oder ihn erwürgte.

Er verzog die Lippen zu einem Schmunzeln. Es war nicht gut, sich in Extremsituationen auf Chemie zu verlassen. Seine

Abneigung gegen das Dreckszeug hatte weder mit öko-alternativ noch mit seinem der Schulmedizin abgeneigten Elternhaus und einer entsprechenden frühkindlichen Konditionierung zu tun. Er griff eben immer erstmal nach Hahnemanns Homöopathischer Hausapotheke oder braute sich einen Kräutertee, wenn er sich nicht so gut fühlte, anstatt wie andere Paracetamol zu schlucken. Und das lag nicht einmal daran, dass er den Beipackzettel der kleinen grünen Freunde gelesen hatte.

Kérmorvan war kein Heiliger. Er hatte in seinen Anfängen in der exklusiven, kleinen Welt der Special Operators auch versucht, Mutter Natur mithilfe eines Narkotikums, das unter das Betäubungsmittelgesetz fiel – denn nichts anderes war Dextroamphetamin – zu betrügen. Dextroamphetamin war umgangssprachlich als Speed bekannt! Vor der Einnahme unterzeichneten Männer wie er Einverständniserklärungen, denn am Ende des Weges standen völlige Enthemmtheit, Psychosen, Sucht und ein früher Tod durch Herzversagen. Seitdem er sich während eines Einsatzes im Irak in der kurdischen Schutzzone um Erbil beinahe um Kopf und Kragen gedopt hatte, hatte er niemals wieder ein stärkeres Aufputschmittel als einen doppelten Espresso zu sich genommen.

Der Jingle-Truck war in recht gutem Zustand. Die Scheinwerfer und sogar die Blinker funktionierten. Er fuhr den Nissan zurück auf die A 75. Zwanzig Minuten später erreichte der orangefarbene Lkw mit seiner Ladung Granatäpfel, einem laut schnarchenden Nuzrat und einer tief schlafenden Carla den Grenzübergang Wesh-Chaman. Nach dem langweiligen Spin Boldak herrschte hier wilde nächtliche Aktivität.

Kérmorvan schlängelte sich an mehreren leeren Tanklastzügen vorbei, die in unmittelbarer Nähe des Freundschaftstors auf den nächsten Morgen warteten, um zurück nach Pakistan zu fahren und neue Treibstoffreserven für die ISAF zu laden. Trotz der Dunkelheit erkannte er, dass es sich um Fahrzeuge eines notorischen Warlords handelte. Dies war einer der Widersprüche dieses völlig unsinnigen Konfliktes: Diejenigen, die gemeinsam mit ihren fanatisierten Kämpfern die westlichen Sicherungstruppen bekämpften, transportierten zugleich für harte Devisen deren Treibstoffe, um sich bekämpfen zu lassen.

Täglich standen zwischen zwei- und dreihundert Lastwagen mit Gütern für die NATO an den Übergängen Chaman und Torkham. Der Nachschub für die westlichen Truppen kam per Schiff in Karatschi an und ging dann auf dem Landweg nach Afghanistan. Ein ziemlicher Irrsinn. Die Aufständischen nutzten genau die gleichen Verbindungswege, und es passierte nicht selten, dass Ladung für die NATO Seite an Seite mit Ladung für die kämpfenden Gotteskrieger der Taliban stand und auf Abfertigung durch den Zoll wartete.

Nuzrat regte sich neben Kérmorvan. Der Pakistani seufzte leise und drehte sich auf die andere Seite. Das Radio dudelte leise vor sich hin. Der Paschtune Khalid Malak sang *Meena kawal pakar*.

Die fast zweitausendfünfhundert Kilometer lange Grenze zwischen Afghanistan und Pakistan, nach dem Außenminister von Britisch-Indien, Sir Henry Mortimer Durand, auch die Durand-Linie genannt, vermochte die Paschtunen nicht zu trennen. Für sie war diese Grenze von ungläubigen Ausländern festgelegt worden, was sie nicht akzeptierten. Und so behandelten auch die Zollbeamten vor Ort die Grenze: als willkürliche Trennung und als Gelegenheit, um ordentliche Schmiergelder zu kassieren. Man musste die Beamten nur ein bisschen füttern und den Anschein erwecken, Paschtune zu sein.

Kérmorvan wusste, dass pakistanische Grenzer je nach Dienstgrad zwischen sechs- und achttausend Rupien im Monat verdienten, also zwischen fünfzig und siebzig Euro. Das war selbst für diese Region sehr wenig Geld. Er war zu Fuß schon für so wenig wie fünfhundert Rupien – nicht einmal fünf Euro – über diese Grenze gekommen, doch Lastwagenfahrer mussten zwischen zwei- und fünftausend Rupien oder den Gegenwert in Dollar hinlegen, je nach Fracht. Nach Reisepässen fragten die meisten Zollbeamten dann nicht, jedenfalls nicht, wenn man wie ein Paschtune aussah und fließend Paschtu sprach.

Er rüttelte seinen neuen pakistanischen Kumpel Nuzrat leicht und fragte ihn leise, wie zur Zeit der Schmier-Tarif für Obst stand. Schlaftrunken nuschelte der Trucker eine Zahl und verabschiedete sich wieder zufrieden ins Reich der Träume. Kérmorvan vermutete, dass der arme Kerl während der Tage vor seinem Kidnapping die Provinzen Paktika und Gazhni ohne Stopp und Schlafpause durchfahren hatte. Er steuerte den Nissan mit den Knien und fummelte die Dollars aus der Hosentasche.

✖ ✖ ✖

Ein paar Halbwüchsige und junge Männer schoben fleißig Handkarren von der einen Seite auf die andere Seite der Grenze. Männer in lokaler Tracht trugen ihre Schmuggelware selbstbewusst in Taschen und Koffern. Die nächtliche Schlange der Lastwagen kam zügig voran. Bei den Passanten zu Fuß erledigte sich alles per Handschlag. Der Geldschein und ein Gruß wurden ausgetauscht. Offensichtlich wollte niemand irgendwelche Dokumente sehen. Es war purer Schwachsinn tagsüber zu reisen, wo sich alles staute. Kérmorvan warf einen kurzen Blick über die Schulter. Bei Rossi in der Schlafkabine rührte sich nichts. Der Vorhang war vollständig geschlossen. Er grinste und dachte boshaft-amüsiert: Hier haben wir noch eine unangenehme Nebenwirkung von Dextroamphetamin, Frau Doktor! Er war in diesem speziellen Augenblick nicht unglücklich über den kleinen Hang zum Drogenkonsum, den seine deutsche Kameradin an den Tag legte. Wenn man nämlich nach ein paar Tagen Konsum einmal vergaß, den kleinen grünen Helfer einzuwerfen, dann war man mit einem Mal so hundemüde, dass man ein Erdbeben oder den Einschlag einer Bombe verschlief – oder eben den Überraschungsausflug nach Pakistan.

Kérmorvan war nur noch zwei grell-bunte Jingle-Trucks von seinem Ziel entfernt. Die Glückssträhne hielt, seitdem Dr. Carla mit den strahlenden Augen ihn als *Ghostbusters*-Logo verkleidet aus seinem Trapezblechhangar im Hochtal befreit hatte. Sie war so etwas wie sein vierblättriges Kleeblatt. Kérmorvan beglückwünschte sich zur Farbwahl von Rossis islamisch korrekter Verkleidung: Grün, denn Grün war die Hoffnung und die Farbe des Propheten! Haroon Bacha machte unterdessen im Radio echte Stimmung. Sein neuestes Album *Darmaan* war in Pakistan und Afghanistan gleichermaßen ein Hit.

Er drehte ein bisschen lauter. Psychologisch war es für den Grenzer besser, wenn der durch seine Musikwahl gleich annehmen durfte, dass er auch Paschtune war. Er hatte einen Fünfzig-Dollar-Schein zu einem ansprechenden, kleinen Briefchen gefaltet. Man sah deutlich, was man erhielt und es passte diskret in die Handfläche.

Kérmorvan hielt neben dem Mann in der schwarzen Uniform des pakistanischen Zolls. Er kurbelte das Fenster hinunter und streckte Nuzrats pakistanischen Reisepass und die Frachtpapiere raus. Der Fünfziger klemmte elegant zwischen Mittel- und Zeigefinger.

Der Grenzer nahm souverän die Unterlagen zugleich mit der kleinen Gratifikation in Empfang. Haroon Bacha trällerte weiter im Radio. Der Zöllner umwanderte ohne größeren Enthusiasmus den Truck. Dann streckte er dem französischen Geheimdienstoffizier die Papiere zurück durchs Fenster:

»*Kha safer walare!* Gute Fahrt!«, wünschte er ihm freundlich auf Paschtu.

»*Chuday paman. Alhamdulillah!* Auf Wiedersehen. Gottes Segen über dich!«, verabschiedete sich Kérmorvan.

Er legte den ersten Gang ein und fuhr an. Auf der N 25 waren es etwa hundertdreißig Kilometer bis nach Quetta. Als er in den fünften Gang hochschaltete und mit siebzig Stundenkilometern eine ordentliche Reisegeschwindigkeit erreichte, verblassten die Lichter am Tor der Freundschaft in seinem Rückspiegel. Zum ersten Mal seit Tagen atmete Kérmorvan auf und entspannte sich. Seine Erschöpfung löste sich in Luft auf, und obwohl er seit mehr als zehn Jahren keine einzige Dextroamphetamin-Pille mehr geschluckt hatte, fühlte er sich plötzlich, wie auf Speed. Vor ihnen lagen nur noch zwischen sieben und zehn Stunden Fahrt auf einer der gefährlichsten Straßen der Welt. Der extrem steile Khojak-Pass war eine absolute Herausforderung für schwerbeladene Lkws, und Unfälle waren an der Tagesordnung. Die Verkehrsstaus von und bis nach Quetta auf diesem Nadelöhr durch die Berge waren geradezu legendär. Doch nach dem, was Rossi und er erfolgreich hinter sich gebracht hatten, würde das ein Kinderspiel sein!

Kérmorvan fummelte am Radio herum, bis er einen der pakistanischen Sender erwischte. Seine beiden Passagiere hatten den Grenzübertritt verschlafen. Er beschloss, Nuzrat zufriedenzulassen und den großen, orangefarbenen Jingle-Truck weiter selbst durch die Nacht zu steuern.

TEIL 3

ERSTES KAPITEL

Frankreich – Paris – Romainville – Fort de Noisy – Hauptquartier der Division Action

Die Karte war in eine sehr realistische 3-D-Ansicht umgewandelt worden. Rossi hatte sie auf der Rückseite ihres Stadtplans von Kandahār gezeichnet und Kérmorvan hatte sie am Morgen nach der Flucht in dem zerstörten sowjetischen Stützpunkt ergänzt. Rossi hatte nicht bemerkt, dass er ihre Zeichnung anschließend einfach behalten hatte. Seinen Leuten war es gelungen, sich einiges zusammenzureimen, während er noch durch die Berge auf dem Weg nach Pakistan gewesen war. Sie hatten es sogar geschafft, die Geschichte mit den Blut-Antiquitäten zu begreifen. Rolland Fabré hatte einen seiner Kontakte auf einem Beratervertrag ins Team geholt. Der Archäologe und Kurator des Musée Guimet hielt bereits diskret Ausschau, ob irgendwo Stücke auftauchten, die aus dem Rahmen fielen und zu einer großangelegten Raubgrabung aus dem Gebiet passen könnten. Kérmorvan war mit dem Mann verabredet, um ihm detailliert zu schildern, was er gesehen hatte. Vor allem wollte er für ihn die Stele zeichnen, die sie vor dem Zwischenfall mit der Ziege gesehen hatten. Sie schien ein Schlüsselfund und sie war so auffällig, dass man sie leicht wiedererkannte, sollte sie je irgendwo auftauchen.

Der Überlebende aus der SpezNas-Gruppe war ein geradezu unglaublicher Zufall. Und ausgerechnet der bewährte Pierre Besson bewohnte im *Mustafas* das Zimmer neben ihm. Die beiden Männer waren auch noch alte Bekannte, und der Russe Zabelev hatte Besson bereits sein Herz ausgeschüttet. Dank dieses ausführlichen, nächtlichen Geständnisses unter Alkohol wussten sie jetzt ziemlich genau über die Rolle Bescheid, die der stets schwer fassbaren Mr. Jones in der Kabale um das geheimnisvolle Hochtal im Suleiman-Gebirge spielte. Und Pierre bestätigte ihnen darüber hinaus auch noch, was Kérmorvan schon vermutet hatte: Der Söldnerführer war der Unbekannte, der zwei Jahre zuvor in Damaskus sein französisches Rückkaufangebot für das Mistral-MANPADS überboten hatte.

Rolland Fabré hatte nach einem kurzen Telefongespräch mit ihrem Ex-Kollegen Olivier Patrick von Alyzée die vollständige Namensliste seiner Gegner von Rustam Kalay einschließlich Fotos der Männer und ihrer Lebensläufe erhalten.

Was Richard O'Shaughnessy anbetraf, wussten sie eigentlich schon alles. Und nur, um herauszufinden, warum er dem SAS den Rücken gekehrt hatte, lohnte es sich nicht, die Briten zu kontaktieren. Die Division Action wollte keine Aufmerksamkeit auf ihre Nachforschungen ziehen. Was die Amerikaner anbetraf, war Kérmorvan sicher, dass sie ebenfalls zu Jones' Firma gehörten.

Die Special Activities Division der CIA hatte gewisse Qualitätsstandards. Er hatte immer wieder mit Männern aus dieser Truppe zu tun; gelegentlich auf kooperativer Ebene, immer wieder als Konkurrenten und oft sogar als direkte Widersacher. O'Shaughnessys Männer waren im Vergleich zu den SAD-Operators Ausschussware. Nicht komplett inkompetent, aber doch nur reine Handlanger und Befehlsempfänger auf niederem Niveau. Die SAD erwartete von ihren Leuten ein außergewöhnlich hohes Maß an Eigeninitiative. Er bezweifelte, dass der alte Bob Denard, der *Affreux des Élysées*, als er in den Sechzigerjahren mit seiner Söldnertruppe an Putschversuchen und Bürgerkriegen in Biafra, Gabun, Angola, Zaire, Simbabwe, Benin, im Nordjemen und im Iran beteiligt war und Männer im Dutzend verheizte, Männer mit Profilen wie denen Frankies, Mikes, Jacks, Rowans oder Erins angeheuert hätte. Sie stachen nicht aus der Masse der Soldaten heraus, die die Ränge der Streitkräfte weltweit füllten.

Natürlich verfluchten sie jetzt gerade im Augenblick alle die Beschränkungen, die ihnen der Spionagesatellit Helios 2A noch auferlegte. Die Bilder, die Helios über der Provinz Zabul im südlichen Afghanistan geschossen hatte, nachdem der Rugby-Fanclub seinen Rettungshubschrauber abgeschossen hatte, waren lediglich ein paar außergewöhnliche Zufallstreffer gewesen. Der Satellit konnte diese Glanzleistung im Augenblick für sie einfach nicht wiederholen. Dazu fehlte ihrem optischen System noch der dritte der insgesamt fünf deutschen SAR-Lupe Phased-Array-Radar-Spionagesatelliten. Sie brauchten den SAR-Lupe 3, damit das System operationell wurde, doch der deutsche Radar-Satellit würde erst in ein paar Wochen ins All geschossen werden. Anschließend dauerte es dann noch mehrere Wochen bis alles voll funktionsfähig war und im Verband arbeitete. Erst dann konnten sie ganz gezielt versuchen, in dem Gebirgsland um das Hochtal den Zufallstreffer vom Abschusstag zu wiederholen.

»Zoomen Sie mal ran!« Die berühmte Anweisung des Ermittlers an den Techniker, der dann einen winzigen Ausschnitt aus einem Satellitenbild vergrößerte, auf dem man plötzlich feinste Details erkannte, war bedauerlicherweise lediglich ein Kniff von Roman- oder Drehbuchautoren, um Löcher im Plot zu stopfen.

Obwohl die Division Action der DGSE sich wie alle Spionage-Outlets zivilisierter und nicht ganz so zivilisierter Staaten gerne, regelmäßig und äußerst behände außerhalb der Gesetze bewegte, galten doch für sie, ganz wie für alle anderen geheimen Dienste der Welt, die Gesetze der Physik, und alleine sie bestimmten das Auflösungsvermögen von Teleskopen. Spionagesatelliten waren nichts anderes als Weltraumteleskope, die nach unten statt nach oben guckten. Und selbst die besten dieser Weltraumteleskope mit Schlapphut und Trenchcoat hatten nur eine Auflösung von etwa zehn Zentimetern. Die diskreten Späher hatten noch eine weitere Einschränkung: Sie blickten auf einen winzigen Ausschnitt auf dem Boden, während sie in ihren Bahnen über die Erde hinwegrasten. Damit konnten sie eben keine ausgewählten Objekte in den Fokus nehmen und diese länger betrachten. Genau an diesem Punkt scheiterte auch Helios 2A ohne den deutschen SAR-Lupe, der als Radar-Satellitensystem eben auch zur Seite sehen konnte. Und lediglich Drohnen hatte die notwendige Aufklärungskapazität in Echtzeit, die sie in diesem ganz speziellen Fall benötigten.

»El Ouazzani in einer klassischen Operation mit einem Helikopter und einer Spezialeinheit aus dem Hochtal lebend herauszuholen, ohne dabei massive eigene Verluste zu erleiden …«, Kérmorvan schüttelte den Kopf, »… das funktioniert nicht. Wir riskieren ein *Black-Hawk-Down*-Szenario – allerdings ohne die Weltpresse und ohne die geringste Chance, von in der Nähe stationierten UNO-Blauhelmen am Ende doch noch gerettet zu werden.«

Er nahm die Tasse heißen Kräutertee, die Farida ihm hinstreckte, mit einem dankbaren Lächeln entgegen. Er war nicht gerade in Topform. Sie hatten ihn im Militärkrankenhaus Val-de-Grace von oben bis unten untersucht, einschließlich Röntgenaufnahmen, Ultraschall und IRM. Doch davon taten die Rippen und die Hüfte nicht weniger weh. Doch sein Rücken und die Handgelenke waren dabei zu verheilen, und in der Schulter war trotz der Rettungsakrobatik während des Helikopterabsturzes und der anschließenden Prügeleien des Rugby-Fanclubs nichts kaputtgegangen, nicht einmal die Rotatorenmanschette. Trotzdem war der dumpfe Schmerz an diesem Morgen stark wie lange nicht mehr. Die Ärzte hatten Madame le Juge empfohlen, ihn unbedingt zu schonen und mindestens sechs bis acht Wochen lang keine körperlichen Leistungen von ihm zu verlangen.

Da Kérmorvan trotzdem den Vorschlag eines längeren Erholungsurlaubs dankend abgelehnt hatte, hatten die Ärzte ihm ein Rezept für ein Pfund klassischer Schmerztabletten in die Hand gedrückt. Er hatte den Zettel natürlich in den nächsten Mülleimer geschmissen. In der Apotheke um die Ecke hatte er sich dann unter Madame le Juges verwundertem Blick ein Röhrchen Arnika-

Globuli, eine Tube Beinwell-Creme und eine große Schachtel pflanzlicher Entzündungshemmer besorgt. Das musste reichen, bis sie sich bezüglich El Ouazzani, Dadullah, den Contractors und der ganzen mysteriösen Geschichte in diesem Hochtal die Karten gelegt hatten. Anschließend konnte er ein paar Tage nach Hause in die Bretagne fahren, durchatmen und bei seinem Lieblings-Osteopathen in Dol vorbeischauen. Hinterher vielleicht noch ein paar Akupunkturnadeln und Sauna für die verspannten Muskeln … Die Schulter hatte Rossi ihm bereits wunderbar eingerenkt und zusammengeflickt, blieben also nur noch der Rücken und die Hüfte und er war wieder wie neu.

Er hoffte im Stillen, dass die tägliche Dosis Morphin, die sie ihm seit ihrer gemeinsamen Flucht aus dem Hochtal gespritzt hatte, keine Konsequenzen barg. Die Ärzte im Val-de-Grace hatten ihn diesbezüglich zwar beruhigt. Doch insgeheim hatte Kérmorvan vor jeder Substanz Angst, die in der Lage war, seine psychische Verfassung ohne seine Kontrolle zu manipulieren. Die Erfahrungen mit Amphetaminen am Anfang seiner beruflichen Laufbahn in den Special Forces hatten ihn gelehrt, dass das eine gesunde Angst war, insbesondere dann, wenn man vorhatte, in seinem Job längere Zeit zu überdauern, ohne auszubrennen.

»Wenn wir die exakten Koordinaten dieses Hochtals hätten, dann könnten wir uns bei Yann Bréhat eine von den neuen Sagem-Aufklärungsdrohnen leihen und ein bisschen weiterschnüffeln«, sagte Christiane Près. Sie schenkte Kérmorvan das berüchtigte Lächeln, das keine faulen Ausreden duldete. »Oder wir bitten EADS, uns einen der Prototypen ihrer Neuentwicklung SHARC zu leihen.« In ihren Augen funkelte Gier, die ihren entspannten Plauderton Lügen strafte.

Das bekannte europäische Luft-und-Raumfahrt-Unternehmen war gerade dabei, auf der Grundlage eines robusten Mini-Helikopters ein ganz neues Aufklärungssystem zu entwickeln – handlich, optisch hochgerüstet, und das bei etwa acht Stunden Autonomie. Es gab sogar schon zwei Prototypen. Einen hatte EADS ihnen während der Airshow in Le Bourget gezeigt. Seit jenem Nachmittag juckte es Christiane in den Fingern, und sie hatte Lust, diese ganz spezielle Aufklärungsdrohne auszuprobieren. Kérmorvan hatte sie im Juni zusammen mit seinen beiden Kollegen Affoué Titamba Lankoande und Kharim Hamida begleitet und alle drei hatten ähnlich fasziniert reagiert wie ihre Chefin. Ein *vertical take-off and landing system* hatte den Vorteil, dass es über einem zu beobachtenden Gebiet im stationären Flug bleiben konnte, um zu beobachten. Möglicherweise konnte die Drohne dabei sogar noch etwas mehr tun, wenn kreative Köpfe aus ihrem Dienst mit ein paar interessanten Einsatzszenarien vor Augen den Ingenieuren von EADS entsprechend kreative Vorschläge machten. Selbstverständlich waren alle Vorschläge, die er gerne machen würde, vom völkerrechtlichen Standpunkt betrachtet im dunkelgrauen bis tiefschwarzen Bereich angesiedelt und eher zweifelhafter Natur, aber sie konnten gegen Taher El Ouazzani wesentlich nützlicher sein als ein gewagter Einsatz von Spezialkräften. Allerdings bezweifelte Kérmorvan, dass EADS den SHARC freigiebig verleihen würde, damit sie ihn exakt in der gleichen Gegend Afghanistans kaputtmachen konnten, wie das Épervier-boréale-Hunter-Killer-Pärchen. Es würde wieder einmal eine zähe Verhandlung werden, und am Ende stünde ein klassischer Kuhhandel.

✕ ✕ ✕

Christiane hatte Kérmorvans Anspielung auf die fatale Kommandooperation über der Hauptstadt von Somalia im Rahmen einer UNO-Mission sehr gut verstanden. Der ehemalige Kampfschwimmer war nicht gerade der Einfältigste ihrer Mitarbeiter. Wenn er sich dazu durchrang, dann schrieb er auch ausgezeichnete analytische Papiere, die die Kollegen in der Direction du Renseignement genauso schätzten wie der Dienst des Premierministers oder der CEMA, der Chef des Generalstabs.

Der Versuch von Mitgliedern der US Army Rangers und der US Delta Force, den Warlord und gesuchten Kriegsverbrecher

Mohamad Farah Aidid aus einem seiner Stützpunkte zu kidnappen, um ihn der internationalen Justiz zu übergeben, hatte im Oktober 1993 neunzehn US-Soldaten das Leben gekostet. Christiane hätte sich auch ohne den Aufruf zur Vorsicht durch ihren Offizier niemals zu solch fahrlässigem und rücksichtslosem Handeln hinreißen lassen wie es General William F. Garrison der Operation Gothic Serpent befohlen hatte.

»Die Aufnahmen von Helios zeigen nur blanken Felsen. Das Team in Creil hatte jeden möglichen Winkel und Zoom versucht. Aber wir müssen zwischen den Felsen fliegen, wenn wir uns dort diskret und über einen längeren Zeitraum umschauen wollen.«

Kérmorvan nickte. Er wusste, dass sie die exakten Geo-Koordinaten brauchten. Taher El Ouazzani war für Frankreich, was Osama bin Laden für die Amerikaner darstellte. Ihn einzufangen oder zu töten hatte Priorität, und nachdem er endlich wieder die Fährte des Terroristen aufgenommen hatte, wollte er selbst es auch so schnell wie möglich zu Ende bringen. Tahers Verbindung zu Dadullah, zu Jones, zu diesem geheimnisvollen »Golfer«, den nur Rossi gesehen hatte, seine Präsenz im Herzen der Provinz Zabul und seine offensichtlich große Vertrautheit mit Afghanistan bis hin zu entsprechenden Sprachkenntnissen: Sie mussten alle Geheimnisse um diesen Mann lüften und ganz besonders die Geschichte mit der durchorganisierten Raubgrabung in dem mysteriösen afghanischen Hochtal.

Es gab die Faustregel, dass jeder Terrorist, der es schaffte, zwölf Monate von der Bildfläche zu verschwinden, ohne offiziell von einer Sicherheitsbehörde oder einem Geheimdienst gesichtet zu werden, und der dabei trotzdem ohne Probleme Landesgrenzen überschritt, von einem Drittstaat unterstützt wurde. Was El Ouazzani anbetraf, hatte Kérmorvan schon früh den Verdacht gehegt, dass dieser mehr war als nur ein traditioneller Islamist im Stil der Emire der klassischen Mordkommandos des algerischen Bürgerkrieges. Taher hatte schon vor dem Attentat in Karatschi bewiesen, dass er über eine sehr gute Logistik verfügte. Und Logistik bedeutete immer auch ausreichende Finanzmittel und fast immer Unterstützung durch staatliche oder halbstaatliche Dritte.

Die Untersuchungen der französischen Behörden in der Folge seiner beiden ersten Attentate im Jahr 1995 waren noch im Sand verlaufen, doch schon ein Jahr später hatten die Kollegen des französischen Inlandsgeheimdienstes DST – Direction de la Surveillance du Territoire – nach dem Blutbad in der RER B Port Royal am 3. Dezember beunruhigende Informationen zutage gefördert. Anschließend waren in schneller Folge zusätzliche Informationen der klassischen Polizeidienststellen dazugekommen. Was ihnen allerdings lange nicht gelang, war, in Algerien irgendwelche verwertbare Spuren für Tahers Aktivitäten zu finden. Er war in seinem Heimatland regelrecht abgetaucht. Nichts von dem, was sie über ihn in Erfahrung gebracht hatten, hatte auf eine Radikalisierung hingedeutet. Er hatte einfach so damit angefangen, in Frankreich mit Bomben zu werfen. Von heute auf morgen.

»Sein plötzliches Verschwinden aus der Türkei und diese Raubgrabung hängen wahrscheinlich miteinander zusammen«, sagte Kérmorvan. Der Kräutertee tat ihm gut. Er musste Farida fragen, was es war. Die Schulter schien sich sogar zu beruhigen. »Und ich glaube nicht, dass es der algerische Geheimdienst als solcher war, der ihn damals während der Attentatswelle in Paris dazu benutzt hat. Die haben nichts mit El Ouazzani zu tun. Der spielt in einer anderen Liga. Ich hatte bereits bei meinen Ermittlungen nach dem Attentat von Karatschi das Gefühl, dass da wesentlich mehr ist, und in der Tat wissen wir heute, dass Taher diese ganz spezielle Operation nicht aus irgendeiner tieferen Überzeugung heraus organisierte, sondern weil er eine bezahlte Auftragsarbeit gemacht hat.«

Was sie in diesem Augenblick noch nicht kannten, waren seine Gründe. Und auch die Frage, warum man dem Anschlag die Handschrift »à la al-Qaida« verpasst hatte, war nicht geklärt. Natürlich lag es nahe, dass eine gewisse Unzufriedenheit spezifischer hoher pakistanischer Entscheidungsträger mit der Verteilung der Kommissionen um den Rüstungsdeal und die U-Boote der wahre Grund des spektakulären Blutvergießens gewesen war. Doch die Tatsache, dass ausgerechnet derjenige, der sich am meisten übergangen fühlte, im Augenblick des Attentates am 8. Mai 2002 im Gefängnis saß, machte es schwer, den Beweis so klar zu führen, dass die französische Regierung der pakistanischen Regierung das Messer an die Kehle setzen konnte.

Als die Bombe in dem roten Toyota Corolla explodierte, befand sich Asif Ali Zardari, der den Spitznamen »Mister Ten Percent« trug, bereits seit fünf Jahren hinter Gittern. Die Anklagen reichten von Korruption über Geldwäsche bis Mord. Die Tatsache, im Gefängnis zu sitzen, hieß zwar in Pakistan nicht, dass man von seiner üblichen Klientel und seinen Freunden abgeschnitten war, und es hinderte kaum einen der traditionellen Power Broker aus den großen Familien des Landes daran, weiter seine üblichen Machtspielchen zu spielen. Doch 2002 war auch Zardaris Frau, Pakistans ehemalige Premierministerin Benazir Bhutto, ins Exil gezwungen worden, nachdem General Pervez Musharaff und die Militärs 1999 in einem unblutigen Putsch die Macht übernommen hatten. Allerdings erklärte auch das nicht, warum gleichzeitig versucht worden war, al-Qaida anzuschwärzen.

Belgien – Industriepark Anderlecht

Vom Hafen Rotterdam bis zu der Lagerhalle in Anderlecht, die die belgische Internetfirma angemietet hatte, hinter der sich ihre verdeckte Operation verbarg, dauerte die Fahrt auf der E 19 knapp zweieinhalb Stunden. Beim Zoll war alles wie am Schnürchen gelaufen. Der Lkw, der die beiden Standard-Seecontainer transportierte, stand vor dem Hangar und musste nur noch entladen werden. Die Industriezone konnte von mehreren Seiten angesteuert werden und sie hatten nicht einmal im üblichen Stau des abendlichen Berufsverkehrs auf dem Brüsseler Ring gestanden.

Das Entladen ging schnell. Die Firma hatten einen Gabelstapler geleast. Er wusste aus seinen Anfängen in einer Pioniereinheit der US Army mit jeder Art von Transport- und Ladegerät umzugehen. Da er leicht Fremdsprachen lernte und so gut wie alles reparieren und wieder fahrfähig machen konnte, vom Motorrad bis zum Räumpanzer, hatte man ihn dann, nach fünf Jahren bei den DELTA Forces, in die Special Operations Group SOG der Special Activities Division SAD der CIA gebracht. Nach Verwendungen im Nahen und Mittleren Osten und einer Reihe von streng geheimen Einsätzen in Afghanistan genoss der Mann, der einen falschen belgischen Pass auf den Namen »Honi Salam« in der Tasche trug, Belgien und Europa. Es war ein ungefährlicher Job, aber was sie machten, war spannend, und es war gute klassische Geheimdienstarbeit. Außerdem wusste er, dass er am nächsten Morgen lebend und unversehrt wieder aufwachen würde, wenn er sich abends in dem gemütlichen Haus in einer kleinen Nebenstraße unweit des Place de la Résistance nach einem leckeren Abendessen und ein paar Bierchen ins Bett legte. Er fand sogar Zeit für ein Privatleben und eine feste Freundin. Schon lange arbeitete er mit Dr. Kingsley zusammen, und es war nicht ihre erste gemeinsame Operation.

Sein Kamerad, ein ehemaliger Navy SEAL, der für die Operation den Decknamen »Salah Binsaid« benutzte, setzte den Lkw aus dem Vorhof zurück und verschwand. Sie hatten den Sattelschlepper nur für diesen ganz speziellen Transport gemietet und mussten das Fahrzeug zurückbringen, bevor ein weiterer Tag Gebühren fällig wurde. Sie hatten selbstverständlich beide die entsprechenden Führerscheine, um Schwerkraftverkehr mit Containern zu fahren, und ihre Cover-IDs hatten die entsprechenden in Großbritannien und auf dem europäischen Kontinent gültigen Dokumente.

Der Mann, der den Decknamen Honi trug, griff zum Mobiltelefon und verschickte eine SMS an das Brüsseler Sekretariat ihrer Deckfirma. Ein Teil der Containerinhalte war wirklich für den Internetvertrieb und für den Laden in Belgien bestimmt. Die zweite SMS ging an Dr. Kingsley. Alles war schnell und unkompliziert abgelaufen. Das Wetter im Mittelmeer und im Atlantik war gut. Ihr Kontakt in Dubai konnte umgehend die nächsten Container auf den Weg nach Rotterdam schicken. Die Lagerhalle füllte sich. Niemand beim niederländischen Zoll interessierte sich für die Fracht von »Sheherazade's Marvellous Gardens«. Sie arbeiteten nicht nur mit dem Händler in den Emiraten und verschiedenen Lieferanten aus Pakistan zusammen. Um die Spuren zu verwischen, bestellten sie auch noch Gartengadgets und Dekoartikel von Herstellern in EU-Mitgliedsstaaten. Sie fuhren gelegentlich nach Spanien oder nach Italien, wo sie exklusive und teure Blumentöpfe einkauften, während sie sich gleichzeitig um ihren anderen Auftrag kümmerten. Und sie hatten mit einem polnischen Hersteller von sehr originellen Gartenzwergen einen Vertrag unterschrieben, der sogar das Reisen nach Osten logisch erklärte. Die Zwerge waren auch noch absolute Bestseller. Es war ein Geniestreich Dr. Kingsleys gewesen, die Operation hinter etwas so Alltäglichem und Unauffälligem wie Gartendekoration zu verstecken. Ihr offizielles Geschäftsfeld machte das Reisen völlig unauffällig und niemand sah wirklich nach, was sich in dem 7,5 Tonnen schweren Lkw mit Kastenaufbau befand, der lediglich sehr diskret und ziemlich schwer leserlich in eleganter, mittelgrauer Schreibschrift den Namen des Unternehmens, die Adresse des Lagers in Anderlecht und eine stilisierte Blume trug. Die Europäer hatten alle einen echten Fimmel für Gartendekoration.

Honi sprach ausgezeichnetes Französisch, ordentliches Flämisch und sogar ausreichend Deutsch, um im belgischen Alltag gut über die Runden zu kommen und hatte so das ganze Prozedere in Rotterdam genau mitverfolgt.

Man wählte niemanden aus den DELTA Forces für die SOG und die SAD, der nicht eine rege Intelligenz, eine gute Auffassungsgabe und eine überdurchschnittlich große Anpassungsfähigkeit hatte.

»Wie üblich, Sir! Keiner hat sich für die ›Museumskopien‹ interessiert! Sie haben lediglich die Frachtpapiere überflogen«, tippte er als Kurzmitteilung ins Telefon. Während er seinen Weg durch die

Instanzen gemacht hatte, um seine Fracht auszulösen, hatte er bemerkt, wie viele Container mit ähnlichem Inhalt wieder einmal gleichzeitig im Zoll standen. Worauf alle angesprungen waren, war die Aufschrift »Gartendekoration«. Es war unglaublich, wie viel Zeug für den Garten aus Asien nach Europa verschifft wurde. Dazu kam noch die eigene holländische Spezialität: lebende Pflanzen, von der Primel bis zum ausgewachsenen Baum, und Millionen von Blumenzwiebeln, die sich europa- und weltweit auf den Weg machten.

»Die kontrollieren vor allem Lebendpflanzen, die aus ganz bestimmten Ländern kommen«, schrieb er weiter. Dabei ging es um Artenschutz oder darum, zu verhindern, dass irgendwelche Insekten eingeschleppt wurden.

Dr. Kingsleys Mann Jones hatte sich sehr genau kundig gemacht und bewusst den holländischen Hafen Rotterdam gewählt, anstatt ins näherliegende belgische Antwerpen zu verschicken. Honi warf einen kurzen Blick auf seine Armbanduhr. Er musste jetzt nur noch die Holzpaletten mit den gelieferten Kisten in der Lagerhalle herumtransportieren, sie nach Größe ordnen und in die Logistikregale stapeln. Dann war Feierabend. Er holte ein großes Brecheisen und öffnete auf gut Glück eine der kleineren Kisten. Die Teile, die er sah, gefielen ihm gut. Nichts schien beim Transport kaputtgegangen zu sein. Er schoss mit dem Mobiltelefon ein paar Fotos. Sie wollten in ein paar Tagen gemeinsam mit Dr. Kingsley die echten Stücke aussortieren. Er wusste, dass es in den beigelegten Preislisten irgendeinen Code dafür gab, doch den kannte er nicht. Er tippte eine zweite Kurzmitteilung an ihren Vorgesetzten ins Satellitentelefon und fotografierte die Preisliste, um sie als Anhang mitzuschicken.

Sein Kamerad mit dem Decknamen Salah gab ihm Handzeichen, als er mit dem geleasten Sattelschlepper losfuhr.

»Wir treffen uns dann um fünf bei *Tonton Chami,*« rief er Honi durchs geöffnete Fahrzeugfenster zu. *Tonton Chami* auf der Chaussée de Gand im Brüsseler Stadtteil Molenbeek war ihr orientalisches Stammlokal.

Honi winkte zurück. Dann verschloss er sorgfältig die Lagerhalle, durchquerte den Industriepark zu Fuß, passierte die Männer am Tor und wanderte ohne Eile zu einer Bushaltestelle direkt vor der Einfahrt. Ein Shuttle brachte von dort die in der Industriezone Beschäftigten und Kunden alle fünfzehn Minuten zur Metrostation.

Während sein Kamerad Salah den Lkw zur Verleihfirma zurückfuhr, musste er ihre Sporttaschen und das vollgepackte Campingcar aus der Garage in Sint-Pieter-Leeuw holen. Während er auf das Shuttle wartete, verschickte er von einem dritten Mobiltelefon eine weitere SMS. Sie waren mit ihren jungen »Freunden« aus Charleroi um neun Uhr auf dem Parkplatz des McDonald's an der Autobahnausfahrt verabredet.

ZWEITES KAPITEL

Deutschland – Baden-Württemberg – Ulm – Bundeswehrkrankenhaus

Professor Dr. med. Robert Allmensinger betrachtete seine Mitarbeiterin lange und nachdenklich. Er war sprachlos und erholte sich noch. Als Major Rossi plötzlich vor ihm gestanden hatte, hatte er völlig unprofessionell reagiert und sie einfach in die Arme genommen. Er zog die Nase hoch und fuhr sich mit der Hand über die Augen. Es fiel ihm schwer, Tränen der Erleichterung zurückzuhalten. Er hatte vor knapp drei Wochen von einem alten Freund aus dem Strategic Headquarters Allied Forces Europe in Mons erfahren, dass ein MedEvac aus Kandahār von einem Einsatz nicht zurückgekehrt war. Der Militärmediziner im Generalsrang hatte ihm auf dem kleinen Dienstweg zugetragen, dass sich außer einer US-Besatzung und Kanadiern von der Medical Task Force wohl auch sein alter Freund Jaap an Bord des verunglückten Helikopters befunden hätte – zusammen mit Rossi. Allerdings habe man noch nichts publik gemacht, weil Kandahār noch auf der Suche nach dem verschollenen Black Hawk und der Equipe an Bord war.

Seit dieser Hiobsbotschaft hatte Allmensinger sich am Rand der Verzweiflung befunden. Er hatte diskret herumtelefoniert, aber immer nur ausweichende Informationen erhalten. Selbst sein Kindheitsfreund General Reinhard »Reinel« Gutbrod, der seit ein paar Wochen oben in Potsdam das Einsatzführungskommando befehligte, hatte ihm nichts erzählt. Reinel behauptete, von einem Absturz nichts zu wissen. Kandahār selbst praktizierte Funkstille, während Rossis privates Handy sofort auf die Mailbox umstellte.

Allmensinger loggte sich seit dem ersten Gerücht mehrfach am Tag auf der entsprechenden Webseite der NATO ein und suchte akribisch nach Informationen. In seinem Büro lief ständig der Fernseher in der Hoffnung, dass vielleicht die US-Sender oder die BBC etwas melden würden. Ihm war während der letzten Tage bei jedem Klingeln seines privaten oder seines Dienst-Handys das Herz in die Hose gerutscht, denn er hatte damit gerechnet, entweder das Einsatzführungskommando, das Ministerium oder Rossis Familie am Apparat zu haben. Die einen, um den Absturz des MedEvac und den Tod seines Schützlings zu bestätigen, die anderen, um von ihm Rechenschaft einzufordern. Es war nämlich seine Idee gewesen, seine junge und begabte Mitarbeiterin für sechs Monate an den Hindukusch und zur multinationalen ISAF Medical Task Force auf der Kandahār-Airbase zu verschicken.

»Natürlich ist es völlig verrückt, Robert!«, Rossi lächelte ihren Vorgesetzten und Mentor entwaffnend an. »Ich weiß auch nicht, wie ich das alles interpretieren soll. Es war irgendwie völlig abgehoben – eine Mischung aus Albtraum und Lara Croft!« Sie seufzte.

Ihr war klar, dass sie eine absolute Ausnahmesituation überlebt hatte. Und sie fühlte, dass es wichtig war, sich genau zu überlegen, was sie wem anvertraute, und was sie wenigstens vorerst für sich behielt. Ab einem bestimmten Punkt ihrer gemeinsamen Flucht aus Afghanistan war ihr klargeworden, dass der Mann, der sich als Sergeant Pierre Dupont von den kanadischen Special Forces vorgestellt hatte, wesentlich mehr wusste als er ihr sagte. Sie hatte Robert ihr Abenteuer aus diesem Grund auch nur in groben Zügen geschildert, obwohl er ihr Vorgesetzter war und sie ihn auch als einen guten Freund betrachtete.

»Bitte hilf mir«, sagte sie erschöpft, »lass uns jetzt alles irgendwie richtig machen.«

Allmensinger stützte den Kopf in die Hände. Wenn er Rossi nicht so gut gekannt hätte, dann hätte er ihr jetzt unterstellt, dass sie in Kandahār Psychopharmakamissbrauch getrieben habe und diese unglaubliche Story nur das Produkt einer wilden Drogenfantasie sei.

Wäre die ganze Geschichte nicht so seltsam gewesen, hätte er jetzt das Telefon genommen, das Einsatzführungskommando angerufen und seinem wenig kommunikativen Kindheitsfreund Reinel Gutbrod und den Jungs in Potsdam die heiße Kartoffel übergeben und Major Rossi umgehend in den nächsten Zug nach Berlin gesetzt. Das Einsatzführungskommando war wohl auch am ehesten in der Lage, dafür zu sorgen, dass Jaaps Familie, die holländische Armee, die Kanadier und die Amerikaner die Wahrheit über den Abschuss ihres MedEvac erfuhren.

× × ×

Rossi war bereits am Samstagmorgen mit Turkish Airlines aus Istanbul in München gelandet. Sie hatte dabei einen frisch gestohlenen belgischen Reisepass mit gefälschtem pakistanischen Business-Visum in Händen gehalten und die Einreisekontrolle in den Schengen-Raum gemeistert, ganz so, als ob sie schon ein Leben lang unter falschem Namen durch die Welt reiste. Niemand hatte ihr Fragen gestellt oder sie gebeten, ihr sündhaft teures Boardcase einer bekannten, französischen Nobelmarke zu öffnen. Vierzehn Tage zuvor hatte sie irgendwo in Südafghanistan einen ganzen Tag verschlafen und war in der Hauptstadt der pakistanischen Provinz Belutschistan, Quetta, aufgewacht. Natürlich war sie im ersten Augenblick maßlos wütend gewesen, denn sie hatten mit Sergeant Pierre Dupont immer nur über eine Rückkehr zur ISAF und auf die FOB Spin Boldak oder nach Kandahār gesprochen.

»Beim Umsteigen in Istanbul hat er mir erklärt, er müsse mal schnell ›für kleine Jungs‹. Ich solle schon vorausgehen. Er ist nie wieder aufgetaucht! Ich kam aus der ganzen Sache auch nicht mehr raus, denn ich war in der Transitzone gefangen und musste mich beeilen, um in den Anschlussflug nach München zu steigen, für den ich die Bordkarte bereits in der Hand hielt und auf dem ich eingecheckt war … Dupont hat das bereits in Karatschi eingetütet. Und dann, nachdem wir gemeinsam so viel durchgemacht haben, lässt mich der verflixte Kerl einfach in der Türkei stehen wie eine leere Aldi-Tasche. Der Sitz neben mir ist auf dem Weiterflug übrigens unbesetzt geblieben. Allerdings haben die auch keinen Passagier ausgerufen, der beim Transit abhandengekommen wäre. Alles war von Anfang an so geplant gewesen. Ich hätte es mir eigentlich denken müssen, als er mir vor dem Abflug aus Karatschi ein sattes Bündel Hundert-Euro-Scheine in die Hand gedrückt hat – für den Notfall. Mitten in der Nacht. Teufel, was für einen Notfall hast du um halb fünf Uhr morgens in der Transitzone des Flughafens Istanbul? Das war ein echter Wink mit dem Zaunpfahl.«

Sie redete sich wieder in Rage, nachdem sie das Wochenende damit verbracht hatte, sich zu beruhigen und nachzudenken.

»Warum habt ihr euch eigentlich nicht aus Quetta oder wenigstens aus Karatschi telefonisch oder per E-Mail gemeldet, Carla? Du hättest dort auch einfach selbst zum deutschen Konsulat gehen können. Dann hätten wir wenigstens erfahren, dass du lebst und okay bist.«

Für Allmensinger ließ sich die gemeinsame Flucht aus Afghanistan und über die Grenze erklären: Um eine Einheit Special Forces daran zu hindern, eigene CSAR-Kapazitäten herbeizufunken, musste ein Gegner zu elektronischen Störmaßnahmen wie dem Uplink-Jamming fähig sein und über die Q-Comms und den OPLAN verfügen. Aus diesem Grund war es auch durchaus denkbar, dass zuerst diese Gruppe der kanadischen Special Forces und anschließend Rossi und ihr MedEvac bei irgendeiner tiefschwarzen und verwerflichen US-amerikanischen Black Op zwischen die Fronten geraten waren. Doch vor einem direkten Zugriff oder einer rabiaten Vertuschungsaktion durch die Amerikaner wären die beiden auch bei ihren jeweiligen diplomatischen Vertretungen in Pakistan sicher gewesen.

»Diese Frage habe ich Sergeant Dupont auch gestellt, Robert«, antwortete Rossi nachdenklich.

Er hatte ihr erklärt, dass er auf keinen Fall zur ISAF gehen konnte oder sich irgendeiner Einrichtung nähern würde, auf der sich Mitglieder irgendwelcher amerikanischer Sondereinsatz-Gruppen aus dem Militär oder den Geheimdiensten befanden. Auf einem Stützpunkt wie der Kandahār-Airbase oder in Spin Boldak, wo es nicht nur massive US-amerikanische Präsenz gab, sondern auch Sperrzonen, die lediglich den Amerikanern zugänglich waren und die für sämtliche anderen Verbündeten der Anti-Terror-Koalition No-Go-Zonen waren, wären sie niemals in Sicherheit gewesen. Sie hatten beide zu viele Dinge gesehen. Insbesondere sie – Rossi – wäre in Lebensgefahr, denn sie hatte Gesichter gesehen, die entweder die Drahtzieher selbst oder zumindest deren direkte Handlanger waren. An einem Ort wie der Kandahār-Airbase oder auf der berüchtigten Bagram-Airbase, wo sich außer dem Hauptquartier der US-Streitkräfte in Afghanistan auch das völlig von der Öffentlichkeit abgeschottete Internierungslager Bagram befand, und wo sich eine Menge US-Special-Operators der SAD und SOG der CIA zwischen dem militärischen US-Personal herumtrieben, konnte solches Wissen sogar tödlich sein. Insbesondere die Amerikaner würden nicht zögern, einen lästigen Augenzeugen loszuwerden.

Für den kanadischen Special-Forces-Soldaten gehörten die Mitglieder des Rugby-Fanclubs zu einer dieser berüchtigten Private Military Companies, die die CIA gerne als sogenannte Deniable Assets fürs allerschmutzigste Drecksgeschäft anheuerte. Die Typen in den Business-Anzügen waren seiner Meinung nach irgendwelche finsteren CIA-Operators und der Schmuggel und die Ausgraberei vor Ort eine der typisch illegalen und völlig skrupellosen Geldbeschaffungsmaßnahmen des US-amerikanischen Geheimdienstes – eine besonders tiefschwarze Black Ops.

Sergeant Dupont hatte Rossi mit fanatischem Glanz in den Augen an die gesammelten Schandtaten der CIA seit Anbeginn der

Zeit erinnert: Kuba, die Schweinebucht, die Leichensäcke, in denen die Amis während des Vietnam-Krieges Drogen geschmuggelt hatten, die Unterstützung drogenproduzierender afghanischer Warlords und fanatischer Irrer wie Gulbuddyn Hekmatyār und schließlich die Erschaffung des Gespensts al-Qaida, das Langley und Washington im Stil von Goethes Zauberlehrling nun nicht mehr los wurden. Hier war das eine Mal gewesen, wo ihr Sergeant seine ruhige Gelassenheit aufgegeben hatte und schrill geworden war.

Einerseits teilte Rossi sein ungutes Gefühl, andererseits war es für ihn vielleicht auch nur die einfachste Lösung gewesen, wieder einmal alles den Amerikanern in die Kampfstiefel zu schieben. Doch unterm Strich – sie hatte nachgegeben und nach seinen Regeln gespielt.

»Es war absolut unmöglich, Robert. Der Sergeant war extrem stur und ich war einfach zu erschöpft, um mich mit ihm zu streiten. Bei diesem Thema gab es kein Durchkommen. Aber andererseits wusste er wirklich, was er tat, und alles ist ja auch gutgegangen. Wenn man überlegt: Wir haben für unsere Flucht nach dem Absturz nicht einmal besonders lange gebraucht. Die Gegend da unten ist brandgefährlich: eine Menge miteinander verfeindeter Talibangruppen, die Überreste von al-Qaida, Osama bin Laden, Terroristen und Extremisten aus den ehemaligen Sowjetrepubliken, aus Europa und aus den Golfstaaten, Warlords, Drogenbarone, Schmuggler und Verbrecher aller Art. Die Grenzberge sind alle um die dreitausend Meter hoch. Es gibt lediglich zwei Pisten, von denen eine ständig durch Sprit-Transporter für die ISAF verstopft ist, während die andere als fast unbefahrbar gilt und zu den gefährlichsten Straßen der Welt zählt. Hinter der Grenze, in Pakistan, ist das Vorankommen, bis man auf dem Flughafen von Quetta steht, fast noch schwieriger als in Afghanistan. Korrupte Grenzbeamte, die mit den Taliban zusammenarbeiten, und kriminelle Banden, die regelmäßig Lkws überfallen, beherrschen das Feld.«

Allmensinger nickte bewundernd. Seine junge Kollegin hatte während ihrer Auslandsverwendung wohl nicht nur im Bereich der

Notfallchirurgie viel dazugelernt. Er hatte sich die Gegend mithilfe von Google-Earth auf seinem Desktop angesehen: ein Höllentrip.

Es war für den Special-Forces-Soldaten, der höchstwahrscheinlich weder ein bescheidener Unteroffizier war noch Pierre Dupont hieß, kein Umweg gewesen, über Istanbul zu fliegen, und der Mann hatte wirklich alles darangesetzt, dass Major Rossi keinen Ausreißer machen konnte. Allmensinger wunderte sich nicht einmal so sehr über die Aktionen des Kanadiers. Soldaten aus Spezialeinheiten wurden völlig anders ausgebildet als normale Soldaten. Wenn der, mit dem Rossi nach dem Abschuss des MedEvac aus der Gefahrenzone geflohen war, sein SERE-Training wörtlich genommen hatte, dann war, was er gemacht hatte, absolut logisch: »Nichts wie weg aus der Gefahrenzone, denn da suchen die Bösen immer zuerst.«

Er ging um seinen Tisch herum und legte Rossi die Hand auf die Schulter.

»Ich rufe jetzt erst einmal diskret einen alten Freund an und beratschlage mich mit ihm. Er hat beruflich viel Erfahrung mit … nennen wir es … ganz besonderen Ausnahmesituationen …«

Allmensinger wusste: Falls an der gewagten Black-Ops-Hypothese des Special-Forces-Manns mit der CIA in der Schurken-Rolle wirklich etwas dran war, dann stocherten sie hier eifrig in einem großen Hornissennest herum, und es war besser, alles ruhig und überlegt anzugehen, bevor die gefährlichen wilden Insekten auf sie losgingen und zustachen. Hornissenstiche konnten tödlich sein.

»Geh nach Hause, Carla. Und halte bitte absolute Funkstille. Ruhe dich aus. Ich melde mich, sobald ich ein bisschen Klarheit in diese Geschichte gebracht habe.«

Allmensinger war sicher, dass ein Anruf bei Stefan Huber eine vernünftigere Lösung war, als Reinel Gutbrod und das Einsatzführungskommando in Potsdam in Aufregung zu versetzen. Er spürte, dass Rossi ihm nur eine stark bereinigte Version erzählt hatte. Irgendetwas machte seinen Schützling nervös, und sie war nicht bereit, ihn komplett einzuweihen. Allerdings würde ihr Schweigen ihr nicht weiterhelfen.

Rossi seufzte leise. Sie war wirklich müde und zerschlagen. Das Wochenende im Berchtesgadener Land hatte ihr gutgetan, aber sie hatte sich nicht wirklich ausgeruht. Alois, der Freund ihrer Mutter, hatte eine ganze Berufskarriere als Bergbauingenieur in seltsamen Ländern der Dritten und Vierten Welt hinter sich, und er hatte ihr geraten, vorsichtig zu sein. Es war sicherer, wenn Robert erst einmal ein bisschen herumtelefonierte. Außerdem verdaute sie neben einem Jetlag auch noch eine heftige, emotionale Achterbahnfahrt, und sie musste in Ruhe nachdenken und mit sich selbst ins Reine kommen. Dann brauchte sie die Hilfe von jemandem, der wirklich gut zeichnen konnte, und der in der Lage war, ihre Beschreibungen in Portraits zu übersetzen. Am besten einen professionellen Phantombildzeichner, wie man ihn bei der Polizei finden konnte.

Nur wenn sie herausfand, wer die Männer im Hochtal wirklich gewesen waren, würde sie herausfinden, was Jaap de Ruijters und Jason Higgins und die MedEvac Besatzung das Leben gekostet hatte. Ihr Weggefährte Sergeant Pierre Dupont hatte zwar wilde Verschwörungstheorien in die Welt gesetzt, aber ausgerechnet dieses Thema hatte er sorgfältig umschifft. Rossi stand auf, drückte Allmensinger freundschaftlich die Hand und verließ sein Büro.

Auf dem Weg durch das Gebäude auf dem Ulmer Oberen Eselsberg kreuzte sie ein paar Kollegen aus anderen Abteilungen, die sie erfreut begrüßten. Rossi verstand augenblicklich, dass der Verlust des MedEvac nicht publik gemacht worden war. Auf die Frage nach ihrer frühzeitigen Rückkehr aus Afghanistan antwortete sie sehr ausweichend mit familiären Gründen und einem Problem zu Hause. Dann verflüchtigte sie sich so schnell und so diskret wie möglich aus dem großen Universitätsklinikum der Wissenschaftsstadt, wo sich auch das Bundeswehr-Krankenhaus befand.

DRITTES KAPITEL

Frankreich – Paris – Romainville – Fort de Noisy – Hauptquartier der Division Action

Kérmorvan hatte aus Istanbul versucht, über ein Wegwerf-Handy zuerst Oberst Rudeaux, den stellvertretenden Direktor für Verdeckte Operationen, zu erreichen. Darauf Rolland Fabré. Wegen der operativen Sicherheit kommunizierte er nur sehr ungern auf kommerziellen Mobiltelefonen. Da der Stopover nicht ewig gedauert hatte, in der abhörfreudigen Türkei stattfand und alles zu absolut nachtschlafender Zeit ablief, hatte er am Ende einfach eine SMS an Madame le Juge geschickt: »Ankunft CdG 11h15 AF 1423«.

Ihr Dienst funktionierte mit einer ultraflachen Hierarchie. Sie hatte trotz der frühen Stunde umgehend geantwortet: »Ok!« und ihn am Terminal erwartet.

Um die Wochenend-Staus auf der A1 zu vermeiden, waren sie mit öffentlichen Transportmitteln gefahren und anstatt das Hauptquartier in Romainville anzusteuern, hatten sie sich pünktlich zur besten Mittagessenszeit auf der verglasten Dachterrasse von Madame le Juge an den Tisch gesetzt. Das kleine Häuschen direkt am Eingang des Cour de Rohan, in dem seinerzeit der Revolutionär Danton mit seiner Frau gelebt hatte, während sie gleichzeitig im zweiten Innenhof die Druckerei *L'Ami du Peuple* – Volksfreund – betrieben, befand sich im VI. Arrondissement in der historischen Pariser Altstadt zwischen dem Boulevard Saint-Germain, der Rue de l'Ancienne-Comedie und der Seine, direkt gegenüber dem ältesten, existierenden Restaurant und Kaffeehaus der französischen Hauptstadt *Le Procope*. Schon der Schriftsteller Voltaire, der Revoluzzer Danton und Frankreichs zum Kaiser mutierter General hatten hier Kaffee getrunken und italienische Eiscreme genascht.

Nachdem sie zusammen eine Hasenpastete mit Nüssen, ein solides *Aligot d'Aubrac*, Salat, Käse, eine Flasche Rotwein und eine große Schüssel Mousse au Chocolat samt einer Dose Löffelbiskuits liquidiert hatten, waren sie kaum noch in der Lage gewesen, sich zu rühren und Christiane Près hatte zum Kaffee die Flasche Armagnac auf den Tisch gestellt.

Kérmorvan hatte seiner Chefin während des langen und opulenten Mittagessens sein ganzes sonderbares Erlebnis von Anfang bis Ende und im Detail erzählt. Nach dem Essen waren die zwei Kilometer bis zum Militärhospital Val-de-Grace bei herbstlich schönem Wetter ein willkommener Verdauungsspaziergang gewesen. Madame le Juge sah Dinge, selbst dann, wenn man versuchte, sie vor ihr zu verbergen. Sie war ein ungewöhnlicher Patron, gar ein gewöhnungsbedürftiger: Die Männer der paramilitärischen Einsatzeinheit hassten und liebten Christiane Près zugleich. Doch das hatte nichts mit ihrer persönlichen Geschichte zu tun und damit, dass ihr Mann ein Kamerad gewesen war, der zu einer prestigeträchtigen Spezialeinheit des COS gehört hatte, der 11ème Brigade Parachutistes. Oberstleutnant Guillaume Près war im November 2001 während der sogenannten Schlacht um Tora Bora gefallen. Es war ein tragischer Zwischenfall gewesen. Die Amerikaner, denen sie bei der Jagd auf bin Laden helfen sollten, hatten seine Gruppe versehentlich für Taliban gehalten und sie bis zum letzten Mann ausgelöscht.

Das war vielleicht einer der Gründe, warum Madame le Juge immer ohne Wenn und Aber hinter ihren Männern aus dem Service Action stand und sie verteidigte wie eine Wölfin ihre Jungen. Aber sie verlangte ihnen auch das Äußerste ab und hatte nicht die geringsten Skrupel, wenn eine Sache es in ihren Augen wert war,

Himmelfahrtskommandos zu befehlen. Als ehemalige Anti-Terrorrichterin war ihr Grundprinzip der Schutz des Bürgers, auch wenn sie dafür einen Berufssoldaten opfern musste. Sie war zwar bereit mit ihren Männern zu diskutieren, doch ihr Ansatz selbst war nicht verhandelbar: »*Partout où nécessité fait loi*« – »Was sein muss, muss sein!« hatte inzwischen sogar schon die offizielle, von der Presseabteilung des Verteidigungsministeriums für den Service Action erfundene Devise verdrängt.

Sie hatten auf dem Rückweg aus dem Val-de-Grace zum Cour de Rohan natürlich auch eine ihrer klassischen Grundsatzdiskussionen geführt, bei der es nur einen Sieger geben konnte. Dieser Sieger war, wie üblich, Christiane gewesen. Trotzdem hatte Kérmorvan am Ende des langen Tages wie ein Stein in ihrem Gästezimmer geschlafen, als der letzte Druck des Einsatzes sich verflüchtigt hatte.

Bereits während der gemeinsamen Tage mit Rossi in Karatschi hatte er die ersten GPS-Koordinaten für die Ausgrabungsstätte in seinem Kopf wiedergefunden. Sie hatten viel geschlafen, sich ausgeruht, vernünftig gegessen und alles getan, was ein normales Pärchen ihrer Alterskategorie während eines Kurzurlaubs auch getan hätte. In dem Augenblick, in dem er den orangefarbenen Jingle-Truck über die Grenze nach Pakistan gefahren hatte, hatte Kérmorvan beschlossen, dass er Rossi nicht einfach vor dem deutschen Konsulat von Karatschi aussetzen würde wie einen unerwünschten Hund in der Urlaubszeit. Die langen Stunden am Steuer des Lkw, während seine beiden Mitfahrer erschöpft schliefen, hatten ihm Zeit gegeben, in Ruhe über alles nachzudenken, was sie erlebt hatten, seitdem der Rettungshelikopter abgeschossen worden war. Und er schuldete den Familien der Männer aus dem 1er RPIMa eine Erklärung.

Matveev, die ehemaligen GRU-SpezNas, O'Shaughnessy und der Rugby-Fanclub: Sie alle waren nur indirekt für den Tod der Kameraden vom COS verantwortlich gewesen, obwohl sie den Finger am Abzug gehabt hatten. Ihn interessierten diese Erfüllungsgehilfen nur am Rande. Sie mussten jetzt verstehen, wer die Drahtzieher waren. Wer hinter dieser Raubgrabung steckte, der steckte hinter Dadullah und einer spezifischen Interessengruppe der Taliban. Er steckte aber auch hinter dem Bombenterror von Taher El Ouazzani, einer Reihe blutiger Anschläge in Paris und dem Desaster von Karatschi.

Er nahm einen Bleistift, schloss kurz die Augen und versuchte den Film bis zu dem Augenblick, in dem er das Magellan GPS programmiert hatte, noch einmal vor seinem inneren Auge abzuspulen. Peret, die Bemerkung über die Ausgrabung, die Typen in Landestracht mit Sicherheitshelmen, die an dieser steinernen Stele herumpinseln, die lebhafte Kindergruppe im Hintergrund. Sie spielen. Ein kleiner Junge wirft einem größeren Jungen einen Ball zu. Die Koppel mit den klapperdürren Pferden und Maultieren, die Raygras knabbern, der alte graubärtige Mann mit dem rotweißen Turban und der Schaffellweste. Er sitzt auf einem großen Stein und repariert mit Weidenruten geschickt einen Transportkorb.

31°33'36.1"N 67°32'35.5"E. Das war die exakte Position, die er am Tag vor dem Zwischenfall mit dem Jungen und der Ziege in sein GPS eingegeben hatte. Kérmorvan hätte seinen Männern niemals befehlen können, dieses Kind zu töten. Er selbst hatte es ja auch nicht gekonnt, obwohl die Konsequenz seiner Entscheidung mindestens zwölf Tote auf seiner Seite bedeutete: Das Team aus dem 1er RPIMa, die Besatzung des ISAF Rettungshubschraubers. Dazu kamen noch die Russen und die Zivilisten aus dem kleinen afghanischen Drecksnest. Viel Blutvergießen und sinnloses Sterben für das Leben eines einzigen Rotzlöffels! Selbst wenn er sich jetzt im Hauptquartier, ausgeruht, frisch rasiert und mit einer guten Tasse Tee in der Hand, den heiligen Eid schwor, beim nächstens Mal über seinen moralischen Schatten zu springen und abzudrücken – an diesem ganz speziellen Punkt würden sie sich immer von gewissen Gegnern aus speziellen Kulturkreisen unterscheiden, die keine moralischen Probleme hatten Minderjährige als Schutzschilde zu benutzen.

Ganz wie die zahlreichen afrikanischen Warlords, die mit Drogen vollgepumpte Kindersoldaten schwerbewaffnet ins Feld schickten, hatten auch die Taliban und andere extremislamistische Vereinigungen sehr genau erkannt, dass kleine Kinder vor ihren Kämpfern auf deren Motorrädern sogar die härtesten Mitglieder der härtesten westlichen Spezialeinheiten abschreckten. Die Vorstellung, vor einem Kindersoldaten oder einem minderjährigen Selbstmordattentäter mit Sprenggürtel zu stehen, war für Kérmorvan in seiner Zeit im Commando de Penfentenyo immer die ultimative Horrorvision gewesen. Die geradezu panische Angst der alten, entwickelten und verweichlichten westlichen Industrienationen vor der Macht ihrer durch Bilder manipulierten öffentlichen Meinung war in seinen Augen die mit Abstand beste Verteidigungslinie sämtlicher Extremisten und Terroristen weltweit. Dazu gesellten sich noch aus Wohlstand und Sicherheit gespeiste Weltfremdheit gewisser politisch einflussreicher Kreise, die sich dabei gefielen, protestantisch-lutherischen Moralterrorismus zu praktizieren und gleichzeitig an dem Ast zu sägen, auf dem sie gemeinsam mit ihrem hilflosen Wahlvolk saßen. Er reichte Christiane Près den Zettel mit den GPS-Koordinaten für das Hochtal.

Sie nickte ihm fast unmerklich zu. Ihre Augen lächelten. Sie kannte ihren Mann! Grundsatzdiskussionen mit dem stellvertretenden Direktor Oberst Rudeaux waren für gewöhnlich hart, laut und an der Grenze des Unzivilisierten. Mit Kérmorvan war es wenigstens physisch weniger fordernd. Natürlich war der jüngere Mann in seinem maßgeschneiderten grauen Kaschmir-Mäntelchen zivilisierter Kultiviertheit genauso erbarmungslos und hart wie Julien. Das war Teil seiner Stellenbeschreibung. Doch er war gleichzeitig auch einfach zu wohlerzogen, um sich einer älteren Frau zu widersetzen. Christiane hatte schnell verstanden, dass hier eine Schwachstelle ihres Offiziers vorlag, die sie ausnutzen konnte.

Das kleine verbale Gefecht auf dem Rückweg vom Militärkrankenhaus hatte seine Wirkung nicht verfehlt. Es war nicht ganz fair gewesen, einen körperlich angeschlagenen Mann mit Jetlag, eben nach einem knallharten Einsatz, der ihn beinahe das Leben gekostet hatte, nach Hause gekommen, umgehend an die Wand zu fahren. Doch in diesem Fall war es zum Besten ihres Opfers. Natürlich wollte Kérmorvan Taher El Ouazzani genauso fassen wie sie selbst, wie die französische Regierung und wie der brandneue französische Präsident Louis Poniatowski. Ihr Offizier hatte das Monster immerhin drei Jahre lang gejagt und dabei ein gutes Dutzend seiner Helfer aus dem Verkehr gezogen. Die Hälfte des dreckigen Dutzend hatte das Zusammentreffen mit Kérmorvan nicht überlebt. Die anderen waren hinter Gittern.

»Als allererstes müssen wir die Verbindung zwischen El Ouazzani, Dadullah, Jones und dem noch unbekannten ›Golfer‹ verstehen und unsere Hausaufgaben machen.«

Kérmorvan war ein großer Freund von Aufklärungsdrohnen jeder Art. Sie hatten die Koordinaten. Und der Fortschritt bei den unbemannten Flugkörpern war rapide. Allerdings würden selbst solche erstaunlichen Entwicklungen wie der fliegende Mikroroboter in Form einer Stechmücke des Harvard-Forschers Robert Wood Männer wie ihn nicht überflüssig machen. Selbst dann nicht, wenn sie mit einer Nano-Kamera ausgerüstet, unbemerkt DNA-Proben von Zielpersonen nehmen und gleichzeitig Nano-RFID Tracker auf der Haut anbringen konnten. Denn was sie immer noch nicht konnten, war, die Gedanken eines Gegners zu lesen. Trotzdem waren Drohnen nützlich, wenn es darum ging, eine Operation vernünftig zu planen und durchzuführen. Allerdings war es leichter, Bildmaterial zu interpretieren, wenn man wusste, wonach man suchen musste. Und er war in der Lage, den Technikern ganz genau zu sagen, worauf sie achten sollten. Kérmorvan trank ein paar Schlucke Tee, um Zeit zu schinden. Dann stellte er die Tasse auf den Tisch und stand auf.

Sie hatten eine ganz normale Schultafel an einer Wand des Konferenzsaals. Er zeichnete vier Kästchen, gab jedem einen Namen und setzte ein großes Fragezeichen in die Mitte. Dann ging er ans Fenster zu einem der Heizkörper. Trotz Rollkragenpullover und Sakko fror er. In Karatschi hatten sie fünfunddreißig Grad gehabt, in Paris waren es trotz der schönen Herbstsonne gerade einmal acht Grad.

»El Ouazzani läuft uns im Augenblick nicht davon«, sagte er, »denn er ist eindeutig in seinen alten Job als Archäologe zurückgekehrt. In meinen Augen hängt sein spurloses Verschwinden von vor drei Jahren mit den Ausgrabungen in diesem Hochtal zusammen. Da weder er noch Dadullah wussten, dass ich sie verstehe, wenn sie miteinander Paschtu sprechen, habe ich fast ihre ganze Unterhaltung mitangehört. El Ouazzani erwähnte den erfolgreichen Abschluss ihrer Suche nach irgendeiner antiken Bibliothek. Und dass er sämtliche Schriftrollen so schnell wie möglich außer Landes schaffen wollte, da sie in ausgezeichnetem Erhaltungszustand seien und umgehend wieder vernünftig gelagert werden müssten. Der Paschtune sprach von einem ›Ben‹ und den Möglichkeiten, die dieser hatte, einen Teil der Funde gleich mitzunehmen, da einer seiner Freunde ihn mit einer Jacht im Hafen von Karatschi erwartete. Anschließend erklärte der Algerier Dadullah, dass er noch ein paar Wochen für die Freilegung sogenannter ›Schatzkammern‹ benötigte. Sie sprachen auch über mehrere Lieferungen, die in Kürze auf den Weg geschickt würden, und darüber, dass dieser Ben die restlichen Manuskripte dann eben am Jahresende mitnehmen müsste. Ich glaube, dass der Mann, den Oberstabsarzt Dr. Rossi den ›Golfer‹ nannte, mit dem Ben identisch ist, den El Ouazzani und Dadullah erwähnten. Sobald wir diesem Golfer ein Gesicht und einen Namen geben können, verstehen wir, ob die Operation im Hochtal kommerziell oder politisch motiviert ist. Geht es nur um persönliche Bereicherung, dann sollten wir Dadullahs Rolle in der Quetta Shura grundlegend überdenken. Wir könnten ihn mit unserem Wissen konfrontieren. Eine klassische Erpressung: Er arbeitet für uns und kann sich weiter an den *goodies* bedienen oder wir sorgen dafür, dass seine Taliban-Freunde und Mullah Omar alles erfahren. Dann muss er im besten Fall mit vielen gierigen und gefährlichen Männern teilen, im schlimmsten Fall verliert er den Zugriff auf seine Geldquelle, seine Machtposition in der Quetta Shura und vielleicht sogar sein Leben.«

Er wusste genau, wie nützlich es für den französischen Geheimdienst wäre, wenn es ihnen gelänge, in diesem speziellen Umfeld der Taliban einen *»asset«* auf der Top-Ebene zu führen.

Bei seinen Einsätzen in Pakistan und in den Stammesgebieten hatte er regelmäßig *»assets«* identifiziert und angeworben – und genauso regelmäßig wieder verbraten, wenn sie sich als nutzlos oder zu gierig erwiesen hatten. Doch das geradezu krankhafte Misstrauen der Führungsebenen untereinander und die extremen Schwierigkeiten, die Quetta Shura in der obersten Führungsriege selbst direkt zu infiltrieren, waren eine enorme Herausforderung für jeden westlichen Geheimdienst. Dadullah wäre ein prestigeträchtiger Fang für Frankreich – ein prestigeträchtiger Fang für ihn selbst. Genauso nützlich wäre es aber auch, einen der Köpfe der Hydra elegant abzuschlagen und die Shura damit in einen neuen, internen Machtkampf zu stürzen, der die Organisation der Taliban in Afghanistan selbst schwächte und damit die westlichen Schutz- und Sicherheitstruppen wenigstens zeitweilig entlastete. Machtkämpfe unter den Taliban waren immer blutige Gemetzel, bei denen neben unzähligen Gefolgsleuten auch die Chefs auf der Strecke blieben. Es war billiger, wenn die Spinner sich gegenseitig umbrachten, als wenn man sie mit sündhaft teurer Hightech jagte. Kérmorvan nahm sich vor, das Thema Dadullah ganz genau zu betrachten. Er hatte sich in der Vergangenheit immer nur am Rande für diesen ganz speziellen Kriegsherren interessiert.

»Und wir müssen uns Taher El Ouazzani von einem neuen Blickwinkel aus nähern.«

Er saß bequem auf dem großen Heizkörper. Seine Hände waren warm, der Blutdruck wieder normal. Er fühlte sich gut. Die Schulter tat nicht mehr weh, seit er Faridas neue Kräuterteemischung getrunken hatte.

Es war nützlich ein bisschen laut nachzudenken:

»Die zweite Möglichkeit ist eine klassische verdeckte Operation, die aus einer diskreten Quelle langfristig nicht nachvollziehbare Geldmittel schöpft, die dazu dienen, andere verdeckte Operationen zu finanzieren.«

Julien Rudeaux hatte dem jüngeren Mann aufmerksam zugehört. Allerdings konnte er sich nicht vorstellen, dass ein rein kommerzielles Privatunternehmen einen solchen Aufwand betrieb und Zugriff auf Mittel der elektronischen Kriegführung hatte, die Maßnahmen wie gezieltes Uplink-Jamming gestatteten. Das ging etwas zu weit – selbst für eine wohlbekannte und etablierte private Militär- und Sicherheitsfirma wie die von Mr. Jones. Der Laden arbeitete auf Top-Niveau, aber er war natürlich nicht White Cloud oder Blackwater, die beide diskreten Zugriff auf militärische Mittel der US-Streitkräfte nehmen konnten, wenn dies auf höchster Ebene der amerikanischen Regierung oder der Dienste gewünscht wurde.

Außer, dachte er, die haben Mitarbeiter, die in der Lage sind … Er machte sich eine weitere Notiz in sein orangefarbenes Rhodia-Blöckchen. Er würde einmal überprüfen, welche zivilen Systeme sich entsprechend umprogrammieren ließen. Die waren zwar nicht ganz billig, aber an Geld fehlte es dieser Equipe in den Bergen von Zabul nicht. Er konzentrierte sich wieder und hörte gerade noch die letzte Bemerkung seines jüngeren Kollegen.

× × ×

»Mein ganz persönlicher Favorit für die Schurkenrolle in diesem Szenario ist selbstverständlich die CIA oder irgendeiner der unzähligen anderen US-Geheimdienste.«

Madame le Juge zwinkerte Kérmorvan zu:

»Ich überlege noch, ob ich diese letzte Aussage als Kompliment oder als Kritik auffassen soll, Commandant!«

Rolland Fabré schüttelte den Kopf. Die Informatikerin Farida verkniff sich nur mit Mühe ein Grinsen. Lediglich Julien Rudeaux, der keinen Sinn für Humor hatte, ließ sich nicht auf das entspannte Geplänkel seiner Kollegen ein.

Der stellvertretende Direktor fand die Argumente schlüssig. Trotzdem gab es alternative Szenarien:

»Es ist immer möglich, dass ›irgendein US-Geheimdienst‹ dahintersteckt. Das wäre nicht verwunderlich. Die Amerikaner sind omnipräsent und halten sich nicht zurück. Aber es ist auch denkbar, dass das algerische Département du Renseignement et de la Sécurité DRS unseren Freund El Ouazzani zum Dienst presst. Vielleicht machen sie ja Druck auf seine Familie! Wir haben uns bislang nur noch nicht für dieses spezielle Thema interessiert.«

Der stellvertretende Direktor für verdeckte Operationen machte sich während er sprach eine paar weitere Notizen in sein orangefarbenes Rhodia-Blöckchen. Er hatte auch den Gedanken des Jüngeren zu Dadullah aufgeschrieben. Es war eine ausgezeichnete Idee, zu versuchen, den Taliban umzudrehen. Das wäre vor allem eine ganz wunderbare Beschäftigungstherapie für Kérmorvan, sobald er wieder voll einsatzfähig war. Rudeaux hielt sich sowohl Kérmorvan wie auch seinen Busenfreund Hamida am liebsten vom Leib – weit weg von Frankreich, von Paris, von Romainville und vom Hauptquartier des Service Action. Er hatte genug Sorgen. Da brauchte er nicht auch noch zwei Kontrahenten Mitte dreißig, die bereits mit einem Auge auf seinen Posten schielten und genauso skrupellos waren wie die US-Geheimdienste, der Malavi Dadullah Khan oder die Kollegen vom algerischen DRS. Er unterstellte sowohl Hamida als auch Kérmorvan, dass beide Männer ihm ohne zu zögern einen Dolch zwischen die Schulterblätter stoßen würden, wenn er ihnen die Gelegenheit dazu gab.

Rudeaux konzentrierte sich wieder. Die DGSE wusste bereits seit längerer Zeit, dass Dadullahs Onkel Mokthar Khan in einem der guten Viertel Peshāwars eine große Villa besaß. Sie diente auch als Gästehaus. Der Taliban-Warlord hatte sich dort bereits mehrfach mit international gesuchten Islamisten getroffen. Sie beobachteten das Gästehaus.

Die DGSE verfügten dank Kérmorvan und zweier Agenten aus der Abteilung Aufklärung, die ständig vor Ort waren, über ein recht gut funktionierendes Informanten-Netzwerk. Erstaunlicherweise hatte die CIA, die seit 2004 beim Einsatz von Killer-Drohnen keine

Zurückhaltung mehr kannte und mindestens sechzig geheime Angriffe in den Stammesgebieten geflogen hatte, ausgerechnet ein *Safe House* verschont, das mit der Nummer zwei der Taliban in der Grenzprovinz Zabul in Verbindung gebracht werden konnte. Die Präsenz der Contractors aus dem Mitarbeiter-Pool von Jones war ein weiteres Indiz. Kérmorvan dachte in die richtige Richtung. Rudeaux schrieb ein paar Worte auf ein Zettelchen, faltete das Papier und schob es diskret Christiane Près zu, während sein jüngerer Kollege ihm den Rücken zudrehte und mit einem Stück Kreide in der Hand Verbindungslinien zwischen die Kästchen auf der Wandtafel zeichnete.

✖ ✖ ✖

Kérmorvan schmunzelte. Die DRS würde gewiss nicht irgendwo in Afghanistan eine großangelegte Ausgrabung als verdeckte Operation veranstalten. Rudeaux wollte ihn lediglich ein bisschen aus der Reserve locken. Während er sein Diagramm vervollständigte, konnte Kérmorvan die Spiegelung in der Fensterscheibe sehen. Der stellvertretende Direktor stand bereits wie erwartet in den Startblöcken und wetzte die Messer. Er war auf der Suche nach kreativer Inspiration. Vermutlich bastelte Julien bereits ein hollywoodreifes Szenario zusammen.

Auf persönlicher Ebene tat er sich mit dem robusten und immer streitlustigen Russland-Experten aus den Landstreitkräften eher schwer. Darum vermied er, wenn möglich, die Klingen mit dem Mann zu kreuzen. Es war kräftezehrend, es war schmuddelig, und es war meist sogar eine physische Herausforderung. Aber auf rein professioneller Ebene musste Kérmorvan dem Mann zugestehen, dass seine Kreativität und sein Einfallsreichtum eigentlich nur noch von seiner völligen Skrupellosigkeit übertroffen wurde. Dabei war Rudeaux, wenn es sein musste auch ein ausgezeichneter Diplomat. Allerdings klaute er denen, die er beschwatzte, meist mit der Linken wieder umgehend die Bonbons, die er ihnen mit der Rechten offerierte. Das mochte in diesem speziellen Fall der Geschichte vom geheimnisvollen Hochtal, den geraubten Antiquitäten und Mr. Jones allerdings eher kontraproduktiv sein. Es war einfacher, den Ranghöheren in die richtige Richtung zu manipulieren und ihn Glauben zu lassen, dass alles eigentlich seine eigene Idee gewesen war.

Kérmorvan hatte verstanden, dass sie in ihren Überlegungen an einem Punkt angekommen waren, an dem sie sich bei den Kollegen auf der anderen Seite des Rheins outen mussten, denn ihm fehlte die Schlüsselinformation, um mit seiner Analyse weiterzukommen, die er im Geist bereits auf der langen Fahrt durch das afghanisch-pakistanische Grenzgebiet begonnen hatte. Er machte sich daran, Rudeaux weiter in die richtige Richtung zu bugsieren. Taher El Ouazzani war wieder in greifbare Nähe gerückt, und es gab ein ganz schmales Zeitfenster, das sie auszunutzen konnten. Wenn sie nur die Deutschen überreden konnten … Er drehte sich um.

»Das algerische Département du Renseignement et de la Sécurité steckt nicht hinter El Ouazzani, Oberst«, sagte er respektvoll und höflich. Dabei blickte er dem Ranghöheren direkt in die Augen. Er wollte, dass Rudeaux davon überzeugt war, nicht am Nasenring geführt zu werden. Der stellvertretende Direktor wurde dann immer gleich trotzig wie ein Dreijähriger und tat genau das Gegenteil von dem, was man eigentlich von ihm wollte. »Ich habe diesen Weg bereits nach dem vereitelten Anschlag im Disney-Shop beschritten.«

»Hamidas Quellen?« Rudeaux wusste, dass die beiden Männer eine tiefe Freundschaft verband. Sie und ihren alten Kumpel Simon Atlan, der inzwischen bei der Kriminalpolizei am 36, Quai des Orfèvres war. Die Jungs kannten sich seit ihrer Zeit in den Spezialeinsatzkräften und einer Reihe gemeinsamer Einsätze während des Krieges in Ex-Jugoslawien. Sie machten gemeinsam Urlaub und verbrachten auch sonst – unkontrolliert – viel Zeit miteinander.

Die *Penfens* und das 13ème Régiment de Dragons Parachutistes 13ème RDP waren Fernspähereinheiten. Sie arbeiteten traditionell eng zusammen, obwohl die eine Gruppe zur Marine und die andere zu den Landstreitkräften gehörte. Hamida und Kérmorvan praktizierten systematisch das gezielte Verheimlichen dessen, was sie gerade miteinander auskochten. Sie legten dabei auch eine bemerkenswerte kriminelle Energie an den Tag, vor allem dann, wenn es darum ging, ihre finsteren Machenschaften und Pläne vor ihm zu verbergen! Allerdings hatte Kérmorvan in diesem speziellen Fall nicht ganz unrecht.

Rudeaux wusste, dass es im algerischen DRS verschiedene Interessengruppen gab, die sich untereinander auf den Tod nicht ausstehen konnten. Ihr erster Zweck war es, sich bis aufs Messer zu bekämpfen, während ihre Mitglieder sich maximal zu bereichern versuchten. Der Schutz des algerischen Staates vor äußeren Feinden blieb dabei natürlich weitgehend auf der Strecke. Es war für die DGSE und ihren Vorgänger, den Service de Documentation Extérieure et de Contre-Espionnage, seit der Unabhängigkeit Algeriens und der Schaffung des DRS immer verhältnismäßig leicht gewesen, von den verschiedenen zerstrittenen Clans Informationen abzumelken. Obwohl zwischen Frankreich und ihrer ehemaligen Kolonie keine große Liebe herrschte, war eine absolute Mehrheit der Mitarbeiter des algerischen Sicherheits- und Nachrichtendienstes bereit, für Geld zu verraten. Das Problem war dabei lediglich, dass sie auch den Amerikanern, den Briten, den Saudis und den am algerischen Öl interessierten Chinesen alles brühwarm erzählten – und jedem anderen Dienst, der bereit war, Geld lockerzumachen. Informationen aus Algerien waren nie exklusiv.

Kérmorvan nickte Rudeaux zu. Allerdings hatte Karim für ihn nicht einfach seine üblichen Quellen befragt, sondern nach dem fehlgeschlagenen Attentat im Disney-Shop die ganze Familie El Ouazzanis diskret durchleuchtet. Sie waren erfolgreiche Geschäftsleute mit exzellenten Verbindungen. Und sie waren unpolitisch.

Der alte El Ouazzani züchtete Duftgeranien und andere Blumen für die Parfümindustrie. Das Familienvermögen stammte aus der Herstellung essenzieller Öle. Den größten Teil der Produktion kauften seit etwa fünfzig Jahren ein berühmter Parfümschöpfer aus Bahrein, Syed Junaid Alam, und die französischen Traditionshäuser Fragonard in Paris und Galimard in Grasse. El Ouazzani senior interessierte sich nicht für religiöse Dinge. Er besuchte die Moschee nicht einmal im Rahmen traditioneller Fest- und Feiertage. In seiner Freizeit hatte er bis vor ein paar Jahren noch mit großer Leidenschaft Tennis gespielt. Seine Töchter und die Schwiegersöhne engagierten sich ebenfalls nur im Sport. Sie finanzierten einen lokalen Fußballclub, einen Boxverein und eine Leichtathletik-Vereinigung, die sich regelmäßig mit begabten Läuferinnen und Läufern über die Mittelstrecke fünfzehnhundert Meter hervortat.

Es gab auch das Gerücht, dass die Vorfahren der Familie aus Spanien stammende Juden waren, die im 16. Jahrhundert ins Sultanat Marokko flohen. Sie hätten sich in den Achtzigerjahren des 19. Jahrhunderts dann entschlossen, aus geschäftlichen Gründen zum Islam zu konvertieren. Damals sei der Sultan von Tanger einer ihrer Hauptkunden für Duftöle gewesen. Schließlich wären sie kurz vor dem Ersten Weltkrieg aus Marokko ins französische Protektorat nach Algerien abgewandert, wo sie in Blida, in der Provinz Mitidja, die großen Geranien-Plantagen erwerben konnten, die dort die ersten und wichtigsten Arbeitgeber der Region waren.

Tahers ältere Schwestern hatten, so wie er selbst, in Großbritannien studiert. Die Mädchen Wirtschaftswissenschaften in Oxford und an der London School of Economics, der Sohn Archäologie in Cambridge. Das war der einzig außergewöhnliche Punkt, den Karim in den Biografien der jüngeren Familienmitglieder entdeckte, denn üblicherweise wählten die frankophonen Algerier, die Geld hatten, für ihren Nachwuchs eher französische Universitäten oder man schickte die Kinder gleich in die USA. Beide Schwestern waren seit dem Studienabschluss im Familiengeschäft tätig. Ihre Ehemänner hatten firmenkompatible Berufe; ein Ingenieur, geborener Ägypter, der dafür sorgte, dass die Transformationsanlagen funktionierten, und ein Marketingspezialist, ein in Belgien geborener Algerier, der das Kundengeschäft und den Auslandsvertrieb machte.

Vater El Ouazzani ließ es mit inzwischen knapp achtzig Jahren eher beschaulich angehen und verbrachte mit seiner Frau die meiste Zeit in einer Ferienvilla am Meer im berühmten Badeort Tipasa.

Es war ganz offensichtlich, dass Taher völlig aus der Art schlug, obwohl er der Älteste war und der einzige Sohn. Mit seinem Interesse an der Archäologie und der alten Geschichte und seinem anschließenden plötzlichen und völlig unerklärlichen Abdriften in den Terrorismus stand er in krassem Gegensatz zu seinem friedfertigen und ruhigen Vater und seinen arbeitsamen und unauffälligen Schwestern.

Bis zum Jahresende 1994 war der Archäologe selbst genauso unauffällig gewesen wie seine Familie. Er hatte in Algier mit dem Centre National de Recherche en Archéologie zusammengearbeitet, an der Uni Vorlesungen gehalten und an Ausgrabungen teilgenommen.

Als Karim sich drei Jahre zuvor für die weißen Flecken in Tahers Lebenslauf zu interessieren begann, hatte er herausgefunden, dass der Mann sich nicht nur durch seine Heimat gebuddelt hatte. Er schien ein wahrer Maulwurf und verschwendete kaum Zeit auf akademischen Kongressen oder Gelehrtentreffen.

Die Familie El Ouazzani hatte niemals irgendwelche Schwierigkeiten mit den Behörden gehabt, ganz so, als ob die sich gar nicht über das finstere Treiben Tahers im Klaren waren. Auch für Karims Kontaktleute waren sie Unbekannte.

»El Ouazzani und Dadullah sprachen wie enge Freunde miteinander, und auf Paschtu. Die beiden kennen sich schon lange. Und so wie Taher die Sprache beherrschte, war er nicht zum ersten Mal in Afghanistan. Ich könnte mir durchaus vorstellen, dass es hier Verbindungen zur US-amerikanischen Geheimdienst-Community gibt. Männer, die während des Krieges gegen die Sowjets in der Operation Cyclone aktiv waren …«

»Außer den aktiven Kämpfern kamen damals auch Sympathisanten«, fuhr Kérmorvan fort. »Für viele war das wie Abenteuerurlaub. Die meisten blieben ein paar Monate in den von Pakistan verwalteten

Stammesgebieten und mieteten sich dort ein, um aus sicherer Entfernung den Krieg gegen die Sowjets zu beobachten. Einige machten sich auch nützlich und leisteten, wie Osama bin Laden, in den Flüchtlingslagern humanitäre Hilfe. Da sie nicht kämpften und vor Ort einfach greifbar waren, haben die Amerikaner und andere Geheimdienste dort reihenweise angeworben: vom Informanten über IMs bis zu potenziellen, künftigen Agenten. Es ging zu wie auf dem Geheimdienst-Bazar. In Peshāwar gab es ein paar Gruppen Intellektueller. Die meisten sind nach dem Abzug der Sowjets nach Hause gefahren und haben mit ihrem Leben weitergemacht. Ein paar sind allerdings ausgeflippt und in die radikalislamistische Szene abgetaucht.«

Sie hatten sie ignoriert und als Traumtänzer abgetan, genau wie ein paar Hundert eher linkslastiger Gutmenschen aus Westeuropa und den USA, die mit diversen nichtstaatlichen Organisationen vor Ort gewesen waren.

»Wir wissen einfach nicht, was El Ouazzani während dieser Jahre wirklich gemacht hat. Es ist möglich, dass unser Mann nicht, wie von der Universität Algier behauptet, bei Grabungen im Nahen und Mittleren Osten und in Zentralasien war, sondern sich in Pakistan in den Stammesgebieten oder sogar in Afghanistan herumgetrieben hat. Er wäre nicht der Erste, der in seiner Heimat vorgibt, ein braver und gesetzestreuer Bürger zu sein. Vielleicht hat er sich während dieser Zeit mit Dadullah angefreundet.«

Ein kleines Problem dabei war, dass auch Dadullah Khans Lebenslauf eine Reihe sehr großer Löcher aufwies. Er war erst vor wenigen Jahren überhaupt auf den Bildschirmen der DGSE aufgetaucht und das auch eher zufällig, nachdem ein paar sehr professionell gefilmte und mit *Anaschid* unterlegte Enthauptungsvideos auf Al-Jazeera einen regelrechten Medien-Buzz um den Mann verursacht hatten. Dann war das Buch eines amerikano-pakistanischen Journalisten erschienen, in dem es auch ein Interview mit dem Warlord aus der Provinz Zabul gab. Während des Kriegs gegen die Sowjets war er ihnen nie aufgefallen. Sie waren damals auf den Tadschiken Ahmad Shah Massoud fixiert gewesen und hatten mit den Gruppen aus dem Panschir-Tal kooperiert, denen sie Waffen lieferten und die sie mit militärischen Beratern unterstützten. In Afghanistan gab es damals nicht nur einen blutigen Ost-West-Konflikt, sondern auch eine scharfe Konkurrenz zwischen den verschiedenen Geheimdiensten, die mit unterschiedlichen Mudschaheddin-Gruppen in unterschiedlichen Gegenden des Landes zusammenarbeiteten. Zabul war der Turf der Pakistani vom ISI gewesen und damit indirekt ein Gebiet der Amerikaner und der CIA. Und die Beziehung zwischen den Amerikanern und den Franzosen war im geheimdienstlichen Bereich traditionell eine schwierige. Man arbeitete zugleich mit- und gegeneinander.

Die Zusammenarbeit zwischen Geheimdiensten hatte meist schizophrene Züge. In Kérmorvans Augen war die Kooperation zwischen der DGSE und der CIA von einer beeindruckenden Sammlung endogener Psychosen geprägt, wobei eine affektive Psychose die Beziehung treffender beschrieb als eine bipolare Störung: Beide Betroffenen litten seit dem 6. Juni 1944, der Landung in der Normandie und der Befreiung Frankreichs, unter willentlich nicht kontrollierbaren Schwankungen ihrer Stimmung. Gleichzeitig war dabei ihre Fähigkeit zur angemessenen Einschätzung der Realität stark eingeschränkt.

Kérmorvan wanderte von der Heizung zurück an seinen Platz. Der »Vortrag« hatte ihm geholfen, seine Gedanken sauber zu ordnen. Die Grabungsstätte, die Aussagen des Experten vom Musée Guimet, der riesige, schwarze Markt der Blut-Antiquitäten, die Unsummen, die hier weltweit verschoben wurden. El Ouazzani, der promovierte Archäologe. Seine Erinnerungen kamen eine um die andere zurück. Alte Erinnerungen. Das geheimnisvolle Hochtal in Afghanistan war nicht seine erste Begegnung mit dem Phänomen des organisierten Antiquitätenraubs gewesen. Er warf einen enttäuschten Blick in die leere Teetasse, schluckte trocken und fing an zu erklären.

»Während des Bosnienkriegs operierten wir in der Schutzzone um Sarajevo. Die Serben hatten aus UN-Lagern schwere Waffen entwendet. Unsere Mission war es, diese Waffen zu zerstören. Wir waren mit meinem Partner dabei, unseren Job zu machen, als wir auf eine ganz besondere Gruppe aufmerksam wurden. Sie passte nicht an den Ort, an dem wir uns in diesem Augenblick aufhielten! Wir gingen umgehend auf Tauchstation. Das Gebäude war eine Außenstelle der Vijecnica, der Nationalbibliothek von Bosnien und Herzegowina in einem Vorort von Sarajevo.«

Er erzählte ihnen die ganze Geschichte. In der Nacht, während eines Präzisions-Luftangriffs der NATO auf eine serbische Stellung, hatte er mit Simon zusammen beobachtet, wie diese sonderbare Gruppe dann ganz gezielt eine Reihe von Brandgranaten auf die Außenstelle der Vijecnica abschoss. Sie beschädigten das Gebäude schwer. Ofiziell verbrannten sämtliche dorthin ausgelagerten Manuskripte. Die Erklärung für das Unglück war selbstverständlich der NATO-Luftangriff. So stand es später auch in verschiedenen Pressemitteilungen, und die entsprechenden Gralshüter der UNESCO zeigten erbost mit spitzem Finger auf die Allianz.

»Und von mir und meinem Partner einmal abgesehen hatte möglicherweise niemand bemerkt, dass während des ganzen Nachmittags dieses 8. Mai 1995 eine Menge Kisten diskret auf Lkws verladen worden waren, die ganz deutlich als Fahrzeuge humanitärer Hilfsorganisationen gekennzeichnet waren. Ich bezweifle sehr, dass der nächtliche Brand damals überhaupt Kulturgüter von unschätzbarem Wert vernichtet hat.«

Sie hatten ihre Beobachtungen natürlich in ihrem Missions-Bericht niedergeschrieben. Ihre Vorgesetzten hatten die Informationen gelesen und zur Kenntnis genommen. Mit einem Stempel »Streng geheim« war dann alles in den Archiven des französischen Verteidigungsministeriums verschwunden. Europa und die NATO hatten andere Sorgen gehabt: die später als Völkermorde definierten Gräueltaten der verschiedenen jugoslawischen Bürgerkriegsparteien gegen die jeweils anderen Ethnien des Vielvölkerstaates, Massengräber, systematische ethnisch und religiös motivierte Vergewaltigungen – eine Situation, die der Kontinent seit dem

Zweiten Weltkrieg und den Massenvernichtungslagern der Nazis nicht mehr gesehen hatte.

Und dann war da natürlich noch der andere Zwischenfall gewesen, der, über den offen niemand sprechen wollte: der Verräter in der NATO! Eine Handvoll Männer, die einen ähnlichen Auftrag gehabt hatten wie Kérmorvan und Atlan, waren mit einer unglaublichen Präzision aufgespürt und getötet worden, weil jemand in der Einsatzleitung der NATO gezielt Informationen an eine der Bürgerkriegsparteien herausgegeben hatte. Das Rätsel des »Verräters von Sarajevo« war bis zu diesem Tag nicht gelöst worden.

Ein Jahr später hatte Kérmorvan eine verblüffend ähnliche Szene in Kabul beobachtet. Opfer war dieses Mal das Nationalmuseum in der historischen Altstadt. Die Truppe hatte exakt die gleiche Vorgehensweise gehabt wie die, die sie in Sarajevo beim Plündern beobachten konnten. Er hatte ihnen sogar ziemlich lange bei ihrer Schandtat zusehen können, weil er sich als Versteck, um die Nacht abzuwarten und aus Kabul zu verschwinden, das zerstörte Gartenhaus des Darul-Aman-Palasts ausgesucht hatte. Wieder konnte man seine Beobachtung in seinem Bericht über die damalige Mission nachlesen. Dann, während der Schlacht um Bagdad, im April 2003, kreuzte sein Weg zufällig erneut den einer Truppe, die sich schnell, professionell und durchorganisiert im irakischen Nationalmuseum bediente, während lokale Bewaffnete dafür sorgten, dass andere Bewaffnete und potenzielle Plünderer der Operation fernblieben.

Er vergegenwärtigte sich die drei Gruppen, denen er beim Antiquitäten-Klau zugesehen hatte: Das waren nie Einheimische gewesen, sondern immer Männer mit eindeutig europäischen Zügen, ja eigentlich bedienten sie sogar den Stereotyp der Angehörigen von Spezialeinheiten. Und sie hatten sich nie die Mühe gemacht, sich hinter lokaler Verkleidung zu verstecken. Seltsam. Was er beobachtet hatte, war immer auffällig gut organisiert gewesen: Eine systematische Plünderung und Plünderer, die genau wussten, was sie taten und die sich selektiv bedienten? In Kabul hatten sie nur Dinge mitgenommen, die man in Transportkisten packen konnte, und auch in Bagdad war es ihm ins Auge gesprungen: Entwendet wurde nur in Kistengröße und lediglich so schwer und sperrig, dass ein einziger, kräftiger Mann die Kiste bequem tragen konnte.

Das Hochtal unterschied sich nur insoweit von den anderen Begebenheiten, als dass hier eine ganze historische Stätte ausgeraubt wurde und die Größe der geraubten Objekte keine Rolle zu spielen schien. Die Plünderer hatten eine andere Transportlogistik und höchstwahrscheinlich die Möglichkeit, ihre Beute bequem unterm Radar der ISAF und OEF nach Pakistan zu bringen.

Selbstverständlich hielt Kérmorvan nicht einen einzigen greifbaren Beweis in Händen, aber sein Bauchgefühl sagte ihm, dass es zwischen Sarajevo mit der Außenstelle der Nationalbibliothek Vijecnica und dem Hochtal in der Provinz Zabul eine direkte Verbindung gab, und der Weg aus Jugoslawien und dem Jahr 1995 über Bagdad und Kabul in die Grenzregion zwischen Pakistan und Afghanistan direkt in die Gegenwart führte. Entgegen seiner sonstigen Gewohnheit, nur dann zu behaupten, wenn er beweisen konnte, sprach er seine Vermutung laut aus.

VIERTES KAPITEL

Frankreich – Paris – Hauptquartier der Alliance Base

Sie versteckten sich diskret hinter einer soliden dunkelblau gestrichenen Türe, die sich nur durch einen Zahlencode in Verbindung mit Biometrie öffnen ließ. Wie die anderen auch, arbeitete Ben Kingsley offiziell als Professor an der exklusiven und teuren privaten Hochschule, die in Zusammenarbeit mit der Universität Stanford in Europa die gleichen Bachelor- und Master-Studiengänge im Bereich der Wirtschaftswissenschaften zu den gleichen horrenden Studiengebühren anbot, wie in den USA. Sie wahrten den Schein, indem sie gelegentlich Vorlesungen hielten oder irgendein Seminar für Studenten im letzten Studienjahr unterrichteten. Ab und an aßen sie in der Mensa mit den Studenten zu Mittag und gelegentlich wurden unter ihren Namen Fachartikel veröffentlicht. Eine Handvoll Ghostwriter der am Fusion Center beteiligten Geheimdienste kümmerte sich um eine stetige Produktion von wissenschaftlichem Papier. Das praktische Cover erlaubte den zur Alliance Base abgestellten Agenten vor dem Vorwand wissenschaftlicher Kongresse und anderer Akademikertreffen unauffällig zu reisen. Sie waren allerdings nur eine ganz kleine Truppe, und das Gros der echten Hochschularbeit erfüllte ein Team echter Dozenten und habilitierter Professoren. Auch ihre Wege kreuzten sich natürlich von Zeit zu Zeit, obwohl die handverlesenen internationalen Akademiker ihre sehr opulenten Gehaltsschecks und anderen Vorteile nie durch so etwas Geschmackloses wie neugierige Fragen aufs Spiel setzten.

Die Räumlichkeiten der echten akademischen Lehranstalt befanden sich in der Rue Cheveret, und jeder unbeteiligte Beobachter dachte sich nichts dabei, wenn jemand das Haus Rue de Bougainville verließ und die Straße überquerte. Der französische General, der die gemeinsame Dienststelle leitete, die im Jahr 2002 als Antwort auf 9/11 ins Leben gerufen worden war, firmierte dabei auch als stellvertretender Dekan der Lehranstalt, und um ganz besonders neugierige Menschen vom Schnüffeln abzuhalten, fand sich die Adresse Rue de Bougainville als administrative Außenstelle der École de Commerce International et de la Cooperation EPIC auf der entsprechenden Seite der Handelsregisterauszüge vermerkt.

Bei schönem Wetter joggte Ben Kingsley, der unter dem Decknamen Dr. Robert G. Dell arbeitete und offiziell am ECIC Alteuropäische Ökonomik lehrte, die knapp sieben Kilometer, die sein Haus auf dem Pariser Montmartre im XVIII. Arrondissement von der Alliance Base im VII. Arrondissement trennten. Selbst wenn er nur mäßig motiviert war, überholte er am Trocadero regelmäßig den Bus. Doch an diesem Morgen hatte er die langsame Gemütlichkeit des unbeliebtesten Transportmittels der französischen Hauptstadt dem Sport und der Geschwindigkeit vorgezogen. Er faltete seinen *International Herald Tribune* zusammen und stieg aus. Vor dem Hauptquartier überquerte er die Avenue La Motte-Picquet.

Das Café-Restaurant *Les Parisiennes,* das die Ecke zwischen dem Boulevard und der Rue de Bougainville einnahm, gehörte genauso dem Dienst, wie der Laden, der Badezimmereinrichtungen verkaufte. Das Personal an diesen beiden ersten Kontrollposten von Alliance Base kannte ihn selbstverständlich. Da die Dienststelle ein Geheimnis war, das alle beteiligten Länder sorgsam hüteten, arbeitete man nicht mit outgesourctem Sicherheitspersonal, sondern mit Mitarbeitern des französischen Geheimdienstes, die für die Behörde Überwachungsaufgaben erfüllten. Um den Bestand der aktiven Mitarbeiter nicht auszudünnen, hatten die schlauen Franzosen eine bunte Truppe Pensionäre mobilisiert, die vor allem dem *Les Parisiennes* einen absolut authentischen Touch verliehen. Das Café-Restaurant diente zur Mittagszeit auch als inoffizielle Kantine der Dienststelle.

Ben Kingsley grüßte mit einem Nicken zwei Kollegen, die an einem kleinen Tisch frühstückten. Das offizielle Studienjahr hatte noch nicht angefangen, und es war sehr ruhig im *Les Parisiennes.* Einer der Sicherheitsleute, der als Stammkunde mit Zeitung und Schoßhündchen firmierte, nickte ihm zu. Sein schneeweißer Bichon Frisé wedelte aufgeregt mit dem Schwanz.

Wenn der kleine Hund einen Gast anknurrte, dann wurde man hier sehr aufmerksam. Auch die abkommandierten Omas und Opas der DGSE kannten jeden einzelnen von ihnen, und der Weg über die Theke des Café-Restaurants war der normale Weg, um einzuchecken und zu signalisieren, dass alles in Ordnung war und niemand einem folgte. Das Wachpersonal war nicht zu unterschätzen. Ben Kingsley wusste, dass sie alle bewaffnet waren und auch mit ihren Waffen umgehen konnten. Selbst das Schoßhündchen, das während der kalten Jahreszeit modische, gestrickte Pullöverchen trug und durch die Schur und das lustige bunte Halsband mit einem Strassanhänger in Herzchenform wie ein perfekter Spielgefährte für Kinder wirkte, war erstaunlicherweise scharf und biss hart zu, wenn sein Verdacht ihm begründet erschien.

Kingsley war einmal Zeuge eines Zwischenfalls mit zwei jugendlichen Rabauken à la Black Block geworden, die während einer der typisch gewalttätigen Pariser Großdemonstrationen der Linken und Extremlinken vermummt versucht hatten, die *»Sales Bourgeois«*, das verteufelte Establishment im Café, einzuschüchtern. Der kleine Bichon Frisé hatte gewonnen, und die Jungs waren von den drei CRS-Männern zuerst zum Arzt und anschließend ins Polizeikommissariat begleitet worden.

»Un double p'tit noir bien serré, Jean-Jacques!«, bat er den Kneipier in einem etwas zögerlichen, stark amerikanisch akzentuierten Französisch. Üblicherweise aß Ben zwei frische Buttercroissants mit

einer Portion der hausgemachten Marmelade zum Frühstück und trank dazu einen großen Milchkaffee, doch nach einem anstrengenden und langen Abend bei *Louisette*, die ihnen natürlich zu jedem Gericht einen anderen Wein serviert hatte, fühlte er sich etwas ausgelaugt. Abschließend hatte er noch bis in die Morgenstunden zuerst mit Taher in Iskanderga'l und anschließend mit Frank Mahooney in den Vereinigten Staaten geskypt. Neben dem dicken Alkohol-Schädel war er auch unausgeschlafen. Die doppelte Portion Weinbergschnecken aus der Bourgogne mit extra viel Petersilien-Knoblauchbutter und frischem Baguette lag ihm genauso schwer im Magen wie das gewaltige Cassoulet mit Enten-Confit. An diesem Morgen brauchte er härtere Mittel, um wieder fit zu werden. Er trank zwei doppelte Espressi, bevor er mit einem dritten vierfachen Espresso-To-Go die Straße überquerte.

Mit seinem Sicherheitsausweis öffnete er die Kontrollschranke im Inneren, die ihm gestattete, den Aufzug zu benutzen. Er ging an einem der beiden Konferenzbereiche vorbei. Eine Gruppe saß zusammen. Die internationale, geheimdienstliche Zusammenarbeit war ein außergewöhnlich zähes und schwieriges Geschäft, das von massivem Misstrauen und gegenseitiger Abneigung geprägt wurde. Das Fusion Center in der französischen Hauptstadt verlangte Ben ein ganz besonderes Maß an Geduld ab. Er seufzte leise und setzte ein strahlendes Lächeln auf, bevor er seiner Nummer zwei, Rhonda Hinkel, einen guten Morgen wünschte. Rhonda kam aus dem Hauptquartier in Langley, hatte zwei Jahre lang im CTC – dem Counterterrorism Center – gearbeitet und brauchte ihn eigentlich nicht, um das Tagesgeschäft im Fusion Center zu erledigen.

Die Alliance Base in Paris war eine ungeliebte Minimallösung, um nach 9/11 mit den Franzosen im Geschäft zu bleiben. Die Franzosen hatten etwas, das den USA fehlte, obwohl diese über einen gewaltigen Geheimdienstapparat verfügten: ein sehr dicht gestricktes Netz außergewöhnlich guter menschlicher Informationsquellen in der arabischen Welt. Es war ihnen sogar gelungen, extremistische Gruppierungen quer durch den Nahen und Mittleren Osten zu infiltrieren. Frankreich war darüber hinaus auch eine Art neutrales Territorium, auf dem sich politische Akteure aus der arabischen Welt trafen. Man konnte sie hier beobachten und auch verhältnismäßig gefahrlos kontaktieren und treffen. Gleichzeitig war das benachbarte Belgien dabei, sich rasant zu einer Drehscheibe des radikalen islamistischen Terrorismus und des illegalen Waffenhandels zu entwickeln. Und die Franzosen hatten ihre langen Nasen und Finger natürlich auch im belgischen Schlangenpfuhl. Der einzige Weg, von diesen speziellen Erkenntnissen zu profitieren, war natürlich das Fusion Center. Und es gab Ben die Möglichkeit, dank seiner sprachlichen Kompetenzen und seiner ausgezeichneten Kenntnis sowohl Belgiens als auch Frankreichs, sehr diskret Assets zu rekrutieren und die Vorbereitungen für eine verdeckte Operation zu treffen, an der sie seit dem Zusammenbruch der Sowjetunion intensiv arbeiteten.

Die Exekutivanordnung 12333 stammte noch aus der Präsidentschaft Ronald Reagans. Sie war die zentrale rechtliche Grundlage der NSA für ihre weltweite Überwachung der Telefon- und E-Mail-Kommunikation von Nicht-US-Bürgern ohne notwendigen Gerichtsbeschluss. Doch die NSA durfte die ungefilterten Rohdaten aus der globalen Überwachung nicht frei mit allen anderen US-Geheimdiensten teilen, und Minimierungsregeln sorgten dafür, dass für den Empfänger-Dienst nicht relevante Daten, insbesondere die von Unschuldigen, vor der Übermittlung aussortiert wurden. Das war natürlich ein Hemmschuh für die gesamte US-Intelligence-Community.

Offiziell wurde Datenmaterial über US-Bürger, das versehentlich oder zufällig abgesammelt worden war, wieder entfernt. Um diese Lücken zu füllen, setzten die US-Dienste, allen voran die NSA, auf enge Kooperationen mit ausländischen, vor allem europäischen Geheimdiensten, um auf diesem Weg an noch mehr Rohdaten heranzukommen und gleichzeitig legal auch US-Bürger zu bespitzeln. Doch die Europäer waren trotz 9/11 und der stetig wachsenden Gefahr durch Terroristen immer noch unwillig, richtig mitzuspielen. Was sie bekamen, waren meist nur Brotkrummen, um den Anschein der Zusammenarbeit zu wahren. Eine Ausnahme waren natürlich die Briten, die mit dem GCHQ neben der NSA Gründungsmitglied der sogenannten *Five Eyes* waren, und natürlich die Deutschen. Die Deutschen waren praktisch zu allem bereit, nur um als das sechste Auge in den elitären Club aufgenommen zu werden, der neben Großbritannien und den USA noch Kanada, Australien und Neuseeland einschloss.

Schon 1998 war eine EU-Richtlinie zum Schutz der Privatsphäre in Kraft getreten, die unter anderem den Datenaustausch mit Ländern untersagte, in denen kein vergleichbarer Datenschutz gegeben war, und zu diesen Ländern zählten eben auch die USA. Allerdings beschwerten ihre Bürger sich seit dem Horror von 9/11 nicht mehr, denn alle hatten noch die grauenhaften Bilder der Passagiermaschinen im Kopf, die sich in die Türme des World Trade Centers und ins Pentagon stürzten.

Die beiden Anschläge von Madrid und von London hatten nicht gereicht, um in der europäischen Einstellung zum Schutz der Privatsphäre und zur Notwendigkeit einer lückenlosen globalen Überwachung etwas zu ändern, aber die öffentliche Meinung fing an, sich zu bewegen, und auch die Politiker schienen flexibler zu werden und stärker über Fragen der Sicherheit nachzudenken.

Was es brauchte, waren eine Reihe weiterer, ganz gezielter terroristischer Anschläge auf europäischem Boden und eine allgemeine Verunsicherung und Polarisierung der Gesellschaft, in der die Europäer sich gegen die offenen Grenzen stellten, die jetzt noch als eine der größten Errungenschaften der Europäischen Union betrachtet wurden. Und schließlich ein Einverständnis der gewählten Volksvertreter, gewisse Grundsätze der EU infrage zu stellen.

Und genauso, wie sie es nach dem Ende des Zweiten Weltkriegs bis zum Untergang der UdSSR geschafft hatten, die Europäer in Furcht vor den Sowjets und dem Kommunismus zu halten, würde es ihnen jetzt gelingen, über die Furcht vor einer Welle islamistischen Terrors die EU-Mitgliedsstaaten so einzuschüchtern, dass sie für ein globales und lückenloses Netz der Überwachung unter amerikanischer Federführung dankbar sein und für die Sicherheit ihrer Länder ohne zu zögern die Privatsphäre ihrer Bürger aufgeben würden. Und natürlich barg diese Überwachung noch eine Reihe positiver Nebenprodukte für die USA, die in erster Linie wirtschaftlicher Natur waren.

Die Kanadier, die Briten und die Australier hatten enthusiastisch ihre Leute ins Fusion Center abkommandiert. Ben unterstellte, dass seine Kollegen, genau wie er selbst, den größten Teil ihrer Zeit damit zubrachten, nationale Interessen zu verfolgen. Und natürlich bespitzelten sie sich auch gegenseitig und alle zusammen die Franzosen. Nur die Deutschen zögerten noch: Die Festnahme von Osamas deutschem »General« Christian Ganczarski auf dem Flughafen Charles de Gaulle war ohne sie gelaufen, und sie hatten die Sache sehr schlecht verdaut.

Der Coup war die erste großangelegte Operation von Alliance Base gewesen und zugleich eine geschickte Manipulation. Sie hatten damals weder den BND noch die Bundesregierung informiert, weil sie befürchtet hatten, dass man ihnen Steine in den Weg legen würde, nur um die deutsche Bevölkerung nicht zu schockieren.

Er nickte seiner persönlichen Assistentin freundlich zu und streckte ihr die *International Herald Tribune* hin. Sie unterhielten sich kurz über ein Koordinierungs-Meeting, das am Nachmittag stattfand.

»Auf der Agenda steht nichts Wichtiges«, sagte die Frau. »Die Deutschen haben sich wieder einmal entschuldigt. Die haben national irgendeine dringendere Sache.«

»Könnten Sie bitte an meiner Stelle hingehen?«

Ben hatte einen Blick auf die Tagesordnungspunkte geworfen. Es versprach, wie fast immer, tödlich langweilig zu werden.

Rhonda Hinkel sah ihn an, als hätte er ihr eine Tüte mit gammeligen Fischabfällen unter die Nase gehalten. Ihre Hände machten Strickbewegungen. Vor der Alliance Base hatte sie als Einsatzagentin der CIA wesentlich spannendere Sachen gemacht, als ihren direkten Vorgesetzten in Kaffeerunden zu vertreten.

»Bitte!«, sagte Kingsley und schenkte der Frau ein strahlendes Lächeln. Er war offiziell auch noch bis zum nächsten Wochenende im Urlaub und lediglich in die Pariser Dienststelle gekommen, um rasch die Datenbanken zu durchsuchen. Außerdem hatte er für seine letzten offiziellen Urlaubstage eine Menge anderer Aktivitäten geplant, von denen auch Rhonda Hinkel nichts wissen musste.

Sein Freund Saif hatte dafür gesorgt, dass dieses Treffen völlig diskret in Paris stattfinden konnte. Er fand ihr Projekt ganz ausgezeichnet. Sie alle waren sich natürlich darüber im Klaren, dass der Enthusiasmus von 9/11 nicht ewig anhalten würde. Und das Königshaus der Al-Saud war sich absolut bewusst, dass sie gegen die Bedrohung durch ihre eigenen radikalislamischen Gruppierungen im Land und durch die Schiiten der Region, die massiv vom Iran unterstützt wurden, langfristig nur überleben konnten, wenn die USA und eine Reihe vom Erdöl abhängiger hochentwickelter Staaten der westlichen Hemisphäre sie mit militärischer Hardware, nachrichtendienstlicher Information, Aufklärungskapazitäten und diversen Mitteln zur Repression weiter stützten. Und wenn diese Staaten vor allem auch weiter für sie kämpften, wenn es hart auf hart kam.

Ben verstand, wie wichtig es für sie war, die Operation Regenbogen langfristig auf solide finanzielle Füße zu stellen, denn der unglückselige Krieg im Irak war dabei, ihnen völlig zu entgleiten, während der Krieg in Afghanistan zu einem ähnlichen Debakel geworden war wie das zehnjährige Drama der Sowjets von 1979 bis 1989. Er fühlte, dass sie ausgerechnet damals die Büchse der Pandora geöffnet hatten, als sie sich mit dem Teufel verbündet hatten, um den auszutreiben, den sie zuvor zum Beelzebub stilisiert hatten. Es war absolut unmöglich, so weiterzumachen, wie in diesem Augenblick.

Der 11. September 2001 bedeutete eine wichtige Zäsur. Die Terroranschläge hatten den außenpolitisch unerfahrenen Präsidenten damals unerwartet und hart getroffen. Aber es war ihm mit ihrer Hilfe gelungen, nicht nur den größten Teil der Nation hinter sich zu versammeln, sondern auch eine große Anzahl Verbündeter. Der Anti-Terror-Kampf gegen das Netzwerk von Osama bin Laden und gegen die Taliban in Afghanistan hatte sofort große Zustimmung in sämtlichen Schichten der Bevölkerung der schwer getroffenen USA gefunden. Und ihre Verbündeten hatten ohne zu diskutieren akzeptiert, dass man diejenigen, die hinter den grausamen Anschlägen steckten, mit allen Mitteln zur Strecke bringen musste. Zum ersten Mal in der langen Geschichte der NATO hatte der Artikel 5 des Nordatlantischen Vertrages Anwendung gefunden, der den Angriff auf ein Mitglied des Bündnisses zu einem Angriff auf alle Mitglieder machte.

Die Lüge von den Massenvernichtungswaffen Saddam Husseins, die 2003 gegen heftigen internationalen Widerstand parallel zur afghanischen Operation den Einmarsch in den Irak gerechtfertigt hatte, lastete schwer auf der fragilen Allianz, die die Entscheider in Washington gegen einen kaum greifbaren Feind gestrickt hatten. Vor allem bei den traditionellen, alten, westeuropäischen Verbündeten in der NATO wog diese Unwahrheit schwer.

Doch noch viel schwerer wog inzwischen die Tatsache, dass durch den amerikanischen Angriff im März 2003 die ohnehin schon hochexplosive Lage im gesamten Nahen Osten kaum noch kontrollierbar war. Dazu kamen unzählige schockierende Fotos und Videos barbarischer Misshandlungen Gefangener im berüchtigten Bagdader Abu-Ghraib-Gefängnis und in Guantanamo auf Kuba durch militärisches US-Personal und Kriegsdienstleister, die das Pentagon angeheuert hatte. Je weiter sie den vom Präsidenten angezettelten »Heiligen Krieg« gegen einen nicht fassbaren und nichtstaatlichen Gegner trieben, umso mehr stilisierten die USA sich vor aller Augen zu einem Schurkenstaat, der eben jene internationalen Spielregeln mit Füßen trat, die auf sein Drängen nach der Niederlage von Nazi-Deutschland und der Kapitulation vom 8. Mai 1945 geschaffen worden waren.

Sie mussten der Auflösung ihrer fragilen Allianz energisch entgegensteuern. Ben Kingsley wusste, dass es sich nicht schönreden ließ: Der dritte Golfkrieg war eine völkerrechtswidrige Militärinvasion, für die sie zusammen mit ihrem traditionellen Geschäftspartner Großbritannien und einer sogenannten »Koalition der Willigen« die Verantwortung trugen. Die Wahlen im nächsten Herbst stellten hoffentlich die Weichen, damit die USA ohne Gesichtsverlust und vor allem ohne weitere menschliche Verluste aus dem grauenvollen Schlamassel herauskam.

Vor diesem Hintergrund war der Erfolg der Operation Regenbogen essenziell.

Rhonda seufzte und nickte Kingsley gutmütig zu:

»Haben Sie irgendwelche Punkte, die wir hervorheben sollten. Irgendetwas Besonderes?«

Ben klaute ein knallgelbes Gummibärchen aus einem Glas auf ihrem Schreibtisch, schob es sich in den Mund und kaute genüsslich während er überlegte. Vor seinem inneren Auge ließ er die drei »fehlgeschlagenen Anschläge« vom Juni in Großbritannien noch einmal ablaufen. So ähnlich stellte er sich ihren Testlauf in Frankreich auch vor. Die Fortsetzung der Geschichte war dann ein bisschen anders geplant. Selbst mit der Alliance Base in Paris war es geradezu undenkbar, dass die Franzosen die Festnahme einer Terrorzelle mit direkter Unterstützung amerikanischer Agenten akzeptierten, so wie sie dies im September in Deutschland mit der »Sauerland-Gruppe« durchgezogen hatten. Und es brauchte wesentlich mehr als ein paar »fehlgeschlagene Anschläge«, um die Franzosen wirklich in Unruhe zu versetzen und ihnen weitreichende Zugeständnisse im Sicherheitsbereich abzuringen.

Ben schüttelte den Kopf: »Wir haben eigentlich nichts. Hören Sie einfach zu. Seien Sie nett und unterstützen Sie dynamisch unseren Freund Rostaing. Es fängt wohl langsam an, ihn ernsthaft zu verärgern, dass die Deutschen nie zu den Koordinierungsmeetings nach Paris kommen …«

Rhonda suchte sich ein grünes Gummibärchen aus dem Glas und schüttelte amüsiert den Kopf. Ein verärgerter General Robert Rostaing war ungefähr so aufregend, wie die Betriebsanleitung einer elektrischen Zahnbürste. Am Anfang hatte der Franzose sie mit seiner steifen Höflichkeit und seiner tiefgekühlten Art irritiert. Inzwischen schätzte sie seinen Gleichmut und seine Berechenbarkeit.

»Die Deutschen sollten wirklich endlich jemanden zur Alliance Base schicken, der hier vor Ort in Paris ist. Sie wollen in den *Five Eyes* auf Augenhöhe mitspielen, sind aber im gleichen Augenblick nicht bereit, auf einem wesentlich weniger integrierten Niveau zu kooperieren, und arbeiten eigentlich trotz ständiger Lippenbekenntnisse nur bilateral mit allen anderen Diensten – uns eingeschlossen – zusammen.«

Kingsley schüttelte den Kopf.

»Ich nehme einmal an, dass Sie bis zum offiziellen Ende Ihrer Ferien auch nicht zu erreichen sind, Sir?«

Rhonda kannte ihren Job. Und die Koordinierungsmeetings der *Five plus one* waren sowieso nicht das Ding ihres Vorgesetzten. Er war hier ebenso selten dabei, wie die von ihm eben noch gemaßregelten Deutschen. Allerdings reagierte Rostaign auf Kingsleys Schwänzen nicht verärgert.

Niemand in der Alliance-Base-Zentrale wäre je auf die Idee gekommen, Rhonda als seine Assistentin zu bezeichnen. Sie war im Fusion Center die eigentliche Stimme der US-Dienste und der verlängerte Arm des CTC der CIA, das die Pariser Behörde überhaupt erst eingerichtet hatte. Damit war sie der Ansprechpartner für ihre Geheimdienstkollegen.

Sie war echtes CIA-Urgestein und gehörte dem Geheimdienst bereits seit ihrem Universitätsabschluss im Jahr 1985 an. Fast die gesamte Zeit hatte sie dabei verdeckt gearbeitet. Ihre Karriere hatte als Einsatzagentin im von der UdSSR unterstützten Äthiopien begonnen. Hinkel arbeitete sich hoch, lernte Türkisch und Russisch, wurde dann als Station Chief nach Ankara versetzt. In den Neunzigerjahren, direkt nach dem Untergang der Sowjetunion, zog sie ein streng geheimes Informanten-Netzwerk in Russland auf, bevor sie die CIA-Zweigstelle im gerade unabhängig gewordenen

Aserbaidschan aufbaute. Nachdem 1998 al-Qaida Anschläge auf die US-Botschaften in Kenia und Tansania verübte und zweihundertvierundzwanzig Menschen tötete, wurde sie von General Frank Mahooney persönlich auf diese Fälle angesetzt. Mahooney war damals Chef des Directorate of Operations, der Einsatzabteilung der CIA gewesen.

Rhonda hatte es geschafft, in extremis einen weiteren Anschlag zu verhindern, indem sie – nicht sehr zimperlich – eine Reihe Verdächtiger über die Grenze nach Aserbaidschan entführte und dort eigenhändig knallharten Verhören unterzog, bei denen selbst den abgebrühten Special-Forces-Soldaten, die sie begleiteten, schlecht geworden war. Anschließend wurde sie zur Leiterin eines CIA-*Black-Site* in Thailand befördert, in der entführte Terrorverdächtige hart gefoltert wurden.

Rhonda Hinkel verbarg hinter romantischen Blümchenkleidern der walisischen Modedesignerin Laura Ashley, die sie gerne zu hochgesteckten Löckchen und einer Retro-Brille im Hippie-Look von Woodstock trug, einen messerscharfen Verstand und operative Erfahrung, die der ihres Vorgesetzten Ben Kingsley in nichts nachstand. Sie hatte über ein Vierteljahrhundert in der CIA gelernt, erfolgreich informelle Netzwerke zu nutzen anstatt staatliche Stellen anzuzapfen, und schwamm dank ausgezeichneter Fremdsprachenkenntnisse auf ihren Auslandsposten immer wie ein Fisch im Wasser. Auch sie arbeitete in der Alliance Base, wie ihr Boss, unter einer Cover-Identität und hatte einen von Langley entsprechend zurechtgestutzten Lebenslauf und falsche »echte« Ausweispapiere mitbekommen. Dazu hatte sie noch einen kleinen Nebenjob, von dem sogar Ben Kingsley nichts wusste.

FÜNFTES KAPITEL

Afghanistan – Provinz Zabul – Grabungsstätte von Iskanderga'l

Taher hatte während der letzten Tage viel gearbeitet. Meist allein. Er war froh, daß er Jones' Contractors als Grabungshelfer durch die Paschtunen ersetzt hatte, die in den Sommermonaten die Transport-Maultiere durchs Gebirge begleiteten. Sie waren einfache Gemüter, die ihm keine Fragen stellten und die ihn nicht dazu verpflichteten, populärwissenschaftliche Vorträge zu halten. Er saß bequem im Schneidersitz auf seiner zusammengefalteten Jacke und machte sich Notizen. Jones' Contractors waren zwar keine waschechten Intellektuellen, doch mehrheitlich eher intelligent und lebhaft. Die Erfolgsprämien motivierten sie noch zusätzlich. Und die Funde unterbrachen angenehm die Langeweile ihres üblichen Wachdienstes rund um die Grabungsstätte. Für die Männer war es wie ein ständiges Remake von *Indiana Jones.*

Die letzte Kammer, die am tiefsten im Felsen lag, war ein wahrer Ort der Wunder, ein einzigartiges Kuriositätenkabinett, das er noch nicht vollständig erforscht hatte. Darum zog er es vor, im Augenblick alles so wenig wie möglich zu diskutieren und ganz besonders nicht mit Jones' Horde begeisterter Hobbyarchäologen im Flecktarn.

Er war inzwischen überzeugt, dass Iskanderga'l vor allem als eine sichere und streng geheime Lagerstätte für außergewöhnlich wertvolle Objekte und Schriften gedient hatte. Das erklärte auch, dass sie außer der Bestattungsstätte des Alexander'schen Reitergenerals lediglich noch diese insgesamt zwölf Grabkammern hoher Würdenträger gefunden hatten und nirgendwo im Hochtal gewöhnliche Bestattungsstätten ganz normaler Durchschnittsbewohner. Er verspürte den Wunsch, sich mit Dadullah und Ben auszutauschen. Ein Gespräch unter Archäologen. Aufgrund seiner ganz besonderen Situation hatte er ja keinen Zugang zu Wissenschaftler-Kollegen an klassischen Hochschulen. Taher wusste, dass er sich nur auf seine Erfahrung verlassen konnte.

»Im Herbst des Jahres 327 vor der Zeitrechnung wollte es der Makedonen-König Alexander mit den Göttern aufnehmen«, sprach er in sein Diktiergerät. Es handelte sich größtenteils um historisch belegbare Fakten. Der Rest waren die Ergebnisse ihrer gemeinsamen Arbeit seit der Entdeckung des Grabes mit dem Reitergeneral.

»Und während er das Hauptheer durch das Kabultal und über den Khayber-Pass auf den indischen Subkontinent ziehen ließ, marschierte er selbst mit einer Truppe ausgesuchter Elitekämpfer durch die Berge. Dort lagen Städte und Festungen, von denen es hieß, Götter und Heroen wie Dionysos und Herakles hätten sie erbaut oder seien an ihnen gescheitert. Nach mehreren Blutbädern war Alexander wohl am Ziel angekommen und konnte Zeus & Co. die entsprechenden wohlgefälligen Opfer bringen.«

Seine Stimme zitterte vor Emotion, als er fortfuhr. Er hatte die Inschrift entziffert. Das Diktiergerät war eine alte Gewohnheit. Bereits als junger, noch unpromovierter Archäologe hatte Taher seine Grabungen pedantisch dokumentiert. Bis zum gewaltsamen Tod seines jüngeren Halbbruders Mustafa bei der Erstürmung der Air-France-Maschine 8969 in Marignane im Dezember 1994 hatte er sogar regelmäßig seine Grabungsjournale in arabischer Sprache in der bekannten Fachzeitschrift der Vereinigung Arabischer Archäologen veröffentlicht.

Tahers detaillierte Dokumentation der Freilegung der indo-griechischen Stadt Bazira im pakistanischen Gebiet des Swat-

Tales südlich von Barikot in der Provinz Khyber Pakhtunkhwa hatte ihm zur Berufung auf den Lehrstuhl für Griechische Archäologie an der Universität von al-Minya verholfen. Er hatte zwischen 1980 und 1984 und noch einmal sechs Jahre später intensiv in Bazira gegraben.

Er diktierte weiter: »Aber es ging ihm dabei nicht nur um die Befriedigung seines Ehrgeizes, sondern auch um die Sicherung seiner Macht. Und so befahl Alexander seinen Generälen, an günstig gelegenen Orten Befestigungen anzulegen, und in ihnen die Anwohner der Umgebung und, soweit sie dazu geneigt waren, auch etwaige Invaliden des Heeres anzusiedeln«.

So beschrieb es auch der römische Senator Arrian, der dafür auf die Erinnerungen des ägyptischen Königs Ptolemaios I. zurückgreifen konnte. Ptolemaios, der Begründer der ägyptischen Dynastie, hatte seinerzeit als hoher Offizier selbst an dem Zug durch die Berge teilgenommen. Sein Werk, die sogenannte »Alexander-Biografie«, galt als verschollen. Sie beinhaltete neben einer Wegbeschreibung zum Alexander-Grab vor allem detaillierte geografische Informationen, die erlaubten eine Reihe von Verstecken aufzufinden, in denen sich die unermesslichen Reichtümer befanden, die der Makedonier in Persepolis gestohlen hatte.

Natürlich war Taher sich darüber im Klaren, dass der ausführliche Ausgrabungsbericht, den er seit drei Jahren Abend für Abend niederschrieb, niemals veröffentlicht werden würde. Er konnte sein großes Werk über die Entdeckung von Iskanderga'l, der sagenhaften Festung in den Bergen von Zabul, und die spannende Lösung eines der großen Rätsel der Archäologie höchstens Dadullahs Kindern als wunderbaren Abenteuerroman in die Hand drücken.

Die vielfältigen Funde von Iskanderga'l bestätigen Informationen Arrians aus seiner Geschichte Alexanders des Großen, die er in der ersten Hälfte des zweiten Jahrhunderts nach der Zeitrechnung verfasst hatte. Der »ungeheure Felsen«, von dem es hieß, dass nicht einmal Herakles ihn habe einnehmen können, war wahrscheinlich wirklich Iskanderga'l gewesen. Er betrachtete nachdenklich die perfekt erhaltenen und sauber versiegelten Tontöpfe, in denen sich mit neunundneunzig-prozentiger Wahrscheinlichkeit weitere Schriftrollen befanden. Erst im Vorjahr war es einem Team der Universität von Thessaloniki gelungen, den zweitausendfünfhundert Jahre alten Derveni-Papyrus größtenteils zu entziffern, obwohl das Werk völlig verkohlt gewesen war. Der Papyrus war bereits 1962 im antiken Grab eines mazedonischen Edelmanns gefunden worden. Der Text auf der Schriftrolle sollte um 340 v. Chr. geschrieben worden sein, also während der Herrschaft von Alexanders Vater Philipp II. von Mazedonien.

Taher drehte einen der Tontöpfe und sah sich noch einmal das Siegel an. Eindeutig ein Siegel von Ptolemaios II. Seine Hand glitt in die Hosentasche. Er sah sich das Geldstück an. Eine Tetradrachme mit einem Bildnis Ptolemaios I. Auf dem nächsten Tontopf war ein Beamtensiegel angebracht. Er las ohne Schwierigkeiten den Namen Dionysius. Der Name faszinierte ihn.

Ptolemaios II., Sohn des ersten Ptolemaios, hatte eine außerordentlich dynamische Außenpolitik geführt und auch diplomatische Kontakte zum indischen Maurya-Reich unterhalten. Sein dortiger Gesandter war ein gewisser Dionysius gewesen. Arrian hatte erwähnt, dass dieser Mann ein Werk über Indien verfasst hatte. Es galt als genauso verloren wie die *Alexander-Biografie* des ersten Ptolemaios. Vielleicht steckte ja eine Kopie der sogenannten *Indika* in diesem Tonkrug. Nach dem Überraschungsfund der legendären Goldenen Bibliothek von Persepolis würde ihn auf dieser Grabungsstätte eigentlich nichts mehr verwundern.

»Einer mehr oder weniger. Sei's drum«, murmelte der Archäologe. Er stand auf, schüttelte seine Jacke aus und zog sie über. Er wollte sehen, was dieser einsame Dionysius unter all den Ptolemaios-I.- und -II.-Siegeln geschrieben hatte, das so wichtig und bedeutsam war, dass es in Iskanderga'l eingelagert worden war. Taher klemmte sich den Tonkrug mit der interessanten Beschriftung unter den Arm.

Sie besaßen inzwischen so viele Schriftrollen in absolutem Bestzustand und vor allem die vollständige Goldene Bibliothek von

Persepolis. Es war kein Drama, wenn er jetzt, nur um seine Neugier zu befriedigen, irgendeine Schriftrolle beschädigte oder zerstörte. Er wollte einfach wissen, was diese dritte Kammer wirklich verbarg. War es noch eine legendäre Bibliothek, von der alle seit zwei Jahrtausenden glaubten, sie wäre für immer verloren, oder vielleicht gar ein Geheimarchiv?

Taher stieg die Steintreppe hinauf in die bereits leer geräumte zweite Schatzkammer. In der ersten Schatzkammer standen noch gepackte Kisten, die auf ihren Abtransport warteten. Er knipste das Licht aus.

× × ×

Er speicherte sorgfältig jedes Blatt des eingescannten Papyrus als PDF. Anschließend nummerierte er die Seiten sauber durch. Es reichte, die Ausdrucke mit Tesafilm zusammenzukleben und zusammenzurollen, und der Leser hielt eine wunderbare und saubere Reproduktion des Originaldokuments in Händen. Dieses steckte sicher in einem der speziellen Transportcontainer aus Metal, die Taher gerne für empfindliche Papyri verwendete. Er hatte sogar das Siegel lösen können, ohne es zu beschädigen. Der Tonkrug selbst war nur insoweit interessant, als dass sie mithilfe einer späteren Carbon-14-Analyse sein Alter ermitteln und so herausfinden konnten, ob das Dokument zeitgleich mit Ptolemaios II. oder erst später eingelagert worden war. Der Behälter hatte einen Aufkleber mit Nummer und Datum und stand in der Ecke seines Arbeitszimmers.

Einmal hatte er vergessen, einen der Krüge zu markieren, die er nach Hause mitgebracht hatte, um den Inhalt zu untersuchen. Er hatte das sehr gut erhaltene und zweitausendfünfhundert Jahre alte Teil zu seiner großen Verwunderung sauber gewaschen in der Küche des Hauses gefunden. Eine von Dadullahs Großtanten hatte in seiner Abwesenheit die Räume sauber geputzt und alles ordentlich aufgeräumt.

Neugierig vergrößerte er das erste Blatt auf dem Bildschirm.

»Das gibt's doch gar nicht!«, murmelte er. Aufgrund der perfekten Lagerung war der Papyrus in Bestzustand und hatte sich einscannen lassen wie jedes andere neuzeitliche Schriftstück. Und er war in *Koine* verfasst, der Sprachstufe der altgriechischen Sprache, die sich als überregionale Gemeinsprache durchgesetzt hatte und vom Hellenismus bis in die römische Kaiserzeit verbreitet war. Der Einfachheit halber bezeichnete die populärwissenschaftliche Literatur diese Sprache auch gerne als Bibel-Griechisch. Er verzog den Mund zu einem Grinsen und fing an zu lesen. Er las Koine genauso schnell und unbefangen wie Arabisch, Englisch oder Französisch. Es war die Arbeitssprache der auf den Hellenismus spezialisierten, klassischen Archäologen.

Der Text übersetze sich wie irgendein banaler Zeitungsartikel aus dem *International Herald Tribune.* Sogar das Sprachniveau war vergleichbar: präzise, aber nicht steif oder gar förmlich. Während er auf dem Bildschirm las, glitten seine Finger routiniert über die Tasten des Keyboards. Er übersetzte direkt ins Englische.

Es war ein Bericht, der detailliert den Transfer verschiedener Alexander'scher Kriegsbeute aus Archosia, Baktrien und Sogdien beschrieb, wie er nach dem Tod des Makedoniers von seinem General und Vertrauten Ptolemaios organisiert worden war. Der hatte Schätze, die sich noch in diversen Verstecken befanden, diskret in sein Staatsgebiet bringen lassen und sie dort wieder sorgfältig verborgen. Der Bericht erwähnte eine Reihe von Orten, an denen sich Verstecke befanden.

Da wurde von mehr als dreitausend Kamelen berichtet und von rund zehntausend Maultieren, die notwendig gewesen waren, um den Gegenwert von etwa zweitausendfünfhundert Tonnen Gold abzutransportieren. Außer Münzen als Zahlungsmittel hatte Alexander unzählige Gegenstände aus purem Gold erbeutet, dazu noch wertvolle Schmuckstücke und große Mengen von Edelsteinen.

Der Text bestätigte Informationen, die sie mit Ben bereits in Manuskripten gefunden hatte, die er während eines NATO-Luftangriffs auf Sarajevo, während des Jugoslawienkrieges Mitte der Neunzigerjahre aus der Vijecnica, der Außenstelle der Nationalbibliothek von Bosnien und Herzegowina, entwenden konnte. Sein Freund hatte allerdings zehn Jahre gebraucht, um die Texte zu entschlüsseln, die nicht im geläufigen Altgriechischen verfasst waren.

Es hatte lange gedauert, bis Ben verstanden hatte, dass es sich dabei um eine umgangssprachliche Version des Altmakedonischen handelte, die jemand in demotischer Schrift schnell und ohne große Sorgfalt auf den Papyrus geschlampt hatte. Und der Schreiber hatte dabei immer wieder Ausdrücke und Wendungen benutzt, die man als Slang bezeichnen konnte. Für seinen Freund war das eine linguistische Höllentour gewesen.

Im Gegensatz zu Bens unbekanntem Schreiber war sein Dionysius ein höflicher Mensch. Der Papyrus war wahrscheinlich für Ptolemaios I. selbst verfasst worden. Der Schreiber war auch nicht der als Alexanders Botschafter in Indien bekannte Mann gleichen Namens, sondern eher ein Soldat. Seine Sprache war genauso präzise wie seine Beschreibungen. Taher vermutete, der Mann war ein hoher Offizier gewesen, dem auch Alexander selbst vollkommen vertraut hatte.

Er warf einen Blick auf die Uhr. Der Zeitunterschied zu Paris betrug drei Stunden. Er speicherte seine Übersetzung ab und verfasste eine E-Mail an seinen Freund. In dem Bericht des Dionysius war der Namen »Ophellas« mehrfach erwähnt worden. Der Name machte ihn stutzig. Ophellas war ein alter Bekannter.

»Ich bin zufällig über diesen Papyrus gestolpert«, tippte er, »und ich schicke dir auch meine Übersetzung. Wir müssen unbedingt die anderen Papyri aus der dritten Kammer lesen, denn wenn der Ophellas von meiner Rolle der gleiche Ophellas ist, der in Pella als Sohn des Seilenos geboren wurde und als Gefährte Alexanders des Großen am Alexanderzug teilnahm, dann haben wir hier mit unserem alten Bekannten zu tun, der nach Alexanders Tod im Dienst Ptolemaios' I. stand. Du wirst dich sicher daran erinnern, wie Ptolemaios ihn im Jahr 322 oder 321 losschickte, um den Söldnerführer

Thibron zu beseitigen, nachdem dieser die gesamten babylonischen Steuereinnahmen gestohlen und sich mit seiner Truppe in der Kyrenaika festgesetzt hatte.«

Nach seinem Sieg über Thibron hatte Ptolemaios den treuen Ophellas zum Provinzstatthalter in der Kyrenaika und zum Befehlshaber der ägyptischen Besatzung in Kyrene ernannt. Es war also denkbar, dass die Orte, die Dionysius im Zusammenhang mit Ophellas erwähnte, in der Kyrenaika lagen und nicht, wie zuvor von Ben angenommen, in Mesopotamien oder in Kapadokien.

»Ich sitze vor dem Rechner«, schrieb der algerische Archäologe, »und du kannst mich bis mindestens zwei Uhr morgens deiner Zeit anskypen. Ich glaube nicht, dass ich über dieser spannenden Lektüre müde werde. Lass uns diskutieren. Ich glaube, ich bin da zufällig auf etwas außergewöhnlich Interessantes gestoßen.«

Taher schickte seine E-Mail ab. Trotz der Abgelegenheit funktionierten die Kommunikationswege einwandfrei. Während der Ferien brachten Dadullahs Kinder aus Karatschi sogar ihre Laptops mit. Es hatte auch in diesen Ferien wieder die übliche hitzige Diskussion mit ihrer Mutter gegeben, und die Nutzung der Computer war genau wie während der letzten Ferien zugunsten von Aktivitäten an der frischen Luft auf maximal drei Stunden am Tag beschränkt worden.

Das Internet über Satellit war so schnell, dass er Ben die Anhänge und sogar noch eine Reihe Fotos von der dritten Kammer schicken konnte. Selbstverständlich hatten sie anonyme E-Mail-Adressen und benutzten seit dem Auftauchen der ersten Beta-Software im Jahr 2003 das Invisible Internet Project I2P. Das Netzwerk verschleierte und verschlüsselte die Identität aller Teilnehmer. Datenverkehr wurde über zufällige Routen geleitet und sowohl ausgehende als auch eintreffende Informationen hatten als Ursprung oder Ziel niemals ihre tatsächlichen IP-Adressen, sondern liefen über Gateways. Diese Kontrollpunkte waren nur für einen bestimmten Zeitraum gültig und leiteten die Daten entsprechend weiter. Sie hatten beschlossen, aus Gründen der Sicherheit diesen völlig privaten und von der CIA unabhängigen Kommunikationsweg offenzuhalten und gleichzeitig das abhörresistente Skype zu nutzen.

Taher stand von seinem Schreibtisch auf und rieb sich den Nacken. Ich habe immer noch ein untrügliches Gespür, freute er sich innerlich. Er fühlte, dass ihm jetzt gerade in diesem Augenblick der wirklich entscheidende Durchbruch gelungen war.

SECHSTES KAPITEL

Afghanistan – Provinz Zabul- Grabungsstätte von Iskanderga'l

Sie hatten fast vier Wochen lang erfolglos nach dem entkommenen Gefangenen gesucht. Weder der Mann selbst noch die knallrote Geländemaschine waren irgendjemandem aufgefallen oder irgendwo aufgetaucht. An der grünen Grenze hatten Dadullahs Kämpfer auch keine Spuren entdeckt. Natürlich überraschte das niemanden. Allerdings war bis jetzt auch keine Katastrophe von apokalyptischem Ausmaß über Iskanderga'l hereingebrochen; kein Hornissenschwarm hochgerüsteter Kampfhubschrauber, gefüllt mit aufgebrachten und rachsüchtigen Soldaten der ISAF oder der OEF war eingeflogen, um sie niederzukämpfen und ihr profitables Unternehmen zu beenden.

Die einzige Information, die seither über den abgeschossenen MedEvac bis nach Iskanderga'l durchgedrungen war, kam über Dadullahs Cousin Borjahn Khan. Der hatte bei einem Treffen mit einer verbündeten Taliban-Truppe aus der Nachbarprovinz Kandahār das Gerücht aufgeschnappt, dass ein Suchtrupp der internationalen Sicherheitstruppe ISAF zusammen mit ein paar Soldaten der afghanischen nationalen Armee ANA vier stramme Tagesmärsche von ihnen entfernt, irgendwo im Tal des Argandab drüben in der Provinz Kandahār ein paar Helikopterteile gefunden hätte. Borjahn hatte wohl schon mit Jones darüber gesprochen.

O'Shaughnessy war inzwischen davon überzeugt, dass es Jones lediglich darum gegangen war, ihn gemeinsam mit Frankie und Jack so weit wie möglich aus der Schusslinie des Taliban-Warlords zu halten. Dadullahs Familie hatte das Hochtal inzwischen wieder verlassen, um die kalte Jahreszeit an der Küste des arabischen Meers zu verbringen. Die jüngeren Kinder mussten zurück zur Schule, der Ältere zur Uni. Dadullah selbst war auch verschwunden und Jones kümmerte sich irgendwo im Ausland ums Geschäft. Richard O'Shaughnessy, der noch am Anfang des Monats davon ausgehen musste, seinen Posten auf der Grabungsstätte los zu sein, fand sich zum Monatsende plötzlich mit dem Top-Job wieder. Der Professor war von dieser Entwicklung natürlich nicht begeistert und ließ ihn tagtäglich spüren, dass er ihm nur noch beschränkt vertraute, doch der Archäologe war so sehr mit der Freilegung der Funde in den sogenannten Schatzkammern beschäftigt, dass ihre Wege sich lediglich dann kreuzten, wenn es darum ging, Transporte für Fundstücke zu organisieren. Hier beschleunigte sich auch alles, denn während sie den entflohenen Gefangenen verfolgten, hatte El Ouazzani einen Überraschungsfund gemacht, über den er sich sehr zugeknöpft zeigte.

O'Shaughnessy hatte zuerst nur seine Gruppe zusammengerufen, um die traditionelle Planung für die nächste Woche durchzusprechen. Dann holte er auch noch die restlichen Männer dazu. Vor allem die sechs Spezialisten, die ihre Überwachungs- und Störsysteme bedienten, bekamen zusätzliche Aufgaben. Jones hatte bereits Anweisungen gegeben, bevor er wieder nach Pakistan verschwunden war, doch es war notwendig, beide Gruppen vernünftig zu koordinieren und den Personalnotstand zu überbrücken, der durch das Gemetzel von Rustam Kalay entstanden war. Sie verfügten für die Überwachung über ganz ausgezeichnete zivile Fan-Beam-Radare, die frei verkäuflich waren und üblicherweise auf Ölplattformen eingesetzt wurden. Die Geräte vertrugen die rauesten, klimatischen Bedingungen, doch man musste den Tracker entsprechend umprogrammieren, um einen erweiterten Perimeterschutz einschließlich Luftraumüberwachung zu praktizieren, so, wie er für die Grabungsstätte jetzt notwendig wurde. Der Tracker war als Software implementiert und setzte ein spezifisches mathematisches Modell ein, um eine möglichst genaue Schätzung von tatsächlicher Position, Bewegungsrichtung und Geschwindigkeit sich nähernder Objekte unter Berücksichtigung von Messfehlern zu erreichen.

Außer diesem Job, machten diese Jungs auch noch das Uplink-Jamming und störten mithilfe eines experimentellen russischen EW-Systems, das Jones und Matveev gemeinsam über sehr finstere und korrupte Kanäle von dem 2004 gegründeten, hochspezialisierten russischen Luft-und Raumfahrt-Startup JSC Concern Sozvezdie beschafft hatten, alles, was der Grabungsstätte gefährlich werden konnte. O'Shaughnessy kam ebenfalls aus diesem Geschäft. Er hatte zwar einen Fehler mit dem Gefangenen vom Helikopter-Wrack gemacht, aber er war weder schwachsinnig noch völlig inkompetent.

Es war vor allem diese Fähigkeit, äußerst unethisch und kriminell zu hacken, die Jones' EW-Team nach Afghanistan gebracht hatte. Das spezialisierte Team stammte ursprünglich aus der US Army Electronic Warfare Division, wo alle sechs Männer eine hervorragende Ausbildung durchlaufen hatten, bereits mit dem eigennützigen Ziel im Hinterkopf, anschließend eine lukrativere Karriere im privaten Kriegsdienstleistungs-Sektor zu machen. O'Shaughnessy wusste, dass dieses Team in der Lage war, elektronisch eine ähnliche Sicherheit zu gewährleisten, wie zwei Dutzend Bewaffneter. Natürlich mit den üblichen Einschränkungen von Hightech-Gadgets. Doch vorläufig war dieser Schutz für Iskanderga'l ausreichend. Zu O'Shaughnessys Verwunderung, die er allerdings geschickt verbarg, stellte niemand seine Autorität infrage.

Am Ende blieben nur noch Mickie, Frankie und Jack zurück, die ihn auch auf der sinnlosen Jagd nach dem entkommenen Gefangenen begleitet hatten. Mickie und Jack waren mitsamt ihrer Taliban-Unterstützung oben an der Ring Road genauso ins Leere gelaufen wie er und Frankie unten in Spin Boldak und Chaman.

Rowan und Erin waren zwar hervorragendes Bedienungspersonal für das Mistral-MANPADS, und genau dafür hatte Jones die beiden Männer auch rekrutiert. Aber sie waren vor allem zwei große Kinder, denen man außer einer Playstation zum Egoshooter-Spielen nicht viel anvertrauen konnte. Sie hatten sich auch nicht quergestellt, als O'Shaughnessy sie gebeten hatte, das Team zu unterstützen, das sich um die elektronische Kriegführung kümmerte.

Mickie, Frankie und Jack hatten einen anderen militärischen Hintergrund. Dieser ähnelte O'Shaughnessys eigener beruflicher Vergangenheit beim britischen SAS. Mickie, Frankie und Jack waren alle drei ehemalige US-Marines und man hatte sie brutal an die frische Luft gesetzt. Das war in dem Augenblick geschehen, in dem der US-Verteidigungsminister sich gegen den damaligen Kommandanten des United States Marine Corps durchgesetzt und ihn dazu gezwungen hatte, seine Special Forces dem US Special Operations Command zu unterstellen. Bei der darauffolgenden Neugründung der Marine Raider Support Group waren eine ganze Reihe Männer der früheren Marine Special Operations Support Group MSOG auf der Strecke geblieben. Und um sie schnell und billig loszuwerden, hatte man jedem von ihnen mit der fatalen unehrenhaften Entlassung gedroht, die ein Verfahren vor einem Militärgericht bedeutet hätte, mit anschließender Gefängnisstrafe sowie dem Verlust sämtlicher Ansprüche auf soziale Hilfen und Rente. Das US Department of Defense war im Regelfall komplett schmerzfrei, wenn sie eine Entscheidung unbedingt durchsetzen wollten. Brachiale Gewalt bei Kündigungen war bei Männern wie den MSOG auch einfach, weil man kein Harvard-Diplom in Jura brauchte, um bei jedem Einzelnen irgendwo in seiner Laufbahn eine entsprechende Kröte zu finden, die eine unehrenhafte Entlassung rechtfertigte. Die schwerwiegendste Langzeitfolge wäre dabei gewesen, dass diese Männer zu Hause in den USA für immer gebrandmarkt gewesen wären, denn sie waren verpflichtet, die unehrenhafte Entlassung in jedem Bewerbungsschreiben und jedem Einstellungsgespräch unaufgefordert zur Sprache zu bringen. Tat ein abgestrafter, ehemaliger Soldat dies nicht, machte er sich wieder strafbar und konnte dafür sogar ins Gefängnis gehen.

Also hatten sie von sich aus gekündigt und waren gegangen. Selbstverständlich war die Rückkehr ins amerikanische Militär für die drei Männer damit genauso unmöglich geworden, wie für O'Shaughnessy selbst mit seinem »*Service No Longer Required*« eine Rückkehr in die britischen Streitkräfte, in eine neue Einheit und mit einem neuen Vertrag. Aber die Tatsache, dass sie brav gekuscht und nachgegeben hatten, hatte ihnen den Weg in diese gutbezahlten Contractor-Jobs bei ihm geöffnet. Da sie trotz treuer Dienste für ihr Land eine erbärmliche Behandlung durch das US Marines Corps und das US Department of Defence erfahren hatten, konnte ihr neuer, loyaler und großzügiger Boss Jones auf ihre absolute Zuverlässigkeit zählen. Und Jones war es gewesen, der sie nach dem »Missgeschick« mit dem entkommenen Gefangenen aus Dadullahs Schusslinie gezogen hatte – genauso wie O'Shaughnessy selbst.

»In der Aufarbeitung des unglücklichen Zwischenfalls um die Unbekannten, Major Matveev, unsere russischen Kameraden, Rustam Kalay und den MedEvac gibt es einen letzten Punkt …«, erklärte Richard O'Shaughnessy seinen drei Partnern Mickie, Frankie und Jack. Er hatte sich vorgenommen, Jones und ihrem diskreten, namenlosen Auftraggeber zu beweisen, dass auch er vertrauenswürdig war und jeden Cent seines attraktiven Gehaltes verdiente. Er wollte seinen Job behalten … und vielleicht sogar ein bisschen mehr.

Zabelev, der Überlebende aus der Russen-Truppe, blieb weiterhin verschwunden. Vermutlich hatte der Mann sich – traumatisiert von dem Gemetzel mit den Unbekannten – mit dem fehlenden Geländefahrzeug einfach abgesetzt, nachdem er ihm die Infos über den MedEvac übermittelt hatte.

Es war am wahrscheinlichsten, dass der Russe sich jetzt in Kabul befand. Kandahār war ein zu gefährliches Pflaster und man kam nur sehr schwer aus dieser Ecke Afghanistans weg, wenn man, wie Zabelev, keine Papiere mehr hatte. Der Reisepass des Russen mit einem Arbeitsvisum des Sultanats Oman befand sich zusammen mit einer Reihe anderer persönlicher Unterlagen im Nachttisch seines bequemen Zimmers in einem der Wohncontainer. Dort lagen auch ein Bündel US-Dollars, die Fotos seiner Familie drüben in Russland und ein paar andere private Besitztümer. Wie alle anderen auch, war der Russe über die Vereinigten Arabischen Emirate und Pakistan nach Afghanistan eingereist – illegal und ohne die geringsten Spuren zu hinterlassen. Zwischen Oman und den Vereinigten Arabischen Emiraten existierte ein spezifisches Visaabkommen, und zwischen den Emiraten und Pakistan lag das Arabische Meer. Jones hatte einen Circuit, der perfekt funktionierte. Sie waren unsichtbar. Doch genau diese Tatsache machte es nicht einfacher, Afghanistan auch wieder diskret, lebendig und in Eigeninitiative zu verlassen – außer man versuchte es auf dem gefährlichen Landweg und überquerte anschließend den Amudarja-Fluss, der Afghanistan von den früheren zentralasiatischen Sowjetrepubliken trennte. Oder man besorgte sich einen brandneuen Satz ordentlicher falscher Papiere, die es einem ermöglichten, bequem über ein Drittland – vorzugsweise die Türkei – zu reisen. Und brandneue, brauchbare Papiere fand man nur in der afghanischen Hauptstadt Kabul.

Es war vernünftig, wenigstens einen Versuch zu unternehmen, um Matveevs Mann Zabelev wiederzufinden. Die Russen waren zwar eher unter sich geblieben und die Beziehungen zwischen Jones' angelsächsischen Contractors und Matveevs russischen Ex-SpezNas hatten sich auf ein höfliches, professionelles Miteinander beschränkt. Doch Tolja Zabelev wusste trotzdem genug über die Ausgrabungsstätte, den Antiquitätenschmuggel, Dadullah, den Professor und sie alle, um ihrer gesamten Organisation gefährlich zu werden, falls er beschloss zu reden. Allein und unkontrolliert in der freien Natur konnte Zabelev natürlich nicht bleiben: Das Thema mit Jones oder gar dem Professor und Dadullah zur Sprache zu bringen, erschien Richard O'Shaughnessy jedoch undiplomatisch. Es würde nur wieder zu bösem Blut führen und zu hitzigen

Anschuldigungen und man würde ihm die Frage stellen, warum er nicht umgehend gesagt hatte, dass noch ein überlebender Russe unkontrolliert in der freien Natur unterwegs war.

Aus diesem Grund beschloss Richard O'Shaughnessy, Zabelev selbst zu finden und das Problem so zu lösen, dass es niemandem schadete; weder dem Mann, den Jones immer nur »Boss« nannte, noch Jones. Weder der lukrativen Raubgrabung noch ihm selbst und seiner Karriere als wohlbezahltem privatem Kriegsdienstleister. Nach dem Zwischenfall mit dem entkommenen Gefangenen konnten sie sich keine weiteren Sicherheitsrisiken mehr auf der Grabungsstätte leisten.

O'Shaughnessy hatte sich vorgenommen, keine Zeit zu verlieren. Er hatte nur diesen einen unglückseligen Fehler gemacht. Er hatte natürlich nicht vor, mit dem Professor zu diskutieren und sich sein Okay zu holen. El Ouazzani war nicht sein Arbeitgeber, und niemand wusste, wann Jones plante, wieder nach Iskanderga'l zu kommen. Jones hatte das Management der Sicherheit der Grabungsstätte vollständig Arkadij Matveev überlassen und sich eigentlich nur um übergeordnete Dinge und Kommerzielles gekümmert. O'Shaughnessy hatte Jones, seit er den Job von seinem verunglückten Vorgänger übernommen hatte, nur ein einziges Mal in Iskanderga'l gesehen: nach dem Absturz des MedEvac zusammen mit ihrem geheimnisvollen Auftraggeber.

Wen auch immer Jones anheuerte und nach Iskanderga'l schickte: Niemand konnte innerhalb von fünf Minuten alles vernünftig in die Hand nehmen und managen. Außerdem war es sehr unwahrscheinlich, dass eine Ersatzcrew für Matveev und die Russkis vor dem Jahresende auftauchte. O'Shaughnessy vermutete, dass neue Männer, wenn überhaupt, erst im Frühjahr kommen würden. Er wollte vor allem eines. Er wollte seinen gut bezahlten Job bis zum Ablauf des ersten Vertrages im März 2010 behalten, seinen Arbeitsplatz lebend verlassen und sowohl die vereinbarte Erfolgsprämie als auch seine Umsatzbeteiligung abkassieren. Und er wollte es sich auf keinen Fall mit Jones verscherzen, denn ansonsten riskierte er, nicht einmal mehr einen Job als Sicherheitsmann in einer britischen Privatschule zu bekommen.

Natürlich hätte er die ganze Sache auch mit Jones besprechen können. Der hatte Matveev und die Toten von Rustam Kalay entsorgt und dabei nicht bemerkt, dass sowohl ein Russe als auch eines der Geländefahrzeuge fehlten. Geteilte Schuld hier. Doch Zabelev war ein Problem, das O'Shaughnessy auch einfach alleine lösen konnte.

Sie diskutierten eine Weile mit Mickie, Frankie und Jack. Es war klar, dass sie in der nächsten Zeit regelmäßig den nicht ganz ungefährlichen Trip nach Kabul machen mussten, um dort in einem diskret angemieteten Haus direkt neben der finnischen Botschaft und im Herzen des schwer gesicherten, diplomatischen Viertels die Kisten mit den empfindlichsten Fundstücken anzuliefern. Diese sollten per Luftfracht und als Diplomatengepäck am Ende des Jahres ihren Weg nach Europa nehmen. O'Shaughnessy wusste, dass der »Boss« diesen Spezialtransport organisiert hatte und sie noch weitere Informationen erhalten würden.

»Okay, Rick«, sagte Frankie, »wir folgen dir! Deine Argumente sind schlüssig, du hast völlig recht. Es wird zwar hart werden, ihn aufzuspüren und die Sache ist gefährlich, aber es macht Sinn, und wir ziehen es vor, auch in Zukunft mit dir zu arbeiten, als wieder irgendeinen Russki wie Matveev oder einen Unbekannten vor die Nase gesetzt zu bekommen. *Let's do it!*«

SIEBTES KAPITEL

Frankreich – Fort de Romainville – Hauptquartier der Division Action der DGSE

»Sie haben endlich Wrackteile des MedEvac entdeckt.«

Rolland Fabrés Mobiltelefon hatte gefiept, und er hatte den Mittagstisch verlassen, um die Nachricht anzusehen. Die E-Mail kam direkt aus Kabul. Pierre Besson, ihr bewährter *honorable correspondant,* hatte das Medienzentrum der ISAF an der Bibi Mahru verlassen und war gerade auf dem Weg zu irgendeiner journalistischen Pflichtübung bei den in der afghanischen Hauptstadt stationierten Italienern.

Im Anhang befand sich das PDF der Pressemitteilung, die am nächsten Mittwoch im wöchentlichen Presse-Briefing der NATO veröffentlicht würde. Pierre hatte die Information natürlich schon im Vorfeld erhalten. Der aktuelle ISAF-Pressesprecher war ein uralter Freund des franko-italienischen Journalisten. Fabré setzte sich wieder und reichte sein Smartphone an Kérmorvan und an Rudeaux weiter. Schließlich hatten auch Christiane Près und Farida die Nachricht gelesen.

» … und nach einer intensiven Suche ist es der ISAF in Zusammenarbeit mit Einheiten der Nationalen Afghanischen Armee vor zwei Tagen endlich gelungen, im Tal des Argandab an der Grenze des Distriktes Shinkay Trümmer des vor drei Wochen bei einem Rettungsflug in der Provinz Zabul verunglückten Rettungshubschraubers vom Typ Black Hawk zu finden. Er zerschellte höchstwahrscheinlich wegen schlechter Sichtverhältnisse oder in dieser extremen Gebirgsregion häufig auftretender Turbulenzen an einer Felsenwand. Es gibt keine Überlebenden. An Bord befanden sich außer einer US-amerikanischen Crew noch drei Kanadier, ein Holländer und eine Deutsche. Die Leichen der verunglückten Crew und des Ärzteteams aus der ISAF Medical Task Force konnten nicht geborgen werden. Der genaue Absturzort des MedEvac ist unbekannt, ebenso, ob sich noch weitere Opfer an Bord befunden haben. Der Hubschrauber sollte Verwundete aus einem Einsatzgebiet auf die Kandahār-Airbase bringen.«

Die Pressemitteilung war banal, platt und in reinstem NATO-Englisch verfasst. Die interessanteste Information war, dass sich unter den Toten eine Frau befand. Fabré hätte spielend in fünf Minuten einen publikumswirksameren Text geschrieben, der in der Tagespresse eine interessierte Leserschaft angezogen hätte. Und alles war natürlich reiner Zufall – vor allem der Fund der Wrackteile. Eine ihrer Quellen auf der Kandahār-Airbase hatte ihm schon vor Kérmorvans Rückkehr anvertraut, dass die offizielle Suche nach dem vermissten Rettungshubschrauber bereits kurz nach dessen Verschwinden endgültig abgebrochen wurde, weil keiner so recht wusste, wo sie eigentlich suchen sollten, und die Suchhubschrauber bis an die Grenzen ihres Spritvorrates geflogen waren, ohne auch nur ein Zeichen des vermissten Black Hawk zu finden. Der MedEvac hatte sich im wahrsten Sinne des Wortes in Luft aufgelöst. Vor allem hatte er keinen Notruf abgegeben. Die Amerikaner verloren regelmäßig Hubschrauber dieses Typs durch menschliches Versagen und bemühten sich, die Probleme herunterzuspielen, um den kommerziellen Erfolg des Produktes nicht zu beeinträchtigen. Und sie hatten im Lauf der Jahre eine ziemliche Gleichgültigkeit entwickelt, was den Verlust von militärischem Personal anbetraf.

»Wie wir bereits aufgrund der Satellitenfotos vermutet haben«, sagte Christiane Près zwischen zwei Gabeln sehr krosser Fritten und einem Schluck Wein, »ist der Helikopter unter dem Druck des Wassers schließlich zerbrochen.«

Rudeaux schaffte es, gleichzeitig zivilisiert zu Mittag zu essen, Notizen in sein berüchtigtes orangefarbenes Rhodia-Blöckchen zu machen, nicht auf die Krawatte zu kleckern und mit Farida kultivierten Small Talk zu praktizieren. Kérmorvan bewunderte den Mann. Er selbst schaffte es nie, bei Miesmuscheln in Weißweinsauce nicht zu kleckern. Vielleicht fehlten ihm dazu auch einfach noch fünfzehn Jahre Berufserfahrung. Es war, wie bei Spaghetti mit Tomatensauce – aus Sicherheitsgründen aß er die nur zu Hause, im dunklen Rollkragenpullover oder im Flecktarn.

»Und sie gehen von einem ganz banalen Unfall aus …«, sagte er zufrieden. Die Muscheln waren lecker, das Baguette ganz frisch. Selbst die Fritten waren nicht Tiefkühl-Horror, und der Koch der Division Action ließ sich beim Wein nie lumpen. Weil ihre Truppe in Romainville und in den Ausbildungszentren klein war, fuhr der Küchen-Chef immer direkt zu den Produzenten und kaufte vor Ort ein. Der kühle Bourgogne Vézelay AOC war so süffig, dass Kérmorvan sich nachher ausnahmsweise zum Salat und zum Käse noch ein zweites Glas einschenken würde. Sie hatten mit Rossi in Karatschi zwar auch nicht schlecht gegessen, aber es gab immer den Moment, in dem ihm die orientalische Küche zu viel wurde und er sich nach klassischer französischer Hausmannskost sehnte. Er konzentrierte sich wieder auf seinen Teller und dessen appetitlichen Inhalt. Keine offizielle Quelle hatte bislang die Möglichkeit eines Abschusses erwähnt. Plötzlich entwickelte sich vor seinem inneren Auge ein überaus interessantes Szenario.

Falls es ihnen gelang, die Deutschen davon zu überzeugen, dass es nicht unethisch war, das Prinzip *»No Body, no Crime!«* zu praktizieren, und die Deutschen sich bereit erklärten der NATO, der ISAF, der OEF und den drei anderen betroffenen Nationen zu verschweigen, dass der Absturz ein Abschuss war, dann konnten sie versuchen, gemeinsam herausfinden, was in diesem Hochtal wirklich vonstattenging und sich auf die Suche nach Ben, dem Golfer, und den Hintermännern der Raubgrabung machen. Kérmorvan grinste: Und abschließend konnte er Taher El Ouazzani aus dem Verkehr ziehen. Endgültig.

Kérmorvan wog die verschiedenen Möglichkeiten gegeneinander ab: eine klassische Kommandooperation mithilfe einer Gruppe aus dem COS oder mit ihren eigenen Leuten vom Service Action, ein gezielter Drohnenangriff, oder auch robustere Mittel. Sie hatten die Zielkoordinaten. Das war ausreichend präzise, um einem der französischen Kampfflugzeuge vom Type Mirage, die vom Stützpunkt Al Dhafra in den Vereinigten Arabischen Emiraten einmal täglich über Afghanistan Aufklärung flogen, diskret etwas Explosives unter den Flügel zu schnallen. Oder es ergab sich eine Gelegenheit, die Sache »von Mann zu Mann« zu regeln. Er war zwar nicht wild darauf, Taher höchstpersönlich und eigenhändig vom Diesseits ins Jenseits zu befördern, aber der Gedanke bereitete ihm auch kein Unbehagen. Rein mit dem Fallschirm und raus mit dem Geländemotorrad – genauso, wie sie es mit Rossi gemacht hatten.

Die Sache mit dem Disney-Shop Weihnachten 2004 lag ihm immer noch wie eine Fischgräte im Hals, auch wenn er diesen Punkt niemals offen zur Sprache bringen würde. Die entschärften Bomben in den Galeries Lafayette hatten ihm wegen seines kleinen Bruders mehr Albträume beschert als sämtliche menschlichen Überreste, die er in seiner langen Berufskarriere an den widerwärtigsten Orten der Welt in irgendwelchen blutigen Pfützen mit eigenen Augen gesehen hatte. Der hatte sich nämlich an genau diesem 26. Dezember zusammen mit seiner Mutter am 40 Boulevard Hausmann im zweiten Stock des berühmten Jugendstil-Gebäudes direkt unter dem Shop zum Mittagessen hingesetzt, nachdem die beiden die deutschen Großeltern Franz auf den Zug zurück nach Stuttgart begleitet hatten. Allerdings wäre es die beste Lösung, El Ouazzani lebend einzufangen. Es gab viele Leute, die ihm eine Menge Fragen stellen wollten. Auch Kérmorvan selbst wollte mit Taher diskutieren. Lange und ausführlich. Über Karatschi natürlich, aber vor allem über diese völlig irre Geschichte mit dem Disney-Shop und dem Versuch, kleine Kinder in die Luft zu sprengen.

Rossi hatte den »Golfer« gesehen. Sie hatte ihm den Mann ganz genau beschrieben und während der Flucht und anschließend noch einmal in Karatschi geschworen, dass sie ihn für einen Phantombildzeichner beschreiben konnte. Und dann war da noch dieser letzte Punkt. Kérmorvan hatte die ISAF-Pressemitteilung aufmerksam gelesen. Die schrieben, dass alle, die sich im MedEvac befunden hatten, tot waren. Also wusste im Augenblick noch niemand in der NATO und in der ISAF darüber Bescheid, dass zumindest Rossi den Abschuss überlebt hatte. Die Deutschen hatten noch nichts gesagt, obwohl sie bereits seit Freitag wieder zu Hause war. Selbst wenn Rossi sich zuerst ausgeruht und ihre Familie besucht hatte – die Frau, die er kennengelernt hatte, war Montagmorgen pünktlich bei ihren Vorgesetzten aufgeschlagen, hatte sich zurückgemeldet und eine lange, abenteuerliche und zutiefst befremdliche Geschichte erzählt.

»Wir werden es dabei natürlich nicht vermeiden können, unseren Freunden auf der anderen Seite des Rheins ein kleines Geständnis zu machen und ihnen zu sagen, dass ihr Oberstabsarzt Dr. Rossi mit mir auf Tour war und nicht mit dem imaginären Sergeanten der kanadischen Special Forces ›Pierre Dupont‹.« Kérmorvan schmunzelte.

Als er sie während des Stopovers auf dem zerstörten sowjetischen Außenposten angelogen hatte, war die Situation noch eine andere gewesen. Hätte er Rossi auf einem beschwingten Botschaftsempfang in Lissabon oder auf dem Wochenmarkt von Dol in seiner heimatlichen Bretagne kennengelernt, er hätte sich unter seinem echten Namen vorgestellt, sich als Franzose geoutet und wahrscheinlich sogar auf seinen *French Touch* verzichtet. Er konnte auch akzentfrei Deutsch sprechen, wenn er wollte.

Sie werden es nicht vermeiden können, dachte Christiane Près boshaft, während sie ihr Mittagessen beendete. Über Muscheln und Weißwein war ihr eine ausgezeichnete Idee gekommen.

× × ×

Als der erweitert sicherheitsüberprüfte Mitarbeiter aus der Küche des Fort de Noisy gegen sechzehn Uhr sowohl einen lauwarmen normannischen Apfelkuchen als auch eine Quiche Lorraine, zusammen mit frischem Kaffee und Tee, in den Besprechungsraum brachte, hatten sie Christiane Prés' Szenario bereits diskutiert und die Rollen untereinander aufgeteilt.

Nachdem der Mann aus der Küche die Tür wieder hinter sich geschlossen hatte, grinste die Chefin der Division Action wie eine fette, alte Katze, hob kurz die Hand und forderte ihre Truppe zur Ruhe auf. Dann drückte sie die Selbstwähl-Taste COS auf ihrem abhörsicheren Festnetzanschluss. Es war an der Zeit, die Kollegen aus Taverny mit ins Boot zu holen.

Natürlich musste General Bertrand Morillon zuerst ganz diskret bei der ISAF eintüten, dass die Männer vom 1er RPIMa aus Spin Boldak lediglich losgeschickt worden waren, um brav die hochoffizielle Terrorliste abzuarbeiten, als sie Kandahār um Hilfe rufen mussten.

Der Name, den Kérmorvan seiner neuen deutschen Freundin gegenüber genannt hatte, war perfekt: Der ehemalige Taliban-Provinzgouverneur war zwar ein unspektakuläres Ziel, aber aufgrund seiner Verwicklung in die Finanzierung von Terrorismus für alle ISAF-Partner sehr interessant. Julien Rudeaux hatte vorgeschlagen, sich auf fehlerhaftes Equipment zu berufen und zu behaupten, die Truppe hätte sich verlaufen, weil sie zu blöd gewesen war, einen klassischen Kompass zu benutzen. Das würde den Amerikanern selbstverständlich gefallen und sie in ihrer Meinung bestätigen, dass die *Frenchies* unfähige, desorganisierte und vom Pleitegeier gehetzte Amateure waren. Es war immer von Vorteil, wenn man unterschätzt wurde.

Es war auch besser, wenn die Deutschen zusätzlich auf diesem offiziellen Wege erfuhren, dass die Verwundeten, die der abgestürzte MedEvac aus der Provinz Zabul hatte bergen sollen, Franzosen gewesen waren. Das Einsatzführungskommando der Bundeswehr würde ansonsten nur anfangen, in Eigeninitiative herumzuschnüffeln und dadurch eine Aufmerksamkeit auf sich ziehen, die sie vermeiden mussten, wenn sie diese ganze Geschichte diskret und gemeinsam mit den Deutschen begreifen wollten.

Der aktuelle Bewohner des Chefzimmers in der Henning-von-Treschkow-Kaserne in Potsdam, General Reinhard Gutbrod, hatte eine rege Intelligenz und im Gegensatz zu vielen seiner Generalskollegen eine ordentliche Auslandserfahrung. Sie waren ihm auch schon mehrmals an interessanten Orten der Welt begegnet, denn er hatte bis vor ein paar Monaten das Kommando Spezialkräfte befehligt. Außerdem war Gutbrod seit der ersten Stunde in die Terroristen-Jagd am Hindukusch und ins große, afghanische Spiel verstrickt.

Es war unausweichlich, dass Kérmorvans deutsche Begleiterin ihren Vorgesetzten eine abenteuerliche Geschichte erzählen würde, ja vielleicht sogar schon erzählt hatte, und sobald die Story bei General Reinhard Gutbrod ankam, würden in Potsdam die Alarm-Glocken läuten. Sie mussten damit rechnen, dass der Mann umgehend seine alten Freunde im KSK und Kontakte im Bundesnachrichtendienst mobilisierte. Immerhin hatten die deutschen Spezialeinsatzkräfte in der Gegend um das geheimnisvolle Hochtal und die illegale Grabungsstätte in den letzten Tagen von Gutbrods Herrschaft Federn gelassen und nach Aussage des Generals fünf Männer verloren, über die Calw nicht offen sprechen konnte, denn die Provinz Zabul gehörte nicht zum Einsatzgebiet des KSK. Ein seltsamer Zufall?

»Ich muss jetzt ein bisschen herumtelefonieren«, verabschiedete Christiane sich kurz vor fünf. Morillon war sehr kooperativ. Sie hatten eine Stunde miteinander beratschlagt und ihre gemeinsame Strategie geplant.

Le goûter, c'est sacré! – die Kaffepause ist heilig, dachte sie belustigt, als sie die leeren Kuchenteller und die zufriedenen Gesichter ihrer Mitarbeiter betrachtete.

Sie brauchten jetzt nur noch eine Generalabsolution des Premierministers und ein bisschen Amtshilfe vom Quai d'Orsay. Und alles musste schnell gehen. Sie machte ein paar unmissverständliche Handzeichen. Kérmorvan und Julien Rudeaux setzten sich gemeinsam in Bewegung. Farida klappte ihren Laptop zu, und Madame le Juge selbst verschwand durch die Seitentür ins Treppenhaus und hinauf in ihr Büro. Sie hatte sich im Zusammenhang mit Gutbrod, dem KSK und dem deutschen Geheimdienst an ein Detail erinnert …

ACHTES KAPITEL

Deutschland – Bundeshauptstadt Berlin

Obwohl er während des Jugoslawienkrieges im Einsatz und seit der ersten Stunde in die Jagd auf al-Qaida verstrickt war und auch im Rahmen von mehreren UN-Missionen in Afrika Erfahrungen gesammelt hatte, hatte General Reinhard Gutbrod doch ein etwas mulmiges Gefühl, als er am U-Bahnhof Turmstraße in Alt-Moabit ausstieg. Er war erst seit ein paar Wochen in Potsdam, und Berlin war irgendwie nicht seine Stadt. Die dunkelrot-rote PDS/SPD-Regierung befremdete ihn im gleichen Ausmaß wie die durch jahrelanges grünes Unwesen verursachte multikulturelle Bereicherung, die man an allen Ecken und Enden sah. Die Bundeshauptstadt wirkte selbst auf einen weitgereisten und welterfahrenen Berufssoldaten wie ein Fremdkörper. Als er durch das an die U-Bahn grenzende Viertel von Moabit ging, fühlte er sich an seine Zeit bei der UNIFIL, der United Nations Interim Force im Libanon, zurückerinnert: Die ehemals deutsche Mehrheitsgesellschaft hatte sich bereits in eine Randgruppe verwandelt, die in der großen Masse Migranten, die stolz und selbstbewusst ihre Unterschiedlichkeit zur Schau stellten, irgendwie zu überleben versuchte. In der Ecke der Hauptstadt, durch die er gerade ging, wirkte es so, als ob alle Ureinwohner, die konnten, bereits die Flucht ergriffen hatten. Er hatte, seitdem er aus der U-Bahn gestiegen war, eine ganze Reihe fremder Sprachen gehört – Russisch, Türkisch, Arabisch, Farsi, Serbokroatisch und sogar das sehr typische Nahost-Französisch, dass er seit seinen Tagen bei der UNIFIL sofort erkannte, aber kein Wort Deutsch. Doch der General hatte sich für die Mission geschickt verkleidet und niemand beachtete den grauhaarigen, sonnengebräunten, wettergegerbten Mann mit Bartschatten, der in abgewetzten Jeans, Bikerstiefeln und speckiger Lederjacke die Abkürzung durch den Otto-Park nahm und dann die Emdener Straße überquerte. Für gewöhnlich legte er diese Verkleidung nur am Wochenende an, wenn er mit seinen Söhnen und ein paar Kumpels an ihren Harleys herumschraubte, Johnny Cash hörte und Bier aus der Flasche trank.

Die Klientel des *El-Rhazi* in der Huttenstraße setzte sich vor allem aus Menschen mit arabischem Migrationshintergrund zusammen. Die restlichen fünfzehn Prozent waren Studenten und Berlin-Touristen, die von diesem Etablissement, das traditionelle orientalische Küche servierte, in der letzten Ausgabe des Alternativ-Reiseführers *Lonely Planet* gelesen hatten.

Sein Kindheitsfreund Dr. Stefan »Steve« Huber erwartete ihn bereits an einem der Plastiktische. Der Laden war rammelvoll. Man konnte auf bunten Bildern über der Theke sehen, was es zu essen gab, man bezahlte an der Kasse und holte sich sein Gericht. Ein komplettes Mittagessen mit Getränk und Kaffee kostete maximal zehn Euro. Eine Mehrheit derer, die sich um sie gerade zu Tisch setzten, hätten Stefan vermutlich, ohne zu zögern den Zehner in die Hand gedrückt, damit er sich eine warme Mahlzeit kaufen konnte.

Sein Kindheitsfreund sah mit dem Schnauzbärtchen, dem schütteren Haarwuchs, der leichten Rundung in der Bauchgegend und der Brille wirklich nicht aus wie 007-James Bond, obwohl er eine der ganz seltenen gefährlichen und hochexplosiven Karrieren im streng verbeamteten, deutschen Geheimdienst hinter sich hatte. Und das Outfit, das er angelegt hatte, sah mehr nach Zentralanatolien als nach Regierungsviertel-Kanzleramt aus. Der Job, den Stefan heute machte, war sozusagen die letzte Grenze, der sprichwörtliche bundesdeutsche geheimdienstliche Wilde Westen, die einzigartige gewaltige und undurchschaubare Nebelschwade, hinter die weder die Kanzlerin, noch die Regierung, noch die parlamentarische Kontrollkommission auch nur ansatzweise einen Blick werfen wollten. Während Gutbrods Tagen als Chef des KSK hatte der General eng mit Stefan Huber zusammengearbeitet und zu seinem eigenen Erstaunen festgestellt, dass es in der Bundesrepublik Deutschland Männer gab, die noch tiefer im Dreck wühlten als bayerische Maulwürfe auf einer Bio-Wiese.

Er grinste seinen Freund an und gab ihm ein Thumbs-Up. Stefans Verkleidung war exquisit. Gutbrod musste den Kindheitsfreund unbedingt fragen, wo man einen Polyesterpullover in schmutzig braun mit orangefarbenen Einstrickmustern kaufen konnte. Wer den Mann im gepflegten, dunkelblauen Anzug mit diskreter Seidenkrawatte und auf Hochglanz polierten Business-Schuhen kannte, wie er üblicherweise schweigsam, professionell und freundlich lächelnd neben seinem Staatsminister stand, der musste ihm in diesem Augenblick einfach zu seiner Oscar-reifen Kostümierung gratulieren.

»Ein sehr modisches Outfit, alter Freund!«, sagte Gutbrod während sie sich zur Begrüßung die Hände schüttelten. Ein Orientale stellte bereits zwei Tassen Minztee für sie auf den Tisch.

»*Motaschaekkeraem*, Arie!«, dankte Stefan Huber dem jungen Mann auf Farsi. Er sprach es fließend, wenn auch mit einem schweren und wenig eleganten, deutschen Akzent.

»Ich gebe dir gerne die Adresse meines exklusiven Herrenausstatters in der Altstadt von Istanbul!«

Huber zwinkerte Gutbrod zu. Dann wandte er sich wieder an den jungen Mann, der geduldig mit einem Blöckchen wartete. Der lächelte und fragte ihn etwas auf Farsi, das Gutbrod nicht verstand, obwohl er dank seiner eigenen Auslandseinsätze im Dienst der Vereinten Nationen auch ganz gut mit dem Mittleren Osten und dem Bereich Subsahara-Afrika zurechtkam und sogar etwas Arabisch und ein paar Brocken Dari gelernt hatte. Huber antwortete und zeigte auf die Karte über der Theke. Sie verhandelten ein bisschen.

Der General war ein wenig verwundert, als ihnen dann auch noch umgehend am Tisch serviert wurde, während die anderen Gäste an der Kasse Schlange stehen und sich selbst bedienen mussten. Und es sah nicht nur ungewöhnlich appetitlich aus, sondern roch auch unglaublich lecker.

»Eine kleine Auswahl echter Hausmannskost aus dem Nordiran. Eine lange Geschichte, Reinel – meine konspirative Stammkneipe, wenn ich in Berlin bin. Arie ist der Sohn des Besitzers. Ein uralter Freund«, alberte der Mann vom Bundesnachrichtendienst mit gesenkter Stimme.

Stefan Huber war erst zwei Stunden zuvor aus Pullach in der Bundeshauptstadt eingetroffen und hatte dort eigentlich außer dem Mittagessen mit seinem Freund Gutbrod keine Termine oder Pflichten. Er hatte ursprünglich sogar geplant, die Woche unten in Bayern zu verbringen und von dort aus mit dem Zug nach Paris zu fahren, um endlich einmal an einem dieser berüchtigten Koordinations-Meetings der Alliance Base teilzunehmen und nicht dauernd einen Platzhalter zu schicken, der lediglich physisch präsent war und zuhörte, ohne sich einzubringen.

Die Woche, die sie in den USA verbracht hatten, sowie das gerade unterzeichnete Abkommen über einen unkontrollierten, direkten Upload neuer Selektoren durch die NSA, hatten ihn noch im Flugzeug auf dem Rückweg nach Europa davon überzeugt, dass es dringend notwendig war, sich in dieses seltsame, geheimdienstliche Konstrukt ein bisschen mehr einzubringen als während der letzten vier Jahre.

Wenn sein Freund Reinel Gutbrod nicht so intensiv auf dieses Treffen in Berlin gedrängt hätte, ohne sich allerdings am Telefon über das Warum auslassen zu wollen, dann hätte Stefan Huber ihn wahrscheinlich auf die kommende Woche vertröstet, in der er sowieso Aktivitäten in der Bundeshauptstadt geplant hatte. Er hatte allerdings seinen Rückflug nach München für den frühen Abend schon in der Tasche, und es war mit seiner Freundin Gisela abgemacht, dass sie ihn direkt nach der Arbeit auf dem Flughafen abholte, um dann gemeinsam zum Stall zu fahren. Er hatte Gisela versprochen bei der Vorbereitung für eine Veranstaltung im Reitverein mitzuhelfen, die am Wochenende stattfand.

Sie plauderten eine Weile über Privates und Belanglosigkeiten.

»Fehlen dir eigentlich Calw und der Süden, Reinel?«

Gutbrod tauchte den Löffel erneut in die dicke Gemüsesuppe mit Kohlrabi und Linsen, die definitiv nicht auf der bunten Bildertafel über der Theke zu finden war. Sie schmeckte ausgezeichnet. Er schmunzelte. Er und Stefan kannten sich seit ihrer gemeinsamen Zeit mit Windeln am Hintern im Sandkasten auf dem Spielplatz des niederbayerischen Kurortes Bad Griesbach im Rottal. Sie hatten sich nie aus den Augen verloren. Der General unterdrückte eine nostalgische Erinnerung an einen Samstag im Juni 1962, als sie nach dem Kirchgang nichts Besseres zu tun gehabt hatten, als das ganze Dorf in Aufregung zu versetzen, weil sie im Griesbacher Forst Winnetou gespielt und beim Blutschwur und Kalumet-Rauchen das Johannifeuer angesteckt hatten – zusammen mit dem Dritten im Bunde: Bobby – inzwischen Generalarzt Professor Dr. Robert Allmensinger, Leiter des Bundeswehrkrankenhauses im Universitätsklinikum auf dem Ulmer Oberen Eselsberg.

»Ich werde mit Berlin einfach nicht warm, Stefan.«

Die Stadt war für Gutbrod ein berufliches Übel, das für einen gewissen Zeitraum ertragen werden musste. Zum Glück hatte sich seine letzte Frau genauso von ihm scheiden lassen wie ihre beiden Vorgängerinnen. Elisabeth waren die Bundeswehr, das KSK und seine irren Arbeitszeiten und ständigen Abwesenheiten innerhalb von vierundzwanzig Monaten unerträglich geworden, obwohl sie von Anfang an gewusst hatte, dass er Berufssoldat war. Mit seiner Versetzung in das schmuddelige und ungepflegte Chaos, das sich um das Regierungsviertel und das Kanzleramt erstreckte, und das man gemeinhin »Berlin« nannte, hätte sie sich vermutlich entweder im Sachrower See ertränkt oder im Königswald die Kugel gegeben. Elisabeth war eine echte Schwäbin aus Stuttgart. Sie hätte hier oben einen Dolmetscher gebraucht.

»Die Leute können noch so vom Charme und der Weltoffenheit Berlins schwärmen, Reinel. In meinen Augen ist das alles hier eine ganz gewaltige Fehlentscheidung. Wiedervereinigung hin oder her; wir hätten in Bonn bleiben sollen ... auch aus einer ganzen Reihe sehr guter innen- und außenpolitischer Gründe. Bonn war prima: klein, übersichtlich und sauber. Der Wowereit kriegt ja nicht einmal diesen verdammten Flughafen gebacken – eine absolute Katastrophe.«

Er schob sich genüsslich eine Gabel Chorescht in den Mund. Die Sache mit dem Flughafen ärgerte ihn eigentlich noch viel mehr als das Berliner Restchaos. Er fürchtete sich bereits vor dem Augenblick, wenn sie 2008 Tempelhof dichtmachten.

Stefan verdrängte die Gedanken an die unglücklichen Berliner Flughäfen. Er fuhr sowieso viel lieber mit dem Zug.

»Sehr lecker!«, sagte er zu seinem Freund Reinel.

Er mochte diese klassische Eintopfvariante mit Tomaten, gelben Linsen, Zwiebeln und Lammfleisch am liebsten, und sein alter Kumpel Hassan Sarauwi setzte ihm nie vor, was den normalen Kunden des *El-Rhazi* serviert wurde. Hassan verdankte ihm nicht nur das Startkapital für das Restaurant, sondern auch sein Leben und die unbegrenzten Aufenthaltsgenehmigungen für seine gesamte erweiterte Familie. Natürlich hatte er dem BND dafür über viele Jahre hinweg treue Dienste geleistet, als niemand außer den Franzosen überhaupt noch in der Lage gewesen war, im Iran zu arbeiten und dort vertrauenswürdige Informationsquellen abzumelken. Hassan gehörte einer verschwindend kleinen christlichen Minderheit von Assyrern an, die ihre Wurzeln in der Gegend des Urmiasees in West-Aserbaidschan hatten.

Stefan Huber kaute, schluckte, spülte mit Tee nach und beobachtete zufrieden, dass es Reinel auch schmeckte.

»Du hast mich allerdings nicht nur nach Berlin bestellt, um bei einer Auswahl orientalischer Spezialitäten unsere alte Freundschaft zu pflegen?«

Hubers BND-Techniker gingen im *El-Rhazi* in unregelmäßigen Abständen auf die Jagd nach Abhöreinrichtungen. Seitdem Berlin

Bundeshauptstadt geworden war, ähnelte das Spiel der geheimen Dienste wieder einem Kalten-Krieg-Roman von John le Carré. Jeder bespitzelte jeden, und alle versuchten, das Kanzleramt und die Bundesbehörden zu bespitzeln.

Die BND-Männer kamen als amtliche Kontrolleure der Lebensmittelüberwachung getarnt. Berlins Restaurations- und Gaststättengewerbe war berüchtigt. Ratten und Ekelfleisch gehörten zur Tagesordnung, ebenso wie überhöhte Preise und unfreundliche Bedienung. Hassan nahm es ihm natürlich nicht übel. Er kannte die Spielregeln, und am Monatsende gab es regelmäßig eine BND-Zusatzspende für die Übermittlung von Informationen über Kunden, die bei Tisch gerne und etwas zu laut über das Thema des »Heiligen Krieges gegen die Ungläubigen« diskutierten. Stefan Huber senkte die Stimme trotzdem. Der BND-Mann machte nie den Fehler laut über Konspiratives zu sprechen.

»Was ist los, Reinel?«

Gutbrod schüttelte den Kopf: »Nicht hier. Hast du Zeit, Steve?«

Die zahlreichen Telefonanrufe seines Kollegen General Bertrand Morillon vom französischen Commandement des Opérations Spéciales während der letzten drei Wochen beschäftigten ihn. Vor allem der letzte Anruf, den er am Vorabend zu einer außergewöhnlichen Uhrzeit und auf seinem privaten Handy erhalten hatte. Und dann hatte ihn am Morgen auch noch der Leiter der französischen, militärischen Delegation an der französischen Botschaft angerufen, Vignerolles de Saint Maure.

Stefan Huber nickte: »Lass uns nach dem Mittagessen zusammen einen langen Verdauungsspaziergang machen.«

Vom *El-Rhazi* zum Neuen Ufer am Charlottenburger Verbindungskanal war es nicht weit, und es regnete nicht.

NEUNTES KAPITEL

Deutschland – Baden Württemberg – Ulm

Nach fast vier Monaten am Hindukusch fühlte Carla Rossi sich im heimatlichen bayerisch-württembergischen Grenzland an der blauen Donau fast wie eine Fremde. Sie musste sich an den Frieden, die Normalität des Alltags und an das mitteleuropäische spätherbstliche Wetter gewöhnen. Zum dunkelgrauen Merino-Rollkragenpullover, den sie von ihrer Mutter ausgeliehen hatte, trug sie den schönen, breiten, handbestickten Kaschmir-Jamavar in Pastellfarben, den Sergeant Pierre Dupont für sie auf dem Markt im Herzen der Taliban-Provinz Zabul gekauft hatte und sündhaft teure High-End-Designer-Fashion aus Karatschi; eine kamelfarbene Kaschmirjacke und sandfarbene Kaschmir-Seiden-Hosen von Balenciaga, schwarze Ballerinas von Chanel und eine Handtasche des französischen Nobel-Labels Hermès. Da ihre Autoschlüssel noch zusammen mit einer Reihe anderer Besitztümer in ihrem Zimmer auf der Kandahār-Airbase lagen, hatte sie sich ein Taxi gegönnt, um ihre Einkäufe nach Hause zu bringen. Ihr Kühlschrank war natürlich leer gewesen, aber dank des üppigen Bargeldvorrats, den Sergeant Pierre Dupont ihr gegeben hatte, war sie nicht verhungert, sondern hatte in einem netten Restaurant in der Ulmer Stadtmitte zu Abend gegessen. Anschließend war sie ungeduscht und todmüde ins Bett gefallen und eingeschlafen. Rossi bezahlte den Taxifahrer und trug ihren Einkaufskorb hinauf in ihre Wohnung.

Sogar das Kabinengepäck, mit dem sie gereist war, um nicht aufzufallen, passte exakt zu dem gestohlenen und ganz offensichtlich geschickt manipulierten belgischen Reisepass, der es ihr erlaubt hatte, problemlos, schnell und sicher aus der lebhaften, farbenprächtigen und hochkriminellen Hafenstadt am Arabischen Meer über die Türkei in die Schengen-Zone der EU einzureisen. Es stand im Gang ihrer nach mehrmonatiger Abwesenheit leicht eingestaubten Wohnung. Das Putzen verschob sie.

Rossi schmunzelte, als sie an den Trip zurückdachte. Die Kontrollen bei Reisenden, die den Anschein von Business-People erweckten und entsprechend auftraten und gekleidet waren, waren bestenfalls oberflächlich. Von der klassischen Sicherheitskontrolle seit 9/11 abgesehen, bei der man die Schuhe ausziehen und den Gürtel ablegen musste, hatte man sie eigentlich nur durchgewunken. Weder die Pakistani bei der Ausreise, noch die Türken im Transit, noch die Deutschen bei der Ankunft in München hatten sich die Frage gestellt, ob »Miss-3000-Euro-Designer-Label« auch wirklich die Frau war, deren Name und Foto sich in dem Ausweispapier befanden, das sie selbstbewusst vorzeigte.

Sergeant Pierre Dupont hatte sie absolut stilsicher inszeniert, damit sie ihre ganz besondere Rolle als belgische Geschäftsfrau spielen konnte. Er hatte sie in Karatschi nicht nur zu einem erstklassigen Frisör geschleppt, sondern ihr sogar den Satz passender Visitenkarten in die Brieftasche gesteckt, in der sich der gestohlene Pass befand. Eigentlich mochte sie ihre neue Frisur und die neue Haarfarbe. Es wirkte sehr weiblich und elegant, ohne dabei großartig Arbeit zu machen.

Nachdem Pierre ihrem freundlichen und geselligen Fahrer Nuzrat die versprochene Geldsumme und einen für lokale Verhältnisse extrem großzügigen Zusatzbonus in die Hand gedrückt hatte, waren sie nach einem herzlichen Abschied, bei dem der pakistanische Trucker dem kanadischen Special-Forces-Soldaten noch schnell seine Heimatadresse in Bannu aufgeschrieben hatte, mit einem Fahrradtaxi bis zu einem diskreten Unterschlupf in einem modernen und bequemen Hochhauskomplex in der Innenstadt von Quetta gefahren. Dort hatte Rossi sich zum ersten Mal seit Tagen gründlich waschen können. Das Wasser war zwar lauwarm gewesen, und für die Haare hatte sie nur ein lokales, seltsam nach Ei und Zitrone riechendes Produkt gefunden, aber das hatte sie nicht gestört. Sie war bis zum Ausstieg aus der Dusche auch so überrumpelt und verwirrt gewesen, dass sie nicht genau gewusst hatte, wie sie auf diese neue und außergewöhnliche Situation reagieren sollte.

Der seltsame Special-Forces-Soldat mit dem soliden Bargeldvorrat, der konspirativen Wohnung in der pakistanischen Provinz Belutschistan und den außergewöhnlichen Sprachkenntnissen hatte ihr zwar den heiligen Eid abgerungen, keinen Unfug zu machen, doch Rossi hatte sich, sauber und erfrischt, trotzdem die Freiheit genommen, Dampf abzulassen. Richtig wütend über ihre Entführung aus Afghanistan und von der ISAF hatte sie ihm eine klassische Auswahl kerniger bayerischer Kraftausdrücke an den Kopf geworfen.

»Bazi! Halodri! Häuslschleicher! Hoddalump! Stierbeitel!«

Seine Sprachkenntnisse waren allerdings so gut gewesen, dass er jeden Einzelnen genau verstanden hatte und sich mit einem ganz stilechten »Gifthaferl!« verabschiedete, bevor er verschwand und sie dabei auch noch in der konspirativen Wohnung einschloss.

Im ersten Augenblick hatte Rossi geglaubt, Sergeant Pierre Dupont wolle lieber draußen vor der Tür aussitzen, bis sie sich wieder beruhigte und damit vermeiden, neben zünftig bayerischem Vokabular noch Geschirr oder Mobiliar an den Dickschädel geworfen zu bekommen. Doch bei seiner Rückkehr bewies der Special-Forces-Soldat erneut, wie pragmatisch und kaltblütig er war. Er kehrte von seinem Ausflug mit einer Auswahl warmem pakistanischem Fast-Food vom Straßenhändler, einer Tüte Verbandsmaterial und Desinfektionsmittel, zwei Inlands-Flugtickets nach Karatschi für den folgenden Tag und einer pakistanischen ID-Card für Rossi zurück, die bei einem oberflächlichen Check durchgehen würde, wenn sie zum Shalwar Kameez das Kopftuch etwas strenger trug.

Nach einem opulenten und sehr schmackhaften frühen Mittagessen, das sich nach der Dusche und dem Wutausbruch vorteilhaft auf ihre Laune auswirkte, hatte sie ihn dann zum ersten Mal seit der Flucht aus dem Trapezblechhangar und dem Hochtal vernünftig untersucht. Er wollte, dass sie ihn fachmännisch verarztete, obwohl ihnen das Morphium ausgegangen war. Da er es ruhig und gelassen hinnahm, nicht besonders wehleidig war und ein sehr gutes Produkt zur Wunddesinfektion mitgebracht hatte, rang sie sich dazu durch, die hässliche, alte geplatzte Narbe an seiner linken Schulter nach allen Regeln der Kunst zu behandeln. Am nächsten Abend waren sie ausgeruht, erholt und entspannt, in islamisch korrekter Verkleidung und mit ein bisschen Gepäck, um unauffällig zu wirken, mit der Pakistani International Airlines nach Karatschi geflogen.

Rossi legte das nagelneue Mobiltelefon auf den Wohnzimmertisch und unterschrieb ihre Ersatzkreditkarte fürs Girokonto auf der Rückseite, bevor sie sie zu ihren beeindruckenden Bargeldvorräten in ihre elegante Lederbrieftasche aus Karatschi steckte. Sie beschloss, die schicken Designerklamotten gegen einen gemütlichen Hausanzug zu tauschen und den Rest des Tages zu vertrödeln. Und sie war reif für eine große Portion Spaghetti mit frischer Tomatensauce und ein schönes Glas guten Rotweins. Glücklicherweise hatte ihre Mutter den Ersatzschlüssel für die Wohnung gehabt und ihr damit den Schlüsseldienst und die sonderbaren Blicke der Nachbarn erspart.

Rossi dachte an die Tage in der Hafenstadt am Arabischen Meer zurück, während sie das Essen zubereitete: Sergeant Pierre Dupont hatte ihr vor dem Abflug aus Quetta erklärt, dass sie sich als Ehepaar ausgeben würden, um nicht aufzufallen. Obwohl er die ganze Zeit über ausgesprochen nett und ein perfekter Gentleman gewesen war, unterstellte sie ihm doch, dass einer der Gründe für die erfundene eheliche Verbindung auch ihre Überwachung gewesen war. Mittels eines Doppelzimmers war es natürlich einfacher, sie ständig im Auge zu behalten. Dieses kleine Detail hatte sie Robert

Allmensinger vorenthalten, als sie ihrem Chef ihr Abenteuer erzählte. Rossi hatte sich vor allem deshalb nicht aus Karatschi gemeldet, weil Pierre ihr keine Gelegenheit hierzu gegeben hatte. Er hatte es geschafft, sie rund um die Uhr zu überwachen, ohne ihr dabei auf die Nerven zu gehen. Sie war unbeaufsichtigt weder in die Nähe eines Telefons noch eines Computers gekommen.

Wie überall auf der Welt war es auch in Pakistan einfach, unter dem Radar zu fliegen, wenn man in einem teuren Hotel in einer exklusiven Gegend abstieg. Polizisten und klassische staatliche Sicherheitsdienste suchten nach Verdächtigen immer eher in Absteigen als in Palästen. Die Avari Towers an der Kreuzung Fatima Jinnah Road und Shahrah-e-Faisal im lebhaften Zentrum von Karatschi waren mit fünf Sternen, zweihundertsechsunddreißig Zimmern und Geschäftsleuten aus aller Welt als Gästen ein Ort der vollkommenen Anonymität gewesen. Und Ehepaare fielen noch weniger auf als allein reisende Männer.

Während das Wasser für ihre Nudeln heiß wurde, warf Rossi ihren Desktop-Computer an. Der brave Rechner fuhr trotz mehrmonatiger Inaktivität umgehend hoch und sie stellte zufrieden fest, dass sie sich sogar noch an ihr Passwort erinnerte.

Sie suchte auf Google Maps nach der Provinz Zabul. Die Satellitenaufnahmen von Afghanistan waren durch den Krieg am Hindukusch und die Jagd nach bin Laden besser als entsprechende Aufnahmen abgelegener Regionen im Schwarzwald oder in Bayern. Trotzdem wurde sie nicht fündig. Sie schaffte es zwar, die Gegend zu finden, in der ihr Rettungshubschrauber abgestürzt war, doch sie fand nirgends einen Hinweis auf das geheimnisvolle Hochtal. Vermutlich war die Auflösung der zivilen Satellitenaufnahmen einfach zu gering, um mehr zu erkennen als einen großen, grauen Flecken in der Mitte. Sie stand auf und schenkte sich Rotwein nach.

Selbst mit den Namen der Orte, die Sergeant Pierre Dupont während ihrer Flucht erwähnt hatte, wurde Rossi nicht fündig, und der Ort, aus dem sie ursprünglich die verwundeten Special-Forces-Soldaten evakuieren sollten, existierte gleich mehrfach. Am

Einfachsten war es gewesen, den Ort auf der Lkw-Strecke entlang der Grenze zu finden, in dem Pierre die Verkleidung für sie gekauft hatte: Mohammad Dinkal, eine Art Verkehrsknotenpunkt auf dem Weg zur Grenze und nach Spin Boldak.

Sie trank ihren Wein und googelte die kanadischen Special Forces. Sergeant Pierre Dupont hatte sich zu diesem Thema sehr zugeknöpft gezeigt, obwohl er sie mit seinen Taten immer wieder zum Staunen gebracht hatte. Er hatte keine spezielle Einheit erwähnt, also sah Rossi sich an, was das Internet zu bieten hatte. Gemäß einer lapidaren Aussage auf einer spezialisierten Website waren Kanadas Spezialeinsatzkräfte ein kleiner, aber feiner Verein – und vor allem sehr geheim. Dabei waren die Kameraden selbstverständlich weltweit unterwegs und taten, was Special Forces eben tun: Man unternahm Terrorbekämpfung, befreite Geiseln und betrieb äußerst diskret militärische Aufklärungen.

Im Westen nichts Neues! Die Ausbildung der Kanadier unterlag selbstverständlich strengster Geheimhaltung. Man vermutete allerdings, dass diese – wie bei so vielen anderen auch – eng an die des Special Air Service SAS angelehnt war. Selbstverständlich waren sie historisch mit den Briten verbandelt. Schließlich war Kanada ein Mitglied im Commonwealth. Andererseits arbeiteten sie aber auch oft mit den amerikanischen Nachbarn zusammen, vor allem mit den legendären Delta Forces. Daraus erklärte sich vielleicht auch das fast krankhaft anmutende Misstrauen ihres ehemaligen Weggefährten gegenüber den Vereinigten Staaten und ihrer berüchtigten Ansammlung geheimer Dienste. Gerade über die militärischen Einsätze der Kanadier in Afghanistan und an anderen Orten der Welt war wegen der strengen Geheimhaltung nur wenig bekannt.

Das Profil war dünn. Natürlich war es möglich, dass ein Soldat mit den persönlichen Qualitäten und beruflichen Kompetenzen von Sergeant Pierre Dupont bei den kanadischen Special Forces diente. Doch er jonglierte auch mit gestohlenen Ausweispapieren wie ein Zirkuskünstler mit Bällen, sprach mindestens fünf Sprachen fließend und mutierte wie ein Chamäleon vom Kanadier zum

Paschtunen, zum Pakistani und sogar zum Schweizer, ohne Fehler zu machen oder auszurutschen. Dabei war er kaltblütig wie Jack the Ripper, skrupellos wie ein Banker und durchtrieben wie ein Politiker im Wahlkampf.

In dem Augenblick, als sie im Schutz der Nacht die Tür des Hangars im Hochtal geöffnet hatte, um Sergeant Pierre Dupont aus den Händen des Rugby-Fanclubs zu befreien, hatte sich zwischen ihnen eine Vertrautheit entwickelt, die die gefährliche Flucht durch die Berge und die abenteuerliche Fahrt über die Grenze im entführten Jingle-Truck erst möglich gemacht hatte. Sie waren aufeinander angewiesen gewesen, und sie wären gescheitert, wenn sie einander nicht bedingungslos vertraut hätten.

Mit dem Grenzübertritt nach Pakistan war der Druck durch die Verfolger aus dem Hochtal entfallen. Bereits in der konspirativen Wohnung in Quetta ließ die Anspannung nach. Und die Woche in Karatschi erschien ihr heute beinahe wie ein wunderbarer, exotischer Kurzurlaub. Auch darüber hatte sie mit ihrem Chef, Prof. Dr. Allmensinger nicht gesprochen: Sie hatte mit Pierre all die Dinge unternommen, die jedes ganz normale Touristen-Pärchen ihrer Alterskategorie auch unternommen hätte: Shopping auf der Dolmen Mall in Clifton und dem traditionellen Empress Market in Saddar. Mit einem Mietwagen waren sie durch den irrsinnigen Verkehr zum Strand in der Hawke's Bay gefahren, um zusammen zu faulenzen, in einem wunderbar sauberen und warmen Meer zu baden und anschließend im Schein der untergehenden Sonne bei Devil's End händchenhaltend spazieren zu gehen. Candle-Light-Dinner über den sanften Wellen des Arabischen Meeres im *Kolachi*, dem einzigen orientalischen Restaurant der Stadt, das es in die Top Five geschafft hatte, und ausführliche Besichtigung sämtlicher alten, historischen Monumente der Stadt aus den Tagen des Britischen Raj.

Die Ferienstimmung war nur gelegentlich von kurzen, konspirativen Treffen an ausgefallenen Orten und mit einem wenig vertrauenserweckenden, finster wirkenden Typen unterbrochen worden.

Trotz seiner mit Gel zurückgekämmten schwarzen Mähne, der Ray-Ban-Sonnenbrille, der geschmacklosen Riesen-Rolex am Handgelenk und der Knarre, die er eindeutig unter der Sportjacke im Schulterhalfter trug, war der pakistanische Gorilla Sergeant Pierre Dupont gegenüber sehr vorsichtig und unterwürfig aufgetreten.

Ein paar Tage Urlaub und vier konspirative Meetings später hatte sich dann ein echter belgischer Pass mit einem Foto gefunden, dass Rossi im Großen und Ganzen ähnelte und auch altersmäßig zu ihr passte. Sie hatte nicht verstanden, worüber Pierre und der Gorilla in der gutturalen, seltsam unästhetisch klingenden Landessprache Urdu verhandelten, doch sie hatte erstaunt mitangesehen, wie ein gering aussehender Geldbetrag in US-Dollar die Hände wechselte. Pierre hatte ihr später erklärt, dass der belgische Reisepass eher ein Opel Corsa, als ein Mercedes SLK auf dem Markt der falschen Identitäten war, was daran lag, dass zwischen 1990 und 2002 den belgischen Behörden fast zwanzigtausend Blanko-Pässe gestohlen worden waren. Außerdem erfuhr sie, dass ein gestohlener Pass besser war als ein gefälschtes Ausweispapier und meist sogar besser als ein Blanko-Pass, den jemand ausgefüllt hatte, der nicht ganz genau wusste, was er tat – denn er war echt und hielt damit sämtlichen forensischen Kontrollen auf Flughäfen und bei Behörden stand. Glücklicherweise landete nur ein sehr kleiner Teil gestohlener und verlorener Ausweispapiere und Reisedokumente in der 2002 geschaffenen Datenbank von Interpol, der sogenannten »Stolen and Lost Travel Documents Data Base«.

Als Rossi ihn daraufhin gefragt hatte, warum er sich so sicher war, dass ihr nagelneues Reisedokument sich nicht in den Listen der SLTD befand, hatte Pierre sie nur kryptisch angelächelt und das Thema gewechselt.

Zwei Tage später tauchte der pakistanische Rex-Gildo-Verschnitt dann noch einmal überraschend auf, grinste wie ein Honigkuchenpferd und händigte Pierre – wieder gegen US-Dollar – einen Briefumschlag und zwei Stempel aus. Der erste erwies sich dann beim gemütlichen abendlichen Passfälschen in ihrer Business-Suite über einer Flasche sehr trinkbarem spanischem Rotwein als offizieller pakistanischer Visastempel, der zweite als Amtsstempel des dritten Sekretärs der pakistanischen Botschaft in Brüssel. Der Briefumschlag hatte außerdem noch ein Dutzend Einklebevisazettel für Multiple- und Single-Entry-Business-Visa enthalten.

× × ×

Rossi räumte das Geschirr in die Spülmaschine und kochte sich eine Tasse Tee. Ihr Biorythmus war noch auf den Hindukusch eingestellt. Ein Blick auf die Uhr zeigte ihr, dass es gerade erst vier Uhr nachmittags war. Doch draußen wurde es schon dunkel. Sie legte ihre Lieblings-CD ein: die Cello-Suite Nr. 1 in G-Dur von Johann Sebastian Bach. Es störte sie nicht mehr, dass es sich um eine Live-Aufnahme mit ihrem Ex-Freund Kevin und seinem heißgeliebten vierhundert Jahre alten Cello *La Teresina* handelte, die nur wenige Tage vor ihrer Abreise nach Afghanistan bei den Summer Proms im Brunnenhof der Residenz in München gemacht worden war, wenige Stunden bevor sie den Mann in die Wüste geschickt hatte. Kevin, seine künstlerische Besessenheit und ihre Beziehung waren Geschichte. Dadurch konnte sie endlich auch unbefangen seine Musik genießen. Sie setzte sich auf ihren Lieblingssessel, schloss die Augen und trank den Tee, während die Melodie durch den Raum getragen wurde und ihr beim Nachdenken half. Ein bisschen später würde sie sich ein heißes Bad mit Lavendelöl gönnen und dann noch eine lange, ruhige Nacht friedlich in ihrem eigenen, gemütlichen Bett schlafen.

Obwohl sie sich eigentlich schon in der konspirativen Wohnung in Quetta sicher gewesen war, dass sein Name genauso falsch war wie die ganze Story, die er ihr während der Flucht durchs afghanische Grenzland aufgetischt hatte: Pierres vertraute Gesellschaft fehlte ihr, sein Humor, seine beruhigende, unaufdringliche Nähe, die interessanten Gespräche, sein gruseliger Akzent, bei dem sie nicht hatte herausfinden können, ob er echt war oder Teil der

Komödie, die er ihr vorspielte. Trotz der absolut außergewöhnlichen Umstände ihrer Bekanntschaft war er einer der nettesten, umgänglichsten und pflegeleichtesten Männer, die ihr in ihren etwas mehr als drei Lebensjahrzehnten über den Weg gelaufen waren. Pierre hatte sie auch von Anfang an ernstgenommen, sie als gleichberechtigten und gleichwertigen Partner behandelt und mit ihr ein tolles Team gebildet. Wenn sie sich unter anderen, weniger dramatischen Umständen kennengelernt hätten, an einem anderen Ort, wenn sie beide wirklich nur einen gemeinsamen Urlaub in Karatschi verbracht hätten …

Was Rossi an ihrem Ex-Freund Kevin am Ende noch mehr gestört hatte als seine musikalische Besessenheit und das Cello, waren sein unterschwelliger Machismo gewesen und diese leicht herablassende Art anzudeuten, dass seine Ideen zur gemeinsamen Lebensplanung umgesetzt würden, ohne dabei in Betracht zu ziehen, ob diese im Großen und Ganzen mit ihren Vorstellungen von der Zukunft kompatibel waren.

Rossi seufzte leise. Sie hatte ihn nicht wegen dem verdammten Cello mit Frauennamen in die Wüste geschickt, oder wegen Mozart und Bach. Der Mann hatte einfach versucht, sie zu erdrücken! Sie hatte einen Schlussstrich unter Kevin gezogen und war ohne zu zögern, als Robert ihr die Verwendung bei der ISAF Medical Task Force in Kandahār angeboten hatte, für sechs Monate an den Hindukusch verschwunden, einfach weil sie durchatmen wollte, ohne dauernd jeden ihrer Schritte, jede Entscheidung erklären zu müssen.

Noch bevor ihre Tasse leer war, schrillte die Klingel ihres Festnetz-Telefons durch die Wohnung. Der Lärm des altertümlichen Teils, das sogar noch eine Wählscheibe besaß und vergessen draußen im Gang neben der Wohnungstür herumstand, ließ Rossi zusammenzucken. Die Gedanken, denen sie nachgehangen hatte, waren mit einem Schlag verflogen. Sie stellte ihre Tasse auf den Couchtisch, schüttelte sich kurz und ging nach draußen, um zu antworten.

ZEHNTES KAPITEL

Afghanistan – Kabul

Sie waren erleichtert, denn die Fahrt war problemlos verlaufen. Frankie grinste Richard O'Shaughnessy an. Sie hatten sämtliche Spezialtransportboxen aus Aluminium, die der Professor mit Schriftrollen aus den Tagen Alexanders von Makedonien befüllt hatte, sorgfältig im Keller des Hauses verstaut. Bereits in der Vergangenheit waren ganz besonders wertvolle Fundstücke in Spezial-Containern nach Kabul gefahren worden, um diese in einer Villa im Diplomatenviertel Wazir Akbar Khan zu deponieren. Im Nachbarhaus befand sich die diskrete, aber gut bewachte diplomatische Vertretung Finnlands. Auch andere Botschaften kleinerer Länder gruppierten sich in diskreten Parallelstraßen. Der gesamte Wazir-Akbar-Khan-Boulevard war sicher. Trotzdem war alles offener und zugänglicher als an der Bibi-Maru-Straße, auf der die Botschaften neben dem schwer gesicherten ISAF-Hauptquartier Festungen glichen.

»Weißt du eigentlich, wer das Zeug hier abholt?«

Seitdem er bei Jones unterschrieben hatte, war Mickie noch nie bei einer Tour nach Kabul dabei gewesen.

»Keine Ahnung! Jones hat nichts gesagt. Wir trinken jetzt erst einmal auf der Dachterrasse im *Kabul Serena* ein schnelles, kühles Bierchen«, sagte O'Shaughnessy, »und anschließend schauen wir bei Peter Jouvenal vorbei. Wir können höchstens zwei oder drei Tage bleiben. Aber, falls Zimmer frei sind, mieten wir uns im *Gandamak* ein. Da ist immer was los und gute Stimmung.«

O'Shaughnessy wollte sich vor allem umhören. Falls der Russe Zabelev irgendwo aufgetaucht und auffällig geworden war, dann hatten sie gute Chancen, das im *Gandamak* zu erfahren. Die von dem ehemaligen Soldaten und BBC-Kameramann Peter Jouvenal betriebene Lodge war ein Ort, an dem sich sämtliche Expats von Kabul trafen. Er selbst kannte Jouvenal noch aus seiner Vergangenheit im SAS.

»Die servieren auch das beste T-Bone Steak in Kabul«, antwortete Frankie, »vom Grill, mit Fritten und mit Barbecue-Sauce – und hinterher gehen wir runter ins *Hare and Hounds*. Ich brauche Menschen um mich, viele Menschen … Menschen, die nicht männlichen Geschlechts sind …«

Er arbeitete schon seit drei Jahren für Jones. Frankie war immer wieder mit Fundstücken in Spezialtransportkisten von Iskanderga'l nach Kabul gefahren. Er kannte sich in der afghanischen Hauptstadt gut aus.

»Zabelev ist auch nicht anders als wir. Der wird nach der Abgeschiedenheit des Hochtals und dem Stress der letzten Wochen einfach ausspannen wollen. Wahrscheinlich steht der Typ einfach an der Bar im Keller des *Gandamak*, mit einem Bier in der Hand.«

Frankie stellte sich den Russen vor, wie der mit einer Frau plauderte. Über ganz normale und belanglose Dinge. Wenn er Glück hatte, dann konnte er in der Bar von Peter Jouvenals Gästehaus sogar einen One-Night-Stand landen. Die Mehrheit der jungen, weiblichen Expats waren nämlich Singles und abenteuerlustig.

»Lass uns drei Einzelzimmer nehmen, Rick«, bat der ehemalige US Marines, »damit haben wir dann alle Chancen auf unserer Seite!«

Ihre Suche nach dem Russen war eine Gelegenheit, die er selbst sich nicht entgehen lassen würde.

O'Shaughnessy hob die Augen zum Himmel. Er warf Frankie die Schlüssel ihres Geländewagens zu.

»Du fährst, Kumpel!«

Viele, die zuvor noch nie einen Fuß auf afghanischen Boden gesetzt hatten, waren im ersten Augenblick von der ausgelassenen Expat-Community und dem wilden Nachtleben der afghanischen Hauptstadt überrascht. Natürlich beschränkte sich alles auf einen sehr begrenzten Teil Kabuls und lief nach ganz speziellen Regeln ab. Man musste nicht nur wissen, wo man hinging, sondern auch, was man tat und mit wem man sich einließ. Er nahm an, dass Zabelev die Spielregeln genauso kannte wie er selbst oder Frankie und Mickie. Matveev und seine ehemaligen SpezNas waren, so wie er Arkadij verstanden hatte, schon seit ein paar Jahren im Contractor-Geschäft aktiv, und einige der Männer hatten sogar noch aus dem sowjetischen Krieg Afghanistan-Erfahrung. Ob Zabelev zu dieser Gruppe mit besonderer Erfahrung gehört hatte? Der Mann war ihm vor dem Debakel von Rustam Kalay und dem Funkspruch nie besonders aufgefallen, genauso wenig, wie die anderen Jungs aus der SpezNas-Truppe. Wenn er ganz ehrlich war, hatten sie auf rein privater Ebene eigentlich so gut wie keinen Kontakt zu Matveevs Männern gehabt. Die Russen hatten für sich gelebt und ihr eigenes Ding gemacht.

✖ ✖ ✖

Pierre Besson hatte einen Tisch reserviert. Das beliebte Gästehaus »The Gandamak Lodge« mit dem großen Garten, dem Restaurant, den gemütlichen Zimmern und der berühmten Kellerbar *The Hare and Hounds* war wie immer rammelvoll. Sie hatten sich mit seinem alten Freund Antony Ferraro verabredet. Der italienischstämmige Brite, der früher bei den Royal Green Jackets gedient hatte, war zurzeit Pressesprecher der ISAF. Tony ließ Pierre viele interessante Informationen schon vor ihrer Veröffentlichung zukommen. Und er sorgte immer dafür, dass der Journalist und ehemalige Fallschirmjäger einen Platz bekam, wenn es sich anbot, medienträchtige Einsätze zu beobachten. Die Befreiung der italienischen Geiseln vor sechs Wochen war ein solches Ereignis gewesen. Schon allein für die Möglichkeit, diese spezielle Einsatzgruppe zu begleiten und direkt zu berichten, schuldete Pierre Tony ein Abendessen. Und sein Freund hatte ihn während der letzten Tage über die Suche nach dem abgestürzten MedEvac der ISAF Medical Task Force Kandahār auf dem Laufenden gehalten und ihm eine Vorabversion der offiziellen Pressemitteilung zugespielt.

Die Sache interessierte Pierre Bessons alten Freund, Verleger und heimlichen Dienstherren Rolland Fabré und die DGSE brennend. Vor allem seitdem Tolja Zabelev mit seiner haarsträubenden Geschichte überraschend im *Mustafas* aufgetaucht war. Pierre wusste, dass Rolland ihm tröpfchenweise destillieren würde, worum es eigentlich ging, auch wenn er sich als erfahrener Journalist und langjähriger IM des französischen Auslandsgeheimdienstes schon so einiges selbst zusammengereimt hatte. Das *Apocalypse-Now*-Szenario in diesem Kaff in der Provinz Zabul, das Tolja ihm geschildert hatte, war natürlich das Schlüsselelement. Contractors, die sich im Herzen der Provinz Zabul, Hochburg der bekannten Taliban Dadullah Khan und Ahmad Jan, mit eindeutig westlichen Truppen prügelten, noch dazu mit Männern, die zu einer erstklassigen Spezialeinheit gehören mussten, wenn man die Qualität des Massakers betrachtete … und die zwei Dutzend tote und vormals ebenfalls hochqualifizierte Mitglieder einer anderen sehr renommierten Spezialeinheit zurückgelassen hatten – SpezNas der GRU. Toljas alte Truppe hatte nicht gerade den Ruf, zögerlich zu sein. Sie waren folglich über eine Equipe gestolpert, die noch skrupelloser, härter und kampferfahrener war, als sie selbst, und die sich nicht zurückgehalten hatte, Männer in eindeutig westlichen Uniformen niederzumetzeln und ein ganzes afghanisches Dorf in Schutt und Asche zu legen, ohne wenigstens einen Versuch zu unternehmen, mit dem Gegner zu diskutieren, um Kollateralschäden zu vermeiden; das war eine brandheiße Angelegenheit, die das berüchtigte Label »Black Ops« trug.

Besson hatte sich vorgenommen, seinen jüngeren russischen Freund noch intensiver zu dem speziellen Objektschutz auszufragen, den er mit Arkadij Matveevs Truppe sechsunddreißig Monate lang in der Provinz Zabul durchgeführt hatte. Tolja wollte zu diesem Thema einfach nicht mit der Sprache herausrücken, und ihm saß eindeutig die Angst im Nacken.

Besson wusste natürlich, dass nur ein paar Stunden Fahrt von Qalat und der Ring Road, irgendwo an der Distriktgrenze zu Ghazni, die Amerikaner mit einer sehr diskreten Truppe seit mindestens fünf Jahren sehr aktiv waren. Sie jagten von einer Forward Operating Base aus, FOB Sweeney, scheinbar benannt nach einem Gefallenen aus der Special Operations Group der CIA. Niemand kam dort hinein, und die korrekten Geokoordinaten ließen sich nicht eruieren. Wenn man mit Google Maps herumspielte, fand man auch nichts, da die Auflösung der öffentlich zugänglichen Gratisversion nicht hoch genug war. In der kostenpflichtigen Version wurde es im afghanisch-pakistanischen Grenzland auch undeutlich und verpixelt.

Das Ziel dieser geheimen Truppe war, al-Qaida-Aktivisten und andere große Namen der Terrorliste zu jagen, die sich in den von Pakistan verwalteten Stammesgebieten versteckten. Offiziell gestatteten die Pakistani keine solchen Operationen von ihrem Staatsgebiet aus. Sie hatten Angst vor Vergeltungsaktionen ihrer eigenen Talibangruppen. Es hieß, dass sich in diesem FOB ausschließlich Männer der CIA, Mitglieder der Special Forces des US-Geheimdienstes, der Special Operations Group sowie Contractors befanden, die die Amerikaner seit 9/11 in Afghanistan genau wie im Irak ganz systematisch anwarben, um echte, unaussprechliche Drecksarbeit zu machen.

Es war denkbar, dass Jones' Leute, ebenso wie Matveevs Russentruppe, angeworben worden waren, um Männer der CIA und der Special Operations Group für Aufgaben frei zu machen, die von diesem geheimnisumwitterten FOB Sweeney aus koordiniert wurden, und um Drecksarbeit zu machen. Soviel hatte Tolja angedeutet.

Der Journalist winkte seinem alten Freund von der ISAF zu. Hinter Antony Ferraro drängte eine große Traube ausgelassener

Expats ins *Gandamak*. Ein paar von ihnen hatten den Abend schon im *Serena International* eingeläutet, andere kamen aus dem benachbarten französischen Restaurant *L'Atmosphère*. Die meisten hatten bereits gegessen und getrunken und wollten runter in den Pub, wo ab zweiundzwanzig Uhr Musik lief und getanzt wurde. Peter Jouvenals Haus war für die beste Stimmung in Kabul berühmt. An der Bar gab es Snacks, um die Zeit zu verkürzen, bis das *Hare and Hounds* endlich aufmachte. In dieser fröhlichen Menschenmasse balancierten Peter Jouvenals wasserstoffperoxidblonde und kurvenreiche Bedienungen, die vor allem aus den asiatischen, ehemaligen Sowjetrepubliken stammten, geschickt vollbeladenen Grillplatten und Getränke.

»Ciao, mio amico!«

Antony Ferraro hatte sich ohne Zwischenfall zu Pierre Besson an ihren Tisch durchgekämpft. Die Männer begrüßten sich, und der Pressesprecher der ISAF ließ sich zufrieden auf seinen bequemen Stuhl fallen. Sie sprachen immer Italienisch miteinander, wenn sie sich trafen. Das erlaubte auch, etwas interessantere Gespräche zu führen, ohne dass gleich Hinz und Kunz, die Englisch verstanden, mithören konnten.

Während Pierre Besson und Tony Ferraro ihre Drinks und ein paar Snacks zum Aperitif bestellten, begrüßte der Besitzer des *Gandamak,* Peter Jouvenal, gerade freundschaftlich einen hochgewachsenen, breitschultrigen Rotblonden mit tätowierten Unterarmen. Zwei weiteren kräftig gebaute und sonnengebräunten Männer in Jeans und Poloshirts und mit militärisch kurzem Haar begleiteten ihn.

»Was für ein unglaublicher Zufall. Kabul ist wirklich ein Dorf, Pierre«, sagte Ferraro zu Besson und deutete diskret auf die Gruppe. »Da drüben steht Richard O'Shaughnessy, mein alter Feldwebel von den Royal Green Jackets. Ich habe Rick damals eine sehr gute Bewertung gegeben. Er hat anschließend im SAS Karriere gemacht. Ich war davon überzeugt, dass er sich noch unten in der Provinz Helmand herumtreibt. Entschuldigst du mich kurz? Ich will nur schnell Hallo sagen.«

Besson nickte. »Kein Problem, Tony. Oder frag' die Jungs doch einfach, ob sie sich zu uns setzen möchten. Wir haben genug Platz am Tisch, und du kennst mich – Journalisten sind neugierig und immer auf eine gute Story aus. Wenn sie gerade aus Helmand zurück sind und ein paar Tage hier in Kabul ausspannen, dann höre ich ihnen gerne zu. Außerdem: Als ich meine Enzyklopädie geschrieben habe, war der Special Air Service sehr aufgeschlossen und hilfreich. Ich mag die Truppe.«

Er zwinkerte Ferraro zu. Der britische Offizier hatte damals ein gutes Wort für Besson eingelegt. Anschließend hatten sich die Tore am Stationierungsort der legendären Spezialeinheit Credenhill nahe Hereford in der englischen Grafschaft Herefordshire zwei Wochen lang für Besson geöffnet. Dank der Empfehlung eines Kameraden von den ebenso legendären *»Rifles«* waren die *»Blades«* ihm gegenüber sehr kameradschaftlich gewesen. Der zum Journalisten mutierte ehemalige französische Fallschirmjäger hatte dort eine Reihe der prekärsten Momente der Ausbildung miterlebt, die zuvor noch niemals in Veröffentlichungen beschrieben worden waren. Pierre Besson hatte sogar das Verhörtraining beobachtet – unter der Vorausetzung natürlich, dass er nichts darüber veröffentlichte. Er hatte selbstverständlich Wort gehalten. Und über die lange Diskussion mit seinen Freunden von der DGSE wussten die Briten selbstverständlich nichts.

× × ×

O'Shaughnessy hatte die Einladung angenommen. Das Essen war ausgezeichnet und eine willkommene Abwechslung. Und es war eine Gelegenheit, ein bisschen herumzuschnüffeln und sich umzuhören. Richard hatte seinen alten Vorgesetzten Antony Ferraro sofort wiedererkannt, obwohl sie sich seit rund zehn Jahren nicht mehr gesehen hatten. Die Art und Weise, wie der Mann ihn begrüßte, machte ihm umgehend klar, dass nichts von der Operation in Helmand durchgedrungen war, die ihn seine berufliche Karriere im Special Air Service gekostet hatte. Natürlich wusste O'Shaughnessy ganz genau, was Antony Ferraro in Kabul machte. Jedes Mal, wenn Pressekonferenzen der ISAF auf irgendeinem Nachrichtensender übertragen wurden, stand der Mann vorne am Rednerpult. Als aktueller Pressesprecher der NATO-Truppen in Afghanistan war er selbstverständlich bestens informiert. Mickie und Frankie hatten ohne Worte verstanden, sich bei Ferraro für die Einladung an ihren Tisch bedankt und behauptet, sie wollten Freunde im *The Hare and Hounds* treffen.

O'Shaughnessy erinnerte sich noch gut an den Journalisten, der mit seinem früheren Vorgesetzten am Tisch saß. Der Typ hatte das berühmte dreibändige Werk über die Spezialeinsatzkräfte der Welt geschrieben. Jeder in seinem Geschäft kannte diese sehr teuren Standardnachschlagewerke. Er hatte selbst schon in der kostenpflichtigen Internetversion herumgesucht. Das Jahresabonnement kostete einen vierstelligen Betrag. Der Verleger war einer der drei härtesten, internationalen Konkurrenten der britischen *Jane's Information Group. Jane's* war der älteste militärwissenschaftliche und technische Verlag, dem nachgesagt wurde, fast ein kommerzieller Geheimdienst zu sein.

× × ×

Pierre Besson hörte interessiert zu. Er hatte beim Abendessen natürlich zuerst die Story der Geiselbefreiung erzählt, um die Zunge des Überraschungsgastes von den SAS zu lockern. Es war immer einfacher, wenn man gegenüber Soldaten im aktiven Dienst durchklingen ließ, dass man nicht nur Journalist war, sondern selbst auch vor noch nicht allzu langer Zeit zu ihnen gehört hatte. Und Pierres eigener Hintergrund beim Zweiten Fallschirmjäger-Regiment der französischen Fremdenlegion war eine exzellente Visitenkarte. Es half, wenn man zu einer Traditionseinheit mit gutem Ruf gehört hatte.

Tony Ferraro war überrascht gewesen, wie schnell und unspektakulär alles abgelaufen war. Als sie dann beim siebten oder achten Bier waren, wurde endlich auch der SAS-Mann O'Shaughnessy mitteilsam.

»Ich bin seit ein paar Monaten nicht mehr beim Regiment, Sir«, sagte O'Shaughnessy und zwinkerte dabei seinem alten Chef und dem Journalisten zu, »sondern mache einen ganz speziellen Job.«

»Und es wird selbstverständlich sehr gut bezahlt, nicht wahr, Rick! Und du darfst mich auch von nun an Tony nennen.«

Ferraro schmunzelte und senkte die Stimme. Es war ein offenes Geheimnis, dass inzwischen mehr Angehörige des Special Air Service von privaten Militär- und Sicherheitsfirmen angeheuert arbeiteten, als noch in dem Eliteregiment selbst Dienst schoben. Bereits vor zwei Jahre hatte der damalige Kommandeur des 22. SAS-Regiments versucht, den Aderlass aufzuhalten, der durch die Situation im Irak noch beschleunigt wurde. Er hatte jeden einzelnen seiner Soldaten angeschrieben und ihn in einem persönlichen Brief gebeten, die Dienstzeit im Verband zu verlängern und nicht dem Lockruf der privaten Kriegsdienstleister zu folgen.

Gerade die exzellent ausgebildeten, einsatzerfahrenen und im Verhältnis sehr schlecht bezahlten Feldwebel wurden von den lukrativen Verdienstmöglichkeiten bei den PMCs angelockt. Unteroffiziere des SAS waren so gefragt, dass sie umgehend offiziersähnliche Führungsposten und mindestens zehntausend steuerfreie Euro oder Dollar pro Monat erhielten.

Der Ehemalige hob die Schultern in einer sehr eindeutigen Geste, schmunzelte und trank seinem alten Chef zu.

»Sie kennen das doch, Tony! Es kommt ein Punkt, an dem es für Männer wie mich im Regiment einfach nicht mehr weitergeht. Und wenn wir dann ein gewisses Alter erreichen, wird es auch draußen, in der richtigen Welt sehr schwer, einen gut bezahlten und interessanten Job zu finden. Ich wollte einfach nicht so enden, wie eine Reihe Kameraden, an die Sie sich vermutlich auch erinnern.«

Er schüttelte allerdings lächelnd den Kopf, als sein ehemaliger Vorgesetzter ihn nach seinem neuen Arbeitgeber fragte, aber dafür erzählte er Ferraro und Besson bereitwillig von seinen Plänen für die Zeit danach. Er hatte eindeutig eine klare Vorstellung von seinem Leben nach der Armee und diese Vorstellung beschränkte sich nicht auf die gewöhnliche friedliche und langweilige Rente.

Pierre als ehemaliger Soldat und erfahrener Journalist witterte, dass der Mann, der ihm gegenübersaß, Stoff für ein spannendes Papier liefern konnte. Er erzählte wirklich gut. Möglicherweise konnte er von diesem Richard O'Shaughnessy seitenweise Input für sein neues Buchprojekt über die privaten militärischen Dienstleister abgreifen. Während in den angelsächsischen Ländern das private militärische Dienstleisterwesen schon seit Jahrzehnten eine allgemein akzeptierte Geschäftsform und legal war, hing den PMCs in den kontinentaleuropäischen Ländern der EU noch immer der Hauch der Anrüchigkeit und des Söldnertums an. Es gab nur ganz wenige Firmen, die in diesem Business überhaupt tätig waren und auch offen dazu standen, Kriegsdienstleister oder private, kommerzielle Geheimdienste zu sein. In manchen EU-Mitgliedsstaaten war die private Kriegsdienstleistung sogar illegal und strafbar. Er winkte einer Bedienung und bestellte eine weitere Runde Bier und eine große Schüssel Pistazien.

Kurz nach zwei Uhr morgens war Pierre dank Richard O'Shaughnessys Mitteilungsfreudigkeit nicht nur mit seinem Buchprojekt einen Riesenschritt weitergekommen. Tony Ferraro hatte sich kurz nach Mitternacht verabschiedet, weil er am nächsten Morgen früh zum Dienst antreten musste. Er hatte eine zivile Besuchergruppe aus dem NATO-Hauptquartier in Brüssel, die auf Kosten der Steuerzahler im Herzen des bestbewachten Geländes von ganz Afghanistan die Wirklichkeit des ISAF-Einsatzes erleben wollte.

Ohne den ehemaligen nationalen Vorgesetzten mit am Tisch war dann alles aus dem Briten herausgesprudelt. Sie hatten sich anschließend für ein weiteres und ausführlicheres Interview verabredet. Der Mann wollte in etwa einem Monat zu einem längeren Urlaub in Kabul aufschlagen und Pierre dabei auch das Manuskript eines Thrillers mitbringen, den er basierend auf seiner Zeit im SAS geschrieben hatte. Das Angebot war interessant: Falls der Journalist O'Shaughnessy mit der Suche nach einem Verleger für seinen Roman half, wollte dieser Pierre guten Stoff über das Geschäft der privaten Kriegsdienstleistung liefern – unter dem Mäntelchen der vollsten Verschwiegenheit und des Quellenschutzes natürlich.

Und so hatte Pierre am Ende dann auch aus dem Mund seines Gegenübers bestätigt bekommen, was er vermutet hatte: russische Ehemalige aus prestigeträchtigen Spezialeinheiten drängten nicht nur im Irak in immer stärkerem Maß auf den Markt des bezahlten Krieges. Und sie boten sich den bekannten, westlichen Kriegsdienstleistern zu echten Dumpingpreisen an. Meist als eingespielte Teams mit Offizieren, Unteroffizieren und Männern der Truppe im Komplett-Angebot; genau wie die vollständige Truppe ehemaliger GRU-SpezNas eines gewissen Major Arkadij Matveev, die seinerzeit, im Jahr 2002 bei der Erstürmung des Moskauer Musical-Theaters »An der Dubrowka« zu trauriger Berühmtheit gelangt waren.

Vor ein paar Tagen erst hatte die russische Regierung dem Europäischen Gerichtshof für Menschenrechte zähneknirschend ein Statement zu dieser Operation und ihren zahlreichen zivilen Opfern übersandt.

ELFTES KAPITEL

Frankreich – Paris – Hôtel Matignon – Amtssitz des französischen Premierministers Jerôme Rousseau

Als der rote Toyota Corolla am 8. Mai 2002 um sieben Uhr fünfundvierzig lokaler Zeit direkt vor dem Hotel Sheraton in Karatschi einen Bus mit dreiundzwanzig Mitarbeitern der Direction des Chantiers Navales in die Luft jagte, schlief Frankreich noch. Drei Tage zuvor hatte der amtierende Präsident der gaullistischen, konservativen Partei RPR, Jacques Chirac, mit dreiundachtzig Prozent der Wählerstimmen gegen den Kandidaten des rechtsextremen Front National, Jean-Marie Le Pen, die Präsidentschaftswahlen gewonnen.

Chirac hatte gerade Jean-Pierre Raffarin zum Premierminister ernannt. Jerôme Rousseau war damals Sozialminister geworden und sein Parteifreund Louis Poniatowski – inzwischen der französische Präsident – war damals Innenminister geworden. Premierminister Rousseau erinnerte sich an den schrecklichen Morgen zurück. In dem Augenblick, in dem man ihn damals aus dem Bett geklingelt hatte, war das nagelneue Kabinett Raffarin noch nicht einmal vereidigt gewesen Rousseau war in diesem Augenblick persönlich noch ein bisschen enttäuscht gewesen, weil er nur Sozialminister geworden war, während sein Freund Louis Poniatowski den aufregenden und prestigeträchtigen Posten des Innenministers erhalten hatte und er hätte alles gegeben, um das Ressort mit Poniatowski zu tauschen, um sich nicht mit einer tiefgreifenden Reform des veralteten, französischen Rentensystems herumschlagen zu müssen, die für die zweite Amtszeit von Jacques Chirac anstand. Eine endlose Krisensitzung später verließ Jerôme Rousseau den Élysée-Palast dann erschöpft und erschüttert, aber gleichzeitig auch heilfroh darüber, dass er sich nur mit dem französischen Rentensystem herumschlagen musste, und nicht wie sein Freund Poniatowski mit einer neuen Bedrohung Frankreichs durch hochgefährliche Terroristen.

Der Selbstmord-Attentäter von Karatschi hatte damals elf der dreiundzwanzig Franzosen getötet, die sich in dem Bus auf dem Weg zur Arbeit befunden hatten. Zwölf weitere waren schwer verletzt worden. Wenige Monate nach den Anschlägen vom 11. September 2001 und nur drei Monate nach der Ermordung des amerikanischen Journalisten Daniel Pearle in Karatschi hatten natürlich alle mit dem Finger auf al-Qaida gezeigt: »Das ist die Rache der al-Qaida-Terroristen für die französische Unterstützung der Amerikaner bei ihrer Jagd auf Osama bin Laden und seine Gefolgsleute in den afghanischen Bergen!«, hatten sie gesagt.

Doch Jerôme Rousseau wusste es natürlich besser; genauso, wie sein Parteifreund Louis Poniatowski, seit dem 16. Mai 2007 offiziell Präsident der Französischen Republik.

Die Ingenieure und Spezialisten der DCN waren am Tag des grauenhaften Anschlags wie jeden Tag auf dem Weg zur Arbeit gewesen. Auf der Werft am Flottenstützpunkt der pakistanischen Kriegsmarine in West Wharf konstruierten sie im Rahmen eines gigantischen Rüstungsauftrages eines der drei von Pakistan erworbenen Agosta-90B-Mesma-U-Boote vor Ort.

»Dieser verdammte U-Boot-Deal lässt uns einfach nicht los«, dachte Premierminister Rousseau. Der Verkauf der Agosta-90B-Mesma-U-Boote war im Jahr 1994 noch mit der Regierung Benazir Bhutto und den allmächtigen und hochkorrupten pakistanischen Generälen unterzeichnet worden, während der letzten Monate der zweiten Amtszeit von François Mitterand. Die Verhandlungen hatten lange gedauert und sich in ihrer ganzen schaurigen

Schmutzigkeit durch beide Mandate des sozialistischen Präsidenten gezogen. Und der Klan Bhutto hatte von Anfang bis Ende die Finger im Spiel gehabt. Im Augenblick der Unterschrift war Mitterands sozialistische Partei genauso am Ende gewesen wie der alternde, von seinem schweren Krebsleiden und unzähligen Skandalen gezeichnete Präsident. Der rätselhafte Selbstmord von Premierminister Pierre Bérégovoy, der mit zwei Kugeln im Kopf am Ufer eines Sees bei Nevers aufgefunden wurde, hatte damals eine neue rechte Kohabitationsregierung endgültig in Amt und Würde und in eine Pole-Position für die nächsten Präsidentschaftswahlen im Jahr 1995 gebracht.

Damit hörte allerdings das große Sterben in den Reihen der Sozialisten noch nicht auf. Genauso rätselhaft wie Premierminister Bérégovoy jagte Mitterands engster Vertrauter, der »Besondere Sicherheitsberater für besondere Angelegenheiten« François de Grossouvre, sich in seinem Büro im Élysée-Palast zwei Kugeln in den Kopf, nachdem der Journalist Jean Montaldo – basierend auf Informationen, die Grossouvre selbst ihm zuvor zugespielt hatte – den Bestseller *Mitterand und die 40 Räuber* veröffentlichte. Sechs Monate nach Grossouvre fand man dann auch noch Pierre-Yves Guézou, Mitterands Sicherheitschef, mit einem Strick um den Hals, aber ohne Stuhl, Tisch oder Schemel in der Nähe erhängt und mausetot am Lüster seines Wohnzimmers. Alle diese seltsamen Toten standen in engem Zusammenhang mit dem »pakistanischen Deal« und den U-Booten.

Vor diesem gewaltigen und übelriechenden Sumpf kam es dann auch noch in der konservativen Partei zu Machtkämpfen. Sowohl der Vorsitzende der konservativen Partei Jacques Chirac, als auch der amtierende konservative Premierminister der Koalitionsregierung, Édouard Balladur, wollten bei den Wahlen 1995 für das höchste Amt im französischen Staat kandidieren. Édouard Balladur war in der Bevölkerung extrem populär. Jacques Chirac war weniger beliebt, aber er hatte Zugriff auf die Parteikasse. Es kam zu einem großen Streit zwischen den beiden Männern. Chirac weigerte sich,

Balladurs Wahlkampf zu finanzieren. Jerôme Rousseau und sein gleichaltriger Parteifreund Louis Poniatowski hatten damals Balladur gegen Chirac unterstützt. Das hatte ihnen Chirac nie wirklich verziehen. Und um das nötige Geld für seinen Wahlkampf aufzutreiben, hatte Balladur es geschafft, den damaligen Verteidigungsminister François Léotard einzuspannen, und der hatte eine Patentlösung an der Hand gehabt: Man konnte sich dank dem U-Boot-Deal mit Pakistan diskret Finanzmittel für den Wahlkampf besorgen, indem man die mit dem libanesischen Verkaufsvermittler vereinbarten »Provision« für die korrupten pakistanischen Generäle und Bhuttos Familie einfach um ein paar Millionen Francs beschnitt. Rousseau und Poniatowski als Mitglieder von Balladurs engstem Kreis waren damals beide sehr tief in diese finstere Machenschaft verwickelt gewesen.

»Gebe Gott, dass mich diese unselige Vergangenheit nicht einholt!« dachte Premierminister Rousseau. Er legte dem Offizier aus dem Service Action, der ihm während der beiden letzten Stunden eine brisante Geschichte erzählt hatte, freundschaftlich die Hand auf die Schulter und führte ihn zu einer bequemen Sitzgelegenheit an einem der großen Fenster, die den Blick in den Garten des Hôtel Matignon erlaubten. Dann schenkte Rousseau dem Soldaten und seiner Chefin Tee nach. Höflichkeit als Gastgeber war einer der besten Tricks, um diskret Zeit zu schinden.

Madame le Juge hatte Premierminister Rousseau diesen Offizier aus dem Service Action schon einmal vorgeführt, bei ihrem letzten Zusammentreffen im Mai, direkt nach der Amtseinführung seines Freundes Louis Poniatowski als französischem Präsidenten und seiner anschließenden Ernennung zum Premierminister. Es war ein Privileg seines Amtes, dass Rousseau nicht nur die Gesichter, sondern auch die wahren Namen sämtlicher Einsatzagenten des Service Action kannte, die die legendäre »Lizenz zum Töten« hatten, und nicht nur Decknamen und anonyme Dokumente mit einem Stempel *»Très Secret Défense«* und einer Zusatzklassifikation *Rubin, Olifant* oder *Dahlia* präsentiert bekam.

Rousseaus eigene sehr diskrete Quelle im Herzen der DGSE behauptete, dass dieser auf den Mittleren Osten spezialisierte Offizier einer der beiden Kronprinzen der Chefin von Frankreichs geheimster Dienststelle war. Der andere Mann, den sie aufbaute und gerne bei Verpflichtungen im Élysée, im Hôtel Matignon oder im SGDN vorführte, war auf den Nahen Osten und den Maghreb spezialisiert. Beide Männer waren – in den Worten seiner persönlichen Quelle – ein deutliches Signal dafür, dass die Osteuropäer und Russen langsam, aber zielstrebig verdrängt wurden. Mochte dies sein, wie es wollte: Premierminister Rousseau war sicher, dass die ehemalige Anti-Terror-Richterin Christiane Près beim Management ihrer Truppe ganz genau wusste, was sie tat und weder Psychopaten noch Vollidioten nach oben beförderte und gleichzeitig auch exakt einschätzte, welche Regionen der Welt ihrer Division Action mittelfristig den stärksten, menschlichen Einsatz abverlangten. Aber er wollte nicht, dass Madame le Juge oder der Commandant aus dem Commando de Penfentenyo ihn durchschauten, oder ihm gar seine Zweifel und Bedenken an den Augen ablasen. Seit der Kabale um die Finanzierung des Präsidentschaftswahlkampfes von Edouard Balladur wusste Jerôme Rousseau sehr genau, dass man mit sämtlichen Mitgliedern der Geheimdienst-Community immer sehr vorsichtig sein musste.

Madame le Juge tat selbstverständlich, was sie tun musste. Seit ihren Tagen als Anti-Terror-Richterin hatte Christiane Près den Ruf, unpolitisch zu sein. Aus diesem Grund hatte Jacques Chirac sie seinerzeit auf den Chefposten der Division Action geholt, als er ihren Vorgänger General Robert Rostaing nach der Katastrophe von 9/11 schnell als absolut zuverlässigen Leiter der internationalen Dienststelle Alliance Base gebraucht hatte, um die Amerikaner in Paris im Zaum zu halten. Ob Commandant Gwénaël Kérmorvan politisch oder unpolitisch war, konnte Premierminister Rousseau allerdings nicht erraten. Er schaffte es trotz seiner Erfahrung nicht einmal, dem Mann irgendwelche Emotionen an den Augen abzulesen. Kérmorvan war professionell und diszipliniert. Er würde im gegebenen

Augenblick tun, was er tun musste, und gehorsam den Befehl ausführen, den er in der nächsten Viertelstunde von Rousseau erhalten würde.

Den ursprünglichen Tötungsauftrag für den Terroristen Taher El Ouazzani hatte unter der Vorgängerregierung Chirac noch einer seiner Amtsvorgänger abgesegnet. Doch nun war es an ihm, Ja zu sagen und das Mandat sogar noch zu erweitern. Es war nicht das erste Mal, dass der Premierminister mit Konsequenzen aus dem blutigen Attentat von Karatschi konfrontiert wurde. Aber es war das erste Mal, dass von ihm erwartet wurde, über das Leben oder das Sterben eines Dritten zu befinden und die entscheidenden Worte laut und deutlich auszusprechen.

Premierminister Rousseau wusste von ihrem ersten Zusammentreffen im Rahmen seiner Amtseinführung im Mai, dass Commandant Kérmorvan keine einfältige, gehorsame Kampfmaschine war, sondern hochintelligent und sehr erfahren. Es war auch nicht das erste Mal, dass er losgeschickt wurde, um im Auftrag der Französischen Republik zu Töten. Wahrscheinlich kannte Kérmorvan das »Dossier Karatschi« in- und auswendig und natürlich auch das mit diesem verknüpfte Dossier der Fregatten für die Saudis »Sawari II«. Vermutlich war es sogar Kérmorvan gewesen, der die brandheißen Informationen von der arabischen Halbinsel und aus Pakistan beschafft hatte.

× × ×

Der Premierminister setzte sich dem Offizier gegenüber. Er bemerkte, dass Madame le Juge ihn beobachtete wie eine Schlange ihre Beute. Sie hatte seit der formlosen Begrüßung und dem obligatorischen Small Talk kein Wort mehr gesagt und die Szene ganz ihrem Offizier überlassen, doch Christiane Près' Schweigen sprach Bände. Sie wollte austesten, aus welchem Holz er geschnitzt war; ob er es unverblümt aussprechen konnte oder ob er eine Berufspolitiker-Floskel versuchen würde. Daran würde sich dann eines schönen Tages, wenn er sich aus irgendeinem Grund irgendwo politisch an die Wand gefahren hatte, ihre Einstellung ihm gegenüber bemessen. Natürlich wären Madame le Juge und ihre Truppe loyal und würden ihre Pflicht erfüllen, aber es war Premierminister Rousseau klar, dass es durchaus unterschiedliche Ebenen von Pflichterfüllung und Loyalität gab.

× × ×

Christiane beobachtete Kérmorvan genauso neugierig wie den Politiker. Selbstverständlich hätte sie ihrem Offizier nach seinem Höllentrip durch den Hindukusch den Besuch im Hôtel Matignon ersparen können. Er hatte bereits bei der Amtseinführung von Präsident Louis Poniatowski im Mai des Jahres herhalten müssen, um die neue Regierungs-Equipe beim traditionellen Lunch im SGDN zu bespaßen. Für gewöhnlich ging sie auch alleine zu den amtierenden Premierministern oder zum Präsidenten, wenn sie den Segen für ganz spezielle operative Set-ups brauchte, die im Falle eines Fehlschlags schwerwiegende politische Konsequenzen nach sich ziehen konnten. Aber genau wie bei seinem Amtsvorgänger nach der Beinahe-Katastrophe in den Galeries Lafayette wollte sie, dass der neue Mann im Hôtel Matignon sich seiner Verantwortung bewusst wurde. Rousseau sollte es Kérmorvan ruhig selbst sagen – von Angesicht zu Angesicht, Auge in Auge. Ihre Männer aus dem Service Action waren keine bezahlten Killer, sondern Soldaten. Sie riskierten im Dienst der Republik ihre körperliche Unversehrtheit, oft auch ihr Leben. Sie verdienten Respekt.

Christiane Près hatte schon kurz nach den verstörenden Aufnahmen von Helios und noch einmal im Anschluss an Rolland Fabrés diskretes Gespräch mit »ihrem« Journalisten Pierre Besson mit Premierminister Rousseau gesprochen und kurz mit Präsident Poniatowski telefoniert. Doch El Ouazzani in einem afghanischen Hochtal sitzen zu haben wie eine brütende Henne, dazu seine Verwicklung in ein ebenso kurioses wie krummes Geschäft um

Blutantiquitäten, seine Zusammenarbeit mit dem diensthabenden Taliban-Kriegsherren der Provinz Zabul, bekannten und beliebten westlichen Söldnern und Kriegsdienstleistern sowie einem großen Unbekannten im Business-Outfit, all das rechtfertigte es durchaus, dass sie seine Zeit beanspruchten. Die Sache hatte nämlich richtig Potenzial.

✖ ✖ ✖

Kérmorvan schlug sich wacker. Er hatte Premierminister Rousseau von seiner Idee überzeugt und der hatte angebissen. Er hatte ihnen bereits ohne zu zögern einen ersten Blankoscheck ausgestellt. Den brauchten sie, um ohne Einschränkungen mit den deutschen Kollegen kooperieren zu können, falls die sich ebenfalls auf das »Projekt« einlassen sollten. Natürlich hatte Christiane Près vor, das »ohne Einschränkungen« vor allem so zu interpretieren, dass es in ihr Konzept der Division Action passte, … wenn auch in Abstimmung mit dem Generaldirektor der DGSE.

Christiane wusste, dass sie mit den deutschen »Freunden« sehr vorsichtig umgehen musste, wenn sie nicht wollte, dass der große amerikanische Bruder in Langley gleich alles mitbekam. Der Bundesnachrichtendienst leckte nämlich wie die Titanic nach ihrem Zusammenstoß mit dem Eisberg. Böse Stimmen in der DGSE behaupteten gar, der deutsche Dienst wäre nur eine Auslandsresidentur oder bestenfalls eine größere Hauptabteilung der CIA. Aber sie konnte sich um diese spezielle Schwachstelle immer noch kümmern, wenn es Probleme in Berlin gab. Sie hatten ein paar inoffizielle Kontakte im BND. Mitarbeiter, die den Amerikanern sehr kritisch gegenüberstanden oder diesen wegen ihrer starken Einmischung in die deutschen Angelegenheiten sogar feindlich gesinnt waren.

Premierminister Rousseau hatte ihnen bereits die *Carte Blanche* in die Hand gedrückt, mit der sich fast alles machen ließ, solange sich das Budget für ihre Black Ops im Rahmen hielt und man es

»irgendwo« unauffällig vor den Leuten vom Rechnungshof verstecken konnte. Wie sein Amtsvorgänger hatte Rousseau eine Heidenangst vor den Buchhaltern der Republik.

Christiane Près hatte an dem Punkt, als das Gespräch um Geld gegangen war die Hände gefaltet und dem Politiker ihr engelhaftestes Lächeln geschenkt. Sie lehnte Finanzspritzen aus dem Matignon nie ab, selbst dann nicht, wenn die schwarzen Kassen der Division Action gut gefüllt waren.

Sobald sie dann mithilfe der klassischen geheimdienstlichen Mittel, die ihr Offizier dem Premierminister gerade im Detail erklärte, herausfanden, welche Zusammenhänge zwischen El Ouazzani, der Nummer zwei der Taliban-Bewegung in der Provinz Zabul, Dadullah Khan, dem berüchtigten Kriegsdienstleister Jones und diesem noch nicht identifizierten Mann mit westlichem Äußeren bestanden, konnten sie eine Operation planen, um den algerischen Terroristen entweder aus dem Hochtal in den Suleiman-Bergen zu exfiltrieren oder direkt vor Ort zu exekutieren. Vielleicht ergab sich dabei auch noch eine Gelegenheit, Hand an Dadullah zu legen. Die Idee, den Taliban-Warlord anschließend bei den Amerikanern in klingende Münze umzuwandeln, falls sie selbst nichts mit ihm anfangen konnten, hatten sie Premierminister Rousseau natürlich verschwiegen. Kérmorvan hatte mit seinem völlig unmoralischen Vorschlag während der Besprechung in Romainville sogar Julien Rudeaux beeindruckt. Der Paschtune war zwar nur fünfhunderttausend Dollar wert – aber Geld stank nicht und eine halbe Million mehr in der schwarzen Kasse ihrer Division Action war eine feine Sache.

Christiane Près kuschelte sich gemütlich in die Kissen der bequemen Couch und bediente sich am Kaffee und den Petits Fours des Politikers. Sie konstatierte zufrieden, dass der neue Premierminister und der ehemalige Kampfschwimmer aus dem Commando de Penfentenyo auf der gleichen Wellenlänge waren.

Obwohl es gerade anfing sehr schmuddelig zu werden, hatten die beiden Männer keine Berührungsängste. Kérmorvan hatte es in der kurzen Zeit seit seiner Rückkehr trotz seiner randvollen Agenda sogar geschafft, bei einem Frisör vorbeizuschauen und sich den rabenschwarzen Monatsbart vom Einsatz ordentlich aus dem Gesicht kratzen lassen. Dadurch sah er in seinem gut geschnittenen, dunkelgrauen Einreiher mit dem dezent gestreiften Hemd und der farblich abgestimmten Hermès-Seidenkrawatte mit Pferdemotiv des Cadre Noir zwar wieder sehr viel französischer aus – aber er war natürlich nicht fitter als im Augenblick seiner Ankunft, als sie ihn im Terminal des Flughafens Charles-de-Gaulles-Roissy abgeholt hatte.

Premierminister Rousseau schien es nicht zu bemerken, doch sie kannte ihre Männer aus dem Service Action in- und auswendig. Sie sah jedem von ihnen das kleinste Wehwechen oder Ziepen an und zog sie dementsprechend aus dem Verkehr, um Probleme zu vermeiden, die im Einsatz zwangsläufig zu Folgeschäden führten. Die Ärzte im Val-de-Grâce hatten natürlich Recht. Doch die »Operation Space Cake« – Rudeaux war, was Codenamen anbetraf, immer sehr kreativ – war gerade dabei, in Schwung zu kommen. Es war, wie das Foucault'sche Pendel: Aus der Ruhe, mit kaum spürbarer Bewegung fing es an. Und dann griffen plötzlich die Erdrotation und die Corioliskraft. Alles würde sich in den nächsten Stunden unaufhaltsam beschleunigen. Das waren die Gesetze des sphärischen Pendels – die Gesetze des geheimen Dienstes. Außerdem hatte Kérmorvan den Ärzten erklärt, dass er keinen Konvaleszenzurlaub haben wollte und ihnen allen hoch und heilig versprochen, sich wie ein vernünftiger Erwachsener zu benehmen und es wenigstens sechs Wochen lang ruhig anzugehen und nicht »Rambo« zu spielen.

Sobald sie mit dem Schauturnen vor dem Premierminister fertig waren, musste Kérmorvan sich auf den Weg nach Deutschland machen. Sie tippte eine diskrete SMS in ihr Smartphone und reservierte in der Cafeteria des Musée des Arts et Métiers einen Tisch für zwei zum Mittagessen.

Das Foucaultsche Pendel hatte sie inspiriert und das kleine Restaurant in der wunderschönen Abtei Saint-Martin-des-Champs, die das Museum beherbergte, war wirklich gut und nur zehn Minuten mit der Métro vom Fort de Noisy in Romainville entfernt. Es würde eine angenehme Abwechslung zu ihrer eigenen Kantine sein, und Christiane wollte, dass ihr Offizier kurz durchatmete, in Ruhe eine Kleinigkeit aß und ein paar dieser verrückten Biopillchen gegen die Schmerzen in seiner Schulter schluckte.

Kérmorvan war ein großartiger Schauspieler, aber er war blass. Ohne den Bart sah sie deutlich die Schatten unter seinen Augen. Sie war zehn Jahre lang mit einem Berufssoldaten aus einer Spezialeinheit verheiratet gewesen und sie kannte diese Schatten, die nichts mit Schlafmangel zu tun hatten.

Der Berlin-Trip war natürlich keine unmäßige Strapaze. Es war kein Kampfeinsatz. Sie hatten für ihn den Abendflug mit Air France gebucht, einen bequemen Platz in der Business-Klasse. Ihr Fahrdienst brachte ihn zum Flughafen Charles-de-Gaulle und ein Fahrzeug der Botschaft holte ihn anschließend am Flughafen Tegel ab, damit er nicht mit dem Taxi oder dem öffentlichen Nahverkehr fahren musste. Brigadegeneral Pierre-Charles Vignerolles de Saint Maure lud dann zu einem angenehmen Abendessen ein, und Kérmorvan übernachtete in einem ausgezeichneten Hotel direkt am Pariser Platz. Christiane hatte nicht vor, ihren Offizier zu verheizen.

Für die Deutschen war Gwénaël ein völlig unbeschriebenes Blatt. Unter seinem richtigen Namen fanden die Freunde jenseits des Rheins lediglich den ältesten Sohn von Maria und Erwa'n Kérmorvan, Bio-Landwirte und Gemüsebauern in Dol-de-Bretagne in der Bucht von Mont-Saint-Michel, und die Tatsache, dass Gwénaëls Mutter 1952 als Maria Franz in Eisenbach im Hochschwarzwald in einer deutschen Landwirtsfamilie auf die Welt gekommen war und durch ihre Heirat mit Erwa'n auch die französische Staatsbürgerschaft erhalten hatte. Dann fand man noch Kérmorvans Geschwister, die Zwillinge Anna und Agnes, beide frisch promovierte Veterinärmediziner mit einer Spezialisierung auf Pferde und Nutztiere, und seinen kleinen Bruder Columban, der gerade an der Universität von Rennes das Agronomie-Studium aufgenommen hatte und sich anschickte, in die beruflichen Fußstapfen des Vaters zu treten.

Gwénaëls deutsche Verwandtschaft war genauso unspektakulär: Weinbauern an der Mosel, Biobauern und Gastwirte im Schwarzwald. Abgesehen von einem Cousin, der gerade dabei war, sich als Bergsteiger und Extremsportler einen Namen zu machen, war da niemand, der in irgendeiner Form Aufsehen erregte.

Schon in dem Augenblick, in dem Kérmorvan im Commmando de Penfentenyo gelandet war, hatte das Verteidigungsministerium angefangen – wie bei allen Männern seiner Art – die Spuren sorgfältig zu verwischen. Als Christiane Près ihn dann für ihren Service Action gekidnappt hatte, hatte man gleich noch nachgelegt. Nur wer sehr intensiv und sehr professionell suchte, der fand einen Commandant Gwénaël Kérmorvan auf der Personalliste der Rüstungsdirektion, wo er sich im Standardisierungszentrum der Streitkräfte um Qualitätssicherung und maritimes Normenwesen kümmerte. Es gab ein Sekretariat und eine Telefonnummer. Commandant Gwénaël Kérmorvan war ein echter Schreibtischtäter. Seine gesamte Vorgeschichte war dieser offiziellen »Persönlichkeit« ihres Einsatzagenten angepasst worden. Das war auch die übliche Legende für seinen Freundes- und Bekanntenkreis in Frankreich und die Antwort über die Beschäftigung ihres Sohnes und Bruders, die seine Familie gab, wenn man nachfragte. Natürlich wussten die, dass Gwén eine ganz besondere Verwendung in den Streitkräften hatte, auch wenn die Worte Service Action der DGSE bei ihm zu Hause nie laut ausgesprochen wurden.

Das Verteidigungsministerium hatte auf Christiane Près' Bitte hin in Potsdam »Commandant Paul Lefevère vom Commandement des Operations Spéciales« angekündigt. Das war ein etabliertes Alias von Kérmorvan, mit dem er sich auch schon ab und zu im Rahmen der NATO bewegt hatte. Ein paar Mal war *Commandant Lefevère* auf Special-Forces-Lehrgängen in den Vereinigten Staaten gewesen. Gelegentlich war er auch mit Spezialeinheiten befreundeter und verbündeter Staaten in Einsätze gegangen. *Commandant Lefevère* besaß vor allem eine wasserdichte Biografie und hatte eine komplette Lebensgeschichte, die er ohne Probleme sogar seiner ehemaligen afghanischen Weggefährtin Oberstabsarzt Rossi erzählen konnte. Christiane hoffte, dass sich aus dem Gespräch mit Rossis Vorgesetztem General Gutbrod eine Möglichkeit ergab, die Bundeswehrärztin, die den »vierten Mann« im Hochtal gesehen hatte, gleich im Anschluss zu treffen. Dem General war zwar nicht mitgeteilt worden, dass es sich bei General Morillons Mann *Commandant Paul Lefevère* um den gleichen Mann handelte, der sich Rossi während ihrer Odyssee durchs afghanisch-pakistanische Grenzgebiet als »Sergeant Pierre Dupont von den kanadischen Special Forces« vorgestellt hatte. Aber Rossis oberster Vorgesetzter wusste, dass Lefevère ein Spezialist für den Mittlerer Osten war und operative Erfahrung in Afghanistan hatte. Um infolge der diversen Telefongespräche zwischen Gutbrod und Morillon »ernsthaft über Afghanistan zu diskutieren«, war es logisch, jemanden mit einem solchen Profil loszuschicken.

Es war für den Service Action kein Problem, ihre Einsatzagenten diskret und durch kleine Korrekturen in öffentlich zugänglichen Organigrammen verschiedener französischer Regierungsbehörden oder spezifischen Einheiten der französischen Streitkräfte einzufügen, wenn man mit halbwegs respektablen Verkleidungen arbeitete. Auf diesem Weg konnte man jemanden auch in europäischen oder internationalen Organisationen unterbringen. Ein gutes Cover war wie eine Glühbirne: Die Mücken fühlten sich angezogen, knallten im Flug gegen das Glas und verbrannten. Pouff.

In diesem Fall war der Aufwand allerdings nicht notwendig: Kérmorvan konnte entweder *Commandant Paul Lefevère* vom COS bleiben, weiter die sehr praktische Ahmed-Jan-Story fahren und versuchen, wenigstens ein Phantombild des »vierten Mannes« zu bekommen, falls er spürte, dass bei den Deutschen nicht mehr zu holen war. Oder er konnte sich in *Commandant Paul Lefevère* von der DGSE verwandeln, um, falls es sich lohnte, mit offenen Karten zu spielen oder falls er einen lukrativen Deal abschließen konnte.

× × ×

Premierminister Rousseau betrachtete aufmerksam die Satellitenaufnahmen. Kérmorvan erklärte ihm gerade, warum es schwierig und gefährlich wäre, einfach eine klassische Capture-Mission zu unternehmen und einen Hubschrauber mit einem Team Spezialeinsatzkräfte loszuschicken, um El Ouazzani einzusammeln, die europäischen Söldner vor Ort niederzukämpfen und dabei ein Maximum an Zerstörung vor Ort anzurichten.

Christiane wurde hellhörig. Der Premierminister wollte wissen, ob es andere Möglichkeiten gab. Die Antworten ihres Offiziers waren interessant und kreativ. Sie machte sich eine kleine, mentale Notiz.

»Sehen Sie einen Weg, Taher El Ouazzani lebend zu fangen und diskret nach Frankreich zu bringen, damit wir diesen Terroristen hier vor Gericht stellen und für seine Verbrechen zur Verantwortung ziehen können, Commandant?«

Der Premierminister hatte völlig vergessen, dass Christiane sich ebenfalls im Raum befand.

Das war auch der Sinn der Übung gewesen. Sie wollte, dass der Politiker und Kérmorvan die Sache miteinander aushandelten. Es war Kérmorvans Operation, sein Deal, und wenn alles gut ging, dann war es auch sein Erfolg.

Gwénaël stellte sich mit dem Politiker geschickt an. Er hatte nicht nur im Einsatz gute Nerven. Es war in ihrem heiklen Geschäft wichtig, einen Politiker, dem es immer um seine Karriere ging, glauben zu machen, dass eine verdeckte Operation ihm persönlichen Nutzen bringen konnte. Politiker hatten panische Angst vor medienwirksamen Rohrkrepierern, die durch unüberlegten, martialischen Unfug ausgelöst wurden, den sie selbst genehmigt hatten. Das schadete ihrem Image in der Öffentlichkeit. Sie hier in Sicherheit zu wiegen erforderte Fingerspitzengefühl und Diplomatie. Dann brauchte man noch eine gewisse Leidensfähigkeit und Engelsgeduld. Gwénaël besaß beides. Er musste im Umgang mit Politikern nur noch lockerer werden und aufhören, vor einem gewählten Volksvertreter stramm zu stehen. In ein paar Jahren, wenn dann irgendeine der regelmäßigen medizinischen Kontrolluntersuchung der DGSE befand, dass seine Bandscheiben nicht mehr Fallschirmspringen wollten, oder er mehr brauchte als eine stramme Mahlzeit und eine ruhige Nacht mit acht Stunden Schlaf, um irgendein absurdes Horror-Szenario zu verdauen, war er sicher so weit, dass er auch alleine im Haifischbecken der französischen Politik schwimmen konnte. Dann konnte die DGSE ihm in aller Ruhe einen entsprechenden Führungsposten anvertrauen, oder sie würden dafür sorgen, dass der Verteidigungsminister ihn mit Stern und Anker auf den Ärmeln der Uniformjacke nach Lorient schickte, um die Spezialeinsatzkräfte der Kriegsmarine zu befehligen. Das würde Gwénaël als leidenschaftlichem Bretonen sicher gefallen.

Christiane Près schmunzelte zufrieden. Die DGSE im Allgemeinen und die Division Action im Besonderen hatten, seit der Peinlichkeit der Opération Satanique im Jahr 1985, keine besondere Medien-Aufmerksamkeit mehr auf sich gezogen. Damals waren sie in Neuseeland auf frischer Tat ertappt worden, wie sie das Greenpeace-Schiff Rainbow Warrior versenkten. Es hatte versehentlich auch noch einen Toten gegeben.

Während der letzten zwanzig Jahre hatten sie offiziell keine größeren Rohrkrepierer mehr produziert. Sie hatten es geschafft, ihre kleineren Reinfälle und Pannen zu verschleiern und ein paar größere Sachen einfach anderen Geheimdiensten in die Schuhe zu schieben.

Natürlich bedeutete diese mediale Funkstille der DGSE nicht, dass der französische Geheimdienst während der letzten zwei Jahrzehnte zurückgezogen in klösterlicher Stille meditiert hatte. Eher das Gegenteil war der Fall. Sie hatten aus den Fehlern der Vergangenheit gelernt. Anstatt sich wie wildgewordene Zahnbürsten aufzuführen und den Volksvertretern Angst einzujagen, machte die Division Action jetzt gezielte Produktvermarktung.

Christiane Près beobachtete ihren jungen Schützling stolz. Gwénaël gab Premierminister Rousseau natürlich nur eine knappe Zusammenfassung. Für einen Politiker, der nicht die geringste operationelle, militärische Erfahrung hatte, war das ausreichend, und es machte ihm weniger Angst als ein James-Bond-Szenario mit schießwütigen Djangos auf beiden Seiten. Gwénaël hatte bereits verstanden, dass die Aufmerksamkeitsspanne eines Berufspolitikers höchstens von der eines dreijährigen Kindes unterboten wurde. Was er dem Premierminister vorschlug, war aus diesem Grund auch einfach gestrickt, wirkte auf den ersten Blick machbar und erweckte den Anschein, politisch nicht riskant zu sein.

Good Boy! Christiane Près tätschelte ihrem Offizier in Gedanken den Hals wie einem besonders gehorsamen Reitpferd. Das Zuckerchen lege ich dir dann zu Weihnachten untern Baum, dachte die Direktorin von Frankreichs geheimster Dienststelle amüsiert. Zum Jahresende gab es in der Division Action immer eine sehr nette, interne Weihnachtsfeier bei der zu Geldprämien und persönlichen Kleinigkeiten regelmäßig auch Auszeichnungen, Orden oder Beförderungen auf dem Gabentisch landeten. Meist konnte sie für ihre Männer aus dem Service Action nichts anderes tun. Allerdings lösten diese staatlichen Weihnachtsgeschenke, wenn die Jungs dann unter sich waren und sich unbeobachtet glaubten, immer große Heiterkeit aus.

Gwénaëls kleine Idee setzte natürlich voraus, dass es wirklich eine undichte Stelle im US CENTCOM in Bagram oder im US CENTCOM in Tampa, Florida, gab und sie herausfanden, wo sich dieses Leck befand, ohne dabei von den Amerikanern erwischt zu werden. Eine harte Aufgabe, aber nicht unmöglich!

Christiane Près blickte aus dem großen Fenster in die Gärten des Hôtel Matignon, wo das gefallene Laub unter einer strahlenden Herbstsonne den Rasen in einen farbenfrohen Teppich verwandelt hatte. Die beiden Männer diskutierten den Einsatz brandneuer militärischer High Tech

Wenn ich an EADS' Stelle wäre, dann würde ich einer wie mir keinen brandneuen Drohnen-Prototypen leihen, dachte die Direktorin der Division Action amüsiert. Das sündhaft teure Hunter-Killer-Pärchen, das vor ein paar Wochen am Hindukusch wahrscheinlich von Mr. Jones Söldnertruppe vom Himmel gepustet wurde, war nicht die erste gönnerhafte Leihgabe der französischen Rüstungsindustrie an ihre Division Action, die ihre »Jungs« aus dem Service Action ramponiert hatten. Wenn Christiane ganz ehrlich war, dann machten ihre Jungs eigentlich jedes Equipment kaputt, das man ihnen lieh oder kaufte, weil sie die Sachen gerne realistischen Härtetests im Einsatz unterzogen. Manchmal dachte sie in ihren *Dark Nights of the Soul*, wenn sie als brave Staatsbürgerin ihre Einkommenssteuererklärung ausfüllte, dass es für den steuerzahlenden französischen Bürger wohl am besten wäre, jedem Mitglied des Service Action maximal eine moderne Handfeuerwaffe und eine qualitativ hochwertige Schnellfeuerwaffe pro Fiskaljahr zu offerieren und ihnen für den Rest ans Herz zu legen, sich den ganzen Krempel doch einfach selbst zu klauen. Dazu hatte man sie schließlich für teures Steuergeld exzellent ausgebildet.

Während der Premierminister weiter mit Kérmorvan über die Möglichkeit eines Drohneneinsatzes gegen das Zielobjekt El Ouazzani diskutierte, ließ Christiane ihre Gedanken weiter, schweifen. Eigentlich brauchten sie für Gwéns Projekt in den Suleiman-Bergen diese unverschämt teure SHARC-Hubschrauber-Drohne gar nicht, die er Rousseau gerade schmackhaft machte. Es gab ein paar wirklich günstige Modelle, die sich mit ein bisschen Geschick auch schnell umrüsten ließen und denen man nicht nachweinte, wenn sie sich im Rahmen einer tiefschwarzen Operation in Drohnen-Schrott verwandelten. Sie ging davon aus, dass Gwénaël auf der anderen Seite des Rheins gut verhandeln würde. Sie sah dort bereits, was sie wirklich brauchten: die Deutschen hatten auf der letzten Eurosatory ihre handliche, sehr diskrete Aufklärungs-Drohne LUNA gezeigt. Der Hersteller war eine kleine Firma in den Tiefen der bayerischen Provinz, und die Drohne blickte bereits auf ein paar Jahre erfolgreicher Einsätze in schwierigem Gebiet zurück. Kérmorvan hatte eine Weile mit den Leuten diskutiert. Er würde sich vermutlich an den Namen des Herstellers erinnern. Vielleicht konnten sie ja einen Deal mit den deutschen Nachbarn machen.

Christiane war zwar studierte Juristin, aber technische Spielereien faszinierten sie, und sie erinnerte sich problemlos an ein ganz besonderes Leistungsmerkmal von LUNA; die Fähigkeit der Drohne zu antriebslosem Gleitflug und zum anschließenden Wiederanlassen des Motors. Das deutsche Gadget war lautlos und preisgünstig!

Sie warf einen diskreten Blick auf ihre Uhr. Der Premierminister war ein pünktlicher Mensch. Und er hatte nicht gezögert, Gwénaël den Auftrag zu erteilen, Taher El Ouazzani zu töten, wenn er ihn nicht einfangen und zurückbringen konnte. Sie hatte bereits beim Einführungsbriefing für die neue Regierung und den neuen Präsidenten das Gefühl gehabt, dass bei dem algerischen Erzterroristen nach dem Massaker von Karatschi und dem fehlgeschlagenen Attentat auf die Galeries Lafayette das »Aufgeschoben« wegen des Regierungswechsels nicht zugleich »Aufgehoben« bedeutete. Der Neue im Hôtel Matignon hatte seine Sache gut gemacht, ohne zu zögern und ohne um den Brei zu reden. Er hatte sich auch jede Form falschen Pathos gespart und der Auftrag war unzweideutig.

ZWÖLFTES KAPITEL

Deutschland – Bundeshauptstadt Berlin – konspirative Wohnung des BND unweit des ehemaligen Checkpoint Charlie

Nach dem Trainingslauf am Vortag mit ihrem Chef am Bundeswehrkrankenhaus hatte Rossi in ihrem Kopf aufgeräumt und alles logisch durchorganisiert. Allerdings hatte sie nicht damit gerechnet, dass es so schnell gehen würde. Robert hatte nichts angedeutet und sie auch nicht kontaktiert. Eine Dreiviertelstunde nach dem sonderbaren Telefonanruf stand er vor der Tür ihrer Wohnung. Der nett wirkende, gediegene Herr mit dem adrett gestutzten rotblonden Schnauzbärtchen, der ein kleines Problem am Knie zu haben schien, war altersmäßig schwer einzuordnen und trotz der eher fortgeschrittenen Stunde noch sehr dynamisch. Und er überrumpelte sie genauso elegant und skrupellos wie Sergeant Pierre Dupont den Fahrer des gekidnappten Jingle-Trucks auf dem Weg über die afghanisch-pakistanische Grenze.

Rossi hatte nach dem anstrengenden Morgen, den Spaghetti, dem opulent-süßen Nachtisch und dem heißen Tee zu Barockmusik nur noch von einem entspannenden Bad mit Lavendelöl, einer ungestörten Nacht in ihrem kuscheligen Bett und einem gemütlichen Frühstück mit Butterhörnchen und Marmelade auf der verglasten Dachterrasse mit Blick in die Donauauen geträumt. Stattdessen hatte Dr. Stefan Huber sie in weniger als einer Viertelstunde davon überzeugt, dass es vernünftiger war, wenn sie ihren privaten Traum von Gemütlichkeit hintenanstellte, den bequemen Hausanzug gegen ihr inzwischen bewährtes Reiseoutfit tauschte, den noch gepackten Luxuskoffer aus Karatschi schnappte und ihm umgehend folgte. In der ganzen Aufbruchsstimmung hatte sie ihn nicht einmal gefragt, wohin.

✖ ✖ ✖

Obwohl Rossi ein aktives Mitglied der deutschen Bundeswehr war, hatte sie nicht gewusst, dass man in Ulm einfach mit dem Taxi beim Kommando Operative Führung Eingreifkräfte in der Wilhelmsburg-Kaserne vorfahren konnte, um nur wenige Minuten später in einen Bundeswehr-Hubschrauber einzusteigen und in Richtung Bundeshauptstadt zu fliegen. Ihr Begleiter hatte lediglich einen Dienstausweis gezückt und alle Türen öffneten sich. Der Hubschrauber hatte sie ganz offensichtlich erwartet.

Anderthalb Stunden später, zu einer Uhrzeit, zu der Rossi eigentlich lieber in das entspannende Lavendelöl-Bad gestiegen wäre, betrat sie ein geräumiges, aber diskretes Büro im Haus der Kulturen der Welt. An der Tür hatte sie ein Schild mit einer nichtssagenden Aufschrift gelesen: »Archive Verwaltung«.

Die sogenannte »Schwangere Auster« lag am Spreeufer rund fünf Minuten Fußweg vom Bundeskanzleramt entfernt, und sie hatte das Gefühl, dass sie nicht nur als ambitionierteste Kulturinstitution Deutschlands diente, sondern auch als diskreter Unterschlupf für eine ganz besonders obskure Außenstelle des BND. So viel hatte sie während des Flugs und durch den Lärm des Hubschraubers nämlich verstanden: Dr. Stefan Huber gehörte zum Bundesnachrichtendienst und ihr Chef, Professor Dr. Robert Allmensinger, hatte es vorgezogen, ihn um schnelle Hilfe zu bitten, anstatt sich auf dem offiziellen Dienstweg mit dem Verteidigungsministerium oder mit dem Einsatzführungskommando in Potsdam auseinanderzusetzen.

Ungeachtet der Tatsache, dass es schon verhältnismäßig spät am Abend war, musste sie ihre ganze Geschichte noch einmal von Anfang bis Ende erzählen.

»Alle Details bitte, Major Rossi!«, hatte Huber gebeten und sie dabei streng angesehen. »Ersparen Sie uns nichts!«

Außer ihrem neuen Bekannten vom Geheimdienst befanden sich noch zwei weitere Männer im Raum, die sich allerdings nicht vorgestellt hatten. Der eine sah aus wie ein typischer Berliner Regierungsbeamter, der andere wie ein aktives Mitglied der Hell's Angels. Alle drei hörten ihr aufmerksam zu, ohne sie zu unterbrechen.

Während sie berichtete, dachte Rossi, dass dieser eklektische Haufen alter Machos, die es nicht einmal für nötig hielten, sich höflich vorzustellen, auch nicht mehr zu erfahren brauchte, als ihr Chef in Ulm. Die ganze Sache wurde nämlich immer undurchsichtiger, wobei es keiner für nötig hielt, sie in irgendeiner Form einzuweihen. Es war nur allzu offensichtlich: Die Altherrenriege nahm sie nicht ernst. Man versuchte sie abzumelken wie eine Blattlaus!

Bei Sergeant Pierre Dupont von den kanadischen Special Forces hatte sie aus verschiedenen Gründen Verständnis für seine Heimlichtuerei entwickelt. Sie hatte vor allem gespürt, dass er das, was sie gemeinsam erlebt und überlebt hatten, auch nicht ganz begriff und in erster Linie bestrebt gewesen war, sie lebend aus Afghanistan heraus und aus der Schusslinie der geheimnisvollen Unbekannten des Hochtals zu bringen. Robert konnte sie verzeihen, weil sie ihn durch ihr plötzliches Auftauchen komplett überrumpelt hatte. Der Mann war Knochenchirurg, und obwohl er seit Jahrzehnten Uniform trug, war sie überzeugt, dass seine Erfahrung mit haarsträubenden Geschichten sich auf die Lektüre von Tom-Clancy-Romanen beschränkte. Doch Huber und seine beiden Spießgesellen wussten ganz genau, was Sache war, und wollten nur nicht reden. Das stach sogar ihr ins müde Auge, und es ärgerte sie innerlich, denn sie brauchte Antworten, um ihr traumatisches Erlebnis zu verarbeiten und einen Abschluss zu finden.

Als Rossi knapp zwei Stunden später zum Ende kam, tauchte aus dem Nebenzimmer umgehend ein breitschultriger, gutaussehender Typ in einem dunklen Anzug auf und bugsierte sie regelrecht aus dem Raum. Sie hatte zuvor weder das Nebenzimmer bemerkt noch die Anwesenheit einer weiteren Person in den Räumen. Er war vollendet höflich und trug ihr Gepäck, aber er war nicht besonders gesprächig. Er war auch wesentlich jünger als Huber und seine geheimnisvollen Freunde. Insgeheim hatte sie die drei bereits abfällig »Spooks Incorporated« getauft.

Das sind Kollegen des »Golfers« und des »Seglers« aus dem afghanischen Hochtal, dachte sie, während der Breitschultrige sie in einem dunklen Audi A4 Avant von der Auster die knapp drei Kilometer bis zu einer diskreten, aber gemütlich eingerichteten kleinen Wohnung unweit des Checkpoint Charlie in der Charlottenstraße fuhr. Er wollte sie am nächsten Morgen pünktlich um Viertel vor zehn abholen. Sie versprach ihm natürlich, sich auszuruhen, denn sie musste fit sein, um mit dem Phantombildzeichner zu arbeiten, den sie nach dem Frühstück treffen wollten. Als Rossi endlich allein war, schüttelte sie verzweifelt den Kopf, schlüpfte aus den eleganten Chanel-Ballerinas und zog ihr brandneues Handy aus der Jackentasche.

»Spinner«, sagte sie leise zu sich selbst. Sie fand, dass die drei alten Macho-Männer sich genauso kindisch benommen hatten wie der jüngere Macho-Mann, der ihr auch noch das sprichwörtliche Ausgangsverbot erteilt hatte.

»Und Sie gehen bitte nicht auf Wanderschaft durch Berlin, Major!«, hatte er sie gemahnt, wie eine fünfzehnjährige Gymnasiastin während eines Klassenausflugs.

Es war kurz nach Mitternacht in Berlin. Auf ihrer inneren Uhr, die noch auf Hindukusch eingestellt war, war es schon drei Stunden später. Sie wollte nach ihrem Höllentag nicht wandern, sondern duschen und schlafen. Und sie brauchte Antworten auf ihre Fragen.

Rossi wählte den Festnetzanschluss ihres Elternhauses in Schönau am Königsee.

Es war ein Unglück, dass der Laptop, auf dem sie Skype installiert hatte, in Kandahār zurückgeblieben war. Sie wollte keine laue SMS-Kurzmitteilung schreiben, sondern mit jemandem reden, dem sie wirklich vertraute, am liebsten von Angesicht zu Angesicht.

Das absolute Stillschweigen und die totale Diskretion, die Huber und seine Kumpels ihr abverlangt hatten, bezogen sich in Rossis Verständnis lediglich auf ihr berufliches Umfeld und nicht auf ihre Familie. Während des Wochenendes zu Hause im Berchtesgadener Land hatte sie ihrer Mutter und deren Lebensgefährten Alois ihr ganzes Abenteuer mit Sergeant Pierre Dupont bis ins letzte Detail geschildert. Natürlich war ihre Mutter am Anfang verwirrt und aufgewühlt gewesen. Obwohl Rossi munter und gesund nach Hause zurückgekommen war, hatte Hildegard geweint, und Rossi hatte zusammen mit Alois Mühe gehabt, sie wieder zu beruhigen. Alois dagegen hatte auf die ganze Sache gleichermaßen misstrauisch und belustigt reagiert.

Der Freund ihrer Mutter hatte dreißig Jahre einer abenteuerlichen und ungewöhnlichen Berufskarriere als Bergbauingenieur auf dem afrikanischen Kontinent und im Mittleren Osten zugebracht. Die meiste Zeit hatte er dabei für die französische Firma ERAMET gearbeitet, einen internationalen Marktführer im Bereich Rohstoffe. Dabei hatte Alois vom Staatsstreich über den Bürgerkrieg bis zu einer Entführung durch Tuareg-Rebellen in der Westsahara so ziemlich alles erlebt, was man in seinem Job erleben konnte. Er war 1978 sogar der einzige Deutsche gewesen, der vor Ort in der Bergbaustadt Kolwezi die Befreiungsaktion von zweitausend westlichen Geiseln aus der Hand der Nationalen Befreiungsfront des Kongo durch französische Fremdenlegionäre und belgische Fallschirmjäger miterlebt hatte. Seine Studenten an der Montanuniversität Leoben, wo er inzwischen die Professur für Prospektion, Angewandte Sedimentologie und Rohstoffmineralogie hielt, hatten ihm aus diesen Gründen auch in Anspielung auf den von Harrison Ford im Kino dargestellten berühmten Abenteurer den Spitznamen »Indiana Baur« verpasst.

Rossis Anruf an der bayrisch-österreichischen Grenze wurde auch umgehend beantwortet, denn das Wintersemester war in vollem Gange und »Indiana Baur« profitierte von der Ruhe der späten Nachtstunden, um an seinem neuesten Artikel für die internationale Geologen-Monatsschrift *Gondwana Research* zu arbeiten.

× × ×

»Der, der mich gestern Abend in Ulm abgesammelt hat, nachdem ich Robert die bereinigte Story erzählt habe, hat sogar unaufgefordert zugegeben, zum BND zu gehören. Und der andere – der geschniegelte Lackaffe im maßgeschneiderten Anzug – hat wilde Drohungen ausgestoßen, um mich zum Stillschweigen zu verpflichten. Lediglich der Dritte – schlecht rasiert und in Jeans mit Bikerjacke aus Leder – war halbwegs anständig gewesen. Er sagte mir lediglich, dass meine Karriere im Sanitätsdienst der Bundeswehr ein schnelles Ende fände, wenn ich mich jetzt nicht an den Befehl von Oben halten würde.«

Alois Baur seufzte am anderen Ende der Leitung hörbar. Bereits am Wochenende, als Carla unvermittelt zu Hause aufgetaucht war, hatte er befürchtet, dass sie unbeabsichtigt in eine ziemlich finstere Sache hineingeraten war.

»Und keiner will mir die Wahrheit sagen«, beendete Rossi den Bericht über ihren überraschenden nächtlichen Ausflug an die Ufer der Spree.

EPILOG

Dr. Stefan Huber, blickte nicht nur nachdenklich auf die Armbanduhr, sondern auch auf eine der ungewöhnlichsten Karrieren im deutschen Auslandsgeheimdienst zurück. Er kannte sich in den Ländern des Halbmonds genauso gut aus wie in den Korridoren der Macht in der Bundeshauptstadt. Aus diesem Grund hatte der studierte und promovierte Physiker inzwischen auch einen der Top-Jobs im deutschen Geheimdienst.

Laut Papierlage war Stefan seit fünf Jahren offiziell Sonderbeauftragter für Besondere Krisensituationen im Kanzleramt. Es war ein obskurer Direktorenposten mit einer sehr wagen Aufgabenbeschreibung und einer Telefonnummer, bei der Anrufer mit einem frappant unfreundlichen, männlichen Sekretär konfrontiert wurden, der im besten Fall versprach, dass sein Vorgesetzter zurückrief, ohne dabei allerdings je zu präzisieren, wann. Allerdings war er noch nie mit einer Ausnahmesituation dieser Art konfrontiert worden.

Die etwas kreativeren Köpfe stellten sich nach Lektüre seiner Visitenkarte vor, dass Dr. Stefan Huber die GSG 9 oder vielleicht sogar das KSK losschickte, um in irgendwelchen Krisengebieten am Ende der Welt Botschaftspersonal zu evakuieren oder Bundesbürger zu retten. Doch im Jahr 2007 und mit einer großen Koalition und der Kanzlerin Brunhilde Zwicker am Steuer, zog niemand mehr eine Nummer à la »Ben Wisch« ab, Ex-Kanzler Helmut Schmidts Ex-Staatsminister für Besondere Angelegenheiten, der im

Oktober 1977 in Mogadischu die von arabischen Terroristen entführte Lufthansamaschine Landshut von Oberst Ullrich Wegener und seiner GSG 9 Elitetruppe stürmen ließ.

Wenn es wirklich einmal dazu kam, dass Dr. Stefan Huber machen musste, was in seiner offiziellen Stellenbeschreibung stand, weil die Kollegen vom Auswärtigen Amt nicht mehr weiterwussten, dann gab er sich damit zufrieden, irgendeinen BND-Mitarbeiter seiner Abteilung XVI mit dem klassischen Lösegeld-Koffer ausgerüstet nach London zu schicken und die Sache über einen alten Kumpel abzuwickeln.

Der Mann war dort seit dem Ende des Kalten Krieges ansässig und besaß, dank einer späten Eheschließung mit einer sehr robusten Schottin, neben dem deutschen Pass inzwischen auch noch die britische Staatsbürgerschaft. Er war ein Ehemaliger aus Wegeners Mogadischu-Truppe und führte gemeinsam mit seinem Schwager, einem Ehemaligen aus dem Special Air Service, eine gutbeleumundete Sicherheitsfirma. Die beiden hatte Erfahrung mit Entführungen in Ländern der Dritten und der Vierten Welt. Gegen ein entsprechendes Honorar löste Stefans alter Kumpel solche Probleme gerne, diskret, schnell und effizient. Stefan kontaktierte ihn meist dann, wenn seine Dienstherren sich wieder einmal lieber durchschlawinerten, um es jedem recht zu machen und gleichzeitig den anderen nicht zu verprellen. Das Lösegeld wurde dann einfach zur Entwicklungshilfe umdeklariert, während die Gebühren für den angelsächsischen Broker zu einem Beraterhonorar wurden, das man geschickt im Budget der *Stiftung Politik und Wissenschaft* versteckte oder im Haushalt des Bundesamts für Sicherheit in der Informationstechnik.

Hubers offizielle Stellenbeschreibung war vor allem eine gewaltige Nebelschwade, die die Aufmerksamkeit der parlamentarischen und sonstigen Tugendwächter der Republik von seinen eigentlichen Aufgaben ablenkte. Ein echter Hochseilakt ohne Netz und doppelten Boden. Sein Vorgänger aus dem Innenministerium war seinerzeit unter dem sozialdemokratischen Kanzler abgestürzt und hatte sich beruflich das Genick gebrochen. Doch Stefan Huber hatte die notwendige Erfahrung, um mit schwierigen Politikern und innenpolitisch heiklen Situationen fertigzuwerden und dabei trotzdem noch seinen Auftrag zu erfüllen und er konnte wirklich Männer aus dem KSK auf den Weg schicken. Allerdings nicht, um irgendwo mit militärischem Bravado deutsche Geiseln zu befreien.

Der Staatsminister und Reinel Gutbrod blickten ihn erwartungsvoll an, nachdem die Tür sich endlich hinter Oberstabsarzt Rossi und seinem persönlichen Assistenten Major Bayram Ritter geschlossen hatte.

»Ich koche uns jetzt erst einmal einen ordentlichen Espresso«, sagte Stefan, »denn es wird eine lange Nacht werden.«

Sie waren mit Reinel Gutbrod vom Mittagstisch im *El-Rhazi* aufgestanden und am Spreeufer entlanggewandert, als der Anruf von Bobby Allmensinger aus Ulm gekommen war. Reinel hatte ihm gerade von anderen mysteriösen Anrufen erzählt, nämlich denen, die er seit drei Wochen regelmäßig vom Kommandeur der französischen Spezialeinsatzkräfte General Bertrand Morillon erhielt, und von der eher ungewöhnlichen Bitte des Leiters der französischen, militärischen Delegation in Berlin General Etienne Vignerolles de Saint Maure, sich kurzfristig und diskret mit einem Mann aus Morillons Kommando zu treffen, um unter vier Augen über »besondere Details« des Einsatzes in Afghanistan zu diskutieren. Danach war alles sehr schnell gegangen und sein Freund Reinel hatte ihm einen Bundeswehrhubschrauber besorgt, damit er sich umgehend mit Bobby Allmensinger treffen und Oberstabsarzt Rossi nach Berlin bringen konnte.

Die Bitte um das diskrete Treffen mit Reinel, die seltsamen Anrufe des Franzosen Morillon während des vergangenen Monats, der unerklärliche Verlust von fünf Männern des KSK in genau der gleichen Gegend, in der auch die Franzosen des COS verschwunden waren, und die kurze Outline von Oberstabsarzt Major Rossis Abenteuer, die Bobby ihnen bereits am Telefon gegeben hatte, hatte bei ihnen sämtliche Alarmglocken zum Läuten gebracht.

Insbesondere die Behauptung von Rossi, dass der Rettungshubschrauber aus Kandahār von Europäern, die fließendes und amerikanisch akzentuiertes Englisch sprachen, abgeschossen worden war – noch dazu mit einer französischen Boden-Luft-Rakete vom Typ Mistral, und dann noch die Story von den vier Freunden im Hochtal …

Natürlich hatte der altgediente BND-Mann seiner jungen Schutzbefohlenen aus dem Sanitätsdienst der Bundeswehr nichts von seiner Freundschaft mit ihrem Vorgesetzten im Bundeswehrkrankenhaus und ihrem anderen Vorgesetzten im Einsatzführungskommando erzählt. Er hatte es auch für besser gehalten, ihr in dieser Nacht weder Reinel noch den Staatsminister vorzustellen. Sie mussten sich erst einmal gemeinsam die Karten legen und sie brauchten eine gemeinsame Linie, nachdem sie nun offiziell wussten, dass Major Rossis Partner auf der Flucht durch die afghanischen Berge Franzose und nicht Kanadier gewesen war.

Als Rossis oberster Vorgesetzter hatte Reinel Gutbrod seinem Freund Stefan Huber versprochen, erst einmal absolute Funkstille über den ganzen Zwischenfall in Afghanistan zu wahren, der ISAF ein paar Nebelgranaten hinzuwerfen und sämtliche Spuren seiner Untergebenen auf der Kandahār-Airbase zu verwischen. Bobby Allmensinger als Rossis direkter Vorgesetzter im Sanitätsdienst war einverstanden, vorerst zu vergessen, dass er die junge Frau überraschend gesehen und lange mit ihr gesprochen hatte. Für Rossis Kameraden im Bundeswehrkrankenhaus war sie sowieso noch für mehrere Monate auf einer Auslandsverwendung, und die wenigen, die Rossi am Vortag auf dem Oberen Eselsberg über den Weg gelaufen waren, würden sich eher keine Fragen stellen, da sie selbst ihnen bereits geschickt eine glaubhafte Story erzählt hatte.

Abgesehen von einer Handvoll Fernmelder aus Wesel, die an die ISAF überstellt worden waren und einem Mann von der Gesellschaft für Technische Zusammenarbeit, der in der Provinz Kandahār ein Straßenbauprojekt leitete und mit dem zur Airbase gehörenden Provincial Reconstruction Team integriert war, gab es zum Glück keine weiteren Deutschen auf der Kandahār-Airbase. Da war niemand, der sich national wegen Rossi verplappern konnten und Reinel Gutbrod hatte blitzschnell reagiert. Während Stefan Huber noch nach Ulm geflogen war, hatte er es bereits geschafft, durch einen der Fernmelder die Sachen der Bundeswehrärztin, ihr Handy und ihren Laptop zusammen mit Wohnungsschlüsseln und Kreditkarten aus dem Zimmer auf der riesigen Airbase verschwinden zu lassen. Alles war in einer großen, an das Einsatzführungskommando Potsdam zu seinen Händen adressierten Transportkiste verpackt und bereits mit einer der US-Transportmaschinen, die täglich nach Ramstein flogen, auf dem Rückweg nach Deutschland.

Der Staatsminister seufzte leise: »Wenn mich diese irre Geschichte am Ende mal nur nicht meinen guten Job und meinen Ruf kosten wird!«

Ende Band 1

Und so geht es weiter in BAND 2:

CODENAME CORVUS
DAS ERZENGEL-GAMBIT

PROLOG

Grenze zwischen Belgien und Deutschland – am Übergang der Ardennen in das Eifelgebirge –irgendwo im Hertogenwald unweit des Hohen Venn

× × ×

Ahmadi sah niemanden, doch er fühlte, dass die »Geister« ihnen dicht auf den Fersen waren. Es war sein Fehler gewesen. Er war überzeugt, dass sie während dieser langen Nacht vor allem die Hilfe Allahs bräuchten. Sein Freund Fahem hatte widersprochen. Er hatte gesagt, dass sie vor allem einsatzbereite Waffen brauchten, ihre Sprengladungen überprüfen und sich noch einmal den Plan der NATO-Raketenbasis einprägen mussten. Ahmadi wusste natürlich, dass Fahem wie immer Recht und er wieder einmal Unrecht gehabt hatte.

Sie hatten sich *Dschihad4Belgium* nach ihrer Freilassung aus dem Knast natürlich nicht nur wegen der Gratis-Arabischkurse oder der Koran-Studiengruppe angeschlossen, sondern vor allem, weil der charismatische Imam ihrer Lieblingsmoschee in Charleroi sie mit Männern bekanntmachte, die wahre Action in Aussicht stellten und ihnen alle vierzehn Tage einen Umschlag mit Cash für ihre

Familien aushändigten. Das Geld, das von einem reichen Gönner ihrer Sache aus dem Golf-Emirat Katar gespendet wurde, gab es immer, wenn sie sich auf dem abgelegenen ehemaligen Bauernhof zwischen Presgaux und Brûly-de-Pesche unweit der belgisch-französischen Grenze trafen. Dort, in dem extrem dünn besiedelten und stark bewaldeten Gebiet, befand sich auch das Trainingscamp, wo sie zusammen mit einem Dutzend Glaubensbrüder aus ganz Belgien während der letzten Monate gelernt hatten, was sie in dieser Nacht umsetzen sollten.

Fahem war top-motiviert, die Sache mit der NATO-Raketenbasis ordentlich und professionell durchzuziehen. Nach erfolgreichem Abschluss dieser Mission könnte er endlich in den Irak abhauen, um sich dort der brandneuen Gruppe anzuschließen, die gegen Amerikaner und Ungläubige kämpfte, um das Kalifat *ad-dawla al-ʿirāq al-islāmiyya* zu errichten, in dem alle wahren Rechtgläubigen einen angemessenen Platz finden würden. Aber zuvor wollte er für das Team ausgewählt werden, das in ein paar Wochen irgendwo in einer europäischen Hauptstadt eine spektakuläre Aktion durchführen sollte. Fahem war so tief in seinen Gedanken versunken, dass er nicht bemerkt hatte, wie Ahmadi versehentlich sein Handtuch am Flussufer zurückließ, nachdem er sich gewaschen und dort gebetet hatte.

Ahmadi war hinter Fahem zurückgefallen und versuchte angestrengt, seine Atmung wieder unter Kontrolle zu bringen. Seine Unachtsamkeit war es gewesen, die den »Geistern« gezeigt hatte, welcher Spur sie folgen mussten. Es wäre allein seine Schuld, wenn sie weder für die spektakuläre Aktion ausgewählt würden, noch mit Hilfe und finanzieller Unterstützung ihrer neuen, reichen Freunde aus dem Persischen Golf ins künftige Kalifat reisen dürften. Plötzlich fühlte er sich unendlich erschöpft und musste sich an einen Baum lehnen, damit ihm die Beine nicht wegknickten.

× × ×

Fahem versuchte so wenig Geräusch wie möglich zu machen. Er wusste, dass er Ahmadi auf keinen Fall aus den Augen verlieren durfte. Sie waren ein Team, und nur gemeinsam konnten sie die Mission erfolgreich zum Abschluss bringen. Mit Sorge bemerkte er, dass sein Freund rund einhundertfünfzig Meter zurücklag und gab ihm ein deutliches Handzeichen. Der vergessene Pfad, den sie ausgewählt hatten, um sich unbemerkt der NATO-Raketenbasis zu nähern, war extrem schwierig und anstrengend. Vermutlich war Ahmadi durch den langen Nachtmarsch am Ende seiner Kräfte und musste verschnaufen, obwohl ihnen in diesem Augenblick die Zeit davonlief. Ahmadi hatte sich schon im Trainingslager bei der praktischen Kampfausbildung schwerer getan als er. Fahem verdrängte den Gedanken an das Risiko, das der Nachzügler darstellen konnte, und konzentrierte sich wieder auf ihre Mission.

Der Weg zog sich verlassen und leicht gebogen nach rechts. Dichte Bäume standen zu beiden Seiten. Falls es ihnen gelang, den Sicherheitszaun der NATO-Raketenbasis unbeobachtet zu erreichen, dann hatten sie auch eine gute Chance, ihn zu überwinden und es bis zu der Radarkuppel zu schaffen, die ihr eigentliches Zielobjekt war.

Fahem dachte kurz an den erschreckenden Zwischenfall zurück, dessen zufällige Zeugen sie mit Ahmadi bei Einbruch der Dämmerung geworden waren. Der unvermutete Verlust von Abu Sufyān und Abu Talib war natürlich ein harter Schlag für die Mission. Die Aktion war unglaublich schnell gegangen und brutal effizient gewesen. Durch den Verlust der beiden Kämpfer hatten sie jetzt nur noch die Hälfte des benötigten Sprengstoffs und natürlich auch zwei bewaffnete Mudschahedin weniger, falls sie sich ihren Fluchtweg aus der NATO-Raketenbasis freikämpfen mussten.

Als sie noch zusammen im Gefängnis von Jamioulx eingesessen hatten, hatte Fahem den Eindruck gehabt, dass die schlecht französisch sprechenden Jungs aus dem flandrischen Vilvoorde, irgendwie erheblich mehr Ahnung vom Dschihad hatten als er oder Ahmadi. Als sie sich dann auf dem abgelegenen ehemaligen Bauernhof unweit der belgisch-französischen Grenze zufällig wiedertrafen und mit dem Kampftraining begannen, stellte er allerdings umgehend fest, dass die beiden trotz ihrer sehr guten Arabischkenntnisse, geilen Kampfnamen und wilden, hennagefärbten Bärten auch nur mit Wasser kochten. Weder Abu Sufyān noch Abu Talib hatten je mit den Taliban in Afghanistan gekämpft, wie sie es in Jamioulx behauptet hatten, nur um in der Hackordnung des Knasts aufzusteigen. Ihre Arroganz und mangelnde Umsicht hatte sie nun vor ein paar Stunden Kopf und Kragen gekostet.

Ein Teil von Fahem war erleichtert, dass sie die beiden Angeber aus Vilvoorde los waren. Er wusste, dass sie es auch allein schaffen würden. Er kniff die Augen zusammen. Der fahle spätherbstliche Vollmond war die einzige Lichtquelle, doch der nördlich des Hohen Venns gelegene Hertogenwald war viel zu dicht, um vernünftig sehen zu können. Mit dem dritten Team hatten sie keinen Kontakt gemacht. Bei der Planung der Mission war vereinbart worden, dass die beiden Mudschahedin aus dem Brüsseler Stadtteil Molenbeek auf einem anderen Weg zur NATO-Raketenbasis vordringen sollten, um dort ein Ablenkungsmanöver zu versuchen, während das Duo Fahem/Ahmadi sich um die Radarkuppel kümmerte. Fahem spähte angestrengt durch die Büsche. Modrige Blätter, trockene Nadeln und Tannenzapfen lagen in einer dicken Schicht auf dem Boden. Hier war schon sehr lange niemand entlanggelaufen. Er verzog den Mund zu einem zufriedenen Schmunzeln. Sie hatten ihr Ding zusammen mit Ahmadi richtig gut geplant. Sie hatten sich nicht einfach nur aufs Internet und Google Maps verlassen, sondern vernünftiges Kartenmaterial der Gegend besorgt und dabei auch diesen Weg entdeckt, der es ihnen erlaubte, sich der NATO-Raketenbasis im Schutz der Bäume zu nähern, ohne dabei durch offenes Gelände schleichen zu müssen.

× × ×

Obwohl er wieder leichter atmete, hämmerte Ahmadis Herz immer noch wild gegen seine Brust. Er hatte Angst, dass die »Geister«, die er mit seinem vergessenen Handtuch gerufen hatte, ihn in der stillen

Nacht hören könnten und ihnen dann das gleiche Schicksal blühte, wie den beiden Typen aus Vilvoorde, die sie aus dem Knast kannten. Er biss die Zähne zusammen, massierte sich mit der Hand die stechende Seite und setzte sich wieder in Bewegung, um mit Fahem aufzuschließen. Sein Freund hatte einen Vorsprung von mindestens einhundertfünfzig Metern erlaufen, während er selbst noch im Dickicht verschnaufte. Er erkannte ihn nur vage als formlosen, dunklen Schatten zwischen den Bäumen. Zumindest betete er, dass dieser Schatten sein Freund war und nicht einer der »Geister«.

× × ×

Fahem wusste nicht, was sie am Ende des Weges erwartete. Sie waren jetzt ganz in Gottes Hand. *»In schā‘a llāh!«,* flüsterte er, als Ahmadi endlich mit ihm aufschloss. Er legte seinem schwer atmenden Kindheitsfreund aufmunternd die Hand auf die Schulter. Die Rucksäcke und die Waffen lasteten schwer. Ahmadi schien noch mehr mit dem Gepäck zu kämpfen als er, und trotz der körperlichen Anstrengung war ihnen kalt. Nach gefühlten Stunden auf ihrem einsamen Weg tauchte am Horizont endlich einer der Wachtürme auf.

»Wahnsinn«, flüsterte Ahmadi. Er verdrängte das ungute Gefühl, dass die unheimlichen »Geister« ganz nahe lauerten, um zuzuschlagen und sie, genau wie Abu Sufyān und Abu Talib, zu eliminieren.

»Wir haben es fast geschafft«, flüsterte Fahem.

× × ×

ANMERKUNGEN DER AUTORIN

Seit mehr als fünfzig Jahren ist die deutsch-französische Zusammenarbeit auf der Grundlage einer historischen Aussöhnung zweier Länder gewachsen, die einst regelmäßige Kriegsgegner waren; gleichzeitig gehörte sie zu den Kernthemen der europäischen Integration und wirkte als deren Antriebskraft.

In diesem Sinne erklärte Robert Schuman am 9. Mai 1950:

»Europa lässt sich nicht mit einem Schlage herstellen und auch nicht durch eine einfache Zusammenfassung: Es wird durch konkrete Tatsachen entstehen, die zunächst eine Solidarität der Tat schaffen. Die Vereinigung der europäischen Nationen erfordert, dass der jahrhundertealte Gegensatz zwischen Frankreich und Deutschland ausgelöscht wird. Das begonnene Werk muss in erster Linie Deutschland und Frankreich erfassen.« Auch wenn 2019, fast siebzig Jahre nach der Erklärung von Robert Schumann, eine Geheimdienste-Kooperation wie »Corvus« immer noch eine ähnliche Fantasie ist wie die effiziente militärische Zusammenarbeit des deutsch-französischen Tandem (das die Franzosen liebevoll-zynisch »couple« nennen, »Ehepaar«), habe ich in diesem Buch natürlich nicht alles erfunden. Vieles ist real, manches nur in einen anderen Kontext gesetzt, auf der Zeitachse verschoben oder geografisch in eine andere Gegend der Welt versetzt.

Zum historischen und geopolitischen Hintergrund:

Seit frühgeschichtlicher Zeit ist Afghanistan ein Durchgangsland schlechthin, sowohl für kriegerische Eroberer als auch für Händler und Missionare verschiedenster Religionen.

Alexander der Große, in seiner arabo-persischen Form auch Iskander oder Sikander genannt, scheiterte mit seinen Armeen ebenso an dem, was heute als »Afghanistan« bezeichnet wird, wie sämtliche anderen Militärmächte, die seitdem ihren Fuß in dieses Gebiet setzten, um es zu unterwerfen oder zu befrieden. Alexander / Iskander hat seinen Rückzug aus Baktrien allerdings würdevoller geschafft, als seine gesamten historischen Nachfolger. Felsenfestungen, wie die, die ich als »Iskanderga'l« beschreibe, existieren in Afghanistan, auch wenn gewiss keine von ihnen so reiche Schätze enthält, wie die meine, die ich im großen Suleiman-Gebirge ansiedle. Dieses Gebirge liegt im Land der Paschtunen – Paschtunistan – und reicht in die östliche Hälfte eines halbmondförmigen Gebietes, das sich über das zentralen Hochland entlang der Straße Herat-Kandahār-Kabul nach Pakistan hinein in die Stammesgebiete unter Bundesverwaltung und dann bis zum Indus zieht.

»Blutantiquitäten«, die aus Raubgrabungen in Kriegs- und Krisengebieten stammen, sind eine Realität. Sie sind heute nach dem Drogen- und dem Menschenhandel die drittrentabelste Einnahmequelle der organisierten Kriminalität und des internationalen Terrorismus weltweit.

Raubgrabungen, wie die, die ich in der »Iskander-Verschwörung« beschreibe, sind heute in Konflikt- und Krisengebieten die Regel. Trotz größter Anstrengungen vieler Regierungen, internationaler Organisationen und spezialisierter Behörden weltweit ist es unmöglich, diesen schwarzen Markt in den Griff zu bekommen. Selbst in den renommiertesten Auktionshäusern und Museen tauchen regelmäßig Konfliktantiquitäten auf. Was sich heute gut versteckt in Privatsammlungen weltweit befindet, kann man nur erahnen.

Auch der »Alexanderschatz« ist kein Mythos, sondern historischer Fakt: die finanzielle Basis für den späteren Feldzug seines Sohns gegen Persien hatte bereits Philipp II. gelegt, indem er in großem Stil die Goldminen von Thrakien ausschöpfen ließ, die ihm den ständigen Unterhalt des makedonischen Heeres garantierte.

Der Sieg bei Gaugamela und der Einzug in die Königsstädte Babylon, Susa und Persepolis befreiten Alexander endgültig von allen Geldsorgen. Als neuer »König von Asien« war er unbestrittener Herr über alle Münzprägestätten seiner persischen Vorgänger und der neue Eigner deren angehäuften Staatsschätze. Nach Alexanders Tod zerfiel sein Staatsschatz in den wechselvollen Kämpfen um seine Nachfolge, wobei er in den zahlreichen Staatskassen der neuen Diadochenreiche aufgegangen sein dürfte.

Persepolis war das Glanzlicht der altpersischen Kultur und Politik der Achämeniden. Die Palaststadt ist noch heute ein Identifikationsort für viele Iraner, gerade weil sie weit in die vorislamische Zeit zurückreicht. Sie wurde 330 v. Chr. von den Truppen Alexanders des Großen in Brand gesteckt. Doch schon in der Antike wurde gerätselt, ob Alexander den Brand und die Plünderung initiierte.

Was die Goldene Bibliothek von Persepolis anbetrifft: Ich habe hier meinem kreativen Geist freien Lauf gelassen, aber durch den Brand der Achämeniden-Hauptstadt wurden tausende von Tontäfelchen der Verwaltungsarchive, Finanzarchive, einer Art Baubehörde und verschiedener anderer staatlicher Einrichtungen gebrannt und so für die Nachwelt erhalten. Sie wurden bei Ausgrabungen in den Dreißigerjahren des letzten Jahrhunderts von den Archäologen des Oriental Institute of the University of Chicago entdeckt, die von Ernst Herzfeld und dann von Erich Schmidt fortgesetzt wurden. Durch die Übersetzungen dieser Tontäfelchen konnte die Wissenschaft enorm viel über das altpersische Großreich erfahren. Die Tontäfelchen sind eine wahre Goldgrube des historischen Wissens.

Meine Inspiration für »Corvus« war ein langer Spaziergang über Brüssels Antiquitätenmarkt am Place du Grand Sablon, ein paar Monate nachdem ich meinen ersten Posten im Brüssler NATO-Hauptquartier angetreten hatte. Interessanterweise sind viele der am Sablon ansässigen Antiquitätenhändler auf orientalische Kunst, asiatische Kunst und / oder buddhistische Kunst spezialisiert. Gleichzeitig hat Belgien auch eine sehr »entspannte Gesetzgebung« was Herkunftsnachweise für Antiquitäten angeht, und mir war aufgefallen, dass an einer der zum Verkauf ausgestellten Statuen – einem hübschen Gandhāra-Buddha – noch getrocknete Erde klebte.

Ein paar Wochen später traf ich mich mit einem Kollegen von Europol in einer Brüsseler Kneipe. Irgendwie kamen wir bei Bier vom Fass und belgischer Hausmannskost auf Antiquitäten und den illegalen Handel mit ihnen zu sprechen, und der Mann erzählte mir eine der spannendsten Stories, die ich je gehört habe.

Dann kam 9/11 und US-Präsident George W. Bush erklärte den »Global War on Terror«. Die NATO verwandelte sich in ein sprichwörtliches Irrenhaus.

Als ich das Brüsseler Hauptquartier und den Internationalen Militärstab nach neun Dienstjahren verließ, habe ich mir dann eine Geschichte ausgedacht, die ausreichend wahrscheinlich ist, um die Leser zu befriedigen, und ausreichend romanesk, um sie über wenigstens vier Bände zu amüsieren.

Selbstverständlich sind die Handlungen und alle handelnden Personen frei erfunden und jegliche Ähnlichkeit mit lebenden oder realen Personen sind rein zufällig.

»Die Iskander-Verschwörung« ist der erste Band der mehrteiligen Serie »Codename Corvus«. Der zweite Band »Das Erzengel-Gambit« erscheint im Frühjahr 2020 im Europa Verlag.

Claudia Bouvier, im September 2019

PROTAGONISTEN IN DIESEM BUCH

DIE FRANZOSEN

Commandant Gwénaël Kérmorvan alias »Raven«

alias »Sergeant Pierre Dupont«, alias »Commandant Paul Lefèvre«; Operator im Service Action der Division Action des französischen Auslandsgeheimdienstes DGSE; Pferdenarr, Hobbyreiter und Amateur-Trabrennfahrer, Hobbykoch und Querflötist mit Neigung zum Barock, Sprachgenie und Kenner der deutschen Sturm- und Drang-Literatur

»Madame le Juge« Christiane Près alias »M«

alias »Klapperschlange/Königskobra/Phyton« und jedes andere Schlangentier, das ihren Kollegen aus anderen Geheimdiensten so einfällt; Direktorin der Division Action des französischen Auslandsgeheimdienstes DGSE; ehemalige Antiterror-Richterin, Witwe eines Special-Forces-Soldaten, den die Amerikaner bei der Jagd auf Osama Bin Laden »versehentlich« liquidiert haben

Oberstleutnant Julien Rudeaux alias »Der Kampfstier«

ehemaliger Einsatzagent im Service Action; Russland-Experte, Sowjetologie mit Diplom, stellvertretender Direktor der Division Action, heimlicher Kinderbuchautor und Normandie-Fan

Rolland Fabré

inoffizielle Nummer 3 der Division Action und Direktor des Verlagshauses »Histoires & Collections«; ehemaliger Unteroffizier im Service Action; bester Freund von Pierre Besson und begeisterter Großvater und »Schwiegervater« eines ungewöhnlich modernen Beziehungsgefüges

Pierre Besson

freier Journalist und »honorable correspondant« des französischen Auslandsgeheimdienst DGSE; ehemaliger Fallschirmjäger aus dem 2ème REP der Fremdenlegion; mehrfach geschiedener, bekannter Autor militärischer Fachbücher, Abenteurer und französisches Geheimdienst-Binom des deutschen Corvus-Agenten Major Bayram Ritter

Farida Oulmi alias »Nastasia«

IT-Expertin der Division Action; Hackerin, Edel-Goth-Punk , Besitzerin von »James«, der Zwergbartagame; begeisterte Gamerin und Organisatorin von Murder Mystery Parties

DIE DEUTSCHEN

Oberstabsarzt (Major) Dr. Carla Rossi alias »Magpie«

Spezialistin für Unfall- und Knochenchirurgie im Sanitätsdienst der Bundeswehr; begeisterte und erfahrene Extrembergsteigerin, Wanderreiterin, Hobbyfallschirmspringerin, Liebhaberin klassischer Musik, guter Küche und allem Französischen; erstes offizielles deutsches Mitglied der Abteilung »Corvus«

Dr. Stefan Huber alias »Steve«

Sonderbeauftragter für besondere Krisensituationen im Kanzleramt; Leiter der Abteilung XVI im Bundesnachrichtendienst BND; ehemaliger Einsatzagent mit reicher Nahost- und Krisengebiets-

Erfahrung; sprachbegabtes ehemaliges Mitglied der geheimsten aller deutschen Geheimoperationen »Sommerregen«; promovierter Physiker und intimer Kenner der Berliner politischen Szene

Major Bayram Ritter

Zweites deutsches Mitglied der Abteilung »Corvus«; deutsches Binom des französischen Journalisten und IM Pierre Besson; ehemaliger Operator des Kommandos Spezialkräfte; ehemaliger Adlatus von Dr. Stefan Huber; Russland-Deutscher mit usbekischen Wurzeln, Experte für Turksprachen und den Orient, Lottogewinner und Rentier mit Toskana-Affinität, einem alten Bauernhof und einem Faible fürs Restaurieren alter italienischer Autos

DIE AMERIKANER

General im Ruhestand Franklin »Frank« Mahooney alias »Der Konzertmeister«

US-Director of National Intelligence DNI; ehemaliger Direktor der US-Clandestine Services und der Special Activities Division der CIA; ehemaliger Delta Force Operator; Hobbyreiter und -landwirt, Freiluftfan und Hundefreund

Dr. Marshall B. (Benjamin) Kingsley alias »Der Golfer«

alias »Ben«, alias »Dr. Robert G. Dell«, alias »Ustaz Muhamad bin Muhamad al Jazairi«; stellvertretender Direktor der Alliance Base und Leiter der US-Black Ops »Regenbogen«; Mitglied der US-Deep State Geheimorganisation »Die Choristen«; promovierter Altiranistiker und Religionswissenschaftler, fanatischer Archäologe, erfahrener Geheimagent, ehemaliger Delta Force-Operator; geschiedener Mann einer frustrierten Konzerthornistin und Vater zweier Söhne – Operntenor und Musikhistoriker –, die ihren Vater absolut nicht leiden können und sich sogar weigern, seinen Namen zu tragen

Deckname »Salah Binsaid«

Operator des US-Clandestine Service, auf Posten in Belgien; gehört zu Ben Kingsleys »Operation Regenbogen«; ehemaliger US-Special Forces Operator mit guten Sprachkenntnissen und einem Faible für das ruhige Leben in der Brüsseler Banlieue, Honi Salams Binom und Freund

Deckname »Honi Salam«

Operator des US-Clandestine Service, auf Posten in Belgien; gehört zu Ben Kingsleys »Operation Regenbogen«; ehemals bei den US-Special Forces; »Salah Bensaids« Binom und Freund

Rhonda Hinkel

Nummer 2 von Dr. Kingsley in der Alliance Base; CIA-Urgestein aus dem US-CTC; ehemalige Leiterin eines US-Black Site in Südostasien; Expertin für sehr peinliche Befragungen, liebt romantische Blümchenkleider von Laura Ashley, Pferderennsport-Aficionado und begeisterte Besitzerin mehrerer geheimer Konten in diversen Steueroasen

DIE KRIEGSDIENSTLEISTER

»Mr. Jones« alias »Segler«, alias »Tom Jones«, alias »Thomas Briars«

ehemaliger Söldnerführer; jetzt CEO von Global Security Associates Inc., einer privaten Militär- und Sicherheitsfirma, die auch für den amerikanischen Geheimdienst CIA arbeitet

Richard »Rick« O'Shaughnessy

Kriegsdienstleister und Chef des »Rugby-Fanclub«; ehemaliger Operator des britischen Special Air Service SAS und Romanautor in spé; anständiger Kerl mit unglücklicher Vergangenheit in einem lausigen Housing Estate in den abgewrackten UK-Midlands, der sich liebevoll um seine Eltern kümmert und von einem ruhigen Leben in einem kleinen Haus »irgendwo, wo es warm und friedlich« ist, träumt

DIE TERRORISTEN

Dadullah Khan alias »Taliban Posterboy«

Paschtune mit pakistanischem Pass, US-Greencard und britischem Dauervisum; bester Freund von Dr. Marshall B. Kingsley und Taher El Ouazzani; Mitglied des Barakzai-Clans, gelegentlicher Taliban-Warlord und Kriegsopportunist; wohlsituierter Geschäftsmann, ehemaliger Doktorand der renommierten School of Oriental and African Studies (SOAS) und diplomierter Archäologe der von Deutschland finanzierten TU Kairo; altgedienter Einflussagent der CIA in AfPak und Ex-Partner von Dr. Stefan »Steve« Huber während der Operation »Sommerregen«; passionierter Ehemann von Asma Khan, einer Frau, die genau weiß, was sie will, und Vater von vier Kindern, die nicht dem Stereotypen der Region AfPak entsprechen

Professor Dr. Taher El Ouazzani alias »Lehrer«, alias »Taher al Muhalim«

Professor für Archäologie der ägyptischen Provinzuniversität von El Mina, sozialistischer Idealist, Berufsterrorist und Terror-Söldner, gelegentlich im Dienst der CIA, zweitbester Freund von Dr. Marshall B. Kingsley und frustrierter Sohn eines steinreichen algerischen Industriellen, dessen Familie im späten 19. Jahrhundert vom Judentum zum Islam übertrat, um das Geschäft mit Duftölen mit dem Bey von Algier nicht zu gefährden; Halbbruder von Moustafa Chekine

Saif ibn Sultan ibn Abd al-Aziz Al Saud
unehelicher Lieblingssohn des Saudi-Königs mit einer Sklavin aus dem Sudan; amtierender Vorsitzender des Nationalen Sicherheitsrates von Saudi-Arabien; ehemaliger Pilot der Royal Saudi Air Force und Prätendent für den Posten des Direktors des saudi-arabischen Auslandsgeheimdienstes; uralter Kumpel von Ben Kingsley, Terrorfinancier und Einflussagent im Auftrag der CIA in Saudi-Arabien

GLOSSAR

36, Quai des Orfèvres Spitzname der (ehemaligen) Zentrale der Pariser Kriminalpolizei

Black Ops US-Kürzel für verdeckte Operation / Geheimoperation

Black Site ein geheimer Ort, der sich nicht auf US-Boden befindet und an dem der US-Geheimdienst CIA unsägliche Dinge tut

Chadri die Dari-Version von Tschador, der islamischen Ganzkörperverschleierung

Cheche langer Schal, der in Wüstengegenden zum Schutz gegen Sand und Wind verwendet wird

Fadschr eines der fünf obligatorischen Gebete im Islam; es ist das erste Gebet des Tages in den frühen Morgenstunden; im Ramadan markiert es den Beginn des täglichen Fastens

Faravahar Darstellung der menschlichen Seele vor der Geburt und nach dem Tod in der persisch / iranischen Tradition

Fatwa Rechtsgutachten eines islamischen Gelehrten, um bestimmte Fragen des islamischen Rechts zu klären; wird gerne von Anführern islamistischer Terrororganisationen missbraucht, um Irrlehren den Anstrich der Respektabilität zu verleihen

Hawala-Finanzsystem ein im Zahlungsverkehr weltweit eingesetztes informelles Überweisungssystem, das seine Wurzeln in der frühmittelalterlichen Handelsgesellschaft des Vorderen und Mittleren Orients hat, und aufgrund beschränkter bürokratischer Spuren auch bei Steuerhinterziehern, Terroristen und Kriminellen sehr beliebt ist

HOMO Akronym des französischen Geheimdienstes, um die autorisierte Tötung eines Staatsfeindes zu umschreiben

Jamawar aufwendig verziertes Tuch aus qualitativ hochwertiger Wolle (z.B. Kaschmir), das ein Vermögen kosten kann

Malik Bürgermeister

Mara Salvatrucha äußerst gewalttätige kriminelle Organisation mit lateinamerikanischem Ursprung, die weltweit durch geschmacklose Ganzkörper-Tattoos und extreme Brutalität auffällt; arbeitet gerne mit Terroristen zusammen

Mullah islamischer Geistlicher

Operator amerikanischer Slang-Ausdruck, um die aktiven Mitglieder von Spezialeinheiten oder paramilitärischen Einheiten der Geheimdienste zu umschreiben; wird weltweit benutzt, sogar von den Chinesen

Pakol von Ahmed Shah Massoud berühmt gemachter Afghanen-Hut aus Filz

Papyri Dokumente aus der Zeit vor dem Buchdruck, die auf einer Schreibunterlage aus übereinandergelegten Schilfblättern verfasst wurden

Paschtunwali frühmittelalterlicher »Ehrenkodex« der Paschtunen, einer viehzüchtenden Stammesgesellschaft in Afghanistan mit ausgeprägter patriarchaler Struktur

Patu großes afghanisches Schultertuch aus Wolle

Penfens Eliteeinheiten der französischen Kriegsmarine

Purdah eine in Pakistan, Indien und Bangladesch verbreitete Form der Verschleierung der Frau, bei der der gesamten Körper und oft auch das Gesicht bedeckt ist

Quetta Shura Taliban-Koordinationsmeeting, bei dem man miteinander redet, ohne sich gleich totzuschlagen

Rotuli Schriftrollen

Scharia Gesamtheit aller religiösen und rechtlichen Vorschriften und Mechanismen zur Normfindung und Interpretation des Islam; wird gerne von politisierten Muslimen zur Provokation instrumentalisiert, um die in demokratischen Nationen übliche

Trennung von Staat und Kirche in Frage zu stellen und ein Staatswesen mit nach religiösen Prämissen getrennten Gemeinschaften zu fördern, in dem nicht mehr alle Bürger vor dem Gesetz gleich sind

Selektor Auswahlelement der US-amerikanischen elektronischen Bespitzelung ihrer Alliierten

Shalwar Kameez orientalische Kleidung, die aus einer Hose und einem knielangen Hemd besteht; bei europäischen Islamisten/ Salafisten en vogue, um das Wüstensohn-Image zu pflegen

Task Force 373 US-amerikanische Spezialeinheit, die aus den Delta-Forces rekrutiert wird und für die US-Dienste (vor allem den CIA) böse Dinge tut

Abkürzungsverzeichnis

13ème RDP	(13ème Régiment de Dragons Parachutistes)	13. Regiment der Fallschirmjäger-Dragoner
ANA	(Afghan National Army)	afghanischen nationalen Armee
AQMI	(Al-Qaïda au Maghreb islamique)	Al-Qaida im islamischen Maghreb
CECAD	(Centre d'entraînement au combat et d'aguerrissement au désert de Dschibuti)	Wüstenkampf-Trainingszentrum der franz. Spezialeinheiten in Dschibuti
COMINT	(Communication Intelligence)	übliche Bezeichnung der Nachrichtendienste und des Militärs für das Abfangen und Auswerten verbaler und nonverbaler Kommunikation, die über Kabel (z.B. Telefon, Überseekabel), Satellit oder Radiowellen übertragen wird; eine Art »Fernmeldeaufklärung«
COS	(Commandement des Opérations Spéciales)	Oberkommando für Spezialeinsätze
CTC	(auch NCTC; National Counterterrorism Center)	US-amerikanische Behörde zur nachrichtendienstlichen Analyse und Bekämpfung von gegen US-Interessen gerichteten Terrorismus
DAFA	(Délégation archéologique française en Afghanistan)	französische archäologische Delegation
DCN	(Direction des constructions navales; seit Juni 2017 Naval Group S.A.)	französischer Industriekonzern, der aus den nationalen französischen Schiffswerften hervorging; tätig in der Konzeption und dem Bau von Marineüberwasserschiffen und U-Booten aller Klassen sowie im Bereich der erneuerbaren marinen Energien
DGSE	(Direction Générale de la Sécurité Extérieure)	französischer Auslandsnachrichtendiens
DIA	(Defence Intelligence Agency)	militärischer US-Nachrichtendienst, der als Dachorganisation der Nachrichtendienste der vier US-Teilstreitkräfte Army, Navy, Air Force und Marine Corps dient
DNI	(Director of National Intelligence)	hochrangiger Regierungsbeamter und Direktor der »Intelligence Community«, einem Zusammenschluss der insgesamt 17 US-amerikanischen Nachrichtendienste
DRS	(Département du Renseignement et de la Sécurité)	algerischer Inlandsgeheimdienst (2015 aufgelöst)
DST	(Direction de la Surveillance du Territoire)	französischer Inlandsnachrichtendienst (bis zum 1. Juni 2008, später mit der Direction centrale des renseignements généraux, DCRG, RG, zur neuen Direction centrale du renseignement intérieur, DCRI, verschmolzen)
EAADP	(Euro-Atlantic Alliance for Democratic Progress)	eine von der Autorin erfundene US-amerikanische Stiftung und Denkfabrik mit dem erklärten Ziel, der weltweiten Förderung der liberalen Demokratie, so wie sie von gewissen neokonservativen Kreisen in den USA verstanden wird; jede Ähnlichkeit mit real existierenden Stiftungen ist selbstverständlich rein zufällig und war nicht geplant!

EADS	(European Aeronautic Defence and Space Company)	Europas größter Luft- und Raumfahrtkonzern sowie nach BAE-Systems auch zweitgrößter Rüstungskonzern (von 2000 bis 2013, heute als Airbus SE bekannt)
EKKM	(Europäisches Komitee für ein konstruktives Morgen)	ein von der Autorin erfundener deutscher Ableger der ebenfalls fiktiven EAADP (siehe oben)
ELINT	(Electronic Intelligence)	Elektronische Aufklärung; System zur Erfassung und Auswertung von elektromagnetischer Strahlung, die nicht zur Kommunikation genutzt wird, mit dem Ziel, Informationen über den Sender, einschließlich etwaiger zugehöriger Waffensysteme, zu gewinnen
EPA	(Einmannpackung)	deutsche Einmann-Futterkiste für Soldaten, die eine Energiezufuhr von ca. 3300 kcal gewährleistet
FOB	(Forward Operating Base)	eine gesicherte militärische Position auf operativer Ebene; üblicherweise eine Militärbasis, die zur Unterstützung strategischer und taktischer Ziele genutzt wird
GCHQ	(Government Communications Headquarters)	britische Regierungsbehörde (Nachrichtendienst und Sicherheitsdienst), die sich mit Kryptographie, Verfahren zur Datenübertragung und der Fernmeldeaufklärung befasst
GIA	(Groupe Islamique Armé)	algerische Terrororganisation der 90er-Jahre, die im algerischen Bürgerkrieg eine entscheidende Rolle spielte; inzwischen aufgelöst bzw. in andere terroristische Organisationen gespalten, die sich auch untereinander bekriegen, in Algerien selbst aber relativ an Einfluss verloren haben
GIGN	(Groupe d'intervention de la Gendarmerie nationale)	Spezialeinheit der französischen Gendarmerie mit dem Einsatzschwerpunkt Terrorismusbekämpfung; vergleichbar mit der deutschen GSG 9
GROM	(Jednostka Wojskowa a 2305)	militärischer Einsatzverband für spezielle Einsätze der polnischen Streitkräfte
GRU	(Glawnoje Raswedywatelnoje Uprawlenije)	russischer militärischer Geheimdienst
HUMINT	(Human Intelligence)	Beschaffen von Erkenntnissen aus menschlichen Quellen, z.B. durch die Befragung von Zivilpersonen und (Kriegs-)Gefangenen, das Abhören von Telefonen oder Wohn-und Arbeitsräumen, etc. Obwohl der Begriff meist im Zusammenhang mit Nachrichtendiensten verwendet wird, ist HUMINT auch ein wesentliches Instrument von Staatsanwaltschaften, Journalisten und der Polizei sowie im militärischen Nachrichtenwesen und der militärischen Aufklärung durch Feldnachrichtenkräfte.
IED	(Improvised explosive device)	unkonventionelle Spreng- und Brandvorrichtung
IMI	(Israeli Military Industries)	israelisches Rüstungsindustrie-Konglomerat
IMINT	(Imagery Intelligence)	Bild- und Videoaufzeichnungen jeglicher Art für nachrichtendienstliche Zwecke; hierzu zählen auch Satelliten und Luftbilder; wird in Deutschland vom BND und in Frankreich vom militärischen Nachrichtendienst praktiziert

INR	(Bureau of Intelligence and Research)	Amt für Geheimdienstinformation und Forschung des Auswärtigen Amtes der USA; untersteht direkt dem US-Außenminister; kleinster US-Nachrichtendienst und »akademisch« orientiert; hat einen ausgezeichneten Ruf und im Gegensatz zu anderen US-Diensten noch keine »Rohrkrepierer« vorzuweisen
IRI	(International Republican Institute)	US-amerikanische Einrichtung, die Programme zur Förderung von »Demokratie in Entwicklungsländern« durchführt. Das IRI wird zum Teil von der US-Regierung finanziert und steht der Republikanischen Partei nahe.
ISAF	(International Security Assistance Force)	Internationale Sicherheitsunterstützungstruppe
ISI	(Inter-Services Intelligence)	pakistanischer Geheimdienst
KSK	(Kommando Spezialkräfte)	Im schwäbischen Calw ansässiger Spezialkräfteverband des deutschen Heeres für besondere Aufgaben von strategischem Interesse, die durch herkömmliche Einheiten der Bundeswehr nicht erfüllt werden könne: Spezialaufklärung, offensive Operationen wie die Befreiung von deutschen Geiseln in Krisen- oder Kriegsgebieten, die Festnahme von Kriegsverbrechern oder Terroristen und die Ausbildungsunterstützung in sogenannten Aufnahmestaaten
MANPAD	(Man Portable Air Defense System)	Ein-Mann-Boden-Luft-Rakete
MedEvac	(MEDical EVACuation)	MEDizinische EVAKuierung
MI	(Military Intelligence)	pakistanische Spionageabwehr
MISTRAL		französische Fire-and-Forget-Flugabwehrrakete mit zweistufigem Feststoff-Raketenmotor; kann von boden-, luft- und seegestützten Systemen abgefeuert werden
MRE	(Meal Ready to Eat)	amerikanische Einmann-Futterkiste für Soldaten
NED	(National Endowment for Democracy)	real existierende US-amerikanische Stiftung und Denkfabrik mit dem erklärten Ziel der weltweiten Förderung der liberalen Demokratie. Sie wurde 1983 vom US-Kongress in gegründet und erhält von diesem für ihre Arbeit eine jährliche Finanzierung aus dem US-Bundeshaushalt.
NFES	(Nouvelle Forum Economique et Sociale)	von der Autorin erfundener französischer Ableger einer fiktiven US-Stiftung und Denkfabrik mit dem erklärten Ziel der weltweiten Förderung der liberalen Demokratie; jede Ähnlichkeit mit real existierenden Stiftungen ist selbstverständlich rein zufällig und war nicht geplant!
NRO	(National Reconnaissance Office)	ein 1960/61 gegründeter Militärnachrichtendienst der USA, der für das militärische Satellitenprogramm verantwortlich ist
NSA	(National Security Agency)	größter Auslandsgeheimdienst der Vereinigten Staaten; die NSA ist für die weltweite Überwachung, Entzifferung und Auswertung elektronischer Kommunikation zuständig

OEF	(Operation Enduring Freedom)	erste und bisher einzige militärische Großoperation im Rahmen des 2001 von den Vereinigten Staaten ausgerufenen Krieges gegen den Terrorismus; die Operation wurde in vier Regionen durchgeführt: in Afghanistan, am Horn von Afrika, auf den Philippinen und in Afrika innerhalb und südlich der Sahara. Die Operation endete offiziell am 28. Dezember 2018.
OPLAN	(Operations Plan)	Plan für die Durchführung einer militärischen Operation
PMC	(Private Military Company)	Private Militär- und Sicherheitsfirma
POTUS	(President of the United States)	Kürzel des US-Secret-Service für den US Präsidenten
Q-Coms		standardisierte Kommunikationscodes für spezielle militärische Einsätze, die regelmäßig einsatzgruppenspezifisch sind und relativ hohen militärischen Geheimhaltungskategorien unterliegen, um die im Felde agierenden militärischen Akteure in ihren Kommunikationen mit der Operationsbasis/dem zuständigen Kommandoposten zu schützen
RAID	(Recherche, Assistance, Intervention, Dissuasion)	Spezialeinheit der französischen Police nationale zur Bekämpfung des Terrorismus
RCIR	(Ration de Combat Individuelle Rechauffable)	französische Einmann-Futterkiste für Soldaten, die Delikatessenkiste unter den militärischen Einmann-Futterkisten, weltweit begehrt
SAD	(Special Activities Division)	Division für Spezialeinsätze der CIA
SATCOM	(Satellite Communication)	Satellitenkommunikation
SGDN	(Secrétariat Général de la Défense Nationale; seit 2018: SGDNS –Secrétariat général de la défense et de la sécurité nationale)	interministerieller Staatsdienst, der dem französischen Premierminister untersteht; sein Generalsekretär kann in gewissem Maße mit dem DNI in den USA verglichen werden. Das Sekretariat selbst ist administrativ für den Nationalen Sicherheitsrat Frankreichs zuständig. Deutschland hat kein vergleichbares Organ.
SIGINT	(Signal Intelligence)	signalerfassende Aufklärungstätigkeit, meist durch militärische oder zivile Nachrichtendiensten; sie umfasst das Abhören von Funksignalen und die Erfassung und Analyse elektronischer Signale (siehe COMINT und ELINT)
SLTD	(Interpol's Database of Stolen and Lost Travel Documents)	von Interpol eingerichtete Datenbank für verlorene und gestohlene Reisedokumente; die Interpol-Mitgliedsländer speichern hier die Kenndaten aller Grenzübertrittsdokumente, die sich nicht mehr im Besitz des berechtigten Inhabers befinden.
SOCM	(Special Operations Combat Medic)	kämpfendes Vollmitglied einer Spezialeinheit, das eine hochwertige, medizinische Ausbildung erhält, um auch in Abwesenheit eines »echten« Arztes oder Feldchirurgen Kranke und Verwundete auf hohem Niveau erstversorgen zu können
SOG	(Special Operations Group)	Spezialeinsatzgruppe in der SAD der CIA